高树枝头又逢春

上册

甜甜的瓜 著

江苏凤凰文艺出版社
JIANGSU PHOENIX LITERATURE AND ART PUBLISHING

目录

第六章 他才不是怪物 / 159

第七章 爱意疯长 / 201

第八章 归墟之国 / 233

第九章 永不安息 / 277

第十章 只差一点 / 305

第一章 好感度 -123060 / 003

第二章 自往逍遥去 / 035

第三章 似是故人来 / 071

第四章 爱是快乐，而非摧毁 / 097

第五章 今晚月色真美 / 129

沉舟侧畔千帆过，
病树前头万木春。

谢沉舟，你是我见过的人里最最最厉害的那一个啦。
桃偷笑
桑念

她来这一遭，始于夏，

终于冬，偏偏不逢春。

第一章 好感度-123060

“你今日不杀我，来日我必定将你剜心剖骨，挫骨扬灰。”

桑念被这句话里的寒意激得打了个冷战，下意识循着声音望去。只见烛光暧昧摇晃，千金难寻的鲛绡帐中，少年乌发散乱，双手被红绳金铃缚在床头，眼尾洇开薄薄的胭脂色，瞳若点漆，仿佛勾人魂魄的妖。

桑念：“？”她看看自己脱了一半的衣衫，又看看同样衣衫不整的他，宕机的大脑艰难启动。两秒后，问号变成了感叹号。她手忙脚乱地拢了件衣裳，无头苍蝇般跌跌撞撞地往外跑。

“小姐？”听到动静，门口的丫鬟春儿不明所以，“您怎么出来了？”

还没等桑念张嘴，春儿似乎又明白了些什么，伸手轻轻一推，将她给推了回去，笑道：“小姐别害羞，我们不守在这里就是了，您当心误了吉时，圆房要紧。”

“吱——”门关上，顺便锁死。春儿得意的声音隐隐飘来：“这次看他还怎么跑。”

屋子里，桑念拎着自己松垮的衣襟，望向双手被红绳缚住的少年。

四目相对，死一般的寂静。

桑念绝望地闭上眼。就在三分钟前，她还在宿舍尖叫扭曲蠕动外加阴暗爬行。然而，下一秒，她两眼一黑，就来到了这里——一个以修仙为背景的副本世界。

在她原本的世界里，一场名为“攻略副本”的异变席卷全球，那是小行星相撞后，磁场产生冲击遗留下来的现象，人类一旦不小心触发到情绪密匙，便会昏迷，进入身体待机、意识活跃的状态。

据“知情人”透露，昏迷之人只有完成独属于自己的副本挑战，“通关”后才能苏醒回家。

这几年，不断地有人昏迷、苏醒，一场无声的恐慌在人群中蔓延。

但桑念无暇顾及这些，因为论文比昏迷更加恐怖。在被导师痛批没有创新的第三天，桑念终于将这场史无前例的人类集体昏迷与时空混乱假说联系在一起。

可在导师回复她可以继续之后，桑念肾上腺素飙升，眼前一黑，昏死了过去。

根据提示，面前这位正是副本中女主的白月光，男配谢沉舟。

他从小父母双亡，自己还会时不时精神失常；因为长得好看，自出生起，他便被众人觊觎，受尽苦楚，怎一个惨字了得。总而言之，这是一个心理健康和精神状态都很堪忧的倒霉蛋。

但同样倒霉的还有桑念，她没能匹配成女主，而是成了女配——那个强抢谢沉舟并等新鲜劲儿过去了便对他动辄打骂百般羞辱，全方位无死角给予他身心重创活生生把他逼成了疯子的恶毒女配——桑蕴灵。当然，这样做的后果是，谢沉舟宁愿同归于尽也要一剑要了她的命。

想到这里，桑念默默在心中为自己点了一盏蜡烛，试图提前超度自己。

“剜心剖骨，挫骨扬灰，谢沉舟确实做到了。”一道稚嫩的声音在桑念脑海中响起。

桑念警惕道：“你是谁？”

“自我介绍一下，我，世界上最伟大的六六，主神大人的嫡系统，小米与瓜子杀手，艺术家，歌唱家，小鸡教教主，榴门高级信徒，还是……”

桑念倒吸一口凉气：“这么多人都在我脑袋里吗？”

六六：“……”

叮咚，您的系统已下线！

一道提示音后，系统彻底息声，任凭她怎么呼叫也没反应，她只能暂时作罢。

现在这场面比论文查重百分之零还要刺激，桑念很担心自己会不小心昏死过去。毕竟以她目前的身体素质来看，可能性很大——桑蕴灵，青州城城主唯一的妹妹，身患心疾，素质极差。因为生病，她从小被家里人娇纵得嚣张跋扈，看谁不爽就抽谁，主打一个宁可抽死他人也绝不委屈自己。

桑念揉了揉一阵阵发晕的脑袋，扶着桌子坐下，给自己倒了杯热茶。没喝两口，她想起床上的人，小心翼翼地问他：“你喝吗？”

谢沉舟没说话，继续用让人毛骨悚然的眼神看着她。

桑念便小口小口地喝干净杯子里的水，等头没那么晕了，才目不斜视地起身走向他。

她抬起手，少年死死盯着她，眸中盛满阴戾。可下一秒，柔软的织物轻飘飘落下，融融暖意逐渐弥漫全身，他眼里多了一丝错愕。

桑念弯着腰给他解手上的红绳，指尖努力避开绳子上挂着的金铃，语速飞快地道：“我放你走，以后咱们就是陌生人，谁也不认识谁。”

谢沉舟低眉凝视着她鼻尖，半晌，轻嗤：“你又想玩什么花样？”

桑念道："你就当我脑子坏掉了吧。"手下绳子不知道系的什么结，她怎么都解不开，动作间不小心碰到他的手，烫得吓人。一番折腾，绳子依旧安好，她果断放弃，在屋子里转了两圈，从抽屉里翻出一把剪刀。可直到她虎口都磨红了，那根绳子依旧毫发无损。桑念仔细翻找脑中的记忆，终于想起来，这是特制的绳子，上面下了禁制，剪不断、解不开，需要口诀。但她不知道口诀是什么啊！

桑念拍拍手上不存在的灰，重新站起来，对谢沉舟道："要不然你再等等，我去叫人来帮忙。"

谢沉舟没应声，身体抖得厉害。

她吓了一跳："你怎么了？"

他瞥她一眼，眼中满是讥讽："你不知道我怎么了？"

桑念语塞，应是怕谢沉舟不从，进洞房前她哥结结实实灌了他三瓶丹药，怪不得身上那么烫。她心累得无以复加，不敢看他欲色浓重的眼："你忍忍，我去找人。"

谢沉舟："……过来。"

桑念委婉道："还是不了吧。"

"这不是你想要的吗？"谢沉舟冷笑。

她干巴巴地道："现在又不太想要了。"

谢沉舟咬牙："桑、蕴、灵。"

他的表情像是要吃人，桑念疯狂后退："这事儿确实是我们不对，我给你道歉，我开个发布会向全修仙界给你道歉！你等着，我马上让我哥给你解毒！"

"宿主，不可以哦，这也是攻略任务中重要的一环呢。"

桑念险些一个跟头栽倒。

叮咚，系统已上线。

"哎呀妈呀这网真卡，我刚刚掉线了。"六六道，"你该干的都干了吗？"

"？"桑念不解道，"我该干什么？"

"你需要顶替'桑蕴灵'来维持剧情，像她对待谢沉舟那样，折磨他、鞭打他，再……"

"停。"桑念的声音有淡淡死意，"我只想回去改好论文顺利毕业，然后买个沙瓤大西瓜在十八度空调房里裹着棉被安心看一集古拉拉黑暗之神大战青青草原黑皮体育生。"

六六的语气很轻快："可以呀，你先折磨他、鞭打他，然后等他一剑把你捅个对穿和你同归于尽，你就可以回去啦。"

桑念拒绝："可这些我都不会啊，谁没事整天拿个鞭子抽人。"

"不试试你怎么知道？"六六道，"要是完不成任务，你会被送去隔壁副本和虐文女主一起挖煤。"

"……"桑念犹豫再三，鼓起勇气拿起长鞭。

见状，谢沉舟眸色沉沉，眉间笼了层晦暗的阴霾。

然后，桑念结结实实给了自己一鞭子，“啪”的一声，清脆又响亮，她嗷一下倒地了。

六六：“？”

谢沉舟：“！”

六六倒抽一口凉气：“你怎么做到的？？？”

桑念痛到飙泪：“我大意了，没闪开。”

六六被她打败，叮嘱道：“下次记得闪开。”

桑念吸吸鼻子，做了个深呼吸，再次挥动手中的鞭子。

谢沉舟眼神渐冷。

“啪——”劲风扫过，纱幔飞扬，桌椅裂成两半，茶盏瓷瓶噼里啪啦碎了一地，果盘里的花生红枣桂圆栗子滚得到处都是。慌乱中，她不慎踩中其中一粒，扑通一声滑倒。

屋子里一片狼藉，唯独床上的谢沉舟安然无恙，连半根头发都没少。

桑念傻了。

谢沉舟：“……”

六六：“……”

空气安静。

“不，不愧是天级法器，”许久，六六结结巴巴地道，“没用灵力驱动都有这么大的杀伤力，要不是屋子里有阵法，恐怕这间屋子都得拆了。”

“我都说我不会了！”桑念绷不住了，“我从小到大连陀螺都没抽过，更别说抽人了，我做不到，把自己抽死了都做不到。”

六六也很愁：“要不然试试简单点的道具？不行的话我再想想办法。”

它劝了好一会儿，桑念才不情不愿地捂着闪了的腰艰难起身。

半晌过后。

“谢……谢沉舟他，”她结巴了一下，惊道，“好像是个连放在标题里都不能过审的受虐狂！”

六六悬着的心终于死了。长久的沉默后，它似乎下定了某种决心：“算了，你已经很努力了。”它变成一只黄色小鹦鹉飞出她的识海，盘旋着落到她肩上，挥着翅膀拍拍她的脑袋，“我为你申请了更换最简单的任务。”

桑念如获大赦：“是什么？”

“明天系统通知下来你就知道了。”六六神神秘秘地道，“保证没有任何难度。”

桑念刚要说什么，下一刻，心口忽然蔓延开尖锐的刺痛，仿佛长针扎入，她疼得直不起腰，脸色惨白如纸。

“你快死了。”六六善意地提醒。

狂找速效救心丸的桑念：“？”

六六道：“按照原剧情，今晚你犯病会被守在门口的丫鬟及时救下，有惊无险。

可现在她走了，没人救你，你不就会死吗？”

桑念想呼救，可用尽全力也只从喉间挤出几道气音，还没蚊子哼哼声大。

六六又安慰道：“不过按照设定，谢沉舟体质特殊，你身患奇病，只要你们洞房就能控制住你的病情，没准还能让你改善体质修为大增。”

桑念无力吐槽：“合着谢沉舟先天双修圣体是吧。”

六六：“你的时间不多喽。”

桑念没多纠结，踉踉跄跄地靠近谢沉舟，拼命对他用眼神示意，嘶哑着嗓子一个字一个字往外蹦：“快、叫、人、来，救救……”话还没说完，方才匆忙拢住的衣襟无意散开，露出她莹润的半个肩膀。

谢沉舟一愣：“你做什么？！”

没给他反应的时间，桑念忍着耳鸣，稳准狠，对着他脖子就是一口：“我不行了，让我……”再抬起脸，饱满的唇瓣还沾着他的血珠，一眼看去，好似擦了胭脂，原本苍白清雅的面容也多了几分秾丽。

谢沉舟喉结微动，强迫自己开口：“给我滚开……”

“我发誓，绝对不会干别的，你就让我吸两口吧。”她语气虚弱，声音轻到只有两人能听清，“求求你了。”比起央求更像是撒娇。

谢沉舟唇角慢慢抿成一条直线，用力别开了眼。得到默认，桑念唇瓣凑近他的伤口。

夜风吹开菱花窗，月色如碎银，鲛绡轻扬。

四野静谧，少女发间的栀子香和着奇异的腥甜随风拂过谢沉舟的鼻端，很淡，带着微微的凉意。他用力收拢掌心，苍白手背青筋一根根鼓起。红绳晃动，铃音乍响。

不知过了多久，桑念手一软，她及时打了个滚，脑袋枕住谢沉舟的胳膊。

“你又做什么？”谢沉舟嗓音喑哑。

桑念眼皮沉得仿佛灌了铅，有气无力地回道：“我再不躺下就要死了，等我睡醒就给你解开绳子，你中的药药效天亮就会散，你忍忍……”说到后面，她的声音越来越小，直到彻底消失。或许是太冷太累，她睡得很沉，以一种他从未见过的信任姿态窝在他怀里，紧紧靠着这热源，一动不动，呼吸微弱得仿佛随时会消失。

谢沉舟恍惚一瞬，回过神，眼瞳犹如不见天日的深潭，黑得惊人。

不过是又一个觊觎他这身血肉的人罢了，没有什么不同。

没有。

日上三竿，桑念悠悠转醒。身边空空如也，房间也已被收拾整齐，丝毫看不出昨晚这里发生了什么。她试着坐起来，全身散了架一样疼——多半是昨晚抽自己那一鞭子的功劳。想到这里，桑念表情控制不住的狰狞。

下一刻，门被人推开，侍女们轻手轻脚地走进来，打头的正是与“桑蕴灵”一起长大的贴身丫鬟春儿。她撩开帐子探头看桑念：“小姐，现在梳洗吗？”

桑念努力管理好表情：“好。”她掀开被子下床，没忍住嘶了一声。

春儿问："哪里不舒服吗？"

桑念道："有治外伤的药吗？"

春儿取出早就准备好的瓷瓶递给她："这是药王谷送来的丹药，听说他们换了新的方子，治外伤效果很好呢。"

桑家掌握青州最大的灵石矿，附近的各大宗门常常会来打交道。

桑念服用后果然舒服很多，将剩下的收进储物袋，嘱咐道："这个多备些吧，以后总有地方用得着。"

春儿捂嘴偷笑。

桑念知道她误会了，觉得有必要解释一下："我这是……"

"昨晚的动静闹得那样大，半个桑家都听见了。"春儿抱怨道，"姑爷真是没轻重。"

桑念表情管理彻底失败："啊？"

春儿道："不过您看上去气色倒是比往日好些。"

说话间，两人在梳妆台前坐下，桑念望着镜中的自己。镜中少女不过十六七岁，苍白无血色的脸，尖尖的下颌，眉间一粒胭脂色的小痣，桃花似的眼黑白分明，与她本来的模样倒是有几分相似。可枯黄的头发、过于瘦弱的身体、眉心淡淡的青黑这几样加在一起，任谁都能看出来不是长命之相。

这就叫气色好了，那平时得虚成什么样啊……

桑念摇摇头："对了，谢沉舟呢？"

"他啊，"春儿端来一盆水为她擦脸，轻描淡写地道，"他在被城主吊起来打。"

桑念差点一口气没上来："吊起来打？！"

与此同时，沉寂一晚的系统忽地连续弹出两条提示音。

叮！任务更改成功，请您在七个月内攻略男配谢沉舟

谢沉舟当前对您好感度：−123060

桑念："……"

天，要，亡，我。

"嘭——"盛满水的银盆被打翻，桑念拔腿就往外跑："谢沉舟现在在哪儿？"

春儿蒙了一瞬，捏着梳子追上去："小姐您怎么了？"

我怎么了？我就要死了！

桑念恨不得世界立马毁灭："我哥为什么打谢沉舟？"

"他一个逃奴，小姐您看上他本就是他八辈子修来的福气，他居然还敢给你甩脸子瞧，不该打吗？"春儿愤愤道，"况且昨晚您被他折腾成这样，用脚指头想都知道他肯定是故意报复，当然要好好教训他。"

桑念脚步一滞："……其实这件事，倒也不是他的错。"

"小姐别为他开脱了，"春儿道，"我们心里都明白的。"

桑念："……"

不，你们不明白！！！

正值初夏，一年中风最温柔的时节，风似绸缎般柔软，轻轻拂过花枝，惊落几瓣梨花。

桑蕴灵喜欢梨花，桑城主便种满一园子的梨树，全是难得一见的珍贵品种，花期极长，枝头堆雪似的白。几滴殷红溅在花上，在那片纯白里蜿蜒出两行朱砂似的泪痕。

太阳被厚重的云层短暂地遮住，光线阴沉沉的，一切事物都泛着冷色调，唯独一人一身触目惊心的红——他被绑住双腕吊在柳树上，粗粝麻绳深深陷进皮肉，身上不知挨了多少鞭子，单薄的衣衫破破烂烂，伤口处不断有血珠滴落。

"竟敢弄脏小姐最喜欢的花！"行刑的侍卫怒斥一声，长鞭破空，发出一声刺耳的炸响。

匆匆赶到的桑念看见这一幕，心差点跳出嗓子眼，高声道："住手！"

听见她的声音，众人忙停下，向她恭敬行礼。

桑念喘得上气不接下气："把……把他放下来。"

众人面面相觑："这是城主吩咐……"

"我说，"桑念提高嗓音，"把他放下来。"

众人到底不敢忤逆于她，手忙脚乱地将谢沉舟放了下来。

谢沉舟重重摔在地上，猛地吐出两口血。他挣扎着抬起头看向桑念，几缕分不清是被血还是冷汗打湿的黑发粘在脸侧，脸色惨白，眸底一丝光也没有，静如寒潭。

四目相对，桑念心里突突一跳。来不及多想，她刚要查看谢沉舟的伤势，春儿拉住她的手，劝道："小姐别去了，当心脏了您的眼睛。再说了，他伤口血淋淋的，万一吓到您可怎么好。"

桑念挣开她，蹲下身想扶谢沉舟，却找不到一寸好皮肉下手。皮开肉绽，不外乎如此。想起什么，她飞快找出之前放在储物袋里的丹药："张嘴。"

谢沉舟别过头，是拒绝的意思。

她解释道："这不是毒药，是治伤的丹药。"

谢沉舟还是不肯。桑念直接掰开他的嘴塞了进去，丹药入口即化，他没有吐出来的机会。

"你以为我愿意救你？"她凶巴巴地道，"要不是看你有几分姿色死了可惜，我才懒得管你。"

出乎意料地，谢沉舟没有愤怒。他甚至笑了起来，一边笑一边咳血。

桑念："……谢沉舟你别笑了，我害怕。"

忽地，谢沉舟薄唇微动，发出的声音几不可闻，她忙凑近细听。

他说的是——只可惜，这世上，没人能杀得了我。

都到这份上了，嘴还这么硬。桑念愈发愧疚："我不知道我哥他会这么做……是我们对不起你。你安心养伤，其他等伤好以后再说。”

可等说完她才发现，谢沉舟不知什么时候昏了过去，她只好吩咐春儿：“带他下去，用最好的药，绝对不能让他死了。”

春儿不情不愿地应了。

桑念正要跟着离开，一名侍卫拦住她：“小姐，城主请您过去。”

桑念点点头，转身走向主院书房。六六化成一只小鹦鹉落到她肩头，打了个哈欠，得意地道：“怎么样？新任务很简单吧？”

“对啊，简直易如反掌。”桑念微笑着回道。话落，她趁它不备，一把将它拽下来团在掌心狠狠揉搓。

六六惊恐地尖叫：“救命啊！杀小鸡了！有人要杀聪明可爱貌美的小鸡了！！！”

前面的侍卫频频回头，桑念捏住六六的翎羽：“闭嘴，不然我现在就拔掉它。”

六六立马捂住嘴，同时通过系统对她大声指控：“你这样是不对的！你这是虐待工作人员！我要告诉大人！你等着被发配去挖煤吧！”

“负十二万的好感度，”桑念狞笑，“这就是你昨晚说的保证没有任何难度？”

六六卡了一下壳：“区……区区十二万，是没什么难度嘛。”

桑念再次捏住它的翎羽。

六六丝滑地跪下：“对不起。”

桑念这才松开手，想起自己那一片黑暗的前途，难免泄气。

“对了，你怎么知道他的血对你有用？”它小心地问道。

桑念戳戳它脸上圆圆的腮红：“这不是小说写烂了的设定吗？只要一个人体质特殊，那他的血就一定有奇奇怪怪的设定，上能降妖除魔，下能驱邪避祟，没事还能当当行走的医疗包，反正啥都能拿来用一下。”

六六恍然大悟：“对哦。”

正说着话，书房到了。

桑念刚要敲门，屋子里传来男子的声音：“念念来了？”这是“桑蕴灵”的乳名，与桑念的名字一样。

桑念回道：“是我。”

一阵匆忙的脚步声传来，门霍然打开。身形高大的青年男子出现在她面前，他穿着一袭华贵的紫色锦袍，五官深邃俊朗，气场严肃凌厉，令人不敢接近。下一秒，他看见桑念，表情顿时和蔼起来，甚至带了一些微不可察的讨好。

“进来吧。”

桑念低着头走进书房。

他见到在她肩头蹦跶的六六，笑道：“什么时候养了只鹦鹉？”

桑念含糊地回道：“就这两天，觉得好玩就养了。”

“那过两天哥哥请御兽宗的弟子来给它开灵智修炼，这样它就能陪你很久很久了。”他道。

桑念怕别人看出端倪，赶忙拒绝道：“不用了，只是一时兴起罢了。”

桑城主脸上闪过几分失望，复又殷勤地道："桌上有你喜欢的甜汤。"

他眼巴巴地瞅着，桑念实在受不了，端起来象征性地喝了一口，觉得味道不错，又喝了一口。一番下来，看得桑城主受宠若惊。

桑念看在眼里，心中叹了口气。"桑蕴灵"与他之间的关系其实并不好。母亲生她时难产去世，她本来出生便会夭折，是作为哥哥的桑城主不肯放弃，硬生生用无数天材地宝和灵丹妙药将她堆到这么大。可她的身体依然常年被病痛折磨，说不准哪天便会没命。她怨母亲将自己生下来，更恨哥哥让自己受了这么多年的苦，因此一直对他故意疏远，从不给他好脸色瞧。

桑城主自觉有愧于她，愈发对她百依百顺。即便是她闹着要嫁给谢沉舟——这个在别人眼中看来只是逃奴的人，他再不满意也答应了。

思绪回笼，桑念搅了搅碗里的汤，玉勺碰上碗壁，轻轻一声响："哥哥叫我来是有事要同我说吗？"

桑城主刚要开口，忽地脸色一变，拽住她左侧袖摆一角："哪来的血？受伤了？"

桑念瞥了眼，如实回道："是谢沉舟的。"

桑城主却误解了她的意思，松开手，眉头紧皱："你在怪哥让人打了他？"

桑念模棱两可地点点头。

"哥也是为你好，谢沉舟那小子一看就不是好拿捏的。"桑城主苦口婆心道，"听哥一句劝，男人只有打一顿才会老实，一味迁就是没有任何用处的。"

桑念："……"好质朴的思想，让人完全无法反驳呢。

"好了，哥以后不打他就是了。"桑城主生怕与妹妹的关系再度闹僵，赶忙哄道，"只要他尽心服侍你，不再对你摆脸色总想着逃跑，哥保证，他要什么哥都给他，哪怕是整个青州。"

桑念放下碗："知道了。还有事吗？"

"哥这次叫你来是有东西要给你。"说到这里，他神色有些尴尬，干咳两声，从书架最里侧取出一本没有封面的书，"这上面的内容你要勤加修习，对你身体是有好处的。"

桑念接过，刚要打开，他伸手按住："回房再看吧。"

"好。"她顺手将书收进袖子里，"还有事吗？没事我就回去了。"

"去吧。"他抬手想摸摸她的脑袋，手在半空中停了停，最后轻轻落到她肩膀上，柔声道，"记得按时吃药，晚点哥哥再去看你。"

桑念与候在门外的侍女一同离开。没走多远，迎面有一披甲男子快步走来，神色凝重。见到路上的桑念，他对她点点头，径直进了书房。

"城里出什么事了吗？林统领怎么这副表情？"侍女好奇道。

桑念伸手接住一瓣散在风里的梨花，低眉不语——青州城出了妖孽。按照剧情，再过半个月，主角团就要来捉妖了，自己和谢沉舟也将在那时离开。

她松开花瓣，目光望向远方。逍遥宗……那会是个什么样的地方呢？

“谢沉舟好点了吗？”回到自己住的弦音阁，桑念第一时间问起谢沉舟的伤势。

“用过药了，医师也看过了，只要将养几天就没什么大碍了。”春儿奉上一碗黑乎乎的药汁，提醒道，“小姐您也该吃药了。”

桑念皱着眉头接过，憋住一口气仰头喝完。

春儿奇道：“怎么今日不用哄便喝了？”

“反正横竖都得喝，”桑念苦得五官扭曲，“我还不想死那么早。”

“呸呸呸，小姐是要长命百岁的。”春儿捧来一碟蜜饯，“快吃些梅子压一压吧。”

桑念含了颗糖渍梅子，皱成一团的脸渐渐舒展。她想到什么，端起碟子：“谢沉舟在哪儿？”

春儿小心觑着她的表情：“在……他往日住的那间柴房。”

桑念眼前一黑。天要亡我。

“小姐！”春儿满脸慌张，“你是不是又犯病了？”

桑念摆摆手示意自己没事，心累得无以复加：“我去看看他。”

其实谢沉舟最开始是被“桑蕴灵”优待过的。她将重伤濒死的他带回城主府后，也曾把绫罗绸缎山珍海味流水一般捧到他面前。可他对她的示好视若无睹，一心想着离开。“桑蕴灵”哪儿受过这个气，转头将他扔到了柴房，让他每日与最低等的奴隶一同劳作，还授意府中下人对他动辄打骂，直到他向自己低头为止。

谢沉舟一直没有低头，即便险些死在这里。

柴房在后院最偏僻的角落，四扇窗一共破了仨，屋顶还有俩大洞，堪称三百六十度全死角。里面的空间不算宽敞，乱七八糟的杂物叠得高高的，剩下的位置勉强塞了张跛腿桌子，连床也没有，在地上铺了些干草便算是睡觉的地方了。

桑念站在门口，提心吊胆地看着那扇似乎下一刻就会随风飞走的门板，不禁感慨，也真是难为“桑蕴灵”了，竟能在富丽堂皇的城主府找出这么破的地方。

“小姐，要不然算了吧。”春儿碎碎念，“您要想见姑爷，命人传唤一声就好了，这哪是您来的地方，何必亲自跑这一趟？”

桑念全当没听见：“你们都在外面等着。”说完，她迈步走进屋中。

屋子的朝向不好，里面阴冷潮湿，墙角因为常年渗水生了一层厚厚的青苔，即使是白天光线也很微弱。风还从各个角落不断灌进来，撞得唯一完好的那扇窗户哗哗作响。

青州苦寒，冬日滴水成冰。副本没有写谢沉舟是怎样在这个地方挨过去一整个冬天的。但他后来格外畏寒，每逢冬日便会大病一场，大抵便是因为这个留下的病根。

桑念收回打量四周的视线，望向蜷缩在墙角的少年。他还没醒，那身被血染透的衣裳已经换下，略大的领口隐约露出一对深凹进去的锁骨窝。

不愧是修仙界，就过了这么一会儿工夫，那样严重的伤势居然已经愈合得差不多了。

她将那碟蜜饯随手搁在桌上，走到他身边蹲下，单手撑着下巴细看。用过药后，少年的脸色不似之前惨白，纤长的睫羽安静地垂在眼睑，鼻骨高挺，薄唇紧抿。五官过于精致，显得有几分女气了，但确实很好看，桑念想。

然而，人没有自保能力的时候，长得好看，并不是一件好事。她摇摇头，刚要离开，余光瞥见一只蚂蚁爬到了谢沉舟脸上，下意识抬手想要将它拿掉。

指尖落下的同时，一双黑沉沉的眼睁开，静静地看着她。

桑念吓了一跳，身体猛地后退，差点一屁股坐地上。反应过来，她拍拍胸口，忙解释道："你别误会，刚才你脸上有只蚂蚁。"

谢沉舟靠墙坐起，并不去管她口中那只蚂蚁，冷冷地睨着她："你来干什么？"

"哦，这个啊。"桑念转身端起桌上的蜜饯，在腹中打了两遍草稿，磕磕绊绊地开口，"不管怎么说，今天你挨打都是因为我，当然，我心里绝对没有过意不去，只是这碟蜜饯我觉得很难吃，所以赏给你了。如果你认为我是换了个花样羞辱你的话，那我也没办法。"

说着，她将瓷碟递到谢沉舟面前，他却没有接。他正低头翻阅着一本书。黄昏薄纱似的光穿过窗口洒在他脸上，神色无端显得有些古怪。

古怪？

桑念一摸袖口，这才发现哥哥给自己的书不见了，想来是刚刚不小心掉了。

她提醒道："这是我的。"

谢沉舟合上书还给她，耳尖红得厉害，一直到脖子根都泛着粉。

桑念不解："你又怎么了？跟只煮熟的虾似的。"

谢沉舟别开脸："无事。"

那就是一定有事了。桑念放下碟子，仔细打量着那本封面一片空白的书。连个书名都没有，哥哥也神神秘秘的……莫非是什么绝世功法？她眼睛唰地一下亮了，压抑住激动的心情，紧张地翻开一页，只见扉页写着六个斗大的字：采阳补阴秘籍。

下方备注了一行小字：合欢宗宗主亲笔（此乃孤本）。

背景是一幅配图，画工格外精湛，堪称栩栩如生。

桑念："……"

"啪！"书猛地合上。房间里多了一只煮熟的虾，桑念和谢沉舟谁也没说话。

四周静得落针可闻。

许久，就在桑念脚底即将抠出一座梦幻城堡的时候，谢沉舟缓缓开口："你想让我做你的炉鼎。"用的是肯定句，不是疑问句，没有问号。

炉鼎——修仙界不可描述的采阳补阴的对象，一般主要指被采的那个。

天菩萨欸！这是什么糟糕的误会！桑念疯狂摆手："我不是！我没有！你别瞎说！"

谢沉舟："你的书上是这样写的。"

桑念："这书不是我的！是……"我那专坑妹妹的哥送的。送来干什么？当然是将谢沉舟当成炉鼎，狠狠地采一采。大采特采。

桑念悲哀地发现这个解释并不会起到什么正面作用，只能厚着脸皮当作无事发生，义正词严地道：“这不是什么正经书，你以后不许再看。”

说完，她将那本书飞快地塞进储物袋，熟练地转移话题：“咱们商量个事吧，我想……”

“我不做炉鼎。”谢沉舟语气硬邦邦的，带着一丝决绝，“你可以现在就杀了我。”

桑念咬牙切齿道：“我都说了我没有这个意思！”

谢沉舟扯了扯嘴角：“那你想同我商量什么？”

桑念尽量让自己的语气正常一些：“从今天开始，你搬去我的弦音阁住吧。”

谢沉舟：“呵。”

“……”

硬了，拳头硬了。桑念薅起袖子又放下，如此重复几次，终于扯出一个略有些狰狞的笑容：“我的意思是，我们已经成亲了，你却还住在这种地方，要是传出去了，会有损我的名声。”她不等他拒绝，转身就走，语气强硬，“你要是不同意，我便让人将这间柴房拆了。”

谢沉舟垂眸不语。直到脚步声消失在耳边，他抬起眼皮，目光落到桌上。那碟被特意端来羞辱他的蜜饯安然放着，色泽很是鲜亮晶莹。

名声？桑蕴灵还有什么名声。这个借口拙劣得可笑，不过是另有所图。

谢沉舟捻了一粒裹着糖霜的青梅，迟疑着咬了一口。蜜糖与梅子的清香渐次在口中化开，他这才发现，自己连舌尖都是苦的。那些盘旋不肯散去的药味被轻易驱散，只剩下陌生绵软的甜。

谢沉舟微怔。

“我还能图什么？当然是图他的身子啊。”弦音阁里，桑念如是对六六说道。

桑城主派人送来了许多小鸟的用品，六六正埋头狂吞里面的极品小米，抽空回道：“你喜欢他？”

“那倒不是。”桑念道，“这不是为了做任务吗？再说了，万一我突然犯病，他离得近点我也安全点。”

“真麻烦。”六六锐评，挥挥翅膀，揪了根羽毛叼在嘴里剔牙，“明明洞房就能同时解决这两件事，非要这么折腾。”

“你一只变异飞禽懂什么。”桑念一把将它的脑袋按进碗里，“吃你的去吧。”

春儿从外面掀起帘子进屋，瞧见她的表情，一副了然的模样：“小姐，姑爷又惹您生气了？”

她高兴地建议道：“要不咱们还是听城主的话再打他一顿吧！”

果然是和“桑蕴灵”一起长大的。桑念扶额。谢沉舟人都不在这儿，哪来的机会得罪自己。她反手敲了春儿一个脑崩儿，春儿“哎哟”一声，捂住脑袋，泪眼汪汪地瞅着桑念。

桑念道：“以后你们不许欺负谢沉舟了。”

春儿：“啊？为什么呀？”

桑念想了想，给出一个还算说得过去的理由："他现在是我夫君，你们这么对他，别人还怎么看你家小姐？"

春儿撇嘴："知道了。"

"还有，带几个人把我隔壁的屋子收拾出来，"桑念道，"以后谢沉舟住那儿。"

春儿差点跳起来："为什么呀！那是我的屋子！"

桑念："……"忘了，隔壁是春儿住的地方。

"那就在弦音阁找间离主屋近的空屋子给他。"她强调，"按照我的房间来布置，该有的家具都得有，别弄张破席子往地上一铺就是床了。"

春儿一副想翻白眼但又不敢只能硬憋回去的表情。"可恶，那个谢沉舟果然狐媚！"她恨恨地磨牙，"他把小姐您迷得晕头转向，都快找不着北了。"

话音未落，她又挨了一脑崩儿，满脸委屈。

桑念尾调扬起："还不去办？"

春儿瘪着嘴走了。

城主府的下人办事效率很高，当晚，谢沉舟便站在了弦音阁前。他全部的家当加起来不过几件旧衣，搬家并不费什么事。

前面引路的春儿一路都在碎碎念抱怨。最后，春儿脚步停了停，警告道："你一个卑贱的逃奴能有今天，全靠我们家小姐。

"小姐喜欢你，你便安安生生地陪着她，莫要再有其他想法，若还敢对小姐不敬——

"你会死得很惨。"

谢沉舟越过她推开朱红色的屋门，背对着她站在黑暗与灯光的交界处。

"我不是逃奴。"

春儿并不在乎："管你是不是，反正就一个玩意儿而已。"说完，她一刻也不愿多待，转身就走。

"吱——"门合上，黑暗潮水般蔓延，一室寂然。

谢沉舟不知站了多久，终于挪动僵硬的双腿，点起一盏灯。灯光柔软，驱散暗夜。他坐在桌边，环视四周，眼眸漆黑。

这里的陈设布置与桑念的房间几乎一模一样，没有一处不透着奢靡。

这就是她为自己选的笼子，他不过是只雀鸟罢了。

叮！谢沉舟好感度 -10，当前好感度 -123070

"噗——"听到系统提示音，桑念刚喝进嘴里的茶一滴不漏全喷了出来。

她满头问号："什么玩意儿？"

六六四仰八叉地躺在床上嗑瓜子，闻言，敷衍地晃了晃小爪子："谢沉舟对你掉好感度了。"

桑念："不是，我干什么了？他突然就掉了十个好感度？"

六六掐着下巴沉思两秒，恍然大悟："我知道为什么了。"

桑念："为什么？"

在桑念紧张的目光中，它缓缓开口："谢沉舟应该是——瓜子嗑多了嘴里长泡泡了。"

桑念无语，劈手夺过它的瓜子："我看你是脑子长泡泡了。再敢在我床上吃东西，我拔光你的毛。"

六六："呜呜……"

桑念越想越气："我给他换了个这么豪华的大房子，他还不满意？"

六六："他也许是觉得你不安好心？毕竟无事献殷勤——非奸即盗嘛。"

桑念嘴角抽了抽："也对，毕竟都负十二万的好感度了，我干什么他都会觉得有鬼。"

她按住突突跳的太阳穴："估计他每天都要在心里演练一遍弄死我的方法。"

六六不同意这个说法："你还是保守了，怎么可能才一遍，至少四位数起步吧。"

桑念蹬了鞋上床，将它扔到枕头边，想起另一件重要的事："对了，我不会使桑蕴灵的鞭子，半个月后那只妖来了，万一它不小心下手重了，我死了怎么办？"

按照剧情，一只妖闯进青州城想要干票大的，但城主也不是吃干饭的，在它害人之前便派了修士前去围剿。

可惜妖兽狡诈，即便身受重伤仍使计逃脱，途中因心生恨意还掳走了城主妹妹，幸而有几名逍遥宗弟子路过，出手相救，才没有酿成大祸。

逍遥宗弟子之一便是副本女主，苏雪音，剧情由此展开。

六六道："死不了。桑蕴灵有一堆防身法器，全是顶级的武器，就算是化神期来了也得老老实实打半天，你到时候只管躺平等着女主来救你就行了。"

桑念的心放回肚里去了，感慨道："有钱真好啊。"

六六揉揉鼓鼓的肚子，感慨道："有钱真好啊。"

第二天，桑念特意起了个大早。她让厨房多准备了一份早点，打算和谢沉舟一起吃，试图和他培养一下感情。可她刚朝他走一步，耳边便接连响起提示音：

> 叮！好感度 -10
> 叮！好感度 -10
> 叮！好感度 -10

桑念看着前方面无表情的谢沉舟，不信邪地又走了一步。

> 叮！好感度 -100，谢沉舟当前好感度 -123200

桑念彻底麻木了。她直接放弃挣扎，一天吃六顿一顿吃三碗，没事就做做广播体操，和谢沉舟井水不犯河水，半个月的时间很快过去了。

这日，月黑风高，一道黑影无声地潜入弦音阁。“好一个标致美人。”隔着朦胧轻薄的鲛绡帐，黑影桀桀怪笑，语气轻佻，“乖乖做哥哥我的帐中玩物吧。”

等候多时的桑念一个鲤鱼打挺从床上爬起，无比配合地伸出双手：“那还等什么？走吧走吧。”

黑影转身就走。

桑念：“？”同志，你是否落下了什么东西？

下一秒，另一间屋子传来动静：“好一个标致美人！”

不好，那个方向是……

“谢沉舟！”桑念来不及多想，拔腿冲了过去。

“砰——”她一脚踹开房门，屋中黑雾弥漫。谢沉舟正与什么东西缠斗，身影模糊不清，只能看见一个大致轮廓。

“别挣扎了，”那道影子笑得更加猥琐，“乖乖跟我走吧哈哈哈哈——”

桑念：“？？？”

“你抓错人了啊喂！！！”她急道，“我才是城主的妹妹！”

黑影明显犹豫了一下，它看看谢沉舟，又看看桑念，最终说道：“下次一定。”说完，它裹挟着谢沉舟飞向屋外。

眼看他们要走，桑念情急之下顾不得其他，一个助跑起跳，想要将谢沉舟拽下来。谁料，手刚碰到他的衣角，她眼前一阵天旋地转，瞬间失去意识。

“桑念，为什么把这样的垃圾交给我。

“我从头看到尾只看出你的脑子一片空白。

“你写的论文完全没有受过任何科学训练的痕迹。”

不知过了多久，桑念耳边传来熟悉的声音，她用力揉揉眼睛，总算看清眼前的场景。

燥热的夏天，玻璃窗外香樟树的叶子反射着日光，油亮亮的绿。空调无声运作，温度过分低的办公室里，导师的嘴张张合合，正激动地说些什么。

自己这是……回去了？桑念还来不及高兴，导师将打印出来的论文重重地拍在桌上，语气比杀了十年鱼的刀还要冷：“延毕。”

轰的一声巨响，世界崩塌，桑念猛地坐起身，冷汗湿透里衣。

“原来只是个梦。”她后背汗毛倒竖，惊魂未定地摇摇头，“这也太可怕了。”

“滴答——”头顶岩缝不断有水珠滴落，她躺着的这块石面湿漉漉的，裙子也湿了大半。怪不得这么冷。桑念沾了点水拍拍脸，彻底清醒后，她站起身边拧裙子边举目四眺。这是一个极宽敞的地下洞穴，光线昏暗，岩壁上生满幽绿的苔藓，阴冷可怖。

“谢沉舟？”那只妖物不知去哪儿了，她试着叫了一声，声音在岩壁间来回撞击，形成一阵阵回音，但没有人回应。

“六六。”她又叫道。一道白光飞出她的识海，小鹦鹉跳上她的肩头：“有事吗？”

“谢沉舟在哪儿？”她问。

“在隔壁洞穴。”它道。

桑念扶着岩壁摸索着朝那儿走，忧心忡忡：“他不会死了吧？”

“那倒没有，还有一口气。”六六道。

桑念加快速度，万般后悔：“早知道往他身上也套两件护身法宝了，现在好了，他要是死了我也玩儿完了。”

“不过那只妖怪为什么抓他不抓我啊？”她想不通，“原剧情明明不是这样的。”

六六挠头：“可能——

“它是个颜控？”

桑念：“……”她就多余问。

转过一个弯儿，一个更大的洞穴赫然出现在面前。

洞穴四周墙壁上镶嵌了许多会发光的矿石，照得整个洞穴亮如白昼。石头打造的床上铺了厚而柔软的动物皮毛，一身黑衣的谢沉舟躺在床上。

桑念忙小跑过去：“谢沉舟？！”

他脸色惨白，双目紧闭。

“你快看看他怎么了。”她催促六六。

六六语气难得凝重：“他没有法宝护身，中了妖毒，情况很不好。”

桑念把身上的法宝全解下来放到他怀里：“那我现在给他还来得及吗？”

“想救他，只有一个办法了。”六六道。

“什么？”桑念问。

话音刚落，一片羽毛化作荧光钻进她眉心，她眼前一黑，倒在了谢沉舟身边。

“是我的错，我当初不该生下你的。”

天地昏暗，大雨倾盆。

冰冷的雨点打在身上，桑念猛地睁开眼。她茫然地张望，不明白自己怎么突然到了这片荒野。远处有人在说话，影影绰绰地混在雨声里，听不太清。她用袖子擦擦脸上的水，抬头看去。

那是一对奇怪的……母子。夹杂着泥腥味的风撩动起女子素色的衣摆。她垂眸看着跪在自己脚下的孩童，面容模糊不清。“谢沉舟，我不该生下你的。”她一字一顿地道。

桑念心里突突地跳。她视线下移，看向那个跪在地上，满身狼狈泥泞的瘦弱孩童。

那个孩子是……谢沉舟？！

桑念不明白这一切到底是怎么回事，刚想要靠近他们，没走几步便被一道无形的屏障拦住。她下意识呼叫系统。

“这个梦境是谢沉舟的过去，也是他潜意识里最恐惧、最想逃避的记忆。”六六道，“你没有这样的记忆，所以之前看见的梦境是你设想的自己最害怕的场景。”两者不同的是，这里的每一帧画面都是真实发生过的。

桑念懂了：“我要怎么才能带他出去？”

六六：“等。”

她只好站在原地静观其变。

“阿娘，我错了。”屏障另一边，五岁的谢沉舟抬起头，眼瞳乌黑，稚嫩的脸上全是惶恐。他想要拉拉母亲的袖子，却又不敢，只得哀哀地求道：“别丢下我。”

女子只是看着他。许久，她手中长剑出鞘，剑尖抵住他咽喉。只需往前一寸，这条脆弱的生命便会就此消失。

五岁的谢沉舟抹了把脸上的雨水，小声问她：“阿娘，你要杀了我吗？”

她没有说话，剑尖忽地下移，毫不犹豫刺进他的心口，鲜血瞬间涌出，很快又被雨水冲淡。

谢沉舟短促地叫了一声。他哆嗦着握住剑身，哪怕十指鲜血淋漓也不肯松手，只是摇头，一遍遍重复道：“阿娘，不要丢下我。我会好好听你的话。”

女子狠狠地踹开他，转身疾步离开。他没有管血流不止的伤口，挣扎着爬起来拼命抱住她的腿，声音染了哭腔，语气却还是小心翼翼的：“不要丢下我好不好？”

女子再次将他踹开，语气冷若冰霜：“再敢追上来，我杀了你。”

谢沉舟仿佛没听见，依旧追赶那道背影。他无数次跌倒又无数次从泥泞中爬起，一遍遍地叫着阿娘。

终于，她道：“你在这儿等等，阿娘办完事就回来接你。”

谢沉舟眼里满是希冀：“真的吗？”

她摸摸他的脑袋，转身离开。

她没有回头，一次也没有。

直到她的身影彻底消失不见，仿佛永远不会停下的大雨里，小小的孩童趴在地上，终于哭出了声，声音并不大，仿佛幼兽呜咽。

桑念咬咬牙，在屏障这端喊道：“谢沉舟！”

谢沉舟无知无觉，蜷缩在血泊中没了动静。

六六道：“他听不见你的声音，别白费力气了。”

下一刻，屏障泛起无数涟漪似的纹路，整片天地骤然变色，桑念身处的场景不再是那片旷野。

闹市，谢沉舟被几个同样衣衫褴褛的孩子围堵在背阴的巷子口。

谢沉舟没有死在那场雨里。他醒来时，心口的伤已自动愈合，只留下一道浅色的疤痕。

他在原地等了三天三夜，约定好要来接他的娘亲始终没有回来。第四天，奄奄一息的谢沉舟进了城，从此成为一名以乞讨为生的乞丐。可小乞丐谢沉舟并不受同龄孩子的待见。

“他是个怪物！昨天我亲眼看见他被人打死扔井里了，可是今天他又活过来了，他就是个怪物！”一个孩子尖叫道。

其他孩子满脸恐惧：“用石头砸他，别让他过来！”

“我不是怪物……”六岁的谢沉舟试图为自己辩解，“我自己爬上来的，我没有死。”

尖锐的石块擦过他额头，豁开一道狰狞的口子，鲜血喷涌而出。

巷子里倏地安静下来。

下一刻，谢沉舟额头上的伤口停止流血，以肉眼可见的速度愈合，同样只剩一道浅浅的疤。

孩子们爆发出一阵尖叫，猛地推开他跑走。

一声闷响，谢沉舟后背重重撞上墙壁，顺着墙面滑坐在地。他没哭，沉默地站起来，弯腰拍拍衣服上的灰尘，仰头去看天边温柔的晚霞。好一会儿，他轻声说道：“我不是怪物。”

谢沉舟开始四处流浪，努力寻找着抛弃自己的母亲，寻找着记忆里模糊的家。他在乞讨时遇见了一个人，一个穿着不俗语气温柔的青年。他摸摸谢沉舟的脑袋，掌心温暖，说他知道母亲的下落，让谢沉舟和他走。

谢沉舟和他走了。

路途很长很长，兜兜转转再回过神来时，他已经被关进了笼子里。从来没有什么母亲的下落，那不过是哄骗无知孩童的话语。那人拿着匕首靠近，用力抓住了那无知孩童细柴一样的手，将其牲口般地拖出笼外。

谢沉舟拼命挣扎，脚踝上锁着的铁链剧烈碰撞，哗啦啦响个不停。可一切只是徒劳。他的手指被切了下来。一根，两根，三根……直到谢沉舟昏过去，青年方才将他扔回笼子，带着断指满意地离开。

也许是一个月，也许是一年，谢沉舟失去的手指一根根长了回来。骨骼与血肉重建的痛楚甚至比断裂那一瞬痛苦百倍，这是个漫长而难挨的过程。

实在是太疼了。谢沉舟整晚整晚睡不着觉，在地上翻过来覆过去，冷汗出了一层又一层。

身体彻底恢复的那天，青年又来了，他望着谢沉舟的目光灼热如火。“我果然没有看错，你真的是……”说到这里，他停了停，笑道，“从今以后，你名为不死。

“你的每一寸血肉都将成为人人趋之若鹜的至宝，将来，无数人会视你为神明。”

谢沉舟如小兽般龇牙：“滚开！我阿娘一定会来杀了你！”

还是那柄匕首，这一次，它割下了谢沉舟的舌头。于是，他连惨叫也发不出来。

青年仍是不满，再次举起刀。谢沉舟大睁着眼，捂住满是鲜血的嘴，不断后退。

青年皱眉，轻轻一挥衣袖。寒光闪过，谢沉舟倒在地上，愣愣地看着散落在不远处的双腿，后知后觉地发出一道语调怪异的声音。

很快，他看不见了——青年剜走了他的眼睛。

暗无天日的地牢，冷意直往骨头缝里钻，小小的孩童躺在血泊中，颤抖地挥舞着残缺的双臂，口中不断发出含糊不清的声音。青年绕着他一圈圈踱步，一身白衣不染纤尘。他平静地观察着孩童的反应，时不时低头在手中的小册子上写写画画。

不远处，桑念浑身颤抖，大口喘息。

谢沉舟刚刚……被肢解了，就在她的眼前，就在这里。

桑念的胃骤然拧成一团，她脸色惨白，弯腰干呕，却什么也吐不出来。

半晌，她踉踉跄跄地靠近他，想要知道他在说什么。努力良久，她终于从那些断断续续的怪异语调中拼凑出三个字。

他说的是——救救我。

桑念蹲下身，将脸埋进臂弯里。

接下来的每一天，她都期盼着能有人来救谢沉舟，可是没有人来。

他一次次被肢解，一次次修复好身体，一次次在寒冷的黑夜里祈祷有人能来救他。

无论是谁都好。

自愈的速度越来越快，到了后来，只用三天他便能长出全新的双腿。

这样的日子持续了七年。小小的谢沉舟长成了少年，苍白、沉默、枯瘦的十四岁少年。他不再对着墙壁祈祷，也不再因为疼痛哭泣，他的神情常常是麻木的，没有半点波动。

屏障与他之间的距离也在渐渐缩短，桑念有种预感，完全走到他身边的那一天，便是梦境结束的那一天。

青年也变成了男人，他不满足于分解谢沉舟的四肢，目光开始落到其他地方。

“不死，你的血肉能拯救无数人，”他说道，语气仍然很温柔，“所以，再忍忍吧。”

刀锋抵住谢沉舟的胸腔，一点点刺下去。

谢沉舟双瞳漆黑，长睫安静地垂着，眸中一丝光也没有。

几步远的地方，桑念拼命拍打着屏障：“放我过去！放我过去！！”

“砰——”刀尖没入的瞬间，虚空中传来一声脆响，屏障如蛛网般裂开，无数碎片化作光点。

桑念喊道：“谢沉舟！！！”

不是不死，是谢沉舟。

少年迟钝地眨眨眼，一寸寸抬起脸。

星光撕裂黑暗，耀眼到刺目的光芒里，从天而降的少女奋力地向他伸出手。

风声呼啸，世界在崩塌，她大声叫着他的名字：“谢沉舟！

“我带你走！

“我来救你了！”她这样说道。

叮！谢沉舟好感度＋130000000——警告！谢沉舟好感度已超出上限！

系统故障排查中……

系统无故障

空旷的石洞里，谢沉舟睁开眼，胸腔内的心脏仍在疯狂地跳动。他望着头顶岩壁出神，好一会儿，他转动僵硬的脖子，看向四周，然后怔住。

身旁，犹未醒来的少女蜷缩着身体，小小的一团。不知名矿石柔和的光芒照耀在她发顶，瞧得见一个小小的旋。等看清她的脸时，谢沉舟迷蒙的目光骤然清明，眸底漫开淡淡寒意。

叮！谢沉舟当前好感度 -100000

任务判定不成功，宿主请再接再厉

床上，谢沉舟刚想翻身坐起，忽地察觉一丝异样——宽大而柔软的碧色衣摆下，两只纤细的手紧紧抓着他的指尖，掌心温热干燥。

谢沉舟呼吸顿了顿。

下一刻，桑念睫羽微颤，即将醒来。

他回过神，猛地抽回自己的手，翻身坐起。随着他的动作，之前桑念放在他怀里的护身法器一股脑往下掉，无声地落满铺了柔软兽皮毯的床上，散发着莹莹微光。

谢沉舟愣住。

“你终于醒了！”桑念一骨碌坐起来，见他似乎没事了，两只眼睛霎时亮了，探身去看他，脆声问，“还有哪里不舒服吗？”

两个人的距离隔得很近，谢沉舟甚至可以看清她眉间那粒小痣。长长的红色发带垂在女孩子的颊边，她仰着脸看他，对他露出一个笑，眉眼弯弯。容貌与梦中那人如出一辙。

少年指尖微动，无意识地轻轻抠住身下那柔软的兽皮。

叮！谢沉舟好感度 +100

桑念歪歪脑袋，余光瞥见那些花里胡哨的护身法宝，恍然大悟。

“你也不用太感激我，毕竟你也算半个城主府的人，保护你是我这个未来城主应该做的。”她一件件将它们捡回来，末了，又从里面随便挑了一只玲珑玉骰扔过去，潇洒地一挥手，大方道，“这个很丑，赏你了。”

她绝口不提那个梦境，谢沉舟犹豫了一会儿，语气生硬：“你进了我的梦境？”

“你说那个妖毒产生的幻境？”桑念一脸后怕，“我正想和你说呢，那里面太吓人了。”

谢沉舟掌心猛地收拢，指节泛白。

桑念又接着抱怨道：“那里面黑漆漆的，我什么也看不见，摸着黑找了好久才找到你。”

说完，她缩缩脖子：“我从小到大最怕黑了。”

谢沉舟：“……除此之外，再无其他？”

桑念：“没啦。”

谢沉舟定定地看着桑念，见她满脸坦然。半晌，他微不可察地松了口气。

桑念将自己收拾妥当，问他："城主府的人应该很快就会来救我们了，我们在这儿等等？"

"嗯。"

识海中，六六急道："你怎么不把话说完啊？刚刚任务差点就成功了。"

桑念沉默几秒，反问："为什么要把好不容易愈合甚至内里还烂着的伤疤撕开呢？"梦境结束的瞬间，她意识抽离，连带着在里面产生的负面情绪一并清除。可那些画面历历在目，她每每想起便不寒而栗。看客尚且如此，亲身经历过的谢沉舟，又会是什么心情呢？

六六道："那怎么能算撕开伤疤？"

桑念不解："那你想让我同他说什么？说我看见你被你母亲抛弃了？还是说看见你被变态切成一块一块做人体实验了？看见你每一分每一秒都痛不欲生却又死不了，像狗一样被铁链拴着不见天日？我勇敢地救了你，我好了不起，你该感谢我，该爱上我，这样？"

六六底气不足："那你也可以只说一点点嘛，突出救他的重点不就行了。"

桑念："我说了重点了，我告诉他我救他了。"

"对哦……"六六几乎被她说服，很快又否定道，"不对，就是有哪里不对劲。"

桑念叹气："你也说了那是过去的梦境，现实中救出谢沉舟的人，不是我。既然这样，我提这件事除了让他知道，我这个他最讨厌的人见到了他最狼狈的样子之外，又有什么意义呢？"

况且，很多事情只要提起，便会牵一发而动全身。

记忆是一条藤蔓，总能顺着头走到尾，那些痛苦和绝望仍旧在那儿等着他。

只要想起，只等想起，而她不想做那个引子。

六六不能理解她话外的意思，却也没再和她争论，只道："我说不过你，反正你只有七个月的时间，你自己心里掂量清楚。"

桑念瞄了眼前面的谢沉舟，神色恹恹："天崩开局，我能有什么办法。"

谢沉舟察觉到她的视线，转过头看她。他的目光扫过她湿漉漉的裙角，略一停顿，很快又移开。

桑念眼珠转了转，觉得自己还能再挣扎一下。她干巴巴地对谢沉舟道："这个妖怪看着好可怕。"

意料之中，谢沉舟没搭理她。

桑念语气低下去："也不知道我们能不能活着回去，也许会死在这里也说不定。"

谢沉舟眉峰微动。

她伸手，小心翼翼地拉住谢沉舟的一点袖子，央求道："看在我救了你的分上，如果这次我们能活着出去的话，你能答应我一件事吗？"

谢沉舟掀起眼皮。

"咱们一起吃饭吧。"她收回手，捧着下巴看他，"我每次想和你一起吃早点，你都一副很不高兴的样子，咱们还一顿饭都没有一起吃过呢。”

她道：“好不好呀，谢沉舟？”水晶似的矿石光芒柔软明亮，从穹顶无声洒下，女孩儿浓密的睫毛在眼底投下一小片阴影，随着她目光流转微微翕动，似欲飞的蝶。

谢沉舟眸子停驻了片刻，没有回答她，起身就走：“我去找出口。”

“欸，你等等我！”桑念匆忙下床去追他，“一起去！”

地下洞穴一个连着一个，偏偏长得都大同小异，即使迷路也很难发现。两人在里面兜兜转转绕了大半日，桑念体力消耗殆尽，却是还没看见女主的影子。不止女主，连抓他们来的那只妖怪也迟迟没有现身。

“我真走不动了，”她对六六下最后通牒，“这样拖下去也不是办法，女主再不来我就开导航自己回去了哈。”

六六愁得羽毛都要掉了：“没道理啊，女主应该早就到了才对。到底哪儿出问题了呢？”

与此同时，青州城附近的密林中。白衣少女双目无神：“大师兄，我们好像又走错路了。”

红衣少女满脸呆滞：“师兄，我们已经在这片林子绕了三天三夜了。”

被她们称作师兄的青年摸摸鼻尖，有些尴尬：“此地禁空不能御剑，实在不方便勘察路线。”

话音刚落，一个粉色人影鬼鬼祟祟地从他面前飘过。青年双眼霎时一亮，伸手揪住人影，见对方是名男子，他极有礼貌地询问道：“这位妖族仁兄，可否容在下问问路？”

粉衣男子挣扎：“你谁啊？赶紧放开老子！不然老子喊人了！”

青年道：“在下逍遥宗大弟子闻不语。”

白衣少女跟着施了一礼：“逍遥宗苏雪音。”

红衣少女翻了个白眼：“逍遥宗初瑶。”

粉衣男子翻了个更大的白眼：“我管你们是哪个宗的弟子，老子没空搭理你们，赶紧滚。”

闻不语挽起飘逸的袖子，露出肌肉结实的小臂，温和道：“在下略懂些拳脚。”

粉衣男子一秒换上露出八颗牙齿的标准笑容：“您要问什么路？”

闻不语道：“这密林的出口在何处？”

他道：“往西一直走。”

闻不语：“多谢。”

“现在可以放开我了吧。”粉衣男子道。

闻不语松开手，带着师妹们离开。

没走两步，他倏地又倒回来：“请问西边该往哪个方向走？”

粉衣男子：“……”他默默举起左手。

闻不语面露感激，笑容可亲：“多谢这位兄台！不过我观你举止猥琐面容丑陋且神色慌张，不知是否遇见了什么难事？若有需要，我等……”

不等他说完，粉衣男子怒吼：“你才猥琐！你才丑陋！你全家都猥琐丑陋！”

说完，他振臂一挥，黑色雾气铺天盖地涌来：“老子今天和你们拼了，不死不休！！！”

幽暗的洞穴里，再次兜兜转转绕回原地，桑念最后一点耐心也没了，对六六道：“我开导航走了。”

六六只好妥协：“行吧。”系统叮咚响了一声，提示导航开始。

桑念拉拉谢沉舟的袖子：“我找到路了，跟我来。”

谢沉舟眸中闪过异色，什么也没说，沉默地跟上。

没过多久，两人前方出现一点亮光。桑念加快速度，随着距离缩短，光亮越来越大，逐渐在头顶显露出一个狭窄的洞口。她尝试着往上爬，可岩壁光秃秃的，根本没有落脚点。她只好转头去看谢沉舟，商量道：“要不然你先踩着我的肩膀上去，然后再找绳子来救我？”

谢沉舟瞥了眼她单薄的脊背，扯扯嘴角，在她面前蹲下：“上来。”

桑念没废话，扶着岩壁小心踩上他的肩头。

他稳稳起身，而她的高度刚好够到洞口。她努力用双臂撑住洞沿，铆足了劲向上爬。

成功上去后，她再次强调：“我很快就回来，你一定要等我。”

说完，她匆匆跑开。谢沉舟仰头看了一会儿上方狭窄的天幕，走到角落靠墙坐下，屈指捏了捏眉心。他应该杀了她的，他想。或者说，他早就该杀了她，这是一个很好的机会。谢沉舟看着自己苍白的右手，眸色阴郁，指节一根根收拢，指尖深深陷进掌心。

可惜，她不会再回来了。这样危险的地方，本就不是尊贵的千金小姐该来的。从头至尾，她不过是因为他才被迫卷入这场危险。而他不过是她的一个玩意儿，随时可以丢弃。

“谢沉舟！”蓦地，上方传来一道熟悉的嗓音。

他霎时抬头，唇畔讥讽的弧度慢慢放下，眸中盛满错愕。

那片小小的天幕探出一颗毛茸茸的脑袋，去而复返的少女咧嘴对他笑：“我回来啦。”

她回来了，谢沉舟恍惚一瞬。他忽然想起，似乎在很多很多年前，自己也曾这样等过一个人。只不过那时的他，没有等到。

一根编得歪歪扭扭的藤条甩下来垂在他面前，桑念没注意他的出神，兴高采烈道：“我没找到绳子，就去林子里割了几条树藤缠在一起。我试过了，可结实了。”

“你抓住它，我拉你上来。”她催促道。

谢沉舟回过神，慢慢握住那条藤蔓，脚尖在岩壁借力，一点点爬出那个狭窄的洞口。

上去的一瞬间，他眼前豁然明亮。黑夜过去，东方一轮金灿灿的太阳冉冉升起，朝霞丝带般铺开半个湛蓝天幕。身旁少女乌黑瞳仁映出莹亮的光彩，眸底倒映着绮丽的霞光。

谢沉舟第一次发现，那个讨人厌的桑蕴灵，有一双生得还不错的眼睛。

“我说了会回来救你就一定会回来，肯定不会食言的。”桑念一边用手背擦脸上的泥一边对他说道。她似乎不久前刚跌了一跤，脸颊、发间沾了许多新鲜的泥印，连裙子上也不能幸免。偏偏她神色格外骄傲，丝毫不觉得自己此刻的模样有多狼狈。

从这个角度，谢沉舟正好能看见她的掌心。那本来是一双养尊处优的手，肌肤娇嫩脆弱，从没有受过一点点伤。可现在，粗粝的砂砾擦破了娇嫩的肌肤，伤口肿得一塌糊涂，泥里掺着斑斑点点的血。

叮！谢沉舟好感度 +100

听到提示音，桑念眼睛都亮了。

谢沉舟倏地开口：“桑蕴灵。”

桑念啊了一声才意识到他是在喊自己，高兴地问道：“怎么了？”

谢沉舟道：“我打算杀了你。”

桑念嘴角的笑容凝固。她还未来得及说话，不远处的树丛颤动两下，一头双眼猩红的狼形妖兽嗅着血腥味冲了出来。它速度极快，几乎瞬间便到了两人面前，咆哮着张开嘴，口中尖利的獠牙闪着寒光。

桑念：“！！！”

“小——”她刚喊出一个字，下一秒，身边的谢沉舟抬起手，轻而易举地抓住了它。

他神色平静，五指用力。

“砰——”血沫横飞，狼妖的脑袋像个摔碎的西瓜，汁水溅得到处都是。

世界安静，许久，桑念摸摸脸，指尖触感滑腻黏稠，身体猛地僵住。

一边的谢沉舟满手血腥，却突然轻轻地笑了。

“你很害怕？”他挑眉看她，“怕我也这样杀了你？”嗓音轻飘飘的，尾调微微上扬，听上去无端有些阴森。

在他的注视中，桑念两眼发直，缓缓开口：“我不干净了。”

谢沉舟：“……”

桑念：“呕。”

谢沉舟：“？”

她匆忙对他摆摆手，捂住嘴背过身去，大吐特吐。好不容易缓过劲儿，她余光瞥见谢沉舟还在滴答着血的手，胃里又是一阵翻涌，几乎将胆汁都给吐出来。

“你能不能……”桑念艰难地问道，“先去洗个手？”

她的语气很委婉：“你现在看上去真的太恶心了。”

谢沉舟：“……”他满脸铁青地看着她，见她双手合十，面露希冀。

两人僵持了一会儿，他转身就走，鞋底用力踏断地上的枯枝，清脆的一声响。

不远处就是一条浅溪。谢沉舟在溪边站定，蹲下身将手浸入清水中。水中迅速漫开一片鲜艳的红，很快又被流水带走，如此反复几次。

谢沉舟望着水面上自己的倒影出神。蓦地，影子身边多了一个人，他转头看去。

桑念蹲在一块不算平整的青石上，正俯身捧着一捧水疯狂地搓着自己的脸，看上去恨不得把皮给搓下来。好一会儿她才停下，朝着他左右转了转脸，连声问道："怎么样怎么样，洗干净了吗？"少女白皙的脸颊搓得发红，几缕打湿的发丝贴在颊边，领口和袖子也湿了大半。干净倒是真干净了。

谢沉舟收回目光，"嗯"了一声，从水中抬起自己的手，指尖的水珠连成线滴滴答答落下。

见状，桑念从袖子里取出一方锦帕，胡乱擦了把脸，哆嗦着捉住了谢沉舟的手。

他本能地想要挣开，她拧着眉毛："别动。"

他停下动作，看着她一点点为自己擦拭那些水迹。少女低着脑袋，从这个角度看去，他能看见她乌黑的发顶，两弯纤长的睫羽，以及小巧的鼻尖。

此刻，睫羽颤抖，鼻尖通红。有清亮水珠一滴滴砸到他的掌心，温热。

谢沉舟仿佛被烫到，指尖无意识地蜷缩了一下，他没由来地烦躁："你哭什么？"

就这么怕他杀了她？

闻言，桑念抬起通红的眼，丧着脸哽咽："我也不想哭，可是你身上的血腥味儿太冲了，熏得我眼睛疼。"

谢沉舟："……"

他用力掰开她的手，咬牙："桑蕴灵，你当真一点也不怕我杀你？"

桑念后知后觉地反应过来，额头慢慢滑下一滴冷汗："原来你还有两副面孔啊。"

谢沉舟："呵。"

那个原本是人是狗都能来踩一脚的弱鸡谢沉舟，现在徒手捏碎了一只妖兽的脑壳。到底哪个环节出了问题桑念不得而知，她只知道，自己大概率要完了。

谢沉舟观察着她格外丰富的表情，朝她走了一步，垂着眼看她，笑意不达眼底："怎么不说话了？"

桑念踉跄着后退，叹气道："我又打不过你，你想杀我，那我有什么办法。"

他步步紧逼："这么说，你同意我杀你了？"

桑念一只脚已经踩在了水里，水底鹅卵石滑得她站不稳："我可以不同意吗？"

谢沉舟继续向前："不可以。"

桑念又道："那我们能先上岸吗？不然尸体漂在水里容易吓到来钓鱼的人。"

谢沉舟微挑眉头："不可以。"

桑念来了火气："我今天还非要死在岸上不可。"她用力去推他。谁料他纹丝不动，她自己反倒脚下一滑，身体瞬间失去平衡。即将摔倒的瞬间，一只手倏地抓住了她的衣领。

桑念惊慌地抬眼——是谢沉舟。

她心里刚松口气，下一刻，谢沉舟扯扯嘴角，慢吞吞地一根根松开手指。

“咚”的一声，桑念仰面摔进水中，浪花四溅。

水不算深，只到她腰际，她扑腾几秒便镇定下来，仰着脑袋狠狠地瞪着谢沉舟。

他居高临下地睨着她，见她这副狼狈的模样，仿佛看见了什么有趣的事，突然莫名其妙地笑了起来。嗓音如碎冰碰壁，带着少年特有的清朗，在水面上传出很远很远。

桑念：“……”

神经，她磨了磨后槽牙，趁他不注意，冷不丁一把抓住他的脚踝，用力一拽。

“咚——”刚平歇的浪花再度掀起。谢沉舟从水里站起身，抹了把脸上的水，面无表情地看着桑念。

桑念冲他扬起唇角：“哟，怎么不笑了？是你生来就不爱笑吗？”

他沉了脸，蓦地伸手扼住她咽喉。

桑念叹口气，拍拍他手背，无奈道：“别闹了谢沉舟，你杀不了我的。”

真当她那些护身法宝是摆设啊。

谢沉舟依旧冷冷地看着她。

两人僵持之际，下方忽地传来一道低沉的气泡音：“美人儿，你们在玩什么游戏？可以带上我吗？”

桑念：“？”

水底咕噜咕噜冒了一串泡泡上来。下一秒，一名鼻青脸肿的男子以一个极其诡异的姿势缓缓浮出水面。他身着一袭粉色的破烂风长衫，嘴里衔着一条惊恐摆尾的黄辣丁，单手撩开湿透的额发，对谢沉舟和桑念邪魅一笑：“原来你们爱玩水，那一定也喜欢玩哥哥这样英俊又潇洒的水系妖怪了。”

谢沉舟：“……”

桑念倒吸一口凉气：“哪里来的水鬼？！”

“你说话注意点。”疑似水鬼的粉衣男子扔掉连扇自己两个大嘴巴子的鱼，满脸不悦，“我可是身负高贵皇族血统的正经妖怪，才不是什么不三不四的孤魂野鬼。”

桑念拽着谢沉舟头也不回地跑上岸：“赶紧走，万一他找替身怎么办。”

粉衣男子怒道：“都说了我不是鬼了！”

说完，他飞到两人面前拦住他们去路，冷笑道：“辛辛苦苦抓你们过来，还想跑？做梦！”

桑念惊道：“原来是你。”

“哼，我已经甩开所有追兵了。”说着，粉衣男子伸出舌头放慢动作舔了一圈唇周，冲谢沉舟抛媚眼，“不会有人来打扰咱们。”

桑念忍不住捂住了眼睛。这画风真是……不忍直视。

粉衣男子注意到她的动作，笑容更加不羁狂狷：“小美人你别急，哥哥也疼你。”

“还是说你想一起？”他兴奋道，“简直太棒了！”

桑念：“……”想扇他，可又有点怕他舔她的手。

她对谢沉舟道：“我有点想打人，你呢？”

谢沉舟面无表情："他不算人。"

"我劝你们还是乖乖束手就擒，不要做无谓的挣扎。"粉衣男子从怀里掏出一把小刀，吸溜着舔了口刀尖，桀桀怪笑，"我这把刀可是有剧毒的，万一不小心伤到你们……"话音未落，他嘴角一抽，整个身体如同遭到雷击，开始剧烈地痉挛。

"扑通——"他倒下了。

桑念、谢沉舟："……"有病。

见对方四肢还在不断地抽搐，桑念深知补刀的重要性，当即从储物袋里掏出一把三米长的狼牙棒。

粉衣男子："！！！"他颤巍巍地翻了个面，试图爬走。

"你以为我这半个月光做广播体操了？"桑念举起狼牙棒，狞笑，"下次一定？帐中玩物？一起？"下一刻，一道凄厉的惨叫划破清晨，惊起飞鸟无数。惨叫声持续了许久，直到不远处传来几声惊呼。

"住手！"

"这位姑娘请你放开那弱小的妖怪。"

"没错！你的行为实在是太残忍了！"

桑念循声扭头看去，视线正好与路边的几人撞个正着——那是两名少女与一名青年，几人衣着飘逸，腰间皆挂着刻有逍遥宗名号的腰牌。看看这出众的美貌，看看这男主的限定三分薄凉四分疏离的眼部扇形图。直觉告诉桑念，这就是她苦苦等待的男女主了。

只是——她望着脚下仿佛猪头的粉衣男子，又扫了眼手里的狼牙棒，视线回到满脸不忍的几人身上，觉得事情不太妙。

果然，三人"嗖"一下飞到满头血的粉衣男子前方，对着桑念严阵以待："请你不要再殴打这名看上去有些猥琐的妖怪了！"

桑念："……"醒醒，你们本来应该救的人是我！是我！！！桑念决定再抢救一下这倒反天罡的剧情。她以最快的速度将之前发生的事一五一十地说了一遍，重点强调自己才是被强抢来的那个无辜受害者。

闻不语几人面面相觑。"那这位是？"他们指了指旁边靠着树从头到尾都一言不发的谢沉舟。

桑念刚要介绍，不知怎么卡了下壳，结结巴巴道："他是……我朋友，也是被这妖怪强抢来的。"

谢沉舟眉宇微扬，到底没有反驳。

几人听完她的话，场面一时有些沉默。

桑念心里捏了把汗。副本说，主角团初见桑蕴灵便心生厌恶，甚至一度后悔出手救了她。他们……会相信她的话吗？刚想到这里，她猛地察觉到一股视线黏在身上，抬头一看，对面的初瑶正死死盯着自己，双眼微眯。

桑念咽了口口水："你看我干什么？"

在她紧张的目光中，初瑶缓缓开口："好从容的气质。"

桑念:“? ”

“好优美的身姿! ”苏雪音用力鼓掌。

桑念:“……”

“好强健的体魄。”闻不语扼腕感慨。

桑念:“……”突然有点害羞。

气氛瞬间好了起来，闻不语似是发现了什么，“咦”了一声，对着粉衣男子腼腆一笑:“又见面了，兄台。”

听见他的声音，粉衣男子勉强睁眼。等看清闻不语的脸后，他两眼一翻，昏了过去。

桑念好奇:“你们认识? ”

闻不语道:“先前曾偶遇这位兄台，多亏他为我们指路。可是不知为何，他突然狂性大发，暗算于我。”

苏雪音接着道:“师兄刚和他过几招他就逃走了，说是他娘叫他回家吃饭，很急。”

怪不得孩子回来时鼻青脸肿的，原来是已经挨过一顿毒打了啊。

桑念长长地叹了一口气。

“那现在怎么办? ”初瑶道，“我可不想扛着他赶路，要不然直接杀了吧。”

话音刚落，地上的粉衣男子吱的一声醒来，讪笑道:“其实我可以自己走的。”

初瑶柳眉倒竖，当即拔剑要砍他:“淫贼! 居然敢绑架良家女子和良家女子的好朋友良家男子，我这就剁了你! ”

她刚举起剑，旁边的苏雪音熟练地抱住她大腿，喊道:“小师姐，你冷静点! ”

“慢着! 我还有两句话想说! ”粉衣男子大喊道。

初瑶冷笑:“你这样的货色也配和我们说话? 我去你的。”

闻不语扶额:“师妹，说了多少次了，要有礼貌。”

初瑶:“好的。”她一脚踩在粉衣男子脸上，“你个白痴想说什么? ”

“第一，我不是白痴。

“第二，我没有害过人! ”

粉衣男子放声痛哭:“我本是东海里一个天真无邪的章鱼皇子，因为从小向往陆地，上个月拒绝了和一只乌贼的联姻，偷偷从海里上岸想要寻求真爱，并且我是个十分忠贞的妖，只喜欢他们两个，没想着要去抓别人。”

“说到底我就是喜欢美人而已。”说到这里，章鱼皇子突然理直气壮起来，“我大好一条章鱼，又不谋财又不害命，就是好个色怎么了? ”

“你不好色? ”他问初瑶。

“你不好色? ”他问闻不语。

“你不好色? ”他又问苏雪音。

“你不……”

“好了，我们俩就不用问了。”桑念心虚地擦汗，出声打断他。

这番质问堪称振聋发聩，众人一时沉默。

唯有闻不语认真思索后，暗暗点头，仿佛下定了某种决心。他扶起章鱼皇子，亲切地拿下他发间的杂草，然后从袖子里取出一把磨得锃亮的斧头。在对方惊恐的目光里，他举起斧头，温和一笑，语气还是那样的礼貌腼腆：“你说的话有几分道理，但为避免你以后色心再起闯下大祸，我今日还是去了你这秽根为好。

“放心，不会很疼，我的斧子很锋利。”

章鱼皇子没有任何犹豫，转身就跑，长长两行热泪洒在风里，尖叫声几乎扯破了喉咙：“我不敢了！我真的不敢了！我明天就回海里！不，今天就回去！！陆地太可怕了，我这辈子都不上岸了！！！”

后方的桑念满头黑线，这个主角团的画风，似乎和副本描述的不太一样。

说好的女主苏雪音清冷如仙，男主闻不语病弱儒雅，女二初瑶文静呆萌。

可现在……

她看看一身腱子肉追着章鱼妖砍的闻不语——嗯，病弱儒雅。

她又看看满口屏蔽词一点就炸的初瑶——嗯，文静呆萌。

最后，她再看看抱着初瑶大腿熟练运用空手接白刃技能的苏雪音——嗯，清冷如仙。

桑念心情复杂，这个人设怎么说呢……全员皆崩，但换个角度来看，这怎么不算是一种团魂的体现呢？

“念念！”倏尔，她耳畔传来一道熟悉的声音。

风云忽变，天际急速飞来一片乌云，仔细看去，原来是大批御剑飞行的修士。

地上同样无数着甲士兵涌来，打头的正是桑城主。这番声势太过浩大，闻不语一时分神，章鱼妖逮住机会，迅速将身一扭跃进溪中，随着水流消失不见。

桑城主给了随行人员一个眼神，立即有一队人马追去。他则大步行到桑念跟前，按住她的肩膀上下打量，见她虽一身狼狈却并没受什么伤，不由得长长松了口气，眼里满是心疼：“你受苦了。”

桑念藏起擦破的手，乖巧地摇头：“哥哥，我没事。”

桑城主视线移到谢沉舟身上，面沉如水：“你就是这么保护念念的？”

谢沉舟嘴角抿成一条直线，沉默不语。

这副态度惹得桑城主怒火更甚，他举起手：“你——”

“哥哥！”桑念死死抱住他的胳膊，“你快看这几位少侠！”

她疯狂地转移话题，将话头引到闻不语几人身上：“是他们恰好路过替我们打跑了妖怪，咱们得好好感谢人家才行！”

有外人在，桑城主到底按捺住了火气，神色缓和了些：“多谢几位少侠对小妹的救命之恩，如若不嫌弃，请到府上饮一杯薄酒再走。”

闻不语拱手：“多谢城主好意，不过此等小事不足挂齿，我们还要赶路……”

他最后一个音还未完全落下，人已被搬上了豪华马车。

闻不语眨眨眼，脸上闪过几分迷茫。身边，初瑶四仰八叉地躺在软榻上：“师兄咱们就跟他们回去吧，我在林子里绕了三天三夜，实在没力气赶路了。”

苏雪音替她捶着腿，连声赞同道："小师姐说的没错，我们的确应该略作休整。"

闻不语拿她们没办法，只好妥协，张望了一下四周，奇道："谢公子与桑姑娘呢？他们不上来吗？"

马车外面。

桑念拉着桑城主走到一边："哥哥，我这次能安然无恙地逃出来，多亏了谢沉舟。他和你想象的不一样，帮了我很多，我很感谢他。"她语重心长。

桑城主不以为然："那是他应该做的。"

桑念道："反正你以后不许再为难他。"

桑城主察觉到哪里不对劲："到底怎么了？"

桑念无语凝噎。还能怎么了？谢沉舟这人有仇必报啊！！！

没得到回答，桑城主皱眉："是谢沉舟在你面前抱怨我了？"

"没有。"桑念道，"我有眼睛，我自己能看得到，刚刚要不是我拦着，你就打他了。"

桑城主刚要说话，她赶在他之前开口："咱们和谢沉舟现在是一家人，不是仇人，你要真为我好，就不要再这样了。"

桑城主见她生气，一挥衣袖，阴阳怪气地哼了一声："成亲才几天，哥哥都不要了。"

桑念气道："桑岐言！"

被妹妹直呼大名，桑城主不气反笑，伸手为她顺毛，无奈地妥协："知道了。"

桑念这才舒展眉头。

桑城主转身高声下令："回府！"

众人开始清点人数，秩序井然。只剩谢沉舟还在原地，没有一个人与他说话，似乎大家都不记得这里还有一个他在。可暗中却又有数不清的视线落在他身上，不屑，嘲讽，同情，警惕，应有尽有。

一根手指戳戳他后背，他面无表情地转身。

桑念道："你跟我来，我有话和你说。"

谢沉舟拂开她的手，神色冷淡："现在放我走，我可以不杀你。"

桑念没回答，连拖带拽地带着他登上另一辆马车。里面空间很大，香炉里燃着不知名的香料，浅色烟雾袅袅升起，香味仿佛林中幽兰。桑念没让随从跟着，这里只有他们两人，私密性很高。她率先坐下，颔首示意谢沉舟坐到她对面。

谢沉舟仿佛没看见，脸上什么表情都没有："桑小姐有话不妨直说。"

隔着一张矮桌，桑念挺直背脊，神色认真："你刚才同我说你要走，我的回答是，我现在不能放你走。"几乎这句话刚说完的瞬间，她脑海中一连弹出十数条好感度下降的提示音。

对面的黑衣少年眸光阴郁，气压瞬间低下去。

桑念赶紧补充了一句："但是，我保证，在不久以后，你会有一个离开青州的机会。

“到那时，我绝不拦着你。”

提示音停住。

谢沉舟上下扫视着她，嗤了一声：“桑蕴灵，你又想玩什么花样？”

桑念直视着他双眼：“你若不信，我可以立誓，立血誓。”

在修仙界，血誓和修士专用的天道誓言有同样的约束力，若有违背，立誓者会血枯而亡。

谢沉舟没有接话。

马车外，一阵风掠过道旁的树梢，吹得满树枝叶哗哗作响，斑驳树影落在半开的窗户上，摇晃不定。车里安静许久，许久到风声停息，谢沉舟垂眸凝视着她，低声道：“桑蕴灵，我最恨别人骗我。”

桑念笑道：“巧了，我从不骗人。

“要真骗了你，你尽管来杀我便是。”

谢沉舟轻呵一声：“你倒是自信。”

“那当然。”说着，桑念屈指敲敲桌面，不满道，“不是，你能坐下吗？我一直仰着头看你，脖子累得慌。”

谢沉舟一撩衣袍，坐到她对面。

桑念斟了杯茶推过去：“你不说我也知道你讨厌死我了。放心吧，我不会像从前那样缠着你了。”

谢沉舟眼角眉梢尽是嘲弄：“你最好说到做到。”

桑念没理会他的挖苦，壮着胆子试探道：“那……在你离开之前，咱们能和平相处吗？你别老想着杀我，我也不会再折腾你，大家都安安生生的，怎么样？”

谢沉舟向后靠住椅背，神色多了几分懒散与漫不经心：“随你。”

她舒了口气，眉间忧色消散，对他雀跃着举杯：“那就这么说定了！”

谢沉舟端起面前那杯温热的茶，自顾自地瞧着杯身上的精美花纹。

见他故意晾着自己，桑念耸耸肩，仍旧还是那副高高兴兴的模样，仰头将杯中茶水一饮而尽，颇为豪迈地用衣袖擦了擦嘴，硬生生将清茶喝成了烈酒。

谢沉舟语气夹杂着几分讥讽：“看来你兄长从来没有教导过你名门闺秀应有的礼仪规矩。”

“废话！”桑念脱口道，“你见过哪个名门闺秀会随身带根鞭子抽人的？”

说完，她心虚地瞟了眼谢沉舟——差点忘了，这位不仅见过，还亲身体验过。

果然，谢沉舟嘴角虽噙着笑，眸光却一点点沉了下去。

桑念战略性地低头剥橘子装作看不见，生硬地转移话题：“我记得你和我一样是普通凡人，怎么突然变得这么厉害？”

谢沉舟淡声道：“之前受了伤，修为尽失，今日才恢复，若早些……”

他冷笑：“你活不到今天。”

桑念“哦”了一声，继续剥橘子，一时间没再说话。

这反应太过平静，谢沉舟不动声色地观察着她。他本以为她会顺势打探他的来历，抑或是感到害怕，可对面的女孩儿低头想了半晌，轻声说道："可是要变得这么厉害，一定得吃很多很多苦吧？"

谢沉舟微怔。一个剥好缺了一瓣的橘子盛在玉碟里被推到了他面前，色泽晶莹。清新的柑橘香压过了淡雅兰香，丝丝缕缕缠在鼻端，谢沉舟勾起的嘴角慢慢放下。

对面，桑念努力咽下口中的橘子，擦净指尖汁水，双手撑着下巴看他，嗓音清脆："谢沉舟，你现在是我认识的人里最最最厉害的那一个啦。"

"……"谢沉舟的指尖无意识地蹭了蹭杯身微微凸起的花纹，低头啜饮已半冷的清茶，浓密的睫羽向下倾覆，遮住眸中的情绪。

叮～谢沉舟好感度 +100

桑念弯着眼睛笑："你不喜欢吃橘子吗？"

她把碟子往前推了推："很甜欸。"

好一会儿，谢沉舟搁了茶杯，拈了一瓣橘子，放入口中。难以言喻的酸涩席卷口腔每个角落，让人忍不住皱起眉头，谢沉舟抬眼看桑念。

对方口吻严肃："大部分人都不知道，其实像这种酸橘子的下一瓣往往是甜的，并且是整棵橘子树里最甜的那一瓣，因为它们把所有的糖分都给了它。"

谢沉舟将信将疑，又吃了一瓣。

谢沉舟："……"

桑念早等着他的反应，登时笑得前仰后合："傻瓜，哪有这种说法，一瓣是酸的，当然整个橘子都是酸的了呀。"

谢沉舟却道："是甜的。"

桑念不信："怎么可能？"

他又吃了一瓣，神色不变地将剩下半个递给她："这是凉州产的蜜橘，每一个都只有一瓣是酸的，剩下都很甜。"

桑念："？"难道修仙界的橘子品种真的不一样？她仔细观察谢沉舟的表情，再三犹豫，还是掰了一瓣，小心翼翼地咬了一小口。

桑念："……"

谢沉舟闲闲地问道："怎样？"

桑念用力比了个国际友好姿势，又想到什么似的，迅速整理好扭曲的五官，抄起橘子兴冲冲地离开，直奔苏雪音他们的马车。很快，笑声与惨叫声同时响起。

谢沉舟单手支颐，侧耳听着隔壁热闹的动静，两侧嘴角翘起一点微弱的弧度。然而他摸摸嘴角，脸上却闪过几分迷茫。

倏地，他余光瞥见路旁的密林，瞳孔一缩，最高处的树梢站着两只乌鸦，羽翼漆黑，瞳仁幽绿。接触到谢沉舟的视线，两只鸟儿对他遥遥点头，扇动翅膀飞走了。

窗边，谢沉舟眸中的温度一点点冷下去，垂头凝视着自己瘦削的指节。

"还是被找到了啊。"

第二章 自往逍遥去

回到城主府时天色已晚。

桑念来不及安抚一把鼻涕一把泪的春儿，带上换洗衣裳去汤池结结实实搓了三个小时澡。直到身上再也没有半点血腥味，她方才心满意足地上床，困得刚沾枕头便睡着了。

再醒过来时，日上三竿。桑念翻了个身，正打算睡个回笼觉，倏地对上床边一双桃子似红肿的眼，吓得残余的困意立马烟消云散。她一骨碌坐起，立马就要叫人。

春儿满脸幽怨：“小姐，是我。”

桑念捂住怦怦乱跳的心口：“我迟早有一天会被你吓死。”

春儿吸吸鼻涕，委屈地低下头。

桑念：“你在这里守了我一晚上？”

春儿：“我怕您又被抓走……”

桑念拿她没办法，叹了口气，张开双臂抱住她：“好啦，我已经没事了，你放一百二十个心吧。”

春儿瘪着嘴道：“都怪谢沉舟。城主说了，你是为了救他才被那只妖抓走的，他果然是狐狸精，害您不浅。”

“什么狐狸精。”桑念觉得有点好笑，屈指敲敲春儿的脑袋，“和谢沉舟没关系，那只妖本来就是冲着我来的。”嗯，至少原本应该是冲着她来的。

春儿擦干眼泪，小声抱怨几句，又对她笑道：“今日午时城主要宴请逍遥宗的几位少侠，府里可热闹了呢。”

桑念一拍脑门，差点把闻不语他们给忘了。

她飞快地下床：“时间快来不及了，快给我梳洗，我要赴宴。”等一切收拾妥当后，桑念起身出门。

对面谢沉舟的房间安安静静的，似乎没人在里面。桑念轻轻咬了咬唇瓣，有些烦闷。按照剧情，谢沉舟并没有资格赴宴，一直在房间里待着。等到晚上，他会趁众人不备逃跑。城主府遍寻他踪迹不得，找了整整三天，即将放弃时，他却突然自己回来了。桑蕴灵气极，认为他在故意戏弄自己，他被她折磨得几乎没了半条命。苏雪音几人心生不忍的同时更加厌恶桑蕴灵，这才故意寻了个借口想要带谢沉舟去逍遥宗。

现在……桑念不确定地想，既然昨天已经约定好，谢沉舟应该不会逃跑了吧？她踌躇几秒，脚步一转，径直走到谢沉舟的门前，抬手敲了三下。

不多时，少年冷淡的声音隔着门传来："有事？"

桑念："你有空没？"

谢沉舟："怎么了？"

桑念："我带你吃席去。"

里面沉默一会儿："我没有收到答谢宴的邀请。"

"我这不就在邀请你吗？"桑念嗓音清脆，"走吧走吧，要是去晚了可多好吃的都吃不到了。"

这一次，里面沉默得更久。

终于，谢沉舟道："不去。"

桑念不放心地嘱咐："那你就在这里等我，哪儿也别去。"

"……好。"

桑念一步三回头地离开。

等到脚步声彻底消失，谢沉舟缓步走到桌旁坐下，似笑非笑地望着虚空："还不出来？"

虚空中漾起水似的涟漪，两只乌鸦倏尔飞出。白光一闪，乌鸦落地，化作两名年轻男人。

他们穿着样式统一的黑衣，左脸皆文有大片刺青，神色冰冷，令人见之便心生畏惧。

谢沉舟还是那副懒散的模样："现在才找到我，修罗殿办事愈发废物了。"

他们脸色一变，立即跪下行礼，沉声道："属下办事不力，请少主责罚。"

谢沉舟收起笑，好一会儿，他语气冷得淬冰："尊主也知道我在这儿了？"

"是尊主察觉到您的灵力波动，特意派我们来此处寻您的。"

谢沉舟并不意外，捏捏眉尖："罢了。"

他站起身，语气平静："回修罗殿。"

地上两人对视一眼，小心翼翼地道："少主，您还不能走，尊主有令，您……

"您得留在桑蕴灵身边。"

谢沉舟眸中的戾色锋利如刀："你说什么？"

两人身体颤抖，头几乎埋到地上："桑蕴灵体内有一片昆山玉的碎片，她本该夭折，能活到现在，全靠神器之力。

“尊主要您留在她身边，不惜任何代价拿到神器碎片。”

谢沉舟沉默下去。良久，他问：“除此之外，尊主可还有话交代？”

两人道：“尊主还说，除了桑蕴灵，桑家所有人都可以死，全凭您心情。”

谢沉舟指尖轻敲桌面，淡声道：“知道了。”

“属下告退。”涟漪再起，他们的身影渐渐淡化，屋中只剩谢沉舟。

正午明亮的阳光透窗而来，无数细小的尘埃在金色光柱中浮沉。谢沉舟伸手触了触那道光，眼尾弯出一个好看的弧度：“所有人都可以死……吗？”

答谢宴设在园中水榭内。

水榭无门无窗，只用轻而薄的纱幔用作隔断，现下已全部挽在了廊柱上，外面的风景一览无余。碧湖涟漪阵阵，中央另有一湖心亭，亭中坐了十数名乐师，丝竹管弦之声绕水而来，身披彩衣的异域舞姬和音而舞，腰肢柔软，步伐翩然。

桑念看得挪不开眼，筷子在手里举了半天也没放进嘴里。

桑岐言与闻不语几人谈笑风生，余光见她这副呆样，愈发忍俊不禁。桑岐言端着剥好的蟹肉起身，离得近了才听见，她正碎碎念着什么。

他侧耳细听——她说的是：“可恶，长出来啊。”

桑岐言：“？”

桑岐言：“什么长出来？”

桑念回过神：“没事，我说胡话呢。”

他放下蟹肉，温声道：“先吃饭，菜快凉了。”

桑念忙不迭地点头，扒了两口饭，想到什么，举起茶杯，满脸豪气：“今天，我们之所以相聚在这里，是为了感谢逍遥宗几位少侠对我的救命之恩。

“我在这里以茶代酒，敬各位一杯。”

初瑶鄙夷：“茶有什么好喝的，要喝就喝酒。”

桑念一拍桌子：“那就喝酒！”

初瑶也拍桌子：“上酒来！”

桑岐言听见两人的对话，肃了神色：“念念。”

桑念不敢吱声了。

初瑶毫不留情地嘲笑她：“你都这么大了还被你哥管，不知道的以为是三岁小孩儿呢。”

话音刚落，闻不语拍了一记她后脑勺：“你也不许。”

初瑶满脸不服气：“师兄！”

他一个眼神也未给她，继续和桑岐言聊着之前的话题。

苏雪音笨拙地安慰她：“小师姐，师兄也是为了你好。你忘啦？上次你喝醉后把言渊师叔养的猫抓去阉了，害得他到现在还生你的气，不许你去他的孤竹峰玩儿。还有上上次，你趁顾白师兄沐浴……”

初瑶捂住她的嘴，咬牙道："我命令你现在就忘了上面说的所有事。"

苏雪音乖巧地点头："那没来得及说的也要忘吗？"

初瑶："……"

初瑶："都给我忘了！"

宴席进入尾声，闻不语理理衣襟起身，对苏雪音叮嘱道："有位炼器师向桑城主进献了一个新奇物件儿，恰好今日送到，他邀我一同去观看，我们去去就回。你看好你师姐，别让她闯祸。"

苏雪音拍拍胸口："放心吧师兄，我一定会照顾好小师姐的。"

另一边，桑念与初瑶对了一个眼神，埋头扒饭。等桑岐言与闻不语离席，桑念屏退众人："这儿用不着你们了，都吃饭去吧。"

春儿带着众人退下，水榭中只剩桑念三人。

桑念"啪"地放下筷子，挑眉道："我们青州的酒可是出了名的烈，你确定受得住？"

初瑶不屑："谁怂谁是狗。"

桑念就等这句话，从柜中抱出一个不大不小的酒坛，刚拍开泥封，醇厚的酒香气霎时溢满水榭。

初瑶深吸一口气，点头赞道："不错。"

"岂止不错。"桑念一边倒酒一边介绍道，"这酒名叫冷吹香，酿酒用的水是冬日梅花花蕊上的雪，入口绵软微甜，可却是实实在在的烈酒，一杯就能放倒你。"

初瑶："不可能。"

"你试试不就知道了。"桑念道。

初瑶正要端起来，苏雪音按住她的手，满脸不赞同："小师姐，我答应了师兄要照顾好你的。"

桑念试探道："那你的意思是？"

"你们怎么能喝冷的呢？多伤身体啊。"苏雪音道，"当然要热一热再喝呀。"

桑念无言以对，只能竖起大拇指："说的没错。"她找出旧年在此赏雪时用的小炉子，初瑶掐了个火诀扔进去。

酒很快便热了，白雾腾腾升起，两人兴高采烈地碰杯，仰头一饮而尽。

"咚——"两人同时倒地，安详地闭眼。

苏雪音一副早有预料的表情，活动活动手脚，扛麻袋似的两肩一边扛上一个，几个起跃离开水榭。

弦音阁。

外间不知出了什么事，沸水似的闹。

谢沉舟甫一打开房门，迎面便撞上一座"小山"，下意识后退半步。

"小山"唯一的支柱苏雪音见到他仿佛见到了救星。她将左肩扛着的桑念放下，不太好意思地说道："院子里的侍女都吓坏了，一转眼就不知去了哪儿——或许是在熬醒酒汤，哎呀，总之我还得照顾我师姐，桑姑娘就交给你了。”

桑念脚软到站不住，直直往地上倒。谢沉舟拎住她的领口将她提溜起来，蹙眉道：“为何把她交给我？”

“你与桑姑娘不是成婚了吗？”苏雪音肉眼可见的紧张，“我昨晚听丫鬟们闲聊才知道的，莫非这是什么机密？我是不是知道了不该知道的事呀？会被灭口吗？”

谢沉舟：“……不会。”

“那就好，”她放松下来，“那我就先走啦。”

谢沉舟还未说话，她没给他拒绝的机会，脚尖一点，眨眼间已飞远。

桑念打了个酒嗝，迷迷糊糊睁开眼，好脾气地拍拍谢沉舟手背：“朋友，我有些许窒息。”

谢沉舟没什么耐心地松开手：“既然醒了就自己滚回去。”

“那当然没问题。”她在原地摇摇晃晃地转了两圈，透过半掩着的房门瞧见他屋中熟悉的陈设，高兴道，“我的房间到了，师傅，麻烦刹一脚。”说完，她不知哪儿来的力气，猛地撞开谢沉舟，踉踉跄跄地冲进屋中。

谢沉舟按住闷疼的肋骨，咬牙道：“你最好不是在装醉。”

桑念张开双臂倒在床上，不忘扯出被子一角盖住肚脐眼：“我要睡觉啦，晚安哦。”

他疾步走到床边：“桑蕴灵！”

没有回应。少女双颊绯红，睡颜安稳。

谢沉舟推她：“你睁开眼看清楚，这到底是哪儿。”

她闭目哼哼唧唧：“才不会被你骗到，这就是我的屋子。”

谢沉舟：“……”

他收了声，居高临下地盯着她，眸光变幻不定。

忽地，他伸手掐住少女纤细的脖颈。

她似有所感，睁开迷蒙的双眼。

两人静静地对视，空气安静。

过了一会儿，桑念拿下他放在她脖子上的手，将半张脸埋在他掌心，歪着脑袋轻轻蹭了蹭。是真的很轻，如同羽毛飘落水面，泛起涟漪一点。

谢沉舟骤然僵住。

她弯着眼睛，笑得有几分傻气：“过年好啊，谢沉舟，我想送你一样东西。”

他抿了抿嘴角：“什么东西？”

桑念：“三千万。”

谢沉舟：“三千万？”

她语气抑扬顿挫，感情十分充沛：“千万要开心，千万要幸福，千万要健康。”

谢沉舟：“……”

他抽回自己的手，皮笑肉不笑：“城主府的人都像你这样大方吗？”

桑念揉揉眼睛，忽然哽咽一声。

谢沉舟眉头紧皱："你又怎么了？"

她伸手捂住双眼，鼻音浓重："我想看古拉拉黑暗之神大战黑皮体育生。"

谢沉舟："……"这人在发酒疯。他懒得同一个醉鬼计较，起身想要叫人进来服侍她。冷不防的，她伸手拉住他的衣袖，用力一拽，猝不及防，他被拽倒。即将压住她的瞬间，他及时撑住双臂，险险停下。两人距离瞬间拉近，他甚至能看清她眉间那粒小痣，是胭脂色的。

谢沉舟眼角小幅度地跳了跳，想要起身。

桑念抓着他的袖子不肯放手。倏尔，她眼里滚出一串清亮的泪珠，顺着眼角滑进鬓间。

"我之前对你那么坏，我对你不好，你吃了很多苦，我，我……"

谢沉舟一怔。

她有些语无伦次："你吃了很多苦，受了好多好多的伤，这都是因为我……不对，不是我，可又是我，但……"

说到这里，她停顿片刻，用他的袖子擦干眼泪，认真道："谢沉舟，我以后不对你坏了。"

谢沉舟沉默许久："你以为我会信你的花言巧语？"

桑念急得不行："我发誓，我要骗你就让我永远毕不了业！"

谢沉舟听不明白，只当她在说胡话，低声问道："那你……以后要怎样对我？"

桑念迟钝地眨了眨眼，似是在思考。

终于，她道："我要带你去海边捡贝壳。"

谢沉舟微侧了脸："捡贝壳？"

"对，捡贝壳。"说到这里，她神色雀跃，两只眼珠亮晶晶的，里面还残留着星星点点的泪光，乍一看，好似落在水底的琉璃珠子，"我要把最大最漂亮的贝壳送给你，然后把你和珍珠一起藏在里面，谁也找不着。"

谢沉舟："……为什么？"

"这样我就能保护你啦。"

脑壳疼，不仅疼还嗡嗡的。

宿醉醒来，桑念躺在床上，宛如一条失去梦想即将被红烧的咸鱼。

系统有一连串未读信息，她受不了那些不停跳动的红点，一条条点开。

谢沉舟好感度 +100

谢沉舟好感度 +300

谢沉舟好感度 +1000……

桑念反复数着上面的零，再三确认符号是增加不是下降，难以置信：谢沉舟他脑子坏掉了吗？还是说她昨天喝醉后干了什么大事？

她越想越心里发毛，摇醒同样满身酒气的六六："我昨天干吗了？"

六六晕乎乎地摇头："六六没有偷喝你们的酒，真的没有。"

桑念无奈，把它放到床里侧，穿鞋下床。

春儿快步赶来："谢天谢地，您终于醒了。"

桑念揉着太阳穴："我睡了多久？"

"整整一天一夜。"春儿道，"城主都急坏了，还好医师说您没大碍。"

桑念讪讪一笑："初瑶怎么样？当时她也醉了。"

春儿道："初瑶姑娘是仙门弟子，体质自然与您不同，醉了一两个时辰便醒了。"

桑念迟疑了一下，还是问出了口："谢沉舟呢？"

春儿嘴角抽了抽："您喝醉后赖在他的房间不走，非说那是您的屋子，谁劝都不肯走，逼急了就抱着他哭。"

完蛋，丢大脸了，她哀号一声："后来呢？我怎么回来的？"

"谁说你回去了？"

"……我还在他的房间？"

"对啊。"

"那他昨晚睡在哪儿？"

春儿指指地上。

桑念眼前一黑："城主府这么大，难道就找不出一间屋子给他住吗？为什么非要让他睡地上？"

春儿道："找得出来，可您不让。"

桑念："？"

春儿："他一走您就哭，大家都拿您没办法，只好让他留下照顾您了。"

桑念悬着的心终于死了。她生怕谢沉舟这会儿回来，抄起六六就跑。

门刚打开，外面赫然站着谢沉舟。她动作定格两秒，默默关上门。

再开，再关，谢沉舟始终站在那儿。

桑念终于认清现实，尬笑一声："好巧。"

"不巧，这是我的房间。"他道。

"哈哈哈，对哦，这是你的房间，打扰了，我现在就走。"说着，她立马准备闪人。

谢沉舟问："去哪儿？"

桑念："我……我去找初瑶他们。"

谢沉舟颔首，侧身让开路。

桑念走了两步，还是没忍住回头："那个……我昨天晚上……有对你做过什么吗？"

谢沉舟神色怪异。

她脚趾抓地："应该不是什么不好的事吧？"

"你是想问你有没有轻薄我？"他道。

桑念紧张地点头。

谢沉舟："你强行脱了我的衣服。"

桑念："！！！"

她一口气提在嗓子眼，又听他面无表情地接着说道："然后用它擦鼻涕。"

桑念："……告辞！"

她拿出百米冲刺的速度跑出弦音阁，满脸生无可恋。要是可以的话，她这辈子都不想见到谢沉舟了。强行脱了人家的衣服用来擦鼻涕，怎么说呢，不愧是她吗？桑念仰望天空，眼中三分惆怅五分忧伤八分后悔。果然酒不是个好东西，她这辈子都不会再喝了！再喝是狗！

倏地，身边有人问道："你醒了？咱们今天再喝两杯去？"

桑念："好啊好啊。"等等，她察觉到有什么不对，循声看去，几步远的石子路上，精神抖擞的初瑶和神色萎靡的苏雪音收剑归鞘。她们额头与鼻尖皆覆了一层薄汗，在清晨的阳光下熠熠生辉。

初瑶抬手打招呼："早上好。"

桑念走到她们身边："去练剑了？"

"嗯嗯。"苏雪音打起精神问道，"你好点了吗？头疼不疼？"

桑念道："已经没事了，多谢关心。初瑶怎么样？"

"别提了，"苏雪音长长叹了口气，"我昨天快被她折腾死了，要不是我拦着，你们这城主府都得被她拆了。"

说完，她又庆幸道："还好我把你托付给了谢公子，不然我真就要累死了。"

桑念心中一动，按理来说，谢沉舟是苏雪音的白月光，苏雪音见他第一面便被深深吸引，暗恋了他足足半生。可是……桑念仔细观察苏雪音，见她提起谢沉舟时神情落落大方，绝对不像是对他一见钟情的样子。再结合主角团目前堪称诡异的人设……这剧情果然彻底崩了。

事到如今，居然只有她一个恶毒女配还在艰难维系，桑念不禁泪目。

"对了，我们明天就要回宗门了，"初瑶突然道，"你要不要跟我们一起走？"

"我？"桑念诧异。桑蕴灵的确一同去了逍遥宗。不过她们邀请的是谢沉舟，至于桑蕴灵……桑蕴灵生怕谢沉舟跑了，一哭二闹三上吊的非要跟着去，否则不肯放人。主角团实在没办法，这才带上了她。

"我觉得你这个人挺不错的，很适合做我们逍遥宗的弟子。"初瑶拍拍她肩膀，"刚好我们宗门每三十年一次的招生就要到了，你可以去试试。"

桑念想了想："我可以带一个人一起去吗？"

初瑶皱眉："宗门不允许带仆从。"

"不是仆从，"桑念有点不太好意思，"我想带谢沉舟一起去，可以吗？"

初瑶："你是说你那个小白脸朋友啊。"

苏雪音晃晃她胳膊："小师姐，不要这样说人家，不礼貌。"

初瑶叉腰："可他脸本来就很白，比我还白。"

苏雪音扶额，对桑念道："可以带上谢公子，不过我们也不能保证他可以通过择选哦。我们逍遥宗作为修仙界第一宗门，择选弟子的条件可是很严苛很有底线的。”

桑念奇道：“你们不担心我落选吗？”

苏雪音老老实实地说道：“你兄长曾经给我们宗门捐过两栋藏书阁。”

桑念：“……”怪不得桑蕴灵压根儿没参加择选便能顺利拜入逍遥宗成为外门弟子。

原来是修仙界的一点人情世故罢了。

告别初瑶两人，桑念脚步轻快，直奔桑岐言的院子。

事情进展得出乎寻常的顺利，接下来，只要过了桑岐言那一关，她和谢沉舟就可以正式迈上前往逍遥宗的大道了。

不过，还有一件事……桑念环顾四周景物，暗暗握了握拳。

刚到院门，恰好闻不语与桑岐言有说有笑地从里面走出，见到她，都住了脚步。

桑岐言斜了她一眼：“酒醒了？”

桑念讪讪道：“完全清醒了。”

桑岐言舍不得骂她，故意板着脸吓唬：“再有下次，饶不了你。”

桑念连连保证。

“说来此事还是我师妹的错。”闻不语温声道，“她素来顽皮，常常连累旁人，实在抱歉。”

桑念笑道：“我们志趣相投，何来连累一说。”

“多谢桑姑娘体谅，那在下便先告辞了。”说完，闻不语微笑着对她示意一下，大步离开。

桑岐言望着他的背影，有意无意地感慨：“你本该配一个这样的人中龙凤的，可惜啊……”

桑念只当听不懂，火急火燎地拽着他进书房。

桑岐言不解：“出了什么事这样急？”

桑念砰地关上门：“哥，我来找你是为了两件事。”

桑岐言：“哪两件？”

“第一件，”桑念道，“是不是有人给你进献了一件灵器？和咱家矿有关的。”

桑岐言挑眉：“你消息倒灵通，昨日才运过来，今天就知道了。”

桑念正色道：“那东西不能用。”

桑岐言不解：“为何？”

桑念一时不知如何解释。因为桑蕴灵与谢沉舟拜入逍遥宗没过多久，桑家便出事了。

追根溯源，是因为一件灵器，一件可以探查挖掘灵石矿脉的灵器，一日采出的灵石便超过千名采矿工人三日总和之数。毫无疑问，它成了主要挖采的工具。

可没有人知道，这只是半成品。

那一天，灵器引发地下矿脉爆炸，整个青州都被埋进了地底，死了数不清的人，就连城主府上下也无一幸免，而这一切，是可以阻止的。

桑念咬咬牙，随便找了个借口："昨夜，有一名陌生仙者入梦提醒我那东西有问题，你们都会因为它而死。我醒来还是很害怕，你可以找几名炼器师来检查一下吗？"

桑岐言软下语气："念念，事关灵矿，不是你可以胡闹……"

"我没有胡闹，"桑念握住他胳膊，"正是因为事关灵矿，才更要慎重，不是吗？"

桑岐言一副拿她没办法的表情："好，我明日就请天衡宗炼器堂长老过来。"

桑念坚持："就今天，就现在。"

桑岐言只得退步："行，就现在。"

说完，他开门与值守的侍卫吩咐几句。侍卫领命而去，他踱步回来："这下你放心了吧？"

结果没出来之前，桑念的心仍旧悬着，她绞紧手指，一言不发。

倒是桑岐言蓦地想起一事，脸色冷了点："那名掳走你的小妖还没抓到，不过我已上报万仙盟发下悬赏令，不出三月，定能将他抓回来，到时候随你处置。"

桑念心不在焉道："你决定就好。"

不多时，天衡宗炼器堂的几位长老匆匆而至。

桑岐言对桑念道："地下矿脉又黑又冷，你乖乖在这儿等我，我很快回来。"说完，他带着几人离开，身影消失在道路尽头。

等待的时间一分一秒都格外漫长，桑念坐立难安。

桑岐言并没有如他所说那般去去就回，足足过了两个时辰，他才再次出现在书房门口，表情凝重。

桑念霍地站起来："如何？"

"的确有问题。"他沉声道，"你说得没错。"

桑念舒了口气："能及时发现就好。"

"我已经派人去彻查那名炼器师。"桑岐言道，"只怕此事并不简单。"

青州灵矿繁多，树大招风，暗中觊觎之人并不少。这是副本并不曾补全的内容，桑念也不清楚幕后推手是谁，只能将这件事交由他调查。

"多亏你及时发现，否则青州定有大劫。"桑岐言眼神中闪过几分试探，"不过，你真是梦见的？"

桑念斩钉截铁："没错。"

于是，桑岐言竟真的不再追问，换了个话题："你说有两件事，那第二件事是什么？"

桑念组织了一下语言："我想带着谢沉舟随初瑶他们去逍遥宗。"

"想去玩儿？"桑岐言道，"你从小没离开过家，哥哥不放心你一个人，不如我们一同前去？"

"不是去玩儿。"桑念一本正经道，"我要参加逍遥宗的新生择选，成为和初瑶一样的弟子——我梦里那位仙者说了，我是有仙缘在身的。"

桑岐言脸上轻快的表情霎时烟消云散。

“他走可以，你，我不许。”他道，话中没有半点商量的余地。

桑念认真地道：“哥哥，生活在这小小的后宅里并非我所愿，我想去看看这个世界究竟是什么样的。”

桑岐言捏捏眉心：“宅子小了就扩建，我会向东再划二十里地。”

“我不是这个意思。”桑念急道。

“念念，你身体不好，禁不起像初瑶他们那样折腾。”桑岐言劝道，“听哥哥话，就在家里待着，哪儿也别去，只有家里是最安全的。”

“……哥哥，我知道我活不长，每一天都可能是我的最后一天。”桑念道，“可就算这样，我也想在死之前去看一次夏花，听一次冬雪。”

桑岐言摇头：“你太天真了，修仙界没有你想的这样好，相反，那里处处是危机。你在外面，我便不能像在青州这样保护你。”

“我会自己保护好自己的。”桑念不肯退步。

“自己保护自己？”桑岐言气急，未来得及仔细思考，脱口而出，“你母亲也是修士，一样死得不明不白，你要怎样保护……”说到最后，他的声音渐渐小了下去。

桑念抓住敏感词：“我母亲？”

桑岐言眼里划过一丝懊恼：“你回去吧，这件事不用再想了，我不会同意。”

桑念不依不饶：“你刚刚那句话是什么意思？我母亲是修士？什么叫‘你母亲’？她难道不也是你的母亲？”

桑岐言转过身：“别问了，这不重要。”

桑蕴灵的身世恐怕没那么简单，这关系到桑念能不能顺利离开。桑念一把拉住他的手，打破砂锅问到底：“当然重要。哥，我想知道我的母亲到底是谁，这么多年你到底都瞒了我什么？你若不肯说，我自己也会去打听的，你能保证当年的事真能一点口风都不会泄露？”

更长的沉默后，桑岐言深吸一口气，垂眼看她：“我父母都是地下矿脉的采石工人，他们在一起事故中遇难身亡，上一任青州城城主将我带了回来，让我唤他为父亲。

“十岁时，父亲将刚出生没多久的你抱回来，告诉我，从今以后你就是我的妹妹。”

桑念愣了愣：“你是说……”

“我们并非亲生兄妹。”

猜测成真，却没想到是这样的走向。桑念一时不知说什么好，只能示意他继续往下讲。

桑岐言接着道：“有关你母亲的事我知道的不多，我只知道她是一名剑修，后来遭人暗算身负重伤，你早产，她也没能活下来。

“父亲极爱她，她去世后没多久，父亲便也郁郁而终。

“他临走前反复嘱咐我，要我好好照顾你，让你无忧无虑地长大。”

桑岐言举起手，再三犹豫，还是轻轻落到桑念发顶：“你是我一手带大的，在我心中，你就是我在这世上唯一的亲人。

“哥哥不会害你，留下来吧，继续让哥哥保护你。”

这番话信息量太大，桑念思绪有些乱，只得挑了个最简单的问题：“我母亲叫什么名字？”

桑岐言摇头道：“不知。”

“那害死她的是谁，父亲有说过吗？”

桑岐言凝眉思索片刻，再度摇头：“父亲也不知道。你母亲去世时并未留下只言片语，或许是未来得及说。”

他迟疑了一下，接着说道：“修仙界的修士如过江之鲫，其中结仇者不在少数，不论是杀人还是被杀，都很寻常。”

桑念默默在心里记下，猜到桑岐言极力阻止自己离开的原因：“你担心我母亲的仇人会对我下手？”

桑岐言道：“知道你真实身份的人甚少，可万一呢？在青州我尚能护着你，到了别处，难免鞭长莫及。”

桑念也觉得这是个问题，剧情现在崩成这样，难保不会出什么意外。只是，如果她走不了，谢沉舟自己去了逍遥宗，那她还怎么攻略他？还是说，干脆把他也留下吗？可她之前便答应了他要让他离开……

“这件事我再好好想想。”她起身告辞，“哥，我先回弦音阁了。”

桑岐言目送她离开，微微叹了口气，抬手按住额角。

弦音阁外。

日光明亮，谢沉舟坐在院中石凳上看书。

外面有人路过，见到他的身影，停了步子，大声喊他：“喂，小白脸。”

谢沉舟头也不抬，继续看书，仿佛没听见。

见他不搭理自己，初瑶大步走来，劈手抽了他的书：“我叫你呢，没听见？”

谢沉舟冷睨着她：“还给我。”

苏雪音小碎步追上来：“小师姐，我说过很多次了，不要这样称呼谢公子，赶紧把书还给人家。”

初瑶不甚在意地“哦”了一声，对谢沉舟道：“别看了，你赶紧收拾东西去吧，我们明天一早就得走。”

谢沉舟扯扯嘴角：“你们离开与我何干？”

“对哦，你还不知道，”初瑶跷着二郎腿坐下，随手翻着他的书，“桑念要带着你和我们一起去逍遥宗。”

谢沉舟蹙眉：“桑念？”

初瑶：“她小名叫念念，非要让我们叫她桑念。怎么，她没这样要求过你？”

谢沉舟：“没有。”

“那看来你们关系也挺一般的。”初瑶随口道，“只有亲近的人才会让对方叫自己小名。”

谢沉舟“呵”了一声：“不过是个称呼罢了。”

初瑶还想再说，苏雪音生怕她说错话得罪谢沉舟，赔着笑脸去拽她走。

初瑶挣扎着回头：“哎，那谁，你记得收拾行李，不然明天我们可不会等你，过时不候。”

谢沉舟陷入沉思，一手摩挲指腹，一手放在桌上，指尖有节奏地敲击着石桌桌面。这就是她当时说的那个离开的机会？他反复默念逍遥宗三个字，饶有兴致。三宗一殿里的逍遥宗，应当很有意思。要是去那里，也不错。

天际传来一道嘶哑的鸟叫。他抬头，只见一只乌鸦在空中盘旋。

随后，它收拢羽翼落到桌面，对他颔首示意。

“少主，”它施展传音入密，“属下已布置好一切，等您一离开青州我们便动手，定让此处鸡犬不留。”

谢沉舟低眉望着它，微微一笑：“我不记得我有让你们做这些多余的事。”

那只乌鸦抖了抖：“少主恕罪！是属下听闻您在这儿受了欺辱，想要为您报仇雪恨。”

谢沉舟还未说话，另一只乌鸦飞来：“少主，我们在采石灵器上布置的暗招被看穿了。”

“桑岐言聪明起来了。”谢沉舟嗤笑。

“不是他看出来的，是桑蕴灵。”第二只乌鸦道，“她去找了桑岐言，随后他便叫了炼器堂的人过来。”

那个草包？谢沉舟漂亮的眼睛眯了眯，嘴角微扬：“倒是有趣。”

桌上两只乌鸦见了这如沐春风般的一笑，同时打了个冷战。

“少主饶命！”它们颤声道。

谢沉舟指尖亮起一星微光，懒懒道：“不想饶。”

两只鸟儿筛糠似的抖：“求少主给属下一个将功折罪的机会！属下什么都愿意做！”

谢沉舟停了停，收回手，沉思几秒后，道：“灭城一事暂且放下，你们以后去跟着桑蕴灵，任何时间，任何地点，她的一举一动我都要知道。”

“是！”

“滚吧。”

两只乌鸦扑腾着翅膀飞走，栖在附近树枝上喘气。

忽地，一只浅黄色小鹦鹉落在它们身侧，圆溜溜的眼睛盯着它们，目光格外复杂。

两只乌鸦唯恐被看出端倪，一动不敢动，冷汗直冒。

终于，对方摇摇头，发出一声叹息：“是真丑啊。”随后在它们面前整理了一下自己鲜亮的羽毛，骄傲地转了个圈，接着振翅飞走。

化身成乌鸦的两名修罗殿殿众一阵无言。

好像被羞辱了，不确定，再看看。

去弦音阁的路上，六六不知飞去了哪儿，再回来时，嘴里叼了一串水灵灵的紫葡萄。

它格外艰难地落到桑念掌心，松开葡萄，像模像样地开始分果子："你一颗我一颗，春儿一颗我一颗，你一颗……"

桑念好笑："干吗去了，这么久才回来？"

"去后厨找吃的，结果发现两只巨丑的乌鸦，就多看了一会儿。"六六语气夸张，"我就没见过这么丑的鸟，闻起来还臭臭的。"

桑念弹它脑袋："不许在背后说其他鸟的坏话。"

六六挥挥翅膀，用力推开她的手指，气鼓鼓地道："你居然打大人的嫡系小鸡教教主世界上最伟大的六六？我要送你去挖煤！"

桑念拎起它甩了甩，作势要朝天上扔，吓得它吱哇乱叫。

等它老实下来，桑念问："我和谢沉舟可以不去逍遥宗吗？"

六六脑袋上冒了一排星星，晕乎乎地趴在她肩头："不……不可以。"

行吧……桑念叹了口气，走进弦音阁。

院中的蔷薇花架下，少年坐在石桌旁，不知在想什么，微微出神。

阳光穿过花叶间的空隙洒下，给他侧脸镀了一圈暖融融的金边，那双平日里总是阴沉沉的黑眸莹润透亮，整个人多了几分罕见的少年气。

她驻足看了一会儿，信步走过去。

听见脚步声，谢沉舟立时回神，警惕地转头。看见是桑念，他紧绷的身体放松下来，闲闲地说道："初瑶让我收拾东西，说你要带我去逍遥宗。"

桑念："……"初瑶这个大喇叭。

怪不得他看上去心情不错，原来是因为这个。

见她迟迟没有接话，他嗤了一声，起身："果然是假的。"

桑念按住他肩膀："明早就启程，你别睡过头了。"

说完，她顺手把那串碍事的葡萄放在他手心，刚要抬脚，想了想，又扭身揪走一颗塞进疯狂抗议的六六嘴里，打了个哈欠，说："我回房休息了，头疼。"

身后，谢沉舟皱眉看着手上突然多出来的葡萄，不解地想，她为何要给他这个？

他用目光询问树梢的两只乌鸦。

鸦一浑身震了震："少主别吃，一定有毒！"

鸦二毅然决然地飞去："就让属下来为少主试毒吧！"

谢沉舟一掌拍开它，摘下一颗葡萄。

鸦一、鸦二："少主！！！"

他镇定地吃下那颗葡萄。不同于之前橘子难以入口的酸涩，咬破葡萄的刹那，清甜的汁水溢满口腔。

鸦一紧张地问道："少主，可有不适？"

鸦二摇摇晃晃地飞起来：“我这就去杀了她！”

谢沉舟再次拍开他它：“里面没有下毒。”

鸦一不解：“那她给你送葡萄做什么？”

鸦二：“无事献殷勤，一定不安好心！”

谢沉舟思索片刻，眼中闪过一丝了悟，唇角绷成一条直线，颔首道：“她心悦我。”

鸦一目露惊恐：“哈？”

鸦二：“我就说她不安好心……啊？？？”

它更加惊恐。居然敢觊觎修罗殿的少主，这姑娘岂止是胆大包天，完全是不要命了。

谢沉舟眸底流露几分不屑：“呵，就凭小小一串葡萄便想讨我欢心？痴心妄想。”

叮！谢沉舟好感度 +20

系统提示音响起，正要美美入睡的桑念：“？”莫名其妙。

翌日，晨光熹微。

桑岐言特意准备的飞舟旁，闻不语几人整装待发。

初瑶手搭在额头眺目远望：“桑念怎么还不来？”

苏雪音：“许是有事耽搁了。”

初瑶问一旁靠着树的谢沉舟：“你出门的时候没和她一起？”

谢沉舟扫了眼飞舟，冷冰冰地丢来两个字：“没有。”

又等了一会儿，春儿一路小跑过来，如实传话：“初瑶姑娘，小姐说她不去了，眼下突然有急事要处理，不方便来送行，她代表全府祝你们一路平安，顺利抵达逍遥宗。”

闻言，初瑶生气道：“这人怎么说不去就不去？太没有信义了，亏我们还等着她。”

闻不语温声道：“桑姑娘从未出过远门，有顾虑是人之常情。”

“那这个人呢？”初瑶朝谢沉舟努努下巴，“他要和我们一起走吗？”

春儿飞快点头，毫不犹豫地道：“没错！”

初瑶撇嘴：“我当初叫的是她，现在她自己不去，这个小白脸反而跟我们走，这算怎么回事。”

苏雪音拉拉她衣袖：“师姐，别说了。”

“知道了。”初瑶率先跳上飞舟，双手抱臂，“转告你家小姐，我们走了。”

说到这里，她加重语气：“还有，她食言这件事我是不会原谅她的。”

春儿干巴巴地笑了一声：“几位少侠慢走。”

几人依次登上飞舟，谢沉舟慢腾腾地走在最后。春儿恨不得上手去推他前进，满脸都写着催促。谢沉舟无声地冷笑，随他们一同上了甲板。

船帆扬起，飞舟缓缓起飞。脚底的城主府逐渐缩为蚂蚁大小，直到被云雾笼罩，再也看不清，几人转身进入船舱。

城主府里，春儿止不住地开心："太好了，这个狐狸精终于走了！"

她一路小跑着回弦音阁复命："小姐！他们已经走啦，您不要太难……"

房门打开，里面空荡荡的，哪还有桑念的影子。

只见桌上放着一封信，她拿起粗略看了看，脸色瞬间惨白，匆匆跑出院子扬声喊道："不好了，小姐逃跑了！"

船舱内，几人相对而坐，商讨着接下来的路线。

忽地，初瑶用力一拍桌子："桑念怎么能就这样放我鸽子？！亏我还高兴了一晚上，我再也不会原谅她了！"

苏雪音知道她还在生气，安慰道："桑姑娘定有她的苦衷。"

闻不语浅笑："师妹似乎很喜欢桑姑娘，对她这样上心。"

"胡说，我才不喜欢她呢。"初瑶别过头，重重地哼了一声。

谢沉舟捻了粒果盘中的葡萄，忽地淡声道："还不出来？"

几人齐刷刷地看过来，不明白他为何这样说。

谢沉舟瞥了眼角落里用来装杂物的柜子："桑蕴灵，你打算在里面待多久？"

柜子里发出轻微的响动，虚虚合上的柜门推开一条缝，一只惨白的手蓦地伸出来，紧接着，是一颗乱发覆面的脑袋。

初瑶霎时瞪大了眼。

桑念爬出柜子，拨开脸上的头发，羞涩地一笑："哈哈，惊不惊喜？意不意外？"

除谢沉舟之外的几人："……"

苏雪音满脸受到惊吓的表情："你一直躲在这儿？"

桑念挠头："我怕起不来，昨天晚上就到这儿蹲着了。"

初瑶："那你侍女早上见到的是谁？"

桑念："她没见到我，我让我的鹦鹉隔着窗子和她说话来着，它会学我的声音，别人分辨不出来。"

初瑶双眼一亮，伸手道："给我看看你的鹦鹉。"

桑念把装死的六六从袖子里揪出来，初瑶小心接过，和苏雪音走到一边新奇地打量。

闻不语轻咳一声："桑姑娘，可是桑城主不许你随我们走？"

桑念搓手："哈哈，这个吗……我哥是不太赞成。"

闻不语摇头："既是如此，在下必须把你送回去才行。"

桑念："别啊，我好不容易才出来。"

闻不语道："桑姑娘，你年纪还小，这样做，你兄长会担心的。"

"我不小了，"桑念道，"我比初瑶还大呢。"

闻不语还是摇头。

桑念知道他真干得出来掉头回去这事儿，急得冷汗都出来了。

倏地，飞舟停下，桑念问道："你干的？"

闻不语同样错愕："不是我。"

一旁的谢沉舟言简意赅："桑岐言。"

桑念心里哀号一声，早知道让六六多装一会儿了。

前有桑岐言，后有闻不语，她眼见躲不过，只能硬着头皮走出去。另一辆飞舟紧挨着他们泊在云中，两舟之间架起一座小桥，紫衣青年背着手从另一侧走来。他在甲板站定，望着小步朝这儿挪的桑念，脸上无悲无喜。

"哥……"桑念觑着他的脸，弱弱地道，"我不想回去。"

桑岐言长久地盯着她，忽地，他低叹一声："罢了，那便不回去了。"

桑念又惊又喜："你同意我和他们走了？"

桑岐言摸摸她的脑袋："你高兴就好。"

桑念差点跳起来："我当然高兴！我可太高兴了！"

"你在外面，一定要万事小心。"桑岐言忧心忡忡，"别忘了哥哥和你说过的话。"

"嗯嗯，"桑念忙道，"如果有人问起来，我只说自己叫桑念，横竖和青州城没有半点关系。"

他脸上多了一点笑意，交给她一个崭新的储物袋："这里面是你的药，还有你爱吃的点心和一些防身的法器，要随身带好。"

桑念："好嘞好嘞。"

桑岐言又取出一把轻灵的长剑，指尖抚过剑鞘上镌刻的精美花纹："这是你母亲留下的，你今日一并带走吧，权当留作纪念。"

桑念双手郑重地接过："它有名字吗？"

桑岐言道："或许曾经有，但我并不知晓。"

桑念试着拔剑出鞘，却纹丝不动，怪不得他说是留作纪念，看来确实也只有纪念的作用了。

她收好剑，伸手抱住桑岐言，拍拍他后背："哥，谢谢你。"

桑岐言怔了怔，旋即弯了弯眼眸："要记得给哥哥写信，高兴的事也好，不高兴的事也好，都要告诉我。"

"嗯嗯，一定会的！"桑念松开手，后退一步，故作轻松，"不要担心我，我混不下去了会自己回来的。"

桑岐言："好，哥哥等着那一天。"他扫了眼她身后的几人，对闻不语点点头，视线在谢沉舟身上停留几秒，脸上的温情骤然消失不见。

"照顾好我妹妹，否则，我会让你后悔出生在这世上。"

扔下这句，他大步过桥："走吧。"

一声闷响，小桥收起，飞舟再度启动。

桑念趴在栏杆上，半个身子都探了出去，用力地挥舞手臂："保重！"

桑岐言不肯回头，只背对着她挥了挥手。飞舟渐行渐远，他的身影掩在重重白云后，消失得无影无踪。

桑念收回视线，翻来覆去地看了一会儿桑岐言送的储物袋，小心将它收进怀中，理了理被风吹乱的头发，在甲板通往船舱的阶梯上坐下发呆。

闻不语没有再提送她回去的事：“外面风大，进去坐吧。”

桑念：“我再吹会儿就进去。”

闻不语点点头，拿着地图径直去掌舵。

初瑶和苏雪音坐到她身边，把六六还给她，苦恼地道：“我们怎么逗它都不说话。”

桑念从储物袋里抓了把瓜子给她们：“用这个。”

果然，刚看到瓜子，六六立马停止装死，蹦起来去够她的手：“给我给我。”

初瑶和苏雪音来兴致了，接过瓜子继续逗它。

桑念拍拍手，左右看了看：“谢沉舟呢？”

初瑶头也不抬：“大师兄那儿。”

桑念伸长脖子看向船舱二楼，闻不语身边果然站着一个谢沉舟。不知闻不语说了什么，他眉毛皱成了个死结，连着额角青筋也跳了跳：“你再说一遍，南方在哪儿？”

闻不语小心地举起左手：“这儿？”

见他脸色不对，闻不语忙换了右手：“是这儿？”

谢沉舟捏紧拳头：“飞舟正在行驶的前方是什么方位？”

闻不语悟了：“前方是北方，后面是南方，对吗？”

谢沉舟对着前方那轮初升的朝阳沉默，许久，他深吸一口气：“你的罗盘呢？”

闻不语恍然大悟：“对啊，我可以按照罗盘上面的指示辨认方位。”

他满脸感激：“多谢谢兄提点。”

谢沉舟扯出一个笑脸：“不客气。”

闻不语找到自己的罗盘，施法驱动，罗盘上的指针果然开始转动。他的身体跟着一起缓缓转动，试图和指针重合。

谢沉舟：“……”

桑念走上前来：“怎么了？”

谢沉舟夺过他的罗盘，忍住掷到他脸上的冲动，咬牙道：“从出发到现在，我们已经绕着青州飞了整整十二圈。”

桑念：“……”怪不得桑岐言能这么快追上来，感情出走半生归来仍在起跑线。

闻不语一脸迷茫：“难道我认错路了吗？”

桑念扶额：“不，你是根本没有找到过路。”

在桑念的强烈要求下，闻不语被迫放弃成为一名舵手的梦想，退位让贤。

谢沉舟拍开初瑶伸来的手，对着罗盘调整前进路线，加快速度前进。初瑶翻了个白眼，故意大声和桑念吐槽：“让他掌舵？你不觉得他的名字特别不吉利吗？”

桑念："哪里不吉利？"

初瑶："他叫谢沉舟。"

她加重语气："沉、舟。"

桑念望着脚底下的飞舟，呆住。

忽地，天边一声炸雷，云层间电光闪烁，气流涌动间飞舟开始剧烈地颠簸。

桑念：不是吧……

初瑶："我就说吧！他这个名字不吉利！！！"

夹杂着冰晶的狂风刮过飞舟表面的结界，结界泛起一阵阵涟漪，摇摇欲破。闻不语施法稳住飞舟，回头朝她们道："这风不太正常，你们先进船舱。"

初瑶答应一声，冲苏雪音嚷道："阿音，我们进去！"

桑念也去拉谢沉舟："咱们走吧。"

谢沉舟凝眸望着远处，目光阴郁："有东西来了。"

桑念一惊，随着他的视线看去。天色暗沉如夜，时不时划过的闪电乍然照亮黑暗，翻涌的云层中，有什么东西蛇一样游过，急速靠近飞舟。

"轰——"

又一道惊雷伴随着闪电掠过，亮到刺眼的光芒中，桑念终于看清那东西的全貌。

她瞳孔一缩，那是……两条锁链。锁链的另一端延伸到了极远处的云里，长度未知，链身约莫手腕粗，上面覆满淡蓝色的冰晶。下一刻，它高高荡起，对着飞舟结界猛地击下。

"咔嚓——"结界发出一声哀鸣，骤然破碎。

一切发生得很快，不过眨眼间，森然寒意席卷而来。众人身形不稳，被吹得东倒西歪。狂风刀子似的割过桑念脸颊，生疼。她还拉着谢沉舟的袖子，刚要松开去扶栏杆时，失重感猝然传来。

耳边风声呼啸，脚下不再是坚实的地板，只剩一片虚无。桑念徒劳地伸手，想要抓住些什么。

倏地，一只手拎住她的后脖领，坠落的速度慢下来，直到彻底停下。她大着胆子睁开眼，看见了上方臭着脸的谢沉舟。

他脚下踩了一柄亮着微光的玄铁长剑，单手拎着她后脖领，稳稳地停在半空。

霎时间，她眼泪汪汪地道："谢沉舟。"

谢沉舟神色讥诮："我可受不起桑大小姐的道谢。"

桑念吸吸鼻涕，惆怅地道："不是，你能拎别的地方吗？或者把我放你飞剑后面站着也行，我的颈椎好像断了，马上就要死了。

"对了，谢谢你救我，回头我送你十万灵石当谢礼。"

谢沉舟："……"不知为何，他脸色更臭了，一把将她甩到飞剑后方。

剑身晃了晃，似乎在不满。

桑念还是第一次御剑，本就害怕，这一晃，她更加胆战心惊，一点点蹲下身体降低重心，颤巍巍伸手——她死死抱住了谢沉舟的腿。

谢沉舟："……"

"松手。"他道。

"我不。"她道。

"松手。"他咬牙。

"好吧。"她妥协。

距离地面仍然很高，桑念鼓起勇气站起来。她用力抱住谢沉舟劲瘦的腰身，磕磕绊绊地道："这样总、总可以了吧。"

背后突然贴了具暖烘烘的身体，谢沉舟表情僵住："放开我！"

桑念急了："这儿不让碰那儿也不让碰，怎么，你是刺猬吗？"

谢沉舟脸色铁青，胸膛急促地起伏几下，刚要说什么，忽地息了声——她在发抖。

他停了停，冷着脸驱动飞剑，朝着地面飞去。下方是一片冰湖，说是湖，却如同海一般看不见边，大得可怕。寒气化作白雾氤氲在湖面，四野寂静无声，仿佛与世隔绝。

两人落到冰层上，桑念道了声谢，随后立马撒开手，往旁边走了几步，与他拉开距离。

谢沉舟："呵。"

桑念冷得直跺脚："你'呵'什么？你刚才不想我抱着你，现在我不抱了你又在这里阴阳怪气，谢沉舟，你有……你没事吧？"

谢沉舟硬邦邦地扔下三个字："我没病。"

桑念懒得和他吵："算了，我们赶紧去找闻师兄他们会合，还不知道他们现在怎么样，有没有受伤。"

谢沉舟挑眉冷笑："你倒是关心他，人还没到逍遥宗拜师，已经开始叫上师兄了。"

桑念莫名地烦躁："我爱叫什么叫什么，师兄师兄师兄——和你有关系吗？少管我。"

谢沉舟黑了脸，讥讽道："我可不会管桑大小姐，也不敢管。"

说完，他转身就走。

桑念气得咬牙："谢沉舟你幼不幼稚啊！"话音刚落，冰层毫无征兆地裂开，轰隆巨响，她脚下一空，身体直直向下坠。冰冷的湖水从四面八方涌来灌满她的口鼻，她瞬间没顶。

耳朵里像是塞了棉花，什么也听不清。失去意识的前一秒，桑念慢慢睁开眼。湖水清透如镜，她看见黑衣少年投在水面的倒影，随着波纹有一搭没一搭地晃晃悠悠。

他就这样居高临下地看着她，一动不动。

桑念甚至能够想象到他的表情，大抵是高兴的，毕竟讨厌的人终于要死了。

"哗——"

明镜乍破，少年落入水中，板着脸向她游来，长长的黑色发丝散在水中，很像某种水藻。

桑念忍不住感慨，发质真好。

玉京，万仙盟。

仙云环绕的宫殿中，闭目打坐的男子脸色一变。

他自蒲团上站起，匆匆走出宫门，抬手招来两名道童："去禀报盟主，有人闯入了须弥界。"

道童领命，驾上仙鹤飞向悬浮在上空的小岛。

男子满脸焦急。

不一会儿，小道童回来，拱手道："启禀殿主，盟主说不碍事，'她'今日大限已至，只需派萧师兄前去探查一番，看看闯入者是何人便可。"

男子怔了许久。

"她"就要死了吗……

回过神，他握着拂尘的手紧了又紧，低声道："既如此，便让濯尘去走一遭吧。"

"咳咳……"桑念是被冻醒的。

鹅毛似的雪花乘风飘落，停在她睫羽上，好一会儿也未曾融化。她用力环住双臂，控制不住地打着冷战，嘴里一股似曾相识的甜腥味。

谢沉舟站在旁边，正用剑劈着木头。

"咳咳，你在干吗？"她差点把心肝脾肺一并咳出来。

他蹲下钻木头："生火。"

桑念虚弱地道："你不会火诀吗？"

"这里面用不了灵力。"

这里面？桑念抬头眺望远方，这才发现，他们已不在那片冰湖上。入目是平坦的原野，积雪足足堆到了膝弯处。再远一点的地方，有一座不算大的树林，里面黑漆漆的，只能瞧见零星反射的雪光。

她在心里问六六："这是哪里？"

六六飞快地道："还不清楚，但资料显示，这个地方的危险程度 S+。"

"S+？！"桑念一下坐直了，"那我们要怎样才能出去？"

"我还在找路，可是好像有股力量在干扰我，"六六道，"你等等，我去排查一下。"

可它这一去便没了音讯。桑念不想冻死在这里，哆嗦着打开储物袋，从里面拿出一粒核桃大的植物种子。她刨开面前的雪，松手将其丢到土地上。种子落地生根，几个呼吸间便长成一株半人高的植物，枝干上结满了灯笼似的半透明果子，每一个果子里面都有一团烈火熊熊燃烧着。

温度陡然升高，还在努力钻木头的谢沉舟愣住："……这是什么？"

桑念摘了一颗果子抱在怀里取暖，一边感慨自己居然这样都没死，一边回道："火。"

谢沉舟："我问的是这棵树叫什么。"

桑念："叫别看火小但贼热树，价值两千灵石。"

谢沉舟："……你自己取的名字？"

桑念："昂。"

谢沉舟扔掉手里的木棍，坐到火树旁取暖。

她这才发现，他脸色不太好，微微发白，估计为了救她费了不少劲。

"你哪里不舒服？"桑念又是愧疚又是感激，"谢谢你救了我，等离开这里我给你三千万当谢礼。"

谢沉舟别过脸，轻哼一声："千万要健康，千万要幸福，千万要快乐？"

桑念惊道："你怎么会知道这个？"

"你喝醉那天已经给过我三千万了。"

桑念尴尬："我那是酒后胡言，你别往心里去。"

"但你放心，我今天说的三千万是真的三千万灵石。"她又道，"或者你有什么其他想要的，我一起送给你。"

谢沉舟烤热了身体，大步朝树林走："桑小姐倒是个出手阔绰的好人。"

桑念忙扛起那棵小树跟上他："你几次舍身救我，你才是好人。"

"好人？"他冷笑，"可从来没人这样说过我。"

"那现在就有啦。"她踩着他在雪中留下的足印，紧紧跟在他身后，确保他能被火光照耀，语气轻快，"对我来说你就是好人，大好人，大大大好人，世界上没有比你更好的人了——除了我哥哥以外。"

谢沉舟忽地停下脚步。

她没注意，一头撞上他后背，捂着鼻子哀号："谢沉舟，我的鼻梁骨要断了！"

他微侧了脸，伸手将她拎到另一边："站远点。"

桑念不解。

风声里多了些窸窸窣窣的声音，她心里一凛，转头望向那片树林。

所有枯枝都静立在风雪中，纹丝不动，唯有垂落的树藤仿佛活了过来，不断朝他们蠕动，仿佛千百条触手。桑念鸡皮疙瘩起了一身，扛着树往旁边跑。

谢沉舟拔剑出鞘，身形笔挺。

突然，所有树藤同时冲来，试图将他绞杀。

他挥剑随意斩去，剑光骤然撕开稠密的雪幕，以雷霆万钧之势落下，树藤瞬息化作齑粉，纷纷扬扬地散在风中。

桑念叹为观止，没有灵力都这么厉害……那要是有灵力了，砍她岂不是和切菜一样简单？她摸摸脖子，总感觉凉飕飕的。

树藤仿佛永远杀不完，上一批刚消灭，下一批已冲了过来，藤身一次比一次强韧，到了最后，它们与剑刃相接时竟响起金石相击之声。

桑念当机立断扔下扛着的树，趁着火势蔓延，藤蔓燃尽成灰的空当冲到谢沉舟身边："走，这林子有古怪，当心被耗死在这儿！"

话音刚落，一条寒冰锁链从斜刺里飞出，电光石火间缠住两人的脚腕。他们瞬间失去平衡，被飞速拖进林中。新长出来的藤蔓刚想要阻止，他们却已消失得无影无踪。

等一切平静下来时，四周已换了个场景。

这是一个大到夸张的树洞，淡蓝色的冰层覆满洞壁，厚度未知，里面悬浮着无数金色符文。上百条手腕粗的寒冰锁链从穹顶伸出，一路延伸到下方巨大的冰柱内，上面同样布满金色符文。

彻骨寒意扑面而来。

不过呼吸之间，桑念的发梢与睫羽结满霜花，胸腔内的心脏传来剧烈痛感，整个人动弹不得。冰层以肉眼可见的速度爬上她的身体。

即将被冰封的那一刻，一只手用力拉了她一把。她踉跄着扑进那人的怀里，抬头一看，是谢沉舟。

他的情况并没有比她好到哪里去，肤色几乎白到透明，愈发显得双瞳点漆似的黑——像落入雪水中的乌珀。

桑念捂住心口，双唇颤抖，费力挤出一道气音："谢沉舟，我好像犯病了。"

谢沉舟垂眸瞥了她一眼，咬破指尖，在她惨白的唇瓣上轻轻一抹。

是熟悉的甜腥味，桑念抿了抿唇，将那滴血卷入口中，胸腔内的疼痛感逐渐减轻。

她一瞬间明白过来："我落水后你就给过我你的血了？"

他松开她的手，面色冷淡："你的死活与我无关，我不过是怕你兄长责罚。"

桑念正色道："君子论迹不论心。"

谢沉舟不置可否："我可不是什么君子。"

倏地，两人头顶的锁链同时唰啦啦地晃动起来。

巨响中，前方的冰柱里亮起一簇黯淡的火花。它冉冉升起，竟穿透了冰层，飞到桑念二人面前，二人周身的寒气顷刻间消散。

桑念与谢沉舟对视一眼，试探着问那簇火花："是你带我们来这里的？"

火花毫无动静，倒是冰柱中传来几声嘶哑的咳嗽声。

桑念循声看去，倒抽一口凉气。冰柱里不知什么时候多了一只怪鸟，辨不出是什么品种，生得赤身白首，三眼六爪，尾羽艳丽如霞。此时，它伏在地上，无数锁链贯穿它双翼，数不清的冰刺顺着锁链不断朝那些伤口里钻，很快又被羽毛上熊熊燃烧的烈火蒸为虚无。

桑念与谢沉舟对视一眼，微微点头。带他们来这里的，多半就是这只鸟了。

见对方似乎没什么恶意，她往前一步，小心地问道："不知前辈尊姓大名？"

怪鸟虚弱地看了她一眼，幻化为一名白发红衣女子，锁骨处的红色妖印鲜艳夺目。

她挥手隐去锁链，摇摇晃晃从地上站起："吾名窃脂。"

剧情里没这个角色，桑念更加谨慎："不知前辈带我们过来，是有何事？"

窃脂的目光扫过她的脸，在谢沉舟身上停了几秒，低下头咳嗽两声，看不清表情。

"把你们带到这儿实属无奈之举，有件事，我想要拜托你们。"

桑念问："什么事？"

窃脂抬头，神色悲戚："我本是祝余族守护灵兽的赤鷩鸟，万仙盟将我诱骗出山，以万年玄冰为笼，施展大封印术将我囚于此地整整五百年。"

听到这里，桑念下意识看了眼谢沉舟，果然，他脸色不太好。她知道，他是想起了自己被囚禁的那七年。

修仙界变态真多，动不动就把人关起来，桑念暗暗叹气："你想要我们救你出去？"

窃脂摇头，惨然一笑："我油尽灯枯，寿数已尽，出去与否，并不重要。"

桑念："……"悔得她想回家就扇自己两巴掌。

"不知前辈想拜托我们什么事？"她问。

窃脂目光慈爱："上前来。"

桑念刚要抬脚，想起六六说的 S+，犹豫了一下，又收回去："您直说就行，我就不过去了，怪冷的。"

窃脂柔声道："不必害怕，我不会伤害你们，否则，你们踏进这里的那一刻便死了。"

谢沉舟冷冷地道："就在这儿说。"

听见他的话，窃脂怔了怔，慢慢抬起眼睫，眸中泛起一缕复杂的情愫，似释然，又似自嘲，更多的是无奈："罢了，我将死之时能看见你们，已是天道垂怜。"

窃脂叹息一声，手腕翻转，掌心凝出一团乳白色的光，光团穿过冰层，慢悠悠飞到谢沉舟面前，他伸手接住，凝眸打量。

光芒消散，里面包裹的东西露出真身，是一颗拳头大的鸟蛋。

他没什么兴趣，随手交给桑念。

桑念稀奇地左看右看："这是？"

"这是我未出世的孩子，因随我身处万年玄冰中，一直未能孵化。"窃脂缓缓道，"五百年前，万仙盟便是偷走了它，我不得已出山追寻，虽夺回了它，却也失去自由，更让我守护的祝余族……"

她一字一顿地道："全族尽灭。"

桑念："是万仙盟做的？"

窃脂点头。

桑念气极。这个万仙盟不是正派势力吗？怎么完全不干人事？！

谢沉舟倏地问道："祝余族？"

"是生长在小华山的神族遗脉。"窃脂轻声道，"世上再也没有比他们更慈悲、更善良的生灵了。”

谢沉舟皱了眉头。

桑念不解：“那万仙盟为什么要杀了他们？”

窃脂沉默许久：“我也不知。”

桑念妥善收好赤鷩鸟蛋，安慰道：“前辈放心，我们会好好照顾您的孩子的。”

窃脂：“多谢。”

“既然该说的都说过了，”谢沉舟问，“你什么时候放我们走？”

窃脂眼角微微抽搐了两下，温声道：“急什么？你们且上前来，我还有一个礼物送给你们，聊表感激之情。”

桑念正要上前，谢沉舟突然拽住她的胳膊，平静地道：“不必了，我们只想离开。”

窃脂直直地盯着他，扬起的嘴角一点点放下，最后，面无表情。

空气安静下去，桑念心头升起不好的预感。她下意识摸了摸腰间挂得满满当当的护身法宝：要是打起来应该……能扛住吧？

毫无征兆的，一条锁链猛地飞来，瞬间将她卷到冰柱前。

“砰——”她狠狠摔在地上，五脏六腑几乎错位，疼得蜷起身体。

窃脂动动手指，刹那间，她腰间的护身法宝碎了一地。

桑念无语凝噎，扛得住个锤子，天杀的假货奸商！属于妖王的威压山一般压下，她猛地吐出一口鲜血，脸色惨白。

窃脂紧贴冰柱，神色癫狂：“说！你甘愿将身体奉献于我！”

桑念不肯张嘴。

“不说，那我现在就杀了你！”

窃脂展开双臂，轰的一声，桑念四周出现一片火海。

“铛——！”一道雪亮的剑光破风而来，缠在桑念脚腕的锁链发出一声巨响，猛烈震颤。

少年稳稳地握住剑柄，眼眸漆黑。他极快地斩下第二剑，剑气以风樯阵马之势落下。

又一声巨响，锁链骤然断裂。熊熊大火中出现一条真空的小路，桑念半点不犹豫，爬起来铆足了劲往外跑。

窃脂面容狰狞：“别想逃！”

巨力袭来，桑念身体控制不住地向后倒飞。谢沉舟眼角跳了跳，一把拽住她，交换两人的位置。

“砰！”他猛地撞上冰柱，闷哼一声，捂住胸口呕出一口猩红的血。

血液洒在冰柱上，窃脂身体猛地颤了颤，痛苦地捂住脑袋。她眸中时而清明时而癫狂，似有另一个人在与她争夺身体。

“他骗我，他骗了我！我要杀了所有人族！人族都该死！

“五百年，五百年啊！微生羽，你好狠的心……

“小华山没了，祝余也没了，什么都没了……不要拦着我！我只是想报仇而已，我有什么错！”

“哐当——”

束缚两人的锁链落地，窃脂对着两人嘶声低吼：“走！”

桑念拉起谢沉舟，拼命跑向洞口。

身后，镌刻的金色符文齐声嗡鸣，窃脂不断撞向冰层，尖厉的惨叫声与怒吼声交织在一处，响彻天地。四周如同地震般震颤，穹顶冰块纷纷砸下，溅起无数雪沫冰尘。

桑念紧紧握着谢沉舟的手，带着他穿梭在这片仿佛末日到来的废墟中，一步也不敢停。

她扭头对谢沉舟道：“我们一定会平安逃出去的，别怕。”

谢沉舟本要挣开她的动作顿住。

下一刻，一道粲然的金光照进洞中，桑念抬头看去。

白衣修士脚踏飞剑而来，身形修长，衣袂翻飞。他视线与桑念交汇的刹那，单手掐诀凝出一道气劲，她脚下一轻，乘着风飞向树洞。

离开树洞的瞬间，她忍不住回头看去。冰柱前，白衣修士持剑站定，剑啸如龙吟，狂风大作，金色剑影冲天而起，以势不可挡之姿斩向发狂的妖兽。

桑念几乎不敢呼吸。这就是剑修吗？好……好厉害。

“轰——”地动山摇后，一切归于平静。

窃脂的身体一点点消散。她微微仰头，目光穿过虚空，不知落到了何处。

“终于……解脱了。”她忽地伸手，想要抓住些什么。

真想再见你一面啊……我的女儿，我的……蛮蛮。

刺目的光芒闪过，原地只剩尘埃，北风呼啸，它们纷纷扬扬散开。

至此，爱也好，恨也罢，一切化作虚无。

冰湖岸边，两道身影凭空出现，惊飞树上的几只寒鸦。

“砰——”桑念呈大字形砸在雪中，有气无力地翻了个面，抹了把脸上的雪沫子，两眼无神：“总算是，逃出来了。”

谢沉舟轻飘飘地落地，看着那座冰湖，目色沉沉。

桑念缓了口气，撑着双臂坐起，低头扒拉自己的储物袋，从里面找出一堆丹药：“你的伤没事吧？赶紧过来吃两颗养元丹补补身体。”

谢沉舟云淡风轻：“区区小伤。”

桑念将装丹药的瓷瓶强行塞进他手中，语重心长地道：“少年，你的脸色看上去像死了三天还没来得及埋。”

谢沉舟面无表情地举起瓷瓶，仰头将里面的丹药倒进嘴里，用力嚼碎。

牙口挺好，专业智齿发炎户桑念实打实地羡慕了。她刚要站起来，肋间一阵刺痛，忍不住倒吸了一口凉气：“我的肋骨好像断了几根。”

说完，她又自我安慰：“幸好断的不是腿，否则就真逃不掉了。”

“能拉我一把吗？朋友。”最后，她对谢沉舟伸手，“求你了。”

谢沉舟嫌弃地一把薅起她：“你倒是乐观。”

“我说的是事实。”桑念龇牙咧嘴地站稳，“我们差点就死在那里面了。”

“也不知道来救我们的那个人是谁，”她感叹，“真厉害啊。”

谢沉舟轻嗤一声：“也不过如此。”

“两位道友。”倏地，身后有人开口，嗓音如碎玉般好听。

桑念循声回头，年轻修士临湖而立，面如冠玉，眉眼俊美。几簇冰蔷薇在他身侧争相盛放，花瓣清透如水晶，微风拂过，它们纷纷落到他袖间袍角。他低眸拾花，指节修长如玉。

桑念看呆了。好……好好看，这是真正的神仙吧……

谢沉舟似笑非笑地提醒：“口水。”

桑念忙用袖子去擦嘴，擦到一半，察觉被他戏弄，气道：“胡说，明明没有口水。”

谢沉舟冷冷地哼了一声。

桑念冲他威胁性地挥挥拳头，整理好表情，轻声问那名修士：“刚才是少侠你救了我们吗？”

修士颔首：“在下长生殿，萧濯尘。”

桑念忙介绍道：“我叫桑念，这是我朋友谢沉舟，多谢萧少侠的救命之恩。”

说着，她用力拉拉谢沉舟的袖子，示意他道谢。

谢沉舟高贵冷艳地瞥了对方一眼，再次冷哼一声。

她扶额，岔开话题：“不知萧少侠来的路上可曾看见我们的同伴？他们是逍遥宗弟子，腰间有令牌。”

“我奉师命前来查看须弥界异动，只遇见了你二人。”萧濯尘淡声道，“你们——为何会在此处？”

桑念解释道：“我们本来乘坐飞舟要去逍遥宗，结果行到此处上空的时候出了意外，我们被甩下飞舟，莫名其妙就进了你说的须弥界。”

萧濯尘略一思索：“应当是赤鹫鸟故意为之，她今日寿数将尽，大约是想夺舍。”

“怪不得她就针对我一个人，”桑念悟了，“还一个劲儿地让我把身体献给她。”

萧濯尘道：“你们没有须弥界的通行钥匙，在里面动用不了灵力，能毫发无伤地活下来，实属难得。”

桑念脱口道：“其实我断了起码三根肋骨，还吐了一箩筐的血，现在看上去活蹦乱跳只是因为回光返照。”

萧濯尘默了默：“你可有遗言要交代？我会为你转述家人朋友。”

桑念卡壳。

谢沉舟凉凉地道：“还不快说遗言，迟了可就没机会了。”

桑念剜了他一眼，轻咳两声：“对了，那只赤鹫鸟为何会被囚于此处？”

萧濯尘语调平稳：“当年她在人间作恶，火烧三万里，五十座城池因她而灰飞烟灭，城中百姓无一生还。万仙盟擒住她后本要当场斩杀，但师尊认为这样的处罚太轻，经过商讨，万仙盟决定将她秘密关押在须弥界，永受椎心之苦。”

桑念咋舌。原来这才是窃脂坐了五百年牢的真正原因吗？

“她还说万仙盟偷走了她的孩子，这个可是真的？”

萧濯尘道：“赤鷩鸟生来只听命于祝余族，人族无法将其驯服，我们要雏鸟也无用。”

桑念：“那祝余族？”

萧濯尘嗓音微寒：“古籍记载，祝余一族性情残暴，喜食人，曾有十万修士殒命小华山。”

桑念：“……”行吧，整了半天全是假的，自己被骗得团团转。她在心里为之前对万仙盟的误解忏悔三秒：对不起万仙盟，错怪你了。

“如今赤鷩鸟伏诛，我也该离开了。”萧濯尘召出灵剑，“告辞。”

桑念用力点头：“嗯嗯，萧少侠一路顺风！非常感谢你救了我们！”

萧濯尘静静地看着她，一动不动。

桑念不解，试探着问道：“你是还有什么事吗？”难道是要谢礼？

她正要从储物袋里拿灵石，萧濯尘倏地开口：“我在等你说遗言。”

桑念：“……”

身旁，谢沉舟扑哧一声笑了出来，笑声格外夸张，惊落枝头的一簇积雪。

好不容易送走萧濯尘，桑念瞪谢沉舟：“有那么好笑吗？”

谢沉舟翘着嘴角，慢悠悠道：“好笑，怎么不好笑？桑大小姐方才真该照照镜子看看自己的模样。”

桑念自信地昂首：“我表现好得很，你少揶揄我。”

谢沉舟道：“桑小姐，你的魂差点被那位英俊的少侠勾走了。”

桑念理直气壮：“谁让他那么好看，我这是正常人都会有的反应。”

谢沉舟笑容淡了点，语速放慢：“原来如此。”

叮！谢沉舟好感度 -10

桑念：“！”

她斩钉截铁地道：“再好看也没有你好看。”

谢沉舟嗤笑。

桑念十分之狗腿：“我们小谢可是青州一枝花，萧濯尘简直望尘莫及。”

谢沉舟：“呵呵。”

桑念抓耳挠腮，不明白他为什么这么反常。

“因为这个地方连接着须弥界，聚集了窃脂太多的怨气，连带着会影响到你们的心情，放大所有情绪。”

六六的声音倏地响起，它感慨道：“我的天啊，我终于能上线了，没错过什么吧？”

桑念冷笑："车撞树上你知道拐了，鼻涕掉嘴里你知道甩了，副本 Boss 打完你知道上线了。"

六六尬笑："看到宿主你还活着，我心甚慰，甚慰哈。"

桑念："一到关键时刻就指望不上你，我要你有什么用？不如洗洗送去金拱门裹上面包糠炸至金黄算了。"

六六：嘤，好歹毒的女人！

一艘飞舟缓缓驶来。隔了老远，初瑶扯着嗓子喊道："桑念，没死吧？"

桑念扬声道："好着呢！"

飞舟甫一停稳，闻不语几人大步向她走来："桑姑娘，你们没事吧？"

桑念摇头："说来话长，但现在没事了。"

苏雪音松了口气："当时看见你和谢公子掉下去，可把我们吓坏了。"

桑念没提谢沉舟有修为的事，含糊地道："是来自长生殿的萧濯尘萧少侠救了我们。"

谢沉舟扫了她一眼，没有反驳。

听到她的话，苏雪音发出一道短促的尖叫，她捂住嘴，双眼亮得吓人："萧濯尘？！"

桑念不明白她为何反应这么激烈："是他，怎么了？"

苏雪音激动道："他的名字在修仙界无人不知，人人都盼着能见他一面呢。"

萧濯尘，修仙界无可争议的天之骄子，完美得不似凡人。他出身名门，容貌俊美，天生剑骨，是修仙界年轻一辈中实至名归的第一。

苏雪音介绍道："修仙界还特意排了一个俊杰榜，他便是榜首。"

桑念明白了，这是修仙界的顶流。

见初瑶一副不屑一顾的模样，她有点疑惑。

初瑶看出她所想，直言道："我和萧濯尘的弟弟是死对头，看见萧家人就烦，更欣赏和萧家不对付的岳清兮，他排俊杰榜第二。"

苏雪音忍不住小声道："岳清兮那样的纨绔有什么值得喜欢的。"

桑念悟了，这是对家。

"我们大师兄和你哥哥也在榜上。"初瑶又道。

桑念来了兴趣："排第几？"

"大师兄排第三，你哥哥排第十。"

原来桑岐言那么有名，桑念开始认真思考倒卖桑岐言的签名能赚多少灵石。

"不过依我看，谢公子丝毫不逊色于这些人呢。"苏雪音笑道，"假以时日，谢公子必定榜上有名。"

谢沉舟漫不经心地开口："不过是虚名。"没什么好在乎的，只有桑蕴灵这样肤浅又花心的女人才在乎这些。

呵。

三日后，桑念顺利抵达逍遥宗山脚下的落仙城。

初瑶几人要先行回宗门复命，和她交代了几句后便匆匆离开。

新生择选还有一天才会开始，城中聚满了慕名前来参选的人，热闹非凡。桑念带着谢沉舟连找了几家客栈，竟然统统满房。“现在城里不会有十几万人吧？”街上人流如织，她一边走一边感慨，“想进逍遥宗也太难了。”

还不知道明天正式择选时会是什么场景。不过按剧情，光是第一关测试灵根，便会刷下一大半的人。而后第二关，第三关……最终，能进逍遥宗山门的，至多不过十人。

桑念压力格外大，灵根不用担心，桑蕴灵有，可她是凭借着桑岐言的关系进的逍遥宗。现在既然决定隐藏身份拜师，便不能再这样，她要靠自己走进逍遥宗的山门。

如果失败了……

桑念在公告栏前站定，一字一句地看着上面贴的告示。

> 逍遥宗食堂诚招两名打菜工
> 工作时间：早中晚三个时辰，上一休一，年假二十天
> 月薪三十颗灵石，包吃住

桑念双眼放光，这个弟子也不是非做不可啊。

她鬼鬼祟祟地左右看了一眼，以迅雷不及掩耳之势揭了告示揣进袖子里。

旁边目睹全程的谢沉舟：“桑蕴灵，你在干什么？”

桑念将他拉到角落，严肃地道：“不要再叫我桑蕴灵了。”

谢沉舟皱眉：“那叫什么？”

“叫我桑念吧。”她道，“或者念念也行。”

初瑶那日的话闪过耳边——只有亲近的人才会让对方叫自己的小名。谢沉舟审视着桑念，嗤笑一声：“桑蕴灵，我劝你最好对我死心。”

桑念：“啊？”

他道：“或许这一路的相处让你误会了什么，但我，谢沉舟，这辈子都不可能喜欢你。”

桑念：“啊？？”

“我如今留在你身边不过是权宜之计，”谢沉舟嗓音微寒，“等拿到……总有一日我会离开，届时你若是敢拦着我——

“我必定亲手杀了你。”

桑念：“啊？？？”

谢沉舟不再多言，抬脚大步离开。

桑念满脸问号：不是，这人有病吧。

半天时间过去，天黑时，桑念终于找到了唯一还有空房的客栈。

“你二人真是好运气，本店就剩这一间房了，但凡晚来一刻都住不上。”

掌柜笑吟吟地递上钥匙：“每隔三十年咱们落仙城都会这样热闹一回，一看你们就是第一次来，那些有经验的人提前几个月便订好了房。”

桑念接过钥匙：“确实是第一次来，没想这么多。”

掌柜抚须打量她与谢沉舟片刻，笑道：“我观你二人骨骼清奇，这次定能成功拜入逍遥。”

桑念高兴地道：“真的吗？”

掌柜：“那是自然，小老儿我在这做了这么多年的营生，可从来没看走眼过，只不过……”

桑念：“不过什么？”

“你们还缺一样东西。”他凝声道，“若是有那样东西，方可万无一失。”

桑念紧张起来：“是什么东西？”

掌柜谨慎地看了眼四周，从架子上取下两样东西。

“俗话说得好，一命二运三风水，很多事情距离成功，往往就差了那么一点运气。”他晃晃左手的符篆，“此乃慈悲崖若智大师亲手画的好运符，只要佩戴它，定能保佑你好运连连。”

谢沉舟：“……”

桑念不明觉厉：“这么神奇？！”

“先别激动，你再看看这个。”掌柜亮出右手的长剑，“这可是我的家传宝剑，由天外陨铁打造，剑身长三尺三，锋利无比，削铁如泥。

“你要想通过择选，没有这样一件称手的武器可是万万不行的。拿上它，保证你神挡杀神，佛挡杀佛。”

谢沉舟：“……”

桑念心情澎湃：“这么厉害？！”

“想拥有吗？！”掌柜道。

桑念疯狂点头：“想！！！”

“十万灵石。”他伸手。

桑念立马低头去解储物袋。

谢沉舟忍无可忍，抓住她的胳膊：“你是傻子吗？”

桑念还没说话，掌柜眼一翻，冷哼道：“我是看在你们合我眼缘的分上才忍痛割爱，既然你们不信任我，那便就此作罢。”

桑念忙道：“我要我要，你等等，我马上把灵石给你。”

说完，她推推谢沉舟：“你快放手，挡着我付钱了。”

两人僵持几秒，谢沉舟黑着脸松手。

桑念将一沓盖了印章的钱票递给掌柜：“每张面额都是一万灵石。”

钱货两讫，掌柜的脸色这才由阴转晴：“果然，姑娘一看就是识货之人。”

他扫了眼谢沉舟：“不像某人，软饭硬吃，连这个家里到底谁做主都分不清。”

谢沉舟神色阴郁："你说什么？"

"我可什么都没说。"掌柜无辜地道。

桑念小心收好符篆和宝剑，强行拉谢沉舟上楼："好了好了，天色不早了，回房休息吧。"

到了房间，谢沉舟阴着脸甩开她的手："他在嘲讽我，你没听出来？"

桑念拉开椅子坐下，欣赏刚买的符篆和宝剑，随口道："你听错了吧，我觉得他人挺好的，还送了我赠品呢。"

谢沉舟咬牙："你——"

一枚好运符塞进他腰间锦囊中，桑念拍拍锦囊，叮嘱道："好好带着，掉了我可不会给你买新的。"

他愣住，好一会儿才道："你是给我买的？"

桑念："昂。"

谢沉舟别开脸："我不需要，拿走。"

"反正放那儿又不碍着你什么事。"桑念道，"这可是好运符，可以给你带来好运的。"

她看着他的眼睛，语声雀跃："你一直那么倒霉，有了它就会好起来了，保证什么都顺顺利利的。"

谢沉舟沉默下去，再开口时，声音无端小了些："自作多情。"

他系好锦囊，一副嫌弃的表情："我过两天再扔。"

叮！谢沉舟好感度 +200

明明就很喜欢，就死装。

桑念撇撇嘴，拔出自己崭新的宝剑，好奇地问道："这把剑有你的那把厉害吗？"

谢沉舟反问："你觉得呢？"

桑念想了想："应该差不多吧？"

谢沉舟召出自己的本命剑，"咚"的一声扔到她面前，抬了抬下巴："自己看。"

桑念迫不及待地拔剑，没拔动，她疑惑地看向谢沉舟。

谢沉舟拉开另一张椅子，懒洋洋地坐下，屈指弹了弹剑身。

剑身颤了颤，不情不愿地出鞘。霎时间，一道湛然华光晃过桑念眼前，她眯了眯眼，等光芒消失后仔细看去。剑身通体为黑色，没有雕刻任何花纹，不知是什么材质，冷得惊人。

她试着拿在手中，沉甸甸的，坠得手腕疼。"感觉这把剑看上去挺普通的。"桑念道。

话音刚落，手中的剑猛地震了起来。她赶紧放下，佯装严肃："但其实认真看就会发现它一点也不普通，上面每一个细节都堪称完美，绝对是世界上最最好的剑！"

长剑安静几秒，忽地抬起剑柄，别扭地蹭了蹭她手心。

桑念:“？”

谢沉舟:“……”

“它这是怎么了？”她问。

谢沉舟收起本命剑，面无表情:“没什么，想回铸剑炉看看罢了。”

果然是剑随主人，人奇怪剑也奇怪。桑念不理解，但尊重。她起身从衣柜里抱了床被子出来:“猜拳会吗？”

谢沉舟:“问这个做什么？”

桑念挑好地方放下被子:“我们玩猜拳，一局定胜负，输的人今晚打地铺，公平公正公开，谁也不许耍赖。”

他不屑:“幼稚，不玩。”

桑念摩拳擦掌:“剪刀石头——布！”

谢沉舟与她同时伸出手。

她看了眼自己张开的手掌，又看了眼他紧握的拳头，霎时笑出声，得意地道:“我赢了！今晚我睡床，你老老实实打地铺去吧。”

谢沉舟盯着自己还紧紧握着的拳头，脸上有些茫然。

自己刚刚……怎么就出手了？

沉舟这一世，七罪具全，杀孽缠身，罪该……万死。
剑霜寒
谢沉舟

世人都道谢沉舟疯了，可谁也不知道，

他只想找回一个人，他的妻子，他的……念念。

第三章 似是故人来

夜幕深沉，万籁俱寂，两只乌鸦扑簌簌飞离枝头。

僻静的深巷，它们化作人身，跪地对着黑衣少年行礼。

“少主，这是压制修为的丹药。”鸦一双手奉上木盒。

“少主，这是荷叶鸡。”鸦二双手奉上油纸包。

谢沉舟收了油纸包，单手揭开木盒盖子，里面躺了一枚褐色灵丹，药香苦涩。他随意拿起，咽下。丹药入腹，身体里的灵力急速减少，经脉开始微微刺痛。

谢沉舟并不在意：“能维持多久？”

鸦一：“三个月后恢复至金丹，又三个月后回到元婴。”

谢沉舟颔首：“六个月，足够了。”

鸦一道：“现在哪怕是逍遥宗宗主来了，也看不出您本来的修为，只会认为您是一名英俊又天赋非凡的普通人，您定能成功打入逍遥宗内部！”

鸦二：“可是……我们的目标不是昆山玉碎片吗？”

鸦一斥道：“你懂什么？少主之所以跟着他们千里迢迢来到逍遥宗，目标当然不只是桑蕴灵身上的昆山玉碎片，他定是想将逍遥宗一并拿下，打正派一个措手不及。

“少主，您说我说的对吗？”

谢沉舟：“……对。”

鸦一道：“少主宏图伟略，我等望尘莫及！”

鸦二不解：“桑蕴灵路上几次遇险，少主您为何要救她？她死了我们不是正好拿到碎片吗？”

谢沉舟向后靠住墙，随意瞟了他一眼：“你在质问我？”

鸦二：“属下不敢！”

谢沉舟嗓音淡淡："桑蕴灵若是死了，她身上的碎片也会一起消失，想要拿到碎片，只能另寻他法。"

鸦一："少主忍辱负重，我等望尘莫及！"

鸦二恍然大悟："原来如此，属下还以为少主您也喜欢上她了呢。"

谢沉舟冷笑："呵，我绝不可能喜欢这样一个粗鲁无礼的女子。"

鸦一："少主坚守本心，我等望尘莫及！"

鸦二："属下会找机会潜入逍遥宗，全力配合少主大计，早日拿下逍遥宗！"

谢沉舟寒声道："拿下逍遥宗之前，还有一件事要你们去做。"

鸦一鸦二皆是神情一肃："属下愿为少主赴汤蹈火！"

谢沉舟对他们勾勾手指："过来。"

两人紧张上前，听谢沉舟传音入密。待话闭，他们脸色一变，面面相觑。

谢沉舟："听明白了吗？"

鸦一鸦二点头："明白！"

谢沉舟："滚吧。"

两人行礼告退，闪身离开。

巷中只剩谢沉舟一人。他掸掸衣襟上不存在的灰尘，看了眼头顶漫天的星子，嘴角微翘，拎着荷叶鸡快步走回客栈。

推开房门，桑念正趴在桌上研究一枚鸟蛋。见到他回来，她双眼一亮，快步迎上来接过他手里的纸包，抱怨道："买个夜宵怎么这么慢，我都要饿死了。"

说着，她打开纸包："哇，是荷叶鸡！"

谢沉舟冷声道："我不是你家里的下人，再敢使唤我……"

刚说到一半，一只鸡腿倏地塞进他嘴里，生生将后面的话给堵了回去。

"别说了，赶紧趁热吃，"桑念掰下另一只鸡腿，张嘴咬下一大口，声音有些含糊，"凉了就不好吃了。"

谢沉舟取出嘴里的鸡腿，看着她油汪汪的手直皱眉。

"我吃之前洗过手了，三遍。"桑念不满道，"别用这种眼神看着我。"

谢沉舟轻嘲："桑小姐的吃相果真豪迈。"

桑念翻了个白眼，不客气地道："这个世界上就没有能优雅啃完一只荷叶鸡的人，就算有，也还没出生。你要吃就吃，不想吃就闭嘴去睡觉，别在这里阴阳怪气影响我食欲。"

谢沉舟握紧鸡腿，心想错了，桑蕴灵不仅粗鲁无礼花心，还牙尖嘴利，还贪吃。他狠狠咬下一口鸡腿肉，喜欢她这种人的人，不是傻子就是瞎子，没有例外。

楼下，客栈伙计收拾好桌椅，和掌柜打了声招呼，下工离开。

等人都走了，掌柜拉开柜台抽屉，眉开眼笑地数钱票。

"叩叩——"有人敲敲台面。

他警惕地抬头。柜台前站了两名黑衣男子，一人戴了青面獠牙的鬼王面具，一人戴了白眉赤目的妖魔面具。

虽看不清模样，气息却极为可怖。

掌柜心里一咯噔，收起钱票，赔笑道："本店客满了，两位客官请到别家去看看吧。"

戴鬼王面具的黑衣男子语气阴森："如果我不呢？"

掌柜大气不敢喘："两位大爷，小的不知何时得罪了您二位？"

另一名戴妖魔面具的黑衣男子缓缓道："你猜。"

掌柜的冷汗滚滚落下，讨好道："两位大爷，不如这样，我这儿恰好有慈悲崖若智大师亲笔画的符篆，还有家里祖传的宝剑两把，平时至少要卖一万灵石，今天一分不收您二位的，白送，权当交个朋友，如何？"

戴鬼王面具的黑衣男子道："甚好。"

掌柜忙不迭拿出符篆与宝剑："您笑纳，笑纳。"

话音刚落，对方猛地揪住他的衣领向他逼近。

掌柜挣不开他的手，怕得直往后仰："你要干什么？！"

戴妖魔面具的男子狞笑一声，挥手布下结界隔绝外界视线。

"不知死活的东西，坑蒙拐骗竟敢骗到我们少主头上。

"今晚，我们就让你知道知道，得罪少主的代价。"

或许是认床，又或许是惦记着择选的事，这一觉睡得不太安稳。

桑念醒来的时候，天刚亮，晨雾还未散。街上偶尔传来摊贩交谈的声音，装着货物的小木车咕噜噜压过地面，云雀掠过云间，留下一串清啼。

不算吵，但也不算安静。她翻了个身，看着睡在地上的少年。他睡得很规矩，双手交叠放在身前，一动不动。昨晚窗户忘了关，几缕晨光毫无遮挡地落在他脸上，映出他那精致的眉眼。

"睡觉了还皱着眉。"桑念咕哝一声，左右睡不着了，索性下床踮着脚去关窗。

刚走了一步，谢沉舟猛地睁眼跃起，电光火石间拔剑出鞘抵住她咽喉，似一只凶狠的兽。

桑念的脚还悬在半空："……我只是想去关窗。"

他反应过来，收好剑，用力按按额角。

桑念如愿关好窗："你总是这样吗？"

谢沉舟"嗯"了一声，眉间洇开淡淡的倦意。

桑念道："怪不得你脾气这么差，睡不好觉的人没几个是好脾气。"

谢沉舟抬眼，似笑非笑："那你还这么不怕死，处处惹我生气？"

桑念想了想，认真道："那我以后对你好点，不惹你生气了，多哄哄你。"

谢沉舟不屑："花言巧语。"

桑念看着他："是一片真心。"

两人四目相对，片刻，谢沉舟移开视线，低笑一声："真心？我可从没见到过这种东西。"

桑念目光清澈如水："没见过不代表没有。日久见人心，我对你真心与否，以后你就知道了。"

谢沉舟用力捻了捻指节，只觉得荒谬，曾经百般凌辱他的人口口声声要给他真心。

真是……可笑。更可笑的是，有那么一瞬间，他相信了。

谢沉舟闭了闭眼，指节泛白。

没用的东西。

玉京，长生殿。

萧濯尘行至殿前，询问守门童子："师尊可曾出关？"

童子："未曾。"

萧濯尘点头，将要转身离开时，殿中忽地传来一声叹息："濯尘，你回来了。"

萧濯尘垂手而立："师尊，四日前，须弥界中的妖孽已伏诛。"

里面沉默许久，问道："她临死前……可曾留下什么话？"

萧濯尘："弟子不曾听见。"

"……罢了。"里面再次传来一声叹息，"是何人闯入了须弥界？"

"是两名路人，他们本要去逍遥宗参加择选，妖孽寿数已尽，欲夺舍重生，因此将他们拉入了须弥界。"

"既然如此，退下吧。"

"是。"

殿内，微生羽缓缓睁开双眼，呕出一口猩红的血。岁月弹指流逝，五百年也不过一瞬，他想。

可是，不会再有下一个五百年了。

永远不会了。

午时正刻，落仙城的广场上响起三声钟鸣，择选即将开始。

桑念急急忙忙带着谢沉舟往那儿赶，刚下楼，鼻青脸肿的掌柜猛地扑过来。

她吓得一激灵："你怎么了？"

掌柜不敢看谢沉舟，只把昨日收的钱放到桑念手上，颤巍巍地堆出一个比哭还难看的笑："姑娘，我昨日夜观天象，最近不宜与人有钱财往来，否则容易有血光之灾，这些灵石你拿回去吧，符篆和剑就当我送你了。"

桑念犹豫："这多不好啊，占了你这么大的便宜，你开门做生意也不容易。"

"好！好得很！"掌柜急哭了，"不用在意我，我没事的，真的没事。"

桑念还要推辞几句，谢沉舟闲闲地道："择选要开始了。"

她只好作罢："那便多谢掌柜了。"

掌柜拼命点头："快走吧你。"

桑念："啊？"

掌柜："我是说慢走，两位客官慢走，哈哈。"

桑念道了声谢，与谢沉舟匆匆朝广场的方向赶。

等到了广场，那儿已经挤满了人，乌泱泱的一大片，一眼望不到头。桑念实在不想和他们挤，示意谢沉舟就在人群后方站着。

有人想在后面，自然也有人想去前方。

"滚开！"一名锦衣少年用力推开挡在他前面的路人，"敢拦小爷的路，当心让你吃不了兜着走！"

那人也不是好脾气，立时就要发作，少年身侧的护卫上前一步，有意无意地放出威压。那人脸色一白，晃了晃身体，当场跪下。

"喏，赏你的。"锦衣少年随手丢下一袋灵石，高高抬起下巴，继续前行。

人群一静，随后纷纷窃窃私语。

"竟然随身带着金丹期的护卫，看来这人大有来头。"

"怪不得这么嚣张还能胳膊腿都健全，要是没人保护，他一天至少挨八次打。"

"呵，这等没教养的东西也想进逍遥宗？痴心妄想！"

桑念也在看那名少年："这人谁啊？"

六六在她脑中回道："沈明朝，'桑蕴灵'的死敌。"

桑念一拍脑门："是他啊。"

沈明朝，十六岁，某国皇子，性格嚣张跋扈。他与桑蕴灵在逍遥宗相识，两个同样看谁不爽就抽谁的二世祖狭路相逢，心理活动大概如下：

什么，你的素质竟然敢比我的还要差？

不行，一个宗门只能有一个素质最差的人！

从今以后我就专抽他（她）！

于是，他们两天一小抽，五天一大抽，终于，他们成功在逍遥宗新一届陀螺大赛中获得冠军。

桑念："神经……"

"咚——"钟鸣再度响起，广场上的人群屏住呼吸，齐齐仰头看向头顶。

桑念也跟着看去，只见广场正中间，一道光柱冲天而起，众人头顶展开一块巨型光幕，一名须发皆白的老者现身其中："逍遥宗新生择选正式开始，择选一共分为三关，连过三关者，方可成为逍遥宗弟子。"

他的声音传遍广场每个角落："第一关，测灵根。"话音落下，他一挥衣袖，一颗巨大的黑色晶石飞到广场上空。晶石剧烈震动，一圈圈向外荡着半透明波纹。

桑念好奇地看着它。

忽地，她脚下亮起两道光芒——一道淡蓝，一道浅绿。

蓝色是桑蕴灵的水灵根，那这道绿色的又是……

"宿主，这是你自己的木灵根。"六六道，"有木灵根在，以后你修习治愈系术法会比旁人更容易。"

桑念明白了，她的天赋是打辅助当奶妈。她扫视广场，大概一半的人测出了灵根，只有极少数人同她一样是双灵根，惹得身旁的人一脸艳羡。

桑念收回视线，最后看向谢沉舟脚下，什么也没有。

她疑心自己看错了，揉揉眼睛再度看去。谢沉舟脚下亮起一道暗紫色的光芒，正是剧情中描写的雷灵根。她心里一松，刚才果然看错了。

谢沉舟不动声色地瞥了她一眼，脸上什么表情也没有。

测试结束，有人兴奋不已，有人唉声叹气。

“通过第一关的人会自动传送到第二关测试秘境。”那名老者道，“第一次使用传送阵的人可能会轻微头晕，这是正常现象，不必惊慌。”

桑念并不怎么紧张，小声提醒谢沉舟：“我听初瑶说过，第二关的考验会有很可怕的场景，但都是幻觉，你千万别害怕。”

谢沉舟漫不经心：“这个世上还没有我会害怕的东西。”

桑念一想也是，副本里谢沉舟可是第一个过关的。虽然没有具体描写他是如何过的关，总之他最后成功了。她飞快地往他手心塞了一只纸鹤：“拿着它，我们进去可能会分散，有它在就能找到对方了。”

谢沉舟随手收起。

说话间，广场下方雕刻的传送阵激活完毕，无数繁复花纹飘浮到空中，渐渐组合在一起。

测出灵根的人一个接一个消失在原地，广场眨眼间便空了下来。

桑念只觉得身体一轻，仿佛坐上了一辆正在从高处俯冲的过山车。空间飞速折叠变换，等一切平静下来，她的脑袋晕成了一团糨糊。

“宿主，你没事吧？”六六变成小鹦鹉飞出来。

桑念一张嘴，差点吐出来。她摆摆手，吸了口气：“没事。”

六六飞在她身侧：“那我们走吧。”

桑念点点头，打量四周。这是一片竹林，浓雾弥漫，能见度很低，听不见一声鸟叫，安静到能听见自己的呼吸声。置身于这样压抑的环境，几乎所有人都会控制不住地心慌。

雾中有什么东西飘过，影影绰绰的，看不清具体模样，却激起她一身的鸡皮疙瘩。

“雾里的是什么？”

“那就是根据你心中的恐惧随机捏出来的幻象，打散就行，”六六道，“放心吧，考生都是凡人，逍遥宗不会让你们真的死了，最多吓吓你们。”

“原来这关要考的核心思想是勇气。”桑念拿出掌柜赠送的宝剑，打起十二分精神，“我心里的恐惧会是什么呢？”

六六：“那得问你自己，我是小鸡，不是蛔虫。”

桑念又是好奇又是紧张。

雾更浓了几分，有什么窸窸窣窣的声音逐渐响起，仿佛电视机变成了雪花屏，沙沙作响。

桑念屏住呼吸，面前却突然出现一个白衣女子，她四肢着地，以一种诡异的姿势爬出浓雾，长长的黑色头发遮住了脸，看不见五官。沙沙的响声加大，她怪笑一声，缓缓朝桑念爬来，裸露在外的手臂肤色青白，指尖沾满淤泥和苔藓。

桑念：“……”她安详地闭上了双眼。

“宿主你清醒一点！这是假的！”六六一翅膀拍醒桑念，“没什么好害怕的！”

桑念哭丧着脸：“是吗？”

倏地，另一个方向同样传来动静。

她僵硬地转过头。一道高得离奇的影子走出浓雾，背后几条触手缓慢扭动，四肢诡异的长，仿佛四根竹竿。

随着它的靠近，桑念看清了它的脸，上面光秃秃的，什么也没有。

桑念：“……”这一下，仿佛洪水开了闸，越来越多的影子出现。

有的身穿朝服，双手前伸，指甲漆黑，獠牙外露；有的一袭红色连衣裙，血泪斑斑；有的身形佝偻，长着一张猫脸；有的浑身缠满绷带，枯瘦如干尸，不，它就是一具干尸；有的长满触手，双眼猩红，如同某种不可名状的存在。

桑念的心态在看见手持电锯怪笑着冲来的小丑时彻底崩溃。

六六：“你到底看了多少恐怖片？！”

桑念：“你不如问我有哪些恐怖片是没看过的。”

“害怕你还看那么多？！”六六一万个不理解。

桑念欲哭无泪：“你知道什么叫人菜瘾大吗？”

六六气倒。

逍遥宗，气势恢宏的大殿内，光幕飘浮在半空。

十余人站在下方谈笑风生，偶尔扫一眼光幕里的场景，姿态闲适。那里面正实时转播着第二关所有考生的动态，热闹非凡。

“听说这一次出现了不少双灵根？”姗姗来迟的大长老问道。

“是有十来个。”二长老道，“都是好苗子，只看心志如何了。”

大长老捋着胡子道：“我记得上一届新生择选只有两个双灵根，言渊和镜弦。”

“是啊，一晃三十年过去，言渊也从弟子变成了长老，已经到了可以收徒的时候了。”二长老感慨，“果真岁月不饶人。”

大长老不知想到了什么，摇摇头，叹气：“要是镜弦还在……她也该收徒了。”

二长老偷偷觑着独自坐在一边的年轻男子，对大长老摆摆手：“咱们还是别说了，言渊听不得镜弦两个字，等会又要把自己关孤竹峰去哭坟了。”

大长老心领神会，换了个话题：“宗主还没到？”

二长老道：“宗主还在闭关，如今正是紧要关头，不会过来了。”

大长老环顾全场，皱眉：“碧柯那丫头呢？”

“估计不知道又醉倒在哪个角落了。”二长老失笑，“她的性子你又不是不清楚，天塌下来也没有喝酒重要。依我看，初瑶竟不该拜你为师，和她反倒是天生的师徒。”

大长老不满："屡教不改，哪有一点长老的样子。"

二长老道："行了，别管她了，咱们还是多关注关注那些考生为妙，早点选好心仪的苗子，省得收徒时抢不过那群牲口一样的人，他们可没脸没皮惯了。"

"我有雪音和初瑶两个徒儿就够了，早已决定不再收徒。"大长老优哉游哉地坐下，低头品茗，"何况现在才到第二关，就算有了人选，谁知道那人能不能通过第三关？一切都还为时尚早呢。"

"实不相瞒，我方才就相中了一个水木双灵根的小姑娘，她气息难得的纯净，长得还有点说不出的眼熟。

"单看面相就知道，此人心思单纯毫无杂念，通过第二关简直易如反掌。"

二长老一脸期待："让我们一起来看看她的表现吧。"

说完，他挥了挥衣袖，光幕上的画面立时变化起来，最终停在绿衣少女身上。

竹林中，绿衣少女神色惊恐，拔足狂奔。在她身后，一长串奇形怪状的生物正在疯狂追赶她，时不时发出一阵银铃般的笑声。

二长老："……？"

大长老循着二长老的视线看去，愣了愣，随后霍地起身，神情怪异："这都是些什么精怪？怎的从未见过？"

二长老认真看着手持电锯的红鼻子小丑："我也未曾见过，还有，它手上拿的法器是何物？威力居然如此强大，不动用灵力也能瞬间劈石断树！"

他激动的声音很快引来众人注意，只有坐在最边缘的言渊不为所动。

长老们聚集到光幕之下，纷纷抬头观看其中场景，同样满脸惊讶："身形僵直，且有獠牙，这应该是尸变？"他们对着少女身后那串奇形怪状的生物猜测道。

"那这个红鼻子花脸男人又是？"

"这也不太像人啊，你怎么看出它是人的？"

"还有这名老人家，她为何长着一张猫脸？行动还如此矫捷？难道受妖气所侵，即将被同化？"

众人七嘴八舌地议论着，忽地，画面一变。

"等等，她停下来了！"

"难道是想求饶认输？"

"嗐，毕竟是个娇滴滴的小姑娘，她又不知道这是幻象，估计被吓得不轻。"

竹林。

被追着跑了整整两个时辰的桑念脚刹成功，喘着粗气站稳。她脸色惨白，不知是累得还是吓得，小丑趁此机会欺身而上。

桑念劈手夺过他手里狂响的电锯，惨白的脸上五官狰狞："喜欢玩电锯是吧？"

下一刻，她狞笑着一锯子锯向他的头。小丑仿佛被戳破的气泡，"砰"的一声消散，变成一块石子落到地上。

她一点点抬起脸，目光落到其他幻象身上，发出一串语调怪异的笑声，神色癫狂："来啊，我们继续，好好玩、一起玩。"

幻象们齐齐后退两步，长了脸的角色脸上竟浮现出浓浓的恐惧，它们对视一眼，转身就跑。

她用力拉响电锯，狂笑着追上去。

光幕外的长老们："……"

画面过于残忍，他们纷纷别过头，不忍直视。

不知过了多久，幻象全部消散。

桑念抬起袖子擦擦额头上的汗，时刻牢记自己是一名心脏病人，仰头连嗑三瓶护心丹。

转身时，她与黑衣少年四目相对，他不知在那儿看了多久，神色复杂。

桑念表情僵硬，抓了抓跑散的头发，尴尬地开口："你怎么不早点过来？我刚刚好害怕。"

谢沉舟看着满地的石子，嘴角抽了抽："它们刚刚也很害怕。"

"兔子急了还咬人呢，我那是被逼无奈。"桑念理直气壮。

谢沉舟踱步上前："这些是什么东西？我为何从未见过？"

桑念随便扯了个理由："我爱做梦，这都是我做过的噩梦。"

谢沉舟毫不留情地嘲笑："竟然被几个梦吓成这副德行。"

"你进来后真的没遇见什么吗？"桑念不信，"只要是人就都有害怕的东西，你肯定藏着没说。"

"我说了没有。"谢沉舟不耐，越过她大步向前。

"哎，一起走！"桑念追上去，与他并肩而行。

后面的路程出乎意外地顺利，出口就在前方。

桑念刚松了一口气，正要加快脚步，谢沉舟却忽地停下。

她刚想开口询问，身后突然响起一阵脚步声，极轻微，仿佛有人在踮着脚前进。不是吧……还来？桑念以为这次又是哪部恐怖片里的角色，做足了心理准备，转头看向声源处。

不是奇形怪状的怪物，而是剑眉星目的美少年。是人就好，是人就好。桑念的心瞬间放回肚子里。

对方态度友好，主动与她打招呼："你好啊，我叫洛平安。"

危险解除，桑念放松下来，见他没有恶意，礼貌回道："我叫桑念，这是我朋友谢沉舟。"

谁料洛平安微笑着看向谢沉舟："我知道他的名字，我们认识很久了。"

桑念偷偷用胳膊肘捅捅谢沉舟："你朋友啊？还怪有礼貌的嘞。"

谢沉舟没有动，也没有说话。他看着洛平安的脸，仿佛坠入一场长久的旧梦，神情恍惚。

桑念叫道："谢沉舟？"

洛平安也叫："阿舟。"嗓音清朗，尾音带笑。

谢沉舟如梦初醒，猛地后退一步，脸色一点点白了下去。

桑念从没在他脸上看见过这种表情，似高兴，似怀念，似抗拒，似……恐惧。

她眼皮一跳。

谢沉舟在害怕，害怕眼前这名陌生少年，难道……

落针可闻的竹林小径上，洛平安晃晃拎着的酒坛，像从前那般对他招手，笑得开怀："难得今日有空，走，喝酒去！"

谢沉舟向他走了一步，怔怔的，魂不守舍的。

桑念一把抓住他胳膊，低喝道："谢沉舟你清醒一点！那不是真人，是幻象！"

谢沉舟木木地转过头："幻象？"

桑念："对，他是假的。"

"我知道。"谢沉舟垂眸，薄唇微动，又说了句什么，声音很轻，只有自己能听清。

桑念："你大声点，我没听见。"

谢沉舟挣开她的手，继续走向洛平安。

桑念还要再拉他，六六劝道："宿主你急也没用，幻象只能靠自己消灭，别人插不了手。"

闻言，桑念只能作罢。那边，谢沉舟已走到了洛平安面前，站定。

"阿舟，你怎么长高了这么多？"

洛平安伸手比了比两人的身高，惊讶道："我现在比你矮了半个头呢。"

谢沉舟："嗯。"

洛平安又道："那位桑姑娘是你的朋友吗？"

谢沉舟迟疑一下，点头："嗯。"

洛平安便笑了，轻轻捶了他胸口一拳："不错啊，总算交到朋友了，我真为你高兴。"

谢沉舟漆黑的眸底亮起一点微弱的光："……真的吗？"

"那当然，你可是我最好的兄弟。"洛平安哈哈大笑，"走吧，我们喝酒去，别愣在这里了。"

见谢沉舟一动不动，洛平安催促道："走啊。"

谢沉舟身体晃了晃，想要抬脚跟着他。

桑念冷汗都下来了："谢沉舟！"

谢沉舟迷蒙的神情恢复一丝清明，他定定地凝视着洛平安，许久，缓慢而坚定地摇头。

洛平安不解："阿舟？"

"洛平安已经死了。"谢沉舟低声道，"我亲手杀了他。"

"……"洛平安手中的酒坛落地，四分五裂。

冰凉的酒液在脚底漫开，谢沉舟用力闭了闭眼，不知是在对他说还是对自己说："你只是一个幻象。"

洛平安倏地一笑："所以，又要杀我了？"

“也是，”他喃喃道，“当初你就做得很好，下手很利索，不是吗？”

谢沉舟不答，冷静并指划过洛平安的颈间，指尖微不可察地颤抖。

“我会永远恨着你。”最后，洛平安这样说道。

“咚——”一枚小石子跌落地面，发出轻微的一声响。

谢沉舟俯身拾起它，低眉注视许久。再转过身来时，他脸上已无半点异常，他平静地道：“走吧。”

没有激烈的打斗，没有骇人的妖魔，有的只是两坛美酒，一位故交，半声恨意。可或许对谢沉舟来说，偏偏就是这看似无害的一幕，比世上任何事物，都更让人害怕，更需要勇气来面对。

桑念跟在谢沉舟身后，忍不住盯着他的背影看。少年身形瘦削，背脊始终挺得很直，如孤竹青松，从头到脚都写着生人勿近。那位洛平安……到底是什么人呢？他们似乎关系很好，可为什么谢沉舟要杀了他？

一路无言。

两人踏过出口，离开竹林的瞬间，谢沉舟毫无征兆地回头，她来不及收回视线，与他的眼神撞了个正着。

她讪笑一声，望望灰蒙蒙的天又望望湿漉漉的地：“今天天气挺好哈。”

谢沉舟淡声道：“你不问问我当初为何要杀他？”

桑念干巴巴地道：“不太好吧，这多冒昧。”

谢沉舟目光犀利：“你是怕知道后我会杀人灭口。”

桑念摇头：“我只是觉得，你要是愿意说自然会说，不愿意说我问也没用。”当然，也确实有那么一点害怕被灭口的担忧，一点点而已。

谢沉舟冷笑了一声，没有再说话。

竹林外不远处便是悬崖，下方云雾缭绕，深不可测。

对面山顶闪着一道亮光，那便是第二关的出口。已有好些人到了这里，他们聚集在一起，正七嘴八舌地商讨着过去的方法。

桑念：“我们也去听听？”

话音刚落，有人在身后猛地推了他们一把，大步从他们中间走过：“滚开，别挡路。”

桑念一个踉跄，抬头一看，锦衣少年高高仰着下巴，气焰嚣张。她快速回忆了一下，确定这人是沈明朝。相比于之前，他此时的模样狼狈了许多，原本束得整整齐齐的头发也散了几缕，金灿灿的发冠也不知丢哪儿去了，一看便知在竹林里的经历不太美妙。

嗯，神情依旧趾高气扬，依旧很欠揍。

“看什么看？”沈明朝道，“本皇子的玉容也是你们这些低贱的庶民配直视的？”

谢沉舟面无表情，眸中戾气翻涌。

桑念担心他对沈明朝动手，忙上前几步，挡在他与沈明朝之间，隔开两人的视线。

见状，沈明朝皱眉：“谁允许你这个庶民靠近本皇子的？滚开。”

“友情提示一下，”她皮笑肉不笑，“这里不是皇宫，我不光可以直视你，我还可以揍你。”

他轻蔑地一笑：“我可是中宫皇后所出的嫡子，你敢打我？”

“砰——”他脸上结结实实挨了一拳。

沈明朝惨叫一声，捂着流血不止的鼻子蹲到地上，又是蒙又是痛又是愤怒。

“你敢打我？！”

桑念放下薅上去的袖子，甩了甩拳头，云淡风轻：“打你就打你了，还要挑日子？”

“你——”沈明朝从地上爬起来，怒吼道，“庶民！我不诛你九族就不叫沈明朝！”

桑念撇嘴，语气毫无波澜：“啊，我好怕。”

沈明朝跳脚：“你竟敢这样对我，我可是皇子！还是嫡子！”

桑念“啧”了一声：“算了，我是个有原则的人，不和傻子吵架。”

说完，她不等他反应，拉着谢沉舟走到一边。

几乎所有人都在偷偷关注这里的动静，因着在广场上的事，不少人都对沈明朝有意见，此刻见他吃瘪，都大声笑起来。

沈明朝的脸渐渐涨成了猪肝色。他抽出腰间长鞭，气势汹汹地走向桑念：“这事儿还没完，你别……”话未说完，他对上谢沉舟不带丝毫感情的眼眸，不知为何，背上猛地蹿起一阵凉意。他曾在父皇身上看见过同样的眼神，那是……看死人的眼神。

沈明朝咽了口口水，狠狠地道：“你给我等着！”便转身离开。

听嘲笑声变大，沈明朝咬了咬牙，一心想要尽快离开这里，拿出早就准备好的飞行法器。

“呵，你们这帮庶民就老老实实在这儿待着吧。”他跳上法器，腾空飞向对面山崖，“本皇子可是第一个闯过这一关的人。”

众人笑容讥诮，并未接话，皆是一副等着看好戏的表情。

下一刻，一声高亢的尖啸划破天幕，几只黑羽雕俯冲而来，目标正是飞行法器上的沈明朝，他面露惊恐：“救命！救救我！”

无人理睬他。

在黑羽雕的轮番攻击下，沈明朝没能支撑太久，惨白着脸从法器上坠落，直直摔进悬崖下方的云雾中，惨叫声形成了回音，久久未曾散去。

摔下悬崖会直接传送回广场，并不会真的死亡，可失控坠落的过程和感觉却是清晰存在的。

“他们早知道不能靠法宝飞过去，否则会被黑羽雕攻击，却没有一个人提醒沈明朝。”光幕外，二长老微微蹙眉，“这是否太冷漠了些？”

大长老毫不在意：“他们本就是竞争关系，少一个对手不是正好吗？”

二长老："虽然，但是……"

"别虽然但是了，"大长老粗声道，"自食恶果罢了，他但凡收敛些，也不至于落到如此地步。"

旁边的几位长老深以为然："说得没错。"

二长老只好按下不提。

"不过今日看见这几只黑羽雕，倒让我想起一些有趣的陈年旧事来。"五长老笑呵呵地道。

众人好奇道："什么事？"

二长老猜到什么，拼命对他使眼色，示意他不要说下去。

五长老浑然不觉，朗声笑道："你们还记得三十年前那次择选吗？

"镜弦那丫头因黑羽雕啄了她一下，竟然硬生生将它们的羽毛都给拔了，它们记了许多年的仇，逮着机会就想报复她。"

众人哈哈大笑："怎么不记得？它们秃了以后日日去找老宗主，非要老宗主把它们的羽毛接回来，否则就吃了老宗主养的兔子。"

众人笑到一半，总算看见二长老的眼色，意识到什么，瞄了眼言渊坐着的方向，默契地同时闭上嘴。

言渊仿佛没听见他们的声音，还是那副模样端坐着，宛如一尊石像。

欢快的气氛不复存在，二长老轻咳一声："还是继续看这群孩子闯关吧。"

众人连忙附和。

悬崖边，没有一口一个贱民的沈明朝在，桑念心情都好了不少。

她按照六六所说，站到悬崖边一尊不起眼的仙鹤石雕前，装作不经意般按了按它的脑袋。

石雕震了震。忽地，鹤嘴中飞出两道光芒，化作高矮不一的悬浮石阶，一直延伸到对面山崖。"要想过去没有捷径，只能从那儿走。"桑念对谢沉舟道。

其他人纷纷走了过来，打量着石阶。"这么一块小石板，还飘在半空中，真能承受得住一个人的重量吗？"他们质疑。

"一个一个走没问题的，"桑念道，"人在这上面不会被黑羽雕攻击。"

他们仍然犹豫。

谢沉舟脚尖一点，飞身落于石阶之上。

众人倒吸了口凉气，目不转睛地看着他，只见谢沉舟负手踏上另一块石板，稳稳地走向对岸，如履平地，黑羽雕绕着他在空中盘旋，果然没有发动攻击。成功到达对面山崖后，他朝桑念微微颔首示意。

人群中炸开了锅："真能过去！"

下一个是桑念。底下就是万丈深渊，说不怕是不可能的，桑念深吸一口气。

刚要踏上石阶，一名少女推开她，急急地道："让我先来！我要拿第二！"

桑念正好还没做好心理建设，巴不得最后一个过去，赶紧让到了一边。

在石阶上行走，远没有谢沉舟表现出来的那样轻松。少女小心地踏上一块石板，不知为何，脸色一变，迈步的动作格外……诡异。

桑念的心跟着提了起来。

下一刻，石板左右晃了晃，少女脚下一滑，尖叫着坠下山崖。

桑念悬着的心终于死了。

剩下的人一个接一个走上石阶，有人成功，更多的人失败。

终于，这侧山崖只剩桑念，谢沉舟还在对面等着她。

她深吸一口气，矮下身体，伸手够到最近的石板，一点点挪了上去。很好，这个开头不错。桑念在心里鼓励了自己一句，不敢看下面，努力朝前方蠕动爬行。

很快，她就知道刚刚那样坠崖的人究竟都经历了什么——旁观视角不过方寸的石板，在她这一刻的视角里，无限延伸。天地之间似乎什么也不剩了，只有脚下这条悬空的、窄窄的、长得好像永远也到不了尽头的路。就连时间也是停滞的，不管过去多久，在外界看来，也不过转瞬。而山与山之间的距离全长大约二十几米，这样的石板，还有上百块。一旦有放弃的念头，石板便会开始剧烈晃动，将上面的人抖下去。

这关考的是毅力与恒心。

桑念明白了考点，埋头哼哧哼哧继续爬。没过多久，她体力便消耗殆尽，手心也被粗粝的石面磨得生疼，渗出丝丝缕缕的血迹。她担心等会儿会打滑，只好停下，低头去找疗伤的丹药。

黑羽雕一直在云中盘旋。蓦地，它们不知怎的，开始齐声尖啸。

桑念悚然一惊，下一秒，它们凶狠地振翅而来，幽绿的双瞳中满是愤怒。桑念猝不及防地挨了一翅膀，脑瓜子嗡嗡的。不是说好黑羽雕不会攻击石阶上的人吗，这是又抽什么风？

不只是她，黑羽雕突然发狂，所有人都吃了一惊。

光幕外，二长老急道：“这是怎么了？”

大长老同样不解：“这么多年，我还从没见它们这样过，像跟她有仇似的。”

“会不会是吃错什么东西了？”五长老猜测道。

“不管怎样，先去将这个小姑娘救下来吧。”

七长老满脸担忧：“再这样下去，黑羽雕恐怕会将她活活撕碎。”

二长老坐不住了：“我去！”

“宗门规定，任何人不得插手择选。你若去了，她便算失败，从此与逍遥宗无缘。”四长老冷冷地开口。

“人命关天。”二长老气急，“老四，你戒律堂的臭规矩能不能先放下？”

四长老语调平静：“她只要跳下石阶，传送阵就会将她送回广场，不会有性命之忧。

“只不过她同样会被判定出局，无法成为逍遥宗弟子。”

大长老拦住二长老：“他说的没错，你先静观其变，总归我们这么多人在，不会真让这丫头没了性命。”

闻言，二长老只得勉强按捺住脾气，紧张地看向光幕。

石阶上，黑羽雕的爪子钢钉一般尖利，桑念无处可躲，硬生生挨了两爪。她痛得直冒冷汗，差点以为自己被撕下了两块肉。

崖边，谢沉舟眉头紧锁，捡起一块石头用力掷出，一只黑羽雕应声而落，很快又扇着翅膀飞上来。

它朝谢沉舟疾冲而下，谢沉舟修为尽封，赤手与它缠斗，一时间竟隐隐还占了上风。

见状，另一只黑羽雕立即冲来帮忙。一下少了两只黑羽雕，桑念的压力顿时减轻不少，她稳住身体，取出重金购买的宝剑，对着面前仅剩的黑羽雕胡乱挥舞：“警告你，我这把剑可是天外玄铁打造，坚不可……”

话刚说了个开头，黑羽雕眼里出现一丝人性化的戏谑，一爪将剑夺去，仰头抛进嘴里。

嘎嘣脆。

桑念：“……”天杀的，又被卖假货的骗了。

情况危急，桑念下意识在储物袋里摸索，逮到什么扔什么。

黑羽雕一一躲过，眼中戏谑更深。

忽地，桑念摸到一件冰凉坚硬的物什，以为是护身的法宝，心里一喜，立马将它取出。

不是什么护身法宝，而是一把剑。剑身纯白轻灵，每一处细节都巧夺天工精美无比。她的伤口还在往外淌血，血液顺着手指流至剑鞘，染红了上面的冰蔷薇花纹，美得诡谲。

桑念认出这是那把只能当纪念品的剑，反手将它塞回储物袋，继续去找别的护身法宝。

黑羽雕最后一点耐心耗尽，双翅掀起巨大的罡风。她仿佛断了线的木偶，轻易被抛飞到半空，而后急速下坠。

黑羽雕仍旧不肯放过她，尖啸着啄来，橙红的喙上妖力汇聚。

蓦地，桑念腰间储物袋中迸射出几道刺目的白光，一柄纯白的长剑冲出储物袋。它嗡鸣一声，落到桑念手中，不断颤动。桑念奇迹般明白了它的意思，用力握住剑柄，一寸寸拔出剑刃。

“铮——”尘封多年的长剑出鞘，时间仿佛定格。

狂风大作，寒潮铺天盖地，空中飘落无数冰碴雪花，仿佛凛冬已至。

桑念用力挥下一剑。

光幕外，所有长老同时愣在原地。

“砰——”人群最边缘，一直漠然端坐的言渊霍地起身，手中茶盏落地，摔得粉碎。

他无知无觉，只是盯着光幕，双唇微颤：“这道剑气……”

“这道剑气——”暗室，面容俊美的年轻男子缓缓睁开眼，目光落到虚空中的某处，脸上划过一丝恍惚，“……镜弦。”

“我没看错吧？！”二长老颤着手指着光幕，问大长老，“她手上拿着的，是镜弦的散雪剑不是？”

大长老同样不可置信：“散雪剑怎么会在这个小丫头手上？”

他想到什么，脸色一变：“不好，言渊！”

众人转头一看，哪还有言渊的影子。

悬崖，剑光冲天而起，所到之处皆留下深深的剑痕，黑羽雕惊恐地哀鸣一声，摇摇晃晃着飞走。

桑念还在下坠，风声急速掠过耳畔，轰隆隆地响。她咬了咬牙，调整好姿势，用力将手中长剑钉入崖壁，伴随一串火星闪过，下坠的势头慢慢停下。

桑念双臂紧紧抓住剑柄，脚尖勉强踩住崖壁上的一处凸起，低头一看，满心庆幸——传送阵就在不到三米远的地下。只要碰到，哪怕只是一片衣角，她也会被立即传回广场。

一口气还没松完，桑念又开始犯愁。她不会御剑，给她一把剑也没用，即便这把剑看上去很牛，她在松手和向上爬之间犹豫不决。

崖间清风漾起几丝颊边碎发，痒痒的，背上和手上伤口还是很疼，桑念从头到脚没有一处不难受，正龇牙咧嘴时，一柄飞剑忽地停在她面前。

她抬头看向飞剑的主人。那是个年轻好看的男子，穿着一身最普通不过的月白长衫，长发一丝不苟地用玉簪束在头顶，目若点漆。

桑念试探着问道：“你是？”

男子深深地看着她，眼里盛满了陌生的情愫，说不出的复杂。

“言渊。”他道。

桑念听初瑶提起过这人，知道他是逍遥宗的长老，以为他是来赶自己走的，忙解释道：“我还没有碰到传送阵，不算出局，你看，还有那么远呢。”

言渊充耳不闻，只问她：“镜弦是你什么人？”

镜弦？桑念没听过这个名字，老老实实地摇头：“我不认识。”

他眸中说不清是失望还是期待：“那散雪剑怎么会在你手里？”

原来这把剑叫散雪。

桑念不敢对这个陌生人说出它的来历，警惕地道：“是我捡的，它有什么问题吗？”

“撒谎。”言渊冷冷地道，“散雪剑认主，这世上除了镜弦，便只有她的血……”

他的声音戛然而止。

“她的什么？”桑念最讨厌别人说话说一半就不说了，催促道，“你继续呀。”

言渊细细端详着她的脸，眉间怔然。

桑念不解：“你干吗这样看着我？”

他低声道：“……你生得，很像我一位故人。”

桑念心思急转，几乎立刻便想明白了前因后果。他口中说的那个镜弦，多半就是桑蕴灵的母亲。这把剑是镜弦的剑，因为沾了亲生女儿的血，于是封印解除，而他又循着剑气找到了这里，一个完美的逻辑闭环。桑岐言的担忧并无道理。桑念不知眼前这人是敌是友，并不打算轻易暴露自己的身份。总归镜弦的事后面还能再打听，现在更重要的事是——“你是来带我上去的？”她问言渊。

言渊停了几秒才缓声道：“我可以带你上去。”

“不过，”他又道，“那样你便算作出局。”

桑念表示理解。

言渊道：“你现在只要松开手就能脱困。”

桑念：“可那样我也就出局了，我不想出局，我想进逍遥宗。”

言渊沉默许久：“你若想继续参加择选，需要从这里爬上山顶，凭你如今的伤势，绝无可能做到。”

闻言，桑念腾出左手打开储物袋，从里面找出一堆装丹药的瓷瓶，也没时间区分种类了，统统倒进嘴里，嚼豆子似的吃完。不知哪颗药起了作用，她的伤口迅速愈合，耗尽的体力重新补满。

“现在呢？”她问。

言渊还是摇头：“你做不到。”

桑念认真想了想，还是道：“我试试吧，要是真的做不到，我再放弃。”她收好散雪剑，仰头看着高耸入云的山峰，抿紧嘴角，深吸一口气，缓缓移动身体。好在山体虽高，却并不十分光滑，崖壁上有不少凸起，不至于无处下脚。

见她坚持，言渊没有再说什么，转身御剑离开。

在少女看不见的角度，他停下，无声地注视着。

“宿主，你真要爬啊？”六六难以置信，“这么高的山，你四体不勤五谷不分的，怎么可能爬得上去。”

桑念用力扒住岩石：“行不行的总要试过才知道，而且我喝了谢沉舟的血，现在身体倍儿棒，肯定不会死半路上。”

六六道：“我是觉得你没必要浪费时间，刚刚那言渊一看就和镜弦有故事。

“你就算出局了又怎样？和他说一声你是镜弦的女儿，他指定能把你弄进逍遥宗，没准儿还能做长老的真传弟子。”

桑念：“嗯嗯，你说的没错。”

六六：“那你还爬？”

桑念：“我爱爬山啊。”

六六语塞。

桑念：“行了，闭嘴吧，别在这里影响我。”

“我明明是为你好！”六六道，“反正你是不可能成功的，你还非要吃这个苦头，真是愚蠢的女人！”说完，它钻回她的识海，将自己缩成了一个胖球，自顾自生闷气。

桑念不再说话，爬一会儿歇一会儿，半晌才爬出十几米远。好在这里面没有时间流速，不管过去多久，外界都不过一瞬间。崖壁上开着某种不知名小花，白花绿蕊，花瓣细腻得像羊脂玉。她随手摘了两朵别在发间，小声哼起歌。

头顶有一处不大不小的平台，可以坐着休息一会儿。她踩住一块岩石正要上去，倏地，平台处传来一道颤抖的嗓音："是谁在唱歌？！"

桑念："？"不是吧，这么小众的地方也能遇着人？

"出来！我看见你了！"那人又道。

桑念屏住呼吸，攀上平台。她小心探出半个脑袋，想看看对方究竟是何方神圣。平台最里侧，少年抱着双膝缩成一团，衣服被划得破破烂烂，血印与泥巴糊了大半身，要多凄惨有多凄惨。他的脑袋鸵鸟似的埋在臂弯里，看不见脸，只能听见哭腔浓重的声音："呜呜呜，求求你出来吧，不要再吓我了……"

桑念爬上平台，拍拍他的肩，好心地道："别哭了。你也是来参加择选不小心掉下来的吗？我有药，可以给你疗伤。"

他猛地一颤，缓缓抬起头，脏兮兮的脸颊上尚且挂着泪，鼻尖通红。

桑念："……"她收回手，转身就走。

沈明朝"嗷"的一声扑来抱住她的腿："别走！"

果然是冤家路窄，桑念扶额。她并不知道沈明朝是怎么通过择选的，只知他出场便是逍遥宗外门弟子。她之前见他掉下去，还以为是意外，没想到是卡 bug 了。

"你松开我。"她试图踹开沈明朝。

"不识好歹的女人，本皇子愿意抱着你的腿是你的荣幸！"沈明朝道。

桑念踹得更加用力："这荣幸给你你要吗？"

可不管她怎么挣扎，沈明朝都跟个狗皮膏药一样粘得死紧，她喘了口气，终于妥协："行行行，我先不走，你撒开。"

沈明朝仰着脸看她："真不走？"

桑念："真不走。"

他放心地松开手，结果桑念撒腿就跑。

头一次被骗，沈明朝愣了愣才反应过来，跺脚道："你站住！"

桑念看见他就烦，只想赶紧离开这里："我凭什么听你的。"

沈明朝拦不住她，吸吸鼻子又坐了回去，抱紧双膝。他开始很小声地哭，一边哭一边道："走就走，我才不在乎呢！我一个人在这里更好，想坐就坐想躺就躺，这么大个地盘都是我的！都是我的！！"

桑念无奈，收回攀爬岩壁的手，叹了口长长的气，转身走回去："行了，哭哭啼啼的烦死了！"她轻轻踢了他一脚，"亏你还是什么皇子，胆子还没针眼大。"

沈明朝抹了把脸，握紧拳头："你个卑贱的庶民竟敢嘲讽本皇子？！"

桑念皮笑肉不笑："你才庶你才贱，你个一辈子没人爱的家伙。"

沈明朝睁大了眼，颤抖着伸手捂住嘴："你……你说我什么？"

不等桑念回答，他尖声道："你、才、没、人、爱！！！"

桑念不想再和这个跟小学生一样的人吵，干脆直接威胁他："总之，你要再一口一个庶民，我现在就把你扔下去，说到做到。"

沈明朝缩缩脖子，抬起袖子狠狠擦了把脸，赌气似的说道："你又没告诉我你的名字。"

"不知道名字你可以叫我姑娘，而不是什么卑贱的庶民，"桑念道，"我也是没素质的人，我懂你，所以你别再给自己找理由了。"

沈明朝用力别开头，好一会儿，他扭扭捏捏地问她："那你叫什么？"

"桑念，念念不忘的念。"

沈明朝撇嘴："名字真难听，像浣衣局洗衣服的。"

"沈明朝这个名字也很一般啊，"桑念笑容亲切，"像村口挑大粪的。"

沈明朝难以置信："你说什么？"

桑念："我说你的名字听起来像挑大粪的。"

他当场奓毛："粗俗！太粗俗！！"

桑念继续微笑："所以，你最好管住自己的嘴，不然我会更粗俗，不，是粗鲁。"

沈明朝咬咬牙，重重地哼了一声："好男不跟女斗，本皇子姑且饶过你。"

桑念扔给他几样疗伤的药品与绷带，示意他自己处理伤口："你掉下来后一直待在这里？"

沈明朝笨手笨脚地上药："对。"

桑念："然后想跳下去没胆子，想爬上去又不敢，只能卡在这里哭？"

沈明朝："……你一定要说得这么直接吗？"

桑念不想再在这里耽搁下去："行吧，我就大发慈悲帮帮你。"

"什么？"沈明朝问，"怎么帮？"

桑念比画了一下距离："你坐边上，我从背后一脚把你踹下去，你就能回广场了。"

沈明朝有点心动："会疼吗？"

桑念："应该……不会吧？如果不撞到岩壁的话。"

沈明朝："万一撞到了怎么办？"

桑念："风光大办。"

沈明朝：呜呜呜……

"行了，别啰嗦了，来吧。"她活动活动手脚，"我会利利索索地送你走。"

沈明朝打了个寒战，后退两步："没有别的选择了吗？"

桑念摊手："有是有，可你也做不到啊。"

沈明朝："你不说怎么知道我做不到？"

桑念："和我一起爬上去，你做得到？"

沈明朝："那确实做不到。"

"所以别废话了。"桑念道，"赶紧的，我还赶时间呢。"

沈明朝颤巍巍地探身看了眼平台下方，视线在那些凸起的岩石上反复穿梭，表情不断变幻。

桑念："看好了没？"

他疯狂摇头："不行，会死的，一定会死的。"

桑念"啧"了一声："那我不管你了，你自求多福。"说完，她没有半点耽搁，走出平台，继续向上攀爬。

沈明朝满脸匪夷所思："你真的打算爬上去？！"

桑念："不然呢，难道我爬来爬去是在模仿猴子吗？"

沈明朝："你疯了吧？这山这么高怎么可能爬得上去？！"

桑念："不试试你怎么知道不行？"

沈明朝还要说什么，她加快速度爬出老远，正常说话的声音已听不清了。

沈明朝看看她，又看看山崖底下，最终用力一跺脚，咬牙走出平台，大声吼道："你等等我！"

他踩上桑念踩过的岩石，一边发抖一边向上爬，好胜心却被激起十丈高："既然你可以，那我也行！走着瞧吧，本皇子是不会认输的！"

秘境中的时间流速与外界不同，这里过去一天在外界也不过一瞬间。

这里的天永远亮着，桑念也不知道自己爬了多久，崖壁长长的延伸至天际，仿佛永远也到不了尽头。沈明朝跟在她后面，一开始还能和她斗两句嘴，到了后来，他两眼发直，只有喘气的份了。可看看神色沉静的桑念，他咬咬牙，继续向前。

光幕外，长老们炸开了锅："竟然真让他们爬上去了，此二人心性居然如此坚韧！"

"依我看，还是这个叫桑念的小姑娘更胜一筹。"二长老道，"若不是她，只怕沈明朝早已放弃。"

他喜道："我眼光果然不错，这个徒弟我收定了。"

"收徒可是你情我愿的事，光你剃头挑子一头热可不行。"七长老轻飘飘地道，"万一她就喜欢我的藏剑峰呢？"

二长老竖眉："你这是要和我抢了？"

七长老笑眯眯地道："什么叫抢？只不过是让她多一个选择罢了。"

二长老正要发作，五长老示意大家安静，低声道："可你们觉不觉得她眉眼间……还真有几分镜弦的影子，还有散雪剑在手，莫非真的是——"

众人对视一眼，神色各异。

悬崖下方传来一点动静，谢沉舟缓缓睁眼，视线落到悬崖边缘，那里，一只伤痕累累的手正四处摸索，寻找着平坦的支撑点。

他起身走去。

"谁？"一片阴影笼下，桑念抬头看去，眯了眯眼，试探着问，"谢沉舟？"

谢沉舟逆光而站，看不清表情："嗯。"

桑念吃了一惊："你一直在这里等我？"

谢沉舟没说话，居高临下地打量着她。少女脸蛋红扑扑的，额头与鼻尖全是汗，几缕凌乱的发丝粘在颊边，狼狈又可怜。

偏偏那双黑白分明的眼睛却亮得惊人，里面盛着的，是他从未见过的……生命力。

似初春的草，又似盛夏的树，抑或是枝头泛青的杏子，鲜活得不像话。

谢沉舟微微失神。

"不是，大哥你是真没眼力见儿啊。"桑念抱怨，"不帮忙拉我一把就算了，至少别挡路呀。"

谢沉舟视线移到她的手上，方才远远瞧着只知道上面有伤，如今离近了才发现，女孩的指尖结了一层厚厚的血垢，甲缝中全是污泥，因长时间用力抓握，指节僵得厉害。

他看了一瞬，弯腰握住那只手。

桑念借力攀上最后一块岩石，向前踉跄几步。即将撞进他怀中时，她手疾眼快地向右一闪，结结实实倒在地上。

谢沉舟正要过去，又一只手从悬崖下方伸了上来，筛糠似的抖。

"……好心人，也拉我一把吧。"沈明朝弱弱地道，"我没力气了。"

谢沉舟轻呵一声，没搭理他。

沈明朝吸吸鼻子，眼睛红红的："求你了，哥哥。"

谢沉舟满脸嫌恶，拎住他的头发一把将他扯了上来："再敢这样叫我，我杀了你。"

沈明朝痛得嗷嗷叫唤，捂住脑袋往他身上倒。

谢沉舟一脚踹开他："滚。"

沈明朝原地旋转两圈，缓缓倒在了桑念身边，动作凄美忧郁，仿佛一只折翼的蝴蝶，他眼角滑过一滴清泪："我从小到大没受过这种委屈。"

桑念默默向旁边挪了挪："那你现在受过了。"

谢沉舟走到她身边："三天。"

桑念："什么？"

谢沉舟："你用了三天时间爬上来。"

桑念听完，郑重地竖起大拇指："我真牛。"

谢沉舟："……"

"你在这里等了我三天？"她问道。

"谁说我在等你？"谢沉舟道，"我只是在这里赏景。"

"行行行，你在这里对着悬崖赏了三天的风景好了吧，"桑念起身，拍拍衣服上的灰尘，"不过你怎么知道我会爬上来？"

谢沉舟拿出她送给他的那只纸鹤，一条微弱的光线连接着两人。

"差点忘了，它可以告诉你我的位置。"桑念感叹道，"你真有耐心，我还以为你会和别人一样直接走了呢。”

谢沉舟板着脸道：“我只是为了赏景。”

天塌下来有这人的嘴顶着，桑念忍住翻白眼的冲动：“走吧走吧，赶紧去下一关。”

被遗忘的沈明朝想爬起来追上他们，最终只有气无力地翻了个身，急道：“桑念！本皇子命令你等等我！”

听见他的声音，谢沉舟脚步微不可察地顿了顿。

桑念头也不回地对沈明朝挥挥手：“记住，你欠我十六瓶聚元丹、二十瓶灵泉水，这都是要还的，连本带利地还。”

他们的身影渐渐消失在视线中，沈明朝负气地躺回去，用力捶地：“我又没说不还，等一等我怎么了？小气鬼！桑念就是个小气鬼！！！”

第三关的入口在山巅。

通过一道旋涡状的门，眼前场景瞬间变换。白云悠悠、草木葱茏的山体消失不见，取而代之的是一条长长的甬道。

桑念：“一直向前走就可以了。”

谢沉舟颔首，两人并肩进入甬道。

四周很安静，能清楚地听清彼此的呼吸声。

倏地，谢沉舟不经意般问道：“他叫你桑念。”

桑念：“啊？”

谢沉舟：“那个和你一起爬上来的人。”

她茫然：“你是说沈明朝？”

谢沉舟：“你们已经互通姓名了。”

桑念点头：“嗯嗯，没错。”

谢沉舟：“你让他叫你桑念？”

桑念道：“对呀。”

他倏地笑了一声，语速很慢：“你们关系原来这样好。”

桑念摆摆手：“我快烦死他了，话密得跟什么似的，一路都在问东问西，好像自己是我什么人一样。”

谢沉舟默了默，突然加快脚步，转眼便把桑念甩在了身后。

叮！谢沉舟好感度 -1

这是什么鬼？

桑念蒙了，小跑着去追他：“你别走太快，我跟不上。”

谢沉舟速度更快了。

桑念急了：“你这样万一我们走散了怎么办？”

谢沉舟也不知自己这是怎么了，只觉得哪儿哪儿都不对，哪儿哪儿都碍眼。他冷笑道:“散了便散了。”

桑念不解:“你生气了?为什么?”

谢沉舟:“我没有。”

桑念:“你有。”

谢沉舟:“我没有。”

桑念也来了脾气:“你有!”

“那个,两位,先暂停一下吵架可以吗?”一道声音弱弱地传来。

桑念转头一看,是一名身穿逍遥宗门派服饰的男子。她这才发现,自己与谢沉舟不知什么时候走出了甬道,来到一条宽阔的大河边。河水波涛汹涌,一座青石古桥横架在水面上。

那名逍遥宗弟子道:“这便是择选的最后一关,规则很简单,只需走过这座桥即可。”

“等会儿再吵。”桑念对谢沉舟道,“先过河。”

谢沉舟一言不发地走上桥面。刚走了一步,他脸色微变,定在原地。

桑念脚步轻快:“走啊,愣着干什么?”

谢沉舟不动声色地咽下喉间腥甜,抬脚再次向前踏出一步。他脸色倏地白了下去,表情却始终没有半点变化,稳稳地跟上桑念。

一路顺利过桥。迫不及待等在对岸的二长老殷勤地迎上来,看向桑念时,表情格外和蔼:“你们已经通过了所有考验,正式成为逍遥宗的弟子。”

桑念很是意外:“这么简单?”

“简单?”二长老失笑,“你可知这座桥叫什么?”

这她真不知道,桑念老老实实地摇头。

“此桥就是大名鼎鼎的小奈何桥,是由逍遥宗第一代宗主闯进冥界,带回来的忘川河畔的石头所搭建,能辨善恶,可识人心。”二长老悠悠地道,“若上桥之人杀孽缠身,贪、嗔、痴、恨、爱、恶、欲七罪沾染其一,则每走一步,皆如碎骨折筋,痛彻三千遍。

“这样的痛楚,没有人能够承受。”

桑念挠头:“爱也是罪?”

二长老道:“此爱非彼爱。”

桑念还是听得云里雾里,偷偷用眼神询问谢沉舟是否听懂,谢沉舟脸色已恢复正常,摇头不语。她只当他还在和自己闹脾气,撇了撇嘴,问二长老:“请问您怎么称呼?”

二长老道:“我乃逍遥宗二长老,衡阳,掌管宝华峰。”

桑念乖巧地问好:“衡阳长老好。”

二长老笑得堪称慈祥:“走吧,去逍遥宗大殿,其他人都已经到了。”

桑念点点头,道了声好。

二长老有心在她面前露一手,好为之后收徒做铺垫,故意不走寻常路,掐诀驾起祥云。

“上去吧。”他道，“我让它送你们。”

“多谢长老，”桑念小心翼翼地走上那朵云彩，壮着胆子跳了跳，脚感很是瓷实，惊叹道，“比御剑稳当些。”

二长老得意地抚须，对谢沉舟道：“这位小友，你也上去吧。”

谢沉舟沉默地走到桑念身边。

云彩腾空而起，飞向远处金碧辉煌的大殿。

地上，二长老收回眺望的视线，背着手看向另一个方向：“跟了一路了，你也不嫌累？”

风声凝滞一刹，言渊飞身落地。

“就这么放心不下？”二长老无奈。

“她是镜弦的女儿。”言渊轻声道。

二长老不同意：“胡说，镜弦从未有过道侣，何来女儿？我看倒像是转世。”

言渊揉揉眉心：“没有道侣也能有女儿。”

见他这副模样，二长老眼皮一跳：“……是你的？”

言渊静了几秒，道：“师姐不喜欢我。”

二长老摸了摸脑袋：“也是，她当初离开逍遥宗之前还好好的，有孩子也只能是那之后的事。”

过了好一会儿，言渊道：“桑念身边的少年不能进逍遥宗。”

二长老：“他已经通过考核了，没有道理不让进。”

“通过与否，你比谁都清楚。”言渊抬眸望着那座青石古桥，桥下流水激荡，几乎盖住了他的声音，“那座桥，不曾认可他。”

二长老笑呵呵地道：“只要他能顺利站到大殿上，不管他是如何过的桥，他都会成为逍遥宗弟子，规矩便是如此，谁也改变不了。”

言渊：“你为何如此护着他？”

二长老道：“头一次见到能够忍下如此痛楚还面不改色的人，稀奇。”

“培养这种心怀邪念的人，只会惹出祸端。”言渊寒声道。

二长老长长地叹了一口气，拍拍言渊的肩：“他若真的心怀邪念无药可救，是永远不可能走过那座桥的。

“既然他过了桥，为何不给他一次机会？恶人不是生下来就是恶人，好人也不是生下来就是好人的。”

言渊缄默不语。

云彩上。

这里就他们两人，桑念拉了一下谢沉舟的袖子，想和他复盘一下刚才吵架的原因：“你还生气呢？”

谢沉舟扯回自己的袖子。

桑念嬉皮笑脸："我真不明白你为什么会生气，说说呗。"

谢沉舟强行摁下体内翻涌不止的气血，面无表情："你让沈明朝叫你桑念。"

桑念满脸问号："对啊。怎么了？"

谢沉舟加重语气："你让他叫你桑念。"

桑念不明白他为什么这么介意这件事："一个称呼而已，你别无理取闹行不行？"

谢沉舟猛地呕出一口滚烫的血。

桑念傻了，谢沉舟这是……被她气吐血了？！天菩萨欸，这哥们儿心理素质也太差了吧！

桑念扶住身形摇摇晃晃的谢沉舟，结结巴巴地道："你没事吧？"

谢沉舟捂住胸口，云淡风轻地道："没事。"话音刚落，他又呕出一口血。

桑念头皮发麻："大哥，你体温都凉了。"

谢沉舟揩去唇边的血迹，只问道："你为什么要让他叫你的小名？"

桑念简直服了他："都什么时候了，咱能不能不纠结这个问题了？"

谢沉舟："你和沈明朝才刚认识。"

这个人真的是很执着，桑念脑瓜子嗡嗡的："我们不是说好了要隐藏身份吗？那我肯定不能告诉他我大名叫桑蕴灵啊，连初瑶他们几个我都特意叮嘱过了，以后我对外统一自称桑念。"

谢沉舟："……仅此而已？"

桑念："当然了，而且严格来说我的小名是念念，只有我哥哥会这么叫。"

谢沉舟沉默了。

桑念总算琢磨过味儿来，睁大了眼，没什么底气地问道："谢沉舟，你——该不会是吃醋了吧？"

谢沉舟掩唇咳嗽两声："呵，绝无此种可能。"

也对，毕竟好感度还负了小十万呢，哪可能会因为她吃醋。

桑念摇摇头："你哪里不舒服？能坚持到大殿吗？"

谢沉舟目光阴郁，没有回答。

桑念仔细回忆了一下，这一路上他并没有受伤，唯一的可能只有——她脱口而出："是那座桥？！"

谢沉舟眉间漫开一点嘲讽："我七罪具全，满手血腥，杀孽缠身，这样的人合该下地狱，怎配入仙门？"

碎骨折筋，痛彻三千遍，二长老的话犹在耳畔，所以他刚刚一直……

桑念难以置信："你是忍者吗？"

谢沉舟蹙眉："忍者是何物？"

桑念简直想掰开他的脑壳，看看里面掌管痛觉的神经是不是不存在。

"你不疼吗？"她问他。

"死不了。"谢沉舟道。

“我是问你疼不疼。”桑念拔高了一点声音，“回答我的问题。”

谢沉舟怔住。

许久，他低声道：“有一点，只有一点。”

桑念把找出来的止痛药一股脑塞进他嘴里，恨铁不成钢地道：“你要把伤口露出来才行呀，每次都像这样藏得严严实实的，别人怎么会知道你疼了还是伤了？”

谢沉舟咽下药，语气冷若冰霜：“我不需要别人知道，那是弱者才会做的事。”

话音刚落，他嘴里多了颗甜津津的梅子糖。他愣愣地，好半天才反应过来，看上去竟有些傻：“你干什么？”

桑念理所当然地道：“吃完药嘴苦，吃颗糖就不苦了。”

谢沉舟抿紧嘴角，好一会儿才道：“多此一举。”

桑念道：“是知恩图报。”

谢沉舟不解。

桑念：“我犯病的时候你给了我你的血，也多亏了这个，我才能从山底爬上去，而不是半路病发而死，我心里很感激你。”

“感激？”谢沉舟挑了挑眉梢，“倒是难得，能从你桑大小姐的嘴里听见这两个字。”

桑念耸耸肩：“反正不管你信不信，我想对你好是真的。”

谢沉舟含着梅子糖，嘴角慢慢翘起一点，很快又压下上扬的弧度，语带不屑：“谁稀罕。”

叮！谢沉舟好感度 +500

第四章 爱是快乐，而非摧毁

前方就是逍遥宗金顶，云彩缓慢下降，待到落地后化作一道青烟消散。

谢沉舟已经没有大碍了，桑念放心地松开扶着他的手，理了理衣襟，仰头看着前方华丽的大殿。她的视线被殿旁一尊巨石吸引，上面刻着几行大字，笔力遒劲。

不挑战
怕战胜
困困困
难难难

“这是我们逍遥宗的宗训。”苏雪音与初瑶不知从哪里冒出来，走到她身边，贴心介绍道。

“不挑战，怕战胜，困困困，难难难？”桑念夸道，“果然是逍遥宗的宗训，十分与众不同。”

谢沉舟挑眉。

初瑶仿佛听见什么笑话，笑得前仰后合。

苏雪音尴尬道：“是战胜困难，挑战困难，不怕困难。”

桑念：“……”得，马屁拍到了马腿上。

初瑶忍笑道：“我觉得你说的宗训比这个好。”

桑念扶额：“别拿我开玩笑了。”

苏雪音温婉地笑道：“还没恭喜你和谢公子通过择选呢，以后我们就是同门了，我会多多关照你的。”

桑念："嘿嘿，谢谢。"

"走吧，进殿。"初瑶揽过她的肩，一边走一边问道，"你想好等会儿拜谁为师了吗？"

桑念："我还能挑师父？"

初瑶："别人不行，你大概是可以的。"

桑念："为什么？"

"我也不太清楚，"初瑶道，"可能是因为你表现得太好了？"

"反正我出来的时候听见好几个长老都在说要收你做徒弟，我师尊还特意交代我们两个给你吹吹耳边风。怎么样，你要不要做我们两个的师妹？"她用下巴指了指谢沉舟，"还有这个小白脸，我也可以勉为其难地让他做我小师弟。"

谢沉舟："呵。"

桑念："你们师尊是？"

苏雪音道："是大长老，他掌管逍遥宗所有的藏书阁。"

桑念恍然："怪不得你知道我哥捐了两栋藏书阁的事。"

苏雪音害羞一笑，介绍道："逍遥宗共十二位长老，除了宗主不再收徒以外，长老们通常会从你们之间挑三到五人做真传弟子，真传弟子的地位与资源都会比内外门弟子更高更多。

"资历最老的便是我们师尊大长老，若是拜他为师，定对你日后修习多有裨益。"

听完她的科普，桑念陷入沉思：按剧情谢沉舟后面会被二长老收入门下，自己要和他拜同一个师父吗？近水楼台先得月，离得近点，任务应该也会顺利很多吧？这样想着，他们走进殿中。

霎时，无数视线投来。

桑念快速瞄了一眼殿中情形。十二位长老坐在最上方，正中央摆放着一张巨大而华丽的宝座，位置空着，大约是宗主才有资格坐。下方整整齐齐站了上百名逍遥宗弟子，打头的正是闻不语。而在他们稍前一点的地方，通过新生择选的七人垂手而站，略有些局促。

初瑶低声道："这些都是目前留在宗内的真传与内门弟子，外门弟子没资格过来。"

桑念点点头，自觉地走到那七人身边。

他们一共三男四女，年纪都不大，满脸好奇地打量着她与谢沉舟，窃窃私语。

"她不是跌落悬崖了吗？怎的来了这里？"

"对啊，难道是长老救她上来的？"

"这算不算偏心啊？别人这样肯定直接出局了。"

"就是，她穿的又这样好，多半是走后门的，有什么关系在。"

"那个——"

桑念干咳一声，对他们露出八颗细白的牙齿："我是自己爬上来的，堂堂正正靠自己，没有长老来帮过我。"

他们一愣，继而轻蔑一笑，没人相信她的话。

“你们可以不信，但不能造谣，”桑念礼貌道，“不然我会动手打人。我脾气很差，并且十分没有素质。”

他们僵了僵，默默地朝旁边走了几步，站得离她远远的。

初瑶与苏雪音也站回了自己的队伍。

“人都到齐了？”大长老清清嗓子，朗声道，“那么，逍遥宗新弟子入门仪式现在开……”

“等等！”众人纷纷望向声源处。

门口，沈明朝匆匆跑来，不知是太累还是太紧张，路上连连摔跤，跑得十分之跌跌撞撞，口中高喊道：“还有我！我也是逍遥宗的新弟子！”

他这副样子实在太过滑稽，众人哄笑。

沈明朝站到桑念空出好几人位置的左手边，喘得上气不接下气，对大长老道：“可、可以开始了。”

见状，大长老严肃的脸上也露出一丝笑意：“那么新弟子入门仪式，现在开始。”

穹顶高悬的古钟敲响，众人忙收敛神色，屏息以待。一片肃穆中，几名弟子奉上木质托盘，托盘里放着纯银打造的腰牌，正面刻着逍遥宗三个大字与宗门标志，反面则是一片空白。

桑念他们每人伸手拿了一块。

大长老道：“在心中默念自己的名字。”

桑念照做，忽地，腰牌烫了一下她的掌心。

她翻过来一看，原本空白的背面多了两个字，正是她的名字“桑念”。

其他人也是同样的情景。

“这便是你们作为逍遥宗弟子的凭证，切记好生保管，勿要遗落。”大长老道，“若是在外游历期间遇见同门，务必守望相助。”

除了谢沉舟，九名新弟子格外兴奋，齐声道：“谨遵长老教诲！”

大长老一振衣袖，十盏琉璃灯凭空出现，悬在他们面前。

“这是命灯，以血为灯芯，人死灯灭。”他解释道，“若你们遭遇不测，宗门会第一时间知晓，派人前去为你们收尸。”

新弟子们面面相觑，一个女孩儿小声问道：“不为我们报仇吗？”

大长老和蔼地道：“如果你死于非命的话，一定会的。”

她尴尬地闭上嘴。

“现在，滴一滴血进去，点燃命灯。”

众人纷纷割破指尖。

桑念实在狠不下心，把匕首递给谢沉舟：“你来，割一个小口子就行了，一点点小的那种哦。”

谢沉舟凝眉，刀尖一点点刺进她柔软的指腹，一粒殷红的血珠慢慢聚集。

他从前常常将别人的手指齐根切下，或是直接挑断其掌中经脉，刀快而稳。这是第一次不带一丝杀意地拿起刀，他不甚习惯地捻了捻指尖，退回一旁。

桑念挤了一滴血滴到琉璃灯中——没燃。

桑念：“？”

她又挤了一滴。

灯炸了。

桑念：“！”

这声脆响落在庄严肃穆的殿中格外刺耳。

长老们吃了一惊，全都站起身。

二长老疾步走来：“伤着哪里没有？”

桑念嘴角一抽：“我没事，就是灯坏了……”

大长老道：“想来是意外，换一盏便是。”

一名弟子送上新的琉璃灯，她小心翼翼地挤了一滴血。

二长老眼睛一眨不眨地盯着。灯盏晃了晃，在众多意味不明的视线中，颤巍巍地亮起一簇微光。

二长老松口气：“果然是灯的问题。”

大长老收起灯，转头对其他长老道：“想收徒的可以过来选人了。没能成为真传的弟子按资质分进内外门。”

他们早就按捺不住，迫不及待地走下来，直奔桑念，桑念有种自己是动物园里的猴子的错觉。

二长老热切地道：“实不相瞒，我从你踏上广场时就相中你了，一路看着你走到这儿，我们命中注定要做师徒的。”

“我看倒不尽然。”七长老笑眯眯地道，“你是毫无杂质的水木双灵根，我有一门独创的水系术法，与你灵根正好匹配，保证你三年内结丹，做我徒弟如何？”

大长老轻咳一声：“我门下有初瑶和雪音两个徒儿，都是女娃娃，你平日可以和她们一起修行玩乐。”

二长老仿佛踩了尾巴的猫，当场怒斥：“你不是说你有两个徒弟就够了吗？好啊，诓我是吧？”

“我突然觉得三个弟子也挺好。”

“无耻！”

他们闹得凶，仿佛下一刻就要打起来，全无一点长老的架子。另外几名新弟子头一次见到这场面，不禁面面相觑。

唯有最开始说话的那个女孩儿揪着手指，满脸失落和不甘。

沈明朝一脸艳羡，很快又别过头，悻悻地道：“没眼光的人才不选本皇子。”

“你说什么？”五长老站到他面前，问道。

沈明朝兀自嘴硬：“我资质不比那个桑念差，你们不选我做弟子是你们的损失。”

五长老乐了：“你很是自信。”

沈明朝不服气：“我说的是实话，等我将来飞升的时候你们就知道了，我才不稀罕什么师父呢。”

五长老：“如果我要做你的师父……”

话未说完，沈明朝一秒跪下，斩钉截铁地道：“师父！”

五长老愣了一下，失笑：“倒是机灵。”

谢沉舟冷眼瞧着他们，脸上无悲无喜。

二长老瞥见他这样，突然紧紧抓住他的手，乐呵呵地道：“你和桑念那个女娃一起来给我做徒弟怎么样？”

谢沉舟素来厌恶与人身体接触，立即想要挣开二长老的手，却无论如何也挣不开，他脸色难看：“放开。”

二长老还是那副慈祥的表情：“你气血逆行，虽无大碍，但脏腑总归受了损，我为你输了灵力调理，现在是否舒服许多？”

谢沉舟生硬地道：“我不需要。”

二长老松开他的手，轻轻拍了拍他手背，没再说什么，继续同大长老吵嘴去了。

言渊大步行来，拨开两人，递给桑念一条月白色的剑穗。

众人一静，二长老恨恨地道：“我就知道这小子不会干看着！”

桑念明白他的意思，没有收那条剑穗，压低嗓音，用只有两人能听见的音量问道：“你们争着让我做徒弟，是因为……镜弦吗？”

言渊眉眼淡漠：“无论你是不是她的女儿，我都会收你为徒。”

桑念眨眨眼，不解。

言渊道：“你选择拒绝我坚持自己爬上那座山的时候，我便准备好了这条剑穗。”

桑念沁出一点笑意。她正要伸手接过剑穗，忽地，一道剑光急速从殿外掠来，激起漫天星芒。剑光消散，一名男子从中缓步走出。他约莫二十七八，眉眼俊美，身形修长，穿着一袭玄色锦衣，衣摆袖角皆用金线勾勒，腰间佩戴着一枚象征掌门之位的古朴玉珏，无形彰显此人身份之高。

见到他，底下的弟子们炸开了锅。

“宗主怎么来了？”

“闻师兄不是说宗主还在闭关吗？”

“瞧他走的方向，该不会也是为了那个新弟子去的吧？”

几位长老同样满脸诧异：“不是说宗主不来参加入门仪式吗？”

“他怎么突然……”

众目睽睽之下，男子行至桑念面前，站定。

桑念已从旁人议论声中猜出他的身份，笨拙地学着行礼：“弟子桑念，见过宗主。”

头顶，男子嗓音温润如玉：“你叫桑念？我名宋揽风，逍遥宗之主，你可愿做我的第二个弟子？”

殿中骤然安静下去，很快，刻意压低的嗓音在四处嗡然而起。

“除了闻师兄以外，这些年宗主一直没有再收徒，这次居然特意赶来收她做弟子？！”

“对呀，他连初瑶师姐都——”

“快别说了，初瑶师姐脸色都变了。”

一众弟子中，初瑶的表情僵了僵，低下头，掩住眸中的落寞。

有人拍拍她的肩膀，她抬起脸，对上闻不语担忧的目光，笑了一下，用口型无声地说道：“无所谓，我不在乎。”

闻不语摸了摸她的脑袋，动作温柔，仿佛在安慰一只难过的小猫。

前方，宋揽风还在等着桑念的回答。

桑念看看他，又看看言渊，最终轻声道了句抱歉，接过了言渊的剑穗。

“她居然拒绝了宗主！”

“天啊，她疯了吗？”

底下弟子们议论纷纷，作为事件的主角，宋揽风反而并没有多大的反应。

他温声道：“言渊师弟性子沉稳，由他来做你的师尊，也是一个很好的选择。”

桑念舒了口气，继续说着客套话：“多谢宗主厚爱。”

宋揽风弯了弯嘴角，目光移到谢沉舟身上：“这位小道友想必也是新入门的弟子，可曾拜师？”

谢沉舟面无表情地指了指二长老，二长老受宠若惊地指指自己：“我？”

谢沉舟面无表情地点头。二长老立马笑开了花。

见状，宋揽风眸中闪过几分惋惜，却仍笑了笑：“如此甚好。”

几人依次行完拜师礼，安顿好剩下的新弟子，入门仪式便算结束。

众人磨磨蹭蹭着散去。

桑念正要跟着言渊回孤竹峰，宋揽风轻声道：“桑念留下，我有话单独同她说。”

桑念只好止步，对谢沉舟道：“你先和你师尊回去，我们晚上吃饭的时候食堂见。”

谢沉舟颔首。

另一边，初瑶深深地看了桑念与宋揽风一眼，和闻不语、苏雪音并肩离开。

很快，殿中只剩桑念与宋揽风。她略有些拘谨：“不知宗主想同我说什么？”

宋揽风笑得如沐春风：“你要死了。”

桑念：“……谁要死了？”

宋揽风：“你。”

桑念：“我要怎么了？”

宋揽风：“死了。”

桑念缓缓打出一个问号。

宋揽风道：“你是否患有心疾？”

桑念点头。

“那不是心疾。”宋揽风轻声道，“那是蜉蝣梦。”

桑念更加茫然：“蜉蝣梦是什么？”

“一种蛊。”宋揽风道，“发作时会令人血液冻结，心痛如绞。

“中蛊者如同蜉蝣一般朝生暮死，故名蜉蝣梦。”

“可我已经活到了十七岁。”桑念不解。

宋揽风浅笑：“我也正在疑惑，你为什么能活到现在。”

桑念想了想，道：“我从记事起就在吃药，消耗了无数天材地宝，或许是与这个有关？”

宋揽风屈指敲敲座椅扶手，温声道：“过来，我为你把脉。”

桑念站在原地没动。

他长长的睫羽倾覆而下，半遮了眼眸：“桑念，我与你母亲镜弦师出同门，不会害你的。”

桑念一怔，想起言渊说过的话，赶紧打听道：“镜弦——是个怎样的人？”

宋揽风弯了弯嘴角，视线落到虚空中，仿佛跨越时间，又回到了许多年前。

他眉目温柔：“镜弦十二岁拜入逍遥宗，成了我的师妹，加上言渊，我们三人朝夕相伴，形影不离。

“她性子活泼，常常捉弄长老们，却于剑道一途天赋极高，是百年内逍遥宗最有可能飞升的弟子。

“若不是她后来离开了逍遥宗，如今的宗主之位，轮不到我来坐。”

桑念问道：“她为什么要离开逍遥宗？”

宋揽风道：“她说，她爱上了一个人。”可后来，她的命灯却灭了。

桑念忙道：“你们知道是谁杀了她吗？”

宋揽风嗓音艰涩：“此事没有留下任何线索，谁也不知道她因何而死，不过——”

他声音顿了顿，桑念屏息，又听他一字一顿接着说道：“有人曾见过，她与修罗殿中的某位成员有些牵扯，或许她的死，与修罗殿有关。”

“修罗殿？”桑念从没听过这个名字，好奇地道，“那是什么？”

“那是一个臭名昭著的组织，”宋揽风眼里有淡淡的厌恶，“殿中成员皆是世间极恶之徒。

“五百年来，修仙界无数惨案，皆是由他们一手造就。”

桑念默默在心中记下这条线索。

“我查了十七年，始终查不到那人是谁，”宋揽风收拢掌心，指节泛白，“若是让我找到他……”

无形的杀意弥漫，桑念有些喘不过气。宋揽风惊醒，挥袖将其驱散，语带歉意：“抱歉，我失态了。”

桑念摆摆手：“没事没事，我能理解。”

“你这些年是怎么长大的？”他细细端详她，语气中夹杂着愧疚，“可有受苦？”

桑念道：“我过得挺好的，没有受苦。”

宋揽风迟疑了一下：“你可知道，你的父亲是……”

桑念挠头："说实话，我现在也不太确定我爹到底是谁，等我确定了我再告诉你哈。"

宋揽风一怔，蓦地笑了："好，我等你告诉我。"

"不过，你们是怎么知道镜弦是我母亲的？"桑念问道，"我长得很像她？"

"你眉眼的确与她有几分相似。"宋揽风道，"最重要的是，你拔出了散雪剑。"

桑念实话实说道："其实我最开始拔不出来，但那天不知道怎么了，突然就拔出来了。"

"那是镜弦的本命剑，除了她之外，只有与她血脉相连的人才能使用。"宋揽风解释道，"那日你的血滴到了剑鞘上，它确定了你的身份，所以主动现身救你。"

原来如此。桑念弄清楚了镜弦的事，小心地道："那我身上的蜉蝣梦能解开吗？"

宋揽风道："过来。"

桑念上前，他握住她手腕，缓缓朝她经脉注入一道灵力。她知道他在为自己检查，没有抗拒，放松身体任由那道灵力在体内游走。

时间一分一秒过去，宋揽风眉头渐渐蹙起。

桑念一颗心提到了嗓子眼："情况很不好吗？"

他松开她，安抚地拍拍她手背："别怕，比我预想的要好些。"

桑念："那？"

"我在你体内看见了一样东西，"他道，"虽不清楚那到底是什么，但你能活到现在，大抵便是它的功劳。"

桑念满头雾水。

宋揽风手腕翻转，掌心多出一个白玉小瓶："这是万年玉桑花酿的蜜，罕见的护心圣品，以后每日吃一勺，可以暂时压制蛊虫。"

桑念："不能直接解开吗？"

宋揽风："蜉蝣梦的解药世间仅有一份，目前下落不明，我会派人去寻找，你不必担心。"

桑念感激道："谢谢。"

"我会替你母亲照顾你。"宋揽风伸出手，如玉指尖落到她发顶，轻轻拂去上面一片不易察觉的草屑，嗓音低缓，"别害怕，有我在，谁也不能伤害你。"

空旷的大殿中，桑念仰着脸，眨巴了下眼睛。

好温柔的人啊。不过，桑蕴灵为什么会中蛊呢？难道也是杀害镜弦的那个人做的？

正胡思乱想间，宋揽风掐诀召出一柄灵剑："散雪剑毕竟是你母亲的剑，你用着未必顺手。这把剑你暂且用着，等日后结丹修本命剑时，我再为你寻更好的来。"

桑念不好意思再收他的东西，婉拒道："多谢宗主美意，我师尊会为我准备的。"

宋揽风道："你师尊为你准备是他的事，这是我作为师伯的一份心意，若不收下，便是与我生分了。"

桑念只好收下。时间已经不早，她惦记着和谢沉舟的约定，向宋揽风请辞："宗主若没有别的事，弟子便告退了。”

宋揽风微笑：“退下吧。”

桑念缓步退出大殿，刚一抬头，一道身影映入眼帘。

她小跑过去：“师尊。”

不知在这里站了多久的青年转过身，淡淡地“嗯”了一声。

“你一直在这里等我？”桑念道。

言渊目光扫过她手上的剑，不答反问：“宗主送的？”

桑念忙拿给他看：“对，散雪剑我不方便用，先拿这把过渡一下。”

她觑着他的脸色：“我是不是不该收呀？”

言渊屈指轻弹剑身，铮的一声轻响，他收回手，语气没什么起伏：“既给了你，你拿着便是。”

桑念把剑收进储物袋：“好嘞。”

“走吧。”言渊道，“回孤竹峰。”

他唤出飞剑，桑念自觉地跟在他身后，双手紧紧揪住他后背一点衣裳。言渊看了她一眼，没说什么，驱动飞剑。剑光冲上云霄，速度并不算快，能清晰地看见下方景色。

逍遥宗坐落在天虞山，占地面积极大，峰峦叠嶂，碧水如玉，仿佛仙境。其中无数亭台楼阁错落有致，宽阔的演武场被包围在正中央，格外显眼。桑念大概记下了逍遥宗的地形图，着重记住食堂的所在点，心里微微点头。

孤竹峰很快到了。峰如其名，上面只有一株竹子，秃得仿佛人到中年的数学教授。不过这样形容，倒也不十分准确。

桑念站在峰顶仅有的两座茅草屋前，沉默了足足半分钟。一道冷风吹过，不知是门还是窗吱嘎作响，声音诡异至极。

她冷静地转身。

喂，宗主吗？

现在叛出师门改投你门下还来得及吗？我有点为之前拒绝你的行为感到后悔了。

“以后你住左边的屋子。”言渊将一把钥匙交给桑念。

桑念看着那栋宛如危房的茅草屋，嘴角抽了抽：“这门还有锁的必要吗？”

言渊脸上闪过几分微不可察的尴尬：“之前没料到这里除了我之外，还会有别人来居住。”

他很快提出解决方案：“我会请人来将屋子重新修葺一番，这几日你暂时同初瑶她们住。”

桑念不解：“没有什么术法可以变出一栋新屋子吗？”

言渊：“我是剑修，只会使剑。”

好吧，术业有专攻。桑念没多纠结这个问题，屋前屋后转了一圈，指着一片空地道：“我可以要个小花园吗？”

言渊点头。

桑念高高兴兴地道："那我走了，屋子修好后记得告诉我。"

得到肯定的回复后，她兴冲冲地沿着下山的小路离开。跳下最后一阶石梯，她瞥见前方一个熟悉的背影，宽肩窄腰，挺拔清瘦，是谢沉舟没错了。

她忙加快速度跑过去，拍拍他肩膀。在他回头的同时，她背着手跳到他前方："这儿呢。"

谢沉舟回头："无聊。"

桑念倒着走在他面前，问他："你是来找我的吗？"

谢沉舟："路过。"

二长老的宝华峰就在孤竹峰边上，不管去学宫还是食堂、演武场，都会经过这条路。

桑念"哦"了一声，兴冲冲地道："我师尊要重新修葺屋子，还会给我辟一个小花园出来，到时候我就可以在里面种花了。"

谢沉舟看着她的笑脸，不解道："一个花园而已，也值得你高兴成这样？"

桑念："值得啊。"

谢沉舟还是不能理解。

桑念道："花很好看，不是吗？"

好看吗？谢沉舟目光落到路旁。那里生长着一片葱郁的酢浆草，细小的粉黄两色花朵星星点点地嵌在草叶间，花瓣在日光下浸出一层油润的光。几只浅紫色的蝴蝶纠缠着飞过，羽翼上的磷粉熠熠生辉。

耳边，少女的嗓音清脆："我还是第一次见到这个品种的蝴蝶呢，真漂亮。"

谢沉舟抿了抿嘴角："你喜欢？"

桑念点头："喜欢呀。"

下一刻，她眼前一花，还没来得及看清他的动作，一只蝴蝶已被他攥在了掌心。

谢沉舟把手伸到她面前，打开，刚才还在花间翩翩飞舞的美丽生灵羽翼破碎，一动不动。

桑念的笑容僵硬在嘴角。

"不是喜欢吗？"他不耐。

桑念安静了好一会儿，轻轻接过那只破碎的蝴蝶。

她四处看了看，找到一处泥土松软的空地，蹲下身用小刀刨了一个不大不小的坑。

谢沉舟："你做什么？"

桑念："埋了它。"

谢沉舟拧眉："你不喜欢它？"

"喜欢。"她将蝴蝶放进坑中，用泥土一点点掩住那漂亮的浅紫色双翼，夯实。

她拍拍手上的灰尘，叹了很长的一口气："谢沉舟，以后不要再这样了。"

谢沉舟眉间漫开几分迷惘。

桑念认真道：“我喜欢这只蝴蝶，所以我希望它能够自由自在地活着，而不是就这样被随意捏死。喜欢是一心想让对方得到快乐，不是占有和摧毁。”

谢沉舟垂眼看着自己的掌心，那里蹭到了些许磷粉，在明亮的日光下闪着微光。他陷入长久的沉默。

桑念用袖子帮他擦干净那些磷粉，低声道：“走吧，去吃饭。”

两人继续向前行去，谁也没有再说话。

逍遥宗的食堂很大，足足有五层楼，吃的花样也很多。人声鼎沸，她一眼就看见坐在窗边的闻不语几人，忙拉着谢沉舟走过去。她打了个招呼：“闻师兄。”

闻不语笑吟吟地说道：“我正担心你找不到过来的路会错过晚饭，看来我的担心是多余的。”

桑念奇道：“你不是已经辟谷了吗？还需要和我们一起进食？”

闻不语还没说话，初瑶翻了个白眼：“辟谷只是让我们不吃饭也能活下去，不代表我们没有口腹之欲。我们又不是萧濯尘，修无情道修得整天无欲无求半死不活的。”

也对，毕竟谁能做到在练了三千五百一十二次剑、背完十本修仙基础论后还要拖着疲惫的身体回去喝西北风呢？光是想想就惨得令人发指。

桑念表示充分理解：“介意拼个桌吗？”

他们往里让了让，空出两个位置。

桌上放着签筒，每一根签都写着菜名，有桑念认识的，也有不认识的。她从头到尾认认真真看了一遍，问他们：“我要吃荷叶鸡，你们呢？”

闻不语拈了一根签：“清蒸鲈鱼。”

初瑶懒得动弹，指挥他去拿签：“烩羊肉。”

苏雪音：“我和小师姐一样。”

桑念问身旁的谢沉舟：“你呢？”

谢沉舟：“随便。”

她便真的随手摇了一根签交给闻不语。

闻不语打开桌下暗盒，将所有竹签放进去。等待上菜的空隙，桑念与他们说了屋子修葺需暂住的事。

苏雪音喜道：“我们那儿刚好还有空床，你吃完饭就跟我们走吧。”

桑念：“嗯嗯。”

苏雪音好奇地道：“不过今日宗主找你是有什么事吗？”

听到这句话，正与闻不语说话的初瑶耳尖微动，扭头看向桑念。

桑念隐去镜弦与蜉蝣梦的事不谈，只道：“他送了我一把剑。”

“剑？”

众人都来了兴趣：“什么样的剑？”

“就很普通那种。”桑念从储物袋取出那把剑，“喏，就是这个。”

闻不语接过，细细打量，他同样屈指弹了弹剑身，道：“这是天外陨铁锻的剑。”

又来，听到熟悉的成分表，桑念扶额：“别说什么陨铁了，我刚被骗过一次，不会再信世界上有这种玩意儿了。”

每天上一当，当当不一样，有时候她是真的很想报警。

“的确是陨铁。”苏雪音满脸羡慕，“是一把很好的剑呢，要放在外面至少要卖五十万灵石，或许工艺还没这把好。”

桑念听完，双眼冒光。不愧是宗主，出手就是大方，随便给个装备就是顶级武器。

初瑶扫了眼那把剑，没说话，气压有些低。

苏雪音毫无察觉，双手撑着下巴继续和桑念说话：“宗主待你真好，闻师兄是他唯一的弟子，想要佩剑，都还得自己找材料一锤一锤敲出来。”

然后就给孩子敲出了一身腱子肉是吧。桑念叹气。

余光瞥见厨娘端着托盘走来，她忙收拾桌面：“菜来了，先吃饭吧。”

菜肴一样一样上桌，色香味俱全，光看着便让人食欲大动。临走前，厨娘指了指左手边的房间，对桑念道：“那儿有小食，想吃自己去拿。”

桑念来了兴趣，走到那个房间。

里面只有两个人，他们穿着样式统一的厨师服，脑袋、脸颊都用面巾蒙得严严实实，只露出一双眼睛。后方的锅里正冒着热气，不知煮的什么，香味扑鼻。

她敲了敲门：“还有小食吗？”

正在说话的两人停住。

桑念重复了一遍自己的问题，他们这才点点头，其中一人寻了一个琉璃碗，僵硬地转身去舀锅里的食物。铲子落下再浮起，盛起满满当当一勺桂花藕粉丸子。

桑念满脸期待。

下一秒，他的手开始富有规律地颤抖，藕粉丸子一个接一个掉回锅中。

桑念：“……”好熟悉的手法。

他手一扬，将勺子里仅剩的几个丸子倒入碗中，向前一推碗：“好了，滚……走吧。”

她恍恍惚惚地端起碗，正要离开，转身看见走进来的谢沉舟，脚下步子稍顿，准备等他一起回去。

谢沉舟径直走向那两名打菜工，刚要开口，他们倏地抬起头。

三双眼睛六目相对，空气安静。

不知是不是桑念的错觉，那两名打菜工抖得更狠了。她控制不住地幸灾乐祸，等会儿谢沉舟碗里的藕粉丸子估计比她的还少。

可很快，她笑不出来了，一碗堆得冒尖的藕粉丸子被双手捧到谢沉舟面前。

桑念：“？”她看看他不堪重负的碗，又看看自己只受了点皮外伤的碗，缓缓敲出一个问号。

长桌前，谢沉舟面无表情，唯有眼中暗含杀气。

打菜工鸦一：害怕。

打菜工鸦二：拘谨。

"少主，"他们用只有他一个人能听见的声音说道，"属下已成功潜入逍遥宗。"

谢沉舟："……看见了。"

他们殷勤道："少主，您还有什么想吃的吗？属下晚上偷偷去厨房给您拿过来。"

谢沉舟："……不必了。"

他们满脸坚定："少主不用担心，只要有我们在一天，就绝不会让您饿肚子！"

谢沉舟瞥了眼等在门口的桑念，做了个深呼吸，松开握紧的拳头，从牙缝里挤出一道声音："你们以后不许再和我说话。"

鸦二悟了："少主是怕暴露身份？"

鸦一："少主心思谨慎，我等望尘莫及！"

谢沉舟的表情很冷酷："不，我只是单纯不想和蠢货说话。"

鸦一：啊？

鸦二：不要啊！

谢沉舟抄起碗，拽着桑念大步离开。

路上，桑念小声问："你们认识吗？"

谢沉舟坚定地摇头："不认识。"

桑念想不明白："那他们为什么给你盛了那么多藕粉丸子？"

谢沉舟眉尖微动，突然又带着她转身返回。

正在互相埋怨的鸦一、鸦二："？！"他们瞬间站得笔直，一动不敢动。

谢沉舟把桑念的碗递过去，言简意赅："盛满。"

鸦一："啊？"

鸦二动作飞快，立马往碗里添了两大勺藕粉丸子："够了吗？再来点？"

谢沉舟对桑念道："够了吗？"

桑念干巴巴地道："够……够了。"

谢沉舟点头："走吧。"

一切发生得太快，桑念还没反应过来，自己手里已多了一碗满满当当的藕粉丸子。一直到坐回座位上，她才如梦初醒般眨眨眼。她忍不住用余光觑着谢沉舟。

方才随便抽出的签是白粥，少年低头喝粥，侧脸下颌线清晰流畅，骨节分明的手指握着瓷勺，一样的白。桑念想，谢沉舟果然有几分姿色，就连寡淡的粥，被他端在手里似乎也变成了仙露琼浆。

倏地，谢沉舟似有所觉，朝她的方向侧了侧脸。

桑念不闪不避，对他扬了扬眉，往嘴里塞了颗藕粉丸子，好吃，嘿嘿。

她吃得香，谢沉舟动作顿了顿，迟疑地看了一眼自己不曾动过的藕粉丸子。

他盛起一颗，试探着送进口中，是甜的。

用完晚饭，桑念同闻不语、谢沉舟告别，跟着苏雪音两人去了大长老的小月峰。

谢沉舟独自走回住处。经过来时那条路时，他脚下的速度慢下来。

那片酢浆草还在路旁，花瓣依旧娇嫩。他目不斜视地走过去，没走多远，他忽地停下，转身。不远处的空地，白日填上的坑被一点点挖开，死去的蝴蝶无声无息地躺在坑底。

谢沉舟看了它好一会儿，割破指尖，殷红的血珠滴落，顺着破碎的蝶翼缓缓滑下，沁入泥土中。他一眼不眨地看着它，蝴蝶蝶翼颤了颤，谢沉舟漆黑双眸倏地亮起一点光。

很快，光又熄灭——起风了，浅紫色的蝴蝶在风中微微翕动双翅，仿若生前。风停下，它亦停下。这只蝴蝶已经彻彻底底死去了，逝去之物，永不会再活过来。

指尖伤口自动愈合，谢沉舟将泥土用力扔回坑内，起身走回宝华峰。

宝华峰上辟了几畦菜地，一个头发胡子乱糟糟的老头正蹲在地里拔草，口中念念有词。

谢沉舟一个眼神也未给他，径直走向自己的屋子。

倒是他听见动静，忙不迭打招呼道："回来了？"

谢沉舟淡淡"嗯"了一声。

二长老拍拍手上的泥土，显摆道："看看我这倭瓜，比你脑袋还大；再看看我这葱，比你人还高。"

谢沉舟不明白，这人并不需要进食，为什么每日还要把时间浪费在菜地里，就像他不明白桑念为什么会那样期待拥有一个花园。

二长老见他脸色不对，笑容一收，问道："可是出什么事了？"

谢沉舟摇摇头，本要离开，却迟迟抬不起脚。最后，他问二长老："你为什么喜欢种菜？"

二长老尴尬地道："因为我挺闲的，每天不用去学宫授课也不用管理宗门，只好把这两亩地给种了。"

谢沉舟抬脚就走。

身后，二长老的声音再次响起："桌上有样东西，是为师送你的礼物，看看称不称手。"

谢沉舟没吱声，快步走回房间。

桌上果然放着一个长方形的匣子，上面还沾了不少泥。

他随手揭开盖子，一把雪色长剑赫然出现。谢沉舟怔了一下，拿起它——长剑样式简单，剑柄与剑鞘没有雕刻任何花纹，质地坚硬沉重。他拔出剑刃，一道冷光反射到他脸上。天外陨铁，与桑念手中那把如出一辙。

谢沉舟指尖拂过剑鞘，扭头看了眼门外，眸底满是茫然。

这是，送他的礼物？

地里，二长老收回视线，继续与杂草奋斗。

"真是一个傻孩子，喜欢哪有什么原因。"他摇摇头，看着肥嫩的小瓜失笑，"非要给个理由的话，大概是因为，我想看着它们从种子长成幼苗，再到开花，结果，凋落。

"新的生命诞生，旧的生命逝去，周而复始，生生不息。

“一切，都充满希望。”

小月峰与孤竹峰截然不同。

上面繁花环绕，古树参天，桑念羡慕得眼睛差点红了。

大长老在处理事务还没回来，这儿就苏雪音与初瑶两人，安静又自在。

苏雪音收拾好房间，洗了几串水灵灵的枇杷，招呼她道：“过来，有好吃的，这可是大师兄种的枇杷。”

“来了来了。”四处溜达的桑念一溜烟跑来。

初瑶只淡淡扫了一眼，道：“我没胃口，先回房休息了。”说完，她不等两人说话，就推门进房。

桑念还拎着串枇杷打算递给她，伸出去的手停在半空，很是尴尬。

苏雪音干巴巴地道：“给我吧。”

桑念把枇杷递给她：“初瑶怎么了？”

苏雪音小口咬着果肉，含糊地道：“她可能不太舒服。”

桑念担心道：“很严重吗？她看起来精神很差。”

“休息休息就好了。”苏雪音拍拍她的肩，“我去看看她，你早些休息。”

桑念：“好。”

苏雪音走后，她端着剩下的水果回房，关门落锁。

“出来吃东西。”她戳戳识海中那只还在生气的胖鸟。

六六把脑袋埋在翅膀里：“我不，我是一只有原则的鸟，说不吃就不吃。”

桑念：“行吧，那我自己吃。”

六六扑腾着飞出来，抢走她手上的果子，委屈地控诉：“你都不哄哄我。”

桑念：“不哄，我又没做错什么，干吗要哄你？”

六六啄了口果子，愤愤不平地道：“你这个冷漠无情的女人，我永远不会原谅你！”

桑念撇撇嘴：“随便你吧。”

她不再理吱哇乱叫的六六，拿出放在储物袋的鸟蛋，坐在灯下认真研究。这是上次窃脂给她的赤鷩鸟蛋，这些天一直没动静。萧濯尘说过，赤鷩鸟只认祝余族为主，那这只雏鸟破壳后会杀了她吗？还是说，趁它还没出生，她先一步杀了它？她拿捏不定。

“不过，能不能顺利孵化还是一回事呢。”桑念喃喃道，“在万年玄冰里冻了五百年，估计早就冻坏了。”

六六吃饱喝足，挺着圆滚滚的肚子在桌上散步。

她脑子里乱哄哄的，见不得它这副安逸的模样，故意逗它：“要不然你来试试孵一孵？”

六六格外愤怒：“我是雄性！不孵蛋！”

桑念弹弹它小脑袋瓜：“胡说，鸟界一大把雄鸟孵蛋。”

六六气鼓鼓："反正我不要孵蛋。"

"而且这颗蛋已经死了。"它嫌弃道，"蛋里没有任何生命迹象存在，现在它就是块梆硬的破石头，只能用来敲人后脑勺。"

敲人后脑勺？桑念双眼一亮，把鸟蛋扔给它："以后这就是你的武器了。要是我遇到危险，你就悄悄潜伏到敌人身后，狠狠地敲他后脑勺！"

六六左哼哼右哼哼："我才不会救你呢，我可是一只有原则的鸟。"

桑念："每天水果不限量供应，外加两袋五香瓜子。"

六六："守护宿主是每个系统应该尽的职责。"

一人一翅膀愉快地击了个掌："成交。"

逍遥宗的学宫位于翠微湖畔。所有在宗内的弟子都必须去上课，不分内外门，一直到通过考核结业为止，长老真传弟子也不例外。

天还未亮，桑念梦游似的从床上爬起来。她换好昨日领到的白色门派服，游魂一般敲响初瑶与苏雪音的房门。

房门应声打开，苏雪音神采奕奕，初瑶打着哈欠，肉眼可见的暴躁。

赶去学宫的路上，桑念心里默默流泪。谁能想到曾经连早八都忍不了的自己，经过重重努力后，终于过上了早五的生活，她的前途真是一片光明。

抵达学宫，几人在门口停下。

新入门弟子单独上课，桑念正要道别，初瑶已经一言不发地走开，苏雪音忙去追她。

"起床气这么严重啊。"桑念挠头。

"你还站在这里做什么？"一名青年从她身边经过，提醒道，"要开始上课了。"

桑念脸色一变，匆匆道了谢，拔腿就跑。

一路紧赶慢赶，终于赶在钟声响起前到了上课的书院。

新弟子中有三人成了真传弟子，剩下四人加入内门，三人加入外门。这堂课来齐了也才十个人。

桑念一眼就看见谢沉舟。一个女孩儿正和他说着话，满脸笑意。

他……他没表情。

桑念一屁股坐到他隔壁的位置，平复了一下呼吸，对两人打招呼："早啊。"

谢沉舟掀了掀眼皮，算是回答。

女孩儿笑容淡了点："早。"

说完，她伸手："双月。"

桑念回握："桑念。"

双月问谢沉舟："你呢？"

桑念知道依他的狗脾气是不会回答的，生怕她尴尬，忙道："他是谢沉舟。"

双月笑容彻底消失："我问的是他，你为什么要替他回答？"

桑念诚恳地道："因为我善。"

双月："……"

双月的视线在桑念与谢沉舟之间来回穿梭，意有所指地问道："你们似乎很熟？昨天择选时也一直在一起。"

桑念忙道："我们只是普通的同乡而已。"

双月："原来如此。"

谢沉舟静静地看着桑念，而桑念早有准备，抬手示意他去角落，他顺势起身。

等到了没人的地方，她语速飞快地嘱咐道："以后我们对外就说是同乡，然后在人前适当保持一下距离。"

谢沉舟眸光微凝："同乡？"

桑念压低声音："我怕别人误会我们，到时候乱传闲话什么的，多不好啊。"

谢沉舟直勾勾地盯着她，蓦地笑了一声："知道了。"

他大步走回自己的位置，抄起桌上的书，坐到了离桑念最远的地方。

桑念欣慰地点点头，执行力真强。

副本里，谢沉舟因为出众的外貌，在逍遥宗很受欢迎。桑蕴灵占有欲作祟，当众说出两人的关系，一时间谣言甚嚣尘上。谢沉舟深受其扰，对桑蕴灵更加憎恶，成功为以后她被剁成一块一块的结局奠定了坚实基础。

有前车之鉴在，桑念坚决不会犯这个错误。现在她主动提出这件事，给了谢沉舟一个完美的台阶，他一定高兴坏了，好感度这还不噌噌上涨？

叮！谢沉舟好感度 -60

桑念："？"她差点一跟头栽倒，忙手疾眼快地扶住墙，凌乱在风中。

恰好沈明朝踩着点进来，见她这样，忙清清嗓子，抬起下巴，用鼻孔看着她："女人，你特意在这里欢迎本皇子？怎么，是想勾引我？"

桑念回过神，反手给了他一巴掌，坐回自己的位置。

莫名其妙被打了一巴掌的沈明朝很是委屈，捂住左脸，气冲冲地坐到她旁边，质问道："你为什么打我？"

桑念面无表情："因为你欠打。"

沈明朝跳脚，狠狠地道："像你这种只会暴力的臭丫头，是不会有人喜欢的！"

桑念："关你屁事，一天比住海边的还管得宽。"

沈明朝待要发作，她举起手，他当机立断捂住右脸。

桑念从善如流地给了他后脑勺一巴掌。

沈明朝："……"卑鄙。

打完沈明朝，桑念郁闷的心情好了不少。她决定暂时原谅谢沉舟，等下课了好好和他谈谈这事。

刚想到这儿，脑海中又传来一道系统提示。

叮！谢沉舟好感度 -100

什么也没做的桑念用力瞪着窗边冷着脸的少年，谈个鬼啊，直接暗杀，三天之内杀了他！！！

“咚——”钟声敲响，第一堂课正式开始。

桑念收敛杂念，专心听课。很快，一名素衣青年抱着书走进屋中。桑念有些惊讶——他正是她在门口遇见的那个人。

“我是戒律堂四长老的大弟子，顾白。”青年板着一张脸自我介绍，“四长老有事离开宗门，这几日由我代课。”他这副不苟言笑的模样让不少人心里发虚。

弟子们神色忐忑地对他行礼。

他抬手示意一下：“开始上课。”

桑念翻开自己新领到的《修仙基础论》，粗略瞄了一眼上面的内容。修行境界划分：炼气——筑基——金丹——元婴——化神——渡劫——飞升。每阶段之间又分为三个小阶段，分别为练气一层、练气二层、练气……桑念倒头就睡。

顾白扫了眼她的方向，眉头皱得死紧，挥了挥衣袖，清冷的薄荷香味在屋中散开，格外提神醒脑。

桑念没醒。

他单手执书，一边踱步一边道：“千万年前，天地初开，六界划分，神、仙、人、妖、冥、魔各执一界。

“其中，人界共有三千小世界，在三千世界最接近仙界的上层位置，便是我们身处的鸿蒙大陆，亦名为，修仙界。”

顾白走到桑念桌边，屈指叩了叩她的桌子。

一声，两声，三声，桑念垂死病中惊坐起。

四周响起几声窃笑，沈明朝的声音尤为明显。

她对上顾白不满的目光，自知理亏，讪讪地低头道歉：“对不起，我不会再睡着了。”

顾白收回手，继续讲课，嗓音仿佛潺潺流水：“鸿蒙大陆灵气充裕，仙门林立，其中，最顶尖的门派，是三宗一殿。”

“三宗一殿？”有人疑惑。

顾白道：“天虞山逍遥宗，栖凰谷玄剑宗，蓬莱岛凌霄宗，此为三宗。”

“那一殿又是？”

不等顾白开口，双月抢答：“我知道我知道，是修罗殿！”

桑念目光诧异。

顾白当场沉了神色：“魔界那等宵小怎配与我们相提并论？”

双月涨红了脸，满脸不知所措。

沈明朝双手抱臂，摇头晃脑道：“那一殿为长生殿。

“如今修士中年轻一辈的第一人萧濯尘，便是长生殿殿主的徒弟。

“而长生殿殿主又是万仙盟盟主的徒弟，其中关系错综复杂，一两句话说不清楚。”

有人一脸茫然：“万仙盟？”

沈明朝看了眼顾白，见他并未生气，反而微带赞许，心中一喜，得意洋洋地继续说道：“万仙盟不属于任何一方势力，保持绝对中立，在鸿蒙大陆地位超然。

“各大宗门之间若有摩擦，它会从中调节；若是闹到你死我活的程度，它会当即表示谴责。”

旁边的桑念恍然大悟：哦，是联合国啊。

熬了一上午，终于熬过了这堂课。桑念要去吃午饭，刚要找谢沉舟一块儿，转过头才发现，他早就走了。

她撇嘴，这人一天天生不完的气，莫名其妙。她收拾好东西，一个人慢慢走去食堂。

沈明朝见了，嘲讽道：“真可怜，连个一起吃饭的人都没有。”

桑念：“你在说你自己？”这家伙性格实在太糟糕，宗门里没人愿意和他相处，走路都避着他，何况吃饭。

沈明朝又开始用鼻孔看她：“是这些庶民不配和本皇子坐在一桌吃饭。”

桑念皮笑肉不笑：“一、把你的鼻孔收回去；二、再提庶民两个字，我见你一次打你一次。”

沈明朝不服气：“我说的又不是你，你凭什么打我？”

桑念道：“互殴也是可以的。”

沈明朝犹豫了一下，用力扭头：“本皇子胸襟宽广，才不和你这个臭丫头一般见识。”

够怂的。桑念嫌弃地扯扯嘴角，对他竖了个手势，快步走进食堂。

沈明朝站在原地，看着她的背影潇洒地消失，气得不轻：“好歹一起走过来的，居然连客套都不客套一下，自己一个人就去吃饭了？”

你这个糟糕的家伙！！！

谢沉舟没在食堂，估计直接回了宝华峰。下午没课，自主修炼，要见到他得等明天了。

不止谢沉舟，连初瑶他们也不在。

桑念胡乱吃了两口，正要回小月峰修炼，倏地，初瑶与苏雪音有说有笑地迎面走来。她刚想和她们打招呼，初瑶却当即敛了笑，沉默地换了张桌子坐下。苏雪音尴尬地对她点点头，坐到了初瑶旁边。

桑念饶是再迟钝，也察觉出哪里不对了——初瑶似乎也在生她的气。谢沉舟就算了，他本来就挺作，初瑶又是闹哪出？桑念百思不得其解。

她坐到初瑶对面，试图把话说开。

还没来得及张嘴，初瑶先她一步说道：“这儿有人坐了，闻师兄马上就过来。”

桑念换到她右手边，她又道："这里也有人。"

桑念只好起身。

苏雪音拼命打圆场："桑师妹来得真早，今日怎么不见谢师弟和你一起？"

桑念没接她递来的台阶，简单干脆地问初瑶："我有哪里得罪你了吗？如果是我的不对，我给你道歉。"

初瑶绷着脸不说话。桑念用目光询问苏雪音，苏雪音踌躇许久，还是对她怯怯地摇头。

桑念抬脚就走。她回到小月峰，简单收拾了下自己留在那儿的行李，一刻也没有多留，回了孤竹峰。

言渊口中的修葺并不单单只是修一修补一补，那两座茅屋已被彻彻底底地推倒，原址空荡荡的，等待全新的建筑物落成。不远处的一大片空地被竹篱笆围了起来，里面泥土松软湿润，似是刚翻过地，几包花种搁在一边，还未撒下。

言渊不在，桑念估摸着，他是去忙修房子的事了。她站了一会儿，转身下山，背着小包袱漫无目的地散步。直到暮色四合，她走不动了，开始蹲在路边发呆。

不知过了多久，一道阴影笼住她。她抬起脸，少年白色发带被风扬起，眉眼如墨。黄昏温柔的光洒在他脸上，原本冷硬的线条无端柔和许多。

桑念瘪了瘪嘴："谢沉舟。"

谢沉舟面无表情："桑蕴灵，你在这里干什么？"

"都说了要叫我桑念。"桑念不满地嘟囔。

谢沉舟停了停，重新问道："桑念，你在这里干什么？"

"散步。"她道。

谢沉舟冷笑："带着行李散步？"

桑念悻悻地把包袱抱在身前："你怎么会在这里？"

谢沉舟轻嗤："散步。"

桑念道："那你继续，我走了。"她刚站起来，脑子里嗡的一声炸响，耳边什么也听不清，眼前漆黑一片，天旋地转……完了，起猛了。失去意识的前一刻，桑念胡乱伸手抓住了什么，身体软软地滑下去，倒在地上。

"咚"的一声，她脑袋磕中路边一块石头，没了动静。

被她死死抓着衣摆的谢沉舟："……"

他伸手推她："别装。"

少女满脸安详，一动不动。

谢沉舟咬牙："要是让我发现你是装的，我一定当场杀了你。"他割断那片衣角，扛麻袋一般将她粗鲁地甩到肩上，一路扛着她上了宝华峰。

在地里浇水的二长老抬头看见，手里的水壶差点没拿稳，他神色惊恐道："你把人打死了？"

说完，他飞快地左右看了看，压低声音："这事儿还有别人看见吗？现场没留下什么痕迹吧？"

谢沉舟：“……”

他把桑念扔在门口的摇椅上，面无表情：“她突然晕倒了。”

二长老见是桑念，忙嘚吧嘚吧跑过来：“让为师来看看。”

他伸手为她号脉，没过多久，他表情微不可察地一变。

二长老收回手：“体虚而已，没什么大碍。”

谢沉舟：“她什么时候醒？”

二长老道：“把她搬到屋子里去吧，一时半会儿醒不过来的。”

谢沉舟照做，二长老拍拍他的肩：“你在这儿守着她，我去找碧柯那丫头讨两颗固本培元的灵丹来。”

谢沉舟“嗯”了一声，二长老匆匆离开。

屋子里只剩下谢沉舟与桑念两人，窗外的天空变成了浓郁的深蓝色。

夜幕初降。

谢沉舟点了一盏灯，站在床边，神情变幻不定。

微弱的灯光里，少女脸色苍白，呼吸如同一根细细的线，轻得几乎感受不到它的存在。

好一会儿，他掐诀结印，指尖聚起一星灵力，灵力丝丝缕缕没入她胸口。

她脸色更白了，脸上隐隐浮现痛苦之色。谢沉舟及时撤回手，她安静下来，仿佛熟睡。

窗棂上，两只漆黑的鸟儿睁大了眼看着他，瞳仁似翡翠珠子一般绿。谢沉舟挥手赶走它们，砰的一声关上窗。

“还是不行。”他按了按额角，喃喃道，“必须要借助什么东西……”

一道带着稚气的声音响起：“什么东西？”

谢沉舟闪电般地出手袭向声源处，几根羽毛慢悠悠飘落。

半空，黄色小鹦鹉卧在一颗拳头大的白色鸟蛋上，全身羽毛炸开：“你、你干什么？！”是桑念养的那只碎嘴鸟。

谢沉舟慢慢收了杀气。

它驱使鸟蛋飞到他面前，继续质问道：“你刚刚在对我主人做什么？”

谢沉舟漫不经心地道：“我想给她疗伤，可是灵力不够，需要借助丹药。”

六六气焰一下子就矮了下去，抱怨道：“你疗伤就疗伤，表情那么阴森森的干吗？”

谢沉舟视线落到它身下的鸟蛋上，挑眉：“这是赤鹫鸟的蛋？”

六六道：“没错，但它已经死了。”

说着，它漂移到谢沉舟头顶，骄傲地挺胸：“我小小地改造了一下它，现在它不仅不会腐烂，还成了我的坐骑，我不用扇翅膀也能飞了。”

一只鸟的坐骑是鸟蛋。

听起来是有些许荒诞，但若这只鸟是桑念的，那就不奇怪了，毕竟主人看上去也没有多正常。

六六还在滔滔不绝，夸张地描述着自己这项发明有多么的天才。

谢沉舟蓦地捉住六六，连鸟带蛋扔出屋子。

六六死死地扒住门："你干吗？！"

谢沉舟不耐地推它："你很吵。"

六六气急败坏地啄他："你才吵，我这叫活泼开朗健谈！"

猝不及防下，谢沉舟的指尖被啄出一个小口子，血珠争先恐后地涌出，滴滴答答地落到六六身上。

它嫌弃得直抖毛，口中骂骂咧咧："你把我的坐骑弄脏了！这上面都是你的血，我还怎么坐？！"

谢沉舟表情毫无波澜，摁着它的脑袋把它推出门外。再次回到床边，他随意将手上残留的血珠滴进桑念嘴里。

很快，桑念眼睛艰难地睁开一道缝儿。她刚想说什么，突然皱起眉头，五官扭曲："嘶，我的脑袋……"话音未落，她摸到后脑勺肿起的大包，倒吸一口凉气。桑念看着谢沉舟，难以置信地道："你打我了？！"

"……"谢沉舟道，"我没有。"

桑念眯起眼，满脸怀疑："真的？"

"爱信不信。"他起身打开门，"既然已经醒了，现在可以滚了。"

桑念就地打了两个滚儿，抱紧被子："我不要，我没地方去了，今晚要在这儿睡。"

谢沉舟拧眉道："起来。"

桑念："不要。"

他走到床边，单膝跪在床沿，探身想拽她下来。

桑念精准躲地开他的手，翻身往床里侧爬，嘚瑟道："哎！抓不着，我可是山里最灵活的小狗，谁也没我跑得快。"

谢沉舟突然掉转方向，抓住了她的脚。

桑念："？？？"她还未来得及反应，他抓着她的脚踝，用力朝着自己的方向一拉。

桑念："！"她试图抓住什么，指尖划过床单，留下几道凌乱的褶皱。再一晃眼，她头顶已是谢沉舟的脸。

他松开她的脚踝，双臂撑在她头两侧，低头睥睨着她的眼，嗤道："还跑吗？"

"……"桑念呆呆地看着他，白皙的脸颊慢慢染上浅浅绯色。

谢沉舟眼里飞快地闪过一丝疑惑："你脸为何红了？我刚才并没有打你。"

她回过神，双手忙捂住脸，只露出一双黑白分明的眼，眼眸清亮，似乎含着一汪水。

谢沉舟呼吸一顿。

碎星峰。

剑光闪过，二长老匆匆冲入峰顶木屋。

酒香弥漫，碧衣女子和衣睡在榻上，手中还紧紧握着一个小酒坛，睡得正香。

他踢开酒坛，用力摇晃女子：“碧柯，醒醒！”

女子嘴里含含糊糊地嘟囔了一句什么，翻个身继续睡。二长老只得默念清心咒，并指点向她眉心。

碧柯打了个激灵，猛地睁开眼，醉意全无。

二长老道：“十万火急的大事！”

她蒙蒙地眨眼：“什么事？”

二长老道：“桑念那丫头中了蜉蝣梦！”

碧柯还是很蒙：“桑念是谁？”

二长老一拍脑门，这才想起她没去参加择选。他掐诀凝出一面水镜，竹筒倒豆子似的噼里啪啦地说道：“你看，就是这个丫头，她今日昏倒了我才发现她中了蜉蝣梦，脸色白得像纸，到现在还人事不省……”

话说到一半，水镜中缓缓浮现宝华峰房间内的场景。

烛光摇晃，床铺凌乱，少女双颊酡红，少年双臂撑在她脑袋两侧，耳垂仿佛滴血，是很青涩的暧昧气氛。

二长老：“……”

碧柯长老：“……”

空气安静。

几秒后，二长老动作僵硬地挥散水镜。

碧柯委婉地道：“她的脸色看上去挺红润的。”

二长老仿佛很忙，一会儿看看天一会儿看看地：“我也觉得，哈哈，这俩孩子脸色真红润。”

碧柯打了个哈欠：“约莫是你看错了，要真是中了蜉蝣梦，她早就死了，哪能这么……精力旺盛。”

二长老陷入了深深的自我怀疑：“不能吧，难道我真看错了？”

碧柯开始赶人：“行了，你回去吧，我要休息了。”

二长老离开碎星峰，梦游一般飞回宝华峰。刚要上峰顶，他突然反应过来，硬生生刹住脚，落到了山下。他背着手，围着宝华峰转了一圈又一圈，止不住地发愁。

别人倒罢了，偏偏桑念是镜弦的女儿，言渊把她看得跟眼珠子似的；况且言渊本就厌极了自家徒儿，是断不可能同意他们两人的，甚至还会打断谢沉舟那小子的腿。这怎么看都不是一段良缘啊。二长老越想越愁，一声接一声地叹气。

倏地，有人拍拍他肩膀：“你在这儿做什么？”

二长老回头，青年站在几步远的地方，单手举着一棵三人合抱粗的大树。大约是嫌麻烦，他将上衣绑在了腰上，露出精壮的上半身。二长老看着他结实的胸肌，额头慢慢滑下一滴冷汗：“哈哈，是言渊啊。”

言渊瞥了眼他的额头，淡淡地道：“二长老，你出了很多汗。”

二长老颤着手擦汗，不住地抬手扇风，努力保持微笑："是啊，今晚真热。"

不等言渊接话，他抢先问道："你大晚上的不打坐也不睡觉，在外面瞎晃什么？"

言渊神色柔和许多："如今桑念来了，我不能再似从前那般将就，打算用融霜木重新盖一座房子。"融霜木，香气清雅弥久，储夏季烈日之阳于冬日放出，温度足以融霜化雪，故名融霜。

要是用来盖房子，人住在里面，冬暖夏凉。

二长老诧异地道："融霜木稀少得很，你哪儿找来这么大一棵的？"

言渊："万毒门。"

二长老："你闯到人家宗门强砍的？"

言渊摇摇头："我商量过才动手的。"

二长老没做他想，舒了口气："商量过了就好。"

"孤竹峰的屋子推平了，"言渊抬脚走向宝华峰，"暂且借你宝华峰休息一晚。"

二长老："当然没……"

话没说完，他瞪大了眼，一把拽住言渊："当然不行！"

言渊不解："为何？"

二长老又开始冒汗了，他干笑道："今夜如此好的月色，就这样休息未免太可惜了，我们不如去散散步？"

言渊看看黑漆漆的天幕，疑惑道："月色？"

二长老强行拽着他转了个方向："月亮等会儿就有了，老五肯定还没睡，我们去把他叫出来一起喝酒。"

言渊："我得先放好……"

二长老一掌拍飞他手上的融霜木，等树干落到孤竹峰，他咧嘴一笑："现在可以走了。"

言渊："……好。"

两人并肩走向五长老住所，二长老回头看了眼宝华峰，微微一笑，深藏功与名。

宝华峰。

桑念与谢沉舟相对着坐到桌旁，一个看天，一个看地。

沉默，还是沉默。

桑念实在受不了了，握拳抵唇咳嗽一声，想要说点什么活跃下这诡异的气氛："哈，看不出来啊，你小子劲儿还挺大。"

谢沉舟蹙眉："我弄疼你了？"

桑念捂住眼睛，绝望地闭嘴。

还活跃什么，直接同归于尽算了。

谢沉舟还在等她回答。她做了好一会儿心理建设，终于再次开口，岔开话题："我今天试着引气入体，但总是抓不住要点，失败了好多次。

"你那么厉害，有什么诀窍能教教我吗？"

谢沉舟："没有。"

桑念："？"

谢沉舟颔首，语气云淡风轻，却带着几分不易察觉的倨傲与从容："我修炼从不需要诀窍，只要想，便能做到。"

桑念撇嘴，小声嘟囔道："是天才了不起啊，在这儿和我炫耀什么，有本事和萧濯尘比去。"

谢沉舟挑起眉梢："你说什么？"

桑念一秒改口："我说您真乃人中龙凤，我辈翘楚。"

谢沉舟拖长尾调："和萧濯尘比如何？"

桑念赶紧道："你你你，你最厉害，不管是萧濯尘还是王濯尘李濯尘，统统都比不上你。"

谢沉舟嘴角翘起一侧，很快又强行压下，冷哼道："谁要同萧濯尘比了？他还不配与我相提并论。"

这人还真是一如既往地反复无常，桑念只能在心里为自己逝去的良心默哀三秒。

倏地，谢沉舟伸出两根手指，轻轻抵住她额头。

桑念："？"

"不是找不到'气'？"他懒洋洋地道，"我来捉住它，引吧。"

为了行事方便，他将封印的修为提前恢复到了炼气境，要助桑念引气入体，倒不算难。

桑念赶紧默念口诀，按照顾白教的那样掐诀。之前一直乱跑的灵气果然乖顺许多，她努力牵引着它，一点点朝自己体内拉扯。

不知过了多久，她呼吸微微一沉，那股灵气成功没入体内，顺着经脉缓缓游走，生疼。

待到走完一个大周天，桑念的冷汗已湿透了里衣。整整三十二周天后，她身上的气息骤然一变，她长舒一口气，手腕翻转，慢慢地，她的指尖凝出一星浅绿色的灵力——炼气一层。

"我成功了！"桑念双眼亮得不像话。

谢沉舟瞥了眼满脸笑意的她："大惊小怪，用了一个晚上才到炼气境，这不过是刚刚入门罢了。"

"你以为人人都是你？一个晚上已经很快了好吗？有些人要花好几年的时间呢。"

桑念此刻自信心爆棚，才不管他的挖苦，激动地摇了摇他肩膀："反正我也很厉害！非常厉害！"

谢沉舟用一根手指推开她，言简意赅："你很臭。"

桑念低头一闻，皱了皱鼻子，比他更嫌弃："哪儿有水？我去洗洗。"

谢沉舟领着她去了后山，那里有一眼野泉，水清澈见底，二长老与他平时都在这儿洗漱。

天还有一会儿就亮了，远处的林子里鸟吵得很凶，几乎盖住叮咚作响的水声。

桑念与谢沉舟一前一后地走着，空气里带着一点湿润的冷意，隐约还夹杂了微弱的花香。

他们站定在泉边。“洗吧。”谢沉舟道。

不远处有一大片草丛，桑念不由得担心：“这里会有蛇吗？”

谢沉舟：“不清楚。”

桑念从小就怕蛇，犹豫了一下，又担心上课迟到，还是咬咬牙决定下水。

谢沉舟看了她一眼，转身走进草丛，只留给她一个清瘦高挑的背影。

“里面没有蛇。”忽地，他淡声道。

桑念放下心，嘴角高高兴兴地扬起：“知道了。”

她不再磨蹭，三下五除二脱了衣裳走进水中。

泉水冰凉，她哆哆嗦嗦地洗干净身上被灵气淬出的污垢，从储物袋拿出干净衣裳换上。

“好了。”她高声道。

一直背对着她的谢沉舟这才转过身。

桑念种下一颗小火树种子，蹲在火源旁烤干湿漉漉的长发，谢沉舟在一旁静静地等着。

等到身上暖和、头发也干了，桑念清清爽爽地站起来：“走吧，我们上课去。”

谢沉舟“嗯”了一声，抬脚走在她身侧。

山风清凉，晨光熹微，少女一边走一边梳理长发，喋喋不休地说着什么，发丝偶尔拂过谢沉舟的脸与脖颈，微微的痒，他低眉看了一会儿，抬手抓住。

桑念余光瞥见，忙不好意思地道：“我马上就绑起来。”

说完，她从他手中抽出自己的头发。

谢沉舟收回手，背在身后，轻轻捻了捻指尖。

没有春儿在，桑念弄不出太花哨的发型，只能编了两条麻花辫。她用月白色发带缠住两端发尾，继续刚才的话题：“所以我完全不知道，初瑶到底在气什么，我问雪音，谁知雪音也不肯说。”

谢沉舟漫不经心地道：“那便随她去。”

桑念：“那怎么行，我们是朋友。”

谢沉舟轻嗤：“她们可不一定拿你当朋友。”

桑念道：“那你呢？”

谢沉舟一静。

“算了，当我没问。”桑念道，“反正我搬出来只是不想激化矛盾，也为了给初瑶时间冷静一下。”

然而，这一冷静就是半个月。

桑念一夜间成功进入炼气境，成了这批新弟子中进度第二快的人。宗主得知后，特意送了她许多稀奇古怪的小物件，以示鼓励。

初瑶愈发对桑念冷淡，苏雪音与闻不语几次三番欲言又止。桑念的处境与桑蕴灵诡异地重合。

难道是剧情又拉回来了？她忍不住怀疑。

矛盾在御剑飞行这一课彻底爆发。

能进逍遥宗的都是万中挑一的天才。半个月内，所有新弟子都成功引气入体，进入了炼气境，他们开始学习御剑。作为修仙界主要交通工具，御剑飞行的术法难度并不算大，难的是克服心中恐惧。

演武场占地极大，且设有防御阵法，是逍遥宗剑道弟子日常练剑处，学习御剑的地方也在这儿。

几个来回后，几乎所有人都能像模像样地飞上两圈了，谢沉舟甚至找了一棵树开始睡午觉，只有桑念还在第一百二十二次蹲下握住剑柄，试图降低自己的重心。

地面的顾白板着脸训斥："桑念，松手，站好。"

桑念哭丧着脸道："我觉得这样御剑也挺好的，除了姿势不太美观以外半点问题都没有。"

闻言，演武场上的弟子们一阵哄笑。

演武场边缘，苏雪音忍不住也笑了两声，突然想起身边的初瑶，忙又息了声。

初瑶继续练剑，什么也没说。

这边，沈明朝笑得前仰后合，大声嘲讽道："桑念，你以后出去可千万别说是逍遥宗的弟子，我们真的丢不起这个人。"

桑念立马驱动飞剑下降，提着剑就去砍沈明朝。

沈明朝脸色一变，飞快地绕到顾白身后。

她再追，他再绕。

站在中间的顾白："……"

"好了。"顾白一手按一个脑袋，面无表情，"若再追逐嬉戏，我就要罚你们了。"

追逐嬉戏？？？桑念一口气差点上不来。她这分明是取他狗命！

沈明朝也嚷嚷起来："师兄，这个臭丫头分明是要取我性命！你一定要罚她！"

"怎么了？"身着绣衣的男子缓步行来，腰间明玉映出一星莹润的天光，是恰好路过的宋揽风。他身后还跟着几位长老，出门办事刚回来的四长老也在其中。

顾白上前行礼，解释道："启禀宗主，是桑念，她……学不会御剑。"

宋揽风背着手，挑眉："哦？"

四长老斥道："御剑这样简单的术法都学不会？她是怎么进的逍遥宗？"

被当着校长和教导主任的面公开处刑，桑念脸上火辣辣的，忍不住小声辩驳："我其实学会术法了，只是看上去不太美观而已。"

四长老厉声道："还敢顶嘴？"

桑念不敢吱声了。

顾白拱手道："弟子会好好教导师妹，让她早日学会御剑。"

四长老重重地哼了一声："你若教不会，也不必罚她，只让她正经师尊来教就是了，省得落人口实。”

火药味实在太重，桑念禁不住怀疑，是不是言渊曾经哪里得罪过四长老。

忽地，宋揽风轻轻笑了笑：“桑念，上前来。”

众人让开一条通道，桑念走到他面前。

宋揽风召出自己的佩剑青云，含笑道：“上去，我来教你御剑。”

听到这句话，众人皆是一惊，宗主亲自教导御剑，用的还是宗主的佩剑……这样的待遇，是从来没人有过的。就连宗主的正经徒弟闻不语修行时，也不过只得到几句指点罢了。

更何况……众人齐齐看向人群外的初瑶。

“咚——”重剑落地，发出沉闷的一声响。

初瑶浑然不觉，只紧紧地盯着桑念，脸色铁青。

苏雪音握住她胳膊，嗫嚅道：“小师姐，别生气……”

毫无征兆的，初瑶用力甩开她的手，拨开人群大步跑到了桑念面前。

桑念：“初——”

初瑶猛地推开她，转过脸看向宋揽风，眼里有泪：“为什么？”

桑念踉跄几下，及时被顾白扶住。她看看初瑶，又看看沉下脸的宋揽风，满脸茫然。不是……这又是什么神展开？

顾白在她耳边低声道：“初瑶是宗主的女儿，宗主夫人因难产而死，故此，他们的父女关系……并不亲近。”

桑念：“？！”

面对初瑶，宋揽风全然没了素日的温柔，肃声道：“你随我来。”

初瑶红着眼跟上，两人一路行至无人处。

树上的蝉一声接一声地叫着，撕心裂肺，初瑶低着头，只看着自己的脚尖。

宋揽风冷声道：“为何要这样欺辱同门师妹？”

“师妹？”初瑶猛地抬起脸，嗓音尖锐，“我这辈子最后悔的事，就是当初带她来了逍遥宗，让她成了我的师妹！”

“你——！”宋揽风举手欲打她。

初瑶丝毫不怕：“你打吧，打我总比视而不见的好！”

宋揽风动作顿了顿，手停在半空。

初瑶眼泪大颗大颗地落下：“从小到大，你从来没有像对她那样对过我。你没有送过我佩剑，也没有为我买过糖葫芦和草编小蚱蜢哄我开心。”

她忍住抽噎，一字一顿地道：“你更没有像今天这样，用青云剑手把手地教过我御剑，从来没有，一次都没有。

“你若是也像对我这样对别人，我还可以自己说服自己，可偏偏她来了，什么都不一样了。

“我就是嫉妒桑念，嫉妒她嫉妒得要命！因为不管我再怎么努力你都看不见我！”

说完，初瑶蹲下身子，将脸埋在臂弯中呜咽着。

宋揽风沉默。许久，他一言不发地收回手，抬脚欲走。

初瑶攥住他一点衣摆，仰起沾满眼泪的脸，无措得像个孩子："爹爹，不要走，我错了，我不该这样……"

宋揽风叹气："初瑶，你让我很失望。"

初瑶骤然僵住。

他抽走自己的衣角，大步离开。

初瑶久久没能回神，一方手绢递到她面前。她麻木地移动眼珠，看见来人是谁后，眼泪流得更凶："你来干什么？看我的笑话吗？"

桑念连忙摇头。

初瑶推开她的手，用袖子狠狠擦脸。

桑念蹲到她身边："原来你突然讨厌我，是因为你爹爹啊。"

初瑶红着眼瞪她，故作凶狠："不是讨厌，是嫉妒，我嫉妒死你了。"

桑念笑了笑："对啊，就像现在这样说出来多好，之前天天憋着，怪辛苦的。"

初瑶继续瞪她："我要是说了不就显得我很小气了吗？"

"本来就小气。"桑念摸摸她的脑袋。

初瑶扭头躲开她的手，刚要发作，桑念又说道："可我们又不是圣人，嫉妒也好，小气也好，都是人之常情。

"你不例外，我也不例外。可你因为这个故意针对排挤我，是你不对。"

初瑶沉默，半晌才道："对不起。"

桑念一下接一下地摸着她脑袋，解释道："宗主照顾我，是因为我母亲是他师妹。"

初瑶吃惊："什么？"

"这件事除了宗主和长老们以外没人知道。"

桑念大概解释了一遍事情经过，末了，又道："我出生就没见过母亲，听我哥哥说，她受了重伤，生我时难产去世了。"

初瑶喃喃道："我娘也是难产，他们都说是我害死了她。

"连爹爹……也这么说。"

所以宗主才对她这么冷淡？桑念默了默，轻轻揽住她的肩，把她圈在怀里："这不是你的错。"

初瑶低下头："这就是我的错。"

桑念道："好吧，是你的错。"

初瑶推她，气极："你这人怎么这样？！"

桑念满脸无辜："你非要这么想，我有什么办法？"

初瑶咬牙："你多安慰我两句会死吗？"

桑念眉眼弯弯："还是那么讨厌我吗？"

初瑶加重语气："我说了，是嫉妒，不是讨厌。"

桑念换了个问题："那还嫉妒我吗？"

初瑶认真想了想："嫉妒，但是比之前好一点了。"

桑念点点头，严肃地道："你现在可以和我道歉了。"

初瑶睁着发红的眼睛："我道过歉了。"

桑念道："刚才你是为你这段时间故意忽视我道歉，但还有刚刚推我那下呢。"

初瑶声如蚊呐："对不起，我那时……真的很对不起，我会赔偿你的。"

桑念笑眯眯地掐她脸："知错能改就是好孩子，赔偿不用太多，随便给个五百万灵石就好。"

初瑶爹毛："你辈分比我低，得和阿音一样叫我师姐。"

桑念道："你还没满十五，我比你大两岁，你得叫我姐姐。"

初瑶："我才不叫！"

桑念："那我也不叫。"

两人大眼瞪小眼。

不知是谁先破了功，扑哧一声笑了出来。

桑念用胳膊肘捅捅她："明日孤竹峰的新居就修好了，你和雪音他们一起来吃饭吧。"

初瑶神色高傲："看我心情吧。"

桑念才不管她说了什么，威胁道："敢空着手来，要你好看。"

初瑶开始叛逆："那我还就空着手来了。"

"知道了，你确定要来。"桑念拍拍裙子上的灰尘，"我回去继续练习御剑了。"

初瑶："？"

初瑶："卑鄙！"

桑念背对着她挥了挥手："多谢夸奖。"

我没有什么太大的理想抱负，

我只想和你们永远做好朋友，一直一直在一起。

原来，我们早在那么久以前，
就认识了啊。

第五章 今晚月色真美

这件事闹得很大，宗门内到处都是流言蜚语，甚至有人开始打赌，初瑶会在几天内赶走桑念。直到第二天，初瑶绷着脸拎着一只鸡踏上孤竹峰，谣言不攻自破。

闻不语和苏雪音都松了口气，只有桑念看着初瑶手上的鸡沉默了。

“你带了一只鸡来？”她再次确认。

“你不是有眼睛吗？”初瑶不耐烦。

“不是，你为什么要带只鸡呢？”桑念满脸问号。

初瑶：“给你的鸟作伴，反正都是禽类，能玩到一起去。”

桑念：“……”我们仍不清楚那天初瑶为何会觉得一只鸡能和鹦鹉玩到一起去。

“算了算了，”她接过初瑶手上的鸡，随手扔进篱笆里，招呼他们道，“先看看我师尊盖的新房子。”

如今的孤竹峰与桑念来时大不相同，入目皆是浓郁的绿意。言渊还从宝华峰引来了一眼山泉，泉水形成一道细细的银链，从石壁跌落到底下的池子里，水珠飞溅，凉风习习。

不远处，两栋三层高的木楼矗立在山间，野蔷薇与忍冬牵着藤爬上楼顶，如同瀑布一般垂落，宽敞平坦的屋前摆了一张长桌，桌上酒菜丰盛，旁边花圃中新芽初绽，绿意点点。

苏雪音啧啧惊叹：“言渊师叔真用心。”

初瑶也道：“我早看那两栋破茅屋不顺眼了。”

闻不语抚摸廊柱，细细感受，问道：“这是融霜木吧？”

桑念：“好像是，我不太清楚。”

苏雪音羡慕道：“这里冬天一定很暖和。”

桑念道：“那你冬天过来和我一起住，反正屋子很大，床也很大。”

“那个小白脸呢？”初瑶左右张望，“他平常不是老缠着你吗？”

桑念讪笑：“他说无聊，不肯过来。

“还有，他没有老是缠着我。”是我缠着他，她惆怅地望着天。

初瑶无所谓地耸耸肩。

闻不语皱眉：“师妹，不要叫谢师弟小白脸，他会不高兴的。”

初瑶：“我偏叫，小白脸小白脸小白脸。”

闻不语加重语气：“初瑶。”

桑念扶额，瞥见地上有个银线绣着白梅的荷包，忙弯腰捡起来：“闻师兄，你东西掉了。”

闻不语一摸腰间，果然荷包不见了，他温和地一笑：“我的荷包总是掉，还好桑师妹看见了，不然回去得好一顿找。”

桑念双手递过去：“你下次记得系紧一点，或者打个死结，像这样——”

“咳咳——”身后，一道很是刻意的咳嗽声响起。

几人回头一看，二长老与言渊结伴而来，他们身后，赫然是脸色阴郁的谢沉舟。

桑念看看他，又看看面前的闻不语，突然觉得手上的荷包有些烫手。

“你不是不来吗？”她走过去，将谢沉舟拉到一边。

谢沉舟扬唇，弧度讥诮：“看来是我来得不巧了。”

桑念：“挺巧的。”刚好人家说完你坏话的时候你就来了，登场时间之精准已经不能说巧了。

谢沉舟挑眉冷笑：“没有我在，你们似乎更开心一点，我果然不该来。”

“够了啊，再这样阴阳怪气我捶你了。”桑念握拳威胁。

谢沉舟朝不远处的闻不语抬抬下巴：“他凭什么来？你们很熟？”

桑念简直莫名其妙：“他当然是跟着初瑶她们俩一起来的，我肯定不会单独邀请他呀。”

谢沉舟轻哼一声，过了一会儿，他又问：“那你为什么给他送荷包？”

“他掉地上我捡起来还给他而已。”桑念无奈地道，“你到底吃不吃饭？要是实在不愿勉强自己，现在回去也没事，我们不会觉得你没礼貌。”

谢沉舟眸色冷下去，脸上却仍带着笑：“赶我走？别忘了，我收留了你半个月。”

“行行行，那就不走。”

桑念拽着他的胳膊，强行把他拖到院子里，摁在长桌旁的座位上：“坐好，不许动，也不许阴阳别人。”

谢沉舟对面就是闻不语，他身子向后靠，抱臂看着对方。

闻不语礼貌地点头示意：“谢师弟，还请你不要在意我师妹方才所言，她性子不好，你多多担待。”

谢沉舟嗤笑：“我凭什么担待她？我又不是她爹。”

闻不语有些尴尬：“是我说错话了，抱歉。”

桑念在桌下狠狠踩了谢沉舟一脚。谢沉舟眉毛一抽，咬牙对闻不语道："没关系。"

闻不语微笑："谢师弟大度。"

谢沉舟睇着桑念，依旧咬着牙："其实也不是很大度。"

桑念低头淡定地扒饭，假装看不见他要吃人的眼神。

言渊看着他们的互动，眉头微皱。二长老立即按住他的手，朗声笑道："我们在这儿，他们这些小辈都怪不自在的，走，去屋里喝。"言渊未来得及说话，二长老一把拉起他，大步去了屋子里。

他们一走，饭桌上的气氛顿时随意许多。

桑念好奇地问道："你们都是怎么进的逍遥宗啊？"

闻不语道："我出生时天降异象，宗主恰好路过，觉得我天赋不错，便定了我做他的弟子，五岁将我接至逍遥宗修习。"

她问初瑶："你呢？"

初瑶翻了个白眼："宗主是我爹，你说我怎么进的逍遥宗。"

桑念一拍脑门："我忘了。"

苏雪音羞涩一笑："我只是一个孤儿，六岁时遇见了云游的大长老，他带我来的逍遥宗。"

桑念道："原来如此。"

"对了，桑师妹。"闻不语想起什么，从袖中掏出一物递给桑念，"这个送给你。"

谢沉舟筷子一顿。

闻不语笑道："你说过不能空手来的。"

桑念讪讪一笑："我就随口一说，你还当真了。"

苏雪音道："这是我和大师兄凑钱买的，也算我一份，我也没有空手来哦。"

桑念接过那个盒子，打开一看，里面是一枚玉简。

苏雪音介绍道："这是通灵石，可以千里传音，还能和其他门派的弟子交流，很方便的。"

桑念试探着输入灵力，通灵石渐渐亮起一道光，在她识海中投射出一道光幕。左边一排是苏雪音几人的名字，右边是各大门派共用的交流区。此时，上面正一条一条弹着消息。

不愿透露姓名的万毒门弟子：不是，都半个月了，没人管管我们？？？

不愿透露姓名的万毒门弟子：天杀的逍遥宗，居然半夜来砍我们的融霜树，还把我们门主给插树坑里了。天理在哪儿？王法在哪儿？！

不愿透露姓名的万毒门弟子：万仙盟出来说话！

万仙盟：已强烈谴责。

不愿透露姓名的万毒门弟子：？

不愿透露姓名的万毒门弟子：好好好，我们做邪修的就没有人权是吧？

你在逍遥宗的爹：放屁，万毒门所在的地盘自古以来就是逍遥宗的，那叫抢吗？那叫拿回属于自己的东西！

你在逍遥宗的爹：而且我们长老是和你们商量过后才动的手，我们可是讲文明的礼仪之宗。

不愿透露姓名的万毒门弟子：对，商量过后把我们门主插坑里了。

你在逍遥宗的爹：你就说商量没商量过吧？

不愿透露姓名的万毒门弟子：我不管，我们门主到现在还下不来床，你知道因为这事儿半个月来我们少打劫了多少秘境吗？产生的损失你们必须赔！

你在逍遥宗的爹：赔、你、大、爷。

看到这里的桑念："……"好一个礼仪之宗。她收起通灵石，满脸兴奋。这种好东西怎么不早点拿出来，这段时间她漏吃了多少瓜啊，可恶。

"怎么样，喜欢吗？"闻不语问桑念。

桑念疯狂点头："喜欢，太喜欢了，谢谢你们。"

苏雪音小声道："之前的事……实在抱歉。"

"没事儿，"桑念一挥手，"我还不至于和你们几个小孩儿计较。"

苏雪音感激一笑，注意到旁边的谢沉舟，好奇地问道："谢师弟带了什么礼物呀？"

桑念知道按他的性格肯定不会带，她担心气氛冷场，赶忙岔开话题："今天是个好日子，我带了青州的美酒，倒上？"

谢沉舟抬手的动作一顿。

初瑶："喝酒？可以！"

闻不语："不行。"

初瑶充耳不闻，巴巴地端着碗去了桑念身边，不客气地挤谢沉舟："这儿我要坐，你去对面坐。"

谢沉舟："凭什么？"

初瑶不乐意了："你又不喝酒，白白占个位置干吗？"

谢沉舟从桌上捡了个干净的空碗，拎起酒坛倒满，仰头一饮而尽，面不改色地道："现在喝了。"

初瑶无话可说，只好倒满一碗酒又回到闻不语身边。

闻不语兀自碎碎念："师妹，不可以，你喝酒对我们不好。"

初瑶挑了挑眉毛，手下拐了个弯儿，一碗酒直直灌向他嘴里。他躲避不及，生生喝了大半碗，其他全呛了出去。

"好喝吗？师兄？"初瑶憋着笑。

闻不语眼神渐渐呆滞。他脸色通红，趴在桌上用力摇摇头："我不喜欢这个味道。"

初瑶轻轻拍了拍他的脸，又捏捏他的鼻子，笑盈盈地道："睡吧，师兄，做个好梦。"

闻不语瞳仁颤了颤，慢慢闭上眼。

初瑶一脚踩上椅子，举起酒坛，豪气冲天："好，现在我们可以放开了喝！"

苏雪音晕乎乎地站起来："我先说好，我只喝一点点，多了师兄会说我的。"

"他自己都自身难保了，你还管他干什么。"初瑶把她按回去。

桑念满脸赞同："没错没错。"

桌上又多了几坛酒，拍开泥封，酒香醇厚。

"就当是迟来的庆祝，"桑念眉飞色舞，"庆祝我和谢沉舟成功进了逍遥宗。"她给谢沉舟倒了一碗，清亮的酒液荡出碗面，濡湿他的指尖——冰凉。

谢沉舟抬眸睨着她。

她双眼亮晶晶的，催促道："喝呀。"

他端起碗，看着她黑白分明的眼睛，一口一口将碗里的酒喝完。

那双眼睛更亮了："你酒量也太好了吧！"

谢沉舟翘起一点嘴角，很快又把上扬的弧度压下："自然是比你要好上百倍。"

"你不拉踩别人会死啊？"桑念无语，转身和初瑶一起去灌苏雪音酒。

谢沉舟放松地靠着椅背，静静看着闹成一团的她们。

此时天色渐晚，暮色散去，草虫高歌，清风，明月，美酒，还有……朋友。

谢沉舟一阵微微的眩晕，好似一股迟来的醉意涌了上来。

朋友，他反复咀嚼这两个字，心中一片茫然。现在发生的一切如此陌生。被血色浸透的过去里，他连梦，也是不敢这样梦的。

谢沉舟忽地没由来得开始惶恐。随后，是一丝极细微的希冀与……

两只乌鸦掠过天际，留下几声嘶鸣。

如同从一场冗长的美梦醒来，海面泡沫砰的一声轻响，破碎。谢沉舟慢慢放下嘴角，凝视着碗中自己的倒影，眼角眉梢尽是嘲弄。

痴人说梦。鬼就是鬼，成不了人，活在暗处的东西，站不到光里。

他仰头喝干碗中的酒。

"桑念！！！"蓦地，不远处响起一声高喊。

几人齐齐看去。脖子上挂着一摞金链子的沈明朝叉腰站在院外，像只气鼓鼓的金色河豚，一字一顿地喊道："你、为、什、么、不、叫、我、来、吃、席？！"

桑念："……"好丢人，不太想承认自己认识他怎么办。

"这是五长老的弟子吧？"苏雪音打了个酒嗝，"他看上去好生气呀。"

沈明朝气势汹汹地走来："我等了整整一天，你都没有叫我。"

桑念"啧"了一声，不客气地道："我们什么关系啊，我就叫你来吃席？你是不是把自己看得——"

沈明朝啪的一声，将脖子上那摞大金链子扔到桌上，震得酒菜都晃了几晃："亏本皇子还给你准备了贺礼！"

桑念被那阵金光刺痛了双眼。她凶狠地拉开一把椅子，对他露出八颗白皙的牙齿:“来者是客，不要客气，就当这是自己家。”

沈明朝还未反应过来，已被她按着坐下，再一眨眼，手中又多了一碗冒尖的米饭，整个流程如行云流水般丝滑。他下意识扒了口饭，总觉得有哪里不对。但实在想不明白，他索性不想了:“哼，还算识相，本皇子就不与你计较了。”

桑念收起金链子，在手上掂了掂重量，满脸欣慰，小沈这人能处，有金子他是真送啊。

明月高升，繁星满天。孤竹峰上，酒坛倾倒，一群醉鬼东倒西歪。

不知是谁说了句要去看月亮，他们来了劲，呼啦啦奔向峰顶。刚清醒一些的闻不语稀里糊涂地跟上。没走几步，他抬手点了点人数，迟钝地疑惑道:“怎么少了一个？”

他转过身，看见了依旧坐在椅子上的谢沉舟，摇摇晃晃地跑去抓住谢沉舟:“一个都不能少。”

这人的力气大得出奇，谢沉舟挣不开，沉声道:“松手。”

闻不语仿佛没听见，抓着他闷头去追前方几人，不断碎碎念:“谢师弟，小心摔倒，摔倒会受伤，受伤会流血，流血会哭，哭会……哭会什么？”他呆呆地问谢沉舟。

谢沉舟:“……”

他实在不想搭理闻不语，随手揪住沈明朝:“告诉他为什么。”

沈明朝胡乱抓抓头发:“哪有那么多为什么，烦不烦？”

闻不语好脾气地说道:“师弟，不要太暴躁，来，师兄教你念清心诀。”

谢沉舟趁机摆脱他，走到了一边。

峰顶青草绵绵，广袤柔软。

抬头看，一轮玉盘似的月亮挂在天际，大得出奇，仿佛伸手就能碰到。这里的确是赏月的好地方。

桑念躺在草地上，愣愣地看着天幕，小声念叨:“举头望明月。”

谢沉舟没听清，问道:“什么？”

桑念摇摇头，左右打了个滚儿，拍拍身边的空位，傻乎乎地笑:“谢沉舟，过来一起看月亮呀。”

谢沉舟抿了抿嘴:“不……”刚说了一个字，身后一股推力将他推倒，回头看，是不耐烦的初瑶。

“大家都躺着，就你一个人站着，显着你了是吧。”

谢沉舟这才发现，草地上整整齐齐躺了一排人。连闹腾的沈明朝和絮叨的闻不语也躺下了。他起身的动作顿住，一点点躺了回去。

微凉的山风拂过草间，发出唰唰的细响，几星忽明忽暗的萤火冉冉升起，高高低低，明明灭灭。虫儿还在叫，并不撕心裂肺，而是婉转悠扬，仿佛另一个美梦的开始，谢沉舟有些恍惚。倏地，一只温热的手不经意间碰到他的手，冷得飞快地缩了回去，几个呼吸后，那只手重新覆上他手背。

他偏头，对上少女清澈的眼眸。

“你的手太冷了，像冰块儿。”她低低抱怨一声，侧过身，双手拢住他的手搓了搓，在掌心轻哈一口气，抬眸时，瞳仁似落在水底的黑珀，“我给你焐一焐，很快就暖和啦。”

谢沉舟望着她的眼睛，向来不急不缓的心跳倏地停了一拍。

大抵是真的醉了，他动了动指尖，受到蛊惑一般，屏住呼吸，小心地，缓慢地，试探着去勾住她的尾指。

即将成功的前一刻，她忽然抽回手，又翻了个身去与旁人说话了。谢沉舟看着自己的手，眼中闪过微不可察的失落。

桑念毫无察觉，指着天际一抹移动中的亮光，激动地问初瑶：“那是不是流星？”

初瑶纠正：“那不是流星，是别人打架从天上掉下，衣裳着火了。”

苏雪音补充道：“也可能是赶夜路的飞舟，那上面的灯很亮。”

桑念：“我不管，它就是流星。”

借着酒劲，她几近蛮横道：“我要许愿。”

初瑶：“许愿？”

苏雪音：“许愿？”

沈明朝：“许愿？”

桑念道：“在我家乡，别人都说对着流星许愿就一定会实现。”

闻不语听见这句话，呆呆地问：“桑师妹，这是真的吗？”

桑念：“应该是真的吧？我也没许过。”

沈明朝大着舌头道：“肯……肯定是假的，我可从来没听过世上有这等好事。”

桑念想了想，坐起身：“不如我们说一说各自的心愿？万一真的实现了呢？”

众人跟着坐起来，面面相觑。

桑念道：“我先来。”

她双手合十，满脸希冀：“我想要每天都高高兴兴的，等一切结束后回家吃沙瓤大西瓜。”

“这算什么破愿望？”沈明朝第一个表示鄙视，“你听听本皇子的。”

他摇摇晃晃地站起来，用力拍拍胸口，满脸振奋地朝天边的流星放声大喊：“我沈明朝要成为修仙界第一剑仙，到时候一人一剑勇闯天涯，看遍世间美景，打遍天下无敌手！什么萧濯尘、闻不语，还有那个谢沉舟，统统不是我的对手！”

桑念听完，同样很鄙视：“希望和痴心妄想还是有区别的。”

沈明朝瞪着眼睛就要和她打架。闻不语按住他，温声道：“师弟，不要太暴躁，师兄来教你念清心诀，跟我念，观空亦空，空无所空……”

沈明朝一脸淡淡的死意：“师兄，你就没有什么愿望吗？”

他没指望闻不语会回答，岂料，闻不语竟真的点点头：“有啊。”

沈明朝兴奋起来：“是什么？”

闻不语：“我要守护天下苍生，捍卫人间正道。”

沈明朝大失所望："师兄，你太假了，正常人谁会天天想这些。"

闻不语笑而不答，转头问道："两位师妹呢？"

苏雪音指尖绕着一绺长发，不太好意思地说："我没有什么太大的理想抱负，我只想和你们永远做好朋友，一直一直在一起。"

初瑶握了握拳头，同样站起来大喊："我宋初瑶，要被爹爹认同，让所有看不起我的人对我刮目相看！"

苏雪音立马小幅度地鼓掌："小师姐最厉害了，一定能做到的！"

桑念戳戳谢沉舟的脸："到你了。"

谢沉舟翻了个身，闷声道："我没有愿望。"

桑念："真没有？"

谢沉舟停了停，声音很低："曾经有过。"在久远的从前，在漆黑的地牢，在冰冷的铁笼。

"那你现在再想一个愿望吧，"桑念信誓旦旦，"不用流星，我来给你实现。"

谢沉舟："我如果要天上的星星呢？"

桑念："你正常点，不然我打你了。"

谢沉舟嗤了一声："你也不过是哄我玩儿罢了。"

桑念对着他的背影深深叹了口气："行，算你厉害。"

她一骨碌站起来，头也不回地走开。谢沉舟神色黯了黯，眼睫倾覆，遮住眸中的情绪。

不知过了多久，久到初瑶几人都已熟睡。

有人推推他的肩膀，他起身看去——月华如水，少女蹲在草地上，裙摆如花儿一样铺开，发间的红色发带松松散散，好似下一刻就要散开。

她双手虚虚合拢，对他努努下巴，用气音道："过来。"

谢沉舟蹲到她面前："什么？"

桑念凑近他，轻轻打开合拢的双手："喏，你想要的星星，我给你抓来了。"

不算黑暗的夏夜，两星绿莹莹的微光扑闪着，一点点飞出她的掌心，点亮少年黝黑的双眸。

他呼吸一窒。

那是——两只萤火虫。

桑念头上还顶着几片草叶，鼻尖沾了点泥，看上去格外滑稽，她小声抱怨："这孤竹峰的萤火虫都快成精了，我又不能伤到它们，抓了好久才抓到这两只，累死我了。"

见谢沉舟迟迟没说话，她摸摸鼻尖："行吧，我承认我确实偷换概念了，严格来说，这不算天上的星星，但是——"

她突然拉住他的袖摆，与他并肩仰面倒在草地上，语气严肃："你看，从这个角度来看，它们不就是星星吗？

"一样有光，一样漂亮，还能飞来飞去的模拟流星呢。"

谢沉舟安静许久，涩声道：“嗯，是星星。”是那个曾经被关在黑暗地牢里的孩子，日日夜夜所期盼，乞求，希冀的——星星。

她为他抓来了。

她真的，为他抓来了。

叮！谢沉舟好感度 +99999

谢沉舟当前好感度：0

桑念睁大了眼，她是喝太多酒出现幻觉了吗？她用力敲敲脑袋，努力去看面板上的字。

谢沉舟？ 0？果然是幻觉。

谢沉舟指尖虚虚地触了触头顶的流萤，声音很轻，轻到桑念几乎听不清：“我以前很想杀了你，可是现在，我似乎不那么想了。”

桑念结结巴巴地回道：“那……那挺好。”

谢沉舟没说话。

又起风了，淡淡的青草香拂过鼻端，乌云短暂地遮住了月亮，万籁俱寂。

有那么一刻，只有一刻，谢沉舟想：或许，他……可以试着和桑念做朋友。

很普通的朋友。

经过言渊三天三夜的特训，桑念终于可以像模像样地御剑了。

清晨，她穿着一身还没来得及换的皱巴巴的白衣，顶着两道浓重的黑眼圈，梦游一般御剑从天际飘然而来。

学宫门口的沈明朝吓得向后跳了一大步，喝道：“哪里来的女鬼！竟敢擅闯仙门！”

桑念拨开被风吹得盖住脸的头发：“我是你爹。”

沈明朝叉腰：“你就不能捏个避风咒吗？大清早的故意吓唬人很好玩？”

桑念大步走进学宫：“忘了。”

沈明朝阴阳怪气：“什么忘了，我看你就是没学会。”

桑念幽幽地道：“大早上的别逼我抽你。”

沈明朝梗着脖子道：“有本事你就来抽，我但凡眨下眼睛就不是男人。”

桑念狞笑一声，拔剑就砍，沈明朝撒腿就跑。

来来往往的逍遥宗弟子忙躲开两人，只有顾白见了，板着脸道：“学宫内禁止追逐打闹，要打去演武场打。”

两人乖巧地站好：“明白了，师兄。”

顾白道：“要上课了，走吧。”

沈明朝对桑念嘚瑟地抖抖肩，桑念用力握拳警告。

无人问津的角落里，一直默默看着他们的谢沉舟走出阴影，一言不发地跟上他们。

一直到进了书院，各自坐到了各自的位置上，桑念才猛地看见落后一步进来的谢沉舟。她高兴地道："谢沉舟，我学会御剑了。"

谢沉舟淡淡地道："嗯，看见了。"

桑念走向他："你怎么了？干吗这个表情？"

谢沉舟冷着脸道："我现在不太想说话。"说完，他拉开椅子坐下，一副不想再和别人交流的模样。

桑念体贴地道："行，那我不和你说话了。"她转身坐回了自己的位置。

谢沉舟："……"

叮！谢沉舟好感度 -1

桑念：?

午时，顾白准点下课。

桑念惦记着那被扣掉的一点好感度，敲敲谢沉舟桌子，主动邀请道："一起吃饭去吧，我来御剑，给你秀一秀我的技术。"

谢沉舟伸手指了指她身后死皮赖脸跟着的沈明朝，阴着脸道："你是单叫了我一个人，还是连他也一起叫了？"

沈明朝对天吹口哨，假装没听见他的质问。

桑念斩钉截铁地道："当然没有！我只叫了你一个人，也只带你一个人御剑。"

叮！谢沉舟好感度 +1

桑念：这就加回来了？莫名其妙。

对面，谢沉舟高贵冷艳地点了一下头："走吧。"

桑念挠挠头，快步跟上他。到了学宫外，她召出飞剑，叮嘱道："你要是觉得站不稳可以抓住我的袖子。"

谢沉舟动作一顿。

两人踩住剑身，桑念双手掐诀，灵剑冲天而起，以标准的 S 形路线前进。

桑念讪讪地道："不好意思啊，我直线有时候飞得不太好，这次估计是太紧张了。"

身后的谢沉舟背着手，语气不太自然："其实……还行。"

桑念振奋："真的？！"

谢沉舟又道："但确实有些颠簸。"

闻言，桑念赶紧道："你快抓住我的袖子，我们很快就到了。"

谢沉舟小心抓住她一片袖角，心中漫开隐秘的欢喜，他嘴角弯了弯。

前方，桑念微侧了脸，问他："你害怕吗？怕我就飞慢一点。"

他凝视着她白皙饱满的脸颊，迟疑两秒，低声道：“有些……怕。”

桑念果然放慢了一点速度：“现在好一点了吗？”

谢沉舟别开眼：“还是怕。”

桑念又放慢了一点速度：“现在呢？”

谢沉舟理直气壮：“还怕。”

桑念：“……”

“你给我滚下去。”她咬牙。

谢沉舟装傻：“为何？”

桑念愤愤不平：“故意戏弄我很好玩？”

谢沉舟垂眼：“我没有戏弄你，我只是……”

“只是什么？”

他抿了抿唇，不说话了。

桑念降下飞剑，气冲冲地走进食堂。谢沉舟在原地站了几秒，抬脚去追她。两人一前一后走进热闹的大厅。

初瑶他们早就到了，见到两人的身影，站起来对他们挥了挥手：“这儿呢，位置都给你们留好了。”

他们刚走过去，一个人影比他们动作更快，抢先一步坐下。

沈明朝大爷似的跷起二郎腿，拱手道：“承让。”

桑念吓了一跳：“你一直偷偷跟在我们后面？”

沈明朝不满：“什么叫偷偷跟在你们后面？我正大光明得很，是你们自己一个两个都眼神不好。”

刚好剩下的两个空位被他占了一个，只能再坐一个人。谢沉舟默默转身，想要离开。

桑念去隔壁桌拖了张凳子，对初瑶等人道：“往里挪挪。”

众人搬着板凳齐刷刷往里挪了挪，刚好腾出一个空位。

桑念把凳子放好，头也不回地拽住谢沉舟胳膊：“坐下吃饭。”

谢沉舟眼睫飞快地颤了颤，难得的乖顺，矮身坐到了她身边。

大家点好菜，撑着下巴等上菜。偶尔说些修行时遇见的乐子，气氛融洽。

苏雪音想起一件事，忙道：“对了，群英会很快就要开始了。”

桑念茫然：“群英荟萃？我不爱吃萝卜，没点这个菜啊。”

“笨蛋，是群英会。”初瑶道，“这是修仙界十年一度的盛会，在玉京举办，所有仙门弟子都会参加。”

桑念有点印象了，群英会……她倒吸一口凉气，这可是一个关键的剧情点啊。

群英盛会，说人话就是修仙界十年一届的各门派杰出弟子交流会。届时，万仙盟会开启极其罕见的高级秘境，所有门派金丹期及以上的弟子都可以进去。秘境中获得的任何物品皆属于本人，除此之外，还有额外的比试。获胜者会得到丰厚的奖品。

而谢沉舟将会一举夺魁，从此扬名整个修仙界。苏雪音愈发喜欢他，我们的男主闻不语终于忍无可忍，强势告白！

嗯……强势告白。桑念看了眼正温吞地挑香菜的闻不语。

她扶额苦笑，真是代入不了一点。

“嗯？”闻不语察觉到她的目光，筷子一顿，转头幽幽地道，“师妹，你的眼神很奇怪。”

谢沉舟眉梢微动，看向桑念。

桑念干笑：“哈哈，最近熬夜看书，眼睛有点不太舒服。”

闻不语目露欣赏：“没想到你这样勤奋，实乃吾辈楷模。”

话音刚落，初瑶敲敲桑念的碗：“对了，我借你那本书你看完了吗？我另一个师姐嚷着要看，我得借给她了。”

闻不语来了兴趣：“哦？什么书？”

初瑶没注意疯狂眨眼的桑念，平静地道：“是《霸道剑尊狠狠追，清冷仙子插翅难逃》，师兄你也想看吗？那我先借给你。”

桑念：“……”

闻不语：“……”

谢沉舟：“……”

初瑶：“嗯？怎么都不说话了？”

苏雪音捂住她的嘴，语气沉重：“小师姐别说了，你没看见桑师妹恨不得当场吊死在这儿吗？”

初瑶：“？？？”

沈明朝猛地发出一声爆笑：“哈哈哈哈哈哈，勤奋，哈哈哈哈，吾辈楷模，哈哈哈——”

桑念惆怅地望着天，只觉得有些人还活着，但他已经死了，有些人死了，但他还是死了。

爆笑中的沈明朝莫名发冷：有杀气！

终于熬到吃完饭，桑念立马就要走，刚起身，她瞥见闻不语脚下躺着一物，顺嘴提醒道：“大师兄，你荷包又掉了。”

闻不语低头一看，有些懊恼地捡起来：“多谢提醒。”

桑念无奈：“我不是说了让你系个牢固点的结吗？这样一路走一路掉的，万一哪天捡不回来了呢？”

闻不语摸摸鼻尖：“我系过了，还是这样。”

这人不仅是个路痴，还是个生活白痴，桑念叹气，拿过他的荷包：“你好好看着，看我是怎么打的结。”她在自己腰间系了一遍，用的是最常见的蝴蝶结。

“看明白了吗？”

闻不语：“嗯……”

初瑶撇嘴：“大师兄除了练剑，干什么都很笨。”

苏雪音道："小师姐，不要这样说大师兄，他会难过的。"

闻不语笑道："没事，她并没有说错什么。"

苏雪音对桑念解释道："大师兄五岁就被送来逍遥宗，没人教他除了修行之外的事，所以他才会这样。"

桑念："好吧。"她想了想，从自己的储物袋里找出一截纤细如丝的藤蔓。

"这叫牵丝藤，它的首尾会自动合拢成为一个圈，一般用来捆人……不过也能用来系荷包就是了。"说着，她驱动牵丝藤串住荷包系带与他的腰带，"打开它的方法也很简单，你默念口诀就行。"她念了一遍口诀，围成一圈的藤蔓果然缓缓打开，露出一个缺口。

闻不语满脸新奇："我为何没见过这种灵植？"

见他感兴趣，桑念道："这是我哥哥搜罗来给我玩儿的，回头我写信问问他在哪儿买的，然后和你说。"

闻不语道："会不会太劳烦师妹了？"

桑念咧嘴笑道："顺手的事儿，用不着那么客气。"

谢沉舟凝视着相谈甚欢的两人，眼神微黯。他起身走进立着"小食"招牌的房间。捂得严严实实的鸦一、鸦二正在专心干活，一时竟没注意到他。

今天供应的小食是山药酥酪。鸦一将削好的山药放进容器中，施法驱动，将山药打成糊糊；严阵以待的鸦二立即盛出，端至锅边熬煮，两人配合默契，隐隐还有一丝……享受。

"这可比咱们从前在殿里的日子舒坦多了。"鸦一感慨道，"不用没完没了地杀人，也不用总是担心被别人砍掉脑袋。"

鸦二道："谁说不是呢，要是能一直待在这儿就好了。"

鸦一道："你说会不会不光只有咱们这么想，少主也想过这事儿呢？"

门口，谢沉舟双手缓缓收拢，指尖抵住掌心，他眸中的神色更黯。

那边，鸦一、鸦二不经意间抬头，看见门口的谢沉舟，登时面如死灰。他们颤抖着跪下，满脸绝望："少主，属下方才一时失言……"

谢沉舟反手关上门，淡声道："起来。"

"少主……"

"起来。"谢沉舟道，"别让我说第三遍。"

鸦一、鸦二对视一眼，互相搀扶着站起，屏住呼吸等待最后的审判。

谢沉舟挥手布下隔音结界，再开口时，问的却是："尊主可有话带给我？"

这是不准备追究了。鸦一劫后余生般喘了口气，忙道："有有有。"他取出一张纸条双手递过去。

谢沉舟接过，纸条上只有六个字——群英会，危月燕。

谢沉舟目光凝视一下。纸条无声地燃烧起来，消失不见。

鸦一低声道："尊主说，此次群英会的奖品危月燕，可以取出桑蕴灵体内的昆山玉碎片。"

过了一会儿，谢沉舟道："知道了。"

"等拿到昆山玉，我们便要回去了。"鸦二道，"少主还是早做打算为妙。"

谢沉舟莫名感到烦躁："我的事什么时候轮得到你们来置喙？"

鸦二跪下："少主恕罪！"

谢沉舟捏捏眉心，半晌，他道："起来，有件事我要问你们。"

两人严阵以待："少主请讲！"

谢沉舟迟疑道："我有一个朋友，只是一个朋友，他近来会时不时心悸……"

鸦一笃定道："他得了心疾。"

鸦二有不同的见解："他应该是被人下了噬心蛊。"

谢沉舟摇摇头："我……我朋友没有中蛊，也没有得心疾。"

鸦一："那就奇怪了。可还有别的症状？"

谢沉舟想了想："他控制不住自己的脾气，有时候会莫名其妙地高兴，有时候会莫名其妙地……想杀人。"特别是姓沈的人。

鸦一吸了口凉气："他得了脑疾！"

鸦二不同意："不，依我看，他是被人下了降头，要赶紧破解才行。"

谢沉舟："真的？"

鸦二："信我没错的。"

谢沉舟："那我要怎样破解？"

鸦二："当然是……"刚说了三个字，他赫然反应过来，睁大双眼，口中的话戛然而止。

空气沉默。鸦一与鸦二低着头，眼神疯狂交汇。

谢沉舟深吸一口气，索性把话说开："最近我只要和桑念待在一处，就会控制不住地想看她，这到底是为什么？"

鸦一小心翼翼地道："因为她牙上有菜叶？"

谢沉舟："……"

鸦二思绪转了几个弯儿，想到什么，心里咯噔一声："少主，恕我直言，我觉得你近来和桑小姐有点……暧昧了。"

谢沉舟面无表情："我们只是朋友，不要用你龌龊的心思胡乱揣测我们。"

"朋友？"鸦一道，"我和鸦二也是朋友，反正我们俩不会手牵手。"

鸦二："也不会嘴对嘴。"

谢沉舟像只被踩了尾巴的猫，拔高了一点声音："我们没有！"

鸦二："照目前的趋势发展下去，迟早会有的。"

谢沉舟胸膛急促地起伏着，脸色铁青。

鸦一苦口婆心地劝道："少主，你清醒一点！她之前可是一直在虐待你！"

谢沉舟攥紧手，别过脸，良久才出声："那是因为她太爱我，不小心用错了方式。"

鸦一："……"

鸦二：“……”

“不过，她现在好像也没那么爱我了。”谢沉舟低声道，“她甚至不愿公开我们成过亲的事。”

鸦二：“不是……”

谢沉舟：“她从前说对我一见钟情，可现在，她对别的男人比对我更亲近。”

鸦二：“等等……”

谢沉舟：“为什么她那么在意别人会知道我们成过亲？我很见不得人？”

鸦二终于找到机会打断他，捂住心口道：“少主，你先别说了。”

他语气虚弱：“我怕我会晕过去。”

谢沉舟转而看向鸦一。

鸦一冷汗直流，试探着说道：“因为她觉得你……拿不出手？”

谢沉舟反问：“拿不出手？”

鸦一磕磕绊绊地道：“对啊，少主你在她眼里一穷二白，脾气差还死犟，浑身上下除了脸哪哪儿都是毛病，比起闻不语他们可不就是拿不出……唔！咕噜咕噜——”

鸦二死死把他按进水缸里，哆嗦着唇对谢沉舟道：“少主，他大概是疯了，我这就处置了他。”

谢沉舟脸色难看。

“原来你在这儿啊。”有人敲敲门，嗓音清脆，“谢沉舟？”

谢沉舟不动声色地散去结界，转身就走。

桑念：“欸，你等等我啊，我还想拿一份山药酥酪呢。”

谢沉舟走得更快了。

鸦二默默给桑念递上一碗酥酪：“碗不用还了。”

桑念匆匆道了声谢，抬脚追上谢沉舟。两人一路走出食堂，谁也没御剑，安静地顺着山间小路前行。桑念一边走一边吃，偶尔轻踢一脚路上的石子。

前方，谢沉舟脚步慢下来，忽地开口：“我脾气很差吗？”

桑念：“哈？”

谢沉舟低着头，重复了一句：“我脾气很差吗？”

桑念咽下嘴里的酥酪，委婉地道：“那要看和谁比了。”

谢沉舟：“和闻不语比如何？”

桑念更委婉了：“你一定要自取其辱吗？”

谢沉舟陷入沉默。

桑念想起什么，从袖子里掏出一个小盒子，打开一看，里面是一颗新的通灵石：“这是之前宗主送给我的，我昨日整理东西的时候才发现。

“不过我已经有了阿音送的，这个我用不上。

“你当时不肯要我的三千万，我把这个当谢礼送给你，以后我们就能千里传音了。”

她把盒子递给谢沉舟。

谢沉舟语气很硬：“我自己也买得起。”

他强调：“我不穷。”

桑念：“哦，那我不送了。”

谢沉舟一把按住她往回收的手。

桑念无奈地道：“我只是刚好闲置了它，想起你没有，所以才打算送给你，真没别的想法，你一定要这么拧巴吗？”

谢沉舟抓住关键词，神色微怔：“你……一直想着我？”

桑念：“没……”

叮！谢沉舟好感度 +5

桑念嘴里的话打了个转，斩钉截铁地道：“是的没错，我一直想着你，每日每夜，每时每刻。”

谢沉舟莹润的黑眸颤了颤，耳尖慢慢泛起一点红色，像染了霞光。

叮！谢沉舟好感度 +5

谢沉舟接过她手里的通灵石，轻咳一声：“谢礼我收下了，不过你最好不要用它联系我，我不喜欢和人聊天。”

桑念：“行行行，知道了。”

是夜，桑念从藏书阁回到孤竹峰。

和言渊汇报了今天的修行进度后，她又把遇见的术法上的难题说了一遍。等言渊指导解惑完毕已是深夜，她回房开始打坐。两个时辰后，她结束打坐，拿出通灵石，想放松一下高速运转了一天的大脑。

然后，她看着来自谢沉舟的三十八条未读信息沉默了。

桑念：“？”她缓缓打出一个问号。

第一条信息是她还在藏书阁时他发来的。

谢沉舟：我脾气真的很差吗?

谢沉舟：我并不是很在意这件事，只是随便问问。

谢沉舟：其实我脾气有时候还不错。

桑念苦笑，笑中又透露着一丝无语。

群英会即将开始，逍遥宗弟子们个个翘首以盼，每日话题都与它相关。桑念修炼愈发勤勉，每天演武场、藏书阁连轴转。

沈明朝被她感染得莫名紧张起来："群英会金丹期才能参加，我们顶多跟去玉京见见世面打个酱油，你干吗这样？"

桑念一脸深沉："那可不一定。"

沈明朝："？"

桑念摆摆手，不愿和他多说，御剑去了藏书阁。

她径直上到最顶层，从书架上拿出昨天没看完的《水灵根中阶术法精选》。倏地，她的目光被旁边一本书吸引。这是一本很有些岁月气息的古籍，纸页泛黄，封面的字体早已模糊不清，它在一众维护良好崭新的书籍里格外显眼。

桑念小心取下它，坐到一边翻开，所幸，书中的文字还算清晰。这是一本收录鸿蒙大陆各类生灵的百科全书，主笔者文笔风趣，写得很生动。

桑念看得津津有味，不知不觉到了最后一页，奇怪的是，这一页怎么也翻不开。似乎……有人刻意下了禁制，不想让人看见这一页的内容。

桑念更加好奇，找遍了藏书阁中所有与禁制相关的书，铁了心要把它解开，桌面的书本越堆越高，渐渐掩住她的身影。

终于，旭日初升时，她捏出第一千两百个手诀，白芒闪过，古籍开始小幅度地振动。

"成了！"她心中一喜。

最后一页纸缓缓翻开，桑念忙低头看去，上面写到——祝余族，看见这三个字，桑念愣了愣，这不是窃脂提起的那个族群吗？她继续往下看。

> 祝余族，居西方小华山，容貌酷似人族，然并非人族。
>
> 族中不论男女，皆绝色。
>
> 山中另有异鸟，名赤鷩，乃祝余之守护灵兽，诞于昆山玉，一死方得一生，从未有繁衍者。

旁边空白处有人写了一行潦草的小字，似是标注：

> 曾有人预言：
>
> 当赤鷩鸟不再从昆山玉中诞生时，就是祝余灭亡之日。
>
> 如今看来，所言非虚。
>
> 只是……

看到这里，古籍再次颤抖，似是有一层雾笼罩在纸面，墨水晕开一团团痕迹，连同批注一起模糊不清，桑念吓了一跳。

下一刻，纸上恢复平静，浮现出剩下的内容。

祝余族为神之弃民，性情与妖魔无异，残暴凶狠，喜食人。

常利用美色引诱过路人族。

鸿蒙历三十六万九千八百七十四年，有修士为救同族闯入小华山。

不久后，万仙盟成立，盟主率众前去讨伐。

两族大战。

十万修士命丧祝余之手，血流成河。

万仙盟惨胜，祝余合族尽灭。

小华山消失无踪，赤鷩鸟闯入九州，火烧三万里，危害人间。

万仙盟盟主擒之，杀。

这倒是和萧濯尘说得差不多。不过，窃脂不是被囚禁在须弥界吗？这上面怎么写的是被杀了？桑念满心困惑。

倏地，一只手从上方探来，抽走了她手里的书。

桑念一惊，抬眼看去，只见一个碧衣女子懒懒地趴在她面前的“书山”上，一身酒气。

她打了个哈欠，对桑念抱怨道：“你拿了这么多书在这儿胡乱堆着，等会儿要是不放回原位，我指定找你师尊告状。”

桑念小心地道：“您是？”

“我是碎星峰的长老，碧柯，与大长老共同管理藏书阁。”她道，“同时还在学宫里教你们丹药之术。”

桑念道：“我为何从未见过您？”

碧柯咳嗽两声：“最近喝酒喝得太多了，一直忘了自己还要去上课。”

桑念：“……牛啊。”

“这本书可冷门得很，除了你就只有一个人借去看过。”碧柯哗啦啦地翻着那本古籍，“它不见好久了，你从哪个犄角旮旯找出来的？”

桑念注意力在上一句：“除了我还有谁看过？”

碧柯想了想：“好像是叫——”

她回忆了好一会儿，终于不确定地说道：“镜什么……”

桑念心头一跳：“镜弦？”

碧柯打了个响指：“对，就是镜弦。”那个批注，是镜弦留下的，她当年也看过这本书。

桑念百感交集。

“奇怪，最后一页怎么翻不开？”碧柯道。

桑念道：“这上面下了禁制，你不知道吗？”

碧柯随手丢了书，一脸无语：“我的职务是管理藏书阁，本人又不爱看书，怎么会知道居然有人会闲到给一张纸下禁制。”

桑念忙拾起那本书，生怕有哪里摔坏了。

碧柯无所谓地道："这里面的每一本书都经过特殊处理，无论如何都不会损坏的，你放一百二十个心好了。"

桑念还是有些心疼，用袖子擦擦上面不存在的灰："那也不能就这样往地上扔啊。"

"上面写了什么？"碧柯顺嘴问道。

桑念道："没什么，就是一些有关祝余族的介绍。"

碧柯："祝余族？那是什么？"

桑念解释道："是一支在五百年前就灭绝的异族，生活在已经消失的小华山，据说长得很像人。"

碧柯摸着下巴："像人？

"能有多像？若是混在人群中，能分辨出来吗？"

"不清楚，"桑念摇头，"不过，既然能引诱过路的人族，应该是分不出来吧？"

碧柯不知从哪里摸出个小酒瓶，仰头喝了一大口，打了个酒嗝："那看来和妖族画皮没什么两样，一点新意也没有。"

桑念迟疑地道："说起来确实是这样，但我总觉得上面的内容有点奇怪。"如果只是不算机密的内容，不可能会大费周章地下如此复杂的封印术。还有镜弦的批注，那句"只是"后面，到底写的是什么？

她心头疑雾重重："这本书我能借走吗？"

碧柯耸耸肩："去那边留个名字记录一下就行。"

桑念收起书："好的。"

"对了，你是水木双灵根吧？"碧柯问道。

桑念："嗯嗯。"

碧柯叮嘱道："我的课你记得来上，木灵根最适合学丹药之道了，没有木灵根的我还不让来呢。"

桑念扶额，长老，我肯定能记住要上课，但你能不能记得要去讲课就不一定了。

碧柯瞥见她的表情，以为她是在质疑自己，气得连酒瓶都放下了："你别看我年轻，我几百年前就在逍遥宗了，就连现在的宗主都是我教出来的，宗门里哪个长老敢不对我恭恭敬敬的？"

桑念叹气："好了好了，我知道了，我一定会去上课，长老您就放心吧。"

碧柯这才作罢，临走前还不忘指挥她道："把这儿收拾干净再去学宫。"

桑念："什么？！"天杀的，她还有早五啊！桑念看着外面那轮金灿灿的太阳，只觉得天都塌了。

"六六！"她强行拍醒在书架上呼呼大睡的小鸟，"赶紧过来搭把手。"

六六抱着它的宝贝坐骑，哼哼唧唧地说梦话："这是我的赤鹫一号，谁也别想抢走。"

桑念在它耳边如恶魔般低语："你的小米被我拿去熬粥了。"

六六垂死病中惊坐起："你敢！"它大喝一声。

桑念道："醒了就赶紧来帮忙。"她手忙脚乱地整理着桌上的书。

六六愣了几秒，坐着赤鹫一号飘过来："你在干吗？"

桑念头也不抬，往它脑袋上放了高高一摞书："放到左手边最后一个架子的第二排。"

六六："……我的脖子好像断了。"

桑念："你再不去我的脖子也会断掉——被四长老徒手掰断的。"

六六委屈巴巴地骑着赤鹫一号去送书了。

去而复返的碧柯长老见到它，愣了一瞬："这是何物？"

桑念抽空回道："我养的灵宠，六六，一只鹦鹉。"

碧柯道："我问的是它身下那颗蛋。"

桑念淡定地道："它从山里捡来的，我也不知道是什么。"

碧柯眼神灼热："能给我看看吗？我从未见过它，万一能入药呢。"

六六送完书回来听见这句话，大声反对："我不要！它是我的坐骑，才不是什么药材！"

碧柯看着桑念："这……"

桑念尴尬而不失礼貌地微笑："还是算了吧，这是六六的东西，它不愿意，我也不能强抢。"

碧柯道："那我只摸一下可以吗？就摸一下。"

六六还是不肯。她从袖中摸出一个果子："这是我新种出来的蕇荔果，好吃得不得了。现如今整个修仙界只有我有，错过了可就再也吃不到了。"

六六眼睛都直了，犹豫道："那就……摸一下……只准摸一下哦！"

碧柯把果子给它："没问题。"

六六抱住果子，放任她的手指靠近。

碧柯果然只轻轻摸了一下就收回手，她看着指尖，叹了长长一口气，惋惜道："已经死了啊。"

桑念道："捡回来的时候就是死的。"

碧柯沮丧地道："真可惜，我还想试着把它孵出来，看看到底是什么鸟，能不能入药……"

桑念赶紧转移话题："你回来是还有什么事吗？"

碧柯这才想起自己回来的目的："我刚才突然想起来，除了你和镜弦，这本书还被一个人借走看过。"

她晃了晃手中的小册子："我特意去把当年的借阅名册找了出来，果然，我没记错。"

桑念精神一振："谁？"

碧柯指指名册上的某个名字。

她定睛看去，上面写着——言渊。

桑念一愣。

碧柯道："你不是说觉得这本书奇怪吗？正好，回去问问你师尊吧，他或许能给你解惑。"

今天实在太迟，桑念一不做二不休干脆不去学宫了。她找了个理由在通灵石上和顾白告好假，御剑飞向孤竹峰。

言渊不知去了哪儿，她转遍整个山头都没见着他的身影，只好先回自己的房间。

她坐到书桌后，拿出那本古籍细细端详。除了自己和镜弦，言渊也看过这本书。那么，他知道这上面的禁制到底是怎么回事？又或者说，这禁制，本身就是他下的？

可以确定的是，镜弦看这本书的时候，上面还没有禁制，否则她在批注中不会对此只字不提。

桑念想得正入神，虚掩的房门"吱嘎"一声响，一团灰扑扑的东西拱进来，纵身一跃，扑向半空中的六六。

六六尖着嗓子惨叫："救命啊！有人要吃小鸡了！！！"

桑念手疾眼快，一把将它捞在怀里，脚尖一点，飞出门外，那团灰色紧随其后。

刚要再扑，桑念回身伸手，轻巧地抓住它，这是："猫？"桑念诧异道。

六六惊魂未定地挥着翅膀拍胸口："原来是只猫啊。"

"等等，猫？！"它反应过来，羽毛瞬间炸开，叫声凄厉，"救命啊！有猫来吃香香软软的小鸡啦！救命啊救命啊！！"

桑念隐约记起，苏雪音曾说过言渊养了一只猫，莫非，就是这只？

她把闹腾的六六召回自己的识海："你不能和猫混养，以后它在的时候你就老老实实待在里面。"

六六嘴硬："我可不是一般的鸟。"

桑念道："它也不是一般的猫，连我都差点抓不住它，就你这小身板，它两口下去连骨头都不用吐。"

六六不敢吱声了。

安抚好六六，桑念把脏兮兮的小猫抱在怀里，随手撸了把它的脑壳，猫猫发出呼噜呼噜的声音，一个劲地拱她手。

剑光闪过，言渊从天而降。

见到桑念抱着的猫，他轻舒一口气："原来已经回来了。"

桑念好奇地道："师尊，这是您养的？"

"嗯，"言渊走过来，想要接过她怀里的猫，"给我吧，我带它去洗洗。"

下一刻，猫猫对他亮起爪子，凶凶地哈了一口气，全身上下每一根毛都在拒绝他，他只好作罢。

"它之前被初瑶……"言渊停顿了一下，轻咳一声，继续说道，"在那之后它就开始闹脾气离家出走，直到今天我才找到它。"

哦，这就是那只被初瑶抓去阉了的小太监。

桑念放下猫："它叫什么名字？"

言渊："它是在雪中捡到的，加上全身毛发如同白雪，所以叫小红。"

桑念：“……”哇，真是好诡异的逻辑啊。

“我等会儿会给小……小红洗澡。”她道，“师尊您不用操心这个。”

言渊摇头：“它除了对我友好，对谁都抱有很大的敌意，我担心它伤着你。”

桑念看了眼在自己脚边扭成麻花，疯狂露肚皮的猫猫：“嗯……倒也没有很大的敌意。”

言渊想抱小红，小红立马狠狠地挠了他手背一下，弓起身体对他喵喵低吼。

他对桑念说道：“你看，它在对我示好。”

桑念：……师尊，您清醒一点，它这是想咬死您。

小红去一边扑蝴蝶玩儿了，桑念组织了一下语言，总算进入正题：“师尊，我有事想问问您。”

言渊随手抹过右手手背上的爪印，伤痕立即消失不见，他问：“可是修行中遇到了难题？我听说你今日无故旷课。”

桑念微诧：“您怎么知道的？”

言渊淡定地道：“四长老给我发了一通长达半个时辰的千里传音。”

桑念擦汗：“哈哈，他老人家真有活力。”

说完，她担心言渊误会，特意又解释了几句：“我在藏书阁待了一整晚，不知不觉就误了时间。后面想着反正都这个点了，去了也听不了多久的课，便干脆回来了。”

言渊：“我知道，我也是这样同他讲的。”

桑念：“那他？”

言渊：“他又发了一通长达半个时辰的千里传音。”

桑念笑不出来了，她已经预料到自己明天去学宫会是什么场景了。

言渊安抚道：“四长老嘴硬心软，不会真的对你怎样。”

桑念哭丧着脸：“他才不会心软。”

长老团里就属这个小老头最爱针对她。上课天天点她名就算了，每次她只要有哪里稍微做得不好，他就一定会从某个犄角旮旯突然冒出来，劈头盖脸就是一顿骂，她都快对他应激了，看见就怕。

“你刚刚说遇见了难题？”言渊一边往书房走一边道，“说来我听听。”

桑念小碎步追上他，等进了书房，她谨慎地关上门。

言渊看见她的举动，神色也郑重起来：“到底怎么了？”

桑念走到桌案前，问：“师尊，您可听说过祝余族？”

言渊凝眉思索一会儿：“这似乎是五百年前就灭绝的一支异族，类人似妖，在小华山一带生活。”

桑念拿出那本古籍：“您先看看这个。”

言渊接过，很快发现了不对：“这上面被下了禁制。”

他覆掌仔细感受着书上的气息，缓缓道：“一共两层禁制，一层在明一层在暗，咒术很复杂，恐怕只有施术者自己能解开。

“这书你从何处得来的？”

桑念奇道：“您没见过这本书？”

言渊笃定道：“不曾见过。”

“可藏书阁的借书名册上写了您的名字。”桑念语速飞快，“所以我才来问您这到底是怎么回事。”

言渊摇头：“多半是有人冒充我。藏书阁每日来往借阅的弟子极多，很容易便能蒙混过去。”

事情走到这一步，不仅没有半点进展，反而更加迷雾重重。桑念几乎可以肯定，冒充言渊的人一定看到了什么不得了的东西，所以才会设下禁制还把书藏起来。

双重禁制……或许——桑念手心收紧，脑海中浮起一个荒谬的猜测：或许她看见的后半页内容，根本就是错误的。

真正的文字，藏在那些墨团下方。

窃脂的话一遍遍在她耳畔回响。

他们是生长在小华山的神族遗脉，世上再也没有比他们更慈悲，更善良的生灵了……

她心跳得越来越快，祝余族……真的就和传说中一样，是食人的妖魔吗？死在那场大战中的十万修士，到底是为何而死？镜弦的死，会不会也与这件事有关？也许，是因为她知道了什么不该知道的……忽地，桑念后背发凉，胳膊上起了一层细密的鸡皮疙瘩。

她惶恐地抬眼看向某处虚空，胸膛急促起伏——有人，有人正在看着她。

在某个她不知道的角落，有人隔着虚空，正一寸一寸——窥视着她。桑念头皮都快炸开，几乎拿不住手上的书。

言渊稳稳地扶住她的胳膊：“怎么了？”

桑念定定地看着他，他眼里只有关心，对刚才发生的一切毫无所觉。

窥视感已消失，仿佛那只是桑念的臆想，然而，身体本能的恐惧骗不了人，她仍在战栗。

桑念缓了口气，把书收进储物袋里，勉强笑了笑：“没事，熬了一夜，有些头晕。”

“去休息吧。”言渊关切道，“下午不用去演武场练剑了。”

桑念乖巧地点头：“弟子告退。”她退出书房，疾步走回自己的卧房，蹬了鞋钻进被子里，蜷成一团，身体还未从刚才的惶恐中抽离，控制不住地发抖。

桑念努力深呼吸让自己冷静下来。

“六六，”她在心中问，“你感受到了吗？”

六六不解：“感受到什么？”

连六六与言渊都察觉不到对方的存在，不能再查下去了，桑念想，再查下去……会死的。这件事不是她能插手的，就当做从来没有看见过那本书。桑念慢慢闭上眼睛，喃喃着：“这一切都与我无关，我只要完成任务，然后回家就好了。

“不要多管闲事。”

可是，幕后的那个人，真的会因此就放过自己吗？她攥紧了手。

“居然发现我了，有趣。”水镜中的画面定格，女子望着少女不算安稳的睡颜，单手支颐，哂笑一声，“真是天真。

“既已入局，是生是死，早就由不得你了，桑念。”

“尊主。”一团黑雾飘然而至，化作一名面带刺青的男子，他跪地对榻上的女子行礼，“启禀尊主，一切都安排好了。”

女子面前的水镜转为普通镜面，她挑了一盒胭脂，纤长的指尖轻沾少许，不紧不慢地抹上唇瓣：“沉舟那边怎么样了？”

“乌鸦昨日汇报，少主一切如常。”男子迟疑道，“不过，他迟迟未能拿到昆山玉碎片，之前还在青州躲了我们那样久，会不会……心已不在修罗殿？”

女子微微笑着，唇色殷红：“心不在有什么要紧的，我要的是他这个人。”

“属下是担心……”

“他的事，轮不着你来担心，青鬼。”女子似笑非笑。

青鬼脸色苍白：“属下该死。”

“这几年，你们对他多有不满，一直想取而代之，本座并非毫不知情。”女子脸上的笑一点点收起，神色冷如寒潭，“可是，你取代不了他，永远也取代不了。

“修罗殿，本就是为了他，而存在的。”

“桑念到底干吗去了？连吃饭也不来。”一如既往热闹的逍遥宗食堂，不同的是，这次只有初瑶与苏雪音两人。

初瑶挑着碗里的米饭，没精打采地道：“大师兄也被爹爹叫走了，好无聊啊。”

苏雪音道：“听说桑师妹今早无故缺课，四长老发了好大一通脾气，她明日可惨了。”

初瑶撇嘴，鄙夷地道：“她不来吃饭，那个小白脸和沈河豚也不来了。

“胆子真小，没了桑念，连一个人过来吃饭都不敢，别说我看不起他，换作你你能看得起？”

苏雪音欲言又止：“小师姐，不是你想的那样的。”

初瑶：“那是怎样？”

苏雪音语塞，只能往嘴里塞了一大口菜，含含糊糊地道：“反正不是那样的。”

桑师妹既然没有公开她和谢师弟的关系，那一定有他们两个自己的打算，她可不能说漏嘴闯祸，苏雪音坚信自己能守住这个秘密，于是又塞了一口菜，严严实实地堵住自己的嘴。

初瑶得意：“你看，你还想为小白脸说话，词穷了吧。”

苏雪音好不容易咽完食物，弯腰把初瑶不小心掉到地上的筷子捡起来，换了双新的递给初瑶：“小师姐，你快些吃吧，我们还有很多事要做呢。”

初瑶不解：“我们有什么事？”

苏雪音:“为群英会做准备呀。”

她掰着指头数道:“咱们得要备好充足的丹药,灵剑最好也重新淬炼一遍。

“淬炼得去找矿石,路上可以顺便采些灵植炼药。

“对了,我借了新的术法书还没看,要赶紧看了。

“趁没去玉京之前多学两个术法,没准儿到时候就用上了呢?

“学了总是没有坏处的。”

这一长串听下来,初瑶头都听大了:“你这找来找去的也太麻烦了。

“直接去市面上买吧,最多两天就搜集齐全了。”

苏雪音低头,小声道:“我没那么多钱。”养一柄好的灵剑是很烧钱的,修仙界十个剑修往往九个穷,更不用说她只是个没有根基的孤儿。她虽是大长老的真传弟子,但每月在宗门领到的灵石也只勉强够基础花销。

“我有钱呀。”初瑶毫不在意地拍拍胸口,“我爹爹虽然不管我,但给了我很多灵石,我一个人根本花不完。”

苏雪音声音很小,但格外坚定:“那是你的钱,我不能要,我可以自己去找灵植和矿石。”

初瑶抓抓头发:“你要炼什么药?”

苏雪音:“只是一些基础的止血散和生肌丹。”

“这个我有好多,我直接给你吧,别费工夫炼了,兴许你炼的药效还没这个好呢。”初瑶翻着储物袋,头也不抬地说道,“刚好我的储物袋空间满了。”

苏雪音抿抿嘴角,鼓起勇气道:“从小到大,我总是用你的东西,这次,我想……”

话未说完,初瑶抬起头,从储物袋中抱出一堆瓶瓶罐罐:“白色的是生肌丹,红色是止血散,我还找到了几瓶治内伤的灵髓,现在总算可以腾位置出来放新买的法器了,你可不许拒绝我。”

说完,她一脸茫然地问道:“对了,你刚刚在说什么?我没听清。”

苏雪音动了动唇,最后还是泄气地摇摇头:“没什么,谢谢小师姐。”

她收起那些药,抿着嘴朝初瑶腼腆地笑:“小师姐,你会一直对我这么好吗?”

初瑶挑眉,双手轻轻揪住她两侧脸颊:“那当然,从小到大,你可是我最好的朋友。”

苏雪音的脸颊被拉得变形,只能弯着眼睛哼声:“你也是我最好的朋友。”

与此同时,孤竹峰。

“哇,瞧瞧这豆腐,煎得两面金黄啊。”

沈明朝啧啧感叹。

桑念皮笑肉不笑地伸手:“呵呵,好吃吗?两百万灵石。”

沈明朝刚吃进嘴里的豆腐又一口喷了出来,他拍桌子,怒道:“你这豆腐是金镶银裹的?这么贵!”

桑念没理他,转向饭桌另一边狂盯谢沉舟。

谢沉舟开始在心中盘点自己的积蓄，他默默放下筷子，把那碟豆腐推远了些。

他这副可怜巴巴的样子，桑念反倒不好说什么了。她把碟子推回去，一副拿他没办法的样子：“吃吧吃吧，不收你钱。”

谢沉舟隐晦地扬起嘴角，瞥了眼沈明朝，伸筷子夹菜。

“不是，凭什么啊！”沈明朝怒道，“谢沉舟就可以吃白食，到我这儿就两百万？桑念，你有点良心行吗？真把我当冤大头？！”

桑念：“嗯呢。”

沈明朝：“……”他站起来就想掀桌子，太沉，掀不动，他又坐了回去。

“桑念，你不可以这样。”沈明朝看着她，毫无征兆的，眼眶一瞬间红了。

桑念：？！

少年尚且青涩的眉眼间蕴满委屈，一字一顿地说道：“你不能区别对待我和谢沉舟，你要公平地对待我们两个。”

桑念一脸惊恐，光速把桌上所有菜全推到了他面前：“不是，我开玩笑的，你别当真，怎么可能真的收你钱，给你，都给你。”

筷子刚伸到一半的谢沉舟幽幽地看了一眼沈明朝，脸上没什么表情。

沈明朝立马对桑念告状：“你看看他，得了便宜还卖乖，居然瞪我！”

桑念只好道：“谢沉舟，你别看他了。”

谢沉舟拿筷子的手骤然收紧，故意装可怜？此人心机原来如此深沉。看来是留他不得了。

另一边的沈明朝莫名打了个激灵。他没在意，用袖子擦擦眼睛，对桑念道：“这次本皇子就大人不记小人过，以后不可以再这样了，谢沉舟有的我也要有，他没有的我还要有。”

谢沉舟啪的一声放下筷子，咬牙道：“凭什么？！”

沈明朝抓住他和桑念的手，认真道：“我们三个都是朋友，如果厚此薄彼，就一定会有人心里不平衡，只有绝对的公平才能让我们永远维持友谊。”

谢沉舟厌恶地抽回自己的手，冷冷地道：“谁和你是朋友，自作多情。”

沈明朝梗着脖子道：“能和本皇子做朋友是你的荣幸。”

谢沉舟面带杀意，双眼微眯：“你说什么？”

沈明朝头铁地重复：“我说，能和本皇子做朋友是你——唔！”

桑念生怕谢沉舟真剁了这个傻孩子，一把捂住了沈明朝的嘴，手动闭麦。

“都别说了。”她道，“吃饭。”

沈明朝掰开她的手，理理衣襟，哼了一声，不再说话。

谢沉舟依旧沉着脸。

桑念脑瓜子嗡嗡的，她午睡醒来，难得心血来潮做了一次饭，这俩不速之客同时登门，且无比自觉地各备了一副碗筷，她盛完饭回来人都傻了。

“你们找我到底有什么事？”桑念双手揉着太阳穴，问两人。

沈明朝道：“哦，我路过的时候闻到了饭香，刚好没吃饭，决定上来勉为其难地对付一口。”

“你呢？”桑念看向谢沉舟，“也是来对付一口的？”

谢沉舟颔首：“不是。”

桑念心里一紧，正色道：“难道发生了什么大事？”

谢沉舟道：“通灵石。”

桑念紧张道：“嗯嗯，怎么了？”

谢沉舟：“你没回我。”

严阵以待的桑念：“……”

“砰！”大门重重关上。

手里还端着一碗米饭的沈明朝站在门口，满脸茫然，他问身边的谢沉舟：“我们怎么被扔出来了——欸，你碗里的鸡翅还吃吗？不吃给我。”

谢沉舟咬了咬牙，把碗里的鸡翅全倒进了旁边小红的饭盆里，冷笑道：“我就算喂狗，也不会给你。”

正要开饭的小红：“喵？”

沈明朝也来了脾气，一脚踹翻小红的饭盆，恶狠狠地道：“好，那我就让狗也吃不成！”

小红：“喵！”

两人对视，虚空中仿佛有电光闪烁。

几秒后，他们冷哼一声，各自转身朝相反的方向扬长而去。只有小红绕着自己翻倒的饭盆转了一圈又一圈，仰天凄厉嚎叫。

有了昨天的经历，第二天桑念甚至没等天亮，摸着黑就去了学宫。

结果到得太早，门还锁着，她只能老老实实蹲在学宫门口等人来开门。

“保佑我今天千万别遇见四长老。”她对着墙壁虔诚地祈祷，“要是能让我遇不着四长老，我就算住豪宅开豪车也是愿意的。”

话音刚落，两道人影一前一后走来。其中一个没瞧见她，冷不丁被她绊了一下，差点踉跄着摔出两里地外。

“谁？！”他怒斥。

听见熟悉的声音，桑念心里哇凉哇凉的，在心里为自己点了根蜡，硬着头皮站起身，嗫嚅道：“四长老好。”

四长老举起灯笼一看：“桑念？”

他竖起眉毛：“你好端端地蹲在这儿做什么？”

桑念小声道：“我害怕又迟到，想着今日早些过来，没想到学宫还没开门。”

四长老愣了愣。

“差不多行了，你这么早把我抓过来就是为了让我看你训人的？”另一道人影走上前，是满身酒香的碧柯，她打了个哈欠，劝四长老，“再说了，我们桑念多勤奋啊，别骂她了，赶紧开门，不然等会儿我又该忘了要上课，跑去喝酒了。”

四长老重重地哼了一声，问桑念："你师尊说你昨日一直在藏书阁？"

桑念忙点头："对的，碧柯长老也可以为我作证。"

碧柯懒洋洋地举起手："对，我可以给桑念作证。"

四长老顺势把灯笼塞进碧柯手里，继续板着脸问桑念："那你倒是说说，你昨日在藏书阁都看了什么，学了什么。"

桑念隐去那本书的事不谈，答道："回禀长老，弟子学了一千两百种解开各类禁制的法诀。"

四长老嗤笑一声："你很会讲大话。"

桑念耸耸肩："你不信那我也没办法。"

四长老又开始吹胡子瞪眼，他对着学宫门锁挥挥袖子，布下一道禁制："解开它我就信你。"

桑念不肯动："四长老，如果我把它解开了，我可以要求您一件事吗？"

"你胆子大得很，"四长老轻喝一声，"解开再说，若解不开，我今日必定罚你。"

桑念撇撇嘴，走到门口探查那道禁制。她略微思索一会儿，抬指掐出一个繁复的手诀。柔和的浅绿色光芒如水一般流动，潺潺地将门锁包裹。

四长老背着手站在一边，微微点头，眸中闪过几分笑意。

"咔嗒——"禁制与门锁一同解开。

桑念拍拍手，抬起下巴，语气带着几分得意："长老，我做到了。"

四长老收起笑，重新板起脸，呵斥道："多此一举，谁让你把锁也一并打开的？只知道耍小聪明，将来能成什么大事？"

桑念缩了缩肩膀。

完蛋，这下四长老估计得新仇旧账一起算了。她闭着眼准备挨骂。

四长老："什么要求？"

桑念睁眼："哈？"

四长老瞪她。

桑念反应过来，眼睛霎时亮了："您答应了？"

四长老道："再不说我就走了。"

桑念忙道："说说说，我现在就说！"

她清清嗓子，弱弱地道："四长老，以后您可不可以不要一见到我就皱眉头啊？"

四长老一怔。

桑念比画道："您每次见到我，眉头就会马上皱起来，皱得特别紧，都能夹死苍蝇了。"

四长老习惯性地皱眉："你——"

桑念："对对对，就是现在这样。"

在她的注视下，四长老一点点松开眉头，还算心平气和地问她："你要求我做的就这个？"

桑念点头，怯怯地道："如果可以的话，您不会再突然从某个地方冒出来骂我，那就更好了。”

四长老毫不留情地斥道：“你不做错事，我怎会骂你？”

桑念不服：“那别人也做错了，您怎么不骂他们，光骂我？”

四长老气得背着手原地踱了两圈：“一派胡言，我对所有弟子向来是一碗水端平的！”

桑念刚要反驳，碧柯笑了一声，插嘴道：“爱之深责之切，四长老对你可是寄予厚望，严厉一些也是正常的。”

桑念才不信，明明就是看她不顺眼而已。

“行了，进去吧。”碧柯拍拍她的肩膀，“过几日便要启程去玉京了，虽说以你目前的修为进不了秘境，可到那边长长见识也是好的，抓紧时间准备吧。”

桑念应下来，转身走进学宫，故意没和四长老告退。

四长老颤着手指着她的背影，气极道：“这种有些天赋便自视甚高的弟子，我为何要寄予厚望？”

碧柯掏掏耳朵，不耐地道：“你差不多行了。”

四长老“哼”了一声，拾起掉在地上的锁：“有些小聪明全用在这些旁门左道上了。”

他越想越气：“身为剑修不好好学剑，整天尽研究这些没用的东西，简直和宗主当年一模一样，冥顽不灵！”

碧柯：“啧，那宗主现在不也成宗主了？你还只是个长老。”

四长老脸色很臭：“当年所有人都不同意他继任宗主之位。他们师兄妹三人里，除了镜弦，便是言渊那个木头也比他合适得多。要不是老宗主的女儿力挺他……”

碧柯忙用力咳嗽一声打断他，左右看了眼，残存的酒意都吓清醒了：“你这话和我说说就算了，别让有心人听见，到时我可保不住你。

“再说了，当年他和言渊公平比试，谁赢了谁做宗主，他可是三招就把言渊打下台了。”

她道：“他实力比言渊强，你们都是亲眼看见的。”

四长老不知想到什么，脸色很难看：“这才是我至今都想不明白的地方。”

一个天资并不算绝对顶尖的人，一夜之间实力突飞猛进，甚至可以说是脱胎换骨，轻而易举就打败了素日远远比不上的人，敢问世上谁能做到？可偏偏他身上没有任何使用禁术的痕迹，便是质疑也无从质疑。

四长老阴着脸：“迟早有一天，我会查出真相。”

碧柯快给他跪下了：“算我求你了，少说两句行吗？你想死我还不想，我才五百岁正值青春，甚至还没找满十八个道侣，你这样真的很容易连累我。”

四长老扫了她一眼，恨铁不成钢：“天天喝酒，脸也不洗，头也不梳，还想找道侣？痴人说梦。”

碧柯觉得自己莫名其妙中了一箭：“算你狠。”她转身就走。

四长老：“干什么去？你又不讲课了？”

她头也不回，每一步都踩得很重："没洗脸梳头的人不配讲课。"

四长老笑了一声，摇摇头："多大的人了，还跟个孩子一样。"

笑完，他眉间浮现几缕怅然："镜弦，你不该走的。"

他望向天边微黯的启明星，想起当年女子离开时坚定的神情，不由得长叹："傻啊。"

第六章 他才不是怪物

启程去玉京的日子到了。

云蒸霞蔚，风和日丽，五六艘飞舟停泊在逍遥宗山门前。除了金丹期弟子外，修为不符的真传弟子也可以额外跟着一同前去玉京。

众人自觉排好队等着上飞舟，众人你一言我一语，热闹极了。

队伍里，桑念一遍又一遍盘点自己的行李，生怕漏带什么东西。初瑶一把将她和谢沉舟拉出来，又给了沈明朝一个眼神，沈明朝赶忙跟上他们。她将三人带到了自己专属的小型飞舟上。

飞舟缓缓起飞，融入云雾中。

“别数了。”初瑶道，“你以为玉京和我们这鸟不拉屎的偏僻大山一样？那儿是整个鸿蒙大陆最繁华的地方，你缺什么都能买到。”

桑念“哇”了一声，开始数自己的钱袋子。

沈明朝非常讲义气：“本皇子有的是灵石，你要不够，我给你就是了。”

桑念眨着星星眼：“那要还吗？”

沈明朝微笑着竖起三根手指：“三成利息。”

桑念同样微笑着竖起手指：“去你令尊的。”

苏雪音小声道：“师妹，这样不礼貌，师兄说这样是侮辱人。”

桑念从善如流地换成尾指：“好了，现在不是在侮辱人了。”

苏雪音：“那这是什么意思？”

桑念：“是表达友善的意思。”

苏雪音不明觉厉地跟着竖起尾指，对着沈明朝友好地笑笑。

沈明朝：“……”

几人刚要进船舱，桑念突然环视四周："等等！谢沉舟呢？我们把他落下了？"

沈明朝道："没落下，我刚还看见他在楼上和大师兄一起掌舵。"

桑念："哦，谢沉舟在开飞舟啊。"

嗯？谢沉舟？开飞舟？！她和初瑶对视一眼，清晰地从彼此眼中看见了惊恐。

二楼。

再次偏离路线，闻不语局促地并紧脚尖，双手交叠在身前，一声不敢吭。他偷偷瞄了一眼旁边的谢沉舟，谢沉舟手中的地图已被攥成皱巴巴的一团。他做了几个深呼吸，努力控制语气："算了，我来掌舵，你下去。"

闻不语："好哦……"

"等等！"桑念跌跌撞撞地冲上二楼，声嘶力竭地喊道，"谢沉舟你不要碰——"

谢沉舟的手放在了船舵上。下一秒，飞舟晃了晃，发出一声巨响。随后，在桑念绝望的目光中，它吱的一下，冒出滚滚黑烟，笔直地下坠。

谢沉舟："……"

玉京，万仙盟。

长桌旁分散地坐着十数人，气氛压抑，落针可闻。

门口传来一阵脚步声，众人忙循声看去，却是萧濯尘推着一架轮椅。轮椅上，老者须发皆白，微闭双眼。

众人站起身："盟主。"

老者缓缓睁眼，眸中精光烁烁，他抬手示意："都坐下吧。"

待众人坐定后，他扫了眼下方："逍遥宗宗主为何不在？"

此次来议事的都是修仙界顶尖宗门，作为三宗之一的逍遥宗不在，实在惹眼。

玄剑宗宗主道："宋兄临时有事，半路改道了。"

万仙盟盟主微微点头："既如此，那便开始吧。

"近来修士频频失踪，各位怎么看？"

无极宗宗主是个暴脾气，当场拍桌："必定是修罗殿在捣鬼！"

缥缈宫宫主道："我也是这样想的，修士失踪这件事不是突然发生的。"

"我让濯尘查阅了过去的记录，这十几年来一直都有，不过是之前并没有这样频繁，未引起重视。"玄剑宗宗主敲敲桌子，示意萧濯尘分发整理出来的记录，"先是散修，然后是名不见经传的小门派，失踪的修士修为越来越高，有些甚至还是在座各位宗门中的弟子。而修罗殿虽是邪魔，但行事素来张狂不羁，不会这样鬼鬼祟祟。"

无极宗宗主嗤笑："萧宗主还为那等邪祟说上好话了，依你的意思，还是我们自己人里出了个魔头？"

玄剑宗宗主平静地道："我不过是实事求是。"

无极宗宗主还要说些什么，旁边人拉拉他袖子，对他摇头。他拂开那人的手，看了眼萧濯尘，刻意用所有人都能听见的声音嘟哝道："不过是仗着自己有个好儿子才跻身三宗之一，有什么了不起的。”

玄剑宗宗主低眉饮茶，并不接话。萧濯尘亦神色不变，仿佛没听见。

气氛有些尴尬。

这样的事情不是第一次发生，只是，平常都有宋揽风主动出来打圆场，这次他不在，倒让所有人无所适从起来，他们看向同为三宗之一的凌霄宗宗主。

凌霄宗宗主只好咳嗽一声：“还是说正事罢。”

众人如释重负，忙附和道：“没错，群英会就要开始了，现下所有仙门弟子都将赶往玉京，此事不能有任何差池。”

一直冷眼旁观的万仙盟盟主这才再次开口：“濯尘。”

萧濯尘恭敬地行礼：“师祖有何吩咐？”

“最新一起失踪案在何处发生？”

萧濯尘道：“启禀师祖，是凉州。”

“去凉州罢，若抓不到真凶，不必再回来见我。”

“弟子遵命。”

“砰——”飞舟重重地砸在地上，四分五裂。

过了一会儿，桑念几人从各个方向御剑落下，对着飞舟的尸体沉默三秒。

初瑶气鼓鼓地瞪谢沉舟：“都怪你。”

谢沉舟扭过脸轻呵一声。

桑念道：“算了，事情已经发生了，怪他也没用，只要人没事就好，赶紧赶路吧。”

众人正要御剑离开，苏雪音突然道：“不对！”

“嗯？”

“大师兄呢？”

众人这才发现少了个闻不语，你看看我我看看你。刚才情况太混乱，大家尚且自顾不暇，哪里还有心思留意闻不语。

桑念试着用通灵石联系闻不语，却迟迟没等到回音。她无奈道：“他不认路，多半是在空中飞错了方向，把自己弄丢了。”

初瑶跺脚道：“我去找他！”

桑念掐诀施展觅影术：“你一个人要找到什么时候去？我们一起找。”一道细细的白光在空中绕了几圈，缓缓飞进旁边的密林。

她语速飞快：“往这边走。”

众人忙跟上。可他们在密林中搜寻大半天，始终没见到闻不语的身影。觅影术断于密林出口。再往前，是一座规模不算小的城池。

“大师兄会不会在城里？”苏雪音道。

沈明朝道：“去看看就知道了，正好问问这是什么鬼地方。”

等到了城门前，众人仰头一看，青石匾额上刻着铁画银钩的三个字——清风城。

桑念在地图上找了一会儿，道：“这是凉州主城，我们掉到了凉州地界。”

“既是主城，为何如此荒凉？”初瑶探头看着里面的街道，“大街上连个鬼影都没有。”

桑念道：“先进去看看，都小心一点。”

清风城安静得近乎诡异，一股冷风打着卷吹来，荡起满地枯叶。街道两侧的屋舍大门紧闭，仿佛无人居住。

可桑念不经意转头时，分明看见窗边匆忙闪过几道人影。她心中疑窦丛生。

苏雪音搓搓胳膊，怯怯地道：“大师兄应该不会在这里，我们走吧。”

初瑶紧紧揽住她的肩，道：“不怕，我保护你。”

拐了一个弯儿，前方总算有了人影——这是一间茶铺。老板蹲在炉子前扇火，一名白衣青年坐在一旁喝茶。

初瑶走进铺中，扬声道：“老板，上茶。”

“欸，来了。”

桑念坐到初瑶对面，多看了一眼那名白衣青年。

青年容貌普通，气息内敛平和，似乎只是个寻常的过路人。可桑念总觉得他的身形莫名其妙眼熟，可到底在哪儿见过呢……她冥思苦想。

老板提着茶壶过来，殷勤地道：“几位客官稍坐，店中还有茶点，我这就去端出来。”

“不用了，”初瑶比画了一下，“你可曾见过一名年轻男子？大约这么高。”

老板一副司空见惯的神情，摇摇头：“找人？不见的人多了，客官可以去看看城中告示栏，那上面全是失踪的人。”

初瑶很快反应过来，条件反射地握住搁在桌上的剑：“是有妖物作祟？”

老板叹气：“我们也不知，只知道城里的人莫名其妙越来越少，大家现在都不敢出门，我的生意也快做不下去了，女儿病了也没钱……”

听到这儿，初瑶从储物袋里抓了一把灵石出来：“给你。”

老板诧异：“茶钱用不了这么多。”

初瑶道：“多的拿去给你女儿治病。”

老板忙摆手：“不行不行。”

初瑶强硬地把灵石往他怀里一塞，郑重地道：“你放心，若真是有妖孽作祟，我一定杀了它，还你们一个太平。”

老板感激道：“不知仙子出自何门何派？”

初瑶颔首：“我们是天虞山逍遥宗的弟子，我叫初瑶，要找的人是我大师兄，闻不语。”

老板瞬间激动起来：“原来是逍遥宗的仙子！您与闻少侠的大名可是无人不知，有你们在，我们清风城必定有救了！”

沈明朝悄声问桑念：“初瑶和闻不语很有名吗？”

桑念低声道：“他们常常下山游历，或是降妖，或是赈灾，救了很多很多的人，渐渐地，他们名声就大了起来。”

她看着初瑶，满脸慈祥，这才是正常的仙门弟子啊。那些天天爱来爱去动不动就要天下苍生陪葬的人，真的不能修仙。

对天下苍生不好。

为表达感谢，老板执意给初瑶他们上了满满一桌茶点，他们只好一边吃一边商量寻找闻不语的事。铺中又进来几人，都是二十岁上下的男子，看打扮形容，应当也是仙门弟子。

正与同伴说话的男子一抬眼见到桑念，目光瞬间炙热。

“小美人，”他径直坐到她对面，吹了声口哨，笑得不怀好意，“一个人？好巧，我也是。”

桑念还没来得及说话，谢沉舟面无表情地开口：“滚开。”

男子不服：“你知道我是谁吗？”

“我还是你爹呢，”沈明朝艰难地咽下满嘴的点心，重重放下茶杯，“再不走我揍你了。”

男子身后的同伴瞥见桑念的腰牌，急忙对男子道：“少门主，他们是逍遥宗的人，这还是言渊的弟子。”

男子脸色难看起来。

“还不滚？”谢沉舟嗓音冰寒。

男子脸色几度变化，指着他们道：“你们给我等着！”说完，他拂袖而去，几名同伴忙去追他。

桑念用胳膊肘碰碰脸色阴郁的谢沉舟，小声问：“被调戏的是我，你生什么气？”

谢沉舟语气平静：“我不生气。”

桑念不信：“那你干吗垮着个脸？”

谢沉舟淡淡地道：“我只是想杀人。”

桑念吓了一跳：“不至于吧？”

谢沉舟掌心收拢，方才那人看桑念的眼神，那种恶心的眼神……他只看了一眼就杀意横生。谢沉舟手攥得更紧，指节泛白。

几人没把这个小插曲当回事，继续商量。

初瑶问老板：“附近可有宗门？”

老板忙道：“有，往东十里外便是药王谷。”

初瑶失望：“怪不得城里事情发展到这么严重，一群只会炼丹看病的呆子，哪懂什么找人捉妖。”

桑念想了想：“不管怎样，还是上门拜访一下，他们能派出人手帮我们一起找也是好的。”

“那我和阿音去药王谷走一趟，”初瑶拍板，“你们留在城里继续探查，看看有没有妖物留下的痕迹。”

桑念：“好。到时候在哪儿会合？”

老板道："几位少侠若是不嫌弃，今夜可以在我家落脚，茶铺二楼就是了。"

"那我们天黑前在老板家碰头。"

分工完毕，众人各自离开。临走前，桑念鬼使神差地回头看了眼，那名白衣青年还在。

"怎么了？"沈明朝问。

桑念收回视线，摇摇头："没事，走吧。"

三人并肩离开。

茶铺中，白衣青年放下手中早已凉透的茶，抬眸望向桑念离去的背影，神色不明。随后，他拿起桌上的斗笠戴好，低着头离开。

"客官慢走。"老板笑呵呵地招呼一声，取下抹布去收拾桌子，桌上整整齐齐码放着一堆上品灵石。老板一怔，赶紧抱着灵石追出去，可街上已没了白衣青年的身影。

他看了片刻，转身回茶铺，双眼含泪："世上还是好人多啊。"

桑念转遍城内的大街小巷，始终没闻到半点妖气。她站在告示栏前，仰头看着上面密密匝匝的告示，几乎全在寻人。失踪者有男有女，有老有少，甚至还有修士，全无规律可言。

她问谢沉舟："你看出什么来了吗？"

谢沉舟道："不是妖，是人。"

桑念一怔。

谢沉舟道："若是妖，再如何谨慎也会留下痕迹，城里不可能像现在这样干净。"

沈明朝突然一拍掌："我知道了！"

桑念双眼一亮："知道什么？！"

沈明朝嚷道："一定是修罗殿的魔头干的！除了他们谁还会这么缺德？"

修罗殿头号魔头谢沉舟："……"

桑念思考着沈明朝的话："似乎也不是不可能。"

她问谢沉舟："你怎么看？"

谢沉舟诡异地沉默了。

桑念道："算了，天快黑了，我们先回茶铺老板家和初瑶他们碰头。"

几人往回走。

茶铺老板已为他们收拾好了房间："抱歉，只有两间空房，你们得挤挤了。"

桑念道："没事，我和初瑶、雪音三个人住一间，谢沉舟、沈明朝、大师兄住一间，够的。"

谢沉舟抱着胳膊，冷脸道："我不和他住。"

沈明朝跳脚："哎哎哎，你什么意思？本皇子还没嫌弃你呢！"

桑念很淡定："你们自己商量，我先回房了。"她把钥匙丢给谢沉舟，自顾自回了房间。

原地，谢沉舟与沈明朝对视一眼，各自扭头就走。没走几步，沈明朝又倒退回来，一把拽着谢沉舟上楼，妥协道："行了，我睡地上总可以了吧？"

谢沉舟："不可以。"

"你别得寸进尺啊。"沈明朝翻着白眼道，"你不想和我睡还想和谁一起睡？这儿又不是你家，哪儿来那么多要求。"

谢沉舟看了眼隔壁房门，不说话。

沈明朝夺过他手里的钥匙，打开门，一把将他推了进去："赶紧歇歇吧，走了那么远的路，累死本皇子了。"

桑念也累坏了，趴在桌上不知不觉就睡了过去，再睁开眼，天色漆黑。屋中没有点灯，暗沉沉的，只有她一个人的呼吸声，初瑶两人还没有回来。

她活动着麻木的手臂和脖子，起身去点灯，窗户忽地传来一声细微的响动。

桑念脚步一顿，屏住呼吸靠近。她在心中默数三声，猛地推开窗。

"砰——"窗台上站着的乌鸦"嘎"的一声被撞飞。

桑念："！！！"

下一秒，乌鸦又歪歪扭扭地飞了上来，扑腾了两下翅膀，绿眼珠里满是愤怒。

桑念愧疚得不行："对不起，我不是故意的。"

她拿出六六的小米倒在它面前："吃吧。"

乌鸦正要低头啄小米，又听桑念忧心忡忡地道："本来就长得丑，还被我撞了一下，好像更丑了。"

乌鸦："……"它张开翅膀，愤怒地嘎嘎叫。

桑念温柔地道："不用感谢我，只是一点小米而已。"

乌鸦："嘎嘎嘎嘎嘎嘎嘎嘎嘎——"

桑念感慨："孩子虽然丑，可是怪有礼貌的，还知道唱歌感谢我，就是有点难听。"

乌鸦做了两个深呼吸，忽地一字一顿口吐人言："你、再、说、我、一、句、丑、试、试？！"

桑念："你居然会说话？"

鸦一后知后觉地反应过来，忙用翅膀捂住嘴，神情惊恐。

桑念更好奇了："你是开了灵智的妖兽？来找我是有什么事吗？"

鸦一不敢再和她说话，转身就要飞走。

毫无征兆的，一根银针破开夜色飞来，直直地刺向桑念——没扎着，它扎到了鸦一恰好扑腾起来的翅膀上。

鸦一低头看了看翅膀上的针，缓缓敲出一个问号。

"我只不过喂了你一口小米，"桑念又是震惊又是感动，"你居然舍身为我挡暗器？！"

鸦一颤巍巍地竖起一根翅羽："挡你大……"话未说完，它"嘎"的一声，直愣愣地向后倒去。

裹挟灵力的银针暴雨般激射而来，桑念急忙施法挡开，眼看鸦一快要滚下窗台，她顾不得许多，倾身一把将它捞到手里。

手背倏地一疼，翻过来一看，一枚银针深深地刺进皮肉中，针尾兀自轻颤，伤口处洇开淡淡的乌青，桑念眼前一黑，整个人翻出窗口，直直地摔下去。

楼下，等候多时的男子稳稳地接住她，冷笑道："小美人，你终于落到我手里了。"

"嘎——"桑念手中装晕的乌鸦突然暴起，瞅准时机，狠狠地啄了他左眼一口。

霎时间，他整颗眼珠掉落眼眶，在地上弹了弹，滚向一旁。

"啊！！！小畜生！我杀了你！"男子捂住血流不止的眼睛惨叫，胡乱向四周放着暗器。

"砰——"乌鸦被打中落地，身体不受控制地抽搐。它扭头看了眼昏迷的少女，哑着嗓子叫了一声，衔着那颗眼珠重新爬起来，歪歪扭扭地飞走。

河岸边。

"冤枉啊少主，清风城这件事真不是咱们殿里人干的。"鸦二跪在地上，愤愤不平地道，"如果是我们干的，我们巴不得让全天下都知道，好扬我修罗殿威名。

"这分明是修仙界这帮人自己捣的鬼，他们什么脏水都往咱们身上泼，简直岂有此理！"

谢沉舟笑容讥讽："这就是名门正派。"

鸦二还要说什么，夜色中忽地响起一声惨叫，谢沉舟神色瞬间沉下去。

一只乌鸦摇摇晃晃地飞来，落到鸦二掌心，它吐出那颗眼珠，气息萎靡。

鸦二："你怎么伤成这样？！"

鸦一强撑着说道："少主，属下无能，桑姑娘……被抓走了。"

天际陡然响起一声炸雷，鸦二猛地转头去看谢沉舟。谢沉舟出乎意料地冷静，大风卷起他的袍角，他抬眸望向夜色深处，淡淡吐出一个字："追。"长靴狠狠踏下，碾碎染血的眼珠，鞋面上，金丝勾勒而出的饕餮纹狰狞可怖，仿佛即将择人而噬。

风云涌动，大雨将至。

又是一声雷鸣，桑念骤然惊醒。

这是一间破庙，蛛丝悬梁，遍地尘埃。她被随意扔到草堆上，毒性蔓延至全身，经脉尽封，动弹不得。

火光摇曳在墙上，映出一道弓着身子的人影。

倏地，那道影子动了动，侧脸看向她，她忙闭上眼。

"还在装？"那人疾步上前，用力掐住她下颌。

桑念吃痛地睁开眼，被眼前的场景吓了一跳，眼前这人赫然是茶铺调戏她的那名男子，只不过，他此刻左眼一片空洞，里面的眼珠不翼而飞，诡异至极。

桑念头皮发麻，后背唰地出了一层冷汗。

他注意到她的眼神，笑了笑："吓到了？"

桑念不说话。

他陡然敛了笑，厉声道："这还不都是拜你所赐！都是你养的那只该死的乌鸦！"

桑念心里一惊："你把它怎么样了？"

"小美人，你自身尚且难保，还想着一只鸟？"他上下扫视着她的身体，语气森寒，"我没了一只眼睛，自然要在你身上千倍万倍地讨回来。

"待我玩腻后，你的眼睛——"

他抚上她的左眼，指尖微微用力，压得她生疼。

"便归我了。"

桑念强迫自己镇定下来，问道："你到底是谁？"

"我？"他狞笑，"告诉你也无妨。"

"我是万毒门少门主，万戮，"他一字一顿地道，"你师尊言渊前段时间打的，就是我父亲，万毒门门主。"

万戮伸手扯她的衣裳系带，脸上闪过浓重的恶意："今日，我们便新仇旧恨一起算。"

桑念："六六！"

黄色小鹦鹉凭空出现，抡圆了翅膀冲过来："浑蛋，放开我主人！"

"砰！"男子后脑勺重重挨了一下。他身体晃了晃，踉跄着后退两步，伸手一摸，指尖鲜红一片。

未等他反应过来，六六再次抡起翅膀。

"砰！"又是一下，他彻底站立不稳，倒在了地上。

直到这时他才看清伤到自己的是什么东西——一颗鸟蛋，一只鸟，抡起一颗鸟蛋，砸倒了他。

万戮表情逐渐凝固。

六六跳到他脸上，一爪子蹬住他右眼，恶声恶气地威胁："给她解毒！否则我把你另一只眼睛也给啄瞎！"

万戮深吸一口气，妥协道："好，我给她解毒。"

他慢慢站起来，从怀中摸出一个瓷瓶："这里面是解药。"

"你自己先吃一颗。"六六道。

万戮照做，六六见他没事，这才放下心，把解药塞到桑念嘴里。

桑念僵硬的手脚骤然一松。

几乎是同一时间，万戮趁六六转身不备，召出一柄淬了毒的短刃，挥刃斩下。

桑念瞳孔一缩。

"扑哧——"下一秒，利刃入体，鲜血狂涌，其中几滴飞溅到她的脸上。

温热，她怔怔地向下看去。

玄色长剑透体而过，险险地停在她身前三寸外，剑尖缓缓滴下一滴浓稠的血。

倏尔，剑刃抽回。

万戮大睁着眼，双唇颤抖，喉中发出嗬嗬的气音，倒向一旁。他身后，是倒塌的墙壁，未散的烟尘，和——执剑的少年。

“轰隆！”最后一声雷鸣，电光划破夜幕，点亮少年漆黑的双眸。

压抑许久的风席卷而来，搅乱沉寂如死水的夜色，大雨倾盆而下，夏季特有的泥土的腥味合着血腥味一起漫开。

他收剑入鞘，身形瘦削笔挺。

桑念回过神，小声叫他的名字：“……谢沉舟。”

谢沉舟掀起眼皮，向她走来，举起手。她从未见过他这副表情，有些害怕，下意识闭上眼。那只手在半空中顿了顿，轻轻地落到她脸上，她睁开一只眼睛，偷偷觑着他。

少年低垂着眼，略粗糙的指腹一点点揩去她颊边的血迹——因常年握剑，他的指腹生了一层薄茧，划过肌肤时，有些刺刺的，不疼，反倒莫名地令人安心。

桑念直到这时才真正放松下来。“谢沉舟，墙怎么倒了呀？”她问。

“不清楚。”他道。

“那你怎么知道我被抓了？”

“听说的。”

“听谁说的？”

“一只没用的废物乌鸦。”

“它是你养的？”

“嗯。”

“它没事吧？有哪里受伤了吗？”

“……桑念，”谢沉舟加了点力气，捏住她脸颊上的肉晃了晃，“你知不知道，你刚刚差点死了。

桑念被迫仰起脸看他，胡乱推着他的胸口，声音有些含糊不清：“撒手，你撒手。”

他不肯。

“谢沉舟！”她索性学着他的样子去掐他，凶巴巴地道，“赶紧放手，不然我掐死你。”

谢沉舟很低很低地笑了一声。

他拿起她放在他脸上的手，一寸寸移到脖颈上。

“杀人，是掐这儿。”说话时，他的声带在她掌心微微震动，酥酥的痒，似一只蜻蜓飞过，轻盈地点水。

“咳咳——”地上，还剩最后一口气的万戮艰难地撑起身体，爬向庙外。

谢沉舟眉羽一压，攥住万戮的领口，一拳砸下。

万戮被打得偏过头去，半张脸鲜血淋漓，袖中抖落一样东西。

桑念目光一凝：“等等！”

谢沉舟的下一拳险险地停在他的鼻尖。

桑念弯腰捡起那样东西，这是一个，荷包？无论是款式还是系带上的藤蔓，都分外眼熟。

“这东西你从哪里来的？”桑念给万戮喂了颗暂且能保住他性命的丹药，问道。

万戮恢复神智，啐了口血沫：“我为什么要告诉你。”

谢沉舟眼也不眨地折断了他一只胳膊。

在万戮的惨叫中，他平静地开口：“我还有很多办法可以让你回答她，想试试吗？”

万戮瞬间面露惧色：“我说！这个荷包是在东边十里外的岔路口捡到的！”

牵丝藤需要口诀才会解开，这一定是闻不语留给他们的记号，东边十里外……药王谷。

桑念呼吸一窒，去求援的初瑶她们到现在还没回来。

“药王谷或许有问题。”桑念望着密不透风的雨幕，“我们得赶紧去看看。”

谢沉舟扫了眼暗处，淡声道：“走吧。”

两人并肩离去。

破庙中，万戮继续撑起身体向外爬，全身漆黑的鸟儿轻飘飘落下，化作人形挡在他面前。

万戮急促地喘气：“你们是谁？”

鸦一脸色惨白，手背用力擦过唇角的血迹，道：“是来送你上路的人。”

鸦二冷冷地笑了笑：“敢伤我大哥，简直是自寻死路。”

万戮挣扎着后退：“我可是万毒门的少门主！杀了我，万毒门不会放过你们！”

“万毒门？呵，那算什么东西。”鸦二蹲下，取下覆面的面具，让他看清自己脸上的刺青。

万戮脸上的表情瞬间空白，喃喃道：“修罗殿……”

血色漫过眼前，他再也没有开口的机会。

大雨滂沱，药王谷。

四野漆黑，桑念借着大门廊檐挂着的灯笼，逐字逐句地看着两侧匾额。

悬壶济世医苍生
妙手回春解疾疼

她收回目光，低声道：“我走大门，你暗中潜入，一明一暗分头行动。

“如果进去发现是误会一场固然好，若真有问题，你立刻给师门发信号。”

谢沉舟摇头：“我明，你暗。”

桑念冷不防地推开他，故意撤去挡雨的结界在雨中转了一圈。

衣裳瞬间湿透，她用力敲门，几乎是同时，里面传来门闩拨动的声响。

她对谢沉舟使眼色，谢沉舟只能掐诀隐去身形。

下一刻，门打开，一个十三四岁的少年探出脑袋。见到来人是浑身湿透的桑念，他警惕的神色散去，问道："这位姑娘，你为何深夜来访？"

桑念亮出自己的腰牌："你好，我是逍遥宗的弟子，我两位师姐早些时候来了贵地却迟迟未归，我来寻她们。"

听到她是逍遥宗弟子，少年彻底放松下来，打开门："原来是逍遥宗的道友呀，你都湿透了，快请进来喝杯姜茶。"

桑念随他踏过门槛："我师姐可在？"

少年挠挠头："除了道友你以外，今日并没有其他人到访。"

桑念心头一紧。

"不过或许是我记错了。"他安慰道，"你先去厢房坐坐，我给你找身干净衣裳，再问问师兄们可曾见到你师姐。"

桑念审视着他的表情，慢慢地点头："好。"

两人一路行至厢房，少年道："道友稍等。"

他转身匆匆离开。

桑念打量着房间——这里的布局很简单，只是寻常客房，小几上的香炉不知焚了何种香料，味道浓醇如酒。

不多时，他再次出现在她面前，同行的还有一名男子。男子将干燥的衣物与姜茶一起交给她，笑容友善："我已听师弟说完原委，小道友莫急，是我师弟弄错了，你的师兄师姐现下都在谷中歇着。"

桑念抱着衣服的手陡然收紧。

他继续说道："你且安心睡下，明日自会见到他们。"

桑念仿佛松了很大一口气，感激地道："多谢。"

两名药王谷弟子这才并肩离开。

桑念关好门，仔细检查了一遍他们送来的衣裳。确定没问题后，她犹豫了一下，还是脱去了身上的湿衣服——后面很可能要打架，她不想浪费灵力烘衣裳。

换好衣服后，她端起桌上热腾腾的姜茶，仰头喝了一大口。很快，她趴在桌上，眼皮一点点合拢，一动不动。

"吱嘎——"窗户被人从外面一点点推开。

一名白衣青年翻身进来，无声无息地落地。他一步步靠近桑念，弯腰去摸她的脸，似是想探她鼻息。

桑念猛地睁眼，低呵道："六六！"

青年反应极快，侧头躲开身后疾冲而来的六六，闪电般地将它抓在手中。

虚空泛起波动，黑衣少年如一只矫捷的豹，轻盈地跃下房梁，招招直取他要害。他动作狠辣，青年则多有忌惮之处，打起来难免束手束脚。

一时之间，他竟抵挡不住谢沉舟的进攻。见状，他只好在脸上一抹，露出原本俊美的五官："桑姑娘，是我！"

桑念吃惊地站起身："萧濯尘？！"

她忙对谢沉舟道："快别打了，他是萧濯尘！"

谢沉舟下手更狠了。

桑念急了："谢沉舟！"

谢沉舟舌尖顶了顶腮，不情不愿地停了手。

萧濯尘后退两步，捂住胸口。

桑念忙上前道："你没事吧？"

萧濯尘摇摇头，看谢沉舟的目光微带异色："短短数月不见，谢少侠变强了许多。"

谢沉舟云淡风轻："可能今夜手感较好。"

萧濯尘无言。

"萧少侠为何要易容？"桑念问道。

"我奉师祖之命前来凉州调查修士失踪之案，为免打草惊蛇，只能如此。"萧濯尘道，"白日在茶摊本想和你挑明身份，奈何一直没找到时机。"

桑念恍然，脱口道："我就说为什么看上去那么眼熟，原来是你啊，怪不得连侧影都那么好看。"

萧濯尘一愣，旋即掩唇轻咳两声："桑姑娘说话真是……直白。"

谢沉舟咬了咬牙，上前挡住桑念，隔绝萧濯尘的视线："萧少侠深夜来药王谷，所为何事？"

萧濯尘正色道："失踪一案，或许与药王谷有关，种种线索都指向这儿。"

"对对对，我们也是这样想的。"桑念从谢沉舟背后探出个脑袋来，"我师兄师姐也不见了。而且我来时明明只说了寻师姐，可那名药王谷弟子却主动提起我师兄，这实在让人生疑。"

萧濯尘瞥见桌上的空碗，凝声道："桑姑娘，你喝了那碗姜茶，可有哪里不适？"

"姜茶没问题，"桑念指了指早已熄灭的香炉，"有问题的是这个。"

萧濯尘一凛："这香有古怪？"

桑念道："别怕，我关门后就给灭了，你现在可以呼吸。"

萧濯尘看着她这副认真的样子，眉间忍不住洇开几分浅浅的笑意，打破素来清冷的神色："多谢桑姑娘。"

美人一笑，桑念立时晃了眼，呆呆地点头："不，不客气。"

旁边的谢沉舟冷冷地嗤道："桑姑娘，回回神罢，这儿可没逍遥宗那么安全。"

这句话提醒了桑念，她懊恼地敲敲脑袋，继续说正事："既然目的相同，不如我们一起调查药王谷？"

萧濯尘摇头："此行可能会有危险，桑姑娘你还是离开为好。"

谢沉舟终于找到机会说话，皮笑肉不笑地开口："她的安危自有我来护着，萧少侠管好自己就行了。"

萧濯尘迟疑："这……"

桑念道："人多力量大，你放心，我们不会拖你后腿的。"

萧濯尘不再犹豫，对他们拱手："那便多谢桑姑娘与谢少侠相助之恩了。"

桑念笑道：“不必客气。”

正说着话，屋外忽地传来一阵脚步声。萧濯尘挥袖点燃炉中的香料，镇定地掐诀，召出一具傀儡。傀儡的容貌气息与桑念如出一辙，趴在桌上沉睡。

几人对视一眼，皆闭气隐去身形。

“吱嘎——”房门打开，正是先前两名药王谷弟子去而复返。

“师兄，我们来这儿干吗？”稍小一些的少年不安地道，“客人都已经休息了。”

年长一些的男子灭了香，呵斥道：“闭嘴，按我说的做就行了。”

“哦。”

男子上前，确定桌边少女已昏迷，回头招呼道：“把她抬起来。”

少年笨手笨脚地照办，也发现了哪里不对劲：“她好像生病了，我们是要把她带去医治吗？”

他感慨道：“师兄你人真好。”

男子嘴角抽了抽：“罢了罢了，这里交给我，你去禀告谷主。”

少年走了几步，又折返回来，茫然地道：“我要禀告谷主什么呀？”

男子拿起桑念随手搁在桌上的腰牌：“把这个交给谷主，别的什么也不用说。”

“好。”少年匆匆跑走。

桑念倏地收到一道传音入密，是萧濯尘的声音。

她转头看去，对方朝她微微点头：“桑姑娘，我随他去谷主处查看，你们万事小心。”

桑念同样传音入密：“你也万事小心。”

萧濯尘离开屋子，屋内，那名男子费力地背上傀儡，同样匆匆离去。

桑念碰碰谢沉舟的手，对他眼神示意。两人默契地跟上男子，始终保持不远不近的距离。

此时谷中万籁俱寂。几盏屋檐下的灯笼在风中摇晃不定，光线微弱。桑念走着走着，不知想起什么，脚步猛地一顿。

谢沉舟传音问道：“怎么了？”

她道：“……你先前一直在厢房的房梁上待着？”

谢沉舟不明所以：“我跟在你身后进的门。”

桑念慢慢伸手捂住滚烫的脸，沉默了。

谢沉舟还要再问，前方，那名男子走到假山前站定。一晃眼的工夫，他的身影忽然消失。

桑念快步上前，沉声道：“不对劲。”她伸手触了触面前的假山，发现手却径直穿了过去。

谢沉舟同样上前：“假山后面连接了另一个空间，这里是入口。”

桑念给萧濯尘做好记号，拉着谢沉舟向前踏出一步：“走吧，进去看看。”

下一刻，眼前场景天翻地覆。这是一个地道入口，两侧火把高悬，照亮一阶阶向下延伸的石梯。

桑念向下看了一眼："下去吗？"

谢沉舟不知在想什么，停顿了几秒才回道："下。"

通道刚好够两人并肩而行，桑念小声叮嘱："你一定要跟紧我。"

谢沉舟反手抓住她袖子，默不作声地走到她身前。桑念眨眨眼睛，安静地跟上他的步伐。

地道挖得极深，两人向下走了好一会儿，终于听见一点模糊的水声。桑念紧走两步，冲出前方洞口，眼前豁然开朗。

这里是……她呼吸一窒。

面积极大的洞穴，无数铁笼吊在空中，里面装满了人，他们有老有少，或坐或卧，神情清一色的麻木——这里是一个地牢，用来关押那些失踪者的地牢。

桑念越往里走，越心惊肉跳。这么多的人，都是药王谷抓来的？

谢沉舟的脸色很难看，桑念无意间碰到他的手，微微诧异。

他在……颤抖。

电光石火间，她猛然想起一件事，地牢，铁笼……难道，谢沉舟当年被囚禁的地方，就是这儿？！

前方，那名药王谷弟子迎面朝他们走来。桑念来不及多想，拉着谢沉舟避开他。所幸两人还是隐身状态，他并未发觉什么，很快便消失在通道深处。

桑念刚要松开谢沉舟，他忽地反手扣住她指尖，用力极大。她侧过头看他，少年脸色苍白如纸，黝黑的眸子定定地望着前方，他的呼吸很慢很慢，几乎完全屏住。

桑念心里莫名地揪紧："谢沉舟，你在这儿等我，我去看看那边，很快就回来。"

他摇头，低声道："桑念，别让我一个人待在这儿。"

桑念用比他更大的力气握住他的手，嗓音沉稳："好，那就一起去。"

两人顺着药王谷弟子出来的方向前进，拐过一个弯儿，眼前再次出现一间地牢。不同的是，这里的笼子都贴着符篆。

桑念看了一眼，道："是抑制灵力运转的符篆。"

看来这里面关押的都是修士，她望着上面林立的笼子，心里有种预感，初瑶他们应该就在这里。

可两人一路走一路找，却始终没看见初瑶几人的身影。正着急，谢沉舟突然道："还有一间囚室。"他走到一堵墙前，伸手按了按墙壁上凸起的地方。墙壁缓缓上移，露出后方伸手不见五指的密室。

谢沉舟松开她，举着火把走在最前方。

火光驱散黑暗，桑念得以看清里面的场景……一模一样，这里的一切，都与她在谢沉舟过去的梦里看见的，一模一样。

同样冰冷的墙壁，同样漆黑的铁笼，地上似乎还沁着长年累月积下的血渍。

谢沉舟逆着光背对她而站，她看不见他的表情，她只知道，他的脊背挺得很直很直。

桑念抿了抿嘴角，装作没发现他的异常，小声对着蒙了黑布的笼子叫道："初瑶？你们在里面吗？”

里面立时有了反应：“谁？！”

桑念撤去隐身术，掀开黑布，铁笼里关着的，赫然是失踪的闻不语等人。那具由萧濯尘变出来的傀儡躺在最里面，半个身体已变成了流沙。

见到她，苏雪音满脸担忧：“桑师妹，你也是被抓来的？这傀儡又是怎么回事？”

“我要是被抓来的，现在就不会站在这里了。”桑念无奈，“我是来救你们的。”

“都没事吧？”她问众人。

闻不语摇摇头：“受了些轻伤，不碍事。”

“你傻不傻？”初瑶急道，“就你们两个怎么救我们？万一把自己也搭进来了怎么办？”

“不止我们，还有萧濯尘。”桑念试图揭掉笼子上的符篆，语速飞快，“要是情况不对，他会马上联络宗门。”

初瑶察觉她的动作，忙不迭地喊道：“等等，你别碰那个！”

桑念险险地停住：“怎么了？”

初瑶冲她晃晃自己烫出血泡的手：“这玩意儿跟岩浆一样，差点把我的剑都给熔没了。”

桑念只好试着用术法去揭，可灵力刚一碰到符篆，就仿佛石沉大海，符篆依旧纹丝不动。

见状，旁边的谢沉舟干脆利落地伸手，橙红火光闪过，符篆飘落。

众人齐齐愣住。

桑念最先反应过来，忙去看他的手。果然，掌心已血肉模糊，烧焦的伤口往外翻着，隐约可见白骨。

他抽回手，背到身后：“我没事。”

“都这样了你还没事？”初瑶扒着笼子，满脸震惊，“我都闻到肉香了。”

桑念匆忙解开笼子上的禁制：“现在走？”

闻不语道：“我去救外面的人。”

桑念：“一定要现在吗？我们可以先回去找人过来帮忙。”

闻不语摇头：“我们已经打草惊蛇，若是现在不救，这些人很可能再也没有机会出去了。”

桑念没再说什么，从储物袋找出药和纱布，把谢沉舟拉到一旁包扎。

他还是想挣开她：“我说了我没事。”

桑念对着他掌心轻轻地吹了一口气，谢沉舟挣扎的动作就这样停下了。

她仿佛看不见他的伤口正在自动愈合，用最快的速度上好药，一圈圈缠上纱布，挡住伤口。

“好了。”

桑念放开他，转身去给初瑶包扎。

初瑶心有余悸，朝谢沉舟探头探脑：“他真没事吧？伤口那么吓人。”

“没事，这药是之前碧柯长老教我做的，很管用。”桑念一边麻利地上药一边回道，“他很快就会好的。”

“那我也很快就会好了？”初瑶高兴地道。

桑念对她笑了笑：“嗯。”

谢沉舟望着包扎严实的手，微微失神，直到桑念处理完伤口，招呼他走，他才收敛神思，抬脚跟在她们身后，表情变幻不定。

闻不语和苏雪音正在救外面的人，两人揭不下符篆，干脆直接拔剑砍向铁笼。剑气扫过，笼子剧烈晃动，里面原本昏昏沉沉的修士陆续清醒过来。

见到两人，他们纷纷虚弱地央求道：“我是缥缈宗的弟子，求道友去我宗门带个信，告诉他们我被困在这里。”

“我是太乙门的弟子。”

“我是仙音宫的弟子。”

闻不语温声安抚他们几句，同时斩下最后一剑，剑芒暴涨，哐当一声，铁笼被削平了一个角，被关押的修士重获自由，忙奔向其他囚室救被关在里面的人。

“我们得赶紧离开这里才行。”桑念道。

闻不语看着某个方向，面色凝重：“恐怕有些困难。”

桑念顺着他的目光看去，倒吸了一口凉气。

通道另一头，两名罩着黑袍的修士一步步走来。他们身上的气息极为恐怖，还未靠近，身上的威压便让不少修士吐血倒地。

闻不语缓缓道：“大约是与我师尊一样修为的傀儡。”

“和宗主一样的修为……那岂不是渡劫期？”苏雪音慌道，“我们不可能打得过的！”

“初瑶，你们带人先走，”闻不语沉声道，“我拖住他们。”

“阿音，带人走。”说完这句，初瑶脚尖一点，猛地冲向黑衣傀儡。

闻不语脸色一变，急忙持剑为她掠阵：“胡闹！”

剑气激荡，炸开刺目的白芒，初瑶咽下嘴里的血，手中攻势愈发快，不服气地道：“我不信我打不过这些人造的玩意儿！”话音落下，她受了一击，身体倒飞出去。

桑念手疾眼快地扑过去接住她。

初瑶擦了把脸上的血，赞道：“够机灵。”

扔下这句话，她再次冲了上去。

闻不语突然道：“弱点在前胸！”

初瑶：“明白！”

桑念立马拔剑准备跟上，一直冷眼旁观的谢沉舟拦住她：“左边通道有一条暗河，跳下去，一直游到尽头。”话毕，他召出陨铁长剑，倾时周身罡风四起，虚空中无数剑影浮现。他随众人一同杀入战局。

桑念咬咬牙，与苏雪音一起扶起受伤的修士，大声道：“左边通道有一条暗河，跳下去，一直游到尽头！”

众人忙互相搀扶着跑走。

倏地，虚空中，有人轻笑一声，缓缓道："许久不见，不死，你长大了很多。"

谢沉舟身形晃了晃，猛地抬头。趁他分神，傀儡迅速冲来，掌心凝出骇然的剑意。

闻不语一把拽走谢沉舟："谢师弟，别分心！"

谢沉舟回过神："你们，没有听见？"

初瑶："听见什么？我和大师兄都快被这家伙打死了，你能不能专心点？！"

谢沉舟狠狠咬了咬舌尖，强迫自己清醒，举剑再战。

疏散完所有被囚禁的修士和凡人，桑念马不停蹄地折返回来。她一边跑一边飞快和苏雪音分析目前局势："傀儡就是傀儡，永远不可能真的和人一样厉害，看上去是渡劫期，真实实力至少要低一两个境界。

"并且，它们是有致命弱点的……"

闻不语说了，在前胸，要是他们对准这里全力一击——她双眼一亮："雪音！"

苏雪音秒懂："明白！"

桑念掐诀召唤出一条水龙，水龙咆哮着冲向半空，不断绕着傀儡盘旋。

苏雪音以掌击地，轻呵："冰寒千古，万物皆封！"刹那间，寒意袭来，洇着水的地面凝出坚实的冰层。冰层一路延伸到傀儡脚下，同一瞬间，水龙从天而降，死死地缠住傀儡，眨眼间，它被冰封在原地。

但以她们两人的修为，最多只能坚持三秒。不等桑念开口，闻不语三人已同时默契举剑。

剑风骤起，一层层炫目的剑光凝聚在他们身前，风樯阵马般劈向前方被冰封的傀儡前胸。

"轰！"地动山摇，无数砖石砸落，尘灰四起。在桑念紧张的注视中，那名傀儡晃了晃身体，后退一步，踉跄倒地。

桑念：成功了！

"好样的！"初瑶抽空对她竖了个大拇指。

"还有一个傀儡，"闻不语道，"师妹，别掉以轻心。"

初瑶挽了个剑花："阿音，再来一次！"

苏雪音："知道了！"她与桑念对视一眼，同时掐诀。

又是"轰"的一声巨响，几人屏住呼吸，最后一名傀儡倒下。

几人对视一眼，俱是满头满脸的灰尘和血。

"赢了？"

苏雪音拍拍脸，喃喃着："我们打赢了，我不是在做梦吧？"

初瑶尖叫着冲过来抱住她和桑念："我们赢了！！！"三个女孩子激动地抱成一团。

谢沉舟抖抖剑上的尘埃，看着眉飞色舞的她们，嘴角微微扬起。

忽地，有人揽住他的肩，轻轻拍了拍，谢沉舟瞥了一眼，是闻不语。

正要拿开他的手，对方已自觉收回，温声夸道："谢师弟，你很厉害。"

谢沉舟嗤了一声："用不着你提醒，我知道。"

闻不语摇头失笑。

"走了，这里也许会塌。"谢沉舟对桑念道。

"嗯嗯，"桑念随手递给他一块干净的手帕，"你擦擦脸，都是灰。"

谢沉舟接过，原本要擦拭的动作顿了顿。他觑了眼转身给初瑶疗伤的桑念，抿了抿唇，慢慢将手帕移至鼻端，低头轻嗅，和她身上的香味是一样的。

谢沉舟小幅度地弯了弯眼眉，把手帕仔细叠好，小心揣进怀中，只用袖子随意擦了把脸，再转头时，对上闻不语震惊的目光。

谢沉舟："……"

闻不语瞳孔地震："你——"

谢沉舟语气很硬："不是你想的那样。"

闻不语："可是——"

谢沉舟："没有可是，敢说出去一个字，我杀了你。"

闻不语满脸忧心忡忡，欲言又止，止言又欲。最后，他鼓起勇气把谢沉舟拉到一旁，悄声道："谢师弟，你以前就这么变态吗？"

谢沉舟："……"

谢沉舟："我改主意了。"

闻不语："？"

谢沉舟："我现在就要杀了你。"

闻不语："……"

下一刻，磅礴的剑气轰然落下。

闻不语大惊失色："谢师弟你当真要杀我？！"

谢沉舟咬牙："我什么都没做。"

"是青云剑！"

初瑶率先认出来人，振奋道："我爹爹来救我们了！"

果然，她最后一个字刚说完，绣衣男子飘然落地。他扫了几人一眼，略过满脸期待的初瑶，匆匆走向桑念："可有哪里受伤？"

初瑶的表情一点点僵住。

桑念疯狂后退避开他伸来的手，皱眉提醒道："宗主，您应该先关心初瑶师姐。"

宋揽风这才转身，问道："都没事吧？"

初瑶握紧手里的剑，低着头离开。

闻不语忽地开口："师尊，您不该这样对初瑶。"

说罢，他朝宋揽风行了一礼："弟子今日忤逆师长，回宗后自会去戒律堂受罚，弟子告退。"

他与苏雪音一起追上初瑶，三人并肩离开。

宋揽风微微蹙眉。

桑念趁机问道：“宗主怎么会来这里？”

宋揽风正要说话，萧濯尘飞身落地，对宋揽风行了一礼，见到四周空下去的铁笼，舒了口气：“桑姑娘，人都已经救走了？”

桑念点头：“药王谷的谷主呢？”

萧濯尘道：“逃走了，我已通知万仙盟搜捕。”

桑念略微失望：“真狡猾。”

“既然此番事了，在下也该回玉京复命了。”萧濯尘对几人拱手，“告辞。”

桑念：“告辞。”

他走后，宋揽风缓缓地开口：“我有一件事，要告诉你。”

桑念却忽然道：“等等！”

她转头：“谢沉舟呢？”

不知什么时候起，她身边空空如也，哪还有谢沉舟的影子。

宋揽风道：“他方才便一个人离开了。”

桑念心里莫名一跳，匆匆行了一礼：“这件事回头再说，弟子先去寻谢沉舟，告辞。”

说完，她不等宋揽风回答，径直御剑离开。

空荡荡的地牢里，宋揽风站在原地，长久地凝视着她消失的方向。不知过了多久，他收回目光，轻叹一声：“也罢。”

雨已经停了，整个药王谷乱成了一锅粥。

万仙盟的成员乌泱泱地抵达，或是押解药王谷弟子，或是救治、寻找逃出的修士和凡人。

火光冲天，桑念不断在人群中寻找谢沉舟。

“站住！”一名万仙盟成员拦住桑念，见她穿的是药王谷的门派服，当即就要捉拿她。

“这是我师妹，”闻不语快步上前，递上自己的腰牌，“我们是逍遥宗弟子。”

“原来是逍遥宗的道友。”那人忙松开桑念，“萧师兄临走前已叮嘱过，逍遥宗的道友尽管离开便是。”

闻不语对桑念道：“走吧，初瑶在门口等我们。”

桑念：“她……还好吧？”

闻不语笑道：“她没事。”

顿了顿，他又补充道：“没有怪你。”

桑念提着的心放下一点：“谢沉舟和你们在一起吗？”

闻不语摇头：“并不曾见到谢师弟。”

桑念想到什么，从储物袋里找出一只纸鹤，纸鹤亮了亮，振翅飞向某个方向。

“你们先去修理飞舟，”她御剑跟上纸鹤，扬声道，“我去找谢沉舟，很快就回来。”

闻不语目送她离开，转身走到门口。

初瑶双手撑着下巴，坐在门口台阶上发呆。听见闻不语的脚步声，她回头，见只有他一人，问道：“桑念和小白脸呢？”

“谢师弟突然离开，桑师妹去寻他了。”闻不语道，“她让我们先去修理飞舟。”

初瑶“哦”了一声，站起身，拍拍衣服上的灰尘：“那就走吧。”

苏雪音抱着两人的剑跟在她身后，大气不敢出，拼命对闻不语使眼色。

初瑶平静地走了两步，忽然转身，一脚踹翻药王谷门口立着的石狮子。

“都怪我爹！”她咬牙，“都怪他！”

见状，闻不语、苏雪音两人反倒放松下来，闻不语揉揉她发顶：“你能想明白就好。”

初瑶把另一只石狮子也踹翻，神清气爽地呼了口气：“爽了，走，修飞舟去！”

苏雪音：“好嘞！”

夜色浓重，距离药王谷百里外的密林中。

“哗——”有人重重地撞上树干，树冠枝叶彼此碰撞，簌簌作响。

那人软软地滑落，撑起身子，呕出一大口夹着五脏碎片的血，他抬眼看着前方少年，微笑道：“不死，你长进了许多，终于学会该怎么杀人了。”

谢沉舟低垂着眼，嗓音淡漠：“我也没想到，你能活到现在。”

“是啊，我本该早就死于你之手。”那人感慨，“多亏了你当年留下的那些血，我才保住了性命，一直活到现在，我应该谢谢你。”

谢沉舟眉梢眼角涌上浓重的暴戾，猛地拔剑刺向他。那人翻身躲开这一剑，身体抽搐两下，仍旧面带微笑：“不死，从药王谷逃出去以后，你去了何处？有再想起过我吗？”

谢沉舟胸口剧烈起伏着，勾起嘴角：“当然，我每日每夜都想着你，每日每夜都在后悔当时没能将你杀了——

“现在，我终于有这个机会了。”

那人不解：“你为何这样恨我？因为我，你的血肉拯救了数不清的人。”他道，“他们视你为神明，爱你，敬你，崇拜你。”

“够了！”谢沉舟低吼，双手紧攥，左手甲缘刺进掌心，血肉模糊，右手却被什么挡住，平安无事。他僵着脖子低头看去，掌心严严实实缠着一圈绷带，绷带末尾处还打了个漂亮的结——那是之前桑念为他包扎的伤口。

谢沉舟失控的情绪慢慢平静。

地上，那人视线同样落到他掌心，旋即端详着他的神色，轻笑：“我们不死也有心上人了啊。”

谢沉舟面色一变，狠狠攥住他的衣领，声音几乎是从牙缝里挤出来的：“你想干什么？”

“真是个善良的姑娘，明知道你能自愈，还是给你包扎了伤口。”他话音一转，“又或者，她还不知道这件事？”

谢沉舟面沉如水，没有说话。

“你敢让她知道吗？”那人眼神怜悯，嗓音一点点拔高，“知道你是个不伤不死的怪物，知道别人梦寐以求的长生你唾手可得，知道你曾经像狗一样被锁在笼子里，一次又一次地被切碎……

“你猜，到时她是会怕你，厌你，还是想方设法夺走你的长生？”

谢沉舟垂在身侧的手轻轻颤抖。

那人叹气：“不死，承认吧，那七年若不是我护着你，你早就被修仙界的人生吞活剥了。毕竟，世上没有人能经受住长生的诱惑，包括她。

“在你和长生之间，她会做何种选择，你心中比谁都清楚。”

谢沉舟脸色惨白。

那人捂着伤口坐起身，对他伸出手，神色悲悯：“不死，只有我才……”

“他叫谢沉舟。”忽地，夜风捎来少女清脆的嗓音，音量不高不低，语气坚定。

谢沉舟霍然抬首，枝叶摇晃，白衣少女似一只蝴蝶，踩着月光轻盈地落下。

她一步步走向两人，一字一顿地道：“谢沉舟就是谢沉舟，有名有姓，从来不是你口中的不死。

“以前不是，现在不是，将来，也不会是。

“还有，谁说不伤不死就是怪物了？按我看，这分明是神明偏爱，不忍心见他受伤。

“他才不是怪物。”

谢沉舟满脸怔然。

桑念走到他身边，牵起他紧攥的左手，一根根掰开他的手指，见到伤口后，气得不行。

她瞪他，恨铁不成钢：“傻不傻？别人说什么你都信，把自己弄成这副鬼样子。”

药王谷谷主同样微笑：“难道姑娘你对长生不动心？”

“长生？”桑念挑了挑眉梢，语气轻描淡写，“那算什么东西，我不稀罕。”

药王谷谷主摇头：“你这话说得太早，总有一天你会知道长生的好。”

桑念不理他，认真处理谢沉舟的伤口。等处理完毕，她握住他的胳膊，认真地凝视着他双眼：“我只问你一句，你信他还是信我？”

谢沉舟许久才道：“信……你。”

“好，”桑念道，“那你听好了。

“第一，我不会怕你。

“第二，我不会厌你。

“第三，我不在乎什么长生，我在乎的是你这个人，谢沉舟。”

她问：“听明白了吗？”

谢沉舟目光恍惚：“听……明白了。”

桑念凶巴巴地命令：“复述一遍。”

谢沉舟眼睫轻颤，低声开口：

“你不会怕我。

“你不会厌我。

“你……在乎我。”

残雪似的月光下，少女眉眼弯弯，用温热的双手捧住他的脸，语气轻快：“对，就是这样，你记住了，只能相信桑念说的话，别人说什么都不要听，不要信。”

谢沉舟嗓音嘶哑：“……好。”

顿了顿，他又道：“我要将这个人挫骨扬灰。”

桑念：“嗯，那就让他挫骨扬灰。”

谢沉舟：“我要让他血尽而死。”

桑念：“好，那就让他血尽而死。”

谢沉舟：“我……”

说到这里，他停了许久，眸中没什么焦距，只有浓重的茫然。

最后，他道：“我好疼。”疏疏朗朗的月光下，那个尖锐、乖戾，说话总是带着刺的少年红了眼眶，他有些不知所措，攥住了桑念的袖子，一字一顿地说：“要把伤口露出来，这是你教我的。”

桑念无法形容自己这一刻的感受，任何言语都显得如此苍白而贫瘠。她踮起脚尖，轻轻摸了摸他的头，又紧紧握住他的手，掌心温热：“嗯，我们小谢做得很好。”

这一年的夏天，雨后月夜。

白衣少女拉着将在三百年后令无数人闻风丧胆的魔头的手，弯着眼睛对他笑。她耐心抚平他身上所有尖锐的刺，将那颗千疮百孔的心一点点擦干净，认真缝上补丁。

然后她捧在手心轻轻哈了一口气，说：“不疼啦不疼啦。”

黑暗而漫长的十三年过去，终于，有人开始爱他。一个很好很好的人，来爱他了。

忽地，谢沉舟将她拉进怀中，双臂紧紧搂住她的腰。

叮！谢沉舟好感度 +200

叮！谢沉舟好感度 +5000

叮！谢沉舟好感度 +1230601

该角色好感度已突破上限

系统故障排查中，请稍后

系统无故障

桑念一时没反应过来，手僵在半空中。

谢沉舟把脸埋在她颈窝，声音很低：“我在那间破庙里就想这样做了。”

桑念呆呆地“啊”了一声，僵着的手试探着放在他背上：“可是你勒得太紧了，谢沉舟，我要喘不过气了。”

过了几秒，谢沉舟克制地松开她，再看向地上的人时，眼里没有半点温度："去那边等等我，我很快过去。"

桑念没有多问，只道："好。"说完，她踩着地上的绿色松针与腐叶，走到密林边缘。她四下看了看，翻身坐上一截略低矮的古树树干，仰头看天上的月亮。

不多时，身后传来脚步声。她头也不回："好啦？"

少年走到她面前，身上犹沾着淡淡的血腥味。他站在树下，抬头看着她，对她伸手。

桑念不以为意："就这么点儿高，我一下就跳下来了，用不着扶。"

谢沉舟道："我要牵你的手。"

桑念一愣，结结巴巴地道："啊，那……那就牵一下吧，反正今天晚上有点冷。"

谢沉舟耳根泛着红，含糊了一声："是有些冷。"

桑念小心伸手，指尖搭上他的指尖。他用力握住，朝自己的方向轻轻一拉。树影摇曳，少女身形晃了晃，乘着风飞落，裙摆在空中扬出一个好看的弧度，翩跹似蝶，她扑进树下少年怀中，他稳稳地接住她，一步未退。

两个人都没有说话。夜风刮过树梢，发出接连不断的沙沙声。

好一会儿，桑念推开他，往后退了一步，低头看着脚尖："走吧，该去找初瑶他们了。"

"嗯。"

谢沉舟走在她的身侧，仍旧紧紧抓着她的手。

小路多年未有人行走，青草绵绵，浅紫色的苜蓿花开了一朵又一朵。谢沉舟弯腰想摘一朵，手快要碰到时却又收了回去。他直起身，道："我身中妖毒那一日，你进了我的过去梦，早就知道我从前的事，对吗？"

事情已经发展到现在这一步，桑念只好承认："毕竟我们那时候关系……挺不好的，我觉得你还是不知道这件事比较好，就故意瞒了下来。"

谢沉舟声音很轻，几乎只有自己能听见："原来，那不是我的异想天开。"真的有人从天而降，试图救他于水火。

谢沉舟用力闭了闭眼——那不是一个疯子的臆想？是真实，确切，存在的。

"不过你后来是怎么逃出去的呀？"桑念问他。

不等他回答，她又补充道："你要不想说可以不回答，我只是随便问问。"

谢沉舟语调平稳："我被关在笼子里七年，某一天，我夺过了他手里的刀。"

说到这里，他眸中闪过一点嘲弄："那是我第一次杀人，我以为我杀了他。

"后来，我跳进那条暗河，游了很久很久，成功逃走了，然后我被……"

说到这里，他倏地停下。

桑念没有追问后面的事，她沉默一会儿，小声道："水一定很冷吧？"

谢沉舟静了静，侧过脸看她，嗓音艰涩："嗯，很冷。"

她恍然："怪不得你手总是冰凉，怎么都焐不暖和。"

谢沉舟别开眼，语气不太自然："有人握着就会暖和了。"

桑念："哈？"

他从怀中取出一样东西，执起她的右手，一圈圈绕上她纤细的腕间。

桑念凑近了看，像丝线，但又比丝线更韧些，月光映在上面，闪闪发亮，她好奇道："这是什么？"

他施法系稳首尾两端，收回手认真地端详："是琴弦。"

桑念不解："琴弦？"

他道："这是我母亲唯一留给我的东西，现在，我把它送给你。"

桑念想取下来："这怎么行，它是你娘留给你的念想……"

"你为我抓萤火虫那天晚上，他们都给你准备了礼物。"谢沉舟道，"那时候的我不知道该送你什么，现在我知道了，我要送它。"

"它天生就该戴在你手上。"

桑念犹豫："可是……"

谢沉舟突然抓住她的手，唇角抿成一条直线，紧张地看着她的眼睛，似是鼓起极大的勇气，问："我们现在算是什么关系？"

桑念心里咯噔一下："嗯……这个……怎么说呢……"她和谢沉舟这个关系实在难理清：说是夫妻吧，好像除了成过亲以外，其他都没到那份上，还有点莫名的羞耻，说是朋友吧，哪对异性朋友会这样手牵手月下散步的？

见她没回答，谢沉舟眼神一点点黯下去。

桑念心一横，道："我们成过亲，那就是一家人了。"

谢沉舟："你是说，我是你的家人？"

桑念用力地点头："对。"

"你既然没有家人，那现在我就是你的家人。"她语气郑重，"我的家就是你的家，我的哥哥就是你的哥哥，我养的六六就是你的六六。"

谢沉舟黝黑的双眸渐渐亮起一簇光，亮得吓人。

他仰头看了好一会儿天边的月亮，再低头时，弯了眼睫，嗓音含笑："你不许骗我。"

桑念也笑："我从不骗人。"

谢沉舟："那是我好看，还是萧濯尘好看？"

桑念："萧濯尘。"

叮～谢沉舟好感度－……未知数

该角色当前好感度：50

任务失败，请宿主再接再厉

桑念急忙改口："是你！"

谢沉舟："呵。"

桑念："真的是你更好看！"

谢沉舟："呵呵。"

桑念无语凝噎。

果然，人生就是这样起起落落落落落落落落落落落落……

天光大亮时，飞舟终于修好，歪歪扭扭地上了天。

初瑶对谢沉舟严防死守，不让他再碰船舵，反常的是他气压很低，没有争辩，默默地转身进了船舱。

初瑶奇怪地道："他怎么了？从回来就一副马上要去上吊吊死自己的表情。"

桑念望天长叹："一切，都要从一个叫萧濯尘的帅哥说起。"

她话音刚落，船舱窗户猛地打开，窗内，黑衣少年幽幽地看着她。

桑念："……"

桑念："其实萧濯尘也就那样，不就两只眼睛一个鼻子，有什么好看的，哈哈。"

窗户关上，桑念猛地松了口气。

初瑶满脸赞赏："我也觉得萧濯尘就那样，你果然与我的眼光是一致的。"

桑念："哈哈，是吗？"

掌舵的苏雪音抽空回头，小声抗议："你要这么说萧濯尘，那我还觉得岳清兮就那样呢。"

初瑶："胡说，他明明潇洒不羁。"

苏雪音："那萧濯尘还清冷出尘呢。"

两人同时望向闻不语："大师兄你说呢？"

闻不语后退两步，鼻尖冒汗："这……我也不太清楚，要不然还是问问桑师妹吧？"

两人转头，盯——

桑念："……"

为什么这两个对家的粉丝会成为好朋友，救命啊。她同样擦擦额头上的汗，清了清嗓子，刻意加大音量："依我看，谢沉舟比他们两个都要好，脾气好，性格好，长得也好看。"

几乎是话音落下的瞬间，她脑海中响起熟悉的系统提示音。

叮！谢沉舟好感度 +10

该角色当前好感度：60

她握了握拳，干得漂亮。

初瑶抽抽嘴角："他脾气好？"

苏雪音难以置信："性格好？"

闻不语欲言又止："桑师妹，你是否被威胁了？"

桑念义正词严："当然没有，我这是发自内心的感慨，绝对没有被威胁也没有被绑架。”

苏雪音满脸担忧：“小师姐，师妹是在药王谷被下药了吗？她好像已经神志不清了。”

初瑶摸着下巴，一本正经地道：“很有可能啊，等到了玉京先给她找个灵医瞧瞧。”

“哗啦——”窗户再度推开。

怨气比鬼还深的谢沉舟探出头，咬牙道：“你、们、够、了。”

几人同时“扑哧”一声笑出来。

“我就说他肯定在偷听。”初瑶拍着苏雪音的背，“你看，果然吧。”

苏雪音也抿着嘴笑：“谢师弟别生气，我们刚刚在逗你玩儿呢。”

闻不语收了笑，掩唇咳嗽两声，故作严肃：“以后不许这样了。”

谢沉舟看向桑念。

桑念背着手，望望天又看看地：“别瞪我，我可没笑。”

谢沉舟：“……”他用力关上窗。

下一刻，甲板上响起比方才还要大的笑声。

里面的谢沉舟：“……”烦死了。

“不过，我总觉得我们忘了什么。”苏雪音笑够了，敲敲脑袋，有些懊恼，“但又想不起来到底是忘了什么。”

桑念：“说起来，我也有这种感觉。”

初瑶毫不在意：“都说了不管忘了什么，到玉京都能买到，你们就是瞎担心。”

桑念放下心来：“也对，我们又不可能是把人给……”她的声音戛然而止，甲板上陷入诡异的沉默。

许久，苏雪音磕磕绊绊地开口：“沈师弟好像……没有上船。”

桑念：完了，他们把沈明朝给落下了！

…………

清风城内，一觉睡到自然醒的沈明朝抱着自己的小包袱站在街上。

天塌了。

经过七天七夜反复迷路的飞行，桑念一行人终于成功抵达玉京。

这是整个鸿蒙大陆的中心点，整座城市远离陆地，飘浮在半空中。城中住着数千万的人口，占地面积极宽广，灵气充裕，建筑奢华精美，甚至连铺地的砖石都用的是白玉，这也是“玉京”这个名字的由来。

城中上空悬浮着两座小岛，一座为万仙盟总部，另一座是三宗一殿中的长生殿。

“长生殿的殿主微生羽，你们年轻一辈的估计没听过他的名字。

“但在五百年前，他可是比如今的仙门首席大弟子萧濯尘，还要耀眼的存在，最有希望飞升的就是他。”

“那他怎么没飞升啊？”

“嗐，这说来就话长了。据小道消息传，只是小道消息啊，他被一个妖族女子迷住了。”

“啊？！”

“对，据说，他当年为了那个妖女，甚至闹着要离开师门。”

“天啊！那还得了！”

“可不是吗？听闻那妖女后来四处作恶，仙盟震怒，他为了保住她的性命，甘愿自囚长生殿，以所有修为供养玉京之魄。”

有人问道：“那妖女到底是谁啊？”

“无人知晓她的姓名，只知道，她似乎是一名羽族。”

又有人问道：“那妖女知道他为她做了这些吗？”

“知不知道有什么……欸，等等，你谁啊？”说到这里，滔滔不绝的男子瞥见队伍里的陌生面孔，当即发火，“你们是我们团的吗？交钱了吗？好意思就在这儿蹭讲解？”

鬼鬼祟祟蹭讲解吃瓜的桑念一行人……

“好丢人啊。”苏雪音用袖子捂住脸，“小师姐，我们走吧。”

初瑶不屑：“不就几颗灵石，我补给他不就行了。”

“几颗？”男子气笑了，“你知道这是什么地方吗？这是玉京，几颗灵石你打发叫花子呢？”

桑念：“那你要多少？”

他手一伸，仰着下巴：“一万。”

这个价位还行，能接受。

桑念正要拿储物袋，那名男子又道：“一人一万。”

初瑶跳脚：“先说好，我不在乎钱，但你也不能把我们当傻子，你这分明是坐地起价！”

正要掏钱的桑念默默把钱收回去：“没错！”

男子冷哼一声，上下扫视着几人的穿着，鄙夷道：“果然都是些穷乡僻壤来的乡下人，不过区区几万灵石就这样叫起来了。”

路边的行人纷纷偷笑。

初瑶气得拔剑，苏雪音熟练地抱住她的腿：“小师姐，你冷静点！”

初瑶：“他歧视我！我今天非要打他一顿不可！！”

桑念忙道：“大师兄你说句话啊！”

闻不语抽出磨得锃亮的斧子：“师妹，不可胡闹——用这个。”

桑念：“……”绝望。

人越围越多，动静越闹越大。

正混乱时，几名白衣青年御剑飞过。其中一人瞥了眼下方人群，俊美的眉头微皱，淡声道：“何事如此喧哗？”

听到熟悉的声音，劝架劝得脑瓜疼的桑念霎时抬头。

还没看清那人相貌，身边的谢沉舟倏地伸手挡住她视线，他咬牙道："萧濯尘今天很好看，你不许看。"

桑念："……啊？"

萧濯尘飞身落地，扫了眼四周场景，最后，目光落到桑念身上，他颔首："桑姑娘。"

桑念一把扒拉开谢沉舟的手，不忘瞪他一眼，这才转头笑着和萧濯尘打招呼："又见面了，萧师兄。"

旁边，苏雪音死死压抑着自己的激动，低声和初瑶说道："这就是萧濯尘？真人和通灵石上的一样好看啊……"

初瑶不屑："也不过如此。等你见到了岳清兮你才知道，什么叫绝色。"

苏雪音嘟嘴："我才不喜欢合欢宗那个浪荡纨绔，他再好看我也不会多看一眼的。"

围观的人更多了——从看热闹变成了看萧濯尘。

"桑姑娘，这是出了何事？"萧濯尘问。

桑念还没说话，初瑶气着道："你们玉京人可真是了不得，居然看不起我们这些外地来的。"

萧濯尘看向那名男子，语气平静："确有此事？"

方才气焰嚣张的男子瞬间萎靡下去："我只不过开个玩笑。"

"开玩笑？"初瑶怒道，"那你想坑我们六万灵石也是开玩笑？！"

男子嗫嚅着说不出话。

萧濯尘抬手示意，淡声道："抓起来，带走。"

"等一下。"初瑶从闻不语荷包里抓了一把灵石扔给男子，"我们逍遥宗弟子可不会赖账，该多少就是多少，绝不占你便宜。"

男子满脸悻悻。

事情已经解决，桑念等人正要离开，萧濯尘却道："桑姑娘留步。"

桑念不明所以："还有事？"

萧濯尘从袖中摸出一块腰牌："上次走得太匆忙，你的东西忘了还给你。"听到这句话，围观人群双眼一亮，目光在两人之间疯狂巡视。

桑念认出那是自己被药王谷弟子拿走的腰牌，赶忙伸手接过。"我还以为找不回来了，正发愁呢，原来在你那儿。"她又惊又喜，"谢谢萧师兄替我保管！"

萧濯尘眼眸微弯："不必客气。"

四周忽地鸦雀无声。——众人表面平静，私底下的传音入密堪称狂轰滥炸，就连萧濯尘身旁几名长生殿弟子也忍不住惊恐侧目。

桑念不知大家为何这副表情，对萧濯尘说了再见，转身离开。

走出一段路，她奇道："你们为什么都不说话？"

谢沉舟指指自己："你让我说话？"

他微笑："我还以为桑姑娘只想和萧师兄说话呢。"

桑念干脆利落地捂住他的嘴，手动闭了他麦，问初瑶："到底怎么了？"

初瑶挠挠头："也没怎么，就是，萧濯尘整天一副死人脸，冷不丁看见他笑了……感觉怪惊悚的。"

苏雪音用力拍拍自己的脸颊："那可是修无情道的萧濯尘……"

桑念不解："难道一个人只要修无情道就不会笑了吗？这不是修无情道，这是得了面瘫，需要针灸。"

苏雪音眨眨眼："你说得也有道理欸。"

初瑶："那他之前为什么不笑？"

桑念："可能是因为他生性就不爱笑。"

初瑶大彻大悟："原来如此。"

仍然在沉默中的谢沉舟突然掰开桑念的手，绷着脸大步往前走。

"他又怎么了？"初瑶道，"干吗一副想让别人吊死的表情？"

桑念瞟了一眼便收回目光，淡定地道："他是这样的，过会儿就好了。"

身后，郁郁了一路的沈明朝猝然回神："谁要吊死？带我一个。"

初瑶"啧"了一声，不耐地道："你够了啊，我们已经哄了你一路了。"

沈明朝擦擦眼睛，低声道："对，我只不过是被你们遗忘了一晚上而已，只不过抱着行李站在街头等了你们一天而已，只不过……"

桑念听得脑瓜子嗡嗡的："停停停。"

她无奈地道："你到底要干吗？"

沈明朝早就等着这句话，毫不犹豫地道："带我去吃饭。"

桑念："？"

沈明朝指了指玉京城中最高的那栋建筑："带我去那里吃饭。"

"那是哪儿？"桑念问初瑶。

"吹梦楼。"初瑶幽幽地道，"全玉京最豪华的酒楼，一顿饭至少百万灵石。"

桑念："……这哪是什么酒楼，这分明是销金窟。"家里真有矿也禁不起这么折腾啊。

沈明朝期待地搓搓手："我倒要看看，那里面一万灵石一碟的拍黄瓜究竟有何不同。"

桑念皮笑肉不笑："给我一万灵石，我可以买二十亩黄瓜地让你在里面横着拍竖着拍躺着拍。"

沈明朝："那怎么能一样，去嘛去嘛去嘛去嘛——"

桑念："没钱，谢邀。"

沈明朝忙道："我有啊！我可以出钱，你们出个人就行。"

桑念狐疑："还有这等好事？"

初瑶："不用想了，必定有诈。"

苏雪音："我觉得小师姐说得对。"

沈明朝："人与人之间最基本的信任呢？！"

闻不语笑着安抚道："沈师弟，今日天色已晚，咱们还是先去和其他师兄妹们会合，其他的等明日再说。"

沈明朝不舍地看了眼吹梦楼，勉强妥协："好吧。"

逍遥宗在玉京包下了一栋客栈，此行的所有弟子都住在里面。其他人都已安顿好，桑念他们是来得最晚的一批。

"还有三天群英会就开始了。"顾白将留好的钥匙递给他们，"我还以为你们会赶不及。"

闻不语面带歉然："路上出了些事。"

"药王谷的事已传开。"顾白道，"听闻药王谷谷主的尸体于昨日被发现，死状奇惨。"

竖着耳朵偷听的桑念：？！

闻不语道："可有找到杀他的凶手？"

顾白摇头："现场没留下半点痕迹，万仙盟也觉得蹊跷。"

桑念放松下来，旁边的初瑶插嘴道："不管怎样，他死了也算恶有恶报，活该。"

"死了又如何？"顾白叹息，"那些被他囚禁的人常年被当成药人试药，就算救出来了，也不可能再做回正常人。"

闻不语默然片刻，问道："那些药王谷弟子如何处置？"

"有知情的也有不知情的。"顾白道，"分开处置，结果还没出来。"

闻不语点点头，换了个话题："谢师弟还没回来？"

桑念心大地挥挥手："不用担心，他有这里的地址，气消了自己会回来的。"

与此同时，玉京城中，某个人迹罕至的小巷。

"少主。"鸦一、鸦二一前一后落地，凝声道，"这么急地召唤我们，可是有要紧事？"

谢沉舟不知在想什么，指尖搭在颊边，再缓缓移到唇畔，嘴角控制不住地上扬。

鸦一、鸦二：！！！

鸦一满脸惊恐，连退三步。

鸦二脸色大变，抬手亮出十八道符篆，喝道："不管你是什么东西，立刻从我们少主身上下来！"

谢沉舟："……"

谢沉舟收回手，冷下脸："想死？"

听见熟悉的语气，鸦一和鸦二差点哭出来："少主，您刚刚好像被人夺舍了。"

谢沉舟低咳一声，肃容道："我此次叫你们过来，是为了一件事。"

鸦一、鸦二对视一眼，语气坚定："不管何事，属下都愿为少主赴汤蹈火，在所不辞！"

谢沉舟："我喜欢上桑念了。"

鸦一："？"

鸦二："？"

谢沉舟："我要和她在一起。"

鸦一："……"

鸦二："……"

谢沉舟："我决定在群英会后离开修罗殿。"

鸦一："！"

鸦二："！"

"少主！！！"鸦二差点崩溃，"您不能为了一个女人连修罗殿都不要了啊！"

鸦一急道："况且若想离开修罗殿，只有一种办法，可那与寻死无异，至今也没有人能够成功，您当真要为了一个桑念连性命都不要了吗？"

谢沉舟淡声道："我不会死。"

他抬眼眺望远方，眸中盛满笑意："等我离开修罗殿，就买一栋宅子，和她安安稳稳地隐居。她若想游历红尘，那我便买一艘飞舟，带着她去天南地北。"

他每说一个字，鸦二脸上的死意便更重一分："少主，要不然您还是杀了我吧。"

鸦一同样满脸恍惚："少主为爱神志不清，我等望尘莫及。少主还有别的事吗？"

鸦二双眼无神："快到晚饭饭点了，我们得飞回去上工了。"

谢沉舟："有。"

鸦二忙打起精神："少主尽管吩咐！"

谢沉舟神色冰冷："三天内，我要知道萧濯尘的所有资料。"

鸦二："……"

谢沉舟走后，小巷内，鸦一、鸦二仍旧呆呆地站在原地。

良久，鸦一回过神，问鸦二："你的表情好复杂，是想到了什么？"

鸦二云淡风轻地回道："没什么，只是想一头撞死而已。"两人对视一眼，在对方脸上看见了与自己如出一辙的绝望。

"想点好的吧，"鸦一安慰他，"也许少主真有办法扛过去呢，到时候咱们也能跟着少主一起离开修罗殿了。"

鸦二顿时重新焕发生机："对啊，以后我们就可以安安心心留在逍遥宗打工了！"

两人再度对视一眼，俱是满眼憧憬。

走出小巷，街上的喧闹声如潮水般涌来。谢沉舟信步走向逍遥宗落脚的客栈。

路旁商铺中的小贩正卖力吆喝："玉容膏，连岳清兮、萧濯尘都在用的玉容膏！

"内含多种极品灵植萃取物，一擦就白，一擦就嫩，保管迷得道侣找不着北，把你当宝贝！"

谢沉舟大步向前，神色鄙夷："萧濯尘竟喜欢这种东西。"

过了几秒，他倒退回去，站到柜台前方，冷声道："买一盒。"

伙计："好嘞。"

“不，”谢沉舟想到萧濯尘那张脸，咬咬牙，“我要十盒。”

店铺伙计手脚麻利地打包好十盒玉容膏，奉承道：“这位少侠对自己的道侣真好，价值上千灵石的玉容膏一买就是十盒，她必定感动坏了。”

谢沉舟语气轻飘飘的：“我自己用。”

店铺伙计笑容僵了僵，立马改口：“哈哈，少侠对自己真好，您本就英俊潇洒，现在再用了它，必定成为无数女修的梦中情人！”

谢沉舟收好玉容膏，付了钱，两侧嘴角微微上翘：“用不着那么多，一个人的就够了。”

他转身离开，脚步轻快。

客栈里，桑念一直没等到谢沉舟回来，决定勉为其难地去找找他。

刚下楼，抱着个西瓜啃的沈明朝对她努努下巴：“刚想上去叫你呢，有人找你，说是你认识的人。”

桑念不明所以，转头看去。客栈门口，穿桃色罗裙的小姑娘跳着对她招手，满脸兴奋：

“小姐！！！”

桑念：“春儿？！”

春儿跑进客栈，抱着她左看右看：“呜呜呜呜呜小姐，我终于又见到您了！”

桑念也很高兴：“你怎么会在这里？我哥呢？”

“是城主带我来的。”春儿笑道，“他听说您会参加群英会，特意连夜启程赶到了这里。”

桑念不好意思地道：“我还不是金丹，只是跟着师兄师姐们过来看看而已。”

“小姐已经很厉害了！”春儿道，“我看小姐给城主写的信上说已经筑基了，小姐简直是天才！”

桑念挠挠头：“嘿嘿，我也觉得。”

沈明朝凑过来：“这是你家的丫鬟？”

春儿忙对他行了一礼：“多谢少侠平日照顾我家小姐，春儿感激不尽。”

桑念：“他？照顾我？”

春儿不解：“这位少侠说他是你最尊敬的师兄，每天都要费心指导你修行呢。”

桑念看着沈明朝，面无表情：“最尊敬的师兄？”

沈明朝自我感觉十分良好，擦掉嘴边的西瓜籽，用力拍拍胸口：“我迟早会成为你最尊敬的师兄的。”

桑念无语：“建议你睡觉的时候枕头垫高点。”

沈明朝：“为何？”

春儿含蓄地回道：“小姐的意思是你做梦。”

沈明朝：“……”

春儿附耳对桑念小声道：“小姐，城主在吹梦楼订了一桌席面，让我来请您和闻少侠他们去吃饭呢。”

桑念点点头，语声雀跃："我马上叫他们下来。"她刚想抬脚，笑死，根本抬不动，低头一看，沈明朝抱着她的腿，正可怜巴巴地瞅着她。

沈明朝："我都听见了。"

桑念装傻："听见什么了？"

沈明朝耍赖："我不管，我要跟你一起去吹梦楼吃拍黄瓜。"

桑念冷笑："我看你长得像个黄瓜。"

她试着抽出自己的腿，可他抱得死紧，吸着鼻子含泪质问道："师姐，我可是你嫡嫡亲的师弟啊！你忘了那年我们在翠微湖畔立下的誓言了吗？！"

这一嗓子号出来，客栈大堂的人纷纷看向他们，满脸八卦之色。

桑念："……"这辈子没这么丢人过。

沈明朝还要再号两声，冷不防被人拎住后脖领，整个儿拎走。

他怒气冲冲地回头："放肆，竟敢拎本皇子尊贵的后脖领！"话落，他对上谢沉舟没有温度的眼神。

"……其实拎一下也挺好，"沈明朝讪笑，"我正好腰腿酸痛精神不振，有些站不起来了。"

谢沉舟："呵。"

"行了行了，我带你去。"桑念道，"赶紧去楼上叫初瑶他们。"

沈明朝以秒速蹿出去："保证完成任务！"他噔噔噔上了楼。

桑念这才懒洋洋地对谢沉舟一挥手："哟，回来了？"

谢沉舟高贵冷艳地一点头："嗯，我回来了。"

"回来得正好，"桑念指指春儿，"看看这是谁？"

谢沉舟这才注意到她身边的春儿，眼皮一跳。

春儿对他还是没什么好脸色，故意叫他："谢少侠。"

谢沉舟问桑念："她怎么会在这儿？"

"我哥哥带她来的。"桑念道，"所以说你回来得正好，我们正要去吹梦楼和我哥吃饭呢，等初瑶他们下来就走。"

谢沉舟额头沁出一点冷汗："我要去和你哥哥一起吃饭？"

桑念："嗯嗯，你要去收拾一下洗把脸吗？我等你。"

谢沉舟转身上楼，健步如飞。

桑念不解："不就吃个饭吗？干吗一副如临大敌的模样？"

她随手拉了两把椅子，和春儿一起坐下，边等他边询问青州的近况。

"小姐不用担心，青州好着呢。"春儿笑嘻嘻地道，"咱家的矿也好着呢。"

桑念掐了把她的脸："好春儿，我不在的时候你要替我多照顾照顾哥哥。"

"嗯嗯，我一定会的！"春儿道，"就是城主天天都在担心您，生怕您哪天就死了。"

桑念扶额："那你让他盼我点儿好。"

春儿语带忧愁："城主还担心姑爷。"

桑念奇道："担心谢沉舟？这倒是稀奇，他担心什么？身体还是？"

春儿老老实实地道："城主担心他和别人跑了，更担心他不和别人跑。"

桑念："……"

她嘴角抽了抽："桑岐言他真是……担心得过于全面了。"

很快，沈明朝带着初瑶和闻不语下楼，迫不及待地道："走吧走吧。"

桑念朝他们身后张望："阿音呢？"

初瑶道："去长生殿的演武场练剑了。"

闻不语道："我刚刚用通灵石联系过师妹，她直接从那边过去，让我们不必等她。"

桑念："那再等等谢沉舟，他刚刚上去洗脸了。"

初瑶："行。"

几人坐下，一边聊天一边等谢沉舟，好一会儿，谢沉舟还是没有动静。

初瑶不耐烦了："他洗个脸怎么磨磨蹭蹭的？"

桑念也奇怪："我上去看看吧。"她刚走到楼梯口，上面传来一阵熟悉的脚步声，忙仰头看去。

少年换下了平日常穿的窄袖黑衣，穿着一身素白广袖长衫，愈发显得身形颀长清瘦。利落的高马尾也放了下来，三千鸦发半披在身后，其余用一根质地温润的白玉簪束好。他一步一步走下木制楼梯，行动间，濯濯如春月柳。

客栈里的人全都呆呆地看着他，久久未能回神。

旁边的桑念："……"

初瑶："……"

春儿："……"

沈明朝："……"

谢沉舟走到几人面前，身上沾着几分未散的潮气，似是刚刚沐浴完。他长睫低垂，嗓音清冷："走吧。"说完，他径直越过他们，走出客栈。

闻不语不解道："谢师弟为何要扮作萧道友的模样？"

春儿暗暗咬牙："狐狸精，还会换装。"

初瑶问桑念："……他鬼上身了？"

桑念捂脸："偶尔会上身一次。"

沈明朝很担心："要不找个大师来驱一驱吧？我觉得他看起来挺严重的。"

门口，谢沉舟逆着光回头，侧脸在地上拓出一个好看的剪影，淡声问道："还不走？"

"走走走。"桑念道，"赶紧吃完赶紧回来。"

初瑶："不知道为什么，我觉得有点丢人。"

沈明朝："我也是。"

闻不语满脸不赞成："不能这样说自己的同门，谢师弟听见会难过的。"

桑念："……大师兄，你也没放过他。"

几人离开客栈，与谢沉舟一起走向吹梦楼。一路上，来来往往的行人纷纷侧目，眼里全是惊艳。

被太多目光注视，桑念手脚都不知该怎么放了，谢沉舟依旧面无表情。

忽地，他偏了偏头，用只有两个人能听见的声音问她：“我这样，你觉得好看吗？”语气有些不太自然，却满含希冀。

桑念委婉道：“好看，但是——”

她拍拍谢沉舟的肩膀，语重心长地道：“舟啊，听姐姐一句劝，这就不是你的路线。”

谢沉舟努力压下上扬的嘴角：“你觉得好看就行。”

桑念：“？”合着“但是”后面的话他是一个字没听啊。她打算再好好和他说说这件事，一转脸，却哑了声。

天已经彻底黑下来了，路旁的商铺高高挂起灯笼，映亮了半边夜幕。那些暖色调的灯光摇曳而下，落在少年白瓷一样的脸庞上，仿佛覆了层薄纱。他漂亮的五官藏在朦胧的薄纱下，柔软得不像话。

一定是今晚月色太好，否则心跳怎会没由来地漏了一拍？桑念把后面的话咽了回去，低了头。

喧闹的街头，少年少女并肩而行，红了两张脸。

吹梦楼足足有百层高，建造所用的每一根木头都为千金难求的融霜木。数不清的窗户星星一样镶嵌在楼身，窗纸透出暖融融的橙黄，在夜色中洇开一圈温柔的光。

初瑶感叹道：“这要是起火了，估计得三天三夜才能烧完。”

飞檐下挂着纯金制成的风铎，偶有鸟雀经过，引得它丁零当啷地响。

桑念摸着下巴打量它：“这么大一坨金子就这样挂在外面，不怕被人偷吗？”

沈明朝道：“谁敢啊，这儿可是玉京，就在万仙盟脚底下。”

说的也对。

几人将将走到门口，酒香与美人身上的脂粉香气已涌了出来。

沈明朝深吸一口，两眼发直：“这就是玉京吗？竟比皇都还要繁华。”

门口接待的侍从殷勤道：“几位少侠可有预约？”

桑念道：“有。”

她报了桑岐言的名字，接待的侍从道：“您稍等，我查查这位客人在哪一层。”

桑念耐心地等待着。另一行人走到门口，她礼貌地侧身让开路，那行人却忽地停下。

“桑姑娘？”有人轻声唤道。

桑念抬头——灯花轻绽，白衣青年长身玉立，眉目如画。

“萧师兄。”她打了个招呼，“你们也来这里吃饭？”

萧濯尘道：“舍弟生辰，家父在此设席。”

说完，他的视线移到谢沉舟身上，怔了怔，旋即面色如常，淡声道：“谢少侠今夜……很不一样。”

桑念看看他，又看看谢沉舟身上的同款白衣，尴尬得脚趾疯狂抠地。

Cos 就 Cos 吧，还舞到正主面前了，舞到正主面前就算了，还被正主点名了，救命啊……

谢沉舟语带讥诮："我不过是黑衣穿腻了，想换个颜色，怎么，萧师兄连这也要管？"

萧濯尘语调平稳："谢少侠多虑了，在下只是随口一说。"话毕，他对几人点点头，径直进了吹梦楼。

恰好侍从核实完毕，躬身道："客官，您的包厢在第八十二层的流泉阁，这边请。"

桑念点点头，一回身，却不见了初瑶几人的身影。正奇怪时，旁边的石狮子后方闪过几道熟悉的身影。

桑念："？"

桑念走过去，问蹲在地上的几人："你们躲起来做什么？"

初瑶语气深沉："我承认，比起你，我还是缺少一点点的勇气来面对。"

沈明朝连连搓胳膊："太尴尬了，本皇子这辈子都没这么尴尬过。"

闻不语蒙道："师妹拉我过来的，我也不知为何。"

桑念无奈："萧濯尘已经走了，赶紧出来。"

他们一秒站起身，兴冲冲地道："走吧。"

桑念拉拉谢沉舟袖子："咱们也走吧。"

谢沉舟气压有些低："我很丢人吗？会让你哥哥不高兴吗？"

"怎么会？"桑念笑道，"你打扮得这么用心来见他，他感动还来不及呢。"

谢沉舟这才松了眉头："真的？"

"真的真的真的——"她拉着他大步追赶前面的几人，"全世界你最好看，谁都比不上你。"

谢沉舟眸底的郁色彻底散开，跟上她的步伐，嘴角噙了一抹浅笑。

吹梦楼配有升降梯，外形似无顶的亭子，上升时，整座楼的繁华尽收眼底。桑念靠在栏杆上欣赏歌舞，心情极好。

升降梯抵达八十二层，前方是一条长长的走廊，侍从在前方引路，他们安静地跟在他身后。

经过其中一个房间时，里面传来一阵女子的娇笑，银铃一般动听，桑念忍不住转头看了一眼——轻薄的窗户纸上，人影摇摇晃晃，影影绰绰，看不太清。又一道笑声响起，这次，是属于男子的，低沉而富有磁性，极好听。桑念越发好奇，这里面究竟是何人。

"小姐，我们到了。"不远处，春儿对她招手示意。

桑念忙收回视线，一路小跑过去。

包厢门缓缓推开，数月未见的桑岐言站在门口，半是紧张半是期待地伸手："念念。"

桑念扑过去抱住他："哥哥！"

他笑着拍拍她的背："好像胖了点。"

桑念高兴道："真的？"

桑岐言认真端详她，满脸欣慰："嗯，头发也黑了，脸色也红润了，看来你把自己照顾得很好。"

桑念语气骄傲："我都说了让你不要担心，我能照顾好自己的。"

桑岐言摸摸她的头，视线落到谢沉舟身上时，笑意淡了几分："进来吧，都别站在门口了。"

谢沉舟上前，拘谨地向他伸手。

桑岐言："？"

谢沉舟用力抱住他："哥哥。"

桑岐言猛地抖了抖，看他的表情仿佛见了鬼。

桑念尬笑一声，强行分开他们："先坐下吧，阿音马上到，很快就能开饭了。"

初瑶与闻不语紧跟其后，各自与桑岐言打了招呼后，自觉入座。

沈明朝最后进来。他一把握住桑岐言的手，用力上下晃了晃，露出一口白牙："桑家哥哥好！我是桑念最尊敬的师兄，沈明朝。"

桑岐言："……你好。"

沈明朝不知从哪儿掏出一摞大金链子，热情地塞给桑岐言："这是晚辈的一点见面礼，不成敬意，不成敬意哈。"

这些金子足有几十斤重，桑岐言险些没拿住，桑念赶忙接过去："心意收到了——等会儿给你点拍黄瓜。"

沈明朝满意地入座。

桑岐言喘了口气，终于抓住机会带她到一旁耳语："念念，那个谢沉舟怎么回事？"

桑念："他挺好的呀。"

桑岐言忧心忡忡："我总觉得他和在青州时不一样了，他刚刚看我的眼神很不对劲，十分瘆人。"

桑念又开始脚趾抠地："哈哈，有吗？他看你的眼神挺亲切的呀。"

桑岐言："要不你还是休了他吧。"说到这里，他双眼亮得吓人，"哥哥来了玉京一趟，发现此地青年才俊颇多，那个萧濯尘便很是不错。"

桑念顿时头大："哥，你别说了，这么久没见，咱们安安生生吃顿饭吧。"

桑岐言这才不甘心地止住话头。

"阿音什么时候到啊，"初瑶托着下巴，望眼欲穿，"就差她一个了。"

沈明朝也托着下巴，一眨不眨地看着桑念和桑岐言，满脸黯然，喃喃着："感情真好啊。"

吹梦楼下，苏雪音匆匆跳下飞剑，一路小跑进去。

侍从正要拦她，她语速飞快："我有预约，在第八十二层的流泉阁。"

侍从道："您稍等，我查查。"

苏雪音实在等不及了，生怕自己迟到让所有人等，赶在最后一刻跑进了升降梯。

不多时，第八十二层抵达。她跑上长廊，瞥见前方一间屋子门口有个"泉"字，飞快地推开门冲了进去。

靡靡乐声潮水般灌入耳中。房间极大，灯光并不算明亮，空气中浮动着醉人的脂粉香。

美人们长袖翩翩，和着乐声婀娜起舞。更多的美人坐在小几后，团扇半遮了面，只露出一双盈盈妙目。

苏雪音晕头转向地往前走。"小师姐？"她有点害怕地开口，"你们在哪儿？"忽地，她脚下不知绊到了什么，趔趄着摔倒。

乐声停了一瞬，腰肢柔软的舞姬散开，苏雪音抬起头，对上一双含笑的凤眼。

贵妃榻上，银制的水烟袋随意搁在一旁。美人单手支颐，乌发如瀑。"她"另一只手捏着一支长长的紫竹箫，指尖漾着玉石一般的光泽。

苏雪音愣愣地看着"她"。

倏地，那支紫竹箫挑起她的下巴，微微的凉。

美人朝她的方向探了探身，轻呼出一口薄烟，一开口，却是慵懒的青年音："小美人，你找谁？"

苏雪音被迫仰起脸，瞳中盛满不安，怯怯地回道："我……我找我的小师姐。"

四周的美人们齐齐笑出声："小妹妹，这儿可没有你的小师姐。"

苏雪音越发害怕，忍不住红了眼眶："这里不是流泉阁吗？"

青年低笑一声："这里是清泉阁。"

苏雪音傻傻地"啊"了一声。

他屈指刮刮她的鼻尖，道："出门后左手边第二个房间，你小师姐或许会在那儿。"

苏雪音从地上爬起来，快步走向门口，脚下像是踩着棉花，软绵绵的，没什么真实感。

将要开门时，她回头问道："你叫什么名字呀？"

雌雄莫辨的美人对她眨眨眼，耳垂上的玛瑙坠子微微摇晃，闪着一星绚丽的光。"月兮。"

苏雪音低了头，抿着嘴角笑："我叫苏雪音，是逍遥宗的弟子。"

说完，她飞快地开门出去。

门合上，乐声再起，美人们倚着香几，嗔道："干吗故意逗人家小妹妹？"

岳清兮看了眼门口，转转手中的竹箫，轻笑："怪可爱的。"

流泉阁。

苏雪音推门进去，见到里面熟悉的面孔时，大大松了口气。

"怎么这么晚才来？"初瑶道。

她向桑岐言打了招呼，挨着初瑶坐下，下意识隐瞒了方才的事，含糊地回道：“没什么，走错房间了。”

沈明朝像是发现了什么不得了的事，奇道：“你脸好红，是抹了胭脂吗？”

苏雪音用手背一触，果然滚烫。

她脸霎时更红了几分：“没，没什么，跑累了而已。”

“跑这么急干什么，”桑念给她倒了杯水，“又不差这一时半刻。”

苏雪音不好意思地回道：“我不想让你们饿着肚子等我。”

“你的担心完全是多余的，”桑念指指沈明朝，“这家伙点心都快吃完两轮了。”

沈明朝心虚地道：“哪有，我只是尝尝味道而已。”

另一边，桑岐言吩咐侍女：“既然人齐了，那就上菜吧。”

侍女应声退下。很快，饭菜流水般端了上来，摆满了桌子，异香扑鼻。

谢沉舟主动起身为桑岐言斟酒，神色略显局促。

桑岐言看也不看那杯酒，笑着招呼闻不语几人：“都动筷子吧，趁热吃。”

沈明朝迫不及待夹了一块黄瓜：“不愧是一万灵石一碟的拍黄瓜，看着就和普通黄瓜不一样。”

上菜的侍女尴尬又不失礼貌地提醒：“少侠，这是摆盘用的。”

沈明朝筷子一松，黄瓜又掉进了碗里。

旁边的初瑶大声嘲笑。

沈明朝涨红了脸：“有什么好笑的，不许笑！”

初瑶道：“我又没说笑的是你。”

沈明朝恶狠狠地道：“你虽然嘴上没说，但你的眼神已经出卖了你。”

初瑶开始闭着眼睛笑。

沈明朝怒了，一薅袖子：“你给我在这儿抠字眼是吧？”

桑念道：“都别吵了，今天，我们大家之所以相聚在这里……”话未说完，窗外绽开数不清的绚丽烟火，占满整片夜幕。刚刚还在吵架的两人齐刷刷地跑到了窗口。

他们趴在窗边，仰头看着天空：“哇。”

其他人也放下了筷子走过去。

闻不语道：“素来听闻吹梦楼的烟火也是玉京一大美景，果然名不虚传。”

桑念也道：“真好看。”她下意识去找谢沉舟，却不见他的身影。

旁边的侍女道：“那位少侠刚刚出去了，瞧着似乎不大高兴。”

桑念道了声谢，出门去寻谢沉舟。她走出长廊，一路来到一个不大不小的露台——谢沉舟果然在那里。他背靠栏杆，一条手臂搭在上面，同样在抬头看烟火。光影纷乱，少年纤长的睫羽在眼底投下一小片阴影，随着烟花绽放轻轻晃动，这里只有他一人。

头顶是漫天烟火，脚下是婉转悠扬仿佛永不停歇的歌舞场。他的四周却只有几盏冷冷清清的孤灯，如同被隔绝在另一个世界。

桑念脚步顿了顿。

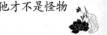

谢沉舟听到动静，漫不经心地投来一瞥，见是她，他眉间笼了三分笑：“过来。”

桑念走到他身边：“你怎么一个人在这儿？吃饱了？”

谢沉舟朝她挪了挪，肩膀挨着她的肩膀，懒洋洋地回道：“吃饱了。”

桑念用手指戳戳他：“你还没回答上一个问题。”

谢沉舟垂了眼，好一会儿才开口：“你哥哥不喜欢我。”

桑念委婉地道：“你又不是第一天知道这事，现在才难过，会不会有点晚了。”

又是许久，谢沉舟低声道：“我以为，只要我像萧濯尘，他就会喜欢我，接受我。”

“毕竟——”他看着桑念，眼珠又黑又亮，“人人都喜欢萧濯尘，不是吗？”

桑念忽地明白过来——他以为大家都喜欢萧濯尘，所以只要自己学着萧濯尘穿衣打扮，就能同样被别人喜欢。

谢沉舟还在等她的答案，那双漂亮的眼睛执拗地看着她，不肯移开。

她叹了口气，伸手抱住他：“谢沉舟就是谢沉舟，不需要成为任何人。”

谢沉舟：“可是——”

桑念道：“人人都喜欢萧濯尘，可我只喜欢谢沉舟。”

谢沉舟的声音戛然而止，最后一束烟火散开，仿若无数星子划过夜幕。

歌声飘远，世界安静，他久久没能回神。

桑念捧着他的脸，将其揉成各种形状：“不许再不高兴了，跟我回去吃饭。”

谢沉舟声音有些哑：“你哥哥要你休了我……”

“你耳朵真灵呐，这都被你听见了。”桑念好笑道，“他让我休我就休？”

“我才不听他的呢，”她道，“和你成亲的是我又不是他，他不明白你的好，我明白。”

有那么一瞬间，谢沉舟几乎想对她和盘托出：“我不好，我从前……”

不等他说完，桑念得意洋洋地道：“你看，连你自己也不明白你的好，我就明白，我可真厉害。”

谢沉舟彻底说不出话。

桑念拍拍他的脸，眉眼弯弯：“好啦，走吧，我们再不回去他们会着急的。”

他抓住她的手，微一用力，将她拉了回来，掌心滚烫。

桑念不解：“怎么了？”

少年声音轻得似一根细细的线，刚出口便散在风中：“念念。”

桑念：“嗯？”

他凝视着她饱满红润的唇，睫羽颤得厉害，一点点向她凑近。

“我想……”

“他们指定在这儿，五颗灵石，赌不赌？”

倏地，一道熟悉的声音传来。桑念一惊，莫名心虚，猛地推开谢沉舟，以秒速转身。

露台入口处，沈明朝四人抱着烟花盒子大步走来，见到她，埋怨道：“找到了这么好的观景位置，你们居然偷偷在这儿看，也不和我们说一声。”

桑念干笑："哈哈，我们也才到。"

苏雪音看了眼她身后，不解道："谢师弟为什么坐在地上？是站累了吗？"

桑念心里咯噔一声。

地上，被她推倒的谢沉舟揉着胳膊，目光幽怨。桑念忙拉他起来，小声道："对不起，我刚才劲儿使大了。"

谢沉舟对她摇摇头，目光移到沈明朝几人身上，面无表情。

沈明朝倏地搓搓胳膊："奇怪，我怎么感觉到了一股若有若无的杀气？"

初瑶警惕："我也感受到了。"

苏雪音害怕："会不会有人想暗杀我们？邪修，还是魔头？"

闻不语："……"闻不语看着谢沉舟，继续瞳孔地震。

桑岐言姗姗来迟："不是要放烟花吗？都愣着做什么？"

桑念："放烟花？"

提起这件事，沈明朝立时忘了刚刚的小插曲，兴奋地道："对，刚刚我们没看够，你哥特意又去买了烟花。"

"这个是你的。"他扔了一个烟花盒子给她，又扔了一个给谢沉舟，"这个是你的。"

谢沉舟别过脸，冷冷地道："我不要，拿走。"

"啧。"沈明朝强行塞给他，"别和师兄客气，俗话说得好，长兄如父，师兄我也算你半个……"

谢沉舟阴恻恻地看着他："再多说一个字，天上放的，就不是烟花了。"

沈明朝："那放什么？"

桑念幽幽地道："你。"

沈明朝："！"

"谁要点火？"那边，初瑶掐了个火诀，嚷道，"赶紧过来。"

沈明朝忙不迭地跑过去。

见状，桑念兴高采烈地晃晃谢沉舟胳膊："走，我们也去放烟花。"

谢沉舟捡起扔在地上的烟花盒子，弯了弯嘴角："好。"

露台上，众人站成一排，点燃了手上的烟花。

刹那间，破空声接连响起，漆黑的天幕绽开无数火树银花。他们齐刷刷抬着头，眸中倒映着璀璨流光，眼角眉梢都挂着笑。

一直到很多很多年以后，午夜梦回，他们仍旧常常想起这一幕。

那时，他们风华正茂。

第七章 爱意疯长

足足闹了大半夜，吃饱喝足玩够了的一行人终于暂别桑岐言。

他们肩并着肩，嘻嘻哈哈地往客栈走，偶尔哼一句不成调的歌。

吹梦楼上，萧濯尘负手立在窗前，低眸凝向远方。

与他容貌三分相似的少年走过来，顺着他的视线望去，却什么也没看见，他问萧濯尘："你在看什么？"

萧濯尘收回视线，轻声回道："我在看一群……很高兴的人。"

萧净"哦"了一声，对此并不感兴趣，换了个话题："哥，这次群英会，你肯定能夺魁的吧？"

萧濯尘微微摇头："不一定。"

萧净不以为意："你可是仙门年轻一代里最厉害的大师兄，所有人都说你会夺魁。"

他指指觥筹交错的席面："喏，已经有人提前来恭贺父亲了，如果你到时候真输了，不知会有多少人笑话咱们家。

"你只能赢，不能输。"

萧濯尘按了按眉心："你的生辰既已过完，我先回长生殿了。"

"这些人都是冲着你才来参加我的生辰宴的。"萧净拦住他，"你现在走了，大家都会不高兴。"

萧濯尘："阿净……"

"哥。"萧净打断他，"你是我们萧家的荣耀。"

萧濯尘抬起的脚定在半空。

萧净道："难道你修了无情道，就真的对我们没有感情了吗？"

良久，萧濯尘沉默地坐回席位。

几乎是同一时间，面前挤满琉璃酒盏。

抬眼看，一张张脸笑得谄媚。

“萧公子可是百年难遇的英才俊杰，我等自愧不如！”

“仙门首席弟子，果真气度不凡！”

“区区一个群英会，萧公子定能一举夺魁！”

…………

萧濯尘仍是沉默。

气氛冷了下来，众人面面相觑。

萧父提醒：“濯尘。”

萧濯尘端起面前的酒杯，一饮而尽，气氛重新热闹起来。

萧濯尘扭头看向大开的窗口。

夜空寂静，烟花已冷。

第二日，天还没亮，桑念被初瑶从被窝里揪出来。

“走，练剑去。”

桑念人醒了魂还没醒，呆呆地问：“去哪儿练？”

初瑶：“长生殿的演武场可以给所有仙门弟子使用，去晚了就没位置了。”

桑念挣扎着爬起来：“那快走吧。”

两人出门，苏雪音与闻不语已等在楼梯口。

桑念敲了敲谢沉舟的门，又踹开沈明朝的房门。

沈明朝惊恐地坐起身，睡得乱七八糟的头发炸开：“谁？！”

桑念拍拍门板：“起来，练剑。”

沈明朝倒回床上，扔了个枕头过去：“把门带上，然后滚。”

桑念道：“行吧，那我们走了。”

沈明朝睡不着了：“你们都去？”

桑念：“嗯哼。”

沈明朝骂骂咧咧地下床穿鞋，一边套外衫一边往外冲：“我服了你们了，好不容易离开宗门，就不能休息一天吗？”

“你可以休息，”桑念道，“我们没有勉强你。”

沈明朝表情狰狞：“然后你们所有人咔咔突破，就我一个人停在原地是吧？”

穿戴整齐的谢沉舟走出房门，听到他这句话，语气凉凉地道：“或许你就算努力了也不能突破。”

沈明朝捂住耳朵：“我可是要把你和闻不语都打趴下的，休想乱我道心。”

谢沉舟轻呵一声。

见他又穿回了那身黑衣，初瑶如释重负：“谢天谢地，谢沉舟你终于正常了，我今天本来都不想和你一起出门的。”

谢沉舟背着手，别开脸："我一直都很正常。"

"装。"初瑶翻了个大大的白眼，挤开他，大步下楼。

玉京城内大部分区域都在实行禁空管理，往返长生殿除外。一行人御剑赶到长生殿演武场时，天色不过微明，但已到了不少人。

不只有剑修，其他修士也在，甚至还有几名乐修。

桑念满脸期待地看着他们，想知道他们会演奏什么曲子。

下一秒，一名乐修掏出一把二胡，拉了一曲《二泉映月》，闻者无不伤心落泪。

桑念忍住扔灵石的冲动，默默转身，想从储物袋里找点什么堵住耳朵。

忽地，面前多了一片阴影。

抬头看，一群女修站在几步远的地方，神色不善："你就是逍遥宗的桑念？"

桑念不明所以："有事？"

她们双手抱臂，上下打量着桑念，连连冷笑："桑念，听说你很有名。"

桑念："？"

谢沉舟走来，蹙眉道："怎么了？"

桑念刚要说话，对面让出一条路，一名少年从中缓缓走出。

见对方生得三分像萧濯尘，桑念按住满脸不耐的谢沉舟，问道："你是？"

他扫了桑念一眼，眸中三分薄凉四分不屑五分漫不经心。随后，他轻飘飘扔下一个储物袋："这里是五百万灵石，离开我哥。"

桑念："哈？"

"不够？"对方打量着她的表情，冷笑，"那就再加五百万。"他又扔下一个储物袋。

桑念："哈？？"

"还不够？呵，你果然和我想象的一样，十分贪婪。"他再次扔下几个储物袋，"三千五百万，离开萧濯尘。"

桑念："……"可恶，抛开别的不谈，她真的该死地心动了。

听见这边的动静，初瑶也走了过来。她见到那名宛如散财童子的少年，表情一变："萧净，你又发什么疯？"

萧净背着手，一脸深沉："初瑶，这是我和桑念之间的恩怨，与你无关。"

初瑶踢了一脚地上的储物袋："把你的臭钱收回去，侮辱谁呢？我师妹才不稀罕。"

桑念："……"其实还是有点稀罕的。

听见初瑶的话，萧净沉声道："既然敬酒不吃，那就是要吃罚酒了。"

见状，他身边的人立刻高声呵斥道："演武场是给参加群英会的弟子使用的，这里不欢迎她。现在就离开，否则别怪我们不客气！"

初瑶简单干脆地答道："我师妹不会走，要滚你滚。"

萧净："你——"

眼看他们快要动起手来，桑念还是满头雾水。

苏雪音低声给桑念解释："这是小师姐的死对头，玄剑宗宗主的小儿子，萧净，他兄长便是萧濯尘。"

桑念："萧濯尘不是长生殿的吗？"

苏雪音："他天资太过出众，被万仙盟盟主选中，从小就送去了长生殿修行。"

桑念不解："那萧净来找我干什么？"

苏雪音把她拉到一边，拿出通灵石："你看看这个。"

桑念接过，一条条浏览广场上的帖子。

第一条：药王谷事件

第二条：万毒门少门主死了，门主震怒，重金办席

第三条：无情道修士到底会不会笑

桑念满脸问号，点开这条帖子查看，里面正是萧濯尘……和她？

有人用留影石偷偷拍下了他们在城门说话的画面，并针对萧濯尘的微微一笑做了一千字详解。

最后配文：

众所周知，无情道是长生殿剑修入学率高达百分之百，毕业率为零的专业。萧濯尘还有多久会步他师尊师兄师弟的后尘？我们拭目以待。

评论区一片质疑。

缥缈宗招新中：我灵网大抵是坏了，居然刷到这么离谱的东西，一眼假，已举报。

御兽宗长期出售狐狸精：附议附议。

也有其他的声音。

合欢宗的红头发美女：这是我哪位师妹？居然闷声干大事，去把师兄师姐们都拿不下的萧濯尘给拿捏了！

合欢宗的蓝头发美女：我去，师妹牛啊！

合欢宗的黄头发美女：呜呜呜呜我本来还想等毕业的时候去找他来着，算了，反正长生殿无情道那么多，我换个人吧。

无极宗二把手：我说，你们合欢宗的人能不能放过长生殿弟子？都是剑修，你们也去逍遥和玄剑看看啊。

你在逍遥宗的爹：谢邀，婉拒了哈。

玄剑宗才是你爹：谢邀，婉拒了哈。

昵称已隐藏：都说合欢宗是无情道的克星，我为了萧濯尘特意做了合欢宗弟子，结果他还是看也不看我一眼，心碎。

一名路过的散修：呵呵，你为的到底是合欢宗大弟子岳清兮还是萧濯尘？主页一堆岳清兮小作文，我都不忍心拆穿你。

昵称已隐藏：怎么，爬个墙都不行？

一名路过的散修：爬墙也别爬我家，晦气。

落花门弟子都香香的：都别吵了，人在现场，画面保真。另外，那不是合欢宗的弟子，是逍遥宗的小师妹，桑念。

合欢宗的红头发美女：？

你在逍遥宗的爹：我去，师妹牛啊！

超有礼貌的逍遥宗弟子：我去，师妹牛啊！

从不说脏话的逍遥宗弟子：我去我去，师妹太牛了！

看到这里的桑念：“……”通了灵网的修仙界，恐怖如斯，怪不得路上一堆人偷偷看她，原来是因为这个。

另一边，萧净和初瑶还在吵。

萧净阴恻恻地道：“宋初瑶，你想同我打架吗？”

初瑶撇嘴：“说的好像你打得过我一样，等会儿又要哭着去找你娘。”

萧净气急，口不择言地道：“那你还没娘可以哭呢！”

初瑶瞬间沉了脸：“你有本事再说一遍。”

萧净道：“说就说，你不光没有娘，你爹也——”

话还没说完，一道剑风猛地擦着他的脸刮过，轰的一声，他身后的地砖粉碎。

桑念抖抖手上的剑，吹了吹衣袖沾上的灰尘。

萧净捂着左脸，不敢置信：“你敢打我？”

桑念正要说话，她身边的沈明朝不屑地冷笑，熟练地开口：“打你就打你了，还要挑日子？”

萧净气急，对跟着的人怒道：“你们还愣着干什么？人家都动手了！”

他们回过神，气势汹汹地准备动手，一柄飞剑从天而降，剑气纵横。众人连连后退，又惊又惧。

灵剑飞回闻不语手中，青年神色不复往日温和，嗓音微寒：“萧道友，请三思而行。”

萧净气急败坏：“闻不语，你是宋初瑶的狗吗？怎么每次都有你！”

“住口。”又一道剑光闪过，白衣青年飞身落地，神色极冷。

见了他，萧净立时蔫了：“哥，是他们先动手的。”

萧濯尘冷声道：“你若不挑事，他们怎会动手？自己回去领罚。”

萧净恨恨地咬牙，不敢再说话。

萧濯尘上前两步，对初瑶拱手见礼：“阿净口出妄言，还请宋道友恕罪。”

初瑶冷哼一声，扭头就走，闻不语几人忙去追她。

桑念正要跟上，萧濯尘的视线移到她身上，面带歉意：“桑师妹，今日之事实在抱歉，我回去必定严加管教阿净。”

桑念背对着他挥挥手，道：“你最好真的管管他，不然我怕他走夜路的时候会被人套麻袋。”

萧濯尘凝视着她的背影，抿抿唇，转身。

萧净兀自不服：“我只不过想教训教训那个桑念，是宋初瑶自己非要和我吵的。”

萧濯尘：“回去把宗规抄三千遍。”

萧净：“哥！”

萧濯尘：“五千遍。”

“我可是为了你才这么做的，”萧净难以置信，“你居然还向着她？看来你果然被她迷惑了！我这就去告诉父亲！”说完，他赌气地跑走。

萧濯尘转头对跟着萧净的那群人道：“把他抓回去，抄一万遍宗规。”

众人面面相觑。

萧濯尘：“没抓住他，你们抄一万遍。”

众人脸色一变，火急火燎地朝萧净的方向追去。

至此，这出闹剧终于结束。

萧濯尘正要离开，一名长生殿弟子匆匆走来：“大师兄，殿主请你过去。”

萧濯尘默了默，颔首：“知道了。”

他抬脚欲走，瞥见地上躺着一物，弯腰拾起——是一个绣了白色梅花的荷包，系带上附着的藤蔓被剑气震断，软软耷拉着。

萧濯尘动作微顿。

这是，她的？

初瑶几人离开演武场，回了客栈。

初瑶还是闷闷不乐，苏雪音哄道：“小师姐，别生气啦，我们去买好吃的吧。”

桑念也道：“听说附近有家蜜饯很好吃，一起去尝尝吧。”

初瑶平静地点头，没走两步，她一脚踹翻客栈门口的玉麒麟，越想越气：“我刚刚就该打萧净那个浑蛋一顿！”

正好路过的客栈老板：“啊，这……”

闻不语忙道：“我们赔。”

他一摸腰间，忽地“咦”了一声。

桑念：“怎么了？”

闻不语无奈：“我的荷包又掉了，大概牵丝藤被剑气震断了。”

桑念替他付了钱，叹气：“大师兄，你放弃荷包这个时尚单品吧，否则你也会变成散财童子。”

闻不语：“何为时尚单品？”

桑念：“就是配饰的意思。”

闻不语恍然：“原来如此。”

另一边，长生殿主殿。

引路的弟子推开殿门，低头禀报：“殿主，萧师兄已带到。”

蒲团上的男子缓缓睁眼："退下吧。"

"是。"

弟子退下，萧濯尘走进殿中。

里面不只长生殿殿主微生羽一人，还有——

"父亲，我看得千真万确，他就是喜欢上了那个逍遥宗弟子！"萧净扬声道。

他身边，萧父萧母对视一眼，脸色皆沉了下去。

萧父道："濯尘，确有此事？"

萧濯尘摇了摇头，目光清明："父亲，这只是一场误会。"

萧母满脸担忧："你可是我们萧家的希望，务必要道心通明，不可为人所惑。"

萧濯尘沉默了一会儿，道："是。"

萧净嚷道："他在说谎！我还看见他偷偷藏了那个桑念的荷包！"

萧濯尘藏在袖中的手紧了紧。

萧父震怒："你竟敢骗我们？"

萧濯尘："我……"

"交出来！"萧父喝道。

萧濯尘的手攥得极紧，没有动。

萧母眼眶通红，哆嗦着手指向他："濯尘，你知不知道，我们对你寄予了多大的厚望？"

萧濯尘轻声道："母亲，这真的只是一场误会。"

萧父斥道："还在狡辩？那流言从何而来？"

萧濯尘："……我只是觉得桑姑娘有趣，想与她做朋友，仅此而已。"

萧父道："今日你想同她做朋友，明日你未必就不想同她厮守。"

萧濯尘有些疲倦，捏了捏眉心："父亲，是你太过狭隘。"

"啪——"一个巴掌裹着风扇来，萧濯尘没有躲，硬生生受了，侧脸立时多了一个红肿的掌印，他低着头，默然不语。

一直未曾开口的微生羽淡声道："濯尘，我只问你一句，你可曾对她动情？"

萧濯尘跪下，一字一顿地回道："弟子没有。"

下一秒，他袖中的荷包飞出，悬在半空。

萧父道："那这个荷包是谁的？你为何要藏起来？"

萧濯尘倦极，一个字也不想再说。

萧父冷笑道："不肯说？好，不用你说，我们自己来看。"

他挥袖施法，荷包亮了亮，氤氲出一团薄雾，慢慢地，薄雾散开，露出里面的人像——青年一身素衣，低眸浅笑，温润如玉。

萧濯尘："……"

萧父："……"

萧净："……"

萧母："……"

萧净不可置信："这是逍遥宗的大师兄闻不语？我哥藏的，是他的荷包？"

咚的一声，萧母晕了过去。

萧净："母亲！母亲你怎么了？！"

萧父瞪大双眼，浑身颤抖："你居然……居然是个……"

萧濯尘按了按额角，起身："师尊，弟子先行告退。"

微生羽："……退下吧。"

萧濯尘转身离开，全然不顾身后一片愁云惨淡。

一名万仙盟成员找到他，低声道："萧师兄，逍遥宗那几位，被抓起来了。"

萧濯尘："因为何事？"

他道："当街打架斗殴。"

萧濯尘回头看了一眼，低叹："知道了，我去看看。"

时间回到不久前。

蜜饯铺子门口，桑念拎着自己的糖渍梅子，问谢沉舟："你到底选好了没，我要付钱了。"

谢沉舟看了她一眼，扔给她一个储物袋。

桑念："这是什么？"

谢沉舟："我的积蓄。"

桑念打开看了眼，里面果然是堆成山的灵石。

她不可思议："你这么有钱？"

谢沉舟轻哼："我说过了，我不穷。"

桑念："真给我啊？"

谢沉舟："嗯。"

桑念觉得有点烫手："要不然还是……"

谢沉舟轻描淡写地道："我是你的，我的钱自然也是你的。"

桑念嘴角忍不住高高扬起，佯装严肃道："既然谢道友执意如此，那我只好接受了。"

她喜滋滋地收好储物袋。

谢沉舟弯了弯眉，左右看了一眼，偷偷隔着袖子去牵她的指尖。

"对了，桑师妹，那个玉麒麟——"

两人循声转头。

身后，闻不语看着他们，瞳孔地震。

谢沉舟："……"

桑念："……"

"怎么了怎么了？"沈明朝无知无觉地挤过来，兴冲冲地问桑念，"欸，你的梅子好吃不？酸不酸？别那么小气，给我尝一颗。"

谢沉舟大步向前，拎着震惊中的闻不语离开。

桑念把一包梅子全塞给沈明朝，正要跟上谢沉舟，斜刺里却传来几声冷嘲热讽。

“明明比人家大，还成日跟在人家屁股后面叫小师姐，真够上赶着的。”

几名修士对着正挑选蜜饯的苏雪音指指点点。

“如果不这样，她一个孤儿怎么过得上现在的生活？毕竟人家再不得宠，也是宗主的女儿。”

“她一身从头到脚，哪样不是初瑶给的？”

“成日捡初瑶不要的垃圾，她一点自尊都没有吗？”

“自尊值几个钱？”

苏雪音脸色越来越白，一阵讥笑响起，她放下手里的蜜饯，转身跑出店铺。

初瑶冷着脸走向那几人。

她们警惕：“你干吗？”

初瑶一脚踹翻最前面那人：“我干吗？我今天就打死你这个嘴贱的白痴！”

几声尖叫响起，柜台呼啦啦倾倒，场面一度十分混乱。

沈明朝忙对桑念道：“你快拦着她啊！”

桑念忙道：“别在这儿打！要打出去打！”

说完，她薅起袖子冲过去：“今天我就让你们知道知道，什么是逍遥宗第一拳王！”

刚松了一口气的沈明朝：“？？？”

一群人从店内打到街上，场面乱成一锅粥。

拉架的沈明朝急得团团转，刚拉完这个，那个又冲上来了。他夹在中间，时不时就挨上一拳，疼得眼冒金星，含泪大喊：“谢沉舟！闻不语！你们到底去哪儿了？！我要被打死了！真的要被打死了！”

谢沉舟与闻不语和万仙盟同时赶到。

为首的男子一挥手：“敢在玉京当街打架斗殴，有一个算一个，统统抓起来。”

鼻青脸肿满头包的沈明朝瞬间觉得天塌了，他不敢置信地指指自己：“我也要？”

男子：“嗯哼。”

沈明朝：“冤枉啊！我什么也没干，一直在拉架，为什么也要被抓起来？冤枉啊！”

男子一副早已看透他的表情：“什么都没干只拉架怎么可能被打得这么惨？糊弄谁呢？老老实实吃牢饭去吧。”

沈明朝抬起头，眼尾缓缓滑下一行清泪，他动了动唇，优雅地吐出一句：“命太苦。”

一群人被带回万仙盟，整整齐齐地蹲在了牢里。

面面相觑。

桑念抓抓凌乱的头发，后知后觉地懊恼，冲动，太冲动了。

“你看看我的脸！”沈明朝搓了两团纸用力塞住鼻子，堵住源源不断的鼻血，哽咽道，“好好看看我这张原本英俊的脸！它被你们磋磨成什么样了？

"它是无辜的啊！"

桑念心虚地低头，初瑶望天吹口哨。

沈明朝转头对闻不语两人控诉："关键时刻你们都去哪儿了？你们知道我都经历了什么吗？！"

谢沉舟扭头低咳一声，神色不太自然。

闻不语尴尬的神色中带着几分怜爱："沈师弟，你辛苦了。"

闻不语轻轻摸摸沈明朝的头，又温柔地拔掉他堵鼻血的纸团："我……"两行鼻血喷涌而出，一路流到沈明朝的下巴。

沈明朝："……"

闻不语真的不语，只是默默把纸团塞了回去。

沈明朝"嗷"的一声倒地："我再也不要和你们这群人做同门了！我要叛出师门！现在，立刻，马上！"

桑念忽然拽了拽他的袖子，疯狂对他眨眼。

沈明朝用力挣开她："挽留也没用！我沈某人说到做到，说要叛——"他一转头，与牢门外面带微笑的宋揽风四目相对。

沈明朝一秒乖巧地爬起站好："弟子沈明朝，见过宗主。"

其他人也纷纷对宋揽风见礼。

宋揽风对他们微微颔首示意，温声道："都没受伤吧？"

初瑶攥着裙子，声音都很低："对不起，我不该打架。"

宋揽风默了默，叹息道："罢了，人没事就好。"

萧濯尘走进牢房，见宋揽风在这儿，低眉敛了神色："宋宗主。"

宋揽风道："萧道友，我已同盟主打过招呼，他们可以走了。"

萧濯尘迟疑。

宋揽风正要说话，另一人大步进来："念念！"

桑念双眼一亮："哥哥！"

桑岐言匆匆上前，见她衣袖上沾着血，脸色瞬间铁青："谁把你伤成这样的？"

沈明朝弱弱地举手："其实，那是我的血。"

桑岐言立即松了口气："没事就好，没事就好。"

他转头打量了宋揽风与萧濯尘一眼，视线定在萧濯尘身上："这位想必就是萧道友了。"

他赞道："果然与传说中一样，一表人才，十分英俊。"

桑念："……哥，说重点。"

桑岐言清了清嗓子，从袖中取出一物："在下是桑念的兄长，此乃盟主手令，罚金已缴完，这几个孩子，我要带走。"

萧濯尘接过，仔细阅览完毕，示意身边的人去打开牢门。

几人排队出来站好。

萧濯尘语调平静："若有下次，必定重罚。"

“是是是，”沈明朝疯狂地点头，“绝对没有下次了！”

“走吧。”桑岐言道，“去前面签字。”

他们点点头，随着萧濯尘离开。

桑岐言走在最后，忽地，宋揽风开口：“桑道友，还请留步。”

桑岐言转身，不明所以：“有事？”

宋揽风道：“在下逍遥宗宗主，宋揽风。”

桑岐言神色一肃：“失礼，方才不知宗主身份，多有怠慢，还请恕罪。”

宋揽风微笑：“无碍。”

桑岐言：“不知宗主叫我，是为了何事？”

宋揽风道：“说来话长。”

桑岐言略一思索，对门口等着自己的桑念道：“你们先回客栈，我随后就来。”

桑念“哦”了一声：“那你快点。”她转身跑远。

桑岐言收回目光，正要说话，忽地发现身边的宋揽风也正看着妹妹离开的方向，目光复杂。

桑岐言皱了眉，挡住他的视线：“宗主，这边请。”

宋揽风随他走进隔壁一间空置的审讯室，门关上，屋中除了他们，再无别人。

桑岐言道：“宗主有话不妨直言。”

宋揽风淡声道：“腰佩青莲玉，阁下想必是青州人士。”

桑岐言挑了挑眉，没有否认。

宋揽风：“又或者，阁下便是青州城主，桑岐言。”

桑岐言：“宗主倒是好眼力。”

“不过，还望宗主保密，”他道，“念念不希望别人知道，她是青州人。”

宋揽风沉默许久，道：“念念姓宋。”

桑岐言的表情倏地凝固。

宋揽风道：“前药王谷谷主已证实，念念的确是我的孩子。”

屋中静得落针可闻。

良久，桑岐言面无表情地开口：“宗主说笑了，桑某记得宗主那位亡故的夫人，只有初瑶一个孩子。”

宋揽风：“初瑶……”

不等他说完，桑岐言不耐地打断他：“不管怎样，桑念都是青州桑家唯一的大小姐，永远不可能是某人的私生女。”

宋揽风低声道：“……我想做她的父亲。”

桑岐言冷笑：“因你那些愚蠢的、不合时宜的偏爱，逍遥宗上下本就对念念颇有微词。

“你若真的将此事昭告天下，别人会怎么看待念念？又会怎么看待初瑶？”

说到这里，他再也抑制不住怒气，呵斥道：“你要毁了这两个孩子之间的感情吗？！”

宋揽风不语。

桑岐言转身就走，临开门时，他动作停了停，微侧过脸，寒声道：“念念不需要知道这件事，你明白我的意思吗？”

宋揽风垂眸凝着地面，好一会儿，他用力闭了闭眼：“明白。”

“砰！”门重重摔上。

宋揽风摊开左手掌心，那里，一道格外狰狞的旧疤几乎横穿整个掌面，原本走势极好的掌纹一分为二，如同一并改写的命运。

他慢慢收拢指节，仿佛一并握住了那道疤。

“是我的错。”他喃喃着，“这一切都是我……的错。”

客栈里，苏雪音还没回来。

桑念道：“我去找找她吧。”

初瑶：“分头找。”

两人刚起身，却撞上两道意外的人影。

“碧柯长老？”桑念看看碧柯，又看看言渊，奇道，“您怎么和我师尊一起来玉京了？”

碧柯耸耸肩：“逍遥宗太无聊了，所以拉了你师尊一起过来，没准儿能赶上热闹看。”

言渊扫了众人一眼，嗓音微沉：“怎么弄成这副模样？”

沈明朝呐呐道：“没什么，就是出了一点意外。”

“先不说了，我们得去找阿音。”初瑶催促道，“赶紧走吧。”

碧柯道：“要找人？待我算算她在何处。”

在众人紧张的视线中，她掐指一算，忽地笑了：“不用去找了，会有人送她回来的。”

初瑶：“谁？什么时候？”

碧柯指指门口：“现在。”

话音落下，客栈门口果然出现一高一矮两道身影，正是苏雪音和……夕阳西下，暮色里，紫衣青年朝他们弯唇一笑，耳畔的玛瑙坠子熠熠生辉。

沈明朝腿一软，忙不迭地扶住桑念的胳膊，眼睛都看直了。

桑念：“……”桑念的眼睛也看直了。

青年离开，初瑶猛地回过神，惊道：“怎么是他！”

桑念和沈明朝异口同声：“你认识？”

初瑶：“他就是岳——”

“那位是月公子。”苏雪音小声解释道，“我迷了路，正不知如何是好时，恰好偶遇他，他送我回来的。”

沈明朝敏锐地嗅出一点不一样的味道：“你们早就认识？”

苏雪音干巴巴地道：“昨夜有过一面之缘。”

沈明朝恍然大悟："难怪你那时脸那么红，原来是遇见了他。"

苏雪音脸唰地红了："有，有吗？"

"有，"沈明朝语气笃定，"就和现在一样，非常红。"

苏雪音飞快地捂住脸："我先回房了。"她匆匆上楼。

沈明朝不解："我说错什么了吗？"

"就是因为你什么都没说错。"桑念拍拍他的肩膀，"有时候，可以适当地做个哑巴。"

沈明朝挠头："好吧。"很快，他又像发现什么不得了的事情："那谢沉舟为什么又黑着脸？怪瘆人的，要是有小孩儿看见至少得做一宿噩梦。"

桑念扶额："都说了让你做个哑巴了。"

谢沉舟不顾沈明朝反对，强行抓着他出门。

沈明朝奋力挣扎："你干什么？！"

谢沉舟面无表情："练剑。"

沈明朝："练剑你带剑啊，带我干什么？"

谢沉舟微笑："你猜。"

闻不语忧心忡忡地跟上："谢师弟，不要杀人，杀人不好。"

碧柯望着谢沉舟的背影，等他彻底消失在视线中后，方才转过头："现在不用去找人了？"

桑念："不用了。"

碧柯抓了把瓜子捧在手心："那就坐下来和我好好说说，这几日有没有什么新鲜事。"

言渊皱眉："碧柯。"

碧柯道："你也别闲着，谢沉舟他们不是要练剑吗？赶紧去指导指导。"

言渊犹豫片刻，对桑念点点头，大步离开客栈。

碧柯示意桑念与初瑶坐下。

初瑶摇头："我上去看看阿音，你们聊。"

等初瑶也离开，桌边只剩桑念与碧柯两人。见桑念目送初瑶离开，碧柯不知想到什么，感慨道："你们母亲关系不睦，你们两个反而成了好朋友，果真世事无常。"

桑念："不睦？"

碧柯道："初瑶母亲芜月，是老宗主的女儿，她和镜弦一直不对付，隔三岔五就打架。

"喏，初瑶这脾气就跟她娘是一样一样的。"

桑念尴尬道："哈哈，是吗？"

碧柯笑道："那时言渊耳边就没一天清净的时候，又不能和她们动手，只好天天往我这儿躲。"

桑念道："动手？我师尊那么稳重，应该不会这样吧？"

"稳重？"碧柯扑哧一声笑了，"言渊当年和这两个字可是不沾边的。"

桑念："啊？"

碧柯："知道逍遥宗附近为什么没有其他宗门吗？"

桑念："为什么？"

碧柯："全被你师尊一人一剑挑完了。"

桑念惊了："啊？"

"他们连夜搬走后，天虞山一带就剩逍遥宗了。"碧柯不满道，"冷清得要死。"

桑念实在没想到，言渊居然还有这么张狂的时候。

她更关心另一个问题："那他为什么变成现在这样了？"

碧柯叹了口气："其实，这是个秘密。"

桑念："好吧，那我不问了。"

碧柯："但只要你不告诉别人，我就不算泄密。"

桑念嘴角抽了抽，合着逍遥宗里那些广为流传的秘密，都是这位传出去的。

碧柯左右看了眼，压低声音开口："言渊的剑骨，断了。"

桑念满脸愕然。

碧柯声音压得更低："他在一次游历中受了伤，剑骨尽碎，再也拿不起剑。

"那以后，他一天比一天颓废，直到……"

桑念忙问道："直到什么？"

碧柯："直到他看开了呗。"

桑念："这中间没点细节吗？"

"这还要什么细节？"碧柯道，"除了他自己看开一点，还有别的办法？他又不能把断掉的剑骨接回来。"

桑念："剑骨都没了，那他是怎么变得像现在这么厉害的？"

碧柯："硬练呗。"

桑念："怎么硬练？"

碧柯好笑地道："还能怎么练？坐着练站着练躺着练，反正他现在比从前还要厉害就是了。"

桑念心中肃然起敬，没了剑骨，天之骄子一朝跌落云端。换作一般人，心态早就崩了，更别提从头再来。言渊能到达今日的境界，背后为之所付出的努力，估计世上再无第二人能做到。

"好了，现在你是除了我之外，第二个知道这个秘密的人了。"碧柯一脸畅快，"憋了这么多年，可算找到人唠两句这件事了。"

她不忘强调："记得保密，谁也不许说。"

莫名有了压力的桑念："……知道了。"

"可惜你不能进这次的秘境。"碧柯叹气，"这次万仙盟开的可是传说中的归墟之境。"

桑念满头问号："归墟？？？"明明剧情里只是普通的秘境，怎么又冒出个归墟来？

碧柯示意她冷静："这只是我个人的小道消息，你先别激动。"

桑念不解。

"万仙盟这次在群英会开启的秘境，表面上是普通秘境，然而——"碧柯招招手，桑念立刻朝她靠近了点。

碧柯用气音说道："然而，秘境中藏着一条通往归墟之境的路，只要穿过去，你就能抵达归墟。

"传说中，世上所有亡故后未入轮回的生灵，都在那儿。

"有缘者方能见之。"

桑念大概弄明白了，也就是说，假如镜弦死后没有入轮回……那她就能在归墟里见到镜弦。

桑念双眼一亮。这样她就能知道到底是谁杀了镜弦了！

可是……镜弦真的会在那儿吗？这么多年过去，她大概早就轮回转世了吧。

身边，碧柯忽地低叹一声，声音几不可闻："要是我能进去就好了。"

她的目光悠悠地穿过远方，落到天际极大的云团中，眉间洇开细细的怅然："真想再见见我那些……死去的亲人啊。"

桑念下意识问道："长老的亲人都不在了？"话落，她立马意识到这个问题太蠢。碧柯长老都活了大几百年了，不出意外的话，亲人早就离世了。

果然，碧柯回过神，笑得落寞："他们都不在了。

"我曾经的亲人，朋友，还有养的花和小兔子，都不在了。"

桑念忙道："要是能见到他们，长老有什么想对他们说的话吗？"

碧柯无奈："说的好像真能见到他们一样。"

桑念讪笑："我就打个比方，假如，假如真能见到他们，你想说什么？"

"想说什么……"碧柯撑着下巴陷入沉思，半晌，她轻声道，"不会忘记。"

桑念："不会忘记？"

"对，"碧柯道，"这就是我想对他们说的话。"

桑念仔细思索，恍然："我明白了。"不会忘记，指的是她永远不会忘记他们，即便天人永隔，他们也依然永存心间。

桑念拍拍碧柯的胳膊，安慰道："长老，他们要是能看见您现在的样子，一定会很欣慰的。"

碧柯怔了怔："真的吗？"

桑念老老实实地道："要是上课的时候再少喝点酒就更好了。"

"去你的。"碧柯笑骂一声，作势要打她。

桑念避开她的手，轻灵地飞身逃到楼上，趴在栏杆上对她挥挥手："长老，我要睡觉啦，您喝酒去吧，我不会告诉师尊的。"

碧柯对她竖了个拇指："上道。"

桑念脚步轻快地推开房门，把储物袋里的法器统统倒了出来，堆满了半间屋子。

六六揉着眼睛飞出识海，打了个哈欠："你干吗呢？"

桑念理所当然地道："为进秘境做准备啊。"

六六想了好一会儿，总算想起还有这个剧情："对哦，到时候会出意外，所有在场的弟子都被卷进秘境里了。"

桑念道："不然我这段时间那么努力修炼是为了什么？"

六六叮嘱道："进去后你就按照剧情一样，好好苟着就可以了，别在意名次什么的。

"半个月后秘境关闭，你自然就能出来了。"

桑念跃跃欲试："可我也想拿第一。"

六六："我看你长得像个第一。"

桑念撇撇嘴，继续收拾自己那堆家伙什："我要是能去归墟就好了。"

六六："啥？"

桑念道："碧柯长老的亲人在归墟，我要是能找到路去那里，就能帮长老给她的亲人带话了。"

六六还是满头雾水："归墟是哪儿？"

桑念想了想："你开一下导航，看能不能导过去。"

六六不理解，但照做。

"地图上还真有这个地方欸。"它惊道。

桑念："给我看看！"一张羊皮地图浮现在半空中，角落里果然隐约写了归墟两个字。

桑念："怎么看不见路线？"

六六："废话，咱们都没进那个秘境，地图都还没开完呢。"

"好吧。"桑念视线落到地图的其他方位，忽然问道，"能看见小华山的地址吗？"

六六："我查查。"

过了一会儿，它道："不行。"

桑念："不行？"

"系统提示，小华山目前被刻意隐藏了，"六六道，"需要某种道具才能开启。"

桑念："什么道具？"

六六摇头："我也不知道，反正很重要就是了。"

桑念微微有些失望："知道了。"

六六觉得她的表情有些奇怪，问道："到底怎么了嘛？"

桑念犹豫了一下，用意识与它交流："不久之前，好像有人在监视我。"

六六："？"

桑念："你们都没有发现，可是我感觉到了，有人正在偷偷看着我的一举一动。"

六六忙问："那现在呢？"

桑念摇头："现在感觉不到了。"或许是对方换了更高级的术法，又或许是……那个人放过她了。

六六给她从内到外做了一套检查："奇怪，没有哪儿出问题啊，会不会是你的错觉？”

桑念心里惴惴不安：“我也希望只是一场错觉。”

六六用翅膀拍拍她的头，安慰道：“不怕不怕，现在你的任务已经完成一半，很快就能离开这里了。”

桑念不知想到什么，停了停才回道：“但愿吧。”

“你之前差一点就成功了。”六六惋惜道，“偏就是管不住这张嘴，总是惹谢沉舟生气。”

桑念道：“谢沉舟很好哄的。”她放下手里的砍刀，认真道，“他一路走来，收到的恶意太多太多，几乎没人对他好过。

“所以，只要你对他展露一点点善意，他都会自己哄好自己。

“比起我害怕失去他，他更害怕失去我，失去这群朋友。”

六六摸着下巴：“听起来，他似乎已经完全爱上你了啊。”

桑念自信地抬头：“是的。”

六六：“那你也喜欢上他了吗？”

桑念扬起的嘴角慢慢放下，好一会儿，她小声问六六：“我……能喜欢他吗？”

六六小鸟叉腰：“你说呢？你不想回去了是吧？”

桑念撑着下巴，叹气：“好吧，那我尽量控制一下自己，不要那么喜欢他。”

六六得意道：“你别怕，机智的我早有对策。”

桑念：“什么对策？”

六六恶魔低语：“我以后每天在你耳边说两百句谢沉舟的坏话，包掐灭你对他感情的萌芽。”

桑念给了它脑袋一拳：“有你真是我的福气。”

六六摸摸脑袋上的包，哭唧唧：“你要再敢动不动就打我，我真的会把你送去挖煤的。”

桑念弹弹它的小脑袋瓜，恶声恶气：“要哭出去哭，整天就知道哭，这个家的福气都快被你哭没了。”

六六：“可我只是一只小鸡啊。”

桑念凶巴巴：“小鸡又怎么了？小鸡也不能哭。”

六六瘪着嘴：“你欺负我，你坏，我要告状，告到总部！”

桑念哼了一声：“告到总部也没用，总部管不了。”

六六：“嘤……”

隔壁房间，苏雪音同样在擦拭佩剑。

初瑶大马金刀地坐在她对面：“那些人的话，你不要往心里去，我和桑念打了她们一顿，她们现在还在万仙盟的牢里蹲着。”

苏雪音对她笑笑：“从小到大，这些话我早就听习惯了，没事的。”

初瑶还是道：“你不要不高兴。”

苏雪音放下剑，握住她的手，认真道：“小师姐，我没有不高兴。”

初瑶走到苏雪音身边蹲下，脑袋枕在她膝上，望着她的眼睛，闷声道："阿音，你是除了爹爹和大师兄以外，对我最重要的人了。"

苏雪音一下一下地摸着她柔软的发："嗯，你也是我最重要的人。"

初瑶抓住她的手，用脸蹭了蹭："所以我们不要被别人影响，更不要因为他们生了嫌隙，好不好？"

苏雪音眸中漾开温柔的笑意："不会的，我们永远都是最好的朋友。"

初瑶这才笑起来，伸出尾指，幼稚地要求道："拉钩。"

苏雪音钩住她的手指："拉钩上吊，一百年，不许变。

"变的人——"

初瑶道："是小狗。"

苏雪音道："好，是小狗。"

两人盖章，初瑶也终于放下心里的大石头，开始关心别的事："你和岳清兮是怎么回事？他怎么会送你回来？"

提起他，苏雪音有些害羞："当时我蹲在地上正哭呢，他忽然就从天而降，给我手帕擦眼泪，还故意逗我笑，还——"

说到这里，她后知后觉地反应过来："你刚刚叫他什么？"

初瑶重复："岳清兮。"

苏雪音笑容凝固，难以置信："他是岳清兮那个浪荡子？"

初瑶奇道："你不是知道他姓岳吗？还叫他岳公子。"

苏雪音："……他和我说他叫月兮，月亮的月。"

初瑶瞬间怒了："他怎么能故意骗你？亏我还一直欣赏他，原来他也不是个好东西！"

苏雪音还是呆呆的，似乎没能反应过来。

初瑶愤愤地道："你以后不要再和这个人来往了，他这个人一点也不真诚，最会耍花招哄女孩子，下次见面我定要打他一顿。"

苏雪音回过神，神色说不出是难过还是沮丧："知道了。"

初瑶直起身，双手捧住她的下颌，强迫她看着自己的眼睛："不许喜欢他，听到没？"

苏雪音双颊绯红，语气控制不住地加重："我才不喜欢他，我喜欢的是萧濯尘和大师兄那样的！"

初瑶："可以。"

苏雪音："什么？"

初瑶高兴地道："你可以喜欢大师兄，这样我们三个人就能一直在一起了。"

苏雪音叹气，伸指戳她额头："傻，等你真的知道喜欢是什么，再和我说这个吧。"

初瑶不解："我喜欢你，也喜欢大师兄，我们不能一直在一起吗？"

苏雪音不欲与她多谈此事，开始赶人："好了，时候不早了，回房休息吧。"

初瑶只好起身："那我走了。"

苏雪音一路送她到门口："睡吧。"

初瑶跨过门槛。没走两步，她忽地倒退回来，张开双臂抱住苏雪音。

"以后别叫我小师姐了，"她道，"师姐。"

苏雪音怔了怔，旋即轻轻弯了眉梢："好，以后你来做师妹，我做师姐。"

黑衣少年目不斜视地从她们身边路过，屈指叩响隔壁的房门。

过了一会儿，浑身水汽的桑念打开门，诧异道："谢沉舟？你这么晚来干什么？"

谢沉舟走进她的房间，反手关好门，不说话。

桑念索性坐下给自己倒了杯茶，一边擦刚洗完的头发，一边等这个拧巴人开口。

倏地，谢沉舟拿出一直藏在背后的手，手中紧紧攥着一束深山含笑，白色花朵姿态妍丽，花瓣上犹沾着新鲜的露珠。

桑念惊了："你哪儿来的花？"

谢沉舟别过脸："回来的路上顺手买的。"

他加重语气强调："只是顺手，不是特意。"

桑念眉开眼笑地接过花，低头轻嗅："真好闻。"

谢沉舟翘起嘴角："和你身上的味道一样。"

"是吗？"桑念闻闻花，又闻闻自己，"好像是欸。"

她抬起脸，眼睛亮晶晶的："你是小狗吗？鼻子这么灵。"

谢沉舟捏捏她鼻尖，搁下另一只手上的剑，坐到她身边。

她方才擦头发的布巾就放在手边，他握住她一缕冰凉的鸦发，拿起布巾。少女的头发长长了不少，又顺又滑，似一匹上好的锦缎，他动作生疏，小心地攥干发尾上的水珠。

窗外月影重重，瓦冷露深，屋中烛火幽幽，茶暖花香。

少年眉目温柔。

桑念坐得不太安分，一会儿玩玩花，一会儿掂掂他的剑。"这把剑和我的那把是一样的欸。"她新奇地叫道。

谢沉舟扫了一眼，回道："二长老送的。"他还是不习惯叫师尊。

桑念被剑柄系着的一物吸引，凑近细看，是一枚质地莹润的玲珑玉骰。

有些眼熟，桑念问："这是什么？"

谢沉舟道："是你送我的东西。"

桑念想起来了，是当时那个章鱼小丸子副本里，她随手扔给谢沉舟的防身法器。

"你居然还留着。"她感慨一句，不解地道，"怎么挂剑柄上了？和人打起架来多不方便啊。"

谢沉舟没吭声。

桑念又道："不过确实挺好看的就是了。对了，你的剑有名字吗？"

谢沉舟摇头："没有。"

"对哦，你有两把剑，这把不是本命剑，肯定没有。"桑念回头，"我想再看看你那把本命剑，可以吗？”

谢沉舟略一犹豫，掐诀召出藏起来的本命剑。

寒芒闪过，桑念眼前一花，还未来得及反应，一样东西已拱到了她手心。

她低头一看，是上次见过的那把长剑。这次见到她，它比上次更加热情，用力撞开另一把挂了玲珑玉骰的剑，霸道地将她两只手都占尽。

沉重冰冷的剑身不住地嗡鸣，似乎在和她撒娇。

桑念像是发现了什么好玩的事，脆声道：“谢沉舟，你的本命剑很喜欢我欸。”

谢沉舟“嗯”了一声，说：“我也很喜欢你。”

桑念愣了几秒，低头换了个话题：“它有名字吗？”

谢沉舟：“没有。”

桑念：“这把也没有？为什么不取名字啊？”

谢沉舟淡淡地道：“取了名字就会有感情。”

桑念不满：“人家剑修都把自己的剑当宝贝，就你不一样。”

谢沉舟不语，只是为了杀人而存在的工具，不需要对它有感情。——这是所有修罗殿成员的共识。

“不如我来给它取个名字吧？”桑念兴高采烈地道。

谢沉舟垂眸：“随你。”

桑念冥思苦想：“既然它是黑色的，还很锋利，摸起来像霜一样冷，气质都透着淡淡的哀伤，不如就叫它——

“麻辣牛肉面。”

谢沉舟：“……”

谢沉舟的本命剑：“……”

桑念问灵剑：“你喜欢这个名字吗？麻辣牛肉面。”

灵剑默默飞回谢沉舟体内，装作自己已经死了。

桑念有些失落：“它不喜欢吗？”

谢沉舟面不改色地开口：“它喜欢。”

桑念：“真的？”

谢沉舟迟疑了下，点头：“真的。”

桑念咧着嘴笑：“嘿嘿，喜欢就好。”

谢沉舟用灵力烘干她的头发，起身：“走吧。”

桑念疑惑：“去哪？”

谢沉舟：“吃面。”

桑念双眼一亮，一溜烟跟上他，清清嗓子：“你猜猜我的剑叫什么？”

谢沉舟摇头：“猜不到。”

桑念煞有其事地说道：“一把是我母亲留下的，叫散雪剑。

“一把是宗主送的，叫——

“冰镇红豆小汤圆。”

谢沉舟按了按额角，一副很想说点什么最终还是忍住了的表情：“吃完面就去吃小汤圆。”

桑念雀跃道：“那还等什么？出发！”

夜已深，只听得几声咚咚的梆子声。

灯火葳蕤，白衣少女拉着少年在街头一路飞奔，好似整片天地只剩他们两人。

她用发带简单系住的长发散开，在风中扬起。

少年抬手想抓住飞走的发带，指尖抓了个空。

一如多年后无数个梦境里落空的瞬间。

万众瞩目中，群英会终于正式开幕。

所有仙门弟子都在长生殿广场集合。

逍遥宗的队伍里，沈明朝抱怨道：“又不关我们的事，你干吗非要来凑这个热闹，待在客栈睡大觉不好吗？”

桑念没理他，耐心等着前方那些宗主轮流致辞。

她身边站着闻不语几人，再旁边，便是玄剑宗的队伍。

不知道为什么，玄剑宗站在最前方的萧净频频回头看她和闻不语。

表情格外复杂，似震惊，似害怕，似愤怒，似纠结。

总之，非常复杂。

闻不语也察觉到他的视线，低声询问桑念：“桑师妹，他为何用这样的眼神看我们？”

桑念也觉得奇怪：“难道是上次吃了瘪想找机会报复回来？”

闻不语叹气：“萧净此人行事，与他兄长相差甚远。”

桑念深以为然，这孩子一看就是天天阴暗爬行的面相啊。

那边，萧净接触到她和闻不语投去的目光，犹豫片刻，像是下定了某种决心，朝他们走来。

桑念：“？”这死孩子又要干吗？

萧净挤进逍遥宗的队伍，他咬牙切齿，低声对闻不语道：“我告诉你，除非踏过我的尸体，你永远别痴心妄想。”

闻不语疑惑，指指自己：“萧道友，你是在和我说话吗？”

萧净眼里闪烁着狼一般阴暗狠毒的光：“我会永远，永远，永远，永远地监视你，你休想碰我哥一根头发。”

闻不语：“……”他彻底凌乱在这个美好的清晨里。

萧净转向桑念，正要说话，玄剑宗冲过来几名弟子，火急火燎地将他给架了回去。

桑念若有所觉，看向另一边，果然，长生殿队伍的最前方，萧濯尘目带歉意，对她微微颔首。

桑念对他笑笑，大大咧咧一摆手，示意没事，反正受到精神攻击的是闻不语，又不是她。

身边，谢沉舟一副心事重重的模样，从出门开始一句话都没说。

她悄声问："你怎么了？"

谢沉舟摇摇头，过了一会儿，他忽地轻声说道："我明日要离开玉京去办一件事。

"十天后，我必定回来，你一定要等我。"

桑念："你去哪儿？"

谢沉舟简略地答道："一个地方。"

桑念："很急吗？"

谢沉舟犹豫一下："不算很急。"

桑念舒了口气，小声和他耳语："你把那件事推迟半个月吧。"

谢沉舟眉梢微动："为何？"

桑念："等会儿你就知道了。"

台上，各大宗门好不容易都发完言了，坐在轮椅上的盟主最后出场演讲。

掌声雷动。

唯有沈明朝叫苦不迭："到底还要讲到什么时候，我都要睡着了，这些宗主盟主怎么动不动就爱简单说两句，烦死了。"

苏雪音好奇道："不过盟主那么厉害，他的腿是怎么断的呀？"

初瑶压低嗓子道："据说是被暮云薇害的。"

除了谢沉舟，几人都来了兴趣。

"暮云薇？"桑念道，"她是谁？"

初瑶道："她是修罗殿最出名的魔女，却从没有人见过她的真容。

"过去几百年里，她将整个修仙界搅得天翻地覆，杀了数不清的人，仙门怕她怕得要死。

"后来，她与万仙盟盟主一战，两人几乎同归于尽。

"最后盟主断腿保命，她也受了重伤，一直下落不明。"

桑念："她死了？"

初瑶："我也不知道，不过应该是死了，否则这些年不可能没有半点关于她的消息。"

桑念感叹："这也是修仙界传说中的人物了。"

台上，万仙盟盟主的发言终于结束，众人精神一振，满脸兴奋。

长生殿广场上同样刻着传送阵，规模却比逍遥宗的大了十倍不止，所有金丹期及以上的弟子会自动传送到秘境中。秘境中藏有两千五百枚玉髓，品级越高，藏宝地越危险，并且大部分都有妖兽在旁看管。

获胜的条件很简单：半个月的时间里，谁拥有的玉髓最多，谁留到最后，谁就是此次群英会的魁首。

可以互相抢夺玉髓，手段不限。若有人受到生命危险，会自动被传送出秘境，同时也将视作出局。

沈明朝捶捶站酸的腿，满意地道："总算可以回客栈躺着了，接下来的十五天你们都不许叫我练剑，我要——"下一刻，传送阵光芒大作，他的身影被吞噬其中，声音戛然而止。

再一眨眼，他消失不见。

桑念目露怜悯之色，孩子，接下来的十五天，你都得和别人火拼，脑瓜子都给你炸开。

与沈明朝相同的情况不断发生，四周开始喧哗，不明白这是怎么了。

桑念抓紧时间叮嘱谢沉舟："进去后先会合，尽量别打架。"

谢沉舟有些错愕："我们也会进去？"

桑念刚要说话，一阵光芒闪过，她消失在原地。

几个呼吸内，广场上的所有人统统传送离开。

各大宗主坐不住了："这是怎么回事？"

"有人对传送阵动了手脚。"万仙盟盟主淡然道，"他们此刻都在秘境中。"

听到自家弟子没有生命危险，各大宗主紧皱的眉头总算松开些许。

凌霄宗宗主厉声道："此事究竟是何人所为？"

宋揽风检查着传送阵上的痕迹，凝声道："修罗殿。"

众人脸色沉下去。

"他们意欲何为？"

万仙盟盟主忽然笑了笑："大抵是，这里面藏着他们想要的东西。"

众人面面相觑。

宋揽风率先反应过来："昆山玉？"

万仙盟盟主微笑着点头："据闻，秘境中有一块昆山玉的碎片。"

宋揽风恍然："修罗殿这些年疯狂抢夺昆山玉碎片，若是得知这个消息，定然会不择手段地混入其中。"

"昆山玉一共七块碎片，他们已得其三。"萧父沉吟道，"剩下四块，两块下落不明，一块在长生殿，一块在万仙盟。

"下落不明的两块碎片之一，想必就在这秘境中了。"

无极宗宗主急道："先别管什么昆山玉了，他们那群魔头素来杀人不眨眼，这群孩子怎会是他们的对手！"

落花门门主安抚道："少安毋躁，若有人遇生命危险，秘境之灵会将人送出来的。"

无极宗宗主道："不行，我还是放心不下，我得进去看看。"说着，他试图施法启动传送阵，传送阵却毫无反应。

"现在秘境只能出，不能进。"宋揽风道，"还是派人守住秘境出口要紧。"

无极宗宗主重重地甩袖："修罗殿这帮阴险魔头，老夫迟早剿灭了他们！"

萧父忽地开口："岂止修罗殿有魔头，修仙界同样也有不少。"

无极宗宗主瞪他一眼："你这话什么意思？要说就痛快说清楚，别吞吞吐吐的。"

萧父道："药王谷的事还未全部调查清楚，不过可以肯定的是，幕后不止谷主一人。"

众人一凛。

"那些傀儡绝不是他能造出的。"萧父肃声道，"他还有帮凶，且修为不低。"

他的目光一一扫过所有人的脸："或许，那个人就在各位之间，也说不定。"

众人神色各异，气氛愈发微妙。

萧父拱手："请盟主彻查。"

其余人异口同声地说道："望盟主还我等清白。"

万仙盟盟主耷拉着眼皮："这件事我会派濯尘继续查，定会给你们一个交代。"

"盟主英明。"萧父再度拱手。

万仙盟盟主淡声道："不过，近年来修罗殿的确愈发猖狂，是该出手打压了。"

"盟主的意思是？"

"待此间事了，下月十五，仙门与修罗殿，开战。"

秘境的面积几乎有一个小国大，植被繁茂的山谷里，桑念鬼鬼祟祟地蹲在树后。

这次进入秘境的人实在太多太密集，以至于到处都在打架，天上地下各种灵力形成的光效闪来闪去，轰隆隆响个不停，别说去找玉髓了，能不能平安度过今晚都是一个考验。

谢沉舟的位置离这儿很远，一时半会儿会合不了，桑念没队友，更加不敢轻举妄动。

六六指挥道："赶紧找地方躲起来，你这样迟早会被发现。"

桑念道："我正找着呢，你急什么急。"

忽地，天边传来几声炸响——是几名法修互殴。

他们一路飞到了山谷上方，个个都打红了眼。各种五光十色的法术不要钱一般砸来砸去，在山谷里炸出一个又一个巨坑。

正好在坑底的桑念：我去。她收起护身法宝，飞快地爬上去，向着安全地带狂奔。

刚冲进树林里，她不期然撞上了一人。

原本表情惊慌的萧净后退一步，见是她，冷笑道："没想到在这儿遇见了你，真是……冤家路窄啊。"

本来就烦现在更烦的桑念给了他一个大嘴巴子："你正常点。"

萧净满脸不服，梗着脖子道："你有本事再打我一下！"

于是，桑念铆足了全身力气，又抽了他一个大嘴巴子。

他服了。

挨了两巴掌，少年眼神都清澈了许多。

桑念："正常了？"

萧净："……正常了。"

桑念转身就走，继续寻找安全区，而萧净不知怎么想的，踟蹰一会儿，抬脚跟上了她。

桑念很警惕："干什么？要打架？"

不等萧净说话，她警告道："虽然我修为不如你，但我有护身法宝，真打起来，谁输谁赢还不一定呢。"

萧净像是下定了某种决心，缓缓摸向腰间。

桑念当场就是一个向后跳的大动作。

萧净解下腰间的储物袋扔给她，抬起下巴："这里是五百万灵石，我命令你，和我兄长在一起。"

桑念："……"她又向后跳了一大步，看他的眼神一言难尽。

萧净："不够？呵，你果然和我……"

"你是只有这两句台词吗？"桑念无语。

萧净皱眉："你不想要灵石？"

桑念尴尬又不失礼貌地微笑："不好意思，我家里有矿。"

萧净噎住，收起储物袋，难以置信："你不喜欢我兄长？"

桑念语气坚定："不喜欢。"

萧净又噎住。

桑念："没事了吧？没事我走了。"

她正要抬脚，萧净又拦住她。

桑念没了耐心："你到底要干什么？有病就吃药，别来烦我。"

萧净咬咬牙："算我求你了。"

桑念："？"

萧净目光悲怆："我兄长的名声绝对不能被轻易败坏，否则，萧家就全完了。"

"……"看得出来，他是真的很绝望。

"可是这又关我什么事呢？"她抬脚就走。

萧净像狗皮膏药一般跟上，不断在她耳边碎碎念："我兄长喜欢谁不好，偏偏喜欢……他明明一直都无欲无求，什么都能做到最好，是我们的骄傲和荣耀……

"到时候萧家的名声要是扫地了，我父亲母亲和玄剑宗也完了，到时候所有人都会来笑话我们，我们家在修仙界的地位也……"

"所以，萧濯尘就必须像个木头人一样被你们供着。"桑念刹住脚，"他不能有半点自己的喜怒哀乐，不能行差踏错一步，什么都要做到最好。

"只因为他是你最出色的兄长，是整个修仙界最出色的首席大弟子？"

她无法理解："你们所谓的名声和荣耀就这么重要吗？

"比一个活生生的人还重要？"

萧净愣住。

桑念又摇摇头："也许他在你们眼里，可能根本不算人，只是一个招牌，或者傀儡。"

萧净想开口反驳，想告诉桑念，她的说法是错误的。

可他努力良久，一个字也说不出来。

桑念自言自语道："萧濯尘原来这么可怜啊。"

萧净彻底说不出话来。

"行了，我不想和你再说话，别跟着我。"桑念道，"还有，我大师兄和萧濯尘并不是你想的那样，你少在那儿造谣，否则你真的会被人套麻袋狠狠打一顿。"

她脚尖一点，飞身离开。

原地，萧净久久回不过神，兄长他原来……这么可怜吗？

暂时找到藏身点，桑念总算有时间联系初瑶他们。她拿出通灵石，先回复了来自谢某人的十八条未读信息，然后点开逍遥小分队的群聊。

桑念：大家情况都还好吗？

初瑶：从进来到现在，我打了三十八场架，干掉了四十个玄剑宗弟子，抢到了十颗中阶玉髓。

苏雪音：阿瑶好厉害！

初瑶：哼哼，那是当然的。

闻不语：我收集到了三十颗高阶玉髓。

苏雪音：大师兄好厉害！！

闻不语：苏师妹呢？

苏雪音：我没有你们那么厉害，只有五颗中阶玉髓。

桑念：我目前暂时一颗都没得。

沈明朝：不是吧，这群人疯了吗？

沈明朝：我被一个丹修扛着炼丹炉追着砍，足足跑了二十里地才摆脱。

沈明朝：刚喘口气，结果又遇见了几个有病的法修，他们炸来炸去，我脑浆子都差点被他们炸出来了！

桑念：……

桑念：你在一个山谷里？

沈明朝：对。你也在？太好了，我马上来找你！

桑念：婉拒了哈。

沈明朝：想和我一队的人从这里排到了逍遥宗，你居然拒绝我？

闻不语：等等，你们为什么也在秘境里？

苏雪音：大师兄你还不知道吗？传送阵出了问题，所有人都进来了。

闻不语：原来如此，几位师弟师妹一定要多加小心！

众人交换了彼此的位置，定好集合的地点，下线继续火拼。

桑念收起通灵石，去找沈明朝。

六六道："你不是不想和他组队吗？干脆别出去了，这儿挺安全的。"

桑念："他欠我钱。"

六六："就现在，跑起来。"

山谷其实很大，桑念根据沈明朝的描述，兜兜转转找了半个时辰，还是没找到他说的标记物。

那群法修倒是已经走了，只留下一个又一个的大坑，稍不留神就会掉下去。她绕开那片废墟，走到了山坡的另一面，听到前面隐约的说话声。

她屏住呼吸，收敛气息小心靠近。

正午时分，向阳的山坡上，两名修士相对而立，战斗一触即发。

风声凝滞，花丛里飞舞的蝴蝶也藏了起来，仿佛有什么东西正在无声中酝酿。

只差一个时机，便会全面爆发。

桑念认出其中一人正是沈明朝，忙蹲在一块石头后，仔细观察他对面的男子——那人大约二十几岁，穿着无极宗的宗派服，神色冷峻。

他以一个腰间盘突出但让人看上去就觉得这人真厉害啊的姿势站在那儿，手中执了一柄湛然长剑。

桑念心里一紧，看来这人实力不容小觑，沈明朝遇见他，怕是麻烦了。

果然，那名修士淡淡地扫了沈明朝一眼，并未把他放在心上："无极宗，颜伯山。"

沈明朝道："逍遥宗，沈明朝。"

颜伯山横剑，轻哂："我这把剑，七尺之内无敌，你是打不过我的，放弃吧。"

沈明朝脸色一变，不过很快，他的眼神变得不屑起来，轻蔑一笑，往后连退三步，叉腰："呵，现在我在你七尺之外了，我看你还怎么无敌。"

石头后面的桑念无语了，甚至迫切希望对面赶紧了结这傻子。

沈明朝对面，颜伯山的表情逐渐凝重："你竟然如此机智，倒是我小瞧了你。"

石头后面的桑念："？？？"

颜伯山向前："倘若你又在我七尺之内了呢？"

沈明朝："那我就再退。"

颜伯山："嘶——"

桑念："……"你在嘶什么？我问你你在嘶什么？？？救命，谁来收了这病情相同的两人吧，她真的没有勇气看下去了。

桑念正要离开，刚动了动脚，颜伯山扫了青石一眼，高声道："道友不妨现身，何必躲躲藏藏。"

身份暴露，桑念只好走出来。

看见她穿着和沈明朝一样的逍遥宗门派服，颜伯山双眼微眯，终于多了几分警惕之色。

桑念尬笑："看来我来得不是时候了，你们可以继续，不用管我的。"

沈明朝邪魅一笑："不，你来得正是时候。"

他十分自信："此人已经被我包围无路可逃了，快，我们一起拿下他！"

话音刚落，对面的颜伯山随手挥下一道剑气。

“轰——”两人身后的青石四分五裂，碎成了渣渣。

桑念的表情很安详：“现在你还觉得我们俩能拿下他吗？”

“……区、区区一个金丹期，我们……”话说到一半，沈明朝冷不丁抓着桑念撒腿就跑，“我们今天就暂且放你一马，明天一定会回来拿下你！”

颜伯山淡淡一笑：“两位道友，你们已经无路可逃了。”

沈明朝甩着胳膊继续狂奔。

见桑念表情淡定，他试探着问道：“你一点都不紧张，难道是有什么撒手锏还没使出来？”

桑念微微一笑：“我不紧张是因为——

“我只要跑得比你快就行了。”话音落下，她猛地提速，眨眼就把沈明朝甩在了身后。

再一眨眼，前方完全没了她的身影。

沈明朝：“！！！”

他嗓音凄厉，伸出右手：“小桑啊——！”

颜伯山鬼魅一般地无声闪现到他身后，举起剑。

沈明朝还在鬼哭狼嚎。

下一秒，两株水缸粗的藤蔓破土而出，死死缠住颜伯山，他动作缓了一瞬。

桑念不知何时飞到了天上，挥下一道刺目到极致的剑光。

颜伯山并未把这低阶修士的攻击放在心上，用灵力震碎藤蔓，打算随手挡下。

然而，藏在那道雪亮剑光后面的是——一座遮天蔽日的灵石山。

整整，一座山高的，灵石。

颜伯山：“？”

“轰——”他被这座庞然大山压倒，埋在了最底层。

桑念轻盈地落地，双手飞快结印，以千万灵石为阵眼，设下一座困阵。

只要这些灵石的灵力没有被耗干，里面的人就永远别想出来。

桑念拍拍手上不存在的灰，满意地欣赏着这座亮晶晶的“山”：“搞定。”

沈明朝目瞪口呆：“我去，还能这样？”

灵石山底，颜伯山挣扎着拱出一个脑袋来。

他看桑念的眼神一言难尽：“这位逍遥宗的道友，你这招真是……别出心裁。”

桑念：“多谢夸奖。”

颜伯山嘴角抽了抽。

桑念左看右看，总觉得还缺了点什么。忽地，她双眼一亮，从储物袋里掏出一根新鲜的香蕉，蹲下，对颜伯山道：“给，吃吧。”

颜伯山：“？”

桑念扒好香蕉皮，伸手去喂他，笑眯眯地道：“啊——”

颜伯山脸瞬间红了，羞涩地咬了一小口：“道友原来对我——”

“对！就这个动作！维持住，千万别动！”

说完这句，桑念转头对沈明朝道：“快拍快拍！”

还咬着香蕉的颜伯山：“？？？”

不远处，沈明朝拿起留影石，半蹲着对准他们两人：“笑一笑。”

桑念咧嘴一笑，比了个剪刀手。

“咔嚓——”画面定格。

沈明朝迫不及待地跑来：“到我了到我了。”

他与桑念交换了手中的东西，拿着香蕉喂颜伯山，眉开眼笑道：“啊——”

颜伯山：“……”他张嘴咬了一口香蕉。

桑念手中的留影石对准他们，赞道：“这构图，这光影，绝了啊。”

“给我看看给我看看——”沈明朝一路小跑，看见留影石里的自己后，不住点头，感叹道，“本皇子果然英俊潇洒。”

说完，他飞快地把两人的照片上传到通灵石上，他问桑念：“配什么文好？”

桑念想了想，一脸深沉地开口：“我在仰望，月亮之上，

有多少梦想在自由地飞翔。

昨天遗忘，风干了忧伤，

我要和你重逢，在那苍茫的路上。”

沈明朝感慨道：“真是好忧伤的一首词啊，作者是谁？”

桑念：“凤凰男爵和他的搭档，花女士。”

沈明朝飞快地写好后发布，握拳：“有机会我定要去拜访拜访他们！”

桑念尬笑：“哈哈，会有机会的。”

逍遥宗的大师兄（暂未成为版）：发布新内容

很快，其他宗门的弟子开始纷纷在下方留言，除了夸夸以外，大多是在询问地址。

沈明朝回了一个大致地点，收起通灵石，对桑念道：“走吧，去别的地方看看。”

桑念：“行。”

被两人遗忘的颜伯山：“……要不你们还是给我个痛快吧。”

他无奈地道：“反正我一颗玉髓也没拿到，与其被困在这里，不如早点回去修炼。”

桑念爽快地答应了，对着他比画了一下：“那我砍砍你的头？这样秘境之灵检测到你可能会死，马上就能把你传回去。”

颜伯山沉默了一下，小心地问道：“你砍得准吗？”

桑念：“包准的。”

颜伯山一咬牙：“来吧。”

桑念搓搓手，握紧手里的冰镇红豆小汤圆，对着他的脖子试了试位置，猛地举

起手。

下一刻，颜伯山咻的一下缩了回去——她砍了个空。

桑念抱怨道："你别动啊。"

颜伯山额角滑下一滴冷汗："好。"

桑念再次举剑。

即将接触到他脖子的刹那，咻的一下，他又缩了回去。

桑念还是砍了个空，她有点急了："不是，你能不能别动了。"

颜伯山幽幽地道："别人砍你头的时候，你能一动不动吗？"

那还真不能，桑念表示理解。

"你还是就在这儿待着吧，刚好可以吸收灵石里的灵力修炼。"她道，"等秘境结束后你自然就能出去了。"

"也只能如此了。"颜伯山叹气，"两位道友慢走，恕不远送。"

"说的你送得了似的。"

沈明朝大大咧咧地一挥手："走了。"

两人御剑离开，朝着初瑶的方位前进。

他们以为不会再见到颜伯山，然而——当天晚上，桑念再次打开通灵石时，她对着广场铺天盖地的灵石山合照沉默了。

落花门弟子都香香的：看了逍遥宗很有文采的那位道友的分享，特意赶来打卡。（剪刀手）

无极宗二把手：我们颜师弟性格很好的，摸头也不会咬人，就是香蕉吃多了噎得慌，望哪位道友能给他带点水。（抱拳）

单手扛鼎的柔弱丹修：灵石山超级壮观（不能拿）！留影队伍排得很长，但大家都很有素质，没有插队也没有趁机偷袭（大拇指点赞），总之非常推荐！

桑念倒吸一口凉气，这就是通了灵网的修仙界？

恐怖如斯！

阿音，我心悦你。
郎艳独绝
岳清合

我只差一点点就能……

见到她了。

第八章 归墟之国

天色已晚，桑念两人一路有惊无险地与初瑶会合。

初瑶刚从妖兽的手中得到一颗高阶玉髓，满身腥臭的妖血。

沈明朝捂着鼻子："不是，旁边就是河，你就不能洗洗吗？我实在受不了了，熏得要死。"

初瑶撇嘴："男人就是矫情。"

沈明朝气极："什么叫我矫情？你一身血气，是个人都受不了。"

说着，他转头问桑念："你能受得了？"

桑念："……"桑念正在河边疯狂搓洗自己不慎沾到妖血的手。

见状，初瑶只好也走了过去，刚要躬身洗手，她耳尖一动，下一刻，她拉着桑念和沈明朝飞身藏入桥底的浅滩。

沈明朝看着手腕上的血手印，当场爹毛："你——"

初瑶竖指在唇边，用眼神示意他安静。

他反应过来，立刻收敛气息，小心蛰伏。

秘境中的夜晚并不宁静，不同于白日大开大合的打斗，晚上的危机，潜伏在夜色中。

过了好一会儿，几名修士有说有笑地走到河对岸。一点篝火冉冉亮起，他们围坐在火边，用长剑串着几条鱼炙烤。

沈明朝偷偷冒出一个脑袋，观察着那群人，他刚要说话，桑念拉拉他的衣襟，指指另一个方向。

她布下一个隔音结界："不要轻举妄动，有人蹲着的。"

沈明朝顺着她指的方向看去，夜色中的芦苇丛果然在轻轻晃动。

四周并未起风。

沈明朝："他们想偷袭。"

桑念点头："再看看那边。"她又指了指芦苇丛往后一些的小山坡。

沈明朝："还有人？他们想干什么？"

初瑶言简意赅："他们想当鸟。"

沈明朝："啊？"

桑念解释道："芦苇丛里的人想偷袭他们，山坡上的人想偷袭芦苇丛里的人，螳螂捕蝉，黄雀在后。"

沈明朝："那我们呢？"

桑念："一句话，偷人屁股者，人恒偷之。"

浅滩蹦上一只河豚，气鼓鼓圆滚滚，她顺手捡起来，仔细用它刷干净沾了妖血的鞋，然后将其一脚踢回水里，笑容阴森："我们的目标当然是那些在山坡上的人了。"

初瑶目露赞赏，与她击了个掌："够机灵。"

桑念笑容一僵，转身继续疯狂搓洗手上黏糊糊的妖血。

沈明朝目露谴责之色，对初瑶说道："你看看你看看，都把人孩子熏成什么样了，真不是我一个人嫌弃你。"

初瑶悻悻地闻了闻自己，乖乖去河边洗手。

另一边，芦苇丛里的人沉不住气，没蹲多久便开始动手。双方都是剑修，打起架来平分秋色，一时谁也没占了上风。

忽地，一群修士不知从哪儿冒出来，拔剑加入战局，按身上穿的门派服判断，他们与烤鱼的修士正是同一门派。

沈明朝倒吸一口凉气："这是个圈套！他们一直埋伏着的，那几个人是诱饵！"

"啧啧，真是阴险。"桑念道，"走了，趁他们还没打完，我们也该闪击偷袭小山坡了。"

沈明朝赶紧跟上她与初瑶。

前方正在激烈地火拼，他们在后面鬼鬼祟祟地阴暗爬行。小山坡上蹲着的人正全神贯注地看着岸边的打斗，丝毫没注意到逐渐靠近的几道影子。

桑念点了点人头，对两人传音道："他们只有三个人。"

初瑶十分自信："三打三，稳了。"

桑念："他们三个是金丹期。"

初瑶更加自信："我一打三，稳了。"

桑念："你冷静一点。"

沈明朝忙附和道："就是就是，你冷静点，三个金丹期我们根本打不了。"

桑念从储物袋翻出一把长弓："这种时候远程攻击更有效，试试用这个，天极法器，保证一箭一个金丹期。"

沈明朝："不用冷静了，上吧。"

初瑶迫不及待地接过长弓，拉了拉弓弦，赞道："果然好弓。"

"箭呢？"她问桑念。

桑念："我拿去串烤串了。"

初瑶："……"

沈明朝："……"

初瑶咬牙："你先给我们道歉，然后再向这把弓道歉。"

桑念忙补充道："可以用长剑来代替，但我又想到了比长剑杀伤力更强，并且更不容易被发现的东西。"

初瑶双眼一亮："是什么？"

桑念指了指旁边的沈明朝。

沈明朝："？"

初瑶的双眼却越来越亮。

沈明朝艰难地挤出一个笑："我可以拒绝吗？"

初瑶："嘿嘿。"

桑念笑而不语。

小山坡上。

"他们就快打完了。"为首的修士对同伴道，"等会儿我一声令下，大家立刻冲过去。"

两名同伴齐声道："明白！"

其中一名少年歪嘴一笑："他们肯定做梦都想不到，我们会埋伏在这里，杀他们一个措手不及。"

话音刚落，一阵轻风自身后扫过，风声中隐约夹杂了点别的什么东西，他警惕地回头。

夜空中，一样不明物体正朝他激射而来。速度太快，他甚至看不清那究竟是什么，眨眼便飞到了身前。

这一刻，时间仿佛定格。

少年慢慢低头，与面如死灰的沈明朝四目相对，缓缓敲出一个问号。

"咚——"少年被一头撞飞，身形消失在半空中。

"叮——"他随身携带的几颗玉髓掉落在地。

一切发生得太快，几乎是瞬息之间，剩下的两名同伴还未反应过来，又是一道破空声。

他们与目光坚定的红衣少女对上视线，满脸难以置信。

"咚——"两人被同时撞飞，在消失之前不约而同地发出一声咒骂。

初瑶单手撑地落下，另一只手随意伸出，精准地接住半空中掉下的玉髓。她甩了甩玉髓上的灰，满意地起身。

桑念飞身过来："都解决了？"

初瑶单手拔出插在地里的沈明朝，同样甩了甩他身上的泥放在一边，露出八颗白牙："不费吹灰之力。"

桑念："那就好，沈明朝你……沈明朝你怎么了？！"

她看着地上正在飙血的少年，目光惊恐。

沈明朝摸了摸飙血的脑门，不甚在意地收回手。他双手交叠放在身前，歪头对她微微一笑，神态安详："我恨你们所有人。"

经过及时抢救，残血版沈明朝成功脱离生命危险。

这次得到的玉髓一共二十六颗，桑念和初瑶一人拿了七颗，剩下的全给了沈明朝。

他脑门上缠着厚厚的绷带，眉开眼笑地坐在地上数玉髓，不忘叮嘱两人："请尽情使用我，千万别客气。"

桑念嘴角抽了抽，蹲到初瑶身边，和她一起屏气观察远处。

远处，岸边的战斗也刚刚结束，芦苇丛中的修士全军覆没，烤鱼一方正在清点战利品。

"这个就不上了吧？"她劝道初瑶，"人确实有点多，加起来十几个了，有道具也打不赢的。"

初瑶点头同意："走吧，去找大师兄和阿音。"

三人刚刚动身，忽地，面前空间微微波动。一条绳索蛇一般地从虚空中飞出，将他们三人缠成了一串，嗖的一下拽走。

再一眨眼，他们已在河岸篝火边，全身被绑得严严实实，禁制下了一层又一层。刚刚那群还在清点战利品的修士团团围了上来。

一名蓝衣少女居高临下地睨着他们："想不到吧，我早就发现你们了，一直在这儿等着你们呢。"

桑念暗叹，敢情这才是真正的螳螂捕蝉，黄雀在后。

"我是凌霄宗的琉璃月。"蓝衣少女问道，"宋初瑶我熟，这两位道友倒是头一次见，请问如何称呼？"

为了尽可能地拖延时间，桑念故意放慢语速，一板一眼地回道："我叫——冷冰凝爱语梦翠霜。"

沈明朝："……"

初瑶："……"

琉璃月愣了一下，用下巴指了指沈明朝："那他呢？"

桑念目光坚定："他叫达拉崩吧班得贝迪卜多比鲁翁。"

初瑶："……"

沈明朝："……"

琉璃月："……"

她满腹狐疑："他这名字听起来不像是本地人啊。"

桑念面不改色："你也可以叫他王浩然。"

她解释道："这原本是他准备给未来孩子取的名字，但他突然伤到要害彻底丧失生育能力，用不上了。”

周围的凌霄宗修士齐齐吸了口凉气，看沈明朝的眼神充满同情。

琉璃月语气仍旧充满怀疑：“她说的是真的吗？王浩然。”

桑念也看沈明朝。

沈明朝：“……”在众人的注视中，沈明朝面容扭曲一瞬，忽地嘤了一声，慢慢倒下。他眼角滑落两滴清泪，摇头哽咽：“我已经不是一个完整的男人了，恨、恨、恨啊。”

众人更加唏嘘。

连琉璃月也叹了口气，扶他起来，安慰道：“姐妹，人生没有过不去的坎儿，你看开点，不如来我们凌霄宗吧，待遇可比逍遥宗好多了，逢年还发大米呢。”

沈明朝梨花带雨地问道：“真的吗？”

初瑶“呸”了一声，怒道：“挖墙脚居然挖到我头上了！你和萧净真是天生一对！”

琉璃月同样怒道：“你居然骂得这么脏？别逼我动手打人！”

初瑶：“你爱打不打，我怕你不成？”

琉璃月沉着脸给了旁边的沈明朝一个大耳刮子。

沈明朝：“？”

他难以置信：“骂你的明明是初瑶，你打的为什么是我？”

琉璃月道：“因为我向来不打女孩儿，所以只好打你了。”

沈明朝不服：“你刚刚还说我是你的姐妹！”

琉璃月没有感情地说：“现在不是了。”

沈明朝哭得更大声了。

就在这时，终于解开所有禁制的桑念猛地朝他们扔出几道剑诀。趁凌霄宗众人本能躲闪时，她抓住沈明朝与初瑶的衣领，脚尖一点，向着河面飞去。

琉璃月率先反应过来，再次甩出一条绳索。

桑念早有准备，借着河水凝出一面比平常更加厚实的水墙——绳索被挡在几步之外。

恢复自由的初瑶手起剑落，绳索断为两截，落到河里。

就在这空当，凌霄宗众人已追了上来，无数雪亮的剑光齐齐砸向他们。

“轰——”桑念四周炸出十几丈高的水花，无数游鱼在空中惊恐地摆尾。

她掐诀凝出结界艰难地抵挡着，疯狂地寻找退路。

琉璃月看出她的意图，冷笑一声：“跑？你们跑得了吗？”

初瑶横剑相对，暗中对桑念传音：“我拖住他们，你带着沈河豚先走。”

谁料，桑念一动不动，呆呆地道：“河……河豚。”

初瑶：“对，沈河豚就是沈明朝，你赶紧和他一起走。”

桑念：“不是。”

她拉拉初瑶的衣袖，示意她看下方：“我说的是真河豚。”

初瑶不解，低头向下看去，下方，一道几乎占满整个河面的黑影缓缓浮现。属于鱼类妖兽的阴冷双眸一点点睁开，环视全场，磅礴的妖力瞬间散开，压得人喘不过气。

在场众人纷纷停下动作，不敢再轻举妄动。

这只妖兽……琉璃月倒吸一口凉气："河豚妖王？！"

桑念心里一紧，那岂不是和窃脂一个级别的……

她脑中飘过两个字：完蛋。

下一刻，河豚妖王跃上半空，怒不可遏："之前是谁踹了我儿子，还用他尊贵的身体来擦鞋？！给老娘滚出来！"

桑念："……"

初瑶："……"

沈明朝："……"

他们诡异地沉默了。

妖王双眼一眯，发现事情并不简单："你们知道是谁？"

三人对视一眼，默默抬手，同时指向不远处的凌霄宗众人。

凌霄宗众人："？"

妖王："就你们欺负我儿子是吧？！"

琉璃月："我们没有！他们血口喷人！"

桑念仿佛一个反派，用手背挡住嘴，阴恻恻地对妖王耳语："启禀大王，他们不仅……还在您的地盘上炸鱼。"

妖王怒意更甚，抓住一条犹在岸上摆尾的鲶鱼："说，谁炸的你？！"

鲶鱼精用两根须对准琉璃月等人，哭唧唧："大王，您可要为我们做主啊！"

河豚妖王扔开它，怒气值达到顶峰："你们今天一个都别想跑！"一声巨响，妖力在河面掀起滔天巨浪，凌霄宗众人瞬间被淹没其中，一个接一个消失。

最后一刻，琉璃月挣扎着冒出一个头，怒吼："宋初瑶、冷冰凝爱语梦翠霜、王浩然你们三个卑鄙小人，我不会放过你们的！！！"

桑念三人望天吹口哨。

解决完所有凌霄宗的人，发狂的妖王很快平静下来。

桑念趁机开溜："大王，既然没什么事了，我们就先走了哈。"

河豚妖王："慢着。"

桑念提了一口气："……您还有事？"

妖王一挥鳍，凌霄宗众人落入河中的玉髓纷纷飞出，足足有上百颗。

"你们既然大义灭亲不惜替我指认同族，我也该谢谢你们。"它将玉髓送到桑念面前，"我见你们人族都在找这东西，想必你们也需要，拿走吧。"

桑念："……"今晚回去就扇自己一巴掌，这辈子都不拿河豚擦鞋了。

沈明朝反应倒是快了起来，接过沉甸甸的玉髓，喜滋滋地道："哎呀！没想到大王您不光生得貌美无双，为妖还这么客气，这让我们怎么好意思拿呢。"

河豚妖王被夸得心花怒放，低头娇羞一笑：“你们和欺负我儿子的那些人族果然不一样。

“难得投缘，我家里还有许多这样的玉髓，留着也没用，你们随我去取吧。”

沈明朝疯狂地点头：“好啊好啊。”

河豚妖王：“刚好我儿子也在家，他最爱和你们这些人族一起玩了。”

沈明朝：“好——”

桑念捂住他的嘴，满脸绝望：“大王，我们娘亲突然叫我们回家，估计是要吃饭了，可否下次再约？”

河豚妖王：“那就告诉你娘，今日不用做你们的饭了。”

说完，它猛地将几人拱到背上，向水下潜去。

刚想说话的沈明朝：“咕噜咕噜——”他挣扎着刨了两下手，两眼一翻，身体开始慢悠悠向上飘。

察觉到他很可能会就此被泡得浮肿，妖王赶紧吐出几颗避水珠。

桑念忙把沈明朝拽回来，朝他手心塞了一颗。

他一个大喘气，猛地睁开眼，有了避水珠，人族在水里也能和在陆地上一样呼吸、说话、行走。

沈明朝哭丧着脸：“大王，我们不想要玉髓了，可以放我们走吗？”

妖王有点生气：“你是怕我吃了你们不成？”

沈明朝疯狂地摇头：“怎么会呢，大王您哪是那种妖。”

它冷哼一声：“我的确不是那种未开灵智的低等妖兽，它们整天茹毛饮血见人就吃，恶心得要命。”

沈明朝提着的心放下了一点。

它又补充道：“只要没得罪我，我是不会吃你们的。”

沈明朝鼓起勇气问道：“具体是哪种得罪呢？”

妖王：“拿我儿子刷鞋。”

沈明朝：“……”沈明朝幽幽地看着桑念，满脸死意。

桑念低头认真地把避水珠串在手腕的琴弦上，左整理一下右整理一下，仿佛很忙。

初瑶暗中传音：“咱们现在就跑？”

桑念：“那也要跑得掉才行，水系妖怪，水里就是它的主场。”

沈明朝急道：“那怎么办？真要等到了它家被它儿子认出来，然后被一口三个全部嚼吧嚼吧吃掉？”

桑念心态放平：“怕什么，车到山前必有路。”

沈明朝心态爆炸：“船到桥头自然沉。”

桑念：“你闭嘴。”说话间，前方河床上赫然出现一栋小宅子。

河豚身形缩小，从霸气侧漏的妖王变成一名温和圆润的妇人。

她伸手引路：“请进。”

几人都有些惊奇："这竟然和人族居住的住所没什么不同。"

妇人笑道："是多年前一位修士送给我们夫妻俩的，也是她才让我知道了，你们人族不都是坏的。

"拿我儿子刷鞋的除外。"

桑念义愤填膺："没错，一个人心理得多阴暗才能拿一条可爱的小河豚刷鞋啊！"

初瑶、沈明朝：盯——

桑念摸摸鼻尖，声音小了许多："不过也不排除那个人其实不是故意的，只是刚好想刷鞋又找不到刷子而已。"

前方，宅门缓缓打开。

一个看上去八九岁大的男孩儿飞快地跑出来，大声嚷道："娘，你找到那个坏蛋给我出气了吗？"

话音刚落，他看着妇人身后的桑念，惊恐地瞪大眼。

桑念抢先一步走到他面前，半蹲下身，挡住妇人的视线。

她对男孩儿露出和善的微笑："你好啊。"

男孩儿更加惊恐，张嘴就要喊娘。

她早有准备，瞅准时机往里丢了颗话梅。

他尝到陌生的甜味，眼睛冒出两颗星星："这是什么？"

桑念又抓了一把用气泡裹好的梅子出来："这是话梅，想要吗？"

他疯狂点头。

桑念暗中对他传音："姐姐为之前拿你刷鞋的事道歉，你能原谅姐姐，不把这件事告诉你娘亲吗？"

男孩儿犹豫。

桑念将一把话梅全给了他，不忘亲切地摸摸他的头，恶魔低语："如果你告诉别人这件事，刚刚吃下去的梅子就会让你变成一只癞克宝，你也不想这样的，对不对？"

男孩儿肉眼可见地抖了抖，对她的话深信不疑。

妇人察觉到他的异样："怎么了？"

男孩儿斩钉截铁地说道："这个姐姐是好人，大大的好人！！！"

妇人看见他手里被气泡裹着的话梅，教训道："没礼貌，第一次见面就要别人的东西吃。"

男孩儿委屈地低头。

桑念笑道："没关系，礼尚往来，他喜欢就好。"

妇人这才作罢。

"进去坐坐吧。"她招呼道，"我夫君出门遛弯了，很快便回来，到时候就能开饭了。"

沈明朝腿一软，又想哭了。

他对桑念、初瑶传音道："这里还有一个大王，我们仨刚好他们一家三口一妖一个，公平又公正。"

桑念："我刚才和那条小河豚说好了，他不会告状的。"

沈明朝惊了："你怎么做到的？"

桑念微微一笑，云淡风轻："用真心就可以。"

众人进了屋，妇人去隔壁找收集到的玉髓，小河豚坐在凳子上，鼓着腮帮紧张地吐泡泡。

桑念坐到他身边，拍拍他明显僵着的背："别怕，只要你保守秘密，我们不会对你怎么样的。"

说完，她又拿出十几样点心，全部用气泡裹好送给他。

小河豚立马开心起来，想伸手拿，又犹豫着收回："要不你再用我刷一次鞋吧。"

桑念："？？？"

小河豚纠结道："我只是被你擦擦鞋子轻轻踢了一脚而已，却拿了你这么多好吃的，有点良心不安。"

桑念："……"

沈明朝"噗"的一声笑出来，摸了摸小河豚的脑袋，故意逗他："来，叫声爹爹，别说点心了，我命都给你。"

小河豚更纠结了。

桑念瞪他一眼，对小河豚道："我之前不该那样对你，这是在和你道歉，你收着就行。"

小河豚这才接过点心，道："那我也送你一样东西吧。"

桑念摆手："不用了，你一个小孩儿能有什么好东——"

小河豚搬来一个朴实无华的箱子，伸手打开，瞬间金光照亮半边屋子。

连沈明朝也被刺得睁不开眼："这究竟是何物？竟如此耀眼！"

等光芒散去，桑念低头一看——哇，是金色传说。箱子里堆着各式各样的顶级法器，每一件散发出来的气息都极为骇人。

沈明朝和初瑶也围了上来。

沈明朝睁大了眼，呆呆地道："我好像看见了修仙界名剑榜排第三的长离剑。"

小河豚："你喜欢？"

他随手拿起来："给你。"

沈明朝双手颤抖地接过，拔剑出鞘，剑气不过才泄出些许，几人便不约而同地开始战栗。

他哆嗦着合上剑，真诚地对小河豚说道："要不然我还是给你磕一个吧？我的良心太不安了。"

小河豚毫不在意："这些都是我平时出门遛弯捡到的，你们尽管挑喜欢的拿，没有了我再去捡。"

桑念倒吸一口凉气。

莫非他才是气运之子，上帝的宠儿？？？

真是恐怖如斯！

疑似真正男主的富哥小河豚继续在箱子里扒拉。

见初瑶一直看着某样东西，他同样拿起来递给她："给你。"那是一个精致的墨绿色荷包，里面的空间比传统储物袋大了十几倍，几乎有一座城那么大。

初瑶犹豫一下，还是收下了它，问小河豚："你要多少灵石？"

小河豚："那是什么？"

初瑶拿出一颗灵石给他看。

他半点也不感兴趣："你有点心吗？"

初瑶："我只有酒。"

小河豚："酒是什么？"

初瑶取出两坛美酒，用气泡裹好。

小河豚一脑袋扎进酒坛，很快，他抬起头："闻起来香香的，我要这个！"

初瑶便把自己储物袋里所有的酒都取了出来，整整齐齐堆在墙边。

她高兴地收好荷包。

见状，沈明朝也忙将身上携带的所有吃食统统拿了出来，算是交换。

大家都很满意。

"你呢？"最后，小河豚问桑念，"你想要什么？"

桑念还是摇头："不用了，我没什么想要的。"

小河豚半个身子探进箱子里，扒拉来扒拉去，从最底层找出一把生了锈的钥匙。

"当年送我们房子的那个姐姐也说没什么想要的。"他把钥匙递给桑念，"但最后她拿了一把和这个一样的钥匙走。"

桑念打量着钥匙，好奇道："这是开什么门的？"

"我也不知道，我后面没有再见过那个姐姐了。"

小河豚道："我一共捡了两把钥匙，这是最后一把，你拿去吧。"

桑念觉得这事儿挺有意思，隐约还有种开盲盒的刺激感。

她收下钥匙，随口问道："那个姐姐叫什么名字？"

小河豚想了好一会儿也没想起来，倒是妇人拎着一兜子玉髓过来了。

桑念："这不会也是遛弯捡的吧？"

妇人一脸惊奇："你怎么知道？"

桑念扶额，上至顶级法器，下至任务玉髓，这一家子还有什么东西是遛弯捡不到的？等会儿别连人也捡回来了。

三人数了数兜里的玉髓，一共一百颗，都是低阶。凌霄宗那儿得到的玉髓也是一百颗，不过是中阶。

"先每人每样三十颗，"桑念道，"剩二十颗等我们再去找找，凑个整重新分。"

两人都没什么异议。

分赃完毕，沈明朝迫不及待地去通灵石上看自己的排名。

桑念探头看了一眼，万仙盟的主页里，群英会的排行榜高高挂起，上面的名字正不断滚动着，唯一不曾变过的，是前三名。

第一自然是萧濯尘。

群英会的一千五百颗玉髓里，一共三百颗高阶，四百颗中阶，八百颗低阶。

两颗中阶抵一颗高阶，四颗低阶抵一颗中阶，价值依次递减，排名权重也依次递减。

到现在为止，萧濯尘已有五十颗高阶玉髓，十颗中阶玉髓。开局第一天，能有这样的成绩，谁看了都得夸一句天纵奇才。

桑念继续向下看，第二的名字是……谢沉舟？

她一惊，夺过沈明朝的通灵石，仔细看去，榜单第二的位置上，赫然亮着一行大字：

逍遥宗，谢沉舟

下方另起一行小字：

五十颗高阶玉髓，八颗中阶玉髓

与萧濯尘的悬殊只有两颗中阶玉髓而已，随时便会反超。其他宗门的修士震惊得无以复加，纷纷开始打听这位谢沉舟究竟是何方神圣。

桑念叹为观止："我们谢小船是真的争气啊。"

沈明朝同样啧啧感叹："第三是闻不语，前三里有俩都是逍遥宗的人，我们逍遥宗可真长脸。"

第三名的位置正写着闻不语大名，他拿到了四十颗高阶玉髓，五颗中阶玉髓。

初瑶纳闷："那个小白脸怎么突然这么厉害？排名居然比大师兄还高。"

桑念尬笑："可能这里的风水比较养人？"

初瑶好胜心成功被激起："等出去我定要和他比一场，我倒要看看，他厉害到什么程度了。"

桑念正要接话，门外，一个男子高声吆喝道："媳妇儿，快来看看我遛弯捡到了什么宝贝！"她止住话头，好奇地探头看去。

院子里，同样圆润的中年男子大咧咧地站着，左肩上还扛了一名白衣青年。

桑念："……"还真捡了个人回来，背影还莫名有点眼熟。

妇人和小河豚都迎了出去。

男子将肩上的人放到地上，得意地道："我的眼光错不了，他绝对长得俊，把他关起来陪咱们儿子玩儿吧，嘿嘿。"

桑念："？"

她匆匆上前蹲下，扒开青年脸上的乱发，擦干净污血，定睛一看，这个身受重伤正在昏迷中的帅哥不是萧濯尘又是谁？所以，剧情里囚禁萧濯尘一直到群英会结束让他没能夺魁的妖兽，是这对河豚夫妇？

桑念震惊。

沈明朝也凑了过来，一脸见了鬼的表情："这不是全榜第一萧濯尘吗？怎么成这副德行了？"

男子已从妻子的口中得知他们的来历，对他们还算友好，解释道："我捡到他的时候他便受了重伤，我闻着残留的气息，像是被南边那条毒蛇所伤。"

桑念："蛇？"

小河豚道："那条毒蛇叫纳珈，是我们这片儿最厉害的妖兽，谁也打不过它，我平时遛弯儿都不敢往南边走呢。"

沈明朝害怕地问道："那这条毒蛇有毒吗？"

小河豚："剧毒。"

闻言，沈明朝虚弱地扶着额头，欲哭无泪："完蛋，萧濯尘是不是中毒了？我似乎被他传染了，头好晕。"

小河豚道："放心，他没中蛇毒。"

沈明朝刚松了一口气，又听小河豚不好意思地说道："不过，你头晕可能是因为方才摸我脑袋的时候……不小心被我忘记收起来的小刺扎到了。"

沈明朝："？"他僵着脖子低头，果然看见右手拇指上多了一个极其细小的伤口。

沈明朝沉默两秒："……你有毒吗？"

小河豚更不好意思了："剧毒。"

"咚——"沈明朝两眼一翻，直挺挺地倒在了地上。

初瑶问桑念："……他现在该怎么办？"

桑念叹气："风光大办吧。"

桑念：事情的经过就是这样，请大家降半屏默哀。（双手合十）

初瑶：已降。（附图）

苏雪音：呜呜呜沈师弟他还那么年轻，怎么就……

闻不语：怎么降？

闻不语：我不会操作通灵石，谁能来教教我？

沈明朝：……我没有得罪你们任何人。

"哟，皇子醒了？"桑念收起通灵石，慢悠悠地踱步到床边，弯腰仔细观察床上的少年。

沈明朝伸手推她："你……你突然靠这么近干什么？警告你啊，本皇子貌美如花，你若敢觊觎我，我——"

桑念举起拳头："我会一拳捶死你——如果你再不闭嘴的话。"

沈明朝缩了缩脖子，默默地闭上嘴。

桑念摸着下巴，频频点头：“嗯，没有吐白沫了，脸不是绿色了，眼神也不呆滞了。”

她装模作样地拱手：“恭喜皇子贺喜皇子，您又捡回了一条小命。”

沈明朝虚弱地翻了个白眼，软着脚下床：“我的毒怎么解的？”

桑念取出一个瓷瓶：“当当当当，我重金购买的十全解毒丹，药到病除，一颗就见效。”

沈明朝双眼泛红，吸吸鼻涕：“不愧是我最好的朋友，居然舍得为我用这么好的药。”

“亲兄弟明算账，最好的朋友也一样。”桑念对他摊开掌心，笑不露齿，“一万灵石一颗，附加三万灵石的人工喂药护理费用。”

沈明朝：“……”刚刚被她感动得一塌糊涂的自己真该死啊。

付完款，他越想越气：“你以后要是也受重伤了，看我不狠狠地宰你一笔，把这些钱连本带利地要回来。”

桑念撇嘴：“谁稀罕你救。”

沈明朝放狠话：“好，那我到时候就看着你死，谁要救你谁是狗！”

桑念：“你本来就是狗。”

沈明朝差点吐血。

“行了，我得去看看隔壁萧濯尘醒了没，没工夫和你吵。”桑念开门出去。

沈明朝赶紧追上她：“现在什么时间了？”

桑念：“群英会开始的第二天中午。”

他松了口气：“那就好，我没耽误多少进度。”

桑念斜他一眼，从袖中抖出一张手绘地图：“看完萧濯尘我们就启程。”

沈明朝看了眼：“这是整个秘境的地图？”

桑念：“小河豚给我的。我大概标注了一下可能藏有玉髓的地方，我们去找谢沉舟他们会合的时候可以顺路摸过去看看，应该能收集不少。”

见她罕见的认真，沈明朝语气古怪：“你也想拿名次？”

桑念道：“我想拿第一。”

沈明朝“啊”了一声，脱口道：“你怎么能拿第一？”

桑念反问：“我为什么不能是第一？”

沈明朝挠头：“也不是，就是，咱们这个修为，好像第一什么的，有点不太敢想。”

“我就敢想。”桑念挑眉，收好地图，“事在人为，你不去试试怎么知道不行？”

“虽然……但是……”沈明朝摇头，“人家都是金丹期，萧濯尘甚至还是元婴期，你一个筑基期小修士，要不是传送阵坏了，连进来的资格都没有，怎么可能打得过他们。”

桑念理所当然：“他们是很厉害，我确实打不过，但这不影响我想拿第一啊。”

沈明朝噎了噎，一副拿她没办法的模样：“算了算了，人有梦想也是好事，我不打击你了。”

说话间，两人推开隔壁的房门。

初瑶和小河豚都在里面。

“他怎么样了？”桑念问。

“还晕着。”初瑶道，“他伤得很重，只差一点便会被秘境之灵送出去。”

沈明朝跃跃欲试：“要不然我们干脆送他一程？反正他这个伤势也不可能再继续去找玉髓了。”

桑念想起萧净的那些话——如果现在就出局，萧濯尘绝对会成为整个修仙界的笑柄，到时候视他为荣耀的萧家……又会怎么做呢？

“还是算了，”桑念道，“让他安安生生待几天吧，出去以后的苦日子还多着呢。”

沈明朝悻悻地道：“算他走运，遇见的是咱们几个，要是别人，早解决他这个头号劲敌了。”

“咳咳——”床上的青年忽地咳嗽两声，睫羽轻轻翕动，紧闭的双眼隐约有睁开的迹象。

“他好像要醒了。”小河豚道。

几人忙走过去。

“咳咳——”青年又咳嗽了两声，剑眉紧蹙，眼睛慢慢睁开一条缝儿。

床头，三大一小四张人脸，齐刷刷地低头俯视着他。

“你醒啦？”他们异口同声地说道。

萧濯尘：“……”

他缓了缓，试探着开口：“桑姑娘？”

桑念满意地点点头：“还认得出我，看来没伤到脑子。”

萧濯尘怔了一下，问道：“是……你救了我？”

桑念忙不迭地摆手，语速仿佛竹筒倒豆子一般快：“不是我哈，你可别认错人报错恩，我只是给你上了药，把你扛回来的另有其人。”

萧濯尘目光移到初瑶脸上。

初瑶：“别看，不是我。”

他又看向沈明朝。

沈明朝：“哈哈，也不是我。”

他最后看向小河豚。

小河豚骄傲地道：“没错，是我爹把你扛回来的。”

萧濯尘挣扎着想下床行礼：“救命之恩，在下定当涌泉相报。”

“行了，你还是躺下吧。”桑念单手把他摁回去，“都快半身不遂了，就别瞎折腾了。”

萧濯尘顿了顿，问：“我伤得很重？”

桑念：“反正最近半个月都不能再动用灵力了，要想彻底恢复好，至少得一年半载。”

萧濯尘似乎早有预料，眸子轻轻一转，将眸底的几分落寞藏得滴水不漏。

他客气道："不管怎样，还是多谢桑姑娘为我上药包扎了。"

桑念对他伸手。

萧濯尘满脸茫然："这是？"

桑念咧嘴一笑，礼貌地道："医药费麻烦结一下，一共十八万八。"

萧濯尘："……"

沈明朝总算心理平衡了，理直气壮地道："十八万八已经很便宜了，我们的丹药也不是大风刮来的。

"更别提为了照顾你耽误的时间和付出的精力，这些可都是连钱都换不到的东西。"

萧濯尘听完，苍白的脸上闪过几分愧疚，低声道："因为我影响到诸位……实在是抱歉。"

桑念道："你别听他瞎扯，他自己也中毒昏迷才醒，没比你好多少。"

萧濯尘微微摇头："我的确影响到几位道友了。"

他强撑着坐起身，解下腰间储物袋，从里面拿出一个匣子："这是我收集到的玉髓，既然我已不能再走下去，留着它们也无用处。"

沈明朝咋舌："你的意思是要送给我们？"

萧濯尘轻轻点头："我此次并未携带灵石，等离开这里，我会将欠你们的钱补上。"

这下连沈明朝也有点不好意思了，他尴尬地收声。

桑念横他一眼，对萧濯尘道："你若是把玉髓给了我们，你的名次可就一点也没有了。"

萧濯尘眸底难掩疲倦："除了魁首，其余名次对我来说，并无两样。"

一如他的人生，除了成功，便只剩失败一个选项。

从不存在中间地带。

桑念想安慰他，又不知怎么开口——他身上背负的压力太大，她无论说什么，似乎都太过浅薄。

最后，她只能抿抿嘴角，接过他手中的匣子："那我们走了。"

萧濯尘细细叮嘱："不要去南方，那里有一头蛇妖，实力极强，你们不是对手。"

桑念："知道了，我们一定会多加小心的。"

萧濯尘苍白无色的脸上漾开一抹浅笑："那就，一路平安。"

桑念走了两步，忽地回头："秘境关闭之前，你能一直待在这里吗？"

萧濯尘："为何？"

当然是为了能少挨几天白眼，桑念找了个借口，用下巴指指小河豚："这孩子太孤单了，他想让你留下陪他玩儿。"

萧濯尘迟疑："这……"

桑念轻轻踢了小河豚一脚，小河豚十分上道，立马开始哭诉："河里其他小鱼都不愿意和我玩儿，呜呜呜我真可怜啊。"

萧濯尘果然态度松动："好，这段时日我会留在此处。"

小河豚："太好了！"

他蹬蹬蹬地跑到床边，小大人一般拍拍萧濯尘："哥哥，睡觉吧，睡醒了伤口就不疼了。"

萧濯尘不知想到什么，目光黯然："阿净幼时，也常说这句话。"

桑念想到那个死孩子就来气："我昨天遇见他了，他好得不得了，你不用担心他，多担心担心自己吧。"

得知弟弟近况，萧濯尘松了口气："多谢。"

桑念转身离开，初瑶和沈明朝一左一右跟上。

与来时一样，河豚妖王带着他们上岸，再一个猛子潜入水中。

乍然从光线昏暗的河底回到阳光下，桑念有些不太适应，她低头揉揉眼睛："也不知道谢沉舟他怎么样了，有没有被群殴。"

初瑶眺望远方："也不知道阿音她怎么样了，有没有遇到那个狐狸精。"

沈明朝忧心忡忡："也不知道闻不语他怎么样了，有没有走错方向。"

三人同时叹气："哎……"

森林中。

修士们歪歪扭扭地倒满一地，骂骂咧咧的，一个接一个消失。

谢沉舟一颗颗拾起玉髓，丝毫未被影响。

"少主真是勤勉。"树后缓缓走出一名年轻男子，他上下打量着谢沉舟，鼓掌轻笑，"这身衣裳一穿上，不知道的，还真以为您是仙门弟子呢。"

谢沉舟冷下脸："你为何会出现在这儿？"

青鬼笑道："尊主派我来取一样东西。

"我来取——"他刻意放慢语速，"昆、山、玉、碎、片。"

话音落下的瞬间，谢沉舟身上杀意涌现："你若真敢，"他一字一顿道，"我会杀了你。"

另一边，雪山之巅。

苏雪音正与偶遇的顾白结伴而行。

"顾白师兄。"她踩着积雪，脚下嘎吱嘎吱地响，"这里明明没有妖气，我们为什么要来这儿？"

顾白道："不是没有，是隐藏得太好，极容易被偷袭。"

苏雪音立即警惕起来，不断地环顾四周。

北风呼号，雪沫漫天飞舞，冷得滴水成冰。

她是冰灵根，并不受影响，顾白却咳了两声。

"顾白师兄，你冷吗？"她问。

顾白道："还好。"

苏雪音道："那儿有个山洞，先进去烤烤火暖和一下吧。"

两人走进前方山洞，未料，里面已有人在。

不知熄灭多久的灰烬旁，紫衣青年蜷缩成一团，抖得厉害。

“……岳清兮？！”

苏雪音看见他的耳坠，立刻确定了此人身份，一路小跑过去：“你怎么了？”

岳清兮认出她，勉强开口说道：“小……心。”

苏雪音：“小心什么？”

岳清兮还未说话，洞口倏地响起一声尖啸。顾白反应极快，挥剑挡住袭来的苍白利爪。

眼见偷袭不成，对方掉头就跑。

“是雪妖。”他回头，面容沉稳，“我去解决，你在这儿等我。”

说完，他飞身追着那只雪妖离开，洞中只剩苏雪音与岳清兮。

岳清兮还在发抖，脸庞冻得白中泛青。苏雪音犹豫了一下，拿出自己的斗篷搭在他身上。

青年半张皎月似的脸埋在蓬松的狐狸毛中，弯着眼对她笑：“不动手？我可是有二十颗玉髓的。”

苏雪音还在生他骗自己的气，赌气没接话，自顾自地在一旁生火。

岳清兮琥珀色的眼珠一错不错地看着她，同样没再说话。

火很快生起来，融融暖意逐渐盈满山洞。火光跳跃在他半张脸上，拉出长长一道明暗线，随着摇曳的火苗一同晃呀晃。

晃到第五十六下时，苏雪音还是败下阵来，道：“你为什么骗我？”

岳清兮：“骗你什么？”

苏雪音别过头不看他，语气罕见地不太好：“你说你叫月兮。”

岳清兮笑道：“原来为这个生气。”

听见他的笑声，苏雪音不知怎么，更加不高兴了。

“也是，像岳公子这样的人，出门在外用假名再正常不过，是我管得太宽。”说着，她抬脚向外走。

岳清兮忽然道：“不是假名。”

苏雪音脚步一顿。

岳清兮慢慢说道：“月兮才是我本来的名字，未入合欢宗前，我一直叫月兮。

“这个名字，我只告诉了你一个人。”

苏雪音咬住唇瓣：“我怎么知道你是不是在骗我。”

岳清兮暖和许多，不再发抖。

他支起身子靠墙坐好，无奈地道：“我可以起誓。”

苏雪音小碎步挪回去，蹲下继续烤火，脸颊被烤得发烫：“你叫什么名字都与我无关。”

她蹲着，裙子也拖在地上。

岳清兮看了一会儿，指尖探出斗篷，轻轻碰了碰那片裙角，小心翼翼的。

苏雪音并未发觉，问他："你被雪妖偷袭了？"

岳清兮"嗯"了一声，嗓音含笑："真是幸运，能在这里遇见苏道友，挨的那一掌，值了。"

说话时，青年耳畔的玛瑙坠子微微晃动，在他玉色脸庞上折射出一线绚丽的光。他抬眼看她，凤目狭长，唇红似血。

真正的妖在这儿呢。

苏雪音没由来地想，难怪阿瑶再三叮嘱让她远离合欢宗，这个宗门里的人可真是……活色生香。

与此同时。

赶了一晚上路却离目的地越来越远的闻不语惆怅地望天，脸上挂着淡淡的忧伤："啊，走反了。"

顾白还没回来，苏雪音有些担心，正要去外面寻他，一只手忽地抓住她一点袖摆。

"苏道友，我冷。"说话时，岳清兮向她靠近了点，睫毛软软地耷拉着，无端显得有几分柔弱。

苏雪音晕乎乎地回道："那我把火烧旺些。"

岳清兮再靠近，语速轻而缓，尾音微微上翘："苏道友……我可以挨着你坐吗？"

热气拂过耳畔，苏雪音小小地打了个激灵，她看着不过咫尺之距的岳清兮，结结巴巴地道："你离我太、太近了。"

岳清兮笑得像只狐狸："苏道友，你脸红什么？"

苏雪音慌忙向后仰，与他拉开距离，呼吸急促："轻、轻浮！你这人真轻浮！"

她起身就要走。

岳清兮仍抓着她的袖子，手中微微用力，她趔趄一下，又坐了回去。

"别动。"扔下这句话，他猛地朝她逼近。

"啪——"

苏雪音吓得打了他一巴掌，眼眶发红："阿瑶说得没错，你就是个举止轻浮爱轻薄人的浪荡子！"

岳清兮挨了一巴掌，脸色不变，继续靠近她。

苏雪音还要再打。

他轻易捉住她的手，另一只手闪电般探向她身后，再收回来时，指间多了一只红眼雪蝎——毒性极烈。

"苏道友，"他晃晃那只蝎子，扬唇，"你刚刚差点死了。"

苏雪音明白过来，脸涨得通红，忙不迭道歉："对不起，我误会你了，我……"

岳清兮松开她的手，将雪蝎投入火中。

他碰碰脸上的掌痕，叹气："也不知道破相了没。"

苏雪音满脸局促。

岳清兮神色更加失落："好心救人，却被人说是举止轻浮的浪荡子，真叫人伤心。"

苏雪音坐立难安："真的很抱歉，我……要不然你也打我一巴掌吧？"

她像是终于找到解决方法，转身面对着他，用力闭上眼："你打吧，不管多疼我都受着，绝对不会告诉我师兄师姐的。"

等了好一会儿，面前的人依然没动作。

她睁开眼，催促道："你快打呀，我师兄马上就回来了。"

"……好。"

火堆噼啪作响，岳清兮直勾勾地看着她，一点点向她靠近。

越来越近。

苏雪音不解："你在干什么？"

岳清兮无奈："我在勾引你啊，苏道友。"

苏雪音睁大了眼。

倏地，一只手轻轻覆在她双眼上，掌心冰凉，隔着手背，紫衣青年亲了亲她的眼睛。

一触即离。

苏雪音揪住衣襟，飞快地眨眼，睫毛蹭着他的掌心："你……又在干什么？"

岳清兮低笑："我在轻薄你，苏道友。"

"轰"的一声，苏雪音脑子里开始炸烟花，炸得她七荤八素，手脚发软，心如擂鼓。

好半天，她张张嘴，艰难地找回自己的声音："我不喜欢你这样的，我喜欢大师兄和萧濯尘那样的。"她不断重复这句话，不知是在对自己说，还是在对他说。

岳清兮松开手，看着她慌乱的双眼，认真地问道："我是什么样的？"

苏雪音脱口："你不知和多少女修都……"

说到这里，她及时咬住舌尖咽下后面的话，捂住通红的脸。

岳清兮沉默了一下，别开脸："我没有。"

苏雪音没反应过来，呆呆地看着他。

岳清兮道："我说我没有和其他女修……过。"

苏雪音："怎么可能，你是合欢宗的弟子……合欢宗不都……"

岳清兮："合欢宗也不是人人都……那样。"

空气安静一刹。

苏雪音捂住嘴，难以置信："你——"

岳清兮默默点头。

"师妹。"洞口传来一阵脚步声。

除妖回来的顾白掸掸身上的雪沫："可以走了。"

苏雪音仿佛看见救命稻草，逃一般地跑到他身边："走吧。"

顾白扫了洞中的岳清兮一眼，皱皱眉，与她一同转身离开。

走出一段距离，他对苏雪音道："以后离合欢宗的人远点。"

苏雪音嗫嚅地道："为什么啊？"

顾白欲言又止："合欢宗的弟子都不怎么……正经，会带坏你。"

苏雪音："哦。"

过了一会儿，她又道："其实岳清兮人挺好的。"

顾白："……你被他勾引了。"用的是肯定的语气。

苏雪音慌忙地摇头："我没有。"

顾白："我才走了这么一会儿，你就被他勾引了。"

苏雪音："我真的没有！"

顾白深吸一口气："你知不知道，合欢宗的弟子祸害了多少剑修？

"他们个个都是逢场作戏的好手，十句话里八句假，你分得清他们是真心还是假意吗？"

苏雪音低下头："可我就是觉得他不会骗我。"

顾白板起脸："你觉得？知人知面不知心，凡事只靠'觉得'如何能行？何况你们两个才认识多久？"

苏雪音有些委屈："师兄教训得是。"

顾白："听师兄一句话，别再见他了。"

苏雪音回头看了眼风雪中的山洞："……好。"

山洞里。

火堆慢慢熄灭，寒潮无声地侵蚀。

青年轻抚斗篷边缘的白色狐毛，叹了长长的一口气："还是没能想起我啊。"

"这么激动做什么？"

林中，青鬼闪身避开袭来的剑气，讥笑道："你别告诉我，你真的爱上了那个桑蕴灵。"

谢沉舟眸中戾气沉沉，一连斩下数十剑，刹那间封住青鬼所有退路。

青鬼神色一变："我要取的是另一块碎片，在一头蛇妖身上！尊主命你协助我！"

"铮——"剑风停下，利刃离他咽喉不过三寸远。

青鬼出了一身的冷汗，怒道："你疯了？！为了一个女人居然对我下杀手？！"

谢沉舟淡淡地瞥他一眼："你还不配与她相提并论。"

青鬼气极反笑："尊主若是看见你现在这副样子，定会后悔当初带你回修罗殿，让你做修罗殿的少主。"

谢沉舟垂眸："我会离开修罗殿，少主，我不做了。"

青鬼愣了许久才反应过来，难以置信："你就这么喜欢那个女人？！"

谢沉舟道："你不会懂的。"

青鬼神色狰狞，连连点头，语气里夹杂着浓浓的讥讽："对，我这样的烂人怎能懂你谢沉舟那高尚的爱情。”

不等谢沉舟说话，他恨恨地道：“可你敢让她知道你是谁吗？”

谢沉舟握剑的手骤然收紧。

“你猜，她要是知道你过去做的事，知道你手上沾满了无数的鲜血和数不清的人命……”青鬼冷笑，“她还会像现在这样喜欢你吗？”

谢沉舟张了张嘴，却发不出半点声音。

“我来告诉你，不会！”青鬼厉声道，“你只会像一条狗一样被她抛弃！

“届时，除了修罗殿，你又能去哪里？你还能去哪里？！”

谢沉舟沉默不语。

“你现在和我说不做少主了，”青鬼眼里盛满怨恨，“那洛平安的死又算什么？”

谢沉舟脸色霎时苍白如纸。

“你当初为了做少主，亲手杀了他，现在又对我说，你不要少主这个位置了。”青鬼缓缓道，“谢沉舟，你真可笑。”

又一场架打完。

桑念就地坐下，眼神呆滞：“我这辈子的架都在今天打完了。”

沈明朝没比她好到哪里去，死狗一般瘫在地上，抱着长离剑直喘粗气：“下辈子的也是。”

初瑶踢了他一脚，他有气无力地翻了个身，让出路。

初瑶走过来，开始分一路上得到的玉髓。

天色已经暗下来，虫鸣四起。

这是群英会开始的第二天晚上。

“分好了。”初瑶道，“一人五颗中阶，两颗低阶。”

桑念接过，倍感心酸：“我突然有种累死累活当牛马却月薪三千的感觉。”

“我们不能砍妖兽了。”沈明朝双眼无神，“砍不动了，真的砍不动了。”

他道：“我们还是像之前那样埋伏起来，等别人砍完妖兽了，我们再去砍他们比较好。”

桑念：“你真卑鄙啊。”

说完，她转头对初瑶道：“我觉得可以这样。”

初瑶没什么意见：“休息好了吗？好了就继续前进。”

沈明朝颤巍巍地想爬起来，试了几次都没能成功。

见状，桑念道：“还是再休息一会儿吧。”

于是，他安心地又躺下了。

天空很低，星星密密匝匝，多得不得了。

沈明朝看着星星，随手摘了一片草叶，跷着二郎腿吹小调。

桑念听见了，问：“这是什么曲子？怪好听的。”

沈明朝笑了一声：“我也不知道，我只在小时候听母后对我皇兄唱过一次，莫名其妙就记住了调子。”

桑念来了兴趣：“你还有兄长？同胞的？”

沈明朝：“孪生兄弟。”

桑念：“哇，那你兄长岂不是和你长得一样？”

沈明朝：“嗯。”

桑念：“性格也一样？”

沈明朝：“当然不一样，皇兄是太子，宽仁和厚，才情出众，敏而好学，岂是我能比的。”

桑念诧异：“难得听你这么有文化地夸一个人。”

沈明朝尬笑：“这都是别人说的，我稍微借鉴了两句。”

桑念无语。

沈明朝道：“总之，我皇兄很好，非常好，我……不好。”

桑念：“可我觉得你挺好的。”

沈明朝怔了怔：“怎么可能……”

桑念道：“虽然你一开始确实让人讨厌，可你现在改正了那些臭毛病，所以，总的来看，你还是有可取之处的。”

沈明朝紧张地问：“比如？”

桑念卡了壳：“嗯……这个……你饭吃得很多，嗓门很大，还……”

沈明朝满脸幽怨：“你就不能随便编一个像样的优点出来吗？”

“嗐，反正意思到了就行。”说完，桑念活动了一下酸痛的肩颈，起身，“该走了。”

沈明朝惨兮兮地伸手：“拉我一把。”

桑念抓住他的手腕，用力一扯。

他一下没刹住，咚的一声撞上她身后的大树——树干颤了颤，几片叶子飘下。

桑念：“……你没事吧？”

沈明朝慢慢转过身，两行鼻血蜿蜒而下，他努力微笑：“没事的。”

桑念：“……要不你先擦擦血吧。”

初瑶忽然开口：“你们有没有听见什么声音？”

声音？

桑念侧耳，片刻后回道：“没有欸，你听见什么了？”

沈明朝道：“我也没有。”

他话音刚落，桑念的表情却猛地变了。

“沈明朝，”她咽了口口水，“你别乱动。”

沈明朝：“什么？”

初瑶看着他的脚：“也别说话。”

沈明朝顺着她的视线向下看去，一条手腕粗的蛇无声无息地缠住他双腿。

“嘶嘶——”他耳边响起某种动物的呼吸声。

很近，几乎贴着耳膜在响。

沈明朝僵成了一块石头。

桑念："你别动。"

他艰难出声："我没动。"

桑念看着他身后高高仰起头的蛇，手慢慢按在剑柄上。

"嘶嘶——"对方仿佛察觉她的企图，电光石火间收紧蛇尾。

桑念眼前一花，沈明朝已消失不见，只剩地上深深的拖痕。

初瑶道："这边！"

两人御剑循着拖痕追去，一路来到一座高大陡峭的石山之下。山顶高耸入云，似乎有什么东西藏在云中，看不太清楚。

"等等！"桑念刹住飞剑，心脏突突直跳，"这儿是秘境的南方？"

初瑶瞬间明白了她的意思——纳珈。

秘境所有妖王中实力最强者，连萧濯尘都不是它的对手。

桑念咬咬牙："抓沈明朝的应该不是纳珈，大概是它的族人。"

初瑶："不管是不是，都要去救他出来。"

桑念望着山顶，深吸一口气："好。"

反正又不会死，大不了被撵出秘境，拼了！

石山上，某个阴暗潮湿的地洞中。

蛇尾松开，放下拖了一路的沈明朝。

一路颠簸，他头发散了，衣裳破了，身上到处是擦伤，狼狈至极。

蛇妖游动身体靠近他，他脸上没有半点血色，拼命地向后缩。

它吐着信子再次缠住他，口吐人言："嘶嘶——你刚才吹的曲子真好听，可以再给我吹一遍吗？"

现在比刚才的距离更近，沈明朝可以清清楚楚地看见那颗蛇头上的每个细节，鲜红的信子几乎扫到他脸上，他哪还听得见它说了什么，眼一闭就要晕厥过去。

蛇妖用尾巴强行撑开他的一只眼睛："你很怕我吗？"

沈明朝带着哭腔："您觉得呢？"

蛇妖若有所思，摇身一变，变成一个穿绿裙子的小姑娘。

"这样还怕吗？"它问。

沈明朝哽咽："这不是外形的事，这是本质问题。"

蛇妖不明白，还是问："你能再吹一遍那支曲子吗？我本来在树上睡觉，听见后立马就醒了，真的很好听。"

沈明朝瑟瑟发抖："我吹完了你就会放我走？"

蛇妖老老实实地道："不会。"

沈明朝满脸绝望，恨不得捶死不久前的自己。

蛇妖道："留在这儿不好吗？我姐姐可是很厉害的妖王，只要你跟着我，没人敢欺负你。"

沈明朝想到什么，脸色一下子灰白：“你姐姐，该不会叫纳珈，还有剧毒吧？”

蛇妖：“对啊，你认识她？太好了！”

沈明朝悬着的心终于彻底死了。

倏地，蛇妖神色一凛：“有人闯进来了。”

沈明朝无神的双眼乍然亮起来，一定是桑念和初瑶！

他转头对着洞口扯着嗓子大喊：“我在这儿！”

“啪——”刚喊了四个字，一条尾巴拍中他后脑勺，他软软倒地。

蛇妖藏好昏厥的他，飞出地洞，从高处远眺。

山脚。

黑衣少年墨发高扎，持剑而立，周身一片冰冷肃杀。似乎察觉到她的窥视，他抬眼看来，眸中冰冷，没有丝毫温度。

她下意识地打了个冷战，忍不住后退一步。

与此同时，云层中，盘踞在山巅的巨蛇猝然睁眼，瞳仁猩红。

一道惊雷在天际炸响，地动山摇。

磅礴灵力与妖力一同扩散开来，秘境中所有修士齐刷刷地抬头看向南方，面带惊恐。

方圆千里内，万兽匍匐。

石山内，桑念站立不稳，及时扶住墙壁，惊道：“这是怎么了？我们被发现了？”

初瑶回头看了眼洞口：“有人与纳珈打起来了，实力很强。”

“是修士？”桑念愕然，“居然比萧濯尘还厉害？！”

“不管是谁，他们打起来就没空管我们了，是好事。”

初瑶一掌劈开迎面袭来的蛇妖：“这里交给我，你赶紧去找沈河豚。”

密密麻麻的毒蛇不断从深处涌出，桑念看得头皮发麻。

“你多加小心。”说完，她不再磨蹭，施法确定沈明朝的位置，飞快冲进某个洞口。

阴暗潮湿的地面，少年平躺着，生死不明。

“沈明朝！”

桑念刚要跑过去，一个绿裙子女孩儿凭空出现，拦住她的去路。

“他是我的东西。”女孩儿脸色不善，“滚开。”

桑念没空与她废话，掐诀凝出一条水链锁住她，匆匆扶起沈明朝，为他渡去灵力。

沈明朝痛哼一声，悠悠转醒。看见桑念的脸，他顿时红了眼眶：“我就知道你会来救我的！小桑！你果然是我最好的朋友！”

桑念把他胳膊架到自己肩上：“回去再哭，现在赶紧走。”

他忙憋回眼泪，一瘸一拐地跟着她往外走。

见状，蛇女尖啸一声：“不许走！”她挣破水链桎梏，化作蛇形冲向沈明朝。

桑念一掌将他拍向初瑶，回身挡住蛇女攻击。

四周的蛇妖比方才多了几十倍，它们在蛇女的召唤下倾巢出动，拼死袭向几人。

初瑶剑风带火，以燎原之势蔓延。

蛇女尖叫："姐姐！助我！"几乎是话音落下的瞬间，周围气压猛地低下去。

独属于妖王的阴冷妖力疾冲而来。

"轰——"

初瑶身形晃了晃，喷出一口浓稠的鲜血，持剑的手软软垂了下去，气息萎靡到极点。

桑念眼皮一跳，咬牙道："你们先走，我马上过来！"

沈明朝："那怎么行！要走一起走！"

桑念："别废话，再不走就都走不了了！"

初瑶很快下了决定："我马上就回来救你！"话音一落，她带着不断挣扎的沈明朝飞向出口。

蛇女愤怒欲追。

桑念挥剑斩向蛇尾，剑刃与鳞片相交，激起一串火星。

蛇女吃痛，哀号一声，张嘴咬向她脖颈。

她足尖一点，飞速跃上石柱："有本事你就来追我。"

蛇女果然受激，放弃初瑶二人，嘶吼着向她追来。

桑念提速向上飞奔，冲出最后一个地洞洞口。天光骤然一亮，她站到一方断崖之上。

远处山峰，纳珈仍在与两名修士斗法，空中轰隆作响，电闪雷鸣。

桑念正要御剑离开，纳珈突然向她袭来一道妖力，她险险扭身躲开。

趁着这间隙，无数毒蛇从四面八方赶来，死死缠住她的身体。尖锐的獠牙狠狠刺进血肉中，剧烈的痛楚瞬间蔓延至全身。

"叮当"一声，长剑自她手中跌落。

毒性渗入脏腑，桑念脸色惨白，大脑控制不住地晕眩。她用力咬了一下舌尖，强迫自己保持清醒，飞速吃下解毒丹。

蛇女走上前，恨声道："敢抢我的东西，我要让你求生不得，求死不能。

"万蛇噬咬的滋味，你好好尝尝吧。"

丹药还未生效，桑念浑身动弹不得，只能眼睁睁地看着它们露出獠牙，一点点向她靠近。

忽地，它们身形同时顿住，齐齐扭头看向另一个方向，场面诡异至极。

桑念下意识循着它们的视线看去，瞳孔猛地一缩。

另一座山峰上，电光闪烁，黑衣少年凌空而立，面色波澜不惊。在他身后，巨蛇盘旋于山峰之上，双眼猩红，视线森冷。

那是——谢沉舟？！

一直与纳珈缠斗的人竟是他？！

桑念满脸错愕。

忽地，谢沉舟举起剑，对准的却不是纳珈，没有半点犹豫，剑光闪过，少年的左臂自肩头跌落，鲜血狂涌，随着断臂一同坠向下方。

血液中的异香弥漫整片天地，所有缠着桑念的毒蛇疯了般朝那截断臂游去。

蛇女瞳仁竖起，脸上的恨意被进食的迫切取代。

“好想吃……”她扔下桑念，同样朝那截断臂赶去，与失去理智的蛇族大打出手，“滚开，那是我的！”

等桑念回过神时，身边已空空如也，再也没有半点能威胁到她生命的存在。

她心口一震，谢沉舟刚刚……斩断了自己的手臂。

为了救她。

远处，确认桑念无恙，谢沉舟收回视线，继续与纳珈缠斗。

青鬼厉声嘶吼：“居然为了救那个女人砍了自己一条手臂，你疯了？！”

谢沉舟掐诀凝出上千道剑影，刹那间，剑影裹挟着万钧雷霆砸下。

纳珈哀号一声，身子滑下山峰，没了动静。

他的唇色因为失血过多微微泛白，面容沉静如水：“我只要她平安。”

“……疯子。”青鬼看他的眼神仿佛是在看疯子，“谢沉舟，你病得不轻。”

谢沉舟扯了扯嘴角，不耐地道：“拿了昆山玉的碎片就赶紧滚。”

青鬼冷笑：“这么怕让她知道你是修罗殿的人？那我偏要去告诉她。”

说完，他猛地飞向断崖。

谢沉舟脸色骤变，正要追上他，原本倒地的大蛇却突然暴起。

“轰——”澎湃如浪的妖力轰然爆发，天地间只剩一片纯白。足足过了好几秒，那片白光方才消退。

半空中，黑衣少年直直下坠，如同一只黑色的鸟。

青鬼脸色微变，正要折身过去，另一道身影比他更快。

“谢沉舟！！！”少女御剑接住坠落的少年，与他一同被残余的妖力掀翻。她死死抱着他，试图替他挡住激射而来的巨石。

他勉强睁开眼，用尽最后一丝力气与她调换位置。

“砰——”少年单薄的背脊重重地撞上石壁。他软软地滑倒，胸腔抽动两下，鲜血顺着嘴角溢出，沾湿了整个下巴与脖颈，黑衣仿佛浸了水，洇开一层层深色的水痕。

桑念摇摇晃晃地站起身，扑到他身边，来不及说话，颤着手为他疗伤。

他还在吐血，身子控制不住地轻轻抽动：“咳咳……你、你可有……受伤？”

桑念眼前晕开一片水色，模糊了少年惨白的脸。

“傻不傻，我有护身的法宝，伤不了。”

谢沉舟还是固执地问：“……有、有哪里……疼吗？”

她只好用袖子胡乱擦了一把脸，对他笑了笑，故作轻松：“我没事，一点事都没有，哪哪儿都好着呢，哪哪儿都不疼。你赶紧吃药，别说话了。”

像是终于放下心中的石头，谢沉舟长长地舒了口气，弯着嘴角笑了笑，对她说：

“别哭……我不会死。”

最后一个字落下，少年轻轻闭上眼。

宛如陷入一场冗长的美梦。

再也不会醒来。

“现在不是哭的时候。”桑念用力擦了把脸，强迫自己冷静下来。她找出所有疗伤灵药，可他牙关紧闭，怎么也喂不进去。

正着急时，一名年轻男子飞身落地，上下打量她两眼，目光古怪：“你就是桑蕴灵？”

桑念用力眨掉眼里的泪，认出这是与谢沉舟一同对战纳珈的人。

“你是？”

“我是修——”

说到这里，青鬼顿了顿，睨了昏迷中的谢沉舟一眼，道：“我是谢沉舟曾经的朋友，青鬼。”

桑念松了口气，暂时放下敌意，继续喂他吃药。

青鬼摇头：“你这样做是没用的。”

桑念：“那怎么办？”

青鬼双手用力，简单粗暴地卸掉了谢沉舟的下巴。他夺过她手中的药，不管三七二十一，统统倒进谢沉舟嘴里。

“咔嚓——”

青鬼合上他的下巴，嫌弃地直擦手：“好了。”

桑念看得一愣一愣的。

“你和谢沉舟有仇吗？”她问。

青鬼瞥她一眼，刚要说话，狂暴的妖力再度席卷而来。

他神色凝重，一把抓起谢沉舟：“妖王未死，先离开这里再说。”

桑念忙不迭地御剑跟上他。

青鬼看见她脸上的焦急，古怪之色愈发重，隐约还夹杂着几分嫉妒。

三人一路飞到海边。

悬崖下，涛声阵阵，白色浪花不断拍打着礁石。

青鬼随手扔下谢沉舟。

桑念赶紧搭上谢沉舟的手腕为他把脉。

脉象虽弱，但好歹还在。她松了口气，拿出一块手绢，细细地为他擦拭着脸上的血痕。

余光瞥见他断掉的左臂，她心里狠狠揪了下，鼻尖控制不住地一酸。

青鬼睨着她一颗颗往下掉的眼泪，忽地讥笑一声：“没想到，他竟真的找到了真心相爱之人——”

说到这里，他冷下脸，步步逼近：“他也配？！”

桑念听出这话语气不对，展开双臂挡在谢沉舟身前，神色警惕得似一只小兽：

“不许过来。”

青鬼语声嘲讽：“你真是一点也不怕死。”

桑念还是道：“你若过来，我就杀了你。”

闻言，青鬼眸中的恨意更重：“不公平！”

桑念紧张地看着他，没有接话。

青鬼神色狰狞：“凭什么？凭什么他能从泥里爬出来？”

明明大家都是一样的烂人，明明……他咬紧牙，从牙缝中逼出五个字：“太不公平了。”

桑念语气坚定：“你们有仇我管不着，我只知道，我不会让你伤他。”

青鬼语气裹挟着浓浓的恶意：“你倒是一心护着他，那你可知，他留在你身边，从始至终，为的都是取你性命？”

桑念面色不变：“他不会伤害我。”

青鬼扫了眼她身后，忽地一笑：“那如果我告诉你，谢沉舟是修罗殿的人呢？”

桑念猝然愣住。

青鬼笑意更深：“你大概不知道，谢沉舟他是魔界修罗殿的少主，此生杀的第一个人，就是他的至交好友，洛平安。”

洛平安……是竹林雾中的那名少年。

桑念心头一紧。

“他杀了那么多人，多到数不清，多到堆成了尸山填出了血海。”青鬼一字一顿地道，“一个从炼狱中爬上来的家伙，你凭什么认为他是个良善好人？

“凭什么，凭什么认为他对你是真心？

“他早就没有心了啊。”

桑念沉默下去。

良久，她道：“他从前的确不是好人。”

青鬼大笑：“是啊，他哪里算得上是个好人呢？他可是十恶不赦，连神佛也难容的魔头。”

桑念又道：“但他现在是个很好很好的人。”

青鬼的笑声陡然停下。

“你说他没有心，那我就给他一颗心。”风声大作，她抬起眼，眸光粲然，亮如星辰。

“他从炼狱里爬上来，我不会再让他跌回去。

“我会接住他，一直一直接住他。”

青鬼：“你——”

海浪一次次撞上礁石，如同心跳，一声又一声。

少女的嗓音藏在潮响中，不大，却奇异地让人听得清清楚楚——

“神佛不容他，我容。”

青鬼彻底失声。

桑念道："这就是我的答案，你听明白了吗？"

身后，少年嗓音暗哑："……听明白了。"

她一惊，随后是莫大的欢喜："你醒了？！"

正要回头，她忽地被人伸手从后方环住，肩上微沉，似是他的额头抵在了上面。

"别回头。"少年哑声道。

肩头布料渗进一点温热的濡湿，桑念抿了抿唇，乖乖地站好不动，问他："你什么时候醒的？"

谢沉舟停了一会儿才开口："不重要。"

"那好吧。"

很快，谢沉舟松开她，看向青鬼，语调平静："要么滚，要么死。"

青鬼似乎想说些什么，最终还是咬紧牙，一言不发地离开了。

悬崖上只剩谢沉舟与桑念两人。

海风裹着微微的咸味，吹乱桑念的发丝。她伸手拢了拢，转身面对谢沉舟，终于看清了他此时的模样。

少年脸色惨白，漆黑的瞳孔几乎与夜色融成一片，眼尾漫开淡淡的红，他脸上还带着浓重的恍惚。

桑念小声叫他的名字："谢沉舟？"

他蓦地回过神，低眸定定地看着她。

桑念问："你还好吗？手臂还……疼吗？"

谢沉舟右手拂过残臂，伤口以肉眼可见的速度复原，新的左臂出现在她面前，与从前一般无二。

忽地，桑念踮脚往他嘴里塞了一颗甜津津的梅子："别忍着不出声呀。"——残肢长出来时，要比断掉的瞬间，疼很多倍。

她一直记着的。

谢沉舟睫羽微颤，毫无征兆的，他向后退了一步。

桑念不解。

他又退了一步，身后便是大海。

桑念眼皮一跳："你要干什么？"

谢沉舟不说话，最后看了她一眼，张开双臂向后倒去。

耳畔风声呼啸。

他想，如果她来救他，他就，他就……

"谢沉舟！"崖边，熟悉的身影毫不犹豫地跳了下来。

衣袂翻飞。

"砰——"

两人坠入冰冷的海水中。

谢沉舟一点点下沉，桑念奋力游向他，用力抓住他的手，抓得紧紧的，稳稳的，仿佛无论发生任何事都不会放开。

他凝着少女黑白分明的眼，倏地将她拉到身边。

光线幽暗的海底，少年捧住她的脸，在她惊愕的目光中，以绝对虔诚的姿态——轻轻吻住了她的唇。

墨发交缠。

“一言不合就往海里跳，你想死是吗？”

天光渐亮，海平线染出一线橙红。柔软雪白的沙滩上，桑念拍干净身上的沙子，用力瞪着谢沉舟。

谢沉舟坐在礁石上，抬眸眺望那轮挣扎着爬上来的朝阳，声音很轻：“就当我已经死了吧。”

他转头看桑念，眉间经年不散的戾气尽消，平和若春水：“修罗殿的谢沉舟，死在昨日。”

桑念一怔。

他指尖抵住心脏的位置，缓缓说道：“从今以后，我只是桑念的谢沉舟。”

桑念看了他一会儿，突然倾身按住他肩膀，凶狠地吻住他，少年唇角被咬破，沁出几滴殷红的血珠。

她松开他，拍拍他的脸，笑眯眯道：“盖章完毕。”

谢沉舟用指腹揩去血珠，眼尾微红，翘着嘴角再次凑上去：“只盖一个吗？”

桑念伸出一根手指抵住他额头，将他推远了些，佯装严肃：“少年人，莫贪心。”

谢沉舟依旧用亮晶晶的眼神看着她：“真的只盖一个吗？”活像一只小狗。

桑念扛不住，只能叹口气，又亲亲他的额头。

他又道：“只盖两个吗？”

桑念：“……你最好给我适可而止。”

谢沉舟这才恹恹地起身，走到她身边，牵住她的手。

海浪时不时涌来，桑念干脆脱了鞋子，赤着脚在沙滩上行走。

往后一看，整整齐齐的两排脚印，她弯了弯眼睛，晃晃谢沉舟的手：“你真的会为我离开修罗殿？”

谢沉舟语气坚定：“会。”

桑念有些担心：“需要付出什么代价？”

谢沉舟面色如常：“不需要。”

桑念：“不可能，你们这么大的组织，哪能说走就走。”

谢沉舟笑了一声：“果然骗不过你。”

桑念固执地追问：“到底是什么代价？”

谢沉舟云淡风轻地道：“不重要。”

桑念急切地反驳：“这怎么不重要？”

“我不会死。”谢沉舟道，“你只需要知道，我一定会活着回来见你，这就够了。”

桑念：“可是……”

谢沉舟突然道："我杀了洛平安，念念。"

桑念的声音戛然而止。

"他，青鬼，我，我们三人曾经是最好的朋友。

"某一天，尊主告诉我们，活下来的人，就是修罗殿的少主。"

于是，三个最好的朋友，拔剑相对，每一招都在置对方于死地，又每一招都在手下留情。

谢沉舟语气轻描淡写，眼中却盛满黯然："后来，尊主又说，只要我杀了其中一个人，另一个人就能活。

"否则，他们都要死。"

听到这里，桑念下意识地放慢呼吸。

"我杀了洛平安。"他道。

桑念心中一沉，所以在那片竹林里，他才会看见洛平安……对于谢沉舟来说，世上最让他害怕的，不是妖不是魔，是自己亲手杀死的朋友。

这是他日日夜夜，永远永远，都不能忘却的心魔。

谢沉舟道："我想要与这样的过去割席，不管那代价多重，我都必须承受。"

桑念："……我明白了。"

谢沉舟揉揉她的发顶："不要担心我。"

桑念："我才不会担心你。"她拍开他的手，觉得气氛有些过于沉重，便弯腰捡了颗小石子，想借机转移话题。

"你会打水漂吗？"她问。

谢沉舟没说话，接过石子，指尖轻轻一弹。石子在水面连续跳跃十数下，飞出极远的距离才沉入水中。

他抱臂对她挑眉，眼神不言而喻。

桑念好胜心立马被激起，当即撸起袖子："瞧好吧，我肯定比你厉害。"

说完，她精挑细选捡了颗扁平的石子，铆足了力气扔出去。

"咚——"石子刚起飞便砸进不远处的水里，直直地沉底，连一朵浪花也没有，就像是被某种力量吸了进去。

桑念："？"这是否有些违背物理学了？

她小心翼翼地又扔了颗石子过去。这一次，那片水域出现一个小小的漩涡，似乎有什么东西即将出现。

谢沉舟上前一步护住桑念，眉头微皱。

桑念心中莫名闪过几分异样，低头一看，储物袋正一阵一阵地闪着光。她解开，拿出那个闪光的物体——一把生锈的钥匙。

这不是小河豚送的那把吗？她目光疑惑。

谢沉舟忽然道："有东西出来了。"

她探头一看，短短几息时间，漩涡越发大，几乎囊括了整片海域。最中心的地方，空间微微扭曲，一扇被翠绿树藤缠绕的大门缓缓浮出水面。大门不断发出低鸣，与她手中钥匙的震颤频率逐渐同频。

桑念道："这是什么？"

谢沉舟微眯了眼，透过树藤的遮挡看清门上写的字，一字一顿地念道："归墟之国。"

桑念一惊："这扇门后面就是归墟？！"

小河豚送的竟然是打开归墟的钥匙。这么说，当年拿了另一把钥匙的修士，也进去了吗？

刹那间，她思绪万千。

谢沉舟问："要进去吗？"

桑念有些犹豫："之前碧柯长老说她所有死去的亲人都在里面，我想去帮她找找，最好能替她带句话。"况且，能进入归墟，也算一份莫大的机缘，能在里面得到什么意想不到的东西也说不定。

谢沉舟道："那就进去。"

桑念："可是……万一有危险……我不想连累你。"

谢沉舟揪住她袖摆，一如既往的倔："我要和你一起。"

再等下去归墟大门就要消失了。桑念拗不过他，只好妥协："那就走吧，要是遇到危险，咱们就一起跑。"

他这才满意地松开手，足尖一点，与她并肩飞向那扇大门。

桑念放开震颤不止的钥匙，任由它冉冉飞起。随着震颤幅度愈发大，钥匙表面的锈迹一点点剥落，泛起金属特有的冷光，它完美地嵌入门上小洞。

藤蔓缓缓向四周缩去，露出完整的大门。

桑念给初瑶几人留了言，不再犹豫，深吸一口气，伸手推开。

柔和的白光吞没两人的身影，失重感骤然传来。再睁开眼时，脚下已变成柔软的草地。

夹杂着花香的风拂过鼻端。暖融融的日光洒在枝叶间，又顺着缝隙漏下几块光斑。拖着长长尾羽的白色鸟儿成群地掠过瓦蓝色的天幕，鸣声悠扬婉转。

远处，一只只蘑菇似的小精灵钻出草地，彼此追逐嬉戏。

一切都那样祥和，安宁。

桑念看得有些呆了。

这就是归墟？

她拉拉谢沉舟，感慨道："归墟居然这么漂亮，我还以为和书上写的冥界一样，到处都阴森森的。"

谢沉舟道："归墟之国由上古神灵所创建，里面的一草一木都仿照神界布局，自然风光绮丽。"

桑念"哇"了一声，兴致勃勃地道："这些内容你在哪本书上看见的？我回去也去藏书阁借来看看。"

谢沉舟刚要告诉她，忽地停顿了两秒，道："我忘了是哪一本。"

桑念有些失望："行吧。"

谢沉舟用余光看她一眼，又道："不过，内容我记得很熟，可以讲给你听。"

桑念："这样会不会太麻烦你了？"

谢沉舟矜持地摇头："一般麻烦而已。"

桑念咧嘴一笑，高兴地道："那就辛苦谢夫子了，以后每天都给我讲一段吧。"

谢沉舟压下嘴角："好。"

两人沿着弯弯的小路走了好一会儿，沿途见到许多只有在书中才有记载的生物。

"原来那些早就灭绝的灵兽死后都来了这儿。"桑念觉得很神奇，"它们还和自己的亲族待在一起，岂不是和生前一模一样吗？"

谢沉舟："嗯。"

桑念高兴道："那这样看来，死也并不可怕，只不过是换了个地方生活而已，大家仍然在一起。"

谢沉舟摇头："人族死后大多会前往冥界转世，只有极少数才会来到这里。

"归墟，是所有轮回之外的生灵，最后的归宿。"

桑念频频点头："原来如此。"

她在识海中展开系统地图，原本灰着的归墟果然亮起来，所有路线一清二楚。

此地分为三个板块：

人族

妖族

未知

桑念反复看着标了"未知"的地点，发现正在她前方。

她问六六："'未知'是什么？"

六六正在识海里嗑瓜子，闻言，它"呸呸"吐了口瓜子皮，懒洋洋地道："顾名思义，未知就是未知，也就是未知。"

桑念："再不好好说话瓜子给你没收了。"

六六当场稍息敬礼："报告，'未知'是除了人与妖之外，涵盖了所有生物的聚集地。只要不属于人也算不上妖的，就都在这儿住着。"

桑念很满意："退下吧。"

六六乖巧地坐下，继续抖着腿嗑瓜子。

想去人族聚集地，必须要经过这个"未知"。此地灵气无法转化，不能御剑直接飞过去，只能靠双腿行走。

桑念谨慎再谨慎，找了借口对谢沉舟道："我们一定要小心些，说不定前面有什么猛兽。"

见她这副严肃的表情，谢沉舟握剑的手紧了紧，神色同样郑重起来。

两人放轻脚步前行。

小路的尽头，一堵厚重高大的花墙沉默地矗立。无数藤蔓从上方垂落，开出数不清的不知名花朵，绚烂如霞。

花墙下有个半人高的入口，似乎便是唯一的通道。

桑念：“钻过去？”

谢沉舟没什么意见，正要先一步过去，倏地，洞口枝叶动了动。

他刹住脚步，双目微凝。

桑念同样咽了口口水，紧张地盯着洞口，窸窸窣窣的声音不断传来。

会是猛兽吗？

两人屏气凝神，手皆按在了剑柄上，随时准备拔剑。

倏地，声音停下，“猛兽”拱出了洞口。

“呀——”“猛兽”发出了号叫。

桑念：“？”

只有一两岁大的小女孩儿爬出洞口，蹦跶着跑向两人，精准地抱住谢沉舟大腿。

谢沉舟沉默，单手把她拎开，谁知她又顺势抱住了他的胳膊。粉雕玉琢的小女孩儿仰起脸，用黑葡萄一样的眼珠看着他，笑得像朵花。

谢沉舟眉头打了个死结：“放开我。”

小女孩儿：“呀！”

“听不懂你在说什么。”他加重语气，“松手。”

桑念伸手逗了逗小孩儿，惹得她咯咯直笑：“她才这么点儿大，知道个啥啊，你说破嘴也没用。”

谢沉舟道：“荒郊野岭，突然出现一个孩子，定然有诈。”

桑念看着那堵墙，摸着下巴道：“先过去看看吧，看看墙后面是什么再下结论。”

谢沉舟没动。

桑念：“走啊。”

谢沉舟和小女孩儿大眼瞪小眼。

桑念只好道：“行行行，我来抱她。”

谢沉舟避开她的手，单手抱起孩子，臭着脸拔剑劈开一条路：“走了。”

桑念憋着笑跟在他身后穿过墙体。

花墙后面的景象截然不同，放眼望去，视线所及之处，蘑菇形状的小木屋比比皆是。屋前种着绿油油的青菜，远处山坡上还有开垦出来的田地。毛茸茸的小黄鸡悠闲地踱步，时不时梳理一下羽毛。

眼前一切，俨然就是人族村落。

桑念一边打量一边向前走。

村子中心处生长着一棵巨大的古树，快有几十人合抱粗，树冠如华盖，足足遮住半个村子。

她站在树下，头仰到最高也看不见顶。

“这个地方，真的是‘未知’吗？”桑念问六六，“我怎么感觉和人族聚集地没什么不同。”

六六：“反正地图上是这么写的，也不排除是有人族迁移到了这儿。”

桑念觉得这个理由靠谱，暗暗点头。

村子里静悄悄的，似乎一个人都没有，可四周分明有许多气息。

桑念对谢沉舟使了个眼色，谢沉舟弯腰放下怀里的小女孩儿。

果然，下一秒，一道影子冲过来，一把将孩子抱在怀里，与他们拉开距离。

桑念看清对方的脸，顿时惊为天人。

秋水为神玉为骨，芙蓉如面柳如眉。美人，无可争议的大美人。

她身上的衣饰也与人族大不相同，轻薄又灵动，很像精灵族的风格，发间还坠着许多亮晶晶的吊坠，漂亮得不像话。

桑念一眼就看出来了，这个姐姐一定是好人，她试图套近乎：“你好……”

女人抱着孩子后退，张嘴便是一串陌生词汇，发声的腔调极其特殊，仿佛某种羽族的语言。

没学过这门外语的桑念听得满脸茫然。

她问谢沉舟：“你听得懂吗？”

谢沉舟：“我可以学。”

桑念：“……你还是闭嘴吧。”

小女孩儿不知和女子说了些什么，女子脸色一缓，对桑念两人友好地笑了笑。

桑念：“……”救命，笑起来更漂亮了。

对面，女子对着四周叽里咕噜地说了两句话。屋门接连打开，一个个村民走到她身边。

桑念目瞪口呆，只因眼前这些人，无论男女老少，每一个都长得很漂亮，毫不夸张地说，桑念这辈子没见过这么多帅哥美女，她眼睛都看直了。

忽地，旁边的谢沉舟用力咳嗽了一声。

她充耳不闻。

他压了眉宇，强行将她的脸手动转过来。

桑念这才回神，吸溜了一下口水，义正词严地道：“我只是单纯地欣赏美人，绝对不是色心大起。”

谢沉舟：“呵。”

桑念握拳：“可恶，你竟然识破了我这么高超的谎言。”

谢沉舟停了停，倾身在她耳畔低声开口，嗓音里无端多了几分委屈：“我也很好看，你看看我。

“念念。”

桑念刚要和谢沉舟说话，瞄见女子向他们走来，忙推开谢沉舟，认真听女子说话。

女子：“叽里咕噜咪西咪西滑不拉几。”

桑念听得满脸蒙。

她疯狂戳六六："有没有翻译器？"

六六："一袋小米即可下载。"

桑念："成交。"

六六拉开系统面板操作了两下："只要再加一袋瓜子，就可以开个会员直接速成这门语言，达到无障碍交流，开吗？"

桑念："开开开。"

随着系统一声提示音，女子总算不再继续咪西咪西了。

她问桑念："你们是谁，从哪里来，要到哪里去？"

嘶，好哲学的问题。桑念想了一下，用对方的语言回道："我叫桑念，他叫谢沉舟，我们是外乡的人族，来这儿是为了去人族聚集地找人。"

顿了顿，她又补充了一句："我们没有恶意的。"

旁边的谢沉舟满脸诧异。

桑念低声和他解释："我用了法宝，学会了他们的语言。"

谢沉舟点点头，眼底浮现一点骄傲之色。

女子也诧异了两秒，又惊又喜："你会说我们的话？"

桑念谦虚道："一点点。"

"人族，她是人族。"村民们纷纷交头接耳，雀跃又新奇。

女子身边的青年说道："你们要去人族的地盘？前几日大水冲垮了桥，已经过不去了。"

桑念"啊"了一声："可以坐船或者绕路吗？"

"绕路得走几个月呢。"他道，"至于坐船——风浪太大，船根本划不过去，会翻的。"

桑念有些失望。

"不过我们正准备修桥，"女子道，"你们可以等我们修好再过去。"

桑念："大概多久能修好？"

女子道："七八日左右。"

这也太慢了，到时候群英会都要结束了。

桑念想了想："如果有人帮忙修桥，会快一点吗？"

女子："当然。"

桑念道："那我们和你们一起修吧，争取三天就修好。"

女子激动道："真的吗？这可是很危险的。"

修个桥能有多危险？

桑念没在意，拍拍胸口："放心吧，我们可是专业的。"

女子感激道："谢谢你们的帮助，这几天请暂时住在这里吧。"

桑念："谢谢谢谢。"

她又问："对了，还不知道你的名字呢，这里到底是哪里呀？"

女子道："我叫清雨，这里是祝余族生活的地方之一，暮云村。"

桑念的笑容猛然僵住。祝余族？书上的那个祝余族？

她环顾四周村民，满脸愕然，不禁想起那本书上的内容。

祝余族，神之弃民，性情与妖魔无异，残暴凶狠，喜食人。

外貌酷似人族，不论男女，皆绝色。

常利用美色引诱过路人族。

可是——桑念看着面前和善单纯的村民们，手心冒汗。

谢沉舟察觉到她的异常，低声问："怎么了？哪里不对？"

哪里都不对，桑念心里升起一个可怕的猜测。

她拍拍他的手，示意等会儿再说，再转头面对清雨时，神色已恢复正常。

"那就打扰你们了。"

清雨看她的眼神像看一只稀奇的小动物，一副想动手摸摸又不好意思的样子："没关系，我们都很喜欢人族，一直想和你们建交，只是语言不通，一直没能实现。"

桑念勉强笑了笑，大概和谢沉舟说了下修桥的事，谢沉舟没什么意见，点头答应。

清雨多看了他一眼，目光有些许的困惑："他也是人族吗？"

桑念："对啊。"

清雨若有所思地点头，没再问什么。

几只鸟儿盘旋着从大树上落下，皆是白首赤身，尾羽火焰一般鲜艳夺目。

桑念脱口道："赤鷩鸟？"

清雨道："嗯嗯，它们是我们的守护灵兽。"

另一人又道："真奇怪，赤鷩鸟会驱赶擅自闯入祝余领地的人族，却没有驱赶你们呢。"

桑念看着其中一只鸟儿，试探性地唤了一声："窃脂？"

正梳理翎羽的鸟儿霎时抬眼，歪着脑袋看她。

"你怎么知道它的名字？"清雨惊讶地道。

桑念："……以前，见过它。"

清雨恍然："原来你在我们还活着的时候就去过小华山了啊，怪不得你会祝余族的语言。"

桑念心里更加沉重："你们还记得，自己是怎么死的吗？"

祝余人面面相觑："不记得了。"

清雨道："死后来到归墟的生灵，只会留下最快乐的记忆。"

桑念不知该说什么，心事重重地点了点头，没有接话。

与其他祝余人告别，清雨领着她与谢沉舟去安置。

村里有空着的木屋，里面陈设一应俱全，似乎曾有人在此生活过，留下了不少痕迹。

清雨道："以前也有一个人族闯到这里来，她当时就住的这里。"

桑念想起那把钥匙："对方是男是女？"

清雨道："是个和你一样的女孩子。"

说着，她仔细观察桑念："你们长得还有些像呢。"

桑念试探着问道："她是不是叫——镜弦？"

"对，这是她的名字。"清雨道，"你们认识？"

桑念缓缓地道："她是我母亲。"

清雨瞪圆了一双美目："这真是太巧了。"

桑念："她在这儿的时候，有发生过什么事吗？"

清雨摇头："她待了一段时间就走了，每天都很不高兴的样子，有时候还会看着我们哭，一个劲儿地说对不起。

"可她对不起我们什么呢？那时我们甚至不认识对方，她只是一个过路人罢了。"

桑念听完，心中疑窦丛生。这也与镜弦之死有关吗？她当年，究竟都经历了些什么？

"好啦，我们要走了。"清雨对还扒在谢沉舟身上的小女孩儿伸手，"到娘亲这里来，别让客人再抱着你了。"

小女孩儿不肯，更加用力地搂住谢沉舟的脖子。

桑念觉得她可爱，故意挠她下巴逗她："你叫什么名字呀？"

她下意识用了修仙界的语言，没指望小孩儿能听懂，谁知，对方竟结结巴巴地说道："……薇……薇。"

她还太小，话说得不太利索，只能几个字几个字地往外蹦，但到底是说出来了。

"你叫薇薇？"桑念高兴地道，"你会人族的语言？"

薇薇表情茫然，似乎不明白什么是人族。

桑念指指自己和谢沉舟："我们就是人族。"

薇薇似懂非懂地点点头。她手里还攥着爹爹给的两个小红果儿，大方地递给桑念一个："吃。"

桑念摆手："谢谢，你自己吃吧，姐姐不吃小孩儿的东西。"

她又给谢沉舟："吃。"

谢沉舟扭头："我不要。"

她仍然执着地把果子往他嘴边送，口齿不清："甜……喜欢。"

谢沉舟道："甜我也不要。"

薇薇急了，加重语气叫道："舟……舟。"

桑念诧异："她知道你的名字欸。"

祝余族的小孩儿学习能力这么强的吗？光听她和谢沉舟说话就能掌握一门外语了？

莫非她真是天才？

清雨有些尴尬，强行抱走薇薇，柔声劝告："别这样，哥哥不喜欢吃蕈荔果，你不能勉强他。”

薇薇抽泣：“喜欢，的。”

桑念受不了小孩儿哭，暗中推推谢沉舟：“接过来，你不吃我吃。”

谢沉舟这才不情不愿地伸手。

薇薇立马破涕为笑，把两个果子都放在他手心：“舟、舟吃。”

谢沉舟动作顿了顿，攥着果子收回手，她这才跟着清雨离开。

桑念道：“你吃不？不吃给我。”

谢沉舟把两个果子都给了她。

她又还了一个回去：“一人一半，感情不散。”

谢沉舟弯着眼睛咬了一口，汁水清甜，是从没尝过的味道，却莫名熟悉。

他微微愣神。

桑念在屋中转悠，打量着四周布局。

屋子是全木质结构，不算太大，最里面摆了一张床，外面有一张桌子，四面都开了大大的窗户。推开西边的窗，外面是一个小水潭，潭边生满了高高的、翠绿的野草，随风轻轻晃悠。若是到了夜里，一轮明月倒映在潭水里，和喜欢的人一起坐在窗边赏月喝酒，晚风微凉，虫鸣阵阵，那大概便是世上最幸福的事了。

桑念趴在窗口，深吸一口气，觉得从头到脚都轻飘飘的，无比宁静，仿佛所有烦恼都离她而去。

“归墟真是个好地方啊，”她感慨道，“要是我死后也能来这里就好了。”

谢沉舟走上前，站在她身边：“你不会死。”

桑念摇头失笑，没接话。

谢沉舟默了默，重复道：“你不会死。”

“知道了知道了，”桑念无奈，“我不死，我长命百岁行了吧。”

“不止百岁，”他固执地看着她的眼睛，“一千岁，一万岁，永远，永远地活着——和我一起。”

桑念安静了一会儿，拍拍他的背：“不说这个了。你看我发现了什么？”

她亮出方才捡到的碎纸片。

谢沉舟接过，低头看去。

上面用人族的文字写着一句话：天黑，不要出门。下笔匆忙，好几处笔画歪斜，似乎书写时情绪波动极大。

“是镜弦的笔迹。”桑念道，“她写下的应该不只这句话，我们再找找，看能不能拼凑完整。”

谢沉舟：“镜弦是谁？”

桑念：“我母亲。”

她飞快地说了一遍有关镜弦的事，又迟疑了一下，问道：“宗主曾说她和修罗殿某个成员有些牵扯，你有听到什么风声吗？”

谢沉舟摇头：“未曾。”

桑念："好吧，先找线索要紧，剩下的改日再谈。"

谢沉舟默不作声地转身寻找碎纸。

桑念装作没发现他眼底的失落。她给不了他承诺，不管是永远活着，还是和他永远一起——她都给不了。

她的家不在这里。

经过仔细搜索，两人陆续找到三张大小不一的碎纸。

桑念挨个儿看去。

天黑，不要出门

血……恶心

对不起

一切都是骗局

桑念盯着骗局两个字，心里好似压了一块石头，沉甸甸的，有些喘不过气。

谢沉舟道："骗局指的是？"

桑念默默拿出那本书："你看看最后一页写的什么。"

谢沉舟接过，粗略扫了一眼，道："是关于祝余族的来历？与其他书上写的并无不同。"

很快，他发现不对："谁在上面下了禁制？"

桑念："我也想知道。"

谢沉舟皱眉："这些只是寻常的内容，为何要掩盖？"

桑念一字一顿地道："清雨就是祝余人，薇薇也是，这个村子里的所有人，都是。"

谢沉舟捏着书的指尖骤然收紧。

"万仙盟，很可能撒了一个弥天大谎。"桑念道，"这个谎言维持了五百年，直到镜弦来到归墟，发现一切都是假的。"

谢沉舟冷笑："这就是世人向往的仙门。"

桑念揉揉眉心："究竟是不是我们想的那样，等我找到方法解开最后一重禁制就清楚了。"

如果一切推测成立，那么镜弦的死因便很明显了——在这个世上，只有死人才能保守秘密。

正午时分，清雨再次登门。

"我们要去伐木修桥了，你们要一起去吗？"

桑念立时同意下来。

村民们已经集合完毕，人手拿着一把斧子，见他们出来，都对他们笑着打招呼，其中一人往谢沉舟手里塞了一把斧子。

清雨胳膊上挎着两个竹篮，她分了一个给桑念："他们要去伐木，我们去采摘蕈荔果做晚餐吧。"

桑念忙道："我力气很大，可以一起去砍木头的。"

清雨摇头："太危险了。"

桑念不解。砍个木头有什么危险的？

她跟着众人一路向东走，来到伐木的林子，采摘蕈荔果的地方也在这儿。

桑念试着对树砍了一斧头。这里的树不知是什么品种，质地坚硬如铁，斧子砍下去连个印子也留不下。她不信邪，用尽全力又砍了一斧头。

垂落的树藤忽地动了动，裹挟着疾风朝她抽来。她忙向后跃去，险而又险地避过。

四周的祝余人纷纷跑开，以防抽中自己。

清雨担心道："我说过了，砍树是很危险的，我们还是摘果子去吧。"

倒也算不上危险，这棵树比起外面的妖王可差远了，实力最多不过筑基期。

桑念心里有了数，示意谢沉舟站远点。

谢沉舟噙笑后退两步，抱着胳膊看她砍树，还不忘对身边的祝余人介绍："她是我的心上人，厉害极了。"

那名祝余人听不懂他在说什么，茫然地眨了眨眼。

倒是另一名祝余人见谢沉舟一脸骄傲和欢喜，大概猜出了几分他话里的意思，笑着叽里咕噜地回应了两句。

那边，桑念扔开斧子，拔出自己的长剑，深吸一口气，抬腕斩去。

"砰——"刚刚还挥舞着树藤不可一世的大树应声而倒。

周围的祝余人倒吸一口凉气，满脸崇拜："你居然一下就砍断了我们要砍三天的神树？！"

"不可思议！不可思议！"

"这就是人族的力量？！"

"太强大了！"

桑念："啊？"她刚刚甚至没用灵力，只依靠了灵剑本身的威力。这就……无敌了？

清雨两眼亮晶晶地看着她，双手在胸前紧紧交握："你们人族都这么厉害吗？"

桑念难以置信："你们先天灵力这么强，却没有修炼？"

"修炼？"清雨茫然，"那是什么？"

桑念用体内储存的灵力变了个小水龙出来："就是这样的法术，你们没学过吗？"

清雨老实地回道："我们只会这个——"

说着，她将手放在旁边一棵砍了一半的树干上，掌心亮起淡绿色光芒，树干断口恢复如初。

“这个对受伤的兔子也可以用，它们会马上痊愈。”清雨不忘夸桑念，“你真厉害呀。”

桑念遍体生寒，身怀堪比大宗师的灵力、绝世的美貌、单纯无邪的心性，却只会治愈系的术法。这与稚子抱金过闹市唯一的区别，恐怕只有他们隐居深山不在闹市这一点了。

可被人觊觎，只是迟早的事。

而他们，毫无抵抗之力。

合族尽灭。

众人各司其职，开始卖力地砍树。

“好啦，我们也该摘蕈荔果去了。”说话间，清雨一转头，看着扑到谢沉舟怀里的女儿，有些头疼，“薇薇，你怎么又跑到客人身上去了？”

薇薇搂住谢沉舟的脖子，用额头蹭蹭他的脸，亲昵地叫道：“舟，舟。”

谢沉舟单手抱着她，不太适应地转开脸：“别叫了，很烦。”

她充耳不闻，依然去蹭他，依然一个舟字一个舟字往外蹦。

谢沉舟拿她没办法，只好求助似的看向桑念。

桑念回过神，收敛思绪，笑道：“她很喜欢你欸，一直黏着你。”

谢沉舟眉头紧锁：“很烦。”

桑念道：“别当着孩子面说这些。”

谢沉舟改口：“有点烦。”

桑念：“啧。”

谢沉舟面无表情：“她真可爱啊。”

桑念欣慰地点头。

他动作僵硬地把薇薇递给清雨，转身随着众人去砍树。剑光闪过，轰隆声接连响起，眨眼便倒了一排树。举着斧子的祝余人呆呆地看着，下巴都快合不上了。

清雨也道：“真是奇怪，我们薇薇居然这么喜欢你的朋友，早上也是，就好像是知道你们来了一样，突然就跑出去了。”

桑念摸着下巴：“她不会是特意来接我们的吧。”

说完，她眯起双眼，凑近薇薇，压低嗓音：“说，谁派你来的，你的上峰是谁？”

薇薇：“呀？”

桑念：“你潜伏在我们身边究竟有什么目的？”

薇薇被她逗笑，挥舞着小手“呀”了一声，抱住她的脖子，像对谢沉舟那样，蹭了又蹭。

桑念心都化了，砍起树来腰也不酸了，腿也不痛了，扛着剑哐哐就是砍。

有了他们两人的帮助，修桥所需要的木头很快便砍好了。接下来的问题，是将木头运到河边。

“用绳子一根根拉？”桑念道，“这太慢了。”

祝余族人挠挠头："那怎么办？"

桑念将所有木头收进储物袋中："好啦，明天去河边我再把它们放出来。"

祝余人瞪大了眼，不理解她是怎么把木头变走的。

桑念又演示了一遍，解释道："这个储物袋里画了阵法，内含一个小空间，差不多有你们村子那么大。"

他们的眼睛瞪得更大了。

"行了，收拾东西回去吃饭吧。"清雨道，"我们的果子也采好了。"

众人应和一声，利索地收拾好东西，一路欢声笑语。

祝余族用餐是聚在一块儿的，不会单独在屋子吃。

村子东边，一尊十几米高的神像矗立在草地上。沧海桑田，神像面容已模糊，看不出本来容貌。神像双手交握在胸前，气质极平和，脚下却匍匐着一只狰狞的凶兽。

"这是我们祝余人信仰的神灵。"清雨介绍道，"当初就是神灵创造了祝余，赐予我们生命。"

桑念忙学着她的样子对神像行了一礼。

谢沉舟站得远远的，并没有过来行礼的意思。

桑念也没勉强他，对他笑了笑："走，吃饭去。"

不远处的草地上摆放着长桌，木制餐盘盛着看不出原材料的食物，一碟碟端上了桌。

大家分坐两边，双手在胸前交握，齐声祷告："愿神灵庇佑。"话落，他们拿起餐具开始进食。

桑念好奇地看着面前的食物。一根根乳白色的条状物，软塌塌的，有点像面条，闻起来却有种草木的清香。

"这是用黄雚草的草籽磨成粉后做的面。"清雨道，"吃了它你就不会长疥疮了，皮肤会很好。"

桑念试探性地吃了一口，是很特殊的草木香。她从储物袋里拿了瓶醋出来，倒入致死量后，大快朵颐。

谢沉舟也尝了一口，默默拿走了她的醋，同样倒入致死量。

旁边还有几碟萆荔果。

桑念道："你们晚餐就吃果子和面？这么清淡，没有肉吗？"明明山里有很多野兔之类的动物，不至于一点肉星儿也见不到吧。

清雨神色严肃："我们不能伤害它们，这是不对的。"

桑念微怔。

清雨的夫君插嘴："假如伤害了兔子，我们会很难过，难过到恨不得和兔子一起死去。

"伤害其他有灵智的生灵也一样。"

桑念吃面的动作顿了顿，当日窃脂的话犹在耳畔——"世上再也没有比他们更慈悲，更善良的生灵了。”

祝余族，神之遗脉。

拥有着一颗比肩神明的悲悯之心，可这对于他们来说，或许并不是一件好事。

第九章 永不安息

太阳一点点没入远山，暮色笼罩四野，村民们吃完饭，开始围着神像唱歌跳舞。

桑念和谢沉舟坐在一边看着。桑念撑着下巴，惬意地道：“真好啊。”

谢沉舟认真看着她，漫不经心地“嗯”了一声。

清雨冲出人群，强行拉走他们，热情地道：“我来教你们跳舞！”

桑念吓得不轻，慌忙摆手：“不了不了不了不了——”话音未落，她与谢沉舟被推到神像前。

倏地，神像亮了亮。空中飘下两朵洁白的小花，慢悠悠地落到桑念与谢沉舟掌心。

桑念奇道：“这是什么？”

谢沉舟并不感兴趣，随手扔掉。

清雨兴高采烈道：“这是白菩花，代表神灵对你们赐下了祝福，证明神灵认可你们的结合，你们会是幸福的一对！”

桑念如实翻译，谢沉舟弯腰把花捡了起来。

下一刻，周围的祝余族都涌了过来，分别簇拥着两人离开。

桑念稀里糊涂地换上了祝余族服饰，迷惑地问：“这是要做什么？”

清雨手脚麻利地为她梳妆，笑着回道：“按照规矩，得到了白菩花的人，必须得立即在神像下成婚。这样神灵的祝福才会实现，你们将会长长久久，携手一生。”

桑念：“啊？！”

很快，打扮一新的她被簇拥着回到神像前。

谢沉舟早已等在那里，他同样换了祝余族的服饰，愈发显得身形修长挺拔。

听见桑念的声音，他立时回头。

两人都愣了愣。

少年散着微卷的长发，额间戴着极细的、银链似的抹额，上面坠着小小的红蓝两色琉璃珠。两侧编了细碎的小辫子，发间挂着亮闪闪的吊坠，发尾还有几根赤鹫鸟艳丽的羽毛。

除了抹额，桑念与他的打扮几乎一模一样。不过，她发间的吊坠更多、更精美，衣裳也更为飘逸，胳膊上的臂钏灿烂夺目。

桑念还是第一次看见他这样的异族装扮，下意识屏住呼吸，连眨眼也忘了。

她呆呆地夸道："真好看。"

他也道："真好看。"

桑念："是呀是呀，你真好看。"

谢沉舟："我说的是你。"

桑念本就发蒙的脑袋更晕了。在祝余族人的恭贺声里，她被推到谢沉舟身边，与他并肩站在神像下。

两侧的祝余族人卖力地撒着花瓣。

谢沉舟红着耳垂对桑念伸手。

桑念局促道："这样是不是不太好？你知道我们要干什么吗？"

谢沉舟："嗯？"

桑念："他们说我们得到了花，要在神像下成婚，我们真的要……成婚吗？"

谢沉舟反问："我们不是早就成过婚了吗？"

桑念声音小得几乎只有自己能听见："可是那次……那次不算呀。"

谢沉舟抿了抿嘴角，问："那——你愿意再嫁给我一次吗？"

桑念怔住。

好一会儿，她握住他伸来的手，与他十指相扣。

她轻轻说道："愿意的。"

桑念是愿意嫁给谢沉舟的。

欢呼声如潮水般响起。

两人低头一笑，心如擂鼓。

谁也不知道，很多年后，已不再是少年的谢沉舟又一次来到了这座神像前。

彼时，他已是世人所怕、所恨、所厌的魔尊。

魔尊谢沉舟长跪于神像下，双手虔诚地合十。

"神明在上，弟子谢沉舟，在此忏悔所有犯下的罪孽。

"我愿为此堕入无间地狱，日日受烈火焚身之痛，拆骨拔筋之苦，永无宁日。

"只求……吾妻归来。

"我有罪。

"我爱她。"

天色渐晚，桑念和谢沉舟一起回了小屋。

不知为什么，她莫名有点尴尬，谢沉舟也不说话，脸绷得紧紧的。

空气诡异地安静。

好在，薇薇迈着小短腿跑了过来。

桑念如获大赦，拿出比之前高十倍的热情：“是薇薇啊，你来有事吗？”

小女孩儿拉拉谢沉舟的衣摆：“舟。”

谢沉舟没什么耐心地蹲下：“又做什么？”

她拿出一直带在身上的木雕小鸟，郑重地放在他手心：“它保护，舟，舟。”

谢沉舟睨了那只小鸟一眼，语气嫌弃：“什么丑东西，我不要。”

薇薇道：“你、要！”说完，她不给谢沉舟还回来的机会，转身蹦跶着地跑走。

谢沉舟站起身，垂眸打量那只小鸟。半个巴掌大，按照赤鷩鸟的外貌雕刻，算不上精致，线条却古拙流畅，看得出来，雕刻者极为用心……说不出的眼熟。

桑念也凑过来仔细观察。

“像小孩子的玩具。”她随口道，“我小时候家里人也给我买过，不过我那只是陶瓷的，还会唱歌，可好听了。”

谢沉舟揉了揉胀痛的额角，脑海中忽地涌出一幕早已遗忘的曾经。

那时他三岁，还是四岁？记不清了，但大致是那个年龄。幼童坐在青年宽阔的肩头，为了买集市上的两只小鸟哭闹不已。面容模糊的年轻女子走来，温柔地拭去他脸上的泪珠，摊开左手掌心。

她嗓音含笑，轻声哄他：“我们要这只木头小鸟好不好？”

三岁的谢沉舟啜泣着推开，对她发脾气：“我不要这个丑东西，我想要活的、会跳会唱歌的小鸟！”

女子语气多了些不易察觉的悲凉：“活物总有死去的那一日，娘亲做的木头小鸟不会死，它会永远永远陪着你。”

永远，永远。

陪着你。

谢沉舟身形晃了晃，几乎站立不稳。

桑念忙扶住他：“你怎么了？！”

谢沉舟用力闭了闭眼，不自觉地握紧双手。

木雕的棱角硌着掌心，生疼。

“没事。”他道，“大概……是我的臆想罢了。”那个早就抛弃他的女人，怎会有这样温柔的一面，一切，不过是他的臆想。

桑念：“真没事？”

谢沉舟瞥见她脸上的关切，唇角扬了扬，耐心地为她拆头发上的佩饰：“说了没事就是没事。”

桑念：“哦。”

过了一会儿，她鼓足勇气开口：“今晚——”

谢沉舟淡声道：“我睡地上。”

桑念立时又活蹦乱跳起来，笑嘻嘻地开口："这样我多不好意思啊。"

谢沉舟："那你睡地上。"

桑念还是笑嘻嘻的模样："好啊。"

谢沉舟："你就不能求一求我吗？"

于是，桑念凑过去，放软语气："求求你啦，谢少侠？谢师兄？谢——唔！"

她被拉进一个温热的怀抱，唇被封死，手腕也被按在了桌上，以一个毫无保留的姿态接纳他。

少年单手扣着她后脑勺，动作久违的强势，不允许她向后退却一丝一毫。他垂眸看着她的脸，在她喘不过来气的前一刻放开她，好整以暇地坐好。

桑念："……"她对这人模狗样的东西狠狠戳了一下。

他眸色一深。

她早有准备，敏捷地避开他的手，飞快地站起身："别闹，天快彻底黑了，别忘了镜弦留下的话。"

谢沉舟抓了个空，捻了捻指尖，神色有些惋惜。

桑念道："今晚肯定会出事，我们最好打起精神来。"

他懒洋洋地道："知道了。"

桑念："认真点。"

谢沉舟叹气，一字一顿地答道："知——道——了。"

桑念这才满意。

天光暗了下去。

明月升起，月光自枝叶间漏下，碎如残雪。

桑念关紧了门，将窗户推开一条小缝儿，警惕地观察外面。

村子里很安静，连一声虫鸣也无。

"好像并没有什么事。"她对谢沉舟道。

谢沉舟抱着剑靠墙静坐，双眼微闭："再等等。"

桑念便继续观察。

转眼已是午夜时分，无数声尖叫划破夜幕。快要睡着的桑念骤然惊醒，她飞快地探身看向窗外，困意瞬间烟消云散。

反应过来后，她猛地推开窗，想要冲出去。

谢沉舟伸手拦住她："危险。"

她摇摇头，颤着手指向窗外，示意他快看。

谢沉舟彻底推开窗户，瞳孔一缩。

火光压过了月光，一切都染上了诡谲的红，铁锈味浓稠得让人作呕。尸堆如山，血流成河，尖叫声接连不断地响起，祝余族人四散奔逃，却依旧被冰冷的剑光夺去性命。

头颅骨碌碌地滚到窗边，满是鲜血的脸上，那双漂亮的眼睛兀自大睁着，眸中一点泪光轻闪。

谢沉舟与他对视片刻，认出他是清雨的丈夫，薇薇的父亲。

谢沉舟抬头望向天际。半空，数十名衣着不凡的修士临空而立，每一个都是五百年前举世闻名的大宗师，他们冷冷地睨着这片血色大地，脸上没有丝毫波动。

桑念嗓音颤得厉害:“这究竟是怎么回事？”

谢沉舟将她紧紧抱在怀里，低声安抚:“这只是一场幻境。”

桑念:“假的？我明明闻见了血腥味……”

他将她抱得更紧:“这些是祝余族人的梦境，他们怨气太重，我们被拉了进来。”

痛苦从来没有被遗忘，不过是被小心地藏在了另一个地方。在梦境中，他们如同当年一般死去，夜复一夜。

永不安息。

桑念全身血液仿佛冻结，牙齿控制不住地磕碰在一起，发出一点轻微的响声。她倏地推开谢沉舟，拔腿跑了出去。血浸透了泥，踩上去时，会留下一个极深的脚印。

桑念跌跌撞撞地走着，祝余人看不见她，修士也看不见她。

她帮不了任何一个人，她甚至不能触碰到他们。

她从没有这样绝望过。

谢沉舟追上来，默默地跟在她身后。

前方，伤痕累累的雏鸟猛地从空中俯冲而下，它尖啸着撞开一名修士，张嘴吐出灼热的火焰。

修士落荒而逃。

地上的女子摇摇晃晃地站起来，赫然是披头散发的清雨。

她哭着问雏鸟:“蛮蛮，窈脂呢？窈脂去了哪里？！”

雏鸟咳了两口血:“白天有人偷走了妹妹，母亲去追了！她很快就会回来的！”

清雨环视四周，双目失神，喃喃着:“我们等不到它回来了。”

方才逃走的修士重新带着人赶了过来。

“竟敢伤我，我一定要杀了她！”

“蠢货，长这么美杀了岂非太过可惜？”

“当然是要留着她们，将来多生几个小祝余，取之不尽，用之不竭，岂不美哉？”

“哈哈，好主意！”

蛮蛮急道:“快，我带你走，我们一起逃出去！”

清雨看着遍地的尸体，擦干眼角的泪，轻轻摇头，她把一直护在怀里的孩子交给它:“蛮蛮，带薇薇走，你们两个，都要活下去。”

两岁的薇薇放声大哭。

蛮蛮仿佛明白了什么，眼里滚出一串泪珠，低头对她行了一礼，身形长大几倍，驮着薇薇振翅飞向空中。

清雨被无数双手按在地上，挣扎着抬头看她们，厉声嘶吼:“蛮蛮！不要忘记！

永生永世都不要忘记!

“杀了人族，杀了所有人族！！！”

空中的鸟儿高亢地泣鸣一声，似是回应。

一直冷眼旁观的大宗师们眉头微蹙，出手欲擒。

清雨对他们扯着嘴角笑了笑。

“轰——”没有丝毫预兆,一道骇然灵能炸开，以风樯阵马之势向四周扩散。

无数修士来不及逃脱，惨叫着灰飞烟灭。

连大宗师们也脸色一变，飞速后退:“居然自爆了？”

像是得到某种信号，所有还活着的祝余族放弃挣扎，同时抬头仰望星空。

炫目到极致的白光亮起。

“愿，神灵庇佑。”

巨响后，一切归于平静。

一块莹白的美玉悠悠地飞上空中，裂为七块，四散着落向修仙界各处，消失不见。

暖融融的日光落在脸上，晒得双颊微微发烫。

桑念睁开眼，头痛欲裂。

谢沉舟指尖轻点她眉心，混沌的思绪登时清明许多，太阳穴不再胀痛。

桑念坐起身，久久回不过神。

谢沉舟揽住她肩头:“他们怨气太重，你被影响了。”

桑念喃喃着:“他们不是一直供奉着神灵吗？为什么，为什么神不来救他们？”

谢沉舟沉默一会儿，低声道:“世上无神。”神没有救祝余，也没有救他，神对一切苦难视而不见。

所以，只有一种解释。

世上本无神。

屋外传来一阵轻微的动静，有人高声喊桑念的名字。

她迟钝地走出门，抬眼看去。灿烂到刺目的日光下，女子与丈夫并肩走来，手中拎着一个篮子，篮中装满刚采摘的还沾着晨露的蓽荔果。

青年抱着两岁的幼女，故意朝她做了个鬼脸，小女孩儿被逗得咯咯直笑，眼睛弯成了月牙。

桑念宛如被施了定身术，动弹不得。

他们走到窗边，对她打招呼:“早上好，我们摘了果子，要吃一些吗？”

桑念张张嘴，什么声音也发不出来。

清雨蓦地“咦”了一声，不解地道:“你怎么也开始看着我哭了呀？”

桑念摸摸脸，看着指尖清亮的水痕，喉头哽塞，艰难出声:“……对不起。”

清雨慌忙上前抱住她:“你们人族怎么回事，怎么个个都这样啊，你有什么对不起我的呢？你没有什么对不起我的呀。”

桑念想起梦中她临死前的凄厉，泣不成声。

清雨又道：“好吧，就算你有对不起我的地方，我原谅你，可以吗？”

桑念努力止住眼泪：“我自己去冷静一下。”说完，她对谢沉舟说了一声同样的话，独自离开。

清雨无措地看向谢沉舟，谢沉舟极慢地摇了摇头。

薇薇举着果子走到他面前，笑弯了眼：“舟舟，吃。”

从见面开始，她极爱黏在他身边，不管有什么吃的都要分谢沉舟一份，哪怕只有一个果子，也得让他咬一口才罢休。谢沉舟心底有些说不上来的怪异。

他仔仔细细端详薇薇，两岁的孩子，还未长开，粉团似的脸，大大的眼睛，睫毛扑闪。

他试图将她与记忆中那个模糊的影子重叠，却无论如何也做不到。

究竟是巧合，还是……他脸色变幻不定。

巨大的古树下。

桑念蹲在地上，抱着膝盖看泥里忙碌的蚂蚁。或许是要下雨了，它们开始搬家，有条不紊地排队离开。

六六在她头顶飞过来飞过去：“你又不是那些修士，没什么对不起祝余族的，别自责了。”

桑念从方才的状态抽离出来，冷静了许多：“嗯，你说得没错，该自责的不是我。”

六六：“你想开了就好。”

桑念道：“关于祝余族的事，我原本不想再查下去，这太危险了，不是我能插手的，我也许会死。”

六六：“对呀对呀。”

桑念：“可是，不管我想不想插手，我已经在局中了。

“应该是说，从我变成桑蕴灵开始，我就没得选了。”

六六满头雾水：“我怎么听不懂你在说什么？”

桑念抬起头，透过重重枝丫看着虚空某个方向。她的视线仿佛穿透了虚空，与冥冥中某位存在对视。她握紧掌心的留影石，一字一顿地道：“我会如你所愿。”

话落，她毫无留恋地起身，大步离开。

六六急急忙忙扒住她肩膀：“不是，你到底在说什么啊……”

微风拂过，几片碧绿的树叶簌簌飘落，打着旋儿盖住那群蚂蚁前进的路线。蚁线被拦腰截断，方寸大乱。

“不修桥了，我们找其他方法过去。”桑念找到清雨，如是说道。

清雨：“可是……”

桑念：“那座桥原本有人走吗？”

清雨老老实实地道："从没被人走过，不管是人族还是祝余，都没有去过对岸。"

桑念听完，默了默，道："那就让它就这样坏着吧，再也不要修了，反正，它原本就没有存在的必要。"

清雨道："万一呢？万一有一天我们可以过去，他们也想过来……"

桑念不知该怎么回答她，又沉默下去。

清雨："而且，不修桥，你们要怎么渡过那条河呢？"

桑念道："我们不过去了。"

清雨："啊？"

桑念道："……我要找的人，已经找到了——她说，她不会忘记。"

清雨更迷茫了，正要说话，她忽地看向桑念身后，加重语气："窃脂，不可以这样。"

桑念转过头。

赤鷩鸟正追着一只小鹦鹉梳理羽毛。

被啄得乱七八糟的六六叫苦不迭："我脑壳都要被它啄下来了！你管管它啊！"

桑念了然。

六六身上沾了那颗鸟蛋的味道，窃脂虽没了记忆，却与它血脉相连，仍残存着本能的母性，它把六六当成自己的孩子了。

桑念拦住窃脂，取出那颗早已死去的鸟蛋："还记得吗？这是你的孩子。"

果然，窃脂不再缠着六六，对着那颗蛋左看右看。

大约是发现蛋有些不对劲，它急急地扯着桑念的裙摆。

桑念低声道："抱歉，我救不了它……"

窃脂似乎听懂，用脑袋蹭了蹭那颗蛋，眼中满是悲伤。

六六弱弱地问："你还要它不？不要我拿回去了。"

桑念一脚踹开六六，用眼神警告它。

清雨不忍，上前道："我来看看吧，也许我能救它。"

她掌心绿芒亮起，轻轻贴住蛋壳。

倏地，她脸色一变。

桑念："怎么了？"

清雨："它没死！"

桑念一怔。

清雨："有什么东西保住了它最后一缕魂魄，它一直在汲取力量，并没有完全死去。"

桑念不解。

倒是六六想起什么，在她耳边悄声道："有一次，我不小心啄了谢沉舟一口，他的血滴到了蛋上……会不会是因为这个？"

桑念诧异："你还啄过他？他没揍你？"

六六嘟囔："我都说了是不小心。"

清雨掌心中绿芒更甚，用尽所有灵力来救这颗未能孵化的赤鹫鸟蛋。她脸色一点点苍白下去，身形微微摇晃。

桑念调动体内储存的灵力帮忙，担忧地道：“你还能撑住吗？”

下一刻，所有村民走了过来。

无须多言，他们抬手施展治愈术，低声吟唱咒语。世间最纯粹的灵力源源不断地涌进这颗鸟蛋，蛋中逐渐有了心跳声。

见状，窃脂眸中滚出一颗晶莹的泪珠，无声地滴落在蛋壳之上。

蛋壳颤了颤，缓慢裂开一条缝隙。

桑念放慢呼吸，紧紧地盯着它。

缝隙越来越大。

“啾！”湿漉漉的小鸟探出脑袋，跌跌撞撞爬出蛋壳。它眼睛还没睁开，没走两步便摔在地上，吓得张嘴喷出一道微弱的火苗。

村民们收回手，满脸慈爱地看着它。

清雨微笑：“虽然出生得迟了些，但依然是只很强壮的赤鹫鸟呢。”

窃脂轻轻拨弄了一下小鸟，小鸟霎时睁开了双眼。它好奇地打量着四周，啾啾地叫个不停，身体以肉眼可见的速度长大，羽翼蓬松丰满。不同于其他赤鹫鸟，它额头处的白色羽毛多了一簇杂色，似一滴殷红的鲜血。

它挥挥翅膀，围着窃脂转了两圈，又去清雨身边转了两圈。

最后，它来到桑念面前。

桑念有些紧张——萧濯尘说过了，赤鹫鸟只认祝余族。

“啾。”它闻了闻桑念身上的味道，并没有排斥她，反而蹭蹭她的手，以示友好。

桑念放下心来，摸摸它顺滑的羽毛，扭头对朝她缓步行来的少年压着嗓子喊：“谢沉舟，你快来看！”

听见她的声音，谢沉舟加快速度走来。

他瞥了眼那只鸟，无情地屈指弹开猛扑上来的它：“哪来的？”

桑念：“当时窃脂给我的，今天孵出来了。”

谢沉舟微挑眉梢：“就是你那只碎嘴鹦鹉整天带在身边的蛋？它终于把它给孵出来了？”

六六气得跺脚：“都说了六六不孵蛋！它不是六六孵出来的！！”

谢沉舟：“你很吵。”

六六哭唧唧：“我的坐骑没了，以后不能抡着它敲人后脑勺了，你对我还这么冷漠，我真的伤心了。”

谢沉舟：“哦。”

六六更悲伤了，刚酝酿好情绪准备大哭一场，一只翅膀拍拍它的脑袋。

它不明所以地抬头，只见小赤鹫满眼关切与焦急，不住地啾啾叫着。

六六抹眼泪：“你不要对我啾啾叫，语种不一样，我听不懂。”

于是，小赤鹫试图把自己庞大的身躯拱进六六怀里。

六六全身的毛都炸开了："你干什么？！放尊重点！我不是你娘！你娘在那边！"

它用翅膀重重地指向窃脂。

小赤鹫看了窃脂一眼，犹豫了一下，继续拱它，叫声委屈极了。

桑念悟了："你整天抱窝一样趴在蛋身上，它又没死透，可不就以为是你在孵它吗。"

六六："……"六六尖叫着飞进桑念识海。

小赤鹫突然看不见它，急得团团转。窃脂爱怜地为它梳理羽毛，它这才平静下来。

桑念问清雨："它能留在这里生活吗？"

清雨遗憾地道："不行，归墟终究是亡者的世界，它才刚破壳，留下，有害无益。"

桑念："那窃脂……"

窃脂轻轻把小赤鹫推到她面前。

桑念试探道："给我？"

窃脂点头。

清雨道："窃脂让你带它走，多留一刻，它就多虚弱一分。"

桑念问谢沉舟："我们来这儿多久了？"

谢沉舟："快十三个时辰了。"

桑念微微点头，对清雨道："它还没有名字，你让窃脂取个名字吧。"

清雨道："小七，窃脂说它叫小七。"

桑念笑了："我的鹦鹉叫六六，它叫小七，听起来就像是六六的妹妹。"

清雨也笑道："或许窃脂就是这个意思，以后，小七就交给你们了。"

桑念郑重地点头："我有归墟的钥匙，以后如果有机会，我会带它回来看你们。"

小七仰头长鸣一声，身形长大十数倍，伏低翅羽。

桑念与谢沉舟站上它的背，与众人告别。

小七扇动双翅，在众人头顶盘旋两圈，朝天际飞去。

人群里突然冲出一个小女孩儿，她哭着跑着追他们，喊道："不、不要走！

"不要丢下我！"

几个大人抱住她，低声安抚。

她拼命挣扎，一声一声地叫着——撕心裂肺。

最后，那只大鸟化作一个小点，消失不见。

薇薇脱力地趴在母亲肩头，哭到双眼红肿。

"别丢下我。"她小声抽泣，"……阿舟。"

外面的世界和离开时比起来，似乎安静了许多。

归墟的钥匙只能使用一次，出来后便自动消散了。

桑念拍拍手，问道："我们去找初瑶他们？"

谢沉舟回望海中消失的漩涡："嗯。"

她拿出通灵石想联系初瑶，却被一堆未读信息惊到。

归墟中的通灵石一直是失灵的状态，但满打满算，他们也才离开十几个时辰，不至于堆了这么多信息。

桑念划拉到最顶上，一条条看下来，越看，神色越凝重。

"归墟和外面的时间流速不同，"她对谢沉舟道，"外面已经过了十三天。

"今天，是群英会的最后一天，也是秘境关闭的日子。"

谢沉舟并不在意，他早就下了决定离开修罗殿，自然不想再听命为他们争夺第一。

不过……"你想要玉髓吗？"他道，"我去找。"

桑念："比起玉髓，还有一件更严重的事。"

谢沉舟不明所以。

桑念："这些日子，纳珈几乎抓了所有修士，正在吸食他们的元气。"

"初瑶他们也在里面。"

谢沉舟明白她的意思，颔首："走吧。"

桑念拍拍小七，为它指明方向，语声轻快："走吧，一起去救我们的朋友。"

小七高亢地叫了一声，加速飞向南方。

南方，石山。

几名修士被拖回地洞，脸色惨白如纸，虚弱得连翻身的力气都没了。

"每次都在触发秘境之灵前把人扔回来。"初瑶恨恨地道，"这蛇妖果然歹毒又狡猾。"

闻不语道："师妹，慎言。"

苏雪音忧心忡忡："也不知道桑师妹他们怎么样了，这么多天都没消息，不会被困在归墟出不来了吧。"

初瑶刚要说话，又一声响，却是小脸煞白的沈明朝被押送回来。

初瑶扫了他一眼："哟，今天回来得这么早？"

沈明朝有气无力地道："我很累，现在不想说话，请闭嘴。"

初瑶不解："小蛇妖又没吸你元气，你干吗虚成这样？"

沈明朝欲哭无泪："她要我吹曲子给她助眠，一晚上都不带停的，是你你扛得住？"

初瑶幸灾乐祸："要不你干脆从了她算了，何必每天如此折腾。"

沈明朝瞪她："本皇子卖艺不卖身，你说话放尊重点。"

闻不语道："师妹在开玩笑，沈师弟勿生气。"

沈明朝不耐地道："知道知道，你以为我和谢沉舟似的，小气鬼一个，半句玩笑都开不起。"

闻不语扶额："沈师弟，慎言。"

说起谢沉舟，沈明朝发起愁来："哎，也不知道他们怎么样了，今天都最后一天了，还没见个影子。”

苏雪音：“我也正担心这个呢。”

初瑶道：“他们回来了。”

苏雪音、沈明朝：“你怎么知道？！”

初瑶举着通灵石，语气毫无波澜：“她刚刚给我最新发布的火系术法心得打赏了两颗灵石。”

苏雪音：“……”

沈明朝：“……”

初瑶：“哦，现在又撤回去了一颗。”

几乎是话音落下的瞬间，整座石山剧烈地震颤了一下，泥灰簌簌地往下掉。

“这是怎么了？”众人惶惶。

“肯定是桑念来救我们了！”沈明朝目光灼热。

话落，山体又震了几震，紧接着，磅礴的妖力笼罩而下。

闻不语凝声道：“纳珈前去迎战了。”

沈明朝急道：“太莽撞了！她怎么可能是纳珈的对手，这不得给她打残废了？”

初瑶看着把守洞口的蛇族：“那我们只有一条路可走了。”

沈明朝霎时明白了她的意思，与苏雪音、闻不语对视一眼。

他们缓缓转头，一起看向那两名蛇族，笑得意味不明。

蛇族甲乙丙丁：“？”

“轰——”一声巨响，火花四溅，它们同时被炸飞三米高。

爆破成功，几人的身形消失在洞口。

一切发生得太快，周围的修士愣愣地，还未反应过来。

“他们怎么不见了？”

“不知道啊，他们喊着什么友情啊羁绊啊，就冲出去了。”

“……”

石山上空。

的确如沈明朝所言，来的正是桑念两人。

一段时间不见，纳珈身上的气息愈发可怖，它凌空而立，化作一名紫衣女子，死死地盯着桑念：“又是你。”

桑念：“是我，你不满意？”

纳珈冷笑，对桑念身后的谢沉舟道：“既然自寻死路，那今日便新仇旧恨一并清算！”

刹那间，狂风骤起，紫色的瘴气遮天蔽日，其中暗藏无数妖力幻化的毒针。

谢沉舟手中寒光一闪，凌厉的剑风猛地劈开周围厚重的毒瘴。他微侧了脸，对桑念淡声道：“站远些。”

桑念后退两步，吹了声口哨：“小七！”

藏在云中的大鸟高声鸣叫，似是回应。火红的身影冲出云层，喙间喷出一片滚烫的火海，顷刻间熔化所有毒针。

看见小七，纳珈瞳孔一缩，脸上闪过一丝惧怕。

二打一，其中一个还是天敌，稳了，桑念放心地转身，持剑拦在绿衣女孩儿面前：“他们打他们的，咱们就别插手了吧。”

“姐姐！”女孩急急地叫了一声，一掌拍向桑念，“滚开！”

桑念轻巧地躲开，随手挽了个剑花，刺向她心口。

女孩儿止住去势，急急地后退避开。

桑念手腕顺势一挑，削下她一缕长发。

“敢动我头发？我杀了你！”女孩儿大怒，顾不上去帮纳珈，扭身与桑念打成一团。

桑念有意引开她，边打边跑。她估摸着大概差不多了，正要放个大招结束战斗，“铛”的一声她，一口金光闪闪的二十四K纯金大钟从天而降，将她结结实实地罩住。

桑念：“！！！”这蛇妖还进化出新技能了？！

正觉棘手时，下一秒，钟外传来熟悉且洪亮的大嗓门：“可恶！不要小看我们之间的羁绊啊！”

桑念：“……”是沈明朝那个神经。

她开口欲骂，初瑶的声音比她更快响起：“蠢货！你罩错人了！那是桑念！”

沈明朝：“啊？”

一阵不知具体是打谁的乒乒乓乓的声音结束后，大钟掀开，桑念终于重见光明。

蛇妖躺在地上，被捆妖绳捆得结结实实。

沈明朝也躺在地上，捂住青紫的眼圈打滚。

桑念：“……”看来是两个都被打了。

“没事吧？”初瑶问她，“残废了吗？”

桑念严谨地道：“这话应该我问你们。”

初瑶同样很严谨：“那你来问吧。”

桑念：“没事吧？残废了吗？”

初瑶：“没事，没有残废——这个家伙不确定有没有。”她指了指沈明朝。

沈明朝挣扎着爬起来，伸手摸索着空气走了两步：“天怎么黑了？赶紧点盏灯啊。”

桑念：哦豁，看来残废的是这位。

闻不语记挂着另一边的战局：“走吧，我们去帮谢师弟。”

他话音刚落，空中传来一声妖兽不同寻常的嘶吼。

“不好！”闻不语脸色一变，正要飞身前去帮忙，云中惊雷炸响，数千道电光一齐掠向同一个地方。

遮住视线的瘴气彻底消散，黑衣少年衣袂翻飞，身后悬浮无数飞剑虚影，电光缭绕。

赤鸑鸟长鸣一声，飞回他身侧。

他抬起手，指尖微动，于是，风声忽止，剑光纷飞，一切都湮灭于无声。

下方的众人久久回不过神。

只有沈明朝努力睁大青紫的双眼，摸索着在原地转圈："不是，你们看见什么了？怎么都不说话了？

"有人在吗？喂？还有人在吗？"

纳珈气息萎靡，从云间坠落，一角碎玉从她体内飞出，落入谢沉舟掌心。

他看也不看，随手收好。

纳珈挣扎着坐起身，嘶声道："可笑，你——"

谢沉舟长剑递出，刺进她心口："懒得同你废话。"他干脆利落地拔出剑。

纳珈吐出一口碧绿的妖血，恨声道："你对人族来说，何尝不是异族？今日我之下场，便是来日你之下场！"

已打算走的谢沉舟蹙眉："你还没死？"

纳珈："……"

纳珈摇摇晃晃地站起来："你不想知道，你的父母是为谁所杀吗？"

谢沉舟抬眼，嗓音微寒："你都知道什么？"

"放了我和我妹妹，"纳珈道，"我就告诉你，他们到底是被谁杀害的。"

谢沉舟冷笑："我不信你。"

纳珈："那你可知道，你母亲就是修罗殿的前任圣女，暮云薇。"

谢沉舟扼住她脖颈，一字一顿地道："你说什么？"

纳珈喘不过气，不住地拍打他的手。

他就这样静静地看着她挣扎，直到她即将失去意识的前一刻，他的手松开些许。

她艰难出声："是与不是，你回去一问你们尊主便知，你父母的事，她比谁都清楚。"

谢沉舟眉间郁气沉沉："继续说。"

纳珈："除非你放了我和我妹妹。"

谢沉舟几乎捏碎她颈骨，眸光没有丝毫温度："你在威胁我？"

纳珈满脸痛苦之色，眼中盛满恐惧。

谢沉舟慢慢松开手。

纳珈呛咳两声，伏低身子，瑟瑟发抖："我们只是想要一条生路，仅此而已。"

谢沉舟垂下眼眸，不知在想什么。

好一会儿，他道："若敢骗我，形神俱灭。"

纳珈抖得更厉害："……是。"

"谢沉舟！"桑念几人飞身而来，左看右看，"纳珈呢？"

谢沉舟："灰飞烟灭了。"

重见光明的沈明朝倒吸一口凉气："你这么牛的吗？等等，你修为什么时候到金丹了？？？"

没人理他，初瑶用下巴指了指还捆着的小蛇妖："那这个小的怎么处置？"

谢沉舟手一挥，蛇妖化作原形，收进了他随身的锦囊。

众人不解。

谢沉舟面无表情："拿回去炼药。"

沈明朝抖了抖，站得离他远了些，由衷地道："你真歹毒啊。"

谢沉舟斜了他一眼，目光凉飕飕的。

沈明朝缩缩脖子，不敢吱声了。

"那我们现在去救其他人吗？"桑念道。

"一座山都给削没了，你上哪儿去救其他人？"初瑶道，"他们早离开秘境了。"

桑念这才发现，原本石山矗立的位置只剩一堆乱石废墟，数不清的玉髓落在上面，闪闪发光。

她挠头："也就是说，现在秘境里，只剩我们几个了？"

沈明朝后知后觉地反应过来："对哦，要争第一了吧？我们得打一架。"

大家互相看了一眼，都没说话。

"桑姑娘！"青年清朗的嗓音随风而来。

众人回头，赫然是还带着几分病容的萧濯尘。

"又来一个。"沈明朝撸起袖子，摩拳擦掌，"不如我们先一致对外，把他给打出去再说？"

桑念："不如你先收声。"

不等沈明朝说话，初瑶摁住他，手动闭麦。

萧濯尘走到众人面前，脸上泛着病态的苍白："我在河底感知此方有异，你们可有大碍？"

桑念道："没事，已经解决了。"

萧濯尘怔了怔："解决了？"

桑念把谢沉舟拉过来，用力拍拍他胸口，挑起眉梢："我们谢师兄打赢了纳珈。"

谢沉舟紧抿的嘴角忍不住翘起一点。

萧濯尘短暂地诧异后，认真道："谢少侠果真不同凡响，在下自愧不如。"

谢沉舟微微抬起下巴："萧师兄很有自知之明。"

沈明朝掰开初瑶的手："别废话了，到底要不要打？秘境就要结束了。"

萧濯尘立时明白他的意思，轻声道："不如先对我动手，反正……我本该早就……"

桑念忽地指挥小七烧化废墟中的那堆玉髓，又把自己和谢沉舟的也烧了。

沈明朝："你疯了？"

闻不语几人却很快明白了她的意思，将自己身上的玉髓也交予她一并销毁。

沈明朝不理解，但照办。

他问："不是，到底为什么要销毁玉髓啊？"

桑念拍拍手，嗓音轻快："现在，我们都是第一名啦。"

群英会的规矩，留到最后者若人数较多，则按玉髓数量分名次。现在玉髓“不小心”全没了，他们留到最后的人，便没有名次之分。

沈明朝恍然大悟，惊道：“桑念，你难道是天才吗？”

桑念：“请把‘难道’和‘吗’以及问号去掉。”

说完，她对萧濯尘道：“萧师兄，你也是第一。”

萧濯尘恍惚了一瞬，他……就这样拿了第一？还是以这种从未设想过的方式？

“行了，大喜的日子，我们留个影纪念一下。”沈明朝拿出留影石，嚷道，“全体都有，赶紧的。”

桑念几人分为前后两排站好，叠声催促萧濯尘：“赶紧过来啊。”

萧濯尘反应慢了半拍：“我也要？”

“知道全体都有什么意思吗？”沈明朝不耐烦，“赶紧过去站好。”

萧濯尘犹豫了一下，缓步站到了最边缘。

桑念小声提醒：“过来点，不然到时候你只有半张脸，很丑。”

萧濯尘拘谨地走了两步：“这样可以吗？”

桑念：“嗯嗯。”

他这才紧张地看向留影石。

谢沉舟瞥了他一眼，没说什么，朝桑念靠得更近了些，偷偷勾住她指尖。

后排的初瑶张开双臂，一手架在闻不语肩上，一手架在苏雪音肩上，抱怨道：“好了没？我胳膊酸了。”

沈明朝找到最好的角度，固定好留影石，飞快地跑到后排站好，大喊：“三、二、一——”

众人齐声高喊：“我们都是第一！！！”

夕阳没入地平线的最后一刻，画面定格。

大风吹起衣摆与发带，他们双眼明亮，笑容恣意，哪怕身后是废墟，也难以掩盖他们眸中万分之一的光彩。

这一年，群英会的第一，共有七人。

他们都是第一。

群英会顺利结束，关于此次大赛的讨论热度居高不下。

“七个人都是第一，天啊，这在以前可从来没发生过！”

“萧濯尘居然和他们并列第一？看来仙门首席大弟子也不过如此。”

“七个有六个是逍遥宗弟子？我怀疑有内幕！逍遥宗绝对暗箱操作了！”

“有谁注意到穿黑衣的谢沉舟吗？依我看，他的姿色不在萧濯尘之下啊！”

“对对对，我也这么觉得！俊杰榜上居然没有他，太离谱了！”

“……”

于是，一夜之间，谢沉舟的排名在榜上突飞猛进，甚至隐隐有超过萧濯尘的势头。

第二天，桑念出发去庆功会时，黑衣少年堵在了门口。

桑念：“干吗？”

谢沉舟背着手，云淡风轻地道：“我也上榜了。”

桑念疑惑：“什么榜？”

谢沉舟轻描淡写地说出榜单全称：“第五代修仙界百岁内俊杰英才榜。”

他加重了一点语气：“与萧濯尘并列第一。”

桑念双眼含笑，故意慢吞吞地道：“可我记得之前好像有人说过，这些不过是虚名罢了。”

谢沉舟诡异地沉默了。

桑念一本正经地道：“所以啊，人有时候话还是不能说太早了，你说对吧，谢师兄。”

谢沉舟咬牙：“桑师妹说得对。”

桑念“扑哧”笑出声。

“聊什么呢，大早上这么开心？”沈明朝啃着玉米棒子上前，顺手递给桑念一个，“不是要去庆功会吗？还不走？”

桑念看着被他啃得乱七八糟的玉米棒子，嘴角抽了抽：“沈皇子，你还记得自己以前是皇子吗？”

沈明朝随意一抹嘴，“啧”了一声，理直气壮：“那我现在和以后又不是皇子了，还那么讲究干什么？！”

桑念无言以对，咬了一大口玉米棒子，等初瑶他们出来后，结伴前往万仙盟。

庆功会开始前要先颁奖，地点还在之前的广场。

其他宗门的弟子早早都到齐了，见到逍遥一行人，不约而同地行来注目礼。

好在这次的演讲时间不算长，他们很快被请上台。

萧濯尘亦同时出列，对几人点头致意后，走在桑念前方。桑念身后，苏雪音有些紧张地左顾右盼，再往后是初瑶和闻不语、谢沉舟三人。

沈明朝走在最后，自信地对台下挥手，邪魅一笑：“下面的朋友，你们好吗？！”

下方鸦雀无声。

沈明朝伸手支在耳畔，仿佛听见什么，不住地点头：“来，跟我一起说‘好，很好，非常好’！”

下面的各大宗门弟子：……

就说逍遥宗有内幕吧，这种傻子都能得第一。

他身边的谢沉舟深吸一口气：“闭上你的嘴。”

沈明朝恹恹地低头：“你老对我这么凶干什么？！”

谢沉舟皮笑肉不笑：“因为你值得。”

台上，众人一字排开站好。

由于此次较为特殊，除了原定的奖品外，万仙盟又额外准备了许多法器，品质皆是天级。

沈明朝咋舌："万仙盟这是下了血本了啊。"

初瑶接话："不然为什么人人都想参加群英会，人人都想拿名次？还不是有利可图。"

桑念大概看了几眼，不太感兴趣，随手收进了储物袋。

法器发完，接下来便是最重要的奖品——原定群英会魁首才能得到的，危月燕。

万众瞩目中，万仙盟盟主坐在轮椅上，被人徐徐推到他们面前。

桑念忍不住觑着眼打量他。男子五十岁左右，容貌普通，两鬓生了几丝白发，一双眼睛极其有神，笑时和蔼可亲，收起笑，则不怒自威。他双腿以下空荡荡的，衣裳软塌塌地贴在一起，乍一看，十分诡异。

按理说，到了他这个境界的修士，想要断肢再生，并不算难事。可当年伤得太重，他若想保住性命，这双腿便只能彻底舍弃，从此做个废人。

正想到这里时，万仙盟盟主似有所觉，转头看了过来。

桑念及时收回视线，垂下眼睑。

万仙盟盟主笑意更深。

"危月燕只有一枚，"他扫视众人，"可你们有七人，依你们看，本座应该给谁好？"

众人面面相觑，都没说话。

旁边的各位宗主也有些头疼，若要论资排辈，颁给萧濯尘当然无可争议。可偏偏明眼人都知道，萧濯尘这次的表现，并不佳。

给他，不足以服众。

万仙盟盟主也知这个道理，因此并不说话，只笑看众人，将难题抛给他们自己解决。

沈明朝暗中对众人传音："人老就算了，还鬼精鬼精的，这不就等着看我们内讧吗？"

闻不语："沈师弟，慎言。"

初瑶："我赞同沈河豚的说法。"

闻不语："你也慎言。"

苏雪音："所以到底给谁好啊？"

萧濯尘："我是最不配拿它的人，你们决定便好。"

沈明朝："要不然给小桑吧？她出力最多。"

初瑶："附议。"

闻不语："可。"

苏雪音："没错。"

萧濯尘："她拿很好。"

沈明朝："那就这么决定了，小桑，出列！"

桑念还没来得及说话，她被众人往前轻轻一推，硬生生手动出列。回头一看，大家都弯着嘴角笑，一个劲儿用眼神催促她。她怔了怔，也笑了，大大方方地走上前。

其余人满脸诧异。她的修为是这几人中唯二最低的，按理来说，最没有资格的就是她，怎么反倒选了她？

可再一看剩下六人，他们不但没有丝毫芥蒂之色，反而满脸高兴。

就连萧濯尘也罕见地展颜。

这……真是怪哉。

万仙盟盟主道："商量好了？"

桑念语气平淡："商量好了。"

万仙盟盟主："这位小友，似乎对本座有些不满？"

桑念摇头："回盟主的话，弟子不敢。"

万仙盟盟主笑笑，没再说什么，手腕一转，掌心出现一团乳白色光晕。

很快，光芒散去，露出一颗晶莹剔透的坠子，坠子材质如玻璃般透明，其中星辉熠熠，宛如银河坠入其中。

这就是危月燕？桑念好奇地瞅着它。

盟主仿佛知道她心中所想，道："此物便是二十八宿之一的危月燕。"

桑念："真的星星？"

旁边的宗主们忍俊不禁："真的在天上挂着呢，这只是一粒星尘炼化而成的法器。"

桑念："那它能用来做什么？"

盟主道："据传，它与昆山玉为同一位神明所创造，若佩戴在身上，则邪魔不侵，如有神明庇护。"

桑念若有所思。

盟主将危月燕交给她："现在，它是你的了。"

桑念小心地捧在手心，没有第一时间收起来，而是转身拿回去给沈明朝他们看。

几颗脑袋围在一起，对着这颗小小的坠子翻来覆去地打量。

沈明朝："这就是个好看点的高阶护身符吧？"

苏雪音："应该是的。"

初瑶大失所望："我还以为会是什么一招就能干掉别人的东西，结果就这。"

闻不语："师妹……"

初瑶："知道了知道了，我慎言行了吧，大师兄你真啰唆。"

萧濯尘："桑姑娘要戴上吗？"

桑念摇摇头，等他们看得差不多了，将危月燕收了起来。

至此，颁奖仪式结束，庆功会正式开始。

万仙盟十分豪横地包下了整栋吹梦楼设席，众人集体前往。

逍遥小分队走在人群中，刚行出一段距离，忽地听见有人在身后喊道："桑道友留步！"

他们霎时停下，同时转身。

一名青年费力地挤开人群，气喘吁吁地站到了桑念面前。

沈明朝率先认出来人，满头问号："颜伯山？你找桑念干什么？"

颜伯山红着脸支支吾吾："我……我……"

沈明朝不耐烦："有话快说，我们赶着吃席。"

颜伯山一双眼含羞带怯地盯着桑念。

谢沉舟放下原本闲适环住的双臂，站直了身体。

桑念莫名觉得背后一凉，她搓搓胳膊，打了个冷战，努力维持微笑："颜道友找我有事？"

颜伯山小声道："在下是想问问……问问桑道友可有道侣？"

一瞬间，四周所有人都放慢了步伐，忙碌地低头寻找并未掉落的灵石，眼神却默契地瞟了过来。

初瑶一副看好戏的神色。

闻不语和苏雪音却不约而同地望向谢沉舟。

桑念后背更凉了。

沈明朝如临大敌："你问这个干什么？她有没有道侣干你屁事啦。"

颜伯山鼓起勇气："自从在秘境中见识到了桑道友与众不同的风姿，在下……在下便日思夜……"

"咔嚓——"谢沉舟脚下的玉砖裂出一圈蛛网似的纹路。

偏偏颜伯山犹未察觉，继续说道："若是可以的话，桑道友可以给在下一个机会吗？在下想——"

"砰——"那块砖彻底碎了，颜伯山的声音也戛然而止。

谢沉舟面无表情："继续说，停下来做什么？！"

他眼神实在太骇人，颜伯山抖了抖，问桑念："我是不是有哪里得罪谢师兄了？他看起来像是要杀了我。"

不是像，是真的会杀了你。桑念心中叹了口气，正色回道："颜师兄，多谢你的抬举，但我不能答应你。"

颜伯山满脸失落："为什么？是我不够好吗？"

"不不不，你人很好，特别好。"桑念道，"只是，我已经有道侣了。"

初瑶瞪大了眼。

四周围观的修士装也不装了，紧紧地看着他们。

桑念指了指谢沉舟，有些不好意思地笑道："我与谢师兄已经成婚了。

"他是我的道侣，也是我的夫君。"

"……"谢沉舟呼吸一顿，大脑一片空白。

旁边的初瑶："什么？！"她嘴张得几乎塞下一个鸡蛋，下巴都快掉到了地上。

"不是，你们听见了吗？"她用力摇晃闻不语和苏雪音，"她居然和谢沉舟成婚了？！"

闻不语与苏雪音同时扶额："他们在青州就成婚了，只有你没看出来。"

初瑶难以置信："你们早就知道了？"

她问沈明朝："你也知道了？"

沈明朝尴尬而不失礼貌地微笑："猜到了一点，就一点。"

初瑶："合着真的就我不知道？"

谢沉舟还在发怔，呼吸放得慢极了，几乎屏住。

桑念推推他，悄声道："说点什么呀，不然我好尴尬。"

他骤然回神，身上的杀气瞬间消失得无影无踪，下意识弯起嘴角，很快又强行抿成一条直线，又张了张嘴，想说些什么，难得地手足无措。

众人还在等着他。

最后，他深吸一口气，一字一顿地道："我是逍遥宗桑念的……道侣。"

惊、天、大、瓜。

几乎是他话音落下的瞬间，四周修士的通灵石开始疯狂震动。

听到谢沉舟的回答，颜伯山脸上失落更甚："我祝你们幸福。"说罢，他捂住脸跑远。

桑念干咳一声："不是要去吃席吗？走吧。"

谢沉舟淡定地转身，同手同脚迈步。

桑念："……"突然有点后悔怎么办。

一路上，气氛极其诡异。直到抵达吹梦楼，初瑶还沉浸在只有她一个人震惊的震惊中。

众人落座，场面一度十分安静。

桑念受不了了："不是，你们都被封印了吗？怎么都不说话？"

沈明朝："哈哈。"

闻不语："哈哈。"

苏雪音："哈哈。"

初瑶："呵呵。"

桑念："？"

初瑶咬牙拍桌："好啊，你居然一直瞒着我们！"

桑念心虚："那不是前期感情还不太稳定吗……"而且一旦错过前期的时机，再特意去宣布这件事，总觉得……好尬，她现在脚趾都还抠着地。

初瑶不信："那谢沉舟也同意你这么做？"

谢沉舟笑得如沐春风，温声道："此事不怪念念，她也有自己的考量，我能理解的。"

众人："……"

初瑶一副撞了鬼的表情，沈明朝也戴上了痛苦面具："哥你别笑了，我害怕。"

谢沉舟保持微笑："为何？"

"……"

沈明朝对闻不语几人道："要不然我们换一桌吃吧？"

闻不语立即起身，不赞同道："这样多不好啊。"

话落，他走到隔壁桌坐下："师妹快来，这儿还有空位。"

初瑶三人以秒速坐了过去。

桑念："……"

谢沉舟继续微笑："他们怎么走了？"

桑念差点捏断了筷子，道："谢沉舟，算我求你，你正常点。"

谢沉舟："我很正常。"

桑念："我休了你。"

谢沉舟："嘿嘿。"

桑念："还笑？"

谢沉舟："没……"

桑念这才满意，命令道："手伸出来。"

谢沉舟依言伸出右手。

桑念取出危月燕，轻轻地放在他掌心："喏，送给你。"

谢沉舟下意识摇头："我不……"

桑念道："现在，你有真正的星星了。"

谢沉舟一怔。

桑念合拢他的手，让他牢牢攥住那颗吊坠，认真地看着他的眼睛："它会替我保护你。"

谢沉舟立时明白她的意思——群英会已结束，他将要启程前往修罗殿，与那个地方做最后的了断，她在担心他。

谢沉舟抿了抿嘴角，左手覆上她手背："我会平安回来。"

桑念："嗯。"

"等我回来了，我们便去四处游历。"他说道，目光柔软得不像话，"你说过你喜欢捡贝壳，我们先去海边住一段时间，再去极北之地，那里的积雪终年不化，晚上还有布满天幕的极光，你会喜欢的。"

桑念眉眼弯弯，满脸憧憬："我们还可以去大漠，我想看看那里的落日，书上说很好看。"

谢沉舟："好。"

他倾身想亲她，她忙伸手挡住他的脸，一本正经地提醒："谢师兄，注意场合。"

谢沉舟转头。

捧着饭碗蹲在旁边的众人："……"

谢沉舟："……"

众人纷纷抬头望天，沉默但有序地回到自己的座位。

谢沉舟臭着脸重新转过头看桑念。

桑念扒了口饭，含含糊糊地问："什么时候走？"

他道："等你吃完饭就走。"

桑念："十天后回来？"

谢沉舟："嗯。"

桑念："一定会回来？"

谢沉舟："一定会回来。"

桑念放下心，露出个笑："那我就在这里等你。"

谢沉舟将她颊边的碎发拢到耳后，眸中含笑："好。"

等桑念吃完饭，谢沉舟揉了揉她发顶："走了。"

桑念起身欲送。

谢沉舟轻轻按住她："不必送，我回来那日，你去城门接我。"

桑念仰着脸看他："一言为定。"

谢沉舟收回手，眸光坚毅，转身离开。

桑念一路目送，直到他身影消失不见。她收回视线，又吃了一口最爱的荔枝虾球，可却再尝不出刚才那般的好滋味。她放下筷子，眼睫低垂。

"谢沉舟去哪儿了？"沈明朝几人坐了回来，不解地问。

"他——有急事离开一段时间，"桑念道，"十天后回来。"

沈明朝道："那我们迟些回宗门，等他来了一起坐初瑶的飞舟走。"

桑念："嗯嗯。"

初瑶兴致勃勃："吃好了吗？走，练剑去。"

沈明朝立马拒绝："刚吃完就练剑对剑不好，我不去。"

初瑶问桑念："你呢？"

桑念也没什么心情，摇摇头："我想回去睡个午觉。"

初瑶没勉强，问闻不语和苏雪音："好吧，你们呢？"

闻不语道："师妹，今日不如歇一歇，群英会刚结束，大家都有些累。"

苏雪音忙不迭地点头："我要去街上买东西，买完也要回客栈休息。"

初瑶悻悻："好吧，那我一个人去。"

众人一起走到吹梦楼门口，各自朝着不同的方向前进。

初瑶耷拉着肩膀走了几步，忽地有人屈指轻轻敲敲她脑袋。她正要发脾气，抬头一看，又惊又喜："大师兄？你怎么跟上来了？"

闻不语低眉浅笑："正好无事，陪你去练剑。"

初瑶眉开眼笑："我就知道你也喜欢练剑！"

闻不语："……"

他长长叹了口气，一副果然如此的表情："是啊，我也喜欢练剑。"

初瑶迫不及待："走吧走吧，等会儿演武场没位置了，快快快。"

闻不语又叹了口气，笑容中夹杂了些无奈："那就走吧。"

两人并肩离开。

桑念与沈明朝也到达了客栈。

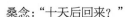

沈明朝咬牙切齿地道："我要把前面十五天缺的觉统统补回来，除非修仙界就快

完蛋了，否则谁也别来叫我。”说完，他啪的一声关上房门。

桑念理了理被风吹乱的头发，刚要开自己的房门，想了想，又折身去找坐在大堂的顾白。

“顾白师兄，碧柯长老呢？”

顾白道：“她不在。你有事找她？”

桑念：“她有说去了哪里吗？”

顾白摇头：“不曾。”

桑念揉揉眉心：“知道了，多谢顾白师兄。”她抬脚上楼，步伐无端地有些沉重。锁好房门，她推开窗，站在窗口吹风。两只小鹦鹉在房间里追逐打闹，时不时撞到桌椅衣架，动静响个不停。

桑念撑着下巴看着它们，放空思绪。

直到其中一只落到她面前，啄了啄她指尖。

她回过神：“小七？怎么了？”出了秘境后，以防小七被人认出身份，她给它吃了化形草，现在它的外形和气息，与六六如出一辙。

小七：“啾啾。”

六六也飞了过来，不耐烦地教训道：“都说了多少次，说人话说人话，整天啾啾啾啾，谁听得懂呀。”

小七有些委屈，结结巴巴地道：“饭饭，饿饿。”

桑念笑了笑，取出它专用的小玉盏，往里倒了些小米和其他食物：“吃吧。”

小七把玉盏推到六六面前：“六六，先吃。”

六六神气极了：“哼哼，算你识相。”

桑念给了它脑袋一拳：“好好说话。”

六六捂着头顶的大包，语气像个没有感情的机器人：“谢谢你我亲爱的朋友，咱们一起吃吧。”

小七怯怯地挨到它身边，见它没像以前那样赶走自己，高高兴兴地和它一起低头啄米。

等它们吃完，桑念关好窗，上床睡觉：“我要休息了，你们动静小些。”

小七：“嗯嗯。”

她放心睡去。

没过多久，六六道：“屋子里太无聊了，我要出去飞两圈透透气，你去吗？”

小七犹豫：“我，不能，出去。”

六六用喙拨开窗栓：“那我自己去了。”

小七急忙展开双翅，与它一同飞出窗户。

“等等我呀！”它努力追着六六，小声叫道。

六六不但不减速，反而飞得更快了：“我才不等你呢。”它一下便飞没影了。

小七急得团团转，越飞越偏，完全迷失了方向。最后，它落到一座碧瓦朱甍的宫殿前。

四周云雾缭绕，殿门紧闭，两名抱着拂尘的童子守在门边打瞌睡。小七扑闪翅膀的声音惊醒了他们。他们施法缚住它，好奇地将它捧在手心：“这鹦鹉额头怎么有个红印？”

“脖子上还挂着灵石，真稀奇。”

恐惧之下，小七的妖力不慎泄出一丝，瞬间挣开了他们的束缚。

童子脸色一变：“是妖物！竟敢擅闯长生殿？来人！捉住它！”

转眼间，长生殿弟子从四面八方赶来。

小七无路可逃，瞥见宫殿侧方开了一扇窗，趁人不注意，跌跌撞撞地逃了进去。

外面，童子的声音再度响起：“妖物一定就在这附近，别让它惊扰了殿主，追！”

小七躲在香炉后，瑟瑟发抖，等脚步声远去，它方才敢探出头来，好奇地打量四周。

直到这时，它才发现，殿中还有一个人。他正在盘膝打坐，双眸微闭，似乎没发现它。

它立马转身想飞出去，却一头撞上了香炉，两脚朝天倒地。

蒲团上传来一声叹息，一道灵力柔和地探来，隔空抱起小七，一路飞到了蒲团前。

小七想逃走，可晕乎乎地原地转了几圈，又一屁股坐在了地上。

它睁大乌黑的眼瞳看着那人。

那人亦缓缓睁开眼，目光低垂，与它对视。

空气安静。

这气息……微生羽恍惚着朝它伸手，想摸一摸它。

小七猛地啄了他一口，试图让自己看上去很凶：“啾啾！”

微生羽回过神，指尖已鲜血淋漓。他失笑，暗嘲自己多心，收回了手，轻声问它：“是迷路了吗？”

小七戒备：“啾啾！”

微生羽淡笑：“自行离开罢。”

小七仿佛听懂，一步三回头地往窗边挪，依旧警惕。

“啪——”一只团成球的小鸟从窗外砸进来，还未站稳便急急地冲上前，张开双翅挡住小七。

“我警告你别乱来啊！我主人可是道上混的！杀人的时候眼睛都不眨一下！”六六对微生羽威胁道，“你要敢动它一根毛，你都会吃不了兜着走的！”

小七：“啾？”

微生羽觉得有趣：“你主人是谁？”

六六冷酷得像个杀手：“只有死人才会知道她的大名。”

它转头道：“小七，我们走。”

小七用力点头：“好哒！”

殿门被人从外面推开，方才的童子匆匆跑进来：“启禀殿主！适才有妖物擅闯——是你！别以为用了幻术我就分不出来真假！”

他掐诀施法击向六六。

六六吱哇乱叫一声，身体向后弹飞，重重地撞上柱子。

见它受伤，小七尖啸一声，光芒闪过，赤色大鸟陡然出现在众人面前，周身火焰缭绕。

微生羽愣愣地看着它：“……赤鸑。”

小七喷出一道滚烫的火焰，殿中霎时沦为火海。

童子又惊又惧：“殿主！”

微生羽回过神，挥袖灭了火焰，趁这个空当，小七捞起地上的六六，冲破墙壁，振翅飞走。

满地狼藉，微生羽呆立其中。

童子：“殿主，弟子这就派人去追捕那妖物！”

他没跑多远，身后倏地传来一声厉喝：“慢着！”

童子回神：“殿主？”

微生羽看着手上兀自流血的伤口，用力闭了闭眼，艰难地出声：“谁也不许追。

“今日之事，任何弟子不得对外透露半分，有违者，逐出师门。”

童子满脸愤然：“为何？那妖物明明欺人太甚，都打到咱们头上来了！”

微生羽低声呢喃了句什么，身形晃了晃，猛然喷出一口鲜血，向前栽倒。

“殿主！”

“听说了吗？长生殿殿主快不行了。”

晚饭时间，客栈大堂。

沈明朝对桑念道：“你说他如果死了，萧濯尘会继任下任殿主吗？”

桑念夹菜的手停了停：“好端端的，怎么就要死了？”

沈明朝鬼鬼祟祟地左右看了看：“据说，是有一只妖物突然袭击了长生殿，他被打得当场吐血。”

桑念不信：“什么妖物能到长生殿去？”

沈明朝：“具体的我也不知道，长生殿封锁了消息，但肯定有就是了。”

初瑶同样不信：“能伤长生殿殿主的妖物，至少也是一方妖王，你觉得有妖王能到得了玉京吗？真当万仙盟吃干饭的啊？”

沈明朝撇嘴：“爱信不信，反正这事儿通灵石上都传开了，说什么的都有，还有人说看见了一只红色大鸟从殿里飞出去呢。”

“啪嗒——”桑念筷子上的菜掉回了碗里，她转头看向桌旁安静啄米的两只小鸟。

六六默默捂住头。

小七缩缩脖子，底气不足：“啾。”

桑念什么也没说，放下筷子：“我吃饱了，你们慢慢吃。”她一手拎一只，三步并作两步地上楼。

初瑶戳戳米饭："大师兄被爹爹叫走了，谢沉舟那个小白脸不在，桑念也无精打采的，阿音不知道和谁玩去了，到现在还没回来，饭桌上只剩下我和你，哎——"

沈明朝梗着脖子："我怎么了？我怎么了？！"

初瑶："哎——"

沈明朝一拍桌子，扯着嗓子回头对隔壁桌的顾白愤怒地嚷道："顾白师兄！我要举报！你上次被砸烂的那个花瓶其实是初——唔唔唔！"

初瑶捂住他的嘴，对面露疑惑的顾白道："他吃到了有毒的菌子，发病了。"

顾白关切道："可有大碍？"

"无碍。"初瑶强行拖着沈明朝离开，"我这就把他处理了。"

顾白："？"

沈明朝："！"他满脸惊恐，拼命用眼神向顾白求救。

本要阻拦的顾白看着五官抽搐扭曲的他："……"

好像确实需要处理一下，他收回手继续吃饭，无视被拖走的沈明朝。

沈明朝徒劳地伸出右手，凄美地闭眼。

被同门打死，是他的宿命。

他懂。

第十章 只差一点

楼上。

桑念关好门，面无表情。

六六和小七缩成两颗胖球，不敢吱声。

“说说吧，我睡着以后都干了什么。”她道。

六六不敢与她对视：“就随便玩儿了一下。”

小七有样学样：“随便，一下。”

桑念尾音危险地提高：“还不说实话？”

小七躲到了六六身后。

六六只好破罐子破摔：“好吧好吧，我说。”

它语速飞快：“我们出去飞了两圈，不小心闯到了长生殿，那里的人想抓我们，小七有点激动了，就现了原形，稍微喷了点火，就这样。”

桑念揉着突突直跳的太阳穴：“你把小七带出去了？”

六六：“对。”

桑念按捺住硬了的拳头：“那长生殿的殿主是怎么回事？”

“我怎么知道？”六六道，“我们根本没碰他一根毛！鬼知道他为什么吐血！”

小七拼命点头，连话都说利索了不少：“小七，没碰他的毛！”

说完，它犹豫了一下，又道：“他认出我，是赤鷩族，但没有伤我。

“他看我的眼神，很怪。”

桑念：“……”她目光几度变化，最后什么也没说，摸了摸小七的头，叹了口气。

与此同时，客栈门口。

“我到了。”

苏雪音有些不好意思地对青年伸手："东西给我自己提着吧。"

岳清兮莞尔："我送你进去。"

苏雪音慌忙摇头："不用了。"

顾白师兄可也住这里，万一撞见了……

岳清兮明白她的为难，没有强求，将拎了一路的点心交给她。

苏雪音正要抬脚，他忽地拉住她手腕："我们明天还能再见吗？"

苏雪音咬了咬唇瓣，犹豫许久，方才如蚊子哼哼般回道："能。"

岳清兮俊美的眉眼霎时弯出一个好看的弧度："你喜欢我穿什么颜色的衣裳？"

苏雪音声音更小了："你穿什么都很好看。"

岳清兮道："那你想我穿什么颜色的衣裳来见你？"

苏雪音："……红色。"

岳清兮松开手："好，我以后每日都穿红衣。"

苏雪音只觉得手腕烫得厉害，胡乱应了一声，低着头跑进客栈。

一抬头，她猝然对上同样晚归的闻不语的视线，而他身边，顾白双手抱臂，投来一个死亡凝视。

苏雪音："……"

闻不语瞳孔地震。

"没记错的话，我之前就说过了，离合欢宗的人远一点，特别是——"顾白一字一顿地道，"岳清兮。"

苏雪音揪着手指，硬着头皮开口："我们只是偶遇，他顺路送我回来而已。"

顾白："合欢宗的落脚处与这儿可不顺路。"

苏雪音："师兄……"

"你若还想认我这个师兄，便不要再同岳清兮来往。"顾白拧眉。

苏雪音咬咬唇，陷入两难："师兄，他真的不是你想的那种人！"

顾白态度严厉起来："合欢宗的人行事，何须我来污蔑？整个修仙界都有目共睹。"

苏雪音低着头不说话。

顾白对闻不语道："你也是她师兄，就这么眼睁睁看着她泥足深陷？"

闻不语轻声道："不可以一时之誉，断其为君子；亦不可以一时之谤，断其为小人。

"岳清兮此人我打过几次照面，他行事虽离经叛道了些，但……"

闻不语迟疑了下道："但本质尚算纯良。"

苏雪音忙不迭地点头："他是好人！"

顾白叹气："他是好人，可他有真心吗？"

苏雪音迟疑："真心？"

顾白："你可想过，他若不是真心对你，不过是一时兴起，没过几日便厌了，到时你……"

他没有说完，苏雪音却明白了他剩下的话。

她满心彷徨。

一个声音告诉她，岳清兮不是顾白师兄担心的那种人，可另一个声音渐渐冒了出来：他凭什么会真心喜欢你呢？你只是一个孤儿，没有初瑶、桑念那样显赫的家世，容貌放在美人如云的修仙界，也不过堪堪中上。

天赋寻常，资质一般，性格无趣。

她什么都没有——那样样顶尖出色的岳清兮，凭什么会喜欢她？

何况，他们才认识多久……

仿佛一桶冷水泼下，苏雪音的心陡然冷下去。

她鼻尖有些酸，努力忍住泪意：“顾白师兄，我明白了，我不会……再见他了。”

见她这样，顾白也不好再说什么，拍拍她肩膀：“回去休息吧。”

苏雪音点点头，神色恍惚地上楼回房。

顾白眉间忧色不减。

闻不语微微摇头：“何必插手此事，她不是小孩子了，有自己的判断。”

顾白肃容：“苏师妹心思单纯，被人卖了还会替人数钱，我们身为师兄，难道要坐视不理吗？”

闻不语无话可说，只好道：“果然是戒律堂四长老的弟子，行事与他真是惊人的相似呢。”

顾白不客气地点破：“你是想说我们管得宽？”

闻不语耸耸肩：“我可没说。”

顾白笑了一声：“那你也不愧是宗主的弟子，与他一样的软性子，半点脾气也没有。你都被初瑶欺负成什么样了，还整天跟在她后头。”

说到这里，他语气有些无奈：“知道的说你脾气好，不知道的，还以为你对她有什么别的心思。”

闻不语轻咳一声，摸摸鼻尖：“师妹并未欺负过我。”

顾白又是摇头又是叹气：“还为她说话呢？”

闻不语笑了笑，没作声。

顾白：“对了，今日宗主唤你前去，你回来得这般晚，可是有要事？”

说到这件事，闻不语神色严肃许多：“仙门与修罗殿，要开战了。”

顾白一凛。

闻不语缓缓地道：“盟主与各位宗主已拟定初步计划，十五日后，突袭魔界。”

顾白亦严肃起来：“所有宗门一同联手？”

闻不语：“没错。”

顾白思索几秒：“谁打头阵？”

闻不语：“逍遥宗与玄剑宗。”

顾白颔首：“果然不出我所料，三宗一殿若不冲在前头，其余宗门怎会答应联手。”

闻不语轻声提醒："宗门里的长老都被召来了玉京，现下正与宗主一同商量战策。你也该做好准备，届时你我二人，是必定要上的。"

顾白："知道。"

闻不语神色沉重："两界交战，不知又要死多少人。"

顾白负手眺望远方，淡声道："若这一战可保后世太平，死多少人都是值得的。"

闻不语按了按眉心："但愿吧……"

这一天后，苏雪音果然如对顾白所说的那样，不再见岳清兮。

一连三日，青年都穿着一身如火般的红衣，站在客栈下等她。她始终闭门不见，甚至连窗也未开一次，打定主意不给自己留半点念想。

小雨淅淅。

桑念和初瑶一起躲在门口看着，觉得这个情况很是有些头疼。

"阿音都说了不见，他干吗还每天都来？"初瑶抱怨道，"烦死了，现在外面到处都在传流言。"

说什么的都有，说得最多的，是逍遥宗弟子如何不识好歹，居然连岳清兮都拒绝了。

初瑶气笑了："说得好像我们逍遥高攀了他合欢宗似的，真真可笑至极。"

桑念忧心忡忡："我更担心阿音，她这几天都很没精神。"

初瑶大大咧咧地道："时间长了就放下了，反正他们总归也没认识几天。"

真的会这样吗？桑念心里总觉得没底。

忽地，一直沉默的青年跨过客栈大门，径直地走到了她们面前。

桑念忙站直了身体："有事？"

初瑶则警觉地道："我不会让你上去见阿音的。"

岳清兮从怀中拿出一封没有署名的信。

他没撑伞，身上淋湿了大半，指尖也沾着潮湿的雨水，唯独这封信保护得极好，半点未湿："劳驾替我将这封信转交给雪音。"

初瑶不太乐意，桑念越过她伸手接过："没问题。"

连吃三天闭门羹，岳清兮没有半点颓然之意，依旧笑意盈盈，语气坚定："劳烦告诉她，我要随师尊回宗门一趟，七日后回来。

"届时，我会继续来这里等她，直到她愿意见我为止。"

桑念不由得有些触动，郑重地点头："我会替你转达的。"

岳清兮微笑："多谢。"他看了眼空荡荡的楼梯口，不再磨蹭，转身大步离开。

桑念目送他离开，撑着下巴道："我觉得他好像没有师兄他们说的那么不好。"

初瑶认真起来："你知道每年有多少剑修被合欢宗弟子始乱终弃吗？那些人最后个个道心尽毁心魔缠身，严重的甚至还丢了性命。"

桑念弱弱地道："这么严重吗？"

"这些可都是血的教训，"初瑶道，"总之，我绝不会让我的阿音也变成这样。"

桑念叹了口气："行吧，我去把信拿给她。"

初瑶不同意："万一他在信上花言巧语，阿音看了后动摇了怎么办？还是毁了吧。"

桑念避开她的手，正色道："她要放不下，就算不看这封信也会动摇。她要真能放下，哪怕看十封、百封，都不会动摇。"

初瑶还待说什么，长街另一头，一身白衣的萧濯尘匆匆向她们走来。

雨势大了些，他单手撑着一把绘着竹叶的油纸伞，伞沿水珠如串，抬眼看来时，仿佛画中仙。

两人止住话头，等他行到面前，点头问礼。

萧濯尘收起伞，眼下一圈淡淡的乌青，似是没有休息好，嗓音也透着一股子倦意："不知桑姑娘唤我前来，是有何事？"

桑念不解："你这几日不该是在安心养伤吗？怎么还这么忙？我两日前叫的你，你今天才抽出时间过来，看上去还这么……"

她一时没找到合适的形容词，倒是初瑶问了一句："出什么事了吗？"

萧濯尘张张嘴，又摇摇头："抱歉，我现在不能透露此事，你们过几日便会知道了。"

初瑶没追问，点头道了声"明白"。

"去房间里说吧。"桑念道，"这里人多眼杂，不是谈事的好地方。"

萧濯尘颔首，抬步随她上楼。

初瑶正要跟上，桑念对她道："你在外面替我望风，谁也不许进我房间。"

初瑶用力点头，拔剑出鞘："好，有我在，谁也别想进你房间。"

桑念放下心，拽着行动缓慢的萧濯尘大步上楼。

经过苏雪音的房间时，她敲了三声门。

里面很快传来苏雪音的声音："谁？"

桑念："我。"

苏雪音打开房门："何事？"

桑念把信封交给她，她疑惑道："这是？"

桑念简短概括了一下："岳清兮让我给你的，他说他要离开七天，等回来后会继续找你，直到你肯见他为止。"

苏雪音目光怔然。

"信我送到了，看与不看在你。"桑念道。

苏雪音犹豫了下，还是将信收进了储物袋中："我……再想想吧。"

桑念："随你。"

她领着萧濯尘走进自己的房间，布下隔音结界。

"随便坐。"桑念一边倒茶一边招呼道。

萧濯尘并不四处打量，端正地坐下，背挺得极直，神色坦然磊落。

桑念暗赞了一声好教养，忍不住又拿萧净那厮出来比了比，不禁叹了口气——惨不忍睹。还好萧濯尘从小被送去了长生殿教养，否则没准儿世上又多一个萧净。

“桑姑娘，”萧濯尘轻声提醒她，“茶要满了。”

桑念忙提起茶壶，将杯子推到他面前，又给自己倒了一杯，坐下问道：“你师尊的伤势怎么样了？”

萧濯尘眉间的黯色一闪而过：“大约还有一月的光景。”

桑念沉默了一下：“他真是被那只……闯入长生殿的妖物所伤？”

“师尊他……其实早就撑不住了。”萧濯尘轻声道，“这次不过是一个诱因，就算没有那只妖，他……也只剩三年阳寿。”

桑念一怔。

萧濯尘道：“自从须弥界里关押的那只赤鹫鸟死后，师尊的身子每况愈下，已有油尽灯枯之兆。”

桑念握着杯子的手紧了紧，仰头喝了一大口茶水，借此掩饰自己的失态。

“那……他有说什么吗——关于此次妖物闯进长生殿一事。”

萧濯尘垂眼：“我问过许多次，他始终闭口不言。”

桑念停了许久，突然道：“若我告诉你，那只妖其实是一只赤鹫鸟呢？”

萧濯尘霎时抬头：“赤鹫？”

桑念道：“是的，赤鹫。”

萧濯尘斩钉截铁地道：“不可能，赤鹫鸟一族已经灭绝，这世上一只也不剩了。”

桑念轻声道：“没有灭绝。”

萧濯尘不解。

“当日我们误入须弥界中，窃脂给了我一颗鸟蛋，让我带它走。”桑念道，“后来，它在归墟孵化，随我一同回到玉京。”

萧濯尘杯中的茶水晃出几滴，洇湿手背。

桑念深吸一口气，一字一句地道：“那不仅是窃脂的孩子，也是……你师尊，微生羽的孩子。”

“哐当——”

萧濯尘手中的茶杯掉到桌上，茶水淌了满桌，顺着桌沿一滴滴流到地上，聚成一汪小小水泊。

他无暇去管，只紧紧地看着桑念：“你说什么？”

桑念道：“你或许也听过，你师尊为了保住一名妖族，甘愿自囚长生殿的故事。”

萧濯尘失声：“那不过是市井传言。”

桑念道：“那名妖族就是窃脂，当年你师尊误入小华山，与她有了纠葛，孕育两女，其中一个，便是我身边的小七。

“也就是你师尊在长生殿见到的那只赤鹫鸟。”

萧濯尘愣了许久，仍是摇头：“我师尊不会爱上为祸人间的妖孽。”

“窃脂不是一开始就是为祸人间的妖孽的。”桑念道，“她原本是祝余族的守护灵兽，祝余被仙门蓄意灭族后，她失去了理智，这才……”

不等她说完，萧濯尘霍然起身：“蓄意灭族？”

桑念艰难地点头。

萧濯尘捏了捏眉心："桑姑娘，你或许弄错了什么。祝余族性情残暴，多次伤害人族，仙门不得已才与之大战，那一日，仙门折损了十万修士，死伤惨重。"

"是你错了，不，所有人都错了。"桑念拿出那颗留影石，"我去了归墟一趟，在那里见到了你们口中残暴的祝余族，事实是，他们是这世上最善良仁慈的生灵。"

萧濯尘目光变幻不定，迟疑着接过那枚留影石，查看里面的影像。

夕阳里，年轻的夫妻牵着幼女的手一起散步；青年举起斧子笨拙地砍树，惊恐地躲避四处挥舞的树藤；活泼的少女们提着篮子踮脚摘果子，不知说了什么，笑得格外开心；圣洁的神像下，半大的孩子听着大人的教导，细心地照顾受伤的兔子。

画面越来越多，萧濯尘捏着留影石的手也越来越紧。

终于，那个血夜出现在他眼前。

一声接一声的惨叫，堆积如山的尸体，被残肢绊倒的孩子，被砍下头颅的青年，被无数双手按在血泊中绝望抬头的女子……一切都随着他们的自爆结束。

萧濯尘脱力地坐回椅子上，久久回不过神。

桑念的声音在他耳边响起："萧濯尘，这就是你效忠的仙盟。"

这就是他效忠的……仙盟。萧濯尘闭上眼，有一瞬间竟想笑。

可他努力良久，唇角也只溢出一个难看的弧度。

多荒谬。

"你看到的只是一小部分。

"祝余合族，共计五十万人。"

室内安静下去。

良久，萧濯尘扶起倾倒的茶杯，语气缓慢，却字字坚定："这件事不该只有我们知道。"

桑念看着他的眼睛，慢慢地点头："我也是这样想的。"

她将那本书递过去："以你的修为，能解开最后一层禁制吗？"

萧濯尘细细研究了一阵，摇头："我并不精通此道，待我回去翻阅古籍，或许可得解法。"

桑念："好。"

萧濯尘停了停，又道："再给我一些时间，我会搜集证据，给祝余族一个说法，只靠这些，还不足以服众。"

桑念起身对他郑重行了一礼，声音很低："拉你入局，我很抱歉，我……我也不确定这样做到底对不对，是我太自私。"

她的成长一帆风顺，最大的苦恼是写不出论文和明天吃什么，从没被卷入过这样的阴谋中。可如今，她每一步都走得胆战心惊，害怕自己走错，更害怕因为自己走错了这一步，让身边的人跟着送了命。

可她别无选择。

只靠她一个人的力量，远远撼动不了万仙盟。

她只能寻求别人的帮助。

对面，萧濯尘眸光清明，认真道："我帮的不是你，是祝余族。你不必为此感到抱歉，即便是为了我的道心，我也会选择这样做。"

"还有，你并不自私。"他眉眼清隽，笑意舒朗，"我与万仙盟关系匪浅，你却告诉了我真相，使我不再被蒙蔽，证明你信任我的品行，不管是什么原因，我都应该谢谢你。"

桑念心中巨震，一时失声。

任何言语在此时都显得如此贫瘠。

萧濯尘忽地问她："你——是否受人胁迫？"

桑念心里一紧，勉强笑了笑："没有。"

萧濯尘轻舒一口气："那便好。"

桑念犹豫了一下，说道："你师祖与此事脱不了干系……"

不等她说完，萧濯尘断然打断："无论如何，做错了事便要付出代价，即便那人是我师祖。"

话毕，他起身："我还有事要向师尊求证，告辞。"

桑念送他出门。

两人一路走到楼梯口，萧濯尘道："留步吧，送到这儿便够了，剩下的路我自己走。"

桑念摇头，执意和他一同下楼。

雨势似乎比方才更大了。

萧濯尘撑起来时那把竹叶油纸伞，低声嘱咐："此事暂时不要同你师兄师姐说，等我做好所有准备，再叫上他们去吹梦楼详谈。"

桑念问他："那有什么是我能做的？或者说，我该做什么？我不能让你一个人东奔西走。"

萧濯尘道："你别害怕。"

桑念怔住。

回过神时，他已撑伞离开，脚步匆匆。

她目送他身影消失在长街尽头，仰头看了会儿雨，转身上二楼，靠着栏杆发呆。

楼下，言渊不知什么时候回来了，初瑶正晃着他胳膊，闹着要什么东西，似撒娇又似耍赖。

他摸摸她的脑袋，又冒雨出去了。

"初瑶还是这么黏言渊呢。"女子的声音随着酒香幽幽地传来。

桑念侧过脸，看见倚着栏杆的碧柯。

碧柯笑眯眯地道："自从初瑶阉了言渊那只猫，他就没给过初瑶好脸色，不过现在看来，该是气消去给她买点心吃了。"

桑念彻底转过身面对着她："我们谈谈。"

碧柯无所谓道："好啊，谈谈。"

两人一前一后回房。

碧柯看见桌上未来得及擦拭的水迹，轻笑一声："能让第一公子萧濯尘这么失态，你是说了什么不得了的事？"

桑念背对她站着，不答反问："我该叫你碧柯长老，还是蛮蛮？"

"碧柯吧，"碧柯随意地坐下，单手支颐，姿态闲适，"我比较喜欢这个名字，听起来像个好人。"

桑念："一直以来，那个暗中窥视我的人，是你。"

碧柯夸道："念念真聪明。"

桑念霍然转身："藏书阁的那本书，你是故意让我发现的，上面的禁制也是你下的？"

碧柯微挑眉梢："猜对一个，禁制与我无关，我那时说的都是实话。"

桑念定了定心神，努力稳住语气，可尾音依旧有些颤："你当年，也是这样一步步引导镜弦，让她知道祝余灭族的真相，让她替祝余族平冤，可她不慎惊动了万仙盟，此事没能成功。于是，没有用处了的她，被你，被万仙盟，一起杀害。

"我说的对吗？"

碧柯抚掌喟叹一声："念念，你比我想象的，还要聪明得多。"

桑念紧紧地盯着她的眼睛："我说的对吗？"

"大致是这样，"碧柯耸耸肩，"不过有一点你错了。"

桑念："什么？"

碧柯待要张口，又转而笑了一声："我坐下这么久了，不给我倒一杯茶吗？"

桑念压住汹涌的情绪，挑了个干净的杯子，倒了满满一杯茶递过去。

碧柯瞥了一眼那杯茶，并不碰，取下腰间的酒壶喝了一口："酒满敬人，茶满欺人，念念，你似乎对我心怀怨念。"

桑念深吸一口气："不要绕圈子了，说吧，我哪点猜错了。"

碧柯终于道："镜弦可不是我杀的，当然，也不是万仙盟杀的。"

桑念愕然："不是？"

碧柯神秘地眨了眨眼："我只能告诉你，她死在身边的人手中，那个人，你也认识，很熟。"

桑念藏在袖中的手骤然收紧："到底是谁？"

碧柯慢悠悠地道："替我办好这件事我就告诉你。"

说着，她一寸寸收起笑："你要让所有人知道祝余灭族的真相，知道万仙盟冠冕堂皇的外表下，有多肮脏。"

桑念："……好。"

碧柯语气有些惋惜："我本来已经打算好了，你刚刚要是拒绝我，我就杀了你的。"

桑念不寒而栗。

桑念咬牙问她："这件事办完，你会放我出局吗？"

碧柯竖起两根手指，笑吟吟道：“还有第二件事，你办好后，我便放你出局，再也不让你牵扯进来。”

桑念：“什么事？”

碧柯卖了个关子：“你到时候就知道了。”

桑念：“我怎知你不是在骗我？”

闻言，碧柯叹了口气，咬破指尖，一滴鲜血点在她额间：“我在此立誓，若刚才的话有半分违背，便叫我遭至亲至爱手刃，不得好死。”

鲜血没入桑念额间，消失不见。

血誓成立。

她想顺手摸把桑念的脸，后者侧过头避开，她只好悻悻收手，无奈地道：“现在能放心了吧？念念。”

桑念默了默，问道：“薇薇……还好吗？”

碧柯的动作一顿，仰头喝了一大口酒，嗓音冷得吓人：“她死了。”

桑念暗嘲自己蠢，既然出现在了归墟，便早该知道，她已经不在了。

至此，一切线索都能连上。

“薇薇就是修罗殿的暮云薇。”她推测道，“这几百年来，她为了报仇，一直在追杀万仙盟成员，最后，她怀着必死的决心，与盟主死战，陨落。”

碧柯不说话，只是一口接一口地喝酒。

“不光她是修罗殿的人，你也是。”桑念道，“你早就知道谢沉舟少主的身份。”

提起谢沉舟，碧柯终于有了点反应：“我确实知道，不过，似乎他自己反而忘了。”

她轻叹：“他真把自己当成你们仙门的人了，多可怜。”

桑念抿紧唇：“他可以成为仙门的人。”

碧柯像听见什么好笑的笑话，笑得前仰后合，不住地摇头。

桑念的心随着她的笑声一点点吊起来，不安感如潮水，席卷全身。

碧柯笑够了，嗤了一声：“你大概还不知道，仙门，与修罗殿要开战了。”

桑念瞳孔骤然一缩。

碧柯慢悠悠地道：“修罗殿有人潜入了此次的群英会，或许是盗走了某样东西，仙门没能抓住他，正在集结所有兵力，打算突袭魔界。”

桑念口中发苦，说不出话来。

碧柯道：“你与谢沉舟，注定是要站在对立面的啊。”

人已经走了多时，屋子里只剩桑念。

不知过了多久，她陡然回神，抓起长剑，想要去找萧濯尘。仙门的计划已经被修罗殿知晓，对方定会将计就计，这一仗，不能打。

她冲出房间，初瑶纳闷道：“怎么了？这么失魂落魄的。”

桑念来不及与她说话，跑出客栈。

雨还在下，她忘了掐避雨的口诀，霎时湿透，冰冷的雨水唤醒她一丝理智。

她停住脚：碧柯为什么要告诉自己这件事？自己知道后必定会通知仙门，于修罗殿有害无益。

除非，这也是她计划的一环。可万一……似一张无形的大网铺开，桑念觉得自己像一条鱼，囿于其中，不得解脱。

大雨滂沱。

寒气一直从脚底爬上脊背，让人控制不住地战栗。

桑念大口地喘着气，到底怎么做才是对的？到底怎么做，才能保全那些无辜的人？

她不知道。

她真的不知道。

行色匆匆的路人里，少女用力环住双臂，慢慢蹲下身子，忽地呜咽一声，身形颤抖。

初瑶撑着伞跑出来，急道："你怎么啦？别吓我啊！"

她想扶起桑念，桑念却抱住了她，哭道："阿瑶，我不知道该怎么办，真的不知道。"

初瑶怔了怔，手上的伞慢慢倒在一旁。

她从未见桑念如此失态过，似乎不管发生什么事，她都能气定神闲，游刃有余。

可今天……初瑶无措地抱紧她："你、你别哭啊，有什么事你说，我们大家一起商量，大师兄肯定有办法解决的！"

桑念身形颤抖，眼泪流得更凶："是我太弱了，我如果更强一些，就不会有这些事，我就能，就能……"

就能怎样呢？桑念不知道。

她死死握紧拳，掌心鲜血淋漓。良久，她用袖子擦了把脸，望向空中悬浮的、连绵的宫殿，一字一顿地道："碧柯长老，是修罗殿的卧底。"

初瑶猝然愣住。

魔界边境。

过于低的天空压在头顶，乌云厚重。

一切都是灰色的，灰色的沙子，灰色的天。若有若无的血腥味潜在风中，无声地刺激着来人的感官。

沙丘上，少年摘下黑色的兜帽，斗篷被风吹起，猎猎作响。他眺望远处的分界河，脸上什么表情也没有。

腰间锦囊闪了闪，两道身影出现在他身后，立即对他跪下："多谢少主放我一条生路。"

经过一段时间的休养，纳珈身上的伤好了些，脸色不再惨白如纸。

她拉拉妹妹的袖子，示意妹妹说话。

玉京子这才不情不愿地开口："以后，我们愿认你为主，听凭你差遣。"

谢沉舟一个眼神也未给她们："不必了。"

纳珈还想说什么，他淡声道："该完成你的诺言了，若有半句假话，我会将你碎尸万段。"

纳珈心里一颤，头几乎抵到地上："少主，你母亲确实是暮云薇。"

谢沉舟："继续说。"

"我曾经只是一只普通的蛇妖，某一天，我无意中遇见了你母亲，那时，她正与万仙盟盟主死战。"面对这种层次大能的斗法，小小妖族根本无路可逃。

天地变色，她蜷缩在角落，艰难地求生。

好在，战斗已接近尾声。没过多久，两人同时从空中坠下，生死不明的暮云薇恰好砸在她身边。一块碎玉从暮云薇身上落下，散发着对妖族堪称致命的吸引力。

纳珈觑着谢沉舟："我忍不住吞了那块碎玉，后来才知道，那是昆山玉的碎片。"

说完，她急急补充道："但我并没有弃她于不顾！"

谢沉舟面无表情："继续说。"

纳珈道："吞了玉后，我发现她还有气，于是，我将她带去了一个偏远的小岛，避免她被万仙盟捉住。"那时，她急需炼化昆山玉，否则迟早会爆体而亡。

等暮云薇伤势稳定下来后，她便寻了一处洞府闭关去了，再等出关，已是几年后。

暮云薇成了家，有了孩子。

"她什么都不记得了。"纳珈道，"不记得修罗殿，也不记得自己的身份，以为自己是个平凡的普通人。"所以，她爱上了另一个普通人，满心欢喜地与他成婚，生下孩子，过起寻常的日子。

"每一天，她都过得很高兴。"纳珈低声道，"那时，他们夫妻二人常常带你去赶集，极疼爱你，不管你要什么，都会买给你，除了两只小鸟。

"你哭得很厉害，她一直在哄你……"

谢沉舟静静地站着，胸腔中宛如刺进一枚钢钉，血淋淋的，随着呼吸隐隐作痛。

原来，记忆没有出错。

那个女人，曾是一个好母亲。

她曾为他亲手雕刻一只小鸟，在闹市街头耐心地安慰他。

字字温柔。

纳珈的声音再次传来："后来，她死了。"

谢沉舟用力闭了闭眼："接着说。"

"某天，一名女子在她院子里站了一夜，天亮才走。"纳珈道，"后来，一名男子也找了过来，他杀了你父亲，想要抢走你，你母亲带着你仓皇逃亡。

"最后，她将你丢弃在了荒野，独自引开那人。

"她死在了那人手下，尸体被他带走，不知所终。"

见谢沉舟沉默，纳珈解释道："我不是不想帮她，但那时我和昆山玉还没有彻底融合，动用不了妖力，自身也难保。”

谢沉舟眼眸低垂:“那个人是谁？”

纳珈:“他与那名女子，都穿着逍遥宗的服饰，用的，是逍遥剑诀。”

谢沉舟身形晃了晃。

逍遥宗，竟是……逍遥宗。

“我知道的都告诉你了，”纳珈道，“我可以发誓，若有半分欺瞒，便让我唯一的妹妹被乱箭穿心而死。”

谢沉舟不知在想什么，好一会儿才开口:“你们走吧。”

说罢，他提气飞走，身影消失在界河对岸。

“姐姐，现在怎么办？”玉京子道。

纳珈捂着胸口咳嗽两声:“先回妖界养伤。”

她仰头望着压抑的天幕，凝声道:“修仙界的天，就要变了。”

河对岸连接着魔界。

谢沉舟穿过界壁，眼前的场景霍然变化。

魔界没有太阳，一轮血月高悬天际，时时刻刻照耀着这片血色大地，永不西沉。这里的地势大多平缓，唯有北方突兀立起一座高山，宛如一柄利剑笔直地插入大地。巨大的魔神雕像矗立于覆雪山巅，俯瞰整个魔界。

山脚一共有两百二十一座城池，它们如众星拱月般拱卫着最中心的修罗殿。

三百年前，修罗殿在此成立，圣女暮云薇平定此处因魔尊失踪而持续万年的内乱。于是，修罗殿便取代了魔尊，成了这片土地的至高。

换句话来说，现在的修罗殿殿主，便是魔尊。

谢沉舟收回视线，摩挲了一会儿危月燕，将它小心收好，来到离修罗殿最近的一座城池中。

城中魔族见到他的身影，立时噤了声，大气不敢出。长街寂静，只有他的脚步声。

直到他走远，他们这才擦擦额上冷汗，交头接耳。

“我的个先魔尊啊，这个恶毒的人族怎么回来了？”

“少主不是死在外面了吗？我前天刚庆祝完啊。”

“快别说了，你想死我还想活呢！”

“不过他这段时间到底去了哪儿？我怎么感觉他气质有点变了。”

“变得更恶毒了？”

“不对，他好像……温柔了一点？”

“哦，我的先魔尊啊，你这句话是我今年听过最恐怖的笑话。”

“没有之一。”

“……”

修罗殿。

“参见少主！”瞥见谢沉舟的身影，守卫忙跪下行礼。

谢沉舟步子迈得很大，袍角卷起一阵冷风。

他道：“尊主呢？”

“回少主，尊主在血池等您。”

谢沉舟：“知道了。”他脚下换了个方向，不多时，来到一处冷清的宫殿。

推开殿门，翻涌的血色映入眼帘。谢沉舟顿了两秒，方才缓步踏入。

“这才离开多久，便不适应了？”女子含笑的声音幽幽传来。

谢沉舟垂下视线：“尊主。”

纱幔轻舞，水声响了一会儿，一只手撩开一角，露出后方白发红衣的女子。

她款款行出，随意倚到榻上，单手端起酒杯：“任务完成了吗？”

谢沉舟取出从纳珈身上得到的昆山玉碎片，隔空送到她面前。

尊主扫了一眼，没什么兴趣地收回视线：“没记错的话，我要你取的，不是这一块碎片。”

谢沉舟单膝跪下：“我要离开修罗殿。”

尊主轻笑一声：“我的小沉舟想离开我了啊？”

她抿了口酒，笑意不减：“怎么，鬼做久了，做厌了，开始想做人了？”

谢沉舟还是道：“我要离开。”

尊主耸耸肩，似乎并不在意这件事，语气轻松：“离开？可以啊，你知道规矩的。”

谢沉舟低声道：“一步一叩首，走遍两百二十一座城池，走上噬神山，走到魔神像前。”

尊主打了个响指：“很简单，对吧。”

谢沉舟没有接话。

尊主叹气：“就是这么简单的一个要求，只要完成了就能彻底脱离修罗殿，脱离魔界，永远不会被我们追杀，可惜却从来没有人能做到，全死在了半路。”

谢沉舟眼眸漆黑：“我会成为第一个做到的人。”

尊主扬唇一笑：“是吗？我很期待。”

谢沉舟不再多言，转身离开。

外面的殿众很快得到命令赶来，看他的眼神又惊又惧。

“少主……”

谢沉舟赤着脚上前，伸手，淡声道：“来吧。”

一名殿众拿着烙红的锁链上前：“少主，得罪了。”

他手中用力，锁链瞬间贯穿谢沉舟双腕，狠狠钉入琵琶骨内，岩浆一般不断灼烧着脏腑。

谢沉舟面色不变，示意道：“还有脚。”

“嗤——”锁链穿过脚踝，烧出一缕白烟。

至此，他全身修为尽锁，已与寻常人无异。

周围的殿众纷纷别过脸。

谢沉舟神色仍淡淡的："走吧，我赶时间。"

那人不敢看他，侧身："请。"

谢沉舟走出修罗殿。

魔界的魔族们得到消息，全都围到了修罗殿前，见他出来，喧哗声登时如同潮水一般响起。

"他作为少主怎么能离开？定是仙门策反了他，这是背叛！"

"他背叛了魔界，背叛了修罗殿！"

"果然，人族就是人族，养不熟的白眼狼！"

刹那间，喧哗声更大，群情激愤。

谢沉舟充耳不闻，抬头眯起眼眺望远处高山，轻轻笑了笑，跪下，叩首。

四周蓦地安静下去。

锁链叮当作响，身形消瘦的少年起身向前。

再跪，再叩。

神色虔诚，恍如朝圣。

"咚——"一块尖锐的石头从人群里飞出，重重砸中少年的额角，猩红的鲜血蜿蜒而下，一路流进眼中，视线如同笼上一层血雾。

他神色不变，挺直背继续向前。

修罗殿的殿众在后方沉默地跟着，一言不发。

得到默许，越来越多的石头砸来，里面甚至夹杂了一把匕首。细微的一声响，匕首刺进左臂，刀身全部没入，露出一截刀柄和几寸染血，刀锋。

谢沉舟什么也没说，用力拔出匕首，随手掷到地上。

空中，两只漆黑的乌鸦飞了一圈又一圈，愤怒地尖鸣。

他语气平静："敢插手，我就杀了你们。"

它们只得停止鸣叫，一路默默跟随。

于是，所有人看着那个少年，看着他一次次拔出身上的利刃，一次次下跪，一次次叩首，不断向前，只为向前。

整整五天五夜。——这一年夏末，谢沉舟不眠不休地走了五天五夜，在一片骂声中跪遍魔界两百二十一座城池。

只为走到一个姑娘面前。

那个姑娘，有一双极漂亮的眼睛，黑白分明，一笑就弯成月牙。

那个姑娘，额间有一粒小小的红痣，垂眸时，神色悲悯如莲座观音。

那个姑娘，会在他每一次喝完药后，给他一粒梅子糖，同他抱怨药苦；会在有月亮的晚上牵住他的手一起散步，小声唱歌。

那个姑娘叫念念，念念不忘的念念。

一个很好很好的人。

风雪呼啸，噬神山下，少年闭上眼，干裂的嘴角弯了弯，渗出几许血丝。在他身后，所过之处，血迹触目惊心。

所有激动的魔族皆安静下去，鸦雀无声。

噬神山共有七千七百一十五级石阶，想上去，唯有这一条路可走。

谢沉舟踏上覆雪的石阶，冰棱如利刺，猛地贯穿脚面。浓稠的鲜血争先恐后地涌出，伤口很快被冰封，他抬起脚，生生扯下一块血肉。

修罗殿的殿众不再跟在身后，他们分散着站上台阶两端，一直延伸到山顶。

青鬼站在最前方，打量着遍体鳞伤的少年，目光复杂：“为了一个女人做到这种地步，值得吗？”

谢沉舟脸色惨白，愈发显得眼瞳漆黑如墨，被夹杂着雪沫的风一吹，好似冰层底下浸着的乌珀，澄澈而干净。

他说：“只做到这种地步便能和她在一起，是我赚了。”

青鬼咬紧牙，手中长剑刺向他：“既然如此，我成全你！”

谢沉舟不躲不避，任由那把剑将自己贯穿。

剑拔出的瞬间，血流如注。

青鬼一脚将他狠狠踹下台阶，少年一直滚到山脚，身子颤了颤，呕出一口滚烫的鲜血。

在众人沉默的注视下，他揩去唇边的血迹，摇晃着站起来，继续朝山巅行去。

这一次，他路过青鬼身边时，青鬼没有再动手。

在青鬼上方，另一名修罗殿成员亮出武器，沉声对谢沉舟道：“少主，得罪了。”

风声呜咽，雪如飞絮。

青鬼伸手接住一片雪花，低眉凝着，它静静地躺在掌心，迟迟未化。

一滴血珠飞溅而来，霎时将它融透。

好一会儿，青鬼抬起眼，看着远方石阶上的那个少年。他不知滚到山脚多少次，已没有力气站立，却仍执拗地朝着山巅爬去。

十指血肉模糊。

青鬼掌心一点点收拢，指节泛白：“蠢货。”

他大步上前，粗鲁地拎起谢沉舟领口，想要带他飞到山巅。

谢沉舟按住他的手，缓慢而坚定地摇头。

青鬼低喝：“蠢货，你会死的！”

谢沉舟咳出两口血，哑声道：“我不会死。”

青鬼不听，欲要强行带他走，他用尽最后一丝力气挣脱，双手攀上台阶，继续向上爬。

青鬼胸口急促地起伏，冷冷一眼扫向上方想要动手的殿众。

殿众纷纷收起武器。

于是，剩下的路程，无人再对谢沉舟出手，他得以在天黑之前抵达山巅。

巨大的魔神石像无声地矗立，静静看着他一点点靠近。

尊主跷着腿坐在神像上，见他来了，连连鼓掌赞叹："不愧是修罗殿的少主，真厉害。"

谢沉舟咽下喉间的猩甜："我很快就不是修罗殿的少主了。"

尊主笑眯眯地道："知道，还有最后一关，你自己动手，还是我替你动手？"

谢沉舟："我自己来。"

他从身上某个伤口处拔下一把小刀，朝着魔神像跪下。

尊主颔首示意："开始吧。"

谢沉舟摩挲着藏在袖中的星辰吊坠，低喃了句什么，刀尖对准心口，毫不犹豫地刺下。

"扑哧——"

"砰——"

万里之外的玉京，茶杯跌落地面，摔得粉碎，少女愣愣地看着满地碎片，迟迟未回过神。

一旁的沈明朝问道："好好的怎么把杯子摔碎了？"

桑念回过神，正要说话，心中倏地一刺，她捂住心口，踉跄地扶住桌角。

沈明朝吓了一跳："怎么了这是？"

桑念大口喘着气，勉强说道："大概是犯病了，不用担心，吃药就好。"

沈明朝却满脸错愕："你怎么哭了？"

桑念伸手一摸脸，果然，满手冰凉的水迹。

怎么，哭了？

她怔怔地落下泪。

沈明朝急得不行："别光哭呀，哪里疼你告诉我啊。"

"疼……"桑念捂住心口，眼泪落得更凶，茫然道，"我不疼。"

沈明朝："那你哭什么？"

桑念更加茫然："我不知道。"她只是……很难过。

仿佛，即将失去某个重要的人。

再也见不到他。

魔神像下。

灼热的鲜血融化积雪，聚成一汪血泊。

一片雪花从神像指尖悠悠落下，悬停在少年满是血渍的长睫，他指尖颤了颤，慢慢睁开眼。

不远处，尊主合上冰晶盒子，盒中心脏犹在跳动。

她含笑道："剖心为证，祝贺你，你成功了。"

谢沉舟紧紧攥着那颗星辰吊坠，声音轻得几乎只有自己能听见："从此以后，我与修罗殿，再无任何瓜葛。"

他缓慢地弯起眉眼，神色满足："我只是谢沉舟。"

尊主什么也没说，带着盒子离开。

路过他身边时，他忽地问道："我母亲，是祝余族的暮云薇？"

尊主侧脸看了他一眼，脸上没有半分笑意："知道了又怎样？你连灭族之仇都不顾了，难不成还会为她报仇？"

谢沉舟缄默许久，道："我会杀了害死我母亲的人。"

尊主嗤了一声："如果我告诉你，她是被镜弦害死的呢？"

谢沉舟呼吸一顿。

尊主缓缓地道："她与镜弦本是好友，镜弦背叛了她，将她藏身的位置告诉了别人，害得她惨死，也害得你流落街头，成了孤儿。"

她冷声道："即便这样，你也要去仙门，去和镜弦的女儿桑念在一起吗？"

谢沉舟将星辰吊坠攥得更紧。

良久，他道："我不信。"

"在这世上，我只信一个人。"风声萧萧，谢沉舟一字一顿地说道。

尊主看了他半晌，嗤地笑了一声，身形化作轻雾消失不见。

血泊里，少年艰难地翻了个身，仰躺着看向头顶面容模糊的魔神像。

神像眉眼低垂，如同与他对视。

风雪大作。

少年扯了扯嘴角，眸色轻蔑："我也不信你。"

雪花簌簌飘下，困在他如墨的眉眼间，慢慢融化。

他抹了把脸，踉跄着站起身。两只乌鸦一前一后落地，及时扶住他："少主！"

谢沉舟淡声道："以后，不要再这样叫我，我现在与修罗殿，没有任何关系。"

鸦一、鸦二对视一眼，飞快地改口："主子。"

鸦二道："我这就带你去找地方疗伤。"

谢沉舟摇头："明日便是我与她定好的归期，我要回玉京。"

鸦二急道："可你伤得很重！"

谢沉舟眺望远方虚空，轻声道："答应过了的，十日后一定要回去，不能说话不算话。"

鸦二："可是——"

鸦一用眼神打断他："走吧，时间很赶，不要再说了。"

鸦二狠狠地咬了咬牙，化作原形，身形长大数十倍："走，我背你去见她！"

鸦一扶着谢沉舟坐上去，谢沉舟双手环住鸦二的脖颈，眼皮一点点合上："多……谢。"

最后一个字说完，他彻底闭上眼，昏死过去。

鸦二这才吸吸鼻子，难受地道："何苦呢，就算留在修罗殿又怎样，人家桑小姐都不在意这件事。"

鸦一语气沉重："可他在意。

“他想清清白白地和她在一起。”

——而不是妄图拉神明跌下莲台的修罗恶鬼。

两人都没有再说话，振动双翅，朝着玉京的方向迅疾地飞去。

吹梦楼。

“事情大概就是这样。”桑念环视众人，“关于祝余族，这就是我知道的所有了。”

一室寂静。

所有人都被这突如其来的真相震住，一时没有反应。

萧濯尘道：“我已部署好一切，过两日，此事将会被所有仙门弟子知晓。”

闻不语率先回过神，面容沉重：“万仙盟那边，你要如何交代？”

萧濯尘道：“我会离开万仙盟，回玄剑宗。”

桑念：“那长生殿呢？”

萧濯尘：“待师尊仙去，我师弟会继任殿主之位。”

桑念没想到他居然能做到这个地步，竟连长生殿也放弃了，心中满是愧疚。

萧濯尘仿佛知道她在想什么：“我本就是玄剑宗的人，回去是天经地义的事，并不算走投无路，你不要多想。”

桑念勉强笑了笑。

初瑶气道：“他们为什么要这么做？祝余族又没碍着他们什么，居然把整整五十万人都杀了。”

沈明朝肃声道：“或许是为了什么东西，修仙界杀人夺宝的事还少吗？”

苏雪音也道：“我觉得沈师弟说的没错。”

只是祝余族，会有什么东西呢？桑念想到最后那块分裂消散的玉。

难不成，是为了那个？

闻不语也想到了这里，缓声道：“据说昆山玉是万年前一位上神所造，上神不慎将其遗失，一直到五百年前才又出现。”

五百年前，祝余灭族，神器重现世间，一切都能对上了。

众人又是一阵沉默。

许久，桑念涩声道：“怀璧其罪。”

“如今昆山玉的碎片大部分都在修罗殿里，”初瑶道，“仙门只剩两块，还有一块下落不明。”

她不解：“修罗殿要神器做什么？”

“神器这么好的东西，肯定人人都想要，他们要也不稀奇。”沈明朝道，“比起这个，这几日因为卧底事件，到处都在疑神疑鬼，尤其是对我们逍遥宗的弟子，简直算得上是针对了，咱们还是快些回宗门吧。”

初瑶：“毕竟谁也没想到，碧柯长老居然是……”

苏雪音：“碧柯长老现在下落不明，大概已经逃回修罗殿了吧。”

闻不语反倒轻松了些：“她若真是卧底，那仙门与修罗殿开战的计划，大概会直接取消。”

萧濯尘道：“的确，不过这也给了仙门一个警告，当务之急，是找出其他卧底，否则……”

“谢沉舟是明天回来对吧？”沈明朝问桑念。

桑念露出一点笑意：“没错。”

沈明朝松了口气：“那就好，他一回来我们就启程，赶紧离开玉京这个是非之地。”

“现在走的话，会不会引人怀疑啊？”苏雪音道，“毕竟除了碧柯长老的事，咱们本就在风口浪尖上。”

沈明朝：“我们身正不怕影子斜，管他们干什么。”

初瑶：“说得没错，清者自清，谁管他们怎么想。”

萧濯尘颔首：“你们尽管离开，我会为你们担保。”

几人忙道：“不必了。”

“你忙得很，就别再操心我们的事了。”初瑶道，“总归你也不是我们逍遥宗的人，何必蹚这浑水。”

沈明朝：“就是就是。”

沈明朝：“小桑你也说两句。”

桑念想起谢沉舟的身份，心虚得无以复加，结结巴巴地道：“担保还是大可不必了。”

她想了想，又道：“我和谢沉舟会暂时离开宗门，到处游历一段时间。”

沈明朝：“什么？！”

初瑶：“什么？！”

桑念语声轻快：“现在祝余族的事马上要解决了，仙门与修罗殿也不会开战了，谢沉舟也……反正我们没什么事了，不如去游历，到处走走看看。”

初瑶：“我也要去！”

沈明朝：“你要去那我也要去！”

闻不语一人敲了一下脑袋：“识趣些，他们是道侣。”

初瑶不服：“道侣又怎么了，道侣就可以丢下朋友了吗？没准儿他们过两年就吹了，可朋友——”

她用力拍拍胸口，拍得砰砰响：“还是朋友！”

闻不语：“……这么说似乎也没问题。”

沈明朝斩钉截铁地道：“没错！朋友才是永恒的！”

桑念幽幽地道：“你们就不能盼我点好吗？”

萧濯尘道：“说起这件事，我还没恭喜桑姑娘。”

他笑道：“你与谢少侠很般配。”

桑念：“说起来有点不好意思，但我也这么觉得。”

众人纷纷笑起来，一直以来萦绕在四周的沉重气氛终于消散。

似乎，一切都充满希望。

“咚咚咚——”有人敲响房门。

桑念从噩梦中惊醒，揉揉眼睛：“来了。”

她披衣下床，开门一看，愣了愣：“宗主？”

门口站的，正是逍遥宗宗主，宋揽风。他显然来得匆忙，衣摆上犹沾着新鲜的晨露，气味冰凉。

桑念心里一咯噔：“是出了什么事吗？”

宋揽风柔声道：“不必担心，什么事也没发生。”

桑念放下心里的石头，让开路，为他倒茶：“宗主这么早过来找弟子，是有什么事要交代弟子去办吗？”

宋揽风等她倒完茶，端起杯子小心地抿了一口，轻轻放下。

“听说，你与谢沉舟……结为道侣了？”

桑念：“嗯嗯。怎么了？”

宋揽风莞尔：“那是个好孩子，天资不错，虽不及你闻师兄性子沉稳，但他来照顾你，我很放心。”

桑念不明白他为什么要说些，心里有些奇怪，一时没接话。

屋中安静了一会儿，宋揽风大概意识到自己的唐突，垂下眼，取出一只玉盒。

“这是我为你们补上的贺礼。”

桑念忙摆手：“不必了。”

宋揽风笑道：“是蜉蝣梦的解药，你真的不要？”

桑念一怔，旋即高兴地道：“解药找到了？！”

宋揽风微微点头，伸手想摸摸桑念的头，却被桑念不着痕迹地躲开。

他目光黯了黯，又取出一样东西：“这支玉钗是你母亲留下的，如今，我将它赠予你，日后，你……要好好的。”

桑念刚想拒绝，他将玉钗放至桌面，仰头饮尽那杯茶：“我走了。”

桑念忙问道：“您去哪儿？弟子送您下楼。”

宋揽风脚步不停，背影决绝：“我去——杀一个人。”

说罢，他消失不见。

桑念心里突突直跳，总觉得有什么事即将发生。

想了又想，她还是去找了闻不语。

闻不语早已起床，刚刚练完剑回来，见到她，很是意外。

“桑师妹？这么早，有事吗？”

桑念将刚刚宋揽风的事说了一遍。

闻不语听完，沉声问：“师尊可有说具体地点？”

桑念：“没有，走得很急，一眨眼就不见了。”

闻不语宽慰道：“师尊修为了得，应当不会出什么事，或许只是与别人起了冲突。

我去几位长老那里打听打听，你别担心。”

桑念:“我和你一起。”

“不必了，”闻不语道，“我很快便回来。”

可他这一走，便没了后续。

桑念去长老处询问，也只道他临时有任务离开了玉京。

她站在玉京城墙上，一边等谢沉舟，一边心不在焉地想着这件事。可一直到太阳落山，她要等的人也没回来。

谢沉舟没有。

闻不语也没有。

桑念心里的不安越来越强烈。

她握紧通灵石，那上面，谢沉舟的消息还停留在昨天。

很简单的三个字。

“成功了。”他已经成功离开修罗殿，正往玉京赶。

一切顺利得不可思议。

可现在，桑念无论如何也联系不上他。

她似乎又看见冥冥中那张巨网。

“不行，我不能在这里等了。”桑念攥紧手，“我要去找他们。”

她正要离开，城门处忽地歪歪扭扭地飞来一柄灵剑，灵剑狠狠钉入城墙，发出一声巨响。

两人从剑上滚了下来，一人一身红衣，已没了气息，一人素衣染血，艰难地从地上爬起，伤势极重。

四周不断响起尖叫声。

桑念认出那是谁，飞身落到他们面前，扶起其中一人，手控制不住地发颤。

那人正是闻不语。

另一个是——

“大师兄！”城门处，初瑶与苏雪音惊叫一声，拔腿跑来。

离得近了，苏雪音余光扫到地上那人，陡然愣住，脚下一个踉跄，险些摔倒。

初瑶及时扶住她:“你怎么了？”

话落，她看见地上那具尸首，也失了声。

苏雪音问她:“是我看错了吧？那好像是——”

地上，青年俊美的脸庞没有丝毫血色，连薄唇也是白的，像张未着笔墨的纸，那身红衣却如火。

苏雪音脚下像踩着棉花，一步步上前。

尸首犹自睁着双眼，不知临死前看见了什么，眼角一点未干的水痕，满脸不甘。

她蹲下来，像不认识他一般，看了又看。

末了，她又试探着摸摸他的脸。

冰冷。

初瑶低声道：“他是岳清兮。”

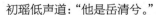

轰的一声，苏雪音大脑一片空白，跌坐在地。

“咳咳——”闻不语虚弱地睁开眼，用力抓住桑念的衣袖，一字一顿地开口，“谢师弟，杀了……岳清兮。”

桑念耳边响起绵长的刺响，她什么也听不清，只能看见赶来的合欢宗弟子们的嘴一张一合。

她不断地摇头：“不可能的，谢沉舟不会这样做的，不可能……”

最后一线落日沉入西山。

黄昏已至。

她望着天际那片晚霞，喃喃着：“怎么就变成……这样了呢？”

时间回到清晨。

今日是群英会结束的第十日，天际刚刚泛起鱼肚白，光线不甚明亮。

结束一夜议事，宋揽风屏退左右，揉揉眉心，回到暂住的屋子。

屋中多了一个人。

听见他的脚步声，那人回头，对他微微一笑：“宋宗主。”

宋揽风脚步一顿，反身掩门，手中青云剑直指她咽喉：“仙门正四处抓捕你，你却自己送上门来？”

碧柯丝毫不惧，并指推开剑锋，笑道：“我特意来告诉你一个秘密。”

宋揽风：“不必了，本座没兴趣听。”

碧柯：“如果是关于镜弦的呢？”

宋揽风瞳孔一缩。

碧柯上前几步，附耳低语。

宋揽风听完，脸色骤变：“不可能！绝对不可能！”

碧柯慢悠悠地道：“宋宗主好好想想芜月临终前说过什么，她为何突然性情大变选择嫁给你，还将自己的修为全部渡给了你？或许，她也知道了什么不该知道的事。”

宋揽风怔住。

芜月……前任宗主之女，初瑶的母亲。那个从小张扬肆意的女子一日比一日颓靡，曾在生产之时，死死抓住他的手，满脸是泪。

彼时，她已神志不清，口口声声皆是——对不起。

她还说——

“这孩子的父亲是个恶人，他杀了镜弦。”

可再等他追问，她已撒手人寰，只留下一个小小的婴儿。

一个她的生父极可能是杀死他挚爱的凶手的婴儿。

那一晚，他抱着那个孩子，数次想动手掐断那截纤细脖颈，却都在最后一刻停下。

——那不仅是凶手的孩子，也是恩师独女唯一的孩子。

他不能杀了她。

宋揽风回想往日种种，自嘲一笑："竟是这样……原来是这样……"

对面，碧柯手腕翻转，手心多了一只小巧的玉盒，瞬间药香弥漫。

宋揽风："这是什么？"

碧柯："蜉蝣梦的解药，世间仅此一份，你一直在寻，不是吗？"

宋揽风脸色再变。

碧柯微笑："怎么样？只要按我说的做，不仅可以报仇，还能救你亲生女儿性命，你真的不答应？"

宋揽风不语。

碧柯："机会只有这一次，错过，可就没有了。"

宋揽风嗓音沙哑："你的目的是什么？"

碧柯叹气，无奈地道："孩子执迷不悟，非要闹着离开家，我帮他清醒清醒，不过你放心，肯定对仙门没坏处。"

宋揽风沉默良久，挥袖收起玉盒，开门离开。

碧柯靠着窗棂，闲闲地眺望他离开的背影，随手扯了片盆栽的叶子："这是给你的第一次机会。

"千万……别让我失望呀，小沉舟。"

天光大亮，漆黑的乌鸦冲出厚重的云团，背上少年长睫动了动，慢慢睁开眼。

"你醒了？"鸦二欣喜地道。

谢沉舟扫了眼下方河山，哑声问："我们，到哪儿了？"

旁边的鸦一回道："再有半日工夫就到玉京了。"

谢沉舟握紧掌心的星辰吊坠，脸上露出几分笑意。

下一刻，狂风袭来，云中飞出几人，拔刀砍向他后背。

他闷哼一声，硬生生抗下这一刀，反身拔剑斩去。

几人迅速后退，手中却多了一物。

谢沉舟面沉如水，一字一顿地道："不想死就还给我。"

其中一名黑衣人朗声道："尊主有令，谢沉舟可以离开修罗殿，危月燕不行。"

说罢，他们提气飞走。

谢沉舟冷冷地掀起眼皮："追。"

脚下乌鸦长啸一声，猛地提速追去。

修罗殿殿众速度不敌鸦二，很快被追上。

他们仓皇奔入前方一座七层高塔中。

鸦二变回人形："主子，他们就躲在里面。"

谢沉舟脸上什么表情也没有，大步走到门前，一剑劈碎塔门。

鸦一、鸦二紧随其后，三人走进塔中。

塔中空间极大，处处摆放着宝相庄严的佛像，四面墙壁皆绘满壁画。光线昏暗，在地上淡淡拓出几人的影子。

上方忽地传来一阵打斗声。

三人飞快上楼，在第七层见到了一个意料之外的人。

青年抖抖剑尖鲜血，低眉看着满地尸首，面无表情。听见谢沉舟的脚步声，他神色一凛，凌厉剑意霎时袭至谢沉舟面门。

谢沉舟偏头躲开，后方，面容慈悲的佛陀轰然倒塌。

他道："师叔，是我。"

"是你？"言渊颇有些意外，收起剑，"你来此处做什么？"

谢沉舟扫了眼地上修罗殿殿众的尸首："我为追他们而来，他们抢了我一样东西。"

言渊脸色微变，沉声道："我也是被他们引来的。"

一切无须再言，这是个圈套。

鸦一觑着谢沉舟身上未干的血迹，面露担忧："主子……"

谢沉舟竖起手，示意他闭嘴。

他紧紧盯着楼梯口。

"吱嘎——"陈旧的木制楼梯发出一声哀鸣。

一人缓缓出现在众人面前。来人一身绣衣华服，头戴白玉冠，手持青云剑，面沉如水，眸色冷厉。

鸦一诧异："宗主？"

谢沉舟也轻蹙眉头。

言渊道："你也是被修罗殿引来的？"

宋揽风慢慢拔出青云剑，眼眸低垂："不，我是来——

"杀你的。"

言渊面色一变。

剑风大作，如巨浪噬来，言渊身形倒飞出去，重重撞上墙壁，砖石尘灰簌簌落下。

宋揽风正欲上前，黑衣少年持剑挡在言渊身前。

他脚步一顿，温声道："我此行只为杀他，与你无关，走罢，念念还在玉京等你。"

谢沉舟眼眸平静如湖："他是念念的师尊，我不能让你就这样杀了他。"

宋揽风凝声道："你可知他做了什么？他杀了——"

他话还未说完，一道冰冷的剑光斩来，剑气如虹，划破长空。地面寸寸开裂，无数砖石飞出。宋揽风单手掐诀，身前浮现一道金色虚影，及时挡住这一击。

言渊自谢沉舟身后走出，嗓音低沉："原来你已经知道了。"

谢沉舟呼吸一顿。

那是……心魔的味道。

他不动声色地侧过脸看向身边青年，青年神色一如既往地冷淡，瞳仁泛着一点幽幽的暗红。

似是察觉他的视线，对方挑了挑唇角，眸中杀意乍现，长剑裹着风刺来。

“叮——”幽暗的佛塔中，金属相交的声音格外刺耳。

一串火星迸溅后，一切又回归于无声。

宋揽风挡下这一剑，对谢沉舟道：“走！”

谢沉舟被两位大宗师的剑气震得连退数米，还未愈合好的伤势再度裂开，脸色惨白，喉间铁锈味弥漫开来。

鸦一、鸦二一左一右地扶住他，急道：“他们怎么自己人打起来了？咱们到底帮哪个啊？！”

谢沉舟眼前一阵阵发黑，咽下喉间猩甜，艰难地开口：“谁也不帮，走。”

两人一脚踹破墙壁，刚要带他离开，几道密不透风的剑气突然袭来，生生将他们逼回去。

谢沉舟挥剑抵挡，身形一晃，拄着长剑勉强支撑自己不倒下。

宋揽风背对着他们掷来一张符篆。

道道符文接连亮起形成结界，将他们三人护在中心。

四面墙壁皆被剑气震破，日光明晃晃地照下，点亮一地的碎砖瓦石。

烟尘散去，露出言渊的身影。

他冷冷地道：“走？一个都别想走。”

宋揽风持剑的右手虎口发麻，止不住轻颤，他低头看了一眼，脸色难看至极：“你的剑骨，接上了。”

空中。

“师兄，前方不太平，咱们还是换条路去玉京吧。”

飞舟上，合欢宗弟子看着冲天的剑气，满脸惊慌。

他身边，岳清兮眼里闪过一丝犹豫：“似乎是逍遥剑诀的气息，大概是逍遥宗弟子遇见了危险，你们先走，我去看看。”

“哎，师兄！”小弟子急忙伸手想拦他，却只堪堪触到他一片衣角。

他急得直跺脚，抱怨道：“逍遥宗的弟子遇见了危险关他什么事啊！下面这么危险，万一牵连到他怎么办？”

另一名弟子诧异道：“岳师兄喜欢逍遥宗的一个小师妹，你不知道吗？”

小弟子吃惊：“竟有这事？”

他笃定道：“师兄已经偷偷往天虞山跑好几年了，这次群英会终于和她有了些进展，可不得多表现表现。”

小弟子恍然大悟：“我就说师兄怎么一直拖着不找道侣修炼，原来如此。”

他还是有些担心：“会不会出事啊？”

“放心吧，他打不过还不知道跑吗？”

“咱们师兄要真救了逍遥宗弟子，那个小师妹还不得感动得直哭？到时候指定答应做师兄的道侣。”

“嘿嘿，那岂不是很快就能吃到师兄的喜酒了？太好了！”

“是呀是呀！”

巨响接连传来。

莲座倾倒，菩萨断首，佛塔已被夷平。

地面裂开巨大的沟壑，四周山石不断滚落，符文愈发黯淡，结界岌岌可危。

谢沉舟气息萎靡到极致，猛地呕出一口血。

鸦一咬咬牙，对鸦二道：“我挡在前面，你带主人先走！”

鸦二：“不行！我不会让你去送死的！”

忽地，谢沉舟抬手结印，两人控制不住地变回原形。他不顾两只乌鸦挣扎，将它们与星辰吊坠一并装进腰间锦囊，颤着手系紧带子。

“谁也不会死。”他低声道，“睡吧。”挣扎不休的锦囊渐渐平静下去。

谢沉舟像是下定某种决心，踉跄着起身，他抬眼看着前方两人。

言渊招招狠厉，直取命门，宋揽风已有不敌之势。

他深吸一口气，以手拭刃，剑锋染上他的血，骤然开始震颤。

他松开剑柄，双手结印，硬生生撕下一片神魂，眉间一片狠色：“血为祭，命为饲。

“杀——”

四周罡风骤然停滞，空中凝出一道巨剑虚影，一滴鲜血滴落，灵剑与虚影一同斩向前方，一路摧枯拉朽。

言渊面色一变，立即回身抵挡。

“轰——”

尘烟散尽的刹那，宋揽风一剑贯穿他的胸口。

言渊身形一僵，看着满脸恨意的他，愣了愣，双眼猩红，一字一顿地道：“你真的……要杀我？师兄。”

宋揽风几乎是从牙缝中逼出来的声音：“这么多年，我从来没有怀疑过你，言渊，你真的是，演得很好。”

言渊唇角溢出一缕血迹，气息衰败到极点：“你以为我想杀了她吗？”

他眼里涌出一层清亮的水色：“我只是想让她告诉我暮云薇的下落，可她无论如何也不肯说……”

宋揽风：“所以你就杀了她！”

“那是个意外！”

言渊低吼：“我也不想的，我不知道那是蜉蝣梦，我以为只是寻常的蛊虫……”

宋揽风用力闭了闭眼：“你当时为什么不救她？”

“……她逃走了。”言渊气若游丝，“她……不再信我了。”

宋揽风握紧剑柄：“借口。”

言渊眸底血色上涌，满脸茫然：“师兄……好人只要不小心做了一件坏事，就会变成恶人吗？”

宋揽风没有回答这个问题，拔出青云剑，冷若冰霜：“自刎吧，念在昔日同门之谊，我留你一具全尸。”

言渊挣扎着站起身，慢慢横剑于颈。

宋揽风冷眼看着他。

言渊却忽地笑了一声，挑眉看他：“师兄，我刚刚演得好吗？”

宋揽风瞳孔缩了缩，猛地喷出一口鲜血：“你……对我下毒？”

言渊：“是你逼我的。”

时间仿佛停滞，有什么东西，在无声中蔓延开来。毫无征兆的，大地开始震颤，无数碎石彼此碰撞，滚向四方。言渊身后，磅礴灵力形成风旋，飞沙走石，天地变色。

刚刚赶到的岳清兮脚步一顿，满脸惊愕。

他站立不稳，咬咬牙，还是飞身过去扶起了晕倒的谢沉舟。

谢沉舟虚弱地睁开眼，见是他，艰难地出声：“快……滚。”

岳清兮稳稳地架住他胳膊，沉声道：“我认得你，你是阿音的师弟，你放心，我会带你走的。”

谢沉舟正要说话，身后风声忽停。他意识到什么，用尽最后一丝力气，猛地推开岳清兮。

砰的一声巨响，他们同时倒飞出去，重重摔在地上。

谢沉舟撑着手臂想要爬起来，却双臂一软，又摔了回去。

岳清兮脸色惨白如纸，跌跌撞撞地跑来，伸手拉他。

“别管我了。”谢沉舟呼吸慢得几乎停下，他费力解下腰间锦囊交给岳清兮，“回……玉京，交给……念念。”

岳清兮攥紧锦囊：“……好。”他放下谢沉舟，不再犹豫，飞身离开。

可一柄飞剑比他的速度更快，嗤的一声响，剑刃全部没入红衣青年背心。剑柄处，玲珑玉骰微微摇晃，反射着一星日光。

红衣青年一点点倒地，手中还死死握着一只锦囊，火光亮起，锦囊一点点燃尽成灰。

谢沉舟僵着脖子转头。

不远处，言渊收回手，对他道：“你的剑，不甚好用。”

“……”

他又道：“不如我送给念念那把。”

“……”

少年撑剑起身，漆黑的发丝沾着血，几缕黏在了颊边。

他一双眼黑沉沉的，半分情绪也无，嗓音空洞，一字一句地道：“你该死。”

万里之外的魔界。

积雪覆盖的噬神山巅，安静矗立万年的狰狞神像猛地震了震，冰消雪融，光芒粲然。

天际惊雷炸响。

道道电光闪烁，滔天的魔气涌来，如同末日。

言渊后退一步："你是……魔？！"

谢沉舟身体凌空飞起，仍是道："你该死。"

魔气中缓缓游出一个庞然大物，啸声如龙吟，一声又一声，鼓点一般盖过所有人的心跳。

魔气散开，谢沉舟身侧，一条蛟龙盘旋在地，背生双翼，头有两角，身有四蹄。地上的宋揽风费力地仰头，看着那东西，满眼错愕："魔蛟？"

言渊脸色难看起来。

一道剑光乍然亮起。

闻不语匆匆飞身落地，环顾四周，又惊又惧："谢师弟，这到底是怎么回事？！"

谢沉舟睨了他一眼。

身旁，魔蛟仰头嘶鸣，闻不语脸色立时一白，身上被魔气腐蚀出无数伤口。

宋揽风一掌将他拍开，厉声道："走！"

闻不语咳了口血，瞬息间做好决定，刚要离开，瞥见地上的岳清兮，立时飞奔过去："岳道友？！"

地上的青年微微睁开眼。

闻不语看见他背上的剑，瞳仁颤了颤——那是……谢师弟的剑。

他回头看了眼已然入魔的谢沉舟，咬了咬舌尖，强迫自己保持清醒，扛上岳清兮一起御剑离开。

风声呼啸，红衣青年气息越来越弱。

闻不语不顾自己伤势沉重，拼了命给他输送灵力："岳道友，你撑住，千万别睡！"

听见他的呼喊，岳清兮清醒了些，动动唇："求你，带我……回去。"

闻不语："回哪儿去？"

岳清兮："回……玉京去。"

闻不语："好！我带你回玉京！"

岳清兮的手指一根根攥紧他衣袖，低声道："约定过了的，那里……有人在……等着我。"

"谁？"闻不语抬掌输送更多灵力，问道，"谁在等你？"

岳清兮眼前渐渐模糊，他努力睁大眼，浑浑噩噩地喊着一个名字。

闻不语凑近细听。

他喊的是——阿音。

闻不语一怔。

"阿音，还在那里等着……我啊……"

红衣青年的声音越来越小："我只差一点点就能……见到她了。"

至此，气息尽绝。

闻不语抱着他的尸体，呆呆地看着前方悬浮在空中的玉京，轻声道："是啊，你只差一点点，就能见到……她了。"

所有人都走了。

四周一片寂静。

苏雪音靠着墙坐下，慢慢展开手上的信纸。

阿音，展信安。

是很漂亮的字迹。她接着忍不住伸手摸了摸，指尖却在纸上留下一抹刺眼的红，生生污了这一手好字。

——这是她不小心在岳清兮身上蹭到的。

她慌忙收回手，在衣裳上反复擦了几次，这才接着向下看。

我是月兮。

月兮山的月兮。

忽地，纸上的字迹如水流一般浮动，飘向空中。

青年含笑的嗓音在她耳边响起，她陡然愣住，听见他对自己说：

十一年未见，你早已忘了我，我却仍能清楚记起你我初见那日。

那时，你只有三岁。

你父母双亡，村中人视你为不祥，将你用作祭品祭祀山神。

我们便是在月兮山上相遇。

我被父母抛弃在此处，早已忘了自己的名字，故以此山为名。

我年长你三岁，彼时也只是一个六岁孩童。

你不肯说话，我不知道你的名字，所以，我只好给你取了一个。

雪音。

你是我在月兮山上的雪音湖畔捡到的。

说到这里，青年停了停，方才继续开口：

你来之前，我与一只老狼相依为命，每日游荡山间，分不清自己到底是人，还是一只山鬼。

你来之后，我终于能够肯定，我是人，和你一样的人。

可你不能适应山上的日子，又或许是我太过笨手笨脚照顾不好你，你总是哭。

我决定把你送给常常来这儿打猎的猎户，他从前对我说过，他没有孩子，想要收养我，可我已经不想再有亲人。

不过，他是个好人。

月兮山上有很多野果，你很喜欢吃。

送你走那天，我摘了许多让你抱在怀中，你走在前面，时不时回头看我在哪儿。

到了约定的地方，我趁你分心时，偷偷藏在一棵红枫树上，不想被你发现。

你开始哭。

你扔了所有果子，四处寻我，大声喊我的名字，哭得越来越厉害。

我晃了晃枫树枝。

你踮脚看过来。

我跳下了树。

我不想送你走了。

青年嗓音中的笑意淡了些：

我很自私，我想要你做我的亲人……对不起。

这一次，他停了许久，才继续往下说：

我开始学着养你。你一点一点长高，山上的果子熟了三次，你也六岁了，已经很久没有哭过。

后来，你淋了一场秋雨，高烧不退。

我连夜去采药，不慎失足跌落悬崖，在崖底昏迷了三日。

等我赶回去，你已消失不见。

老狼告诉我，你被仙人带走了。

我很高兴，你的病能好了。

你走后不久，老狼也死了。

我安葬好它，这座山便只剩下我。

我又开始分不清自己是人还是一只山鬼。

我决定下山寻你。山下的世界太大，我兜兜转转，误打误撞进了合欢宗，被宗主收为弟子。

两年前，我打听到逍遥宗有一个小师妹，姓苏名雪音，是大长老游历时带回来的孤儿，与你年岁相仿。

我心存侥幸，偷偷去了逍遥宗。

我一眼便认出了你。

那时你十五岁，像一朵冰晶花。

你长大了，长成了一个极漂亮的小姑娘。

比我见过的任何一个女孩子都要好看。

我想去同你叙旧，问问你是否还记得我，还记得月兮山。

可我听见你同师姐说，你讨厌岳清兮，讨厌极了。

岳清兮。

这是我的新名字。

我走了。

我不知道哪里惹你讨厌，我问师尊，师尊让我来问你。

我不敢。

我怕看见你厌恶的眼神。

后来，我常常一个人去逍遥宗山下的小镇。

运气好的时候，我能见到你。

你还是和那个师姐在一起。

路过你身边时，我总是很紧张。

我担心你认出我，更担心你认出我却又视而不见。

好在，你一次也没有认出我。

群英会要开始了。

我知道你一定会来，早早到了玉京。

可我没想到会在吹梦楼与你偶遇，你迷路的样子很可爱。

我也终于明白过来，你已经彻底将我忘了。

也对，那时你只有六岁，又生了一场重病，忘了我这个无足轻重的过客也不足为奇。

是我执念太深，对你纠缠不休。

可是阿音——

青年一字一顿地道：

我心悦你。

你十五岁那年，我第一次见到你时，就心悦你了。

等我回来那日，如果你也有一点点喜欢我，可以去城门接我吗？

我会穿你喜欢的红色衣裳，这一次，你无须踮脚，一眼便能看见我。

月兮 留

信纸上的字迹慢慢恢复平静，青年的声音随风消散。

苏雪音捏着信纸，实在是捏得太过用力，指腹在纸上压出一圈细细的褶皱。她后知后觉地反应过来，急忙松开手。信纸轻飘飘地飞走，落到一角红衣旁。

她怔怔地抬眼，看着棺中那具冰凉的尸身，忽地泪如雨下。

“原来，我们早在那么久以前，就认识了啊……”

谁也不知道，苏雪音最初与初瑶交好，是因为初瑶总穿红衣。

她不记得月兮山，她只记得那树红色，那树红得像火的枫叶后面，藏着她一直要找的人。

泪水在眼前晕开朦胧光点，苏雪音似乎又看见那一年的雪音湖。日光正好，湖面泛着粼粼波光，有人一步步靠近哭泣的女孩儿。

他轻轻抱住她，笨拙地拍着她后背，耐心安抚。

这样的小心翼翼。

灵堂寂静，少女死死咬着唇，将所有哭声咽下。

——他不想她总是哭。

他会担心。

“我记住了。”她握住青年僵硬的手，努力对他弯了弯嘴角，“这一次，我记住了。

“再也不会……忘记。”

高树枝头又逢春

下册

甜甜的瓜 著

江苏凤凰文艺出版社
JIANGSU PHOENIX LITERATURE AND ART PUBLISHING

目录

第十六章 对不起，谢谢你 / 459

第十七章 黑色的雪 / 489

第十八章 祸 / 515

第十九章 庄周梦蝶 / 539

第二十章 再不离别 / 563

第十一章 别成仙了，做魔吧 / 339

第十二章 等不到了 / 365

第十三章 弹指三百年 / 391

第十四章 相见不相识 / 413

第十五章 我有罪，我爱她 / 437

番外一 念念不忘 / 577

番外二 雨濯春尘 / 613

一拜天地
我宋初瑶，要被爹爹认同，
让所有看不起我的人刮目相看！
宋初瑶

大师兄，天快亮了，

我要嫁给你了。

第十一章 别成仙了，做魔吧

佛塔不在，山崩地陷。

魔气散去，少年意识渐渐恢复，茫然地看着面前的一切。

废墟里，绣衣男子躺在地上，已没了气息。

不远处，言渊靠着倒塌的墙壁，身下漫开大片鲜血，看他的眼神宛如看一个……怪物。

谢沉舟低头看看自己的手，刺眼的红。

他指尖颤了颤，听见周围低低吸凉气的声音，转动着僵硬的脖子看去。

很多人，多到将这片废墟包围得水泄不通。

每一个人，都在用奇怪的眼神看他——他们在怕他。

不，有一个人没有怕他。

人群最前方，少女的红色发带随风扬起。

她就这样看着他，满眼悲伤。

那是——念念。

谢沉舟晃了晃头，努力让自己清醒一些，跌跌撞撞地向她靠近。

人群顿时乱起来，慌忙拉着她向后退。

他抬起的脚悬在空中。

身后，言渊嗓音嘶哑："谢沉舟是藏在仙门的魔头，他与宋揽风想要联手杀我……岳清兮也因此事而死。"

一瞬间，几乎所有人脸色都变了。

仿佛一桶冰水兜头盖脸地浇下，谢沉舟周身血液似乎一同冻结。

他艰难地开口："他在说谎，我没有杀岳清兮，是他用我的剑，杀了岳清兮。"

言渊语气虚弱："我可以对着天道起誓，方才所言，若有半句假话，天道降雷而诛。"

天空平静，并无半点波动。

众人怒道："还敢嫁祸言渊长老？！把谢沉舟这个魔头捉起来！"

话音落下的瞬间，上千道缚魂链同时落下锁住他三魂七魄，强压着他跪下。

谢沉舟不肯跪。

他执拗地看着某个方向。

"他们不是我杀的，你信我。"他双眼通红，"念念，你信我。"

"……"

桑念拢了拢颊边碎发，顺势揩去眼角的泪。

她推开面前的人，不顾众人的阻拦，大步走到他面前，伸手摸摸他的脸，为他擦净脸上的血："我信你，谢沉舟，我信你。

"就算这个世界上所有人都不信你，我也会相信你。"

谢沉舟怔怔地看着她。

她露出一个比哭还难看的笑："可是……你逃不掉了，怎么办呀，谢沉舟，你逃不掉了。

"我们……看不到极光了。"

逍遥宗宗主宋揽风，与二长老弟子谢沉舟疑似修罗殿卧底。

他们合谋杀害长老言渊未果，将前来营救的岳清兮杀人灭口。

短短一天时间，整个修仙界皆被震动。

"我就说不对劲，之前那个卧底碧柯也是他们的长老吧？"

"对！原来从根子上就烂了，他们宗主就不是好人！"

"说不定逍遥宗上下都有问题！严查，一定要严查！"

合欢宗吵着要一个说法，言渊重伤昏迷不醒，谢沉舟暂时被收押万仙盟。

整个玉京，山雨欲来。

"说！仙门里还有谁是你们的人？"

重重封印的地牢中，玄铁锁链穿过少年还未愈合的伤口，将其死死钉在墙面。

他双臂被吊起，低垂着眼："我已经说了很多遍，我与修罗殿如今已没有干系，我不是修罗殿的魔头，我可以立誓。"

"呵，一个魔头的誓言，谁会相信？！"

谢沉舟扯了扯嘴角，眉梢眼角具是嘲弄。

"好，那你倒说说，那些魔气如何解释？！所有人都看见了，它们受你驱使！"

谢沉舟："……我不知道。"

"嘴硬是吧？既然你是修罗殿的人，那你的道侣也一定不清白！"

"对！把他道侣抓起来严加审问，定能审出一二！"

"哗啦——"锁链剧烈地摇晃，少年生生挣断一条锁链，伸手扼住那人咽喉。

他眸底猩红，一字一顿地道："别——碰——她。"

那人早被吓破了胆，还未听清他说了什么，便高声嚷道："他要杀了我逃跑，快、快来人！"

更多人涌进来，刹那间，无数符篆亮起。

谢沉舟闷哼一声，头无力地垂下。

直到这时，众人才看清他的手腕，面面相觑——少年为了挣断锁链，手腕硬生生割开了一半，森森白骨，清晰可见。

现在的他，杀不了任何人。

"还抓他的道侣吗？"求助的那人也有些尴尬。

众人迟疑："那桑念是言渊长老的亲传弟子，大概不会害他。"

"况且，刚刚青州那边传来消息，她……是青州城城主唯一的妹妹，确实与修罗殿没有关系。"

"或许，她也是被诓骗了也未可知。"

那人不赞同："谁知道她会不会为了一个男人鬼迷心窍背叛仙门，这小子又生得这般好……依我看，还是得审，严审。

"就算最后真冤枉了她，一切可都是为了仙门，大义面前，牺牲一两个人算什么。"

倏地，锁链又响了一声。

众人忙停下话头，严阵以待。

谢沉舟一点点抬起头，眉眼漆黑如墨，里面洇着化不开的寒气。

他嘲讽道："你们还真以为，我同桑念有多情深意长？"

众人愣住。

"那个蠢货，从头到尾，都在被我蒙骗，她不过是我掩饰身份的一颗……棋子。"

众人忙道："你承认自己是修罗殿的魔头了？！"

谢沉舟慢慢闭上眼，声音很轻，像是在对自己说话："我认了。

"我……是修罗殿的……魔头。"

他睁开眼，扫视众人，声音大了许多："我是修罗殿的魔头，谢沉舟。"

众人又道："你说桑念受你蒙骗？有何证据可以证明？"

谢沉舟安静许久，忽地嗤笑一声，神色讥诮："她母亲镜弦害死了我母亲暮云薇，我恨她入骨，恨不得杀了她，怎会真心爱她？"

众人满脸惊愕。

"若不是看她对我还有些用处，我早杀了她。"他道，"从始至终，我对她，不过是利用。

"只是利用。"

众人听完，拍案大怒："竟这样对待自己的结发妻子！你难道就没有心吗？！"

谢沉舟垂下浸满血渍的长睫。

在谁也看不见的角度，他自嘲地一笑："一个魔头，哪儿来的真心呢？"

万仙盟外，小雨沥沥。

“桑道友，请回吧。”守卫看她的眼神满是怜悯，“盟主有令，谁也不许见谢沉舟，哪怕是青州城城主亲临也不行。”

桑念：“……知道了。”她撑着伞转身离开，背影单薄萧瑟。

守卫忍不住叫住她：“桑道友……你不要再相信谢沉舟了。”

桑念回头，静静地看着他。

他继续道：“整个万仙盟都传遍了，谢沉舟亲口承认自己是修罗殿的少主，还说……

“他对你只是利用。”

桑念出人意料地冷静，淡声问道：“他还说什么了？”

守卫便把事情挑能说的部分大概与她讲了一遍。

桑念听完，沉默许久。

忽地，她肩头瑟缩一下，慢慢蹲下身体，泣不成声。

守卫满脸同情，安慰道：“你现在知道他的真面目为时还不晚，是他欺骗了你，不是你的错，莫要再自责。”

桑念拼命摇头。

不是的。

不是这样的。

谢沉舟从来没有欺骗她。

谢沉舟……

是在保护她啊。

“三日后，谢沉舟会被万仙盟处死。”客栈内，萧濯尘对闻不语等人道。

几人听完，脸色十分沉重。

一直默不作声的苏雪音起身向外走。

初瑶拉住她的手，急道：“阿音，这件事一定是个误会！我爹爹不可能是坏人，他也不会和谢沉舟一起杀岳……”

“别提他的名字。”

提起岳清兮，苏雪音麻木的脸上终于有了几分活气。

她用力挣开初瑶的手，似是想说些什么，又强逼着自己咽下那些话。

她缓了缓，才道：“算了，不说了。”

初瑶不肯：“什么算了？这事儿今天要不说清楚，我们之间永远有个疙瘩，算什么算，不能算！”

“那你想听我说什么？”苏雪音忽地拔高几分嗓音，眼里隐约有泪光闪烁，“你想听我说，我相信你爹，岳清兮的死一定和他没关系，是吗？”

初瑶倔道：“我爹本来就是清白的，别人可以不信，你不行。”

苏雪音飞快地别过脸擦了擦眼睛：“凭什么我不行？”

“就因为我们是朋友？”她哽咽道，“宋初瑶，你为什么要这么欺负我？”

初瑶愣住：“你说我，欺负你？”

苏雪音不说话。

初瑶眼眶一下就红了：“我怎么就欺负你了？我爹爹也死了！”

闻不语虚弱地咳嗽两声，拖着病体下床，轻轻拉了拉她袖子，艰难地出声：“别说了，师妹……”

初瑶甩开他的手，高声道：“你以为只有你一个人伤心难过吗？我爹爹也死得不明不白！我没有爹爹了！”

一室寂静。

苏雪音一滴接一滴落着泪。

初瑶抬起袖子抹了把湿漉漉的脸：“外面所有人都在戳我的脊梁骨，骂我和大师兄，我们现在一个是奸细的女儿，一个是奸细的徒弟，你以为我们真的不在意吗？”

她哭道：“你以为我们真的不在意吗？！”

苏雪音双眼红肿：“你说你爹爹是冤枉的，难道是大师兄和言渊长老在说谎吗？”

初瑶道：“所以我才说这里面一定有什么误会！”

“岳清兮身上那把剑是谢沉舟的，就连大师兄也险些被谢沉舟杀了。”苏雪音一字一顿地道，“言渊长老身上有你父亲那把青云剑留下的伤，他当着所有仙门弟子的面亲口立下了誓言。

“你说，我要怎么相信你？”

初瑶默然许久，嗓音干涩：“阿音，你是我最好的朋友啊。”

“最好的朋友？”苏雪音一股闷气直直往头顶冲，再也没了平日的清醒克制，脱口道，“你和桑念才是最好的朋友。”

初瑶脸色登时变了：“你什么意思？”

苏雪音别开视线，赌气地冷笑道：“难道不是吗？自从认识了桑念，你与她每日亲密无间，心里早就没有我的位置了——纵然有，也在她之后。”

初瑶气得浑身发抖：“你心里一直是这样想的吗？”

说完，她喃喃重复了一遍，含了微不可察的哭腔：“你一直就是……这样想我的？”

苏雪音咬牙：“是！”

初瑶连连点头，叠声说着“好”。

她胸口剧烈起伏，好一会儿才道：“既然你这样说，那以后我们就不做朋友了！”

苏雪音：“不做就不做。”

初瑶：“你别后悔！”

苏雪音：“我绝不后悔。”

说完，她用力拉开门，冷不防与门口满脸错愕的桑念对上视线。

她什么也没说，与桑念错身离开。

桑念走进屋中，不明所以："吵架了？"

初瑶一言不发，铁青着脸离开。

闻不语对桑念摇摇头，快步去追初瑶。

萧濯尘揉揉额角，神色疲惫。

唯有大气不敢出的沈明朝长长地喘了口气，仿佛见到了救星："你终于回来了。"

桑念坐下，给自己倒了杯茶，将将送到嘴边时，皱了皱眉头。

茶已冷了多时，隐约还有股馊味——自从出事后，逍遥宗的弟子几乎被所有仙门针对，连客栈也不愿再租给他们，令他们三日内必须搬走。

自然也不会有人再提供新鲜的茶水。

她实在渴得厉害，顾不上管它到底是不是馊了，仰头想要一饮而尽。

沈明朝闻出味道不对，急忙夺过她手中的杯子："都快成泔水了，你还喝什么喝，当心毒死你。"

桑念："我渴。"

沈明朝拎起茶壶出门："等着。"

话落，他匆匆下楼去烧水。

屋中只剩下桑念与萧濯尘。

萧濯尘对她道："谢沉舟三日后，会被万仙盟处死。"

桑念神色十分平静："回来的路上，已经有很多人和我说过这件事了。"

萧濯尘迟疑："那你……"

"你相信这件事真的是他做的吗？"桑念反问。

良久，萧濯尘轻声道："人证物证俱在，我们不能只靠'相信'二字。"

桑念道："物证？那把剑？可你怎么能肯定，那把剑就是谢沉舟刺进去的呢？万一有人夺了他的剑呢？

"谢沉舟自己也解释过，是言渊夺了他的剑，杀了岳清兮。"

她又道："再说人证，言渊长老说谢沉舟与宗主勾结想要害他。

"假设真是这样，但他们往日无怨近日无仇，为什么非要冒着身份被发现的风险，在临近玉京的郊外害他？

"关于这点，他可一个字也没说。"

萧濯尘："你的意思是……他在说谎？可他立誓……"

桑念冷静地道："他立下的誓言里，有清楚说明到底是谁杀了岳清兮吗？"

萧濯尘一怔。

桑念攥紧手心："这件事不能就这么草草结案，我们不仅要给岳清兮一个交代，也要给宋宗主一个交代。"

萧濯尘凝眉道："言渊是你师尊，你可是发现了他不同寻常之处？"

桑念缓缓摇头："没有，从来没有，他一直，一直，都很好，是我的好师尊，是逍遥宗与世无争的好长老。"

"可是——"她又道，"我忽然想起一件事。"

当初那本书的借阅档案，除了镜弦的名字以外，还有一个。

言渊。

她原本以为是有人冒名顶替，并对此深信不疑，甚至还暗自怀疑过宋揽风。

可如今看来……

“也许我从一开始就错了。”桑念用力按住胀痛的太阳穴，“也许，真的有人，能十年如一日地演戏。”

萧濯尘听完，沉吟半晌：“此事的确还有诸多疑点，我会去同盟主上报，要求等言渊醒后再另行审问。”

桑念：“多谢。”

萧濯尘正色道：“不必谢，你说得对，我们不只要给岳道友一个交代，也要给谢道友和宋宗主一个交代。”

桑念用力点头，犹豫了下，小声问道：“你能……让我见一见谢沉舟吗？”

话落，不等萧濯尘说话，她急忙又补充了一句：“如果这件事让你为难的话，你直接拒绝就好，千万别勉强自己！”

萧濯尘却笑了笑：“我以为我们已经是朋友了，你对我说话，不必如此小心。”

桑念愣了下，也跟着笑了：“没错，我们已经是朋友了，但这不代表我可以强人所难，利用你的身份为我的私事行便利。”

萧濯尘认真看了她一会儿，轻叹一声：“桑姑娘，你的确如谢道友所说那般，是个极好的人。”

桑念道：“人无完人，他是因为爱我才会这样说。”

萧濯尘摇摇头：“你太轻看自己了。”

桑念笑笑没说话。

萧濯尘起身：“那在下就先告辞了。”

他走到门口，将要开门前，回头对她说道：“我会与仙牢守卫吩咐一声，明日午时，你与谢道友有一炷香的时间见面。”

桑念满脸感激：“这份恩情我记下了，将来必定涌泉相报！”

萧濯尘冲她微笑着点头，大步离开。

提着一壶热茶的沈明朝在楼梯上与他错开身子，目送他的身影消失在客栈外后，三步并做两步走到桑念身边。

他摆好刚刚洗干净的杯子，笨手笨脚地为她斟茶。

白雾袅袅升腾，氤氲了少年尚且沾着煤灰的脸。

他放下茶壶，努努下巴：“喝吧，本皇子亲自烧的水，你可有福了。”

桑念小心吹着滚烫的水：“怎么去了这么久？”

沈明朝悻悻道：“他们这炉子难用死了。”

桑念了然，恐怕这还是沈明朝人生中第一次自己动手烧热水。

怪不得弄成这副狼狈的样子。

她叹气：“你就不能用火诀直接烧吗？”

沈明朝"啧"了一声，道："你管我用什么办法，反正有水给你喝就是了。"

桑念只得闭上嘴喝水。

沈明朝犹豫了一下，还是小心翼翼地说道："谢沉舟那事儿……你别太难过。"

桑念头也不抬："还没到难过的时候。"

沈明朝诧异："什么意思？"

桑念："意思就是，我要救他。"

沈明朝吓得当场跳起来："你不会打算劫仙牢吧？！"

桑念示意他淡定："还没到那一步呢。"

"哦哦，那就好。"沈明朝坐下，突然咂摸过味儿来，又差点跳起来，"不是，你还真想过这件事啊？！"

桑念耸耸肩，语气云淡风轻："做一件事前，当然要把所有选择都想一遍，这样才能知道到底走哪条路会更好。"

沈明朝："你……"

他"你"了半天也没"你"出个所以然来，只好叹了口气，无奈地道："算了，反正不管怎样我都站你这边，就算真要劫狱，我也会扛着剑上的。"

桑念霎时高兴起来："你也相信谢沉舟是清白的？"

沈明朝："对了，刚刚初瑶和苏雪音吵架了。"

桑念："……猜到了。"

两人都那副模样，看不出来才是见鬼了。

沈明朝单手托腮，苦恼地道："等事情真相大白了，她们就会和好吧？不然一直这样下去，我夹在中间真的很难办啊。"

桑念双手撑着下巴，眉间神色不甚轻松："但愿吧。"

——她夹在中间也很难办啊。

两人对视一眼，同时叹了口气。

"哎。"

万仙盟。

这里的气氛近乎凝滞，来来往往的弟子皆是满脸忧色，动作放得极轻。

萧濯尘匆匆赶来："师祖呢？"

弟子道："盟主去长生殿探望微生羽师伯了。"

于是，他又掉转剑尖，一路飞向长生殿。

守门的童子见到他，正要通报，他摇头示意不用，径直走进殿中。

药香弥漫，短短半月不到，榻上卧着的男子已经瘦得只剩一把骨头。榻旁，万仙盟盟主坐在轮椅上，用力握住他的手。两人不知聊到什么，情绪很是激动，皆未注意到后方的萧濯尘。

微生羽喉间"嗬嗬"了两声，涌出些血沫，他艰难地开口，嗓音如陈旧的风箱，嘶哑得厉害："师尊，您当年，为什么……要骗我？"

听到这句话，萧濯尘一怔，下意识想要回避。

万仙盟盟主道："我做的一切，都是为了人族，为了仙门。"

萧濯尘脚步一顿。

微生羽似哭似笑，摇头长叹："师尊，您毁了我，您毁了我啊……"

万仙盟盟主沉默一瞬，嗓音也带了几分怆然："阿羽，是为师对不住你，但到底是非我族类其心必异，那两个孽种……"

微生羽颤抖起来，不知哪来的力气，半坐起身逼近他，眼中红丝遍布："不准……动她们……"

万仙盟盟主忙道："好，我答应你，我定然放她们一条生路！"

微生羽身子软软一歪，伏倒在床沿。他剧烈地喘息着，一口接一口地呕着血，半晌说不出话来。

万仙盟盟主厉声道："来人！"

不肖他说，萧濯尘早已疾步上前，熟练地取了小几上的药服侍微生羽服下。

吃过药，微生羽昏昏沉沉地闭上眼，很快便睡熟。

萧濯尘替师尊掖了掖被角，这才转身行礼："弟子见过师祖。"

万仙盟盟主淡淡应了，双眼微微眯起："什么时候到的？怎的半点动静也没？"

萧濯尘低眉："弟子也是刚到，听见师尊情况不大好，一时情急便未等通禀擅闯了进来，请师祖责罚。"

万仙盟盟主微微松口气，瞥了眼微生羽，对萧濯尘道："去偏殿说话。"

萧濯尘："是。"

他推着万仙盟盟主前往偏殿。

殿门关上，里面只剩他们二人。

万仙盟盟主道："药王谷谷主的同谋查出来了。"

萧濯尘一愣："此事弟子还在调查……"

盟主道："已经查出来了，是逍遥宗的宋揽风。"

萧濯尘下意识皱眉："可有证据？"

盟主道："有他与药王谷谷主的来往信件可证明。"

萧濯尘还是皱眉，正待开口，他又道："还有一件事，我要交给你去办。"

萧濯尘："师祖请讲。"

盟主道："世上还存有两只赤鸑妖鸟。"

他神色冷淡："找到她们，杀。"

萧濯尘藏在袖中的手骤然收紧。

"她们可是犯了什么罪？"

盟主斜睨他一眼："你今日，似乎话有些多。"

萧濯尘垂下头："弟子不敢。"

盟主冷哼一声："让你杀你杀便是了，不过是两个妖族。"

萧濯尘："……是。"

盟主道：“你可有事要对本座禀报？”

萧濯尘定了定心神，再度开口：“弟子以为，关于谢沉舟一案，还需……”

不等他说完，盟主道：“谢沉舟必须死。”语气不容置疑。

萧濯尘凝声道：“言渊的证词并不十分可靠，谢沉舟或许是冤枉的。”

盟主道：“这件事闹出的动静太大，谢沉舟不死，难以服众。”

萧濯尘停了许久，问：“……只是为了服众吗？”

盟主拧眉：“你在质问本座？”

萧濯尘用力闭了闭眼：“师祖，您不觉得，您如今行事，已失之偏颇吗？”

盟主静静地盯着他，忽地笑了：“濯尘，你很不满。

“对本座，对仙盟，乃至整个仙门，都很不满。”

萧濯尘躬身：“……弟子不敢。”

盟主拍拍他手背：“本座素来对你寄予厚望，本座的位置迟早是你的，你可不要让本座失望才好。”

萧濯尘倏地问道：“无论真相如何，谢沉舟都必须死吗？即便他有可能是冤枉的，即便，他已经离开了修罗殿？”

盟主冷声道：“没错，此事关乎两界，没有转圜的余地。”

至此，最后一丝希望也被打碎，这就是他一直效力的仙盟。

萧濯尘心中泛凉，垂下眼眸，嗓音干涩：“弟子，明白了。”

说罢，他行礼欲要离开。

盟主忽然开口：“你最近一直在查祝余族的事？”

萧濯尘一凛，神色仍滴水不漏：“弟子只是因师尊被赤鷩所伤，故随口打听了两句。”

盟主看了他半晌：“那可打听到什么没有？”

萧濯尘：“祝余灭族五百年，知道内情者寥寥无几，弟子并不曾打听到什么。”

盟主和蔼地一笑：“既然如此，退下吧。”

“是。”

萧濯尘行礼告退，又在微生羽榻边站了好一会儿，方才匆匆御剑离开。

守门童子打了个哈欠，慢半拍地说了声“师兄慢走”。

正要接着睡，不远处，轮椅压过路面的声音缓缓传来。

他赶忙站直身子，垂手恭敬地道：“见过盟主。”

万仙盟盟主指尖敲敲轮椅扶手，淡声道：“濯尘是何时来的？”

童子眼珠一转，斟酌着回道：“回盟主的话，萧师兄大约半个时辰前到的，那时您正与殿主在说话，他在门口等了一阵才进去的。”

盟主微笑：“是吗？可本座怎么记得，他一直在殿内回话，并不曾等在门口。”

童子忙不迭地点头：“对对对，师兄到后直接进去了，是弟子睡糊涂记错了。”

盟主慢慢收起笑。

见状，童子屏息垂首，额上渗出些许冷汗。

好一会儿，他壮着胆子抬眼，面前已空无一人。

他大大地松了口气，擦擦冷汗，向后靠住殿门。

“萧师兄是闯什么祸了吗？怎的盟主那副表情？”他忧心忡忡，“萧师兄不会要挨罚了吧。”

客栈。

子夜时分，夜幕黑沉。

“咚咚——”窗户轻轻响了一声。

人影一晃而过。

桑念警惕：“谁？”

隔着窗户纸，一道熟悉的声音响起：“桑姑娘，是我。”

听出来人身份，桑念诧异地开窗，上下打量着他：“萧师兄，你为何深夜来此？”

萧濯尘闪身进屋，反手关好窗。

见他这样，桑念神色一肃：“可是出了什么事？”

萧濯尘认真地看着她，道：“去劫狱吧。”

桑念一时没反应过来，下意识问道：“什么？”

萧濯尘在桌面放下一把钥匙：“我先去调开守卫，你用它打开仙牢的结界，救谢沉舟出来。”

桑念这下反应过来了，拦住要走的他：“到底出什么事了？”

萧濯尘低声道：“仙盟不在乎他的清白，仙盟，只要他的命。”

桑念霎时全明白了——这件事已经没有任何回转的余地。

只剩一条路可走。

“你与你师祖翻脸了？”她急道。

萧濯尘无奈地回道：“桑姑娘，我是正直，不是蠢。”此时翻脸，百害无一利，除了猜忌与麻烦以外，什么也得不到。

桑念舒了口气：“还好，我以为你会忍不住，还好还好。”

萧濯尘道：“如今当务之急是保住谢沉舟的性命，等你们逃走后，我会想办法重审言渊。

“无论如何，我绝不会眼睁睁看着一个无辜的人死去。”

桑念深吸一口气，语气郑重：“萧师兄，仙门有你，是仙门之幸。”

说到这里，她又摇了摇头：“可你帮了我们，你师祖不会放过你的。钥匙算我抢的，人，我自己去救。”说罢，她趁萧濯尘不注意，将一张定身符贴上他后背。

若是平时，萧濯尘自然不会被这小小的符纸定住。奈何他旧伤未愈，御剑已是极限，更不用说冲破符咒桎梏了，他张张嘴，刚要说话，又一张禁言符贴了下来。

桑念担心他站久了累着，把他搬到自己床上躺下：“萧师兄，保重。”

萧濯尘艰难地移动眼珠，目光焦急。

“若我的师兄师姐问起我来，还望你能替我解释一二。”说完这句，桑念不再磨蹭，推开窗离开。她无声地翻越层层屋檐，御剑直奔仙牢。

吹梦楼最高处。

头戴兜帽的黑衣女子跷着腿坐在横栏上，声音含笑：“看来好戏就要开场了。”

她晃晃手中酒壶，自言自语道：“唔，这是给你的第二次机会。

“快到回家的时候了哦。”

仙牢守备森严，想进去，只有一条路。

桑念知道自己修为低微，即便有小七在，强来也是绝对不行的，风险很大，但不管怎样，都要试一试才行。

她藏在角落阴影处，收敛浑身气息，耐心地等守卫换班。一直等到黎明时分，门口才有了动静，两队守卫开始交接。

桑念瞅准时机，掐了个隐身诀迅速冲进去。

里面灯火通明，迎面走来不少巡逻的万仙盟弟子。她避无可避，只得跃上横梁。

岂料，横梁上早有人在，桑念刚看见那人的脸，那人便已察觉她的存在，眉宇一压，五指直冲她咽喉抓来。

她险险躲开，当即露出身形，对他传音：“是我！”

青鬼一愣，撤了杀意：“你怎么来了？”

桑念：“这话该我问你，你怎么来这儿了？”

青鬼阴阳怪气地一笑：“我？我当然是来看谢沉舟那个蠢货是怎么死的。”

桑念：“知道了，你是来救他的。”

青鬼一脸不爽，却也没反驳：“赶紧滚，别在这儿碍我的事。”

桑念：“你有打开仙牢结界的钥匙吗？”

青鬼皱眉：“你有？”

桑念：“我有。”

青鬼劈手就要抢：“拿来！”

桑念瞥见巡逻弟子已过去，避开他的手，提气跳下房梁：“想救谢沉舟的人不止你一个，我不会拖累你的，一起合作吧。”

青鬼不屑：“就凭你这点修为？”

桑念没继续同他说下去，观察了下路线，继续深入仙牢。

见状，青鬼忙追上她：“你真不要命了？！要是被仙门的人知道你敢来劫狱……”

“别啰唆了。”桑念不耐烦，“大不了我不做仙门弟子了。”

青鬼看她的眼神变了变：“你真的愿意为了谢沉舟放弃仙门的身份？”

“从前我想让谢沉舟留在仙门，是因为我觉得这是个好地方，至少比修罗殿好。”桑念道，“可是现在，我觉得仙门也不过如此，既然这样，我还留在这儿做什么？”

青鬼：“那你……”

桑念道：“等一切结束，我和谢沉舟隐姓埋名做个普通人也挺好的。”

青鬼沉默良久，扯了扯嘴角：“天真。”

桑念道：“就当我天真吧。”事已至此，她若连这点天真到可笑的念头也没有，早被压垮了。

青鬼不再说话，提速向前。

又一队巡逻的万仙盟弟子走来，人数大约十几人。

而他们已无处可藏。

桑念正要出手，掌风掠过耳畔，顷刻间将那些人击晕。

她转头，青鬼斜睨她一眼：“看什么看？没见过这么厉害的人？”

桑念耸耸肩，揪起地上一名装晕的弟子：“谢沉舟关在哪间牢房？”

那名弟子眼见混不过去，只得睁开了眼，委婉地道：“我也是替上面办事，说到底都是为了混口饭吃，咱们有话好好说，别动手。”

桑念心领神会，持剑架在他脖子上：“带我们去谢沉舟的牢房，不然杀了你。”

他道：“既然你这样胁迫我，那我只能不得已去给你带路了。”

桑念冲青鬼努努下巴：“走吧。”

青鬼：“……”他走了两步，忽地又折返回来，挨个儿踹了一脚地上的人，这才跟上他们。

转过几个弯儿，前面出现一堵光幕，仿佛一堵墙拦住去路。

“他就在这里面。”那名弟子道。

桑念拿出钥匙，嵌入一旁的缺口，光幕缓缓消散，露出里面黑漆漆的囚笼。

那名弟子提醒道：“麻烦打我一下，不然我不好交差。”

青鬼立刻对着他的脸狠狠揍了一拳。

他连惨叫也没来得及发出来，砰的一声，仰面倒地，没了动静。

桑念有些意外：“我还以为你会杀人。”

青鬼：“蠢货，人死命灯灭，万仙盟立刻便会来人围剿。”

桑念点点头：“你比我想的要聪明一点。”

青鬼觉得这话有些不对，眉头拧成个疙瘩：“你什么意思？”

桑念没接话，摸索到囚笼边，解开上面的禁制，挥袖燃灯，急急地冲进去。

血腥味重得呛人，少年蜷缩在墙角，手脚俱被铁链锁住，身上的衣裳似乎被鞭子抽过，碎布似的挂着，露出肌肤上厚厚的血痂。

他脸色惨白，呼吸声轻到几乎听不见。

乍一看，宛如一具尸体。

只看一眼，桑念的鼻头便酸了。但她没时间难过，她飞快地找出丹药喂他服下，让他半靠在自己怀里，为他渡去灵力：“谢沉舟？”

谢沉舟昏昏沉沉地睁眼，见到面前的人，一时分不清这到底是现实，还是梦境。

桑念对他笑了笑，说：“我来救你了。”

谢沉舟怔了怔，彻底清醒过来，他费力地抓住她衣袖，嗓音沙哑：“这里太危险，你不该来，走，别管我。”

桑念看着他的手，忽然轻声说道："你怎么瘦了这么多？！"

于是，谢沉舟喉间发堵，再也说不出半个字。

青鬼斩断那些锁链，将他扔到背上："走。"

桑念立即跟上他。

一路又撞上几拨守卫，幸而都有惊无险地解决了。

顺利得不可思议。

桑念猛地刹住脚："不对！"

青鬼："什么不对？"

桑念看着前方，冷汗瞬间湿透里衣："巡逻的守卫，比我们来时的数量，少了三成。"

青鬼瞬间明白过来这是什么意思。

几乎就在下一刻，前方传来无数脚步声。

青鬼放下谢沉舟，冷声道："看好这家伙。"可话音落下的瞬间，他腰间长剑被人抽走，再一眨眼，谢沉舟的身影已在数米之外。

少年头也不回，语气平静："护好她。"

青鬼气得脸色铁青，劈手抢了桑念的剑，闪身追上他。

两人身影转瞬消失在桑念眼前。

桑念骂了句脏话，急忙从储物袋翻出镜弦的散雪剑："小七！"伴随着一声嘹亮的鸟鸣，妖兽浴火而落，振翅冲破仙牢大门。

门外早已打起来，无数术法符咒兜头盖脸地砸下，轰鸣声不断响起，黑压压的人群围得水泄不通。

是眼熟的场景。

不同的是，这一次，他不再是一个人。

谢沉舟侧过脸，看了一眼匆匆追出来的少女，握紧手中剑。

半空中，小七妖力化火，燎出一片通天火海，硬生生清出一片空地。

三人背靠背而站。

"都没事吧？"她问。

谢沉舟："没事。"

青鬼："天上走不通，有几个老家伙守着，只能从这儿杀出去，速度要快，增援会越来越多。"

不用他说，谢沉舟掐诀结印，长剑化作万道虚影，猛地荡翻一群人，人群打开一个缺口。

青鬼："走！"

三人飞速冲去。

眼看缺口就要合上，外面忽地亮起一道剑光，万仙盟弟子纷纷倒地。

搁在中间的阻碍消失，三人冲出去，终于见到外面帮他们的人。

桑念一脸错愕："是你们？！"

沈明朝跳脚："不然还能是谁？！你真够没义气的！居然一个人来劫狱！

"要不是我巴巴地去你房间找你吃夜宵，我还不知道这件事！"

他身边，萧濯尘胸膛急促起伏，素日束得一丝不苟的头发也散了几丝，喘着气道："好在赶上了。"

初瑶："别磨蹭了，没看见大师兄要撑不住了吗？赶紧走。"

闻不语病容犹在，语带歉然："谢师弟，我未查清真相便以一己之见将你定罪，害你至此，实在抱歉。"

谢沉舟摇头："害我的不是你。"

桑念道："走吧，有话等安全了再说。"

"你们可想清楚了，今晚这一出手，明日在万仙盟的嘴里——"青鬼道，"你们可就是和我们一样的魔头了。"

闻言，几人对视一眼，对他挑眉一笑，道："那又如何？"

如同一滴水滴入油锅，整个玉京沸腾起来。

小七带着一行人振翅飞向城门，身后，是无数仙门弟子术法发出的华光。

沈明朝不小心被打中后背，痛得"嗷"地叫了一声，忍不住叫唤道："小桑，我要死了！"

桑念抽空扑灭他衣裳上的火花，确认他没事后，敷衍道："活着呢活着呢，咱们这群人里就属你活得最好了。"

沈明朝还是叫唤。

初瑶不耐地道："看你这副精神的样子，死？我和大师兄死了你都不会死，消停点。"

沈明朝只好撇撇嘴，小声道："我说着玩儿的。"

谁要你们死了。

前方就是城门，小七加速飞去，却猝然被一记凌厉的剑气击中，惨叫着坠落。

一行人跟着摔了下来。

六六绕着小七飞来飞去："你伤到哪儿了？！"

小七摇摇头，虚弱地道："我飞不起来了。"

桑念摸摸它的脑袋，安抚道："没关系，你休息一下，剩下的交给我们就好。"

稳住它的伤情后，桑念扶住谢沉舟胳膊："没事吧？"

谢沉舟唇色泛白，咽下喉中腥甜："没事。"

下一刻，整座玉京城外围亮起无数粲然光束，在空中汇聚成一股，如同一个笼子猛然倒扣——他们，皆是笼中鸟。

"护城结界。"萧濯尘低声道，"此阵一开，除非玉京之魄离位，否则，任何人都进出不得。"

桑念脸色凝重。

云层上方，万仙盟盟主微笑着看向他们，他身边站着各大宗门的宗主。

其中，玄剑宗宗主脸色最为难看——方才便是他击中了小七。

“濯尘！”他怒道，“你竟被这魔头迷惑至此？！”

萧濯尘挺直背脊，平静地道：“父亲，我没有被迷惑。”

萧父：“住口！别叫我父亲！”

说罢，他颤着手指向谢沉舟：“你真是好本事！竟蛊惑了这么多仙门弟子，连濯尘也变成如今这副模样！”

谢沉舟扯了扯嘴：“宗主谬赞了。”

萧父捂住胸口，气得脸色铁青。

萧净从他身后挤出来，急道：“哥，你别一错再错，回来吧！”

萧濯尘沉默不语。

萧净忙对着万仙盟盟主跪下：“盟主明鉴，我兄长如此行事，定是被逼无奈，他绝无与仙门为敌的意思！”

万仙盟盟主睨着下方的萧濯尘：“哦，是吗？”

萧濯尘直视他双眼，嗓音清朗，带着不可置疑的坚定：“不是。”

萧净：“哥！”

萧濯尘继续道：“从始至终，我都是自愿帮他们的。”

众人一片哗然，萧父也闭上了眼，遮住眸中的失望。

万仙盟盟主轻叹：“糊涂，被人利用，却还浑然不知。”

萧濯尘上前一步，躬身行礼，肃声道：“师祖，我会离开长生殿，从今以后，我与仙盟，再无半点干系。”

萧净满脸绝望。

人群炸开了锅，桑念他们齐齐看着萧濯尘，连青鬼也忍不住侧目。

空中，万仙盟盟主淡声道：“执迷不悟。”话落，山一般的威压猛地压下。

沈明朝第一个倒下，脸色惨白，血溢了满嘴，可他死死咬着牙，一声不吭。

其他人情况也没比他好多少。

萧濯尘尤甚。

见状，萧父忙求情道：“盟主，濯尘虽糊涂，但终究罪不至死……”

萧净也道：“求盟主放我兄长一条生路！”

其他仙门弟子也纷纷跪下。

万仙盟盟主沉吟片刻：“濯尘，你可知错？”

“我没错，错的是你，盟主。”萧濯尘一字一顿地道，“从你当年将五十万祝余人灭族开始，你就错了。”

四周一片死寂，万仙盟盟主面无表情。

良久，他缓缓道：“好，你真是，好得很。”

长生殿。

黑衣女子轻盈地落地，回头看了眼城门的方向，轻笑一声：“真是个好孩子啊，只可惜……要死了。”

她随意挥袖，守门童子立时无声地倒地。

黎明还未过去，天光尚且黯淡。殿中只燃了一盏小灯，影影绰绰地照着榻上之人。

她一步步走进去，站在榻边，兜帽遮住了脸，看不清表情。

“咳咳——”榻上之人自梦中惊醒，咳得撕心裂肺，双手徒劳地伸出，想抓住些什么，指节枯瘦如柴。

她看了会儿，慢慢握住那只手，指尖冰凉。

微生羽平静下来，双眼微微睁开，借着不甚明亮的灯光，他看见眼前之人，陡然顿住。好一会儿，他似猜到什么一般，颤声开口：“……你是，谁？”

她抬手摘了兜帽，露出如朝霞般明艳的脸庞，浅笑着开口：“父亲。”

微生羽怔怔地看着她。

“父亲还不知道我的名字吧？”她道，“你可以叫我碧柯，也可以，叫我蛮蛮。

“——这是母亲为我取的小名。”

微生羽犹未反应过来，她又道：“我母亲，叫窈脂。”

她话音落下的瞬间，微生羽眼角滚下一串浑浊的泪。

他想摸摸碧柯的脸，却又在咫尺之距时颤抖着收回手。

“……蛮蛮。”他反复念着这个名字，“蛮……蛮。”

“我还有个妹妹，叫小七。”碧柯道，“你应该已经见过了。”

微生羽捂住眼睛，指缝中溢出清亮的水光：“是我对不起……你们。”

他哑声道：“这五百年来，你们一定吃了许多苦，是我……对不起你们，是我。”

碧柯沉默一刹，脸上笑容更深：“你不仅对不起我们，还对不起我母亲。”

提起窈脂，微生羽再度咳嗽起来，唇边血迹刺目。

碧柯淡淡地道：“你若想弥补，便将玉京之魄交给我。”

微生羽摇头，嘶声道：“玉京之魄维系着整个玉京根基，若没了它，这座城……会沉没。”

碧柯：“我知道。”

微生羽：“城中百姓何其无辜，我，不能给你。”

碧柯：“小七要死了。”

微生羽愣住。

碧柯冷笑：“你或许还不知道，此时此刻，万仙盟盟主正在城门围杀几个可怜的孩子。

“小七也在其中。”

微生羽喃喃着：“不可能……”

碧柯挥袖凝出一面水镜，城门处的场景浮现其中，微生羽胸口骤然开始急促地起伏。

“你若不将玉京之魄交给我，小七必死无疑。”碧柯问他，“父亲，这一次，你要怎么选？”

良久，一团莹润的微光自微生羽心口冉冉飞出。

碧柯伸手接住，光芒散去，露出其中的碎玉——只有极少数人知晓，昆山玉最大的一块碎片，便是玉京之魄。

至此，七块碎片，她已得五块，只差两块就能集齐。

碧柯将它收好，看着榻上满脸绝望的微生羽：“你做了个正确的选择。”

微生羽绝望地闭眼。

她莞尔一笑，伸手扼住他咽喉：“现在，你可以去见我母亲了。”

他似乎对此早有预料，并不挣扎，轻声道：“多谢。”语气带着几分解脱。

碧柯长睫顿了顿，掌下猛然施力，他身体剧烈地抽搐两下，渐渐恢复平静。

碧柯收回手，脸上什么表情也没有，她毫无留恋地转身离开。

即将跨出殿门时，她微微侧了侧脸，幅度极小。

却终究没有回头。

烛光已灭，一室冷寂。

“轰——”毫无征兆地，整个玉京开始剧烈摇晃。

城门，一触即发的气氛骤然一变。

“这是怎么了？！”众人站立不稳，同时惊惶地抬头。

萧父脸色大变：“不好！有人抢走了玉京之魄！”

“这座城要沉了！”话音刚落，仿佛印证他的话一般，脚下的玉京开始急速下坠。就连天上飘浮的两座小岛也如同弹丸一般四处弹射，眼看着就要掉下来。

无数尖叫声划破夜幕。

空中，大宗师们顾不上桑念一行人，纷纷出手施法稳住两座小岛与玉京城。

万仙盟盟主眯眼看向长生殿方向，脸色变幻不定，最终喟叹一声：“阿羽，你终究还是让我失望了。”他收回视线，再度看向地上的白衣青年，眸底铺开几分寒意，平放在膝上的双手渐渐握紧。

萧濯尘犹未察觉，身形晃了晃，喃喃着：“师尊……死了。”

四周的结界摇摇欲坠，豁出一个缺口。

桑念：“就是现在，走！”

萧濯尘犹豫：“城中百姓……”

沈明朝急道：“这么多大宗师都在，他们不会出事的！可我们要再不走就真的死了！”

萧濯尘这才随他们一起动身。

“扑哧——”一声轻响后，他脚下踉跄一下，脑袋软软地靠住沈明朝肩头。

沈明朝拽他：“赶紧走，别磨蹭……”

话说到一半，他的声音戛然而止，不只他，包括桑念在内的所有人都僵在原地。

原本惊慌的人群猝然没了声音。

“嘀嗒——”一滴鲜血滴落。

萧濯尘缓缓低头，看了眼贯穿自己胸口的那只手，缓缓回头。

他身后，谢沉舟脸色惨白。

“……哥！！！”

不知是谁发出一声短促的尖叫，安静的空气瞬间被点燃。

萧父目眦欲裂：“濯尘！”

下一秒，无数声音同时响起，他们都在说——

“谢沉舟杀了萧濯尘！”

“谢沉舟杀了萧濯尘！！”

“砰——”

萧濯尘仰面倒在地上。

谢沉舟收回手，他垂眸看着满手的鲜血，表情一片空白。

沈明朝连连后退，看他的眼神也多了几分惊恐。

桑念率先反应过来，扑到萧濯尘身边，想要为他疗伤。

萧濯尘轻轻按住她的手：“我的心，已经被捏碎了。”

桑念即刻便懂了他的意思——一个人连心都没有了，如何还能活？

不过几息时间，萧濯尘身上的白衣已被血浸透，他脸色灰白，声音微不可闻：“桑姑娘，不怪谢少侠，要杀我的人，不是他，是……我师祖。

“我早就猜到，自己会有……这一天。

“我本以为，等太阳出来的时候……我就能做自己了。”

桑念满脸是泪，努力为他输送灵力，拼命留住他最后一口气：“别再说了，你会没事的，谢沉舟可以救你，他的血可以救你！”

像是抓住救命稻草般，她抬头看向谢沉舟，扬声喊他：“谢沉舟！你快来啊！”

谢沉舟猛然回神，颤着手割开手腕，想要靠近他。

下一刻，无数黑袍人从天而降，朗声道：“多亏了少主，我们此次突袭玉京才能如此成功！还请少主速速随我等回修罗殿庆功！”

谢沉舟一掌劈去，满脸戾气：“滚开！我不是你们的少主！”

他们当即恭敬地让开路，齐声道：“遵命。”仅仅两个字，谢沉舟如坠冰窟。

果然，四周的仙门弟子更加愤怒，无数谩骂声传来。

他还想靠近萧濯尘，一道剑气袭来，生生将他震退。

萧净双眼通红，持剑刺向他：“我杀了你！”

谢沉舟不闪不避，硬生生受了这一剑，双眼猩红：“滚开，我要救他！”

刹那间，所有人都涌了过来，瞋目切齿地道：“魔头，不许再靠近萧师兄！”

他们与修罗殿殿众大打出手，不惜以命拦着谢沉舟，不许他靠近萧濯尘一步。

谢沉舟被挡在人墙之外，抬眸看着那个白衣青年，满脸绝望。

“让我救他……

“让我……救救他……”

黎明终于到来，东方泛起一片淡淡的白。

白衣青年最后看了眼那轮未来得及升起的朝阳，轻叹一声，闭上了眼。

“可惜，这一世……从未做过萧濯尘。

“罢了，罢了。”

桑念低头呆呆地看着他，眼泪顺着鼻尖滑下，无声地滴落在他苍白的脸庞上。

乍一看，仿佛哭的人是他。

“萧濯尘？”她叫了一声他的名字。

没有回应。

几缕迟来的日光洒在他脸上，为他俊美眉眼镶了层极漂亮的金边，似乎连冰冷的身体也多了几分暖意。

桑念慢慢放下输送灵力的手，看着那轮将将露出金边的太阳，小声道：“你怎么出来得这么迟？”

她忽地呜咽一声：“你怎么出来得这么迟？

“他还没有……见到你啊。”

空中，万仙盟盟主沉声道：“仙门首席弟子萧濯尘，误信奸人，被其杀害，今日本座在此起誓，此生，与修罗殿不死不休！”

下方，无数仙门弟子奋力大喊：

“不死不休！

“不死不休！

“不死不休！”

一道磅礴妖力猛地在空中炸开，将将稳住的玉京瞬间下坠。

修罗殿殿众握住谢沉舟胳膊，高声道：“少主，尊主来接应我们了，走！”

谢沉舟脸上一片麻木，似乎没听见他们的声音，只看着桑念。

桑念没有看他，用力闭上了眼，轻声道：“谢沉舟，不成仙了，做魔吧。”

“……”

时间仿佛过去很久，又仿佛只是一瞬。

云团遮住太阳，于是日光也惨白。

满地血色里，少年眸底通红，嗓音嘶哑：“好，我做魔。”

玉京最终还是坠落到了地上，连同万仙盟、长生殿两座小岛一起。

好在，在大宗师们联手施援之下，无人伤亡。

不，有一个。

有一个人，死在了太阳出来之前。

永远，不会再回来。

牢门打开，桑念从双膝间抬起头，透过阴冷的光线，看见桑岐言疲惫的脸庞。

她动动唇：“……哥哥。”

桑岐言牵着她走出牢门，没说话。

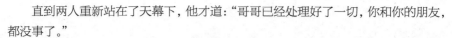

直到两人重新站在了天幕下，他才道："哥哥已经处理好了一切，你和你的朋友，都没事了。"

桑念鼻尖一酸，匆忙地低头，不敢让他看见自己红了的眼眶。

"对不起。"她道，"哥哥，对不起，我闯祸了。"

一只手轻轻抚着她发顶："傻孩子，这不是你的错。"

桑念不想让他听见自己的哭腔，死死咬着牙，一声不吭。

倏地，她被拥入一个温暖的怀抱。头顶，桑岐言叹息一声："随哥哥回青州吧。

"仙门，我们再也不来了。"

桑念默了默，将脸埋在他衣裳里，终于哭出了声。

秋风卷起一地落叶，拂动两人衣角，裹挟着几分潮湿的凉意。

夏天，终于在这一天彻底结束了。

还是在吹梦楼。

满桌丰盛的菜肴，一行人沉默地坐着，谁也没有动筷子。

桑岐言轻声道："吃吧，要凉了。"

几人低低应了一声，依旧没有动作。

初瑶低头数着碗里的米粒；闻不语时不时掩唇咳嗽两声，眉间病容更深；沈明朝对着碟子里的拍黄瓜发呆。

苏雪音……没有来。

桑念拿起筷子，低声道："吃吧，以后，大概没有一起吃饭的机会了。"

初瑶突然往嘴里塞了一大口米饭，用力咀嚼，眼里水光弥漫。

闻不语也舀了勺汤，低头啜饮。

沈明朝咬了口黄瓜，勉强朝桑念笑了笑："原来，这也没有我想的那么好吃。"

"一点味道也没有。"不等桑念回答，他又喃喃了一声，满脸迷茫，"怎么会，一点味道也没有呢？"

桑念没说话，安静地吃饭。

于是，屋子里寂静无声，连筷子碰到碗碟的轻微响动也无。

今天似乎要下雨，窗外乌云厚重，沉沉地压在天际。桑念看了一眼，恍惚间想起，今日是萧濯尘出殡的日子。

她慢慢放下筷子：我吃饱了。"

其他人也纷纷停了筷子。

"我要和哥哥回青州，"桑念问，"你们接下来有什么打算？"

初瑶低眉回道："我和大师兄会离开逍遥宗，四处游历。"

"你呢？"桑念问沈明朝。

沈明朝还是茫然："我不知道。

"我不知道，自己还有哪里能去。"

桑念道："和我去青州？或者回去做你的沈小皇子？"

沈明朝安静了一会儿，道："其实我骗了你。"

桑念："什么？"

沈明朝道："我能来逍遥宗，根本不是父皇母后四处为我求仙缘求来的。

"是他们不想要我了，将我扔出来的。"

桑念沉默下去。

沈明朝："我师尊待我很好很好，仔细想了想，我还是回宗门吧，就不去青州叨扰你了。"

他开玩笑道："你们都走了，再等顾白师兄做了长老，我可就是逍遥宗的大师兄了。"

除了他，谁也没有笑。

好一会儿，桑念起身："走吧。"

众人纷纷站起来，与她一同走出门去。

一直走到吹梦楼的大门，几人互相对视一眼，轻声道："珍重。"说罢，他们转身，各自朝着各自的方向行去。

从此，天下之大，或许，再无相逢之期。

桑念看着他们的背影消失在人海中，收回视线，转头道："哥哥，你先回客栈收拾东西，我去个地方，随后就来。"

桑岐言满脸担忧："如今，你……要下雨了，别去了。"

桑念："知道，我很快就回来，放心。"说罢，她匆匆跑走。

桑岐言叹了口气，对随身侍从看了眼，侍从颔首，无声地跟上她。

桑岐言环视繁华不再的玉京，脸上多了几分寒意。

"仙门?

"呵。"

白幡飘扬，纸钱漫天纷飞。

桑念藏在人群中，长长的幕篱遮住面容与身形。她透过那层轻纱看向前方——萧家今日要扶灵回宗，安葬萧濯尘。

宽阔的街道几乎被人群占满，诵经声里，玄剑宗弟子抬着棺椁一步步走来。

萧净抱着牌位跟在一旁，失魂落魄。

路旁两侧的人群无不低声哭泣，其中咒骂谢沉舟者不在少数。

"萧公子心善去帮那个魔头，却落得个这样的下场……果真好人没好报！"

"另外几个也不是好东西！虽说也是被魔头蛊惑，但说到底害死萧公子他们也有份！"

"死的怎么不是他们！"

"听说青州城主将所有的矿藏都给了万仙盟，这才保住了他们几人的性命。"

"他们还想污蔑万仙盟盟主，留影石上的内容一看就是假的！"

"就是就是，那祝余族生性凶恶，盟主灭了他们也是为了人族好，真是岂有此理！”

“……”

天色愈发阴沉，渐渐起了风。

幕篱轻纱被风掀开，露出少女苍白的脸庞，她满眼恍惚。

抱着牌位的少年余光瞥见这一幕，瞳孔猛然一缩。

他将牌位交给身边的人，大步走向她。

“你来这里做什么？！”他狠狠攥住桑念的手腕，厉声道，“你有什么资格来这儿？！”

桑念猝然回神，喉间哽塞，艰难地说道：“……对不起。”

“谁要你的对不起？！”萧净红了眼，“你一句对不起，我兄长就能活过来吗？”

如同一根钢针刺进心口，痛感尖锐，密密麻麻地从心脏传至四肢百骸，绵绵不绝。

桑念的头垂得很低很低：“谢沉舟是被人控制了，要杀萧濯尘的人不是他，是万仙盟盟主。”

萧净：“够了！不要再提他的名字，我不想再听见这个名字。”

桑念沉默良久，还是道：“对不起。”

萧净深吸一口气，忽然用力推开她，一字一顿地道：“你还我兄长！”

桑念踉跄着摔在地上，头上的幕篱跌落一旁，露出面容。

四周霎时传来无数议论声。

掌心被地面擦破，渗出零星血迹，桑念慢慢攥紧了手，自虐一般按住伤口。

萧净指了指那具棺椁：“我兄长，萧濯尘，清风霁月，天之骄子，前途无量，他本该拥有大好的人生，拥有无数荣誉和掌声。

“现在，什么都没了。”

“他才二十岁啊。”少年满脸是泪，语声哽咽，“你还我兄长。”

“……”

雨还是下起来了。

大雨滂沱，桑念怔然地跌坐在地，看着灵柩从面前一点点经过。

她轻轻仰起脸，冰凉的雨水打在脸上，生疼。

“是我害死了他。

“是我，亲手把他拉进了这场局中。”她喃喃着，“死的那个人为什么不是我呢？

“如果死的那个人是我……

“那该多好。”

修罗殿，血池。

少年站在大殿内，一动不动，仿佛一具木偶。

碧柯一步步走下台阶，亲昵地拍拍他胳膊：“既然回来了，那便安心留下，莫要再有其他心思。”

谢沉舟忽然拔剑。

“想杀我？”碧柯挑眉，“那便杀吧，左右不过一具分身罢了，杀了我我再炼一具出来，不妨事。”

谢沉舟：“你到底是谁？”

碧柯：“你不是早就猜到了吗？”

她笑眯眯地道：“我是蛮蛮呀，当年在祝余灭族时，拼死带着你母亲逃跑，千辛万苦将她抚养长大的蛮蛮。”

谢沉舟执剑的手微微颤动。

碧柯道：“这样，你还是要杀我吗？”

谢沉舟抬起眼，眼中血丝遍布。

他嘶声道：“为什么，要这样逼我？”

“逼你？”碧柯微笑，“不是你自愿回来的吗？”

“当啷——”谢沉舟手中的剑掉到了地上。

碧柯叹息：“我给了你两次机会，可你一直不听话，现在好了，你没有退路了。

“除了修罗殿，你哪儿也去不了了。”

“……是啊，我没有退路了，”谢沉舟怔怔地道，“我回不去了。”他抬手捂住眼睛，遮住眸中的绝望。

“再也……回不去了。”

殿中安静许久。

碧柯道：“我可以给你第三次机会，怎么样，要走吗？”

谢沉舟口吻嘲弄：“走？走去哪里？我当着那么多人的面杀了萧濯尘，偌大的修仙界，再无我的容身之地。”

碧柯道：“先说清楚，我可没动你那群朋友一根手指头，萧濯尘的死，与我无关哦。

“那老东西想杀萧濯尘，灭他的口，却不愿脏了自己的手，于是，他让你来做了他的刀，为他背负这千载骂名。”

寒意笼罩全身，一点点渗进骨头缝里。

谢沉舟恍惚着笑了一声：“原来是这样。

“果然是这样。”

碧柯道：“鬼就是鬼，做不成人的，认清现实吧。”

谢沉舟问她：“你为什么要这样对我？”

碧柯神色冷下去，眼里漫开浓重的怨恨：“祝余族五十万人，不能白死，你要复仇，为所有族人复仇。”

谢沉舟扯了扯嘴角：“在你眼里，我只是一个复仇的工具吗？”

“不，你是祝余最后的希望。”碧柯道，“沉舟，感情是这世上最无用的东西。

“你不需要爱，只要会恨就可以了。

“恨，才是这个世界上最强大、最坚不可摧的力量。”

这一声后，殿中无人再开口，唯有池中水间或响起一声。

“滴答——”

良久，少年道：“好。”

碧柯展颜一笑：“对了，你养的那两只小乌鸦，我随手救下来了，现下正在你房中等你。”

谢沉舟麻木地牵起嘴角：“知道了。”

碧柯柔声道：“开心些，咱们很快就能回小华山，回我们的家了。”

谢沉舟眸中一片死寂，他转身离开。

碧柯望着他的背影，脸上的笑意消散得无影无踪。

“还是，执迷不悟吗？”

“主人！”谢沉舟刚跨进房中，两只漆黑的乌鸦忙扑腾着翅膀飞来。

鸦一道：“主人，我还能再见到你，真是太好了！”

鸦二口中衔着一枚吊坠，低头放在他掌心：“你的危月燕，我们一直保护着的，谁来也抢不走。”

谢沉舟看着掌心的吊坠，指尖轻轻触了触，似乎这样就能碰到里面的星辰。

他道：“收起来吧，我已经……配不上它了。”

鸦一小心道：“可是，这不是桑……”

谢沉舟道：“以后，叫我少主。”

鸦一、鸦二怔了怔，瞬间全明白了，纷纷低头藏起眼里的难过，小声地叫道：“……少主。”

“嗯。”

第十二章 等不到了

仙门与魔界还是开战了。

谢沉舟祝余遗孤的身份被昭告天下，此战，只为复仇。仙门弟子为了死去的萧濯尘，同样满心怒火，前仆后继地赶往战场。

界河两岸每天都有人死去，硝烟逐渐蔓延至整个修仙界。

青州。

面色苍白的少女窝在院中藤椅上，认真地看着最新的战况。

还未入冬，她却已披上厚厚的狐裘，半张脸藏在白色狐毛中，弱不胜衣。她咳嗽两声，垂眼看着手帕上的血迹，面色平静。

春儿捧着药盏匆匆走来，远远看见这一幕，忙背过身，用袖子胡乱擦泪——自打从玉京回来，桑念的身子就一日不如一日。

饭也一日用得比一日少，彻夜不眠。偶尔能睡一两个时辰，却又每每从噩梦中惊醒。

桑岐言为了她这具急速衰败的身体，四处苦寻名医，整日忙得焦头烂额。

春儿不知道小姐这是怎么了，她只知道，小姐……快要死了。春儿死死咬住唇瓣，努力让自己的表情看不出端倪，好一会儿才忍住泪意。她最后擦了一次脸，转身走向桑念。

那方手帕早已被桑念藏好，见春儿来了，她费力地坐起身子：“哥哥还没回来？”

春儿放下药盏，笑着回道：“城主寻到了一位名医，明日就能回来，特意吩咐过了，让您午饭留着和他一起用呢。”

桑念揉了揉额角：“早让他别再为这件事费心，他偏不听。”

她凝视着自己泛青的手背，声音很轻，几乎只有自己能听见："我治不好了。"

春儿飞快地别过头，半晌才再次开口："小姐，您是要长命百岁的。"

桑念弯了弯嘴角，没接话，端起那碗药一饮而尽，口中苦意弥漫。

任务完成的期限一天天逼近，纵然服用了蜉蝣梦的解药，身体也依然一天比一天衰弱。不属于这个世界的她，即便是世上最好的名医圣手，也终究还是留不住。

春儿逃一般地离开。

桑念继续看战报。

六六和小七从树上落下。

六六急道："你不能再这样下去了。"

桑念没理它。"现在谢沉舟对你的好感度已经九十九了，"六六道，"只差最后一点，你的任务就完成了。"

桑念还是沉默。

六六高声道："你说话啊！你现在为什么总是不说话？！你以前不是这样的！"

良久，藤椅上的少女闭上眼，语气中裹挟着深深的疲倦："我很累。

"真的真的，很累。"

六六道："累？"

她轻声道："我只是一个普通人，我也会累，会害怕，会无助。

"信任我的朋友死在了我面前。

"我知道一切真相，却什么也做不了。

"我……"

一片枯叶打着旋儿落下，桑念拈起那片叶子，凝视着上面的脉络，怔怔地道："我想回家。"

她忽然就红了双眼，呜咽着说道："我想回家。"

桑岐言赶在午饭前回来了，一同回来的，还有一名男子。

"这是余渡余神医。"他对桑念介绍道。

桑念打量着那名男子。

对方年岁大约二十五六，身量很高，长相普通，穿一身粗布麻衣，并无特别之处。

神医？她并不抱希望，只对他礼节性地微微点头，算是见礼。

对方同样轻轻点头，始终垂眸凝视着地面。

桑岐言很高兴："余神医已答应为你诊治，你的病很快就能好了。"

桑念抿了抿唇，勉强笑了笑："嗯，一定能好的。"

"桑小姐。"对面的男子忽然开口。

听到这个称呼，桑念恍惚了一瞬，回道："什么事？"

他从随身的药箱拿出脉枕，道："请伸手。"

桑岐言催促道："快坐下，让余神医为你把脉。"

桑念只好坐下，伸出手腕。

余渡看了一会儿那截枯瘦苍白的手腕，指尖轻轻搭上去。

不知是不是错觉，桑念总觉得他的脸色也白了几分。

他指尖微微发着颤，桑念生怕他会说些什么不好的话，让桑岐言难过，忙抽回自己的手。

"哥哥，我饿了，要不然先吃饭吧？"她问桑岐言。

桑岐言："脉还没诊……"

"桑小姐的病情我已知晓，"余渡起身，垂眼收拾药箱，"先吃饭吧，她饿了。"

桑岐言只好道："那就先吃饭吧。"

旁边的春儿悄悄对桑念道："这位余神医还真够自来熟的。"

桑念笑了笑："是吗？可能他也饿了吧。"

为了宴请余渡，桑岐言几乎将满汉全席都搬了上来。

余渡却始终淡淡的，似乎对这些并不感兴趣。

桑念暗中问桑岐言："这人你从哪儿找来的？"

桑岐言道："我路上出了意外，险些丧命，是他路过将我救下，替我治伤。"

说到这里，他压低了些嗓音："你别轻看此人，他只给我煎了一碗药，我喝下去后当即便痊愈了，身子也比从前还要好上十倍。"

桑念放下筷子，捧起微烫的茶杯，慢慢说道："确实是神医。"

她低头想喝水，杯中茶水却不知何时变得温热——是刚好适合入口的温度。

她顿了顿，喝尽杯中茶："我累了，先回去休息了。"

桑岐言："好，晚些我再去看你。"

桑念："不必了，你忙你的，不用管我。"青州的矿藏没了，桑岐言却仍是城主，依然有许多政务等待他处理。这些日子，他为了她四处奔波，已耽搁了不少要事。

桑念不愿拖累他。

桑岐言明白她的意思，只得顺着她道："那我得了空就来看你。"

桑念"嗯"了一声，与春儿一同离开。

桑岐言正要问问余渡桑念的病情到底如何，一转头，桌边空空如也。

候在一旁的侍从说道："余神医说要去给小姐煎药，提前走了。"

桑岐言脸上带了些笑意，叮嘱道："多派些人服侍他，不管他要什么都给他找来。"

侍从："是。"

弦音阁。

桑念极度畏寒，阁中地龙早早便烧起，暖如夏日。

她解开狐裘，换上轻薄的碧色上衫与朱红襦裙，抱着双膝坐在床上发呆。

没一会儿，春儿来禀报：“小姐，余神医来了。”

她回过神，道：“让他进来吧。”

一声门响后，两道脚步声传至她耳畔。

隔着一扇屏风，男子开口：“药好了。”

屏风上绣了一幅极精妙的梨花夜月图，属于男子的剪影映在花旁，朦朦胧胧，不甚清晰。

桑念盯着看了会儿，拢了拢头发，下床走出去。桌上果然放着一碗热腾腾的药，她刚端起来，奇异的香味立时充斥鼻端，隐约掺着一点腥。

“不苦。”余渡指了指旁边碟子里的梅子糖。

桑念睫羽上悬着几星被热气熏出来的泪花，她用力眨了眨眼，一口一口地认真喝完。

余渡紧绷的身体慢慢松缓下去。

他道：“再把一次脉吧。”

桑念乖巧地坐下，对他伸手，忽然问道：“余神医是哪里人士？”

他低眉把脉：“四海为家。”

桑念：“哦，怪不得你瞧着不像青州人。”

余渡：“桑小姐觉得我像哪里人？”

桑念：“我也不知道。”

余渡弯起一点嘴角，很快又放了下去。

他克制地收回手：“我明日再来见你。”说罢，不等桑念回话，他匆匆离开。

春儿道：“真是个细心的人呢，来的路上他问我要梅子糖，原来是给小姐您吃的。”

桑念撑着下巴，拈了一颗糖放进嘴里，声音有些低：“是啊，真细心。”

一连小半个月，余渡白日外出采药，晚间准时出现在弦音阁，送完药后再次消失不见。

神出鬼没，疑点重重。

可自从喝了他的药，桑念的身体的确好了许多。桑岐言便不再计较其他，只盼他能将桑念治好，流水一样的赏赐送进余渡院中，可余渡并不在意，依然一副冷冷淡淡的模样。

桑念每次见到他，他身上都带着水汽，衣裳上残留着干净的皂角香，似乎出门前刚沐浴过。

春儿道：“余神医真是个奇怪的人，白天谁也找不到他，总要等天黑才会出现。”

春儿又道：“余神医昨天好像受伤了，我发现他衣上有血，不过一下就看不见了。”

桑念听完，好半天才道：“你看错了。”

春儿："看错了？"

桑念："嗯，看错了。"

战况愈发紧急，仙门在一次突袭中重创修罗殿少主，取得了第一次大捷。

毫无征兆的，余渡消失了整整三天。

桑岐言唯恐他不告而别，四处派人寻他。然而，仿佛世上根本不存在这个人一般，任凭桑岐言百般寻找，依然毫无踪迹。

明月在檐间铺开霜色，桑念抬头看了眼夜空，披上衣裳，轻轻合上门，无声无息地走出弦音阁。

不远处的小院传来轻微的动静。

她站了会儿，推开门。

火光摇曳，无声吞噬着少年满身的清冷月色，炉上，药壶中的药汁咕噜噜沸腾着，白雾升腾。

少年挽了袖子，露出一截小臂，薄刃划过，生生剜下一块肉，鲜血滴滴答答地落进药壶中。

似是察觉什么，他猝然转头，对上一双黑白分明的眼。火光照耀不到的地方，碎银一般的月色，白衣少女倚着门，静静地看着他。

"叮——"匕首落地，发出一声脆响。

他慌忙用手挡住脸，猛地背过身。瞥见小臂上的伤，他又匆匆放下衣袖，头几乎低到地上。

好一会儿，院中除了炉上药汁沸腾的声音之外，再无其他响动。风吹动树枝，地上的影子跟着摇晃不休。

有人轻声叫道："谢沉舟。"

"……"在谁也看不见的角度，少年双眼通红。

风停了，树影渐渐平静。

桑念踩着月色向前，半是强硬地将他僵硬的身子转过来。

他小小地挣扎了一下，却又在听见她的咳嗽声时停下，顺从地转身。

桑念挽起他的袖子，小臂上的伤口已经愈合，只留下一道浅浅的疤，血迹斑斑，浸湿了周边的布料。

一滴温热的水珠打在上面，谢沉舟颤了颤，挡住那道疤，哑声道："我不疼。"

桑念抬起脸："你……"

堪堪说了这一个字，她半晌没再开口，似乎自己也不知道要对他说什么。

谢沉舟低头吻去她脸上的泪痕："别哭了，对我而言，你的眼泪比这把刀更锋利。"

桑念抽泣一声，伸手抱住他。

他展臂回抱，力道大得几乎要将她嵌入骨血。

桑念问："你易容成了余渡，接近我哥哥，是听说我病重，特意赶来救我？"

谢沉舟："嗯。"

“你每天在这里和战场来回奔波？”

谢沉舟：“两地相隔不算远。”

界河到青州，几乎横跨整个修仙界，可他说不远。桑念心中揪紧，一抽一抽地疼：“战报上说，你受了重伤。

“你的伤都养好了吗？”

谢沉舟：“嗯。”

桑念还要说些什么，猛地咳嗽起来，五脏六腑似乎都绞成一团。她匆忙推开他，捂住唇偏过头，几缕猩红溢出苍白的指缝，滴滴答答染红衣襟。

谢沉舟陡然僵住。

“我没事……”桑念道，“我只是……吹了风，受了凉。”

谢沉舟将她打横抱起，大步走进屋中，小心将她安放在床上。他转身出门，很快又回来，手上端了一碗药，喂至她唇边。“念念，喝下去。”他颤声道。

药中腥味比以往更重。

桑念看着他刻意掩住的伤口，伸手抚住他的脸，满眼悲伤：“谢沉舟，不要再用你的血肉为我入药了，没用的。”

“怎么会没用？”他微不可察地哆嗦起来，执拗地看着她，“有用的，我可以救你，你不会死，有用的。”

他反复说着这句话，到了最后，几乎是乞求：“喝下去吧，念念。”

桑念：“……好。”她就着他的手，一口口喝完药。

他搁了碗，半跪在地上，用手帕轻轻为她拭去唇瓣残留的药汁，神色颇为认真。

桑念握住他的手，指尖冰冷，道：“谢沉舟，我很快就要死了。”

刹那间，他黝黑的眸中漾起水光，他摇头，只是摇头。

桑念撤去这些日子以来维持脉象的灵力，伸出手腕。

他指尖搭上去，只一刹，少年脸色惨白。

桑念努力弯弯嘴角，眼泪倏地坠下，打湿他手背：“我死了以后，你不要太难过。

“难过也不要难过太久，最好……忘了我。”

谢沉舟仿佛被抽走了魂魄，久久没有说话。

最后，她捧着他的脸，亲了亲他额头：“很高兴认识你，谢沉舟。”

少年怔怔地抬起睫羽，眸中没什么焦距，小声问她：“你……不要我了吗？”

没得到回应，他固执地又问了一次：“你不要我了吗？”

桑念依旧没吭声。

他绝望地闭上眼，寒意无声地蔓延，几乎浸入骨髓。

不知过了多久，桑念低头亲亲他唇角，叹息一声：“我刚才是骗你的，别难过了。”

谢沉舟不说话，只是看着她的眼睛。

桑念摸摸他耳垂：“其实还有一个办法可以救我，比你割肉放血管用。”

谢沉舟如同抓住救命稻草：“什么办法？”

桑念问："你愿意做我的炉鼎吗？"

长久的沉默后，少年半跪在床边，自下向上抬脸看着她，双唇微微颤抖："让我做你的炉鼎，求你。"

屋子里暖和了起来。

橙红的炭盆冒着热气，偶尔溅起一粒火星。

满地衣衫凌乱，一只雪白的手臂探出青纱帐，想要抓住些什么。

谢沉舟捉住那只手，亲了亲指尖，牵着引着放在自己的脸上。桑念双眼眯成一条缝儿，声音很小，几乎是气音："怎么了？"

谢沉舟摇摇头，凝视着她的脸，叫道："念念。"

桑念迷迷糊糊地"嗯"了一声。

谢沉舟："我知道，你在骗我。"

桑念眼睛睁开了些，瞧见他眸底的悲恸，那样的……难过，她的心似乎被一只手攥住，闷闷地疼。

谢沉舟道："你最终还是会离我而去。"

桑念摸摸他的脸，勉强笑了下："不会的，怎么会呢？我会好起来的，我说过了，我从不骗人。"

"你说你从不骗人，可你骗了我很多次。"谢沉舟道，"我早就不信你了。"

他将脸埋在她肩上，温热的水珠滑过她细腻的肌肤，留下一道浅痕。

"可是——"他声音很低，带着深深的绝望，"我连为你殉情也做不到。"

桑念喉中哽塞，抱住他的脑袋，偏过脸蹭蹭他额角。

谢沉舟喃喃着："到时候，我又该去哪里寻你呢？"

桑念轻声安抚他："听说人死后会去冥界，我在那儿等着你来寻我。"

谢沉舟："……好。"

桑念又骗了谢沉舟。

她不会去冥界。

她可以回家了。

叮！谢沉舟好感度已满，系统判定任务成功。

您将于七天后脱离该副本，请提前做好准备。

冰冷的电子音消失在耳边，桑念轻轻闭上眼。

她可以……回家了。

任务完成，这具身体似乎也好了起来。

桑岐言只以为是余渡医术了得，对他千恩万谢，只差将他供起来。

只有桑念知道，这不过是回光返照。在一片欢欣喜悦里，她默默地安排自己的身后事。

还有七天。

足够了。

难得天气晴朗，好不容易精神些，桑念不爱闷在屋子里，总想出去晒晒太阳。

谢沉舟拗不过她，为她在花园里做了一架秋千。

极大，能完整躺下一个人。

日光明明晃晃，秋千摇摇晃晃，小鸟叽叽喳喳。少女躺在秋千上，双臂枕在脑后，跷着二郎腿，脸上盖了本《修仙基础论》挡太阳。

易容成余渡模样的谢沉舟坐在一旁，执笔铺纸。

她说："我有很多丹药，这些留给沈河豚——

"他还欠我十六瓶聚元丹、二十瓶灵泉水，帮我转告他，不用还了。"

谢沉舟一笔一画写好，脸上什么表情也没有。

她又说："我有很多全新的锦缎绫罗，给阿音拿去做漂亮衣裳，她如果不要……就烧了吧。"

谢沉舟一一记下。

她还说："我所有法器都给初瑶，唔，点心也给她吧，她爱吃。

"哎，我以前太小气了，总是不许她多吃，现在，她可以一次性吃个够了。"

谢沉舟捏着笔身的指节微微泛白。

"大师兄……嗯，大师兄的话，我买了一把锤子，可以送他。"桑念冥思苦想，"只给一把锤子好像太小气了，把我攒的符篆也统统给他吧。"

谢沉舟腕间悬停许久，轻轻放下笔。

"我呢？"他问桑念，"你要留给我什么？"

桑念语声轻快："我把我所有的灵石都留给你，可多了。"

"……"

"不够吗？还是不喜欢？"见他沉默，桑念加重语气强调，"真的很多欸，你会变得很有钱。"

谢沉舟的声音很轻，轻到几乎只有自己能听清："你明明，知道我想要的是什么。"

"……"

两个人都没说话。

良久，谢沉舟收拾好纸笔离开，脚步微微踉跄。

秋千上，桑念抬手取下盖住脸的书，露出红肿的双眼。

"要给哥哥和春儿留什么呢？"她努力弯起嘴角，"对了，我还有很多金子和宝石，这些都给他们。他们一定会很喜欢的。"

她望着瓦蓝的天空，被日光刺到流泪也不肯闭眼，细细的声音散在风声里："他们，一定会很喜欢的。"

神医余渡消失了。

界河战报却再度传来。

修罗殿少主独自闯入了仙门布下的大阵中，他不要命一般地与他们厮杀，杀红了眼，杀破了阵，杀得仙门生生后退三百里。

人人都道谢沉舟疯了。

人人都盼着谢沉舟死。

可他就是不死。

他怎么就是不死呢？

尸山血海上，少年看着再次愈合如初的伤口，绝望地闭眼。

“怎么就是……不死呢？”

千万里外的青州，桑念放下那份战报，安静许久，蹲下身继续栽种手里的树苗。

她填好土，对着这棵小桑树微微笑着：“你要好好活下去呀。”

她舀了一瓢定根水，小心地浇下，絮絮道：“你要长得很高，你要长很多很多的叶子，你要……

“一直，一直，陪着他。”

寒风呼啸，青稚的树苗颤巍巍晃了晃，似乎下一刻便会枯萎。

一旁的春儿满脸担忧：“小姐，现在可不是种树的时节，它真的能活下来吗？”

“会活下来的。”桑念挽了挽颊边的碎发，顺势擦掉被风吹出的泪花，望着远方虚空，低声呢喃，“一定会活下来的。”

春儿仍旧担忧：“要不然咱们还是等春天再种吧？也就几个月的时间而已。”

可是，她等不到春天了。

她来这一遭，始于夏，终于冬。

偏偏不逢春。

回家倒计时：三天。

桑念忙着整理自己的储物袋，将里面的东西都分门别类地放好。这样到时候也方便送出去。

六六问她：“你要去见谢沉舟最后一面吗？”

桑念手上的动作一顿，摇摇头：“还是算了吧。”

六六不理解：“你为什么骗他你会去冥界？他当真去找你了怎么办？”

“人总是要有个念想，有点盼头，这样才能活下去，不然和行尸走肉有什么区别？”桑念道，“冥界又不是谁都能进的，估计他光研究进去的办法都得研究个几百年，那时候，也许……”

她声音小了下去：“也许他已经忘了我呢。”

六六道：“也对，估计他那时候都想不起你是谁了。”

桑念道：“……是吧。”

六六突然很难过：“你走了，我也得走，以后再也见不到小七了，它应该也会忘了我。"

它翎羽耷拉下去："我真舍不得它。"

桑念摸摸它脑袋，没吭声。

"舍不得谁呀？"一道含笑的声音自空中响起。

桑念霎时抬头。

酒香醉人，女子转转手里的酒壶，轻盈地跃下房梁："念念，好久不见。"

桑念忍不住后退一步。

碧柯微笑："还是这么怕我啊。"

桑念放下储物袋，疲惫地坐下："你来干什么？"

碧柯道："我来看看你。"

桑念扯了扯嘴角："看到了，我快死了。"

碧柯眸子转了转，恍然道："我说谢沉舟怎么变成那副模样，原来是因为这个。"

桑念捏捏眉心："我身上已经没有什么可被算计的了，你走吧。"

"谁说没有？"碧柯笑眯眯地指了指她心口，"你忘了？我当时说过，还有一件事要你去办。

"既然你时日无多，身上的昆山玉碎片——

"不如交给我来保管？"

桑念一愣：自己身上，有昆山玉的碎片？

碧柯缓缓地道："当年，言渊为了杀暮云薇，对你母亲下了蜉蝣梦，她濒死之时，将蛊虫转移到了你身上。"

"你本该夭折，是前任青州城城主用这块碎片，留住了你的命。"说着，她语气有些惋惜，"最开始谢沉舟接近你，为的就是它，只可惜，他忘了初心。"

杀暮云薇的不是镜弦，是言渊。

心中猜想被证实，桑念哑声道："言渊为什么要杀薇薇？"

碧柯冷嗤了一声："你不是想知道祝余为何被灭族吗？

"昆山玉只是理由之一，除了它以外，仙盟更想要的——

"是祝余族的长生。"

桑念心里一紧。

"神之遗脉，生来长命。"碧柯一字一顿地道，"啖之，可抵千年修为，从此百病尽消，长生不老。

"对仙盟来说，这可是一味上好的灵丹妙药。"

桑念肩头颤了颤，打了个寒战。

碧柯冷冷地道："言渊身上的那根剑骨，是暮云薇的。"

桑念听懂她的弦外之音，胃里一阵翻腾，指尖紧紧抠住桌面。

"这就受不了了？"碧柯淡笑。

缓过来后，桑念问："那谢沉舟……为何不死？"祝余族纵然长生，可依旧会死。只有谢沉舟无论如何都……

碧柯耸耸肩："或许是他血脉返祖，得到了一部分神的力量，又或许是别的什么原因，谁知道呢。"

桑念看了碧柯许久："你如此大费周章地集齐昆山玉，到底是为了什么？"

碧柯脸上的笑意淡了点："昆山玉本就是祝余族的东西，我收集它们，还需要原因？"

桑念盯着她，一言不发。

过了半晌，碧柯叹了口气，无奈地道："好吧，告诉你也无妨。"

她一字一顿地道："只有昆山玉才能让消失的小华山重现，让五十万祝余族人……活过来。"

桑念瞳孔一颤。

"怎么样，你要帮我这个忙吗？"

碧柯压低声音："只要祝余族活过来，这场战争便会结束，不会再有人死去。

"你，要帮我吗？"

桑念恍惚许久，问："你会放过谢沉舟吗？"

碧柯不解："放过他？你为什么会这么问？"

桑念轻声道："因为他太可怜了。"

谢沉舟啊——

一个夹在祝余与仙盟的血海深仇间，做不成仙，也做不成人，只能做魔的魔头。

他本来会有很好的人生，很好的朋友，可这一切都被毁了。

从此，他活着只是为了报仇，为祝余，也为母亲。他不再是谢沉舟，他只是祝余遗孤。

可他连后退的资格都没有——往后一步对不起祝余，往前一步，对不起自己曾经的师长与朋友。

那些曾经把酒言欢的朋友站在了对立面，与他刀剑相对。

况且，他若是退了，祝余五十万孤魂如何能安？

死去的母亲如何能瞑目？

他多惨啊，却连说惨的资格都没有，因为死去的五十万祝余族人，比他更惨。

桑念慢慢道："他真的，很可怜。"

碧柯沉默许久，扯了扯嘴角："世上可怜的人不止他一个。"

桑念："我知道，你也很可怜。"

碧柯还是笑："我？我才用不着你来可怜。"

桑念轻声道："你当年带着薇薇东躲西藏，明明自己也是个孩子，却还要抚养她长大，一定很辛苦吧？"

碧柯笑容凝住。

桑念道："你亲眼见到了祝余灭族，见到了那么多的血和泪，作为守护他们的灵兽，你该多难过啊。"

碧柯猛地攥紧手中的酒壶。

桑念一根根掰开她的手指，取过酒壶仰头喝了一口，呛得直咳。

碧柯回过神，夺走酒壶，另给她倒了杯白水，语气嘲讽："这可是世间至烈之酒，你哪喝得了。"

桑念："你不也喝了五百年才适应吗？"

碧柯语气没什么起伏："用不着五百年，一个月就够了。"

桑念端起水杯，看着水面的涟漪，低声道："你放过谢沉舟吧。"

碧柯不说话，只是一口一口地喝着酒。

桑念与她无声地僵持。

良久，碧柯放下酒壶，摸摸桑念的脸，叹了长长一口气："念念，我真的很喜欢你。"

桑念缓慢地眨了眨眼睛。

碧柯用指腹摩挲着她柔嫩的脸颊，在她耳边轻声道："我若是个男子，定会费尽心机从谢沉舟那儿抢走你，将你的手脚同我绑在一起，叫你只能日日待在我身边，哪儿也别想去。"

桑念睫羽抖了抖。

"可惜，我不是男子，"碧柯笑道，"你又是人族，与我有血海深仇的人族。"

桑念正色道："犯错的是仙盟，仙盟不代表所有人族，很多人都是无辜的。"

碧柯松开她，颔首："把昆山玉的碎片给我，只要祝余族成功复活，我便放过谢沉舟。"

桑念毫不犹豫："一言为定。"

"要取出你体内的碎片，需要危月燕。"碧柯道，"危月燕，在谢沉舟身上。"

桑念手上的水从杯中洒出些许。

碧柯道："具体如何取，你自己斟酌。"

停了停，她又道："要我现在就带你去找他吗？"

"……再等等吧，我哥哥还没回来，我再想见他一面。"

"随你。"

碧柯看了眼一旁打盹的小七，身形消失不见。

她走后，桑念枯坐许久，慢慢趴在桌上，将脑袋埋进臂弯中。

"小姐。"倏地，门外，春儿小心翼翼地叫她，"仙盟……来人了，城主现下不在府中，他们要见您。"

桑念摇头失笑，看来，还是等不到桑岐言了。

她用力抹了把脸，直起背："知道了。"

她拢了拢头发，起身出门。

一路上，春儿欲言又止。

桑念："怎么了？"

春儿突然就哭了："小姐，仙盟都不是好人，我偷偷听见他们说，要拿您去当诱饵，引姑爷上当……"

桑念拍拍她的背："好春儿，那是你听错了。"

春儿："我没有听错！"

桑念："就是你听错了。"

春儿还待说些什么，桑念掐诀施法，下一秒，她软软地倒在桑念怀中。

桑念招手叫来旁边的侍从："带下去，好好照顾。"

"是。"

桑念理了理衣襟，深吸一口气，走进主厅，里面果然坐着一群人——都是万仙盟与长生殿的人。

见到她，众人脸色都不算好看，勉强打了声招呼："桑道友。"

桑念大步走到主位坐下，神色冰冷："有事直说，别兜圈子了。"

众人对视一眼："既然如此，那我等便直说了。

"两界大战，仙门弟子奋不顾身，不惜与魔头以命相搏，包括你曾经的师兄师姐。

"桑道友，你作为修仙界的一员，不该龟缩在后方。"

桑念心中冷笑："说的真是冠冕堂皇。你们知道我与谢沉舟的关系，想让我上战场做诱饵，好引他上当，被你们围杀，是吗？"

众人脸上青一阵白一阵。

桑念道："走吧。"

众人急忙问道："你答应了？"

桑念："我也可以拒绝，反正你们可以再做一具和我一样的傀儡代替我，不过是多费些时日罢了。"

被她说中，众人不免有些讪讪。

桑念凝视着桌上瓷瓶里枯萎的花枝："正好，我也想见谢沉舟一面。"

众人如临大敌："他如此恨你，你难道还对他心存妄想？"

桑念："怕我临阵倒戈？"

众人道："别忘了，你还有个哥哥，城主府上下，可都在这儿等着你。"

桑念讥笑："那还假惺惺地让我选什么？直接威胁我不就好了？"

众人面露不满，待要同她争执，又想着毕竟有求于她，只得勉强咽下这口气。

桑念皮笑肉不笑："走不走？不走我可反悔了。"

众人咬牙："走。"

桑念交代了下人几句，给桑岐言留了封信，随他们登上飞舟。

飞舟腾飞，下方的城主府越来越小，最终只化成一个小点。

她趴在栏杆上，突然笑了一声："这样也好。"

此行，将该见的人都见了。

也算是，不留遗憾。

回家倒计时：两天。

战况远比桑念想的要糟糕，飞舟降落时，夹着浓重血腥味的风扑面而来。

天空暗沉，遍地血色。

桑念随着他们走向扎营的帐篷，一个又一个的傀儡驾着运尸车与她擦身而过。

车上的尸体穿着各大门派的服饰，他们将会被统一送到后方，由各门派认领，带回宗门或家乡安葬。有些认不出的残肢，也将由术士施法，以骨画名。

桑念看着他们，看着远处的战火，看着在后方尸山里寻找同门的弟子，恍惚了许久。

仇恨的最后，是什么？

还是仇恨——这是世上永远无法完结的战争。

万仙盟众人也敛了神色，看着那些尸体时，眉间闪过几分悲痛。

“都是很年轻的孩子。”他们道，“与你差不多大。”

桑念无言。

他们又道：这场仗打到现在，已不只是为萧濯尘报仇那样简单。

“我们若输了，魔界将吞并修仙界，届时，修仙界的子民又该如何？

“仙门已经死了数不清的人，隐有式微之兆，我们若非出于无奈，也不会想出这等下策，去青州找你。

“你若还当自己是修仙界的人……就帮帮我们吧。”

桑念望着天空，风吹起长发，白色发带轻柔地拂过脸颊。

好一会儿，她道：“战争很快就会结束，不会有人再死去。”

众人只是摇头：“天真。”

安排给桑念的帐篷在营地最边缘处，她刚掀开帘子，一道身影迫不及待地扑过来，张开双手用力抱住她。她吓了一跳，刚想伸手去推，对方已主动松开。

不算宽敞的帐篷里，少年双手叉腰，露出一口白牙，笑容灿烂：“好久不见，桑小道友。”

于是，桑念也笑了：“好久不见，沈小道友。”

沈明朝绕着她转了一圈又一圈，跟只狗似的东闻闻西嗅嗅，时不时揪揪她的头发，狐疑地道：“我怎么觉得你瘦了许多，还蔫了吧唧的，你在青州出什么事了吗？”

桑念拍开他的爪子：“只是生了场病，看上去稍许憔悴罢了。”

沈明朝忙道：“现在好了吗？”

“没好我怎么会来这儿？”桑念捂住鼻子，满脸嫌弃，“你好臭。”

沈明朝擦擦脸上的灰，讪讪地道：“这不是天天打仗，一时没顾得上沐浴嘛。”

“净尘术不会用？”桑念简直服了他，“火诀不会，净尘术也不会，顾白师兄上课的时候你到底都在干些什么？”

沈明朝小声嘟囔：“我只是稍微走了下神，他就讲完了，我有什么办法。”

他讨好地晃晃桑念胳膊：“再说了，有你在，我也没必要学这两个术法，反正你什么都会，动动手指帮帮我就好了。”

桑念沉默许久：“你还是学一下吧。”

沈明朝挑眉："不学，本皇子就要使唤你，你烦也没用。"

桑念道："如果我不在了呢？"

沈明朝一怔："不在？你又要去哪儿？"

桑念叹口气，没回答这个问题，胡乱地揉了把他的额发，掐诀施下净尘术。

他身上霎时清爽起来，脸上的灰也没了。

她这才看见，少年白净的颊边多了一道狰狞的长疤，一直延伸到脖颈——这样凶险的伤口走向，她大约能猜出，应是对方迎面砍下一刀，他只来得及侧了侧脸。

只差一点，他的性命就会留在战场上。

桑念想，一定很疼。

金尊玉贵的沈小皇子长这么大哪里吃过这种苦头，竟忍住了没同她诉苦，当真稀奇。

对面，沈明朝注意到她的视线，忙伸手挡住不让她再看："我没事，这过几个月就消了。"

说着，他加重语气强调："不许说我丑！"

桑念拧眉扳过他的脸，试图用术法为他祛除这道疤。

沈明朝拦住她："省省力气吧，祛了这道明天还有那道，别费这事了。"

桑念顿了顿，垂下眼眉："好。"

"你刚刚说你不在了，你要去哪儿？"他执着地追问，"青州还是？"

桑念含糊道："一个挺远的地方。"

他一愣："有多远？比极北之地还远吗？"

桑念："嗯。"

他道："能带我一起去吗？"

桑念："不能。"

他肩膀耷拉下去，声音也小了许多："那你还回来吗？"

桑念见不得他这副霜打的茄子样，糊弄道："有空就回来。"

他霎时抬头，目光灼灼："真的？"

"真的。"桑念不敢再让他问下去，忙岔开话题，"你怎么知道我来了？"

"整个鸿蒙军都知道你要来。"沈明朝抬起下巴，"我一早就打听到你的帐篷在这儿，特意提前过来给你收拾床铺，还不快快磕头谢恩。"

桑念转头一看，果然，床上被褥与一应陈设都已收拾整齐，桌上还放着一壶温度正合适的水。看来仙门早就放出了消息，算算时间，谢沉舟应当也知道她在这儿了。

桑念又想起一件事："初瑶他们呢？"

沈明朝道："听说他们也参战了，不过鸿蒙军人数太多，营地也不全挨在一起，我到现在也没和他们碰上面。"

桑念："这样啊。"

沈明朝："你找他们有事？"

桑念摇头："只是有东西想交给他们。"

"总会遇见他们的，不着急。"他笑嘻嘻地道，"反正日子还多着呢。"

桑念没吭声，将装满丹药的储物袋交给他。

他打开看了眼，语气夸张："啧啧，你哥哥是真怕你会死在这儿啊，家底都给你搬来了。"

桑念道："送你的。"

沈明朝不敢置信："我？"

桑念："嗯。"

他立马眉开眼笑地将储物袋塞进袖子里："哎呀，这怎么好意思呢？大老远过来还给我带礼物，你看你这人，都是朋友，瞎客气什么。"

桑念拍拍他毛茸茸的脑袋："走吧，去找初瑶他们。"

沈明朝："这么急？你也有礼物给他们？"

桑念："嗯。"

沈明朝立即问道："是什么？比我的贵吗？"

桑念没好气地道："你还比较起来了？爱要不要，不要还我。"

沈明朝忙扭身逃走："给了我就是我的了，休想反悔。"

桑念堪堪追了他几步，便停下来扶着膝盖喘气。

沈明朝倒着走回来，嫌弃道："你行不行啊，怎么连我都追不上了，就这样还想上战场呢？赶紧回家吧。"

桑念给了他一脚："比你行。"

他没躲闪，挨了这不算重的一脚，认真地问道："你的病真好了？"

桑念："都说了好了好了，你烦不烦？！"

沈明朝撇嘴："这不是看你一副病恹恹的样子，怕你明天就死我面前，我不知道怎么和你哥交代嘛。"

桑念："生死各有命，用不着你和他交代。"

沈明朝："说真的，如果打起来了，你别傻不愣登地往前冲，往我身后躲着点，听见没？"

桑念拖长语调"嗯"了一声，表示自己真的听见了，他可以不用再絮叨了。

沈明朝继续絮叨："放机灵些，有我们在，还轮不到你去拼命。"

桑念："你话怎么这么多，很烦。"

沈明朝咬牙，阴阳怪气地道："好，你桑大小姐吉人自有天相，在战场上七进七出横着走都不会被人砍，行了吧？"

桑念"扑哧"一笑："我是螃蟹吗？还横着走。"

沈明朝："还笑？我都快嫌弃死你了。"

桑念放下嘴角："哦。"

沈明朝又道："算了，还是笑一笑吧。"

桑念："你有病啊。"

沈明朝重重地哼了一声，大步越过她，没走多远，他不耐烦地回头："不是去找初瑶他们？还不赶紧跟上。"

桑念看了他一会儿，笑着追上去。

"来了。"

两人一路四处打听，终于，夜色初降时，他们抵达初瑶与闻不语所在的营区。这里临近主战场，伤亡较桑念之前在路上看见的，还要重百倍。

她的心一点点沉下去，沈明朝也安静下来。

帐篷外，两道急匆匆的脚步声传来。

桑念刚刚回头，已有人惊叫着跑来跳着抱住她。

"桑念！！！"

桑念忙接住那人，一连后退两步，勉强撑住了没摔。

沈明朝吓得不轻："宋初瑶你赶紧给我滚下来！她被你砸死了算谁的？"

初瑶搂住桑念的脖子，满脸不以为意："沈河豚你闭嘴，不就抱一下，至于这么严重？"

桑念是真有些撑不住了，拍拍她的背："先下来吧，我还没和大师兄打招呼。"

初瑶这才松开她。

桑念喘了口气，对闻不语道："大师兄，你身体好些了吗？"

闻不语微笑："多谢桑师妹关心，我已好了许多。"他拍拍桑念的肩，还想说些什么，脸上的笑容却瞬间化作愕然。

"你的身体……"

桑念急忙打断他："难得大家再聚，说些高兴的事吧。"

闻不语默了默，眼里盛满悲伤："好。"

初瑶嗅出一丝不对劲："怎么了？"

桑念："没事。"

她对初瑶道："你快换身衣裳吧，一身的魔兽血，比沈明朝还臭。"

初瑶立马低头闻了闻自己，抓抓头发："那你们去外面等我一下。"

三人出了帐篷，在火堆旁挨着坐下，各自聊着这段时间的经历。

闻不语道："我与师妹听闻战事艰难，也想为修仙界略尽一份绵薄之力，这才来了这儿。"

沈明朝道："我回宗门不久，就跟着师尊来了战场，后来……师尊战死了。"火光跳跃在少年脸上，清晰地映出他眸中未来得及掩饰的难过。

"我收殓了他的遗骸送回宗门，不知该去哪里，就又来了这儿。"说到这里，他对桑念笑了笑，"我本想去青州看看你的，可我担心你见了我就会想起那些不好的事，最后还是没去。"

桑念抱着膝盖，将下巴搁在膝上，愣愣的。

五长老……已经战死了啊。她对这个小老头印象不深，只知道他成天乐呵呵的，喜欢与二长老一起在地里种菜。偶尔见了她，他总会热情地拿出一把刚摘的豆角，极力邀请她去吃饭。

她不爱吃豆角，所以，从来没去过。

她总是想着，下一次好了，下一次一定去。

可是，没有下一次了。

火堆噼啪作响，三人却都沉默下去。

换完衣裳的初瑶走出来，不明所以："怎么都这副表情？"

桑念勉强笑了笑："没什么，随便聊了两句。"

初瑶坐下，献宝似的捧出一个酒坛："嘿嘿，想不到吧，我还藏了这个。"

沈明朝同样双眼一亮："真有你的啊，刚刚正想来一口呢，赶紧倒上。"

初瑶拍开泥封，还没找到杯子，桑念与沈明朝已端着碗凑过来："直接用这个。"

初瑶："聪明。"

她一人倒了一碗，轮到闻不语时习惯性要略过，闻不语却也捡了个碗："倒上吧。"

初瑶霎时眉开眼笑，给他倒了满满一碗。

她放下酒坛，四人轻轻碰了下碗："要说点什么吗？"

沈明朝看桑念："说啥？"

初瑶也看桑念："说啥？"

桑念想了想，豪迈地一挥手："祝我们都有光明的未来。"

沈明朝："好，祝我们都有光明的未来！"

初瑶："祝我们都有光明的未来！"

闻不语低声浅笑："祝，我们都有光明的未来。"

于是，寒冷的冬夜，将要熄灭的火堆旁，几人笑着重重碰碗，清亮的酒液漾出些许，打湿手背，他们毫不在意，仰头一饮而尽。

远处的枯树后方，少女收回视线，掌心凝出一只冰盏，她对着空气轻轻碰了碰杯。

"祝我们，都有光明的未来。"

盏中无酒。

深夜时分，最是寒冷。

几人全挤在初瑶的帐篷里休息，人一多，倒也暖和起来了。

桑念轻手轻脚地起身。她在闻不语手边放下两个储物袋，将初瑶踢开的毯子盖上，最后跨过地上的沈明朝，走向门口。

撩起帘子前，她的手在空中停了好一会儿，最终还是没有回头。走出帐篷，冷冽的夜风扑面而来，驱散那点微末的酒意，随着呼吸渗入肺腑。

桑念忍住了咳嗽的冲动，拢了拢衣襟，匆匆走向前方等着自己的人："都安排好了？"

那名万仙盟成员回道：“安排好了，随我来。”

桑念安静地跟在他身后。

不多时，她走进一个更大的帐篷，里面灯火通明。十几人坐在一起，正激烈地讨论着什么。

听见桑念的脚步声，他们纷纷回头，几乎都是熟悉的面孔。

萧宗主看着她的眼神阴沉如水，身边的萧净同样面色不虞。

桑念低着头，声音也很低：“商量好了吗？我要怎么做？”

萧父冷哼：“谁知道你会不会临阵倒戈去帮那魔头。”

桑念装作没听见：“我时间很紧，快点吧。”

无极宗宗主上前，言简意赅：“我们兵分两路，你跟在本座身边。魔头知道你也在，定然会来迎战杀你。”

桑念：“另一路呢？”

“另一路的事不用你管。”

桑念又问：“万仙盟的盟主怎么没来坐镇？”

“这也不用你管。”他瞪桑念，“废话怎么这么多？”

桑念耸耸肩，跟着他一起走出去。经过萧净身边时，她余光瞥见他紧握的双拳，手背青筋一根根鼓起。

还是很恨她啊，她想。

帐篷外的风刮得更大了。

空中积着厚重的云，反射着淡淡的白光。

桑念忽然问身边的人：“明天会下雪吗？”

那人看了眼天色，摇头：“估计下不成，怎么也要再等两日。”

桑念有些遗憾：“好吧，我还挺想看一次雪的。”

陷阱已布好，只差诱饵与猎物。

无极宗宗主冷声道：“列阵。”

桑念自觉地走出人群，站在了最前方。

魔族早已越过了界河，在离岸三百里处建起一座高耸的城墙。她努力睁大眼，想要从那片黑压压的营地里找到谢沉舟。

这怎么能找得到呢。

这当然找不到，她暗嘲自己天真，收回了视线。

魔族营地。

城墙上，黑衣少年静静地看着远处的人群。

隔着虚空，他轻轻伸手，想要摸摸女孩儿的脸。指尖绕过一缕夜风，除此之外再无其他。

谢沉舟收回手，声音很低，近乎呢喃：“……念念。”

回家倒计时：一天。

天色微明，又一场厮杀开始。

喊声震天，仙门且战且退，一步步诱敌深入。

谢沉舟拿了剑向外走去，前面拦了一人："去哪儿？"

谢沉舟看了眼魔兽潮中的少女，执剑的手指节泛白："去救她。"

碧柯皱眉："别告诉我你没看出来这是个陷阱。"

谢沉舟道："我要去救她。"

碧柯冷笑："她是仙门的人，用不着你来救。"

谢沉舟："我若不出现，仙门不会放过她。"

对他们来说，一颗废掉的棋子，最好的下场，是永远留在这场阴谋中。

无人会在意她的生死。

碧柯顿了两秒，笑意讽刺："你还真是情深意长啊。"

话落，她猛地拔高声音："但你可曾想过，你若被擒，魔界怎么办？修罗殿怎么办？祝余族又怎么办？！"

谢沉舟眼睫低垂："我爱桑念，所以，我想要她平安。"

碧柯身形晃了晃，眼里带了一星不易察觉的泪光，神色悲怆："你的母亲被她师尊害死，你的族人被她先祖屠杀，现在你爱上了她，你说，你爱她。"

她闭上眼，堪堪遮住那星泪光："你可曾有一刻，哪怕一刻，想到五十万族人的血和泪？可曾有一刻，想到自己肩上的责任？"

"你不配做祝余族。"她缓缓摇头，咬紧了牙，一字一顿地道，"你不配。"

谢沉舟沉默良久，倏地扯了扯嘴角："我已经失去了所有，被你操控着走到今天这一步，还不够吗？"

"不够！"碧柯双眼通红，"这怎么够？！不够！"

谢沉舟转身就走。

碧柯："站住！"

他一步未停。

碧柯眼角微微地抽搐跳动，掌心忽地出现一只水晶盒子。

"我本不想这样做，可你实在太让我失望了。"

她凝视着那道背影，打开盒子——盒中，鲜红的心脏微微跳动，一如往昔。

黑色蛊虫循着苍白的指尖爬上心脏，锋利的口器狠狠咬住血肉。不远处，黑衣少年的身形骤然顿了顿，捂住胸口半跪在地，脸色惨白。

碧柯收起盒子，冷着脸走到他面前。

少年唇畔溢出一丝鲜血，似乎正与什么激烈对抗，眸中时而清明，时而混沌。

"忘了吧。"碧柯弯腰，掌心抚上他头顶，一字一顿地道，"忘了桑念。"

谢沉舟神色痛苦："……不。"

碧柯神色狰狞一瞬，操控蛊虫钻进他心脏最深处："她只是你的仇人。"

谢沉舟的身体剧烈地颤抖着："仇人？"

碧柯："没错，仇人，你不爱她，你——"

“恨她。”

谢沉舟眸中的清明彻底消散，喃喃着：“我恨她。

“我恨……桑念。”

碧柯脸上终于出现一丝微笑，收回了手。

“别怨我，我也不想这么对你，我给过你机会的，是你执念太深，昏了头，现在这样，对所有人都好。”

这段话声音极小，不知是在对他，还是在对自己说。

对面，谢沉舟神色空洞：“我不怨你。”

碧柯终于满意：“随我回营帐。”

谢沉舟安静地跟在她身后。

远处，魔兽如潮，一点点蚕食仙门大阵。

无极宗弟子慌忙撤退。

白衣少女的身影逐渐淹没在兽群中。

她动了动唇，轻声唤道：“谢沉舟。”

朦胧中，一声铃铛脆响。

黑衣少年忽地转身，毫不犹豫地奔向那片兽群。

身后，碧柯满脸愕然。

可这一次，任凭她如何驱使蛊虫，也无法将他带回来。

黑衣少年越跑越快，周身剑气绞灭沿路一切障碍，直直奔向那个人。

那个……也看着他的人。

终于，他站到了她面前，神色却仍是呆滞的。

四周突然就变得很安静。

刀光剑影中，那个人抬起头，笑着叫他的名字：“谢沉舟。”

少年双眸漆黑，缓缓摇头：“……我不认识你。”

桑念怔了怔，笑得勉强：“我是桑念啊。”

少年沉默了一瞬：“你是我的仇人。”

“我是你的爱人。”桑念这样说道。

谢沉舟猝然捂住头，额角青筋暴起。

“不，你是我的仇人。”他咬牙，“我恨你。

“我应该恨你。”

桑念还要说什么，耳边忽地传来一声冰冷的系统提示。

叮！谢沉舟好感度 -1，当前好感度 99

很抱歉，任务判定失败

十分钟后脱离该世界，请宿主做好准备

犹如一桶冰水浇下，寒意渗入桑念四肢百骸，几乎将周身血液冰封。

一直以来支撑她的支柱轰然倒塌，全身力气仿佛在一瞬间抽空，她脱力跌坐到地上……回不了家了。

她想，再也，回不了家了。

对面，谢沉舟拔出本命剑，执剑的手却颤得厉害，他艰难地出声："我应该杀了你。"

本命剑挣扎得厉害，怎样都不肯靠近她。

桑念抬起眼，似哭似笑："我回不了家了，谢沉舟。"

她满脸绝望："我回不了……家了。"

谢沉舟瞳孔缩了缩，仍是茫然。

天空泛着金属一样的冷白，总令人忍不住联想到长剑的剑刃，仰头看时，似乎会割伤眼睛。桑念望着天幕，眼泪顺着眼尾滑进鬓角，消失不见。

她忽地笑了一声："我想我妈妈了。"毫无征兆地，她抓住面前的剑刃，用力刺向自己的心口。

本命剑呜呜地叫着，拼命后缩。

她枯瘦的指间鲜血淋漓，轻声道："听话。"

本命剑挣扎的力度小了下去，仍是呜咽不休，如同哭泣。

于是，下一刻，长剑顺畅地刺进心口。

干脆又利落，甚至连一句话也未曾给他留下。

几滴温热的鲜血溅到少年颊边。

他怔怔地伸手轻触，指尖一片猩红。

被小心藏在里衣中的星辰吊坠倏地开始发烫，猛然挣断那截红绳飞上半空。

一瞬间，自上古起便被封印在其中的粲然星辉，穿过时空洪流漫天洒落，柔柔地覆在少女脸上。

一团白芒缓缓飞出她心口，落到谢沉舟手上。

白芒散去，露出一角染血的碎玉。那上面还沾着她的体温，暖意弥漫，焐热了冰冷的掌心。

谢沉舟忽然有些呼吸困难。

他曾弃仙途入魔道，纵身跃下无尽炼狱。

少女早已没了气息，安安静静地躺在地上，鲜血染红半身白衣。

谢沉舟想，这是他的仇人，他杀了她，本以为心中会痛快，可是，他不明白，自己为什么会……这样难过。

为什么会难过？

谢沉舟头痛欲裂。

本命剑发出一声悲鸣，拼命挣脱他的手，锋利的剑气不慎割开他腰间的锦囊。一枚被人小心收在夹层中的符篆轻飘飘掉了出来，风一吹，歪歪扭扭地飞向地上的少女。

鬼使神差地，他伸手抓住，是张画技拙劣的好运符，被人叠成了纸鹤形状，看不见的背面隐隐洇出些墨汁，似乎写了字。

他慢慢展开符纸，背面，有人一笔一画地写道：

沉舟侧畔千帆过，病树前头万木春

愿谢沉舟，百岁，千岁，万岁，岁岁平安

笔迹工整，每个字都写得这样郑重。

谢沉舟脚下踉跄一下，几乎栽倒。

不对。

不对。

她不是他的仇人。

她是……她是谁？她到底是谁？为什么她死了，他会这样难过，难过得恨不得一同死去？

她是，她是……

“桑念！！！”远处，沈明朝撕心裂肺的喊声猛地传来。

谢沉舟脑海中嗡的一声，一片空白。

她是，念念。

谢沉舟看着自己手上的血。

这是念念的血。

这是他结发妻子，念念的血。

“叮——”悬浮在空中的星辰吊坠跌落在地，四分五裂，其中一块碎片溅到少女手边。

她腕间琴弦浸在血泊中，微微反光，危月燕与它紧紧挨着，一如主人生前那般亲昵。

耳边，少女清脆的声音再次响起，一声又一声。

谢沉舟，我以后对你好点，不惹你生气了，多哄哄你。

谢沉舟，我要送你三千万。

谢沉舟，你是我见过的人里最最最厉害的那一个啦。

可是，你要变得这么厉害，一定得吃很多很多苦吧？

他叫谢沉舟，有名有姓，从来不是你口中的不死。

他才不是怪物。

谢沉舟就是谢沉舟，不需要成为任何人。

他从炼狱里爬上来，我不会再让他跌回去。

我会接住他，一直一直接住他。

神佛不容他，我容。

谢沉舟跪倒在地，用力捂住头，喉间发出一声嘶哑的低吼，大颗大颗的眼泪涌出眼眶——血泪如珠。

他杀了她。

他杀了她。

他杀了，念念。

少年跌跌撞撞地爬到那具尸身身侧，颤着手给她喂自己的血。

“醒过来，”他哀哀求她，“念念，醒过来。”

沾了血，少女唇瓣不再苍白无色，如同抹了极艳的胭脂，殷红柔嫩。

可她还是不醒。

“滚开！”赶来的沈明朝狠狠地推开他，“不许你再碰她！”

谢沉舟费力地抬眼看着那具尸体，犹在发怔。

沈明朝蹲下身，想扶起桑念，却又不知该怎么下手。最后，他轻轻推了推她的肩膀：“你快起来，我们一起回逍遥宗。”

少女一动不动，神色平静，唯有鲜血无声地涌出。

沈明朝匆忙抬袖，胡乱给她擦了擦脸，对她挤出一个轻松的笑：“没关系的，我现在有很多很多的丹药，我可以救你，我一定可以救你的。

“等你醒了，我要狠狠地敲诈你，就像……你从前对我那样。”

他哆嗦着拿出一堆药瓶，想将丹药喂进她口中，却怎么都喂不进去。

他的声音渐渐小了下去，带了几分哭腔：“你听见了吗？我要坑你很多很多灵石，赶紧醒过来吧。

“……求你了，小桑。”

“桑念！”初瑶从远处兽群中奋力冲过来。

闻不语紧跟其后，也道：“桑师妹！”

沈明朝仿佛见到了救星：“你们快救救她！”

他死死抓住闻不语的衣袖，颠三倒四地说着：“求你救救她，大师兄，她受伤了，很严重的伤。求你救救她，大师兄，求你救救她……”

闻不语指尖搭在少女脉搏上，好一会儿，他收回手，用力地闭了闭眼，道：“桑师妹已经……走了。”

初瑶脸色惨白，手上的剑当啷一声坠地。

沈明朝拾起那把剑冲向谢沉舟：“是你害死了她！”

谢沉舟不闪不避，长剑径直贯穿他的身体。

他忽地握住剑刃，将长剑送得更深。

“杀了我。”他抬起猩红的眼眸，一字一顿地道，“求你……杀了我。”

沈明朝：“……”他猛地拔出那把剑，用力掷到地上。

谢沉舟身体晃了晃，伤口恢复如初。

他满脸绝望，有什么东西乘着风缓缓飘进他眸中，柔软而冰凉。

初瑶伸手接住一片，喃喃着：“下雪了。”

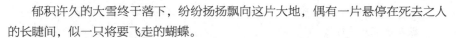

郁积许久的大雪终于落下，纷纷扬扬飘向这片大地，偶有一片悬停在死去之人的长睫间，似一只将要飞走的蝴蝶。

天边，万仙盟盟主抬手掐诀，早就布好的无数阵法同时亮起刺目的白光，将他们层层笼罩在其中——每一层，都是致命杀机。

“谢沉舟，本座今日替天行道，纵然你是不死之身，也定将你封印于此千千万万年！”

他话音落下的瞬间，所有阵法一齐运转，大地震颤，隐有塌陷之兆。

“轰隆——”天上却炸响一道惊雷，道道金光透出云层，壮丽的虹桥顷刻间架起，连接天与地。

“这气息……”万仙盟盟主脸色难看。

其他仙门弟子同样满脸震惊。

“杀妻证道，谢沉舟要飞升了？！”

“他要飞升了！”

“……”

璀璨金光接连落下，直直照向那个跪在地上的黑衣少年。

无数视线中，他轻轻摸了摸少女冰凉的脸，嘴角弯起微弱的弧度：“等我，我这就去寻你。”

他站起身，神色平静，一剑斩向空中，虹桥碎裂，化作飞灰，象征浩然仙途的金光猝然消失。

四野静寂无声，唯有雪山之巅的魔神像剧烈地震颤。

倏尔，天地间响起一声叹息。

魔神像轰然倒塌，冲天的魔气涌进那个少年体内。

一枚神印缓缓地浮现在他额间，无数魔蛟在他身下徐徐游动，仰头嘶鸣。

万仙盟盟主望着这一幕，怔然道：“魔神……重临人间了。”

战场上，无数魔族目光狂热：“谢沉舟就是失踪万年的前任魔尊！”

“魔尊回来了！”

“我们的魔尊回来了！”

山呼般的呐喊中，少年身侧的魔蛟踏破阵法，嘶吼着冲向万仙盟盟主。

他看也不看，低垂着眼再次斩出一剑，虚空撕裂，一扇玄铁大门缓缓出现。

“吱嘎——”大门打开。

门内，忘川河上白骨浮沉，三百里黄泉彼岸花开如火。

少年魔尊抱起爱人尸身，一步步踏入其中。

沈明朝想追上去，闻不语拦住他，缓缓摇头：“那不是我们可以踏足的地方。”

“那是——”

“九幽阴冥。”

…………

多年之后，史书曾这样记载这一天：

适逢仙魔大战，前逍遥宗弟子谢沉舟杀妻证道，后，弃仙途入魔道，纵身跃下无尽炼狱。

冥界震荡，恶鬼号啕，两岸仙神皆闻之色变。

世人都道谢沉舟疯了。

可谁也不知道，他只是想找回一个人。

他的妻子。

他的……念念。

第十三章 弹指三百年

魔神重临，万仙盟盟主被擒，生死不明。

魔族士气大涨，仙门接连惨败，不过半月，玉京沦陷，仙盟瓦解。

碧柯独自踏上这片土地，看着秘宝阁中供着的碎玉——这是昆山玉最后一块碎片。她将它拿在手中，指腹轻轻摩挲。分明是多年的夙愿终于完成，可不知为何，心中却空得厉害。

她沉默许久，走出秘宝阁，俯瞰下方的街景。隆冬时节，入目一片素白，曾经夜夜笙歌的玉京静得落针可闻。

她凭栏而立，忽然就想到一个人，一个死去的人。

“只可惜，好人，往往不长命。”她将所有碎片合在一起，喃喃着，“算我欠你的。

“答应你的事……我会做到。”

光芒闪过，碎片间的裂缝消失不见，重新合为一块晶莹温润的美玉。昆山玉冉冉飞上天空，朝着某个方向不断震颤。

下一刻，比雪更加刺目的白光猛然亮起。虚空剧烈地扭曲，似有什么东西即将撕裂虚空降临尘世。

碧柯屏住呼吸。

空中传来一声轻响，声如裂帛，庞大的阴影徐徐笼罩大地。抬头看，连绵山脉缓缓浮现在上空，满山遍野都是牡荆树与朱红的蕈荔果。

星星点点的木屋坐落其中，层层屋檐后方，隐约能瞥见神像一角。无数洁白的光点从遥远的归墟飞来，投入群山怀抱。

碧柯眼中怔怔地落下一串泪：“我可以……回家了。”

下一刻，一道剑气轰然劈中昆山玉。

刚合体的昆山玉颤了颤，在碧柯几乎绝望的目光中，碎裂。空中，小华山一寸寸化作尘烟，祝余族残魂的惨叫与悲鸣响彻天地。圣洁白光化作冲天怨气，四散着坠入脚下这片苍茫大地。

碧柯慌忙伸手，拼命地想要抓住它们：“不要……不要走！！！”可她还是留不住它们，就像她留不住曾经养过的兔子和花。

一切，不过是徒劳。她身体轻微哆嗦着，转头看向那道剑气的源头——那是一个……意想不到的人。

“言渊。”

一段时日不见，青年瘦得厉害，行动间还带着几分大病初愈特有的孱弱。

他挽了个剑花，懒懒地道：“是我。”

碧柯双眼骤然通红，几乎泣血：“你……”

她哽了一下，每个字都说得极为艰难：“我曾真心视你为友。”

“真心？”言渊扯了扯嘴角，眼里闪过一丝不加掩饰的恨意，“你忘了，当年折断我剑骨的那只赤鷩鸟，是你啊。

“也是你，将我的药偷换成了蜉蝣梦，让我害死了镜弦，让我心魔缠身，让我迫不得已杀了宋揽风灭口，让我走到了今天这一步。

“将我所有价值利用得干干净净，这就是你的真心？”他的声音冷下去，“碧柯，你未免太过可笑。”

碧柯紧紧地抓着栏杆，指尖鲜血淋漓。

好一会儿，她道：“我要杀了你。”

她一字一顿地道：“我要杀了你。”

言渊咳嗽两声，苍白的脸上洇开浅浅笑意，尾调微扬，隐约带了几分年少时的张狂：“恨我吗？那就对了，我也是这样恨你的。

“你毁了我的人生，我毁了你的‘得偿所愿’，很公平，不是吗？”

碧柯没再说话，用力闭了闭眼，转身离开。

在她身后，滚烫的火光骤然亮起，整座玉京城瞬间沦为火海。火光映亮了半边天幕，无数雕梁画栋皆付之一炬，只余一捧灰烬。

风一吹，什么也不剩，一如那些回不去的曾经。

青年望着手中陪伴自己多年的灵剑，忽地叹息一声：“真可笑。”他也曾年少轻狂，以为只靠手中剑便能荡尽世间不平事；也曾酬尽知己，高朋满座，以为世间事皆会如此圆满；也曾心意动，对影希冀一生一世一双人。

到头来，深恩负尽，师友死绝。

青年摇摇头，掷了剑，任凭火焰将自己一点点吞噬。

天地间唯余一声嗤笑，笑声悲凉。

魔族占据了大半个修仙界，几乎所有宗门都迁去了南方天虞山一带。

战况稍缓——主要原因是，魔尊谢沉舟失踪了。

自那一战后，他再未出现在人前。世人皆言，他恨极了一个人，就算亲手杀了她也难解心中之恨，故此追到了幽冥，想要连她的魂魄也一并绞灭。

也有人说，他不恨她，他爱她。

然而，传言纷乱，谁又知其中真假？说到底，不过是茶余饭后的笑谈罢了。

好在，没了他，仙门终于得以喘息，与魔族打得也算有来有回。

可很快，一件事再度打破刚平稳的局面——怨灵。

修仙界各地陆续出现祝余族的怨灵，它们毫无理智，择人而噬，纵然打散也会重聚。很长的一段时间，修仙界白骨露于野，千里无鸡鸣。各大宗门只得一面抗击魔族，一面加派人手保护百姓。

所幸，祝余族怨灵并不只针对人族，同样对魔族造成了影响，局面再次诡异地稳定下来。

逍遥宗，孤竹峰上的枯草又多了些。

少年熟稔地扔了个火诀，将它们烧得干干净净，这才满意。

他理了理衣襟，信步向上走。经过两栋小屋时，他脚步微顿，侧过脸看了一眼——屋前长桌犹在，酒坛蒙尘。他不知想到什么，发了一会儿呆，将怀里的花抱得愈发紧。回过神，他抿了抿唇，安静地登上峰顶。

满目枯黄，可这里曾有一片柔软的青草，等到夏夜，点点萤火虫会飞舞在上空，天上，还会有一轮又大又圆的月亮。

可现在，这里只有一座孤零零的坟茔。

坟前无碑。

沈明朝又理了理衣襟，施了好几个净尘术，这才走到坟茔前，有些紧张地开口：“我今天很干净，脸上也没有灰，你可不能再嫌弃我了。”

坟茔无声。

他等了一会儿，将花放下，自己也盘腿坐下，仍像从前那般撑着下巴，百无聊赖地道：“小桑，现在逍遥宗的菜越来越难吃了。”

他道：“我想吃你做的鸡翅了。”

坟茔依旧无声。

这一次，他等了许久，忽然就红了眼：“对不起。

“对不起，我连你的尸体都找不到，只能立一座衣冠冢。

“对不起，我没能……救你。”

坟茔安静地看着哭泣的少年。

天地无声，唯有轻风微拂。

许久后，他用袖子擦擦脸，对着坟茔露出个笑：“小桑，我要走啦，我得去保护修仙界了。”他站起身，拍拍衣裳上的灰，转身离开。

没走多远，他忍不住回头，轻声叮嘱：“记得别忘了我。”

说罢，他再无犹豫，挺直了背，大步下山。

原地，坟茔静静地望着他远去，直到他的背影彻底消失不见。

天地悠悠，云散云聚。

苍苍露草咸阳垄，此是千秋第一秋。

忘川河畔，彼岸花开如血。

奈何桥头，几名鬼差望着河面的青年，满脸愁容。

“都三百年了，这祖宗怎么还不放弃？”

“就是就是，他这样多影响咱们冥界的界容啊。”

“早说过人不在这儿魂也不在这儿，怎么就是这么犟呢？”

一旁的女子出主意：“要不然我熬碗汤你们给他灌下去得了，他什么都不记得了，不就自己离开了吗？”

“去去去，净出瞎主意。”鬼差满脸惊恐，“你是真想我魂飞魄散啊？

“那可是魔神。”

“魔神又怎么了，”她道，“反正是诸神造出来的，又不是聚灵而生的正经神明。”

鬼差慌忙捂住她的嘴，压低声音道：“他当年以一己之力开辟魔界，甚至能与天道抗衡，你说他怎么了？”

女子睁大了眼，掰开他的手，诧异道：“他这么厉害？”

另一名鬼差道：“可不是嘛，最后要不是天道许诺了他某样东西，把他送入轮回，他真能把六界都给毁了。”

女子好奇地道：“天道许诺了他什么？”

鬼差无语：“你觉得我们看上去像是有资格知道的鬼吗？”

女子讪讪：“也对哦。”

“不过，咱们冥界或许还真有知道的人。”

“谁？”

“当然是——冥神大人。”

冥神？

忘川河上。

一只手轻轻拦住谢沉舟，头戴金冠的男子低声道：“你已经在这儿找了三百年，回去吧。”

已是青年模样的谢沉舟沉默许久，满脸茫然：“可我不知道还能去哪儿找她。”

男子叹息一声，带着他一步步踏过河间白骨，行到岸边。

如血的花丛间，少女双手交叠在小腹上，神色宁静，她身下，寒冰冰封三尺，冷意逼人。

谢沉舟迟钝地蹲下，想要给她焐焐手，如同当年她为他做的那样——可那只手，怎么也焐不热。

谢沉舟目光悲伤，轻声道：“你说过，你会在这儿等我来寻你。

“可是……你到底在哪儿？”

三百里黄泉已翻遍，十八层炼狱已闯完。忘川河畔，奈何桥头，兜兜转转，三百年转眼即逝，而他依旧被困在她死去的那一日，不得解脱。

“你到底……在哪儿啊？”彼岸花旁，青年满脸绝望。

男子再度叹息一声：“走吧，再留下去，这具尸体会被黄泉之力彻底冰封。”

沉重的玄铁大门再度打开，门外，春色正好。

谢沉舟浑浑噩噩地抱起那具尸体，一步步走向人间。

阳春三月，繁花似锦，久违的日光泼洒而下，温暖明媚，怀中人却冰冷依旧。

他将她抱得紧了些，轻轻闭上眼：“念念，春天来了。”

院中长了一棵极大的桑树，枝叶葱郁，系满红绸，树下，一架上了年份的秋千在风中微微摇晃。

一切都这样熟悉。

倏地，身后响起一声短促的尖叫。

谢沉舟转身，是个正在扫地的小丫鬟，只有十二三岁大。

她看着他，满脸惊恐。

谢沉舟向前一步，她扔了扫帚转身就跑，口中放声大喊：“快来人！有个怪人闯到小姐的院子里了！

“快来人啊！”

很快，一群人匆匆赶来。为首的是一名中年男子，容貌俊朗，气度不凡，他见到谢沉舟，瞳孔一缩。很快，他的视线移到谢沉舟怀中少女身上，忽然浑身颤抖。

那是……桑岐言嗓音嘶哑，每个字都说得格外艰难：“……念念。”

谢沉舟抱紧那具尸身，低着头对他跪下：“对不起，我……没能寻回她。”

桑岐言眸中闪过几星浑浊的泪光，蹒跚上前，想要伸手摸摸少女的脸。可那只手悬在空中许久，终是没能落下。

他揩去眼角泪痕，字字哽咽：“把她还给我吧。

“把我的妹妹，还给我。”

谢沉舟：“……好。”他强逼着自己放开手，任由桑岐言将桑念抱走。

桑岐言似哭又似笑：“我当年得到消息拼了命赶过去，却还是连她最后一面都没能见到。如今，梨花谢了三百次，她离开我，也整整三百年了。

“三百年啊……我差一点，只差一点，就忘了她的模样。”

谢沉舟将额头抵在地上，干燥的青砖地面洇开浅浅的水痕：“对不起。”

桑岐言什么也没说，跌跌撞撞地带着桑念离开。

身边家丁面面相觑，忙不迭地跟上他。

黑衣青年仍跪在地上，桑树随风摇晃，抖落几片嫩绿的叶子。枝头，贝壳串成的风铃叮当作响，一条褪了色的红绸飘到他面前。

许久，他抬起头，拾起红绸，想将它重新系回树上。

红绸上写了字。

谢沉舟怔怔地看去，三百年过去，上面的字迹在时光洪流的冲刷中早已模糊不清，他艰难地辨认，依稀看出上面写的是——

谢沉舟，千万要开心。

他指尖颤抖，想到什么，霍然回头看向那一树红绸。

又一条红绸飘到他面前。

上面写的是——

谢沉舟，千万要幸福。

方才那个小丫鬟不知怎的又折了回来，看见他手上的红绸，“呀”了一声，道：“怎么又掉下来了？”

见他还愣着，她怯生生地解释道：“我听人说，这都是小姐生前写的，她特意嘱咐过了，一定要每年都挂上一条，说是……要给一个很重要的人祈福。

“这棵树也是小姐种的，她说，它可以活很久很久。

“这样，就能一直陪着一个人了。

“她……你怎么哭了？”

小丫鬟吓了一跳，不明白为什么面前这个怪人怎么突然就落了泪，急忙道：“我外外祖母说过了，谁也不许在这棵树前哭，小姐会不高兴的！”

谢沉舟：“你的外外祖母？”

“哦，她叫春儿，曾经是小姐的侍女。

“喏，她的坟就在树边上呢。”

“……”

“小姐倒是一直没立坟，听说城主没找到她的尸体，尸体被一个大坏蛋藏起来了，城主每次想小姐，都只能来这里。

“听说这棵树以前病了许久，差点就枯了，但后来又莫名其妙活了过来，小姐要是知道，一定会很高兴的。”

“……”

明媚温暖的春日，蝴蝶飞舞，风铃轻晃。

三百年的时光弹指而逝，红绸褪色，故人皆死。

已不是少年的谢沉舟怔怔地望着那棵树，忽地泣不成声。

暮色四合，山路偏僻。

几名少年结伴前行，不住地四处张望。突然，路旁树丛传来一阵窸窸窣窣的声音，他们手忙脚乱地后退。

一个年龄稍小的女孩儿瑟瑟发抖：“是妖怪来了吗？还是怨灵又出现了？”

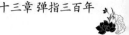

另一名少女安慰道："别怕，我保护你。"

下一刻，树丛中猛地冲出一道身影，吓得几人尖叫着抱在一起，因音量实在太高，惊起一片飞鸟。

那道身影也吓得趔趄了一下，险些摔地上。

"别叫了别叫了——"那道身影叠声说道，"再叫下去我耳朵也要聋了。"

会说人话？几人恢复了些理智，眼睛睁开一道缝儿。

看清面前那道身影后，众人神色皆愣了愣——那是个约莫十六七岁大的少女，身量纤瘦，穿着一身鹅黄上衫和浅绿襦裙，乌黑长发一左一右松松地编在两侧，像是耐心不足，只编了一半，剩下的发丝用红色发带系着。

发带末端，几颗豆子大小的金铃在阳光下闪闪发光。

一方白色薄纱覆在她双眼之上，挡住了眼睛，肌肤胜雪，偏偏左脸生了一块极大的深褐色印记，如同树皮。

若没有这块印记，想必定是个美人，尤其是眉间那粒朱砂痣，鲜红夺目，令人见之难忘。

见对方不是什么妖魔鬼怪，他们稍稍松了口气，仍是不放心，谨慎地问道："你是人吗？"

瞎眼少女幽幽地道："曾经是。"

他们脸色一白，哆嗦着小碎步向后挪。

忽地，她诡异一笑，掌中猛然生出一截树藤，树藤如长鞭，狠狠地抽向他们。

尖叫声再度响起。

树藤却灵巧地绕过他们，重重击向他们背后。

"砰——"一只本欲偷袭的魔兽猝然倒地。

他们闻见腥味，回头一看，脸色又白了几分。

少女收回藤蔓，嫌弃地甩了甩手，对他们露齿一笑，语气轻快："不逗你们了，放心吧，我只是化形没化好长得有点吓人，但绝对是一只好妖怪。"

顿了顿，她加重语气补充道："不吃人。"

他们擦擦额头上的冷汗，满脸感激："多谢姑娘的救命之恩。不知姑娘如何称呼？"

她回道："我叫桑念，念念不忘的念。"

他们忙各自报了姓名，好奇地问道："桑姑娘，你是木族吗？"

桑念纠结道："其实严格来说也不算，我以前是人来着，但现在是一棵桑树的树灵，不过有机会的话我还是想做人。"

他们被她的话绕晕，又问道："你的眼睛是受伤了吗？"

说起这个，桑念叹了口气，无奈地道："我的魂魄曾经被一个人的剑气伤到，自从化形以后眼睛就不太好用了。"

他们问："那个人是谁啊？"

桑念摊手："我还是一棵树的时候，有几只鸟老来啄我，虫没啄到就算了，还差点啄坏了我的脑子，很多事我都记不清了，那个人我也不知道是谁。”

他们语带怜悯：“你真倒霉。”

“不过我虽然看不见，神识却能感受到四周，”桑念道，“只不过没那么方便而已。”

他们小鸡啄米似的点头，由衷地赞叹：“你真厉害！”

桑念嘿嘿一笑：“是吧，我也这么觉得。”

其中一名白净斯文的少年问道：“这里临近天虞山一带，桑姑娘风尘仆仆地出现在这里，是也想去逍遥宗拜师吗？”

不等桑念回答，另一个少年立马热情地发出邀请：“我们四个正好也要去，不如同行？路上也能多个照应。”

其他人纷纷附和：“对对对，齐辰和应淮说得对，我们一起走吧。”

桑念顿了顿：“逍遥宗？”

齐辰恍然：“是了，你刚化形不久，不知道逍遥宗才正常。”

应淮眉飞色舞地道：“逍遥宗可是修仙界鼎鼎有名的宗门，而且逍遥宗的大师兄沈明朝特别特别厉害！”

谈起沈明朝，年龄稍小一些的若若也激动起来：“听说他曾在魔族的一次大举进攻里，只靠一人一剑便守住一座大城，杀光了所有魔族！”

云绮握紧拳头，满脸坚定：“我们这次来逍遥宗拜师，就是想要成为像他一样的人，保护修仙界，保护这里的子民。”

“而且你可是赶上好时候了。”应淮道，“如今修仙界魔族横行，各大宗门都放低了择生要求，不管是人族还是妖族，只要心怀善念，天资尚可，统统录取。”

他感叹：“听说从前逍遥宗的新生择选条件极其苛刻，能进去的无一不是万里挑一的天才。

“就连如今惊才绝艳的沈明朝，在那群人里，也不过堪堪中游。”

云绮瞪他：“你夸人就夸人，不许拿沈明朝做比较。”

若若也道：“对，不许说沈明朝坏话！”

应淮撇撇嘴：“知道了。”

说完，他又问桑念：“怎么样，你要和我们一起去逍遥宗吗？”

桑念正要回答，天上蓦地闪过一道璀璨的剑光，几人纷纷停了话头，同时仰头去看。

倏尔，剑光掉转方向，直直地朝他们掠来。

他们生怕砸到自己头上，抱住脑袋慌忙逃窜。

桑念一动不动。

剑光骤然落下，光芒散去，露出一道挺拔的身影。那是个年轻的修士，身上穿着一尘不染的门派服，长发用木簪整整齐齐地束起，面如冠玉，气质疏离。

躲在桑念背后的几人怯怯地探出头来，小心翼翼地打量他。

应淮壮着胆子问道：“敢问这位师兄姓名？”

来人眼眸微抬，淡声道："逍遥宗，沈明朝。"

几人瞬间瞪大了眼，桑念也微挑了眉梢。

沈明朝随意扫了眼地上的魔兽尸体："方才从这儿感应到了魔气，如今看来，已被摆平了。"

云绮忙道："是这位……"

她太紧张，一时连桑念姓名也忘了，匆忙改口道："是这位盲眼姑娘杀的。"

沈明朝视线移到一直沉默的少女身上。

他的目光在她眉间那粒小痣上停顿一刹，有些失神："妖族？"

桑念点点头，坦然地回道："对。"

云绮忙解释道："她是个好妖怪，从不吃人的。"

沈明朝默了默，道："不错。"

若若压低嗓音对桑念道："天啊，沈明朝夸你了！！！"

桑念叉腰："那说明他眼光也不错，能看出来我很厉害。"

沈明朝还待说些什么，一名青年飞身落下。

青年上前对他附耳低语："沈师兄，顾白长老有急事找你，是关于……魔尊的，他让你赶紧回宗门。"

沈明朝脸色微变，深深地看了眼那位盲眼少女，匆匆随他离开。

几人望着他的背影消失在天际。

云绮用力抱着若若，激动得差点跳起来："天啊！我竟然见到了活的沈明朝！还和他说话了！"

若若也两眼冒着星星："我们真是太幸运了！"

云绮看见一旁无动于衷的桑念，松开若若，对着她捶胸顿足，语气夸张："可惜你看不见，他刚刚整个人都在发光！

"啧啧，那举手投足间的气质，果然和传闻中一样沉稳又靠谱，不愧是逍遥宗的大师兄！"

桑念默了默，突然道："可我总觉得，他不该是这样的。"

云绮："啊？"

桑念挠挠头："我也不知道该怎么形容，就，我总觉得，这个沈明朝，其实不像你们说的那样。

"他……不该这么沉稳。"

云绮没当回事，拍拍她的肩："等你眼睛好了，亲眼见到他就知道了，我刚刚说的一点儿也没错。"

若若也道："嗯嗯，逍遥宗一定有仙丹可以治好你的眼睛！"

桑念没多犹豫，爽快地答应下来——她离开青州，本就是为了寻找治眼睛的方法。

"那行，我和你们一起去逍遥宗。"

四个人都高兴地道："太好了！"

于是，一支临时小队组成，一同朝逍遥宗进发。

此行一路多山，路形陡峭。往往是桑念在前方健步如飞，顺手打个野生小怪，希望能爆个什么好用的装备，四个人在后面哼哧哼哧赶，抖着手脚瓜分她不要的妖兽内丹或筋骨。

一连几天下来，应淮嘴角抽了抽，忍不住问她："你真是瞎子吗？"

桑念斟酌道："偶尔是。"

应淮无言以对。

前方就是逍遥宗脚下的落仙城。灰头土脸的四人站在城门，齐齐仰头看着上方的匾额，不约而同地发出没见过世面的"哇"声。

自从玉京没了，所有宗门南迁，修仙界的中心主城便改成了落仙城，现在这里是修仙界最繁华的地方。

城中人流如织，小摊上卖着各种稀奇古怪的东西，热闹极了。

应淮感叹道："听说这里比起当年的玉京都有过之而无不及。"

桑念摇头，语气肯定："比不上玉京。"

应淮不信："你又没见过玉京什么样。"

桑念道："不知道为什么，我就是觉得这里比不上玉京，玉京应该是个……比这儿还要繁华百倍的地方。"

应淮还是道："吹牛。"

旁边一名修士听见两人的对话，忍不住插嘴道："这位姑娘说得没错，当年的玉京……哎，不提也罢。"

应淮好奇心瞬间被勾起来："当年的玉京怎么了？"那名修士满脸怀念："遥想当年的玉京，群英盛宴，琼瑶铺地，黄金作屋，果真是富贵至极。"

"群英盛宴？"四人满脸茫然，"那是什么？"

那名修士道："是整个修仙界所有修士都想参加的试炼。"

他们更加茫然。

"你们不知道也正常，自从玉京没了，群英会也不再举办。"那名修士语带怅然，"三百年前，是最后一届群英会。

"那一年，出了七个第一。"

"七个？！"云绮震惊地道，"怎么能有七个第一呢？"

那名修士笑了笑："当然能有七个第一。"

云绮道："但是……"

应淮急匆匆地打断她："那后来这七个人怎么样了？是不是都成了修仙界的大英雄？"

那名修士沉默下去，良久才道："如今逍遥宗的大师兄沈明朝，便是那七人之一。"

应淮兴奋地道："他们果然都成了大英雄！"

那名修士依旧沉默。

桑念心里也莫名其妙地堵，忙岔开话题道：“天快黑了，咱们得赶紧找地方落脚。”

几人如梦初醒：“糟糕，客栈估计都住满了！”

他们匆匆向那名修士道别。

云绮雀跃地问道：“不知这位师兄是何门何派？我们正要去逍遥宗拜师，以后兴许还能再遇见呢！”

那名修士微笑道：“在下无极宗弟子，颜伯山，幸会。”

闻言，他们有些惋惜：“啊，我们要去的是逍遥宗。”

颜伯山颔首道：“无妨，山水有相逢，总有再遇的那一日。”

几人恭恭敬敬地对他行了一礼：“山水有相逢。”说罢，他们匆匆离开。

颜伯山负手而立，视线停在那名盲眼少女身上，久久未曾收回。

一旁，几名身穿无极宗门派服的弟子上前，迟疑着问道：“大师兄，这几人是有哪里不对吗？您为何要特意过来与他们搭话？”

颜伯山垂下眼眸，喟叹一声：“依稀间，见到了故人之影。”

“故人？”

“一个……已经死去很久的人。”

几名弟子面面相觑。

“不过，想来是我看错了，她只是一名普通妖族。”颜伯山摇摇头，担忧地道，“走吧，继续赶路，蓬莱……坚持不了多久了。”

几人神色一肃：“是。”

客栈果然都已经满了。

应淮哭丧着脸：“我不想睡桥洞。”

齐辰安慰道：“再找找吧，总有一家客栈有空房的。”

桑念突然道：“跟我来。”她抬脚跑向一个方向，四人不明所以地跟上。

一阵七拐八绕后，他们站在了一家客栈门前。

年轻的掌柜见到他们，双眼一亮，热情地招呼道：“可是想住店？你们五人真是好运气，本店就剩这两间房了，但凡晚来一刻都住不上。”

应淮道：“果然天无绝人之路，今晚有地方住了！”

齐辰多看了桑念一眼，迟疑地问她：“你怎么知道这里会有空房的？”

桑念：“因为——”

“我观你三人骨骼清奇，这次定能成功拜入逍遥宗！”

应淮、云绮、若若齐声道：“真的吗？！”

“那是自然，这家店从我爷爷的爷爷的爷爷的爷爷开到现在，我从小耳濡目染，从来没看走眼过，只不过……”

“不过什么？”

“你们还缺一样东西，有了它，方能万无一失。”掌柜凝声道。

"是什么？"

掌柜小心地捧出一叠符纸，神神秘秘地道："此乃慈悲崖若智大师亲手所画的好运符，有了它，你们定能好运连连，心想事成！"

三人两眼放光："我要买我要买！"

掌柜伸出右手，笑容亲切："五万灵石。"

旁边的桑念尴尬又不失礼貌地对齐辰道："嗯，大概就是因为这个原因吧。"

齐辰诧异："这是家黑店？"

桑念一本正经地纠正道："这是家族企业，童叟都欺。"

齐辰："……"

桑念现在是只一穷二白的妖，兜儿翻得底朝天也拿不出半颗灵石。

好在，云绮他们都是有钱的主儿，二话不说就把房费付了，桑念成功蹭到一晚住宿。

天色渐晚，三个女孩子热热闹闹地挤在一间房。

床不够大，桑念抱了被子打地铺。

云绮趴在床上，双手撑着下巴，看着她行动自如的样子，忍不住再次问道："桑念，你到底是不是真的瞎了啊？"

桑念头也不回地道："对啊，我真瞎了。"

云绮道："看着不像。"

桑念想了想，拿起桌上的一只茶杯："打个比方，我能知道这里有茶杯，可我看不见上面的花纹，也不知道它是什么颜色，我只知道它是个茶杯，仅此而已。"

云绮恍然："明白了。"

旁边帮忙铺床的若若道："那你也不知道我们长什么样子了？"

桑念笑道："不用看也知道，一定是两个温柔善良的美人。"

若若的脸霎时红了，害羞地低下头。

云绮对桑念惋惜道："你脸上要是没有这块疤就好了，肯定很好看。"

桑念摸摸脸上那块如同粗粝树皮的印记，耸耸肩，不甚在意："妖族第一次化形多少都会带点本体的特征，反正我又看不见，无所谓了。"

若若道："嗯嗯，等你以后修为精进了，一定能把这块疤去掉的！"

云绮也道："没错！"

桑念笑了笑："我更想先治好眼睛。"

说着，她叹了口气，眉间难得地多了几分苦恼："现在是春天，花都开了，可我一朵也看不见。"

云绮捏紧拳头，愤愤地道："都怪那个坏蛋把你的眼睛给伤了，若是让我见到他，我一定要狠狠揍他一顿替你出气！不，揍十顿！"

若若问道："你真的一点也想不起来那个人了吗？那他是男是女你知道吗？"

桑念沉默了一下，道："有些许印象。"

若若："嗯嗯，然后呢？"

桑念："他……是个很好看的少年。

"他，极恨我。"

若若两人皆是一怔。

桑念眼睫低垂，没有再继续这个话题："睡吧。"

两人都怕触及她的伤心事，忙不迭地躺下了。屋中渐渐安静下来，只剩她们熟睡后平稳的呼吸声。

桑念翻过来覆过去，怎么也睡不着，刚闭上眼，那把剑便浮现在眼前。

剑刃冰冷，清楚地倒映着少女绝望的脸。

心口隐隐作痛，桑念不安地伸手抚了抚，顺手捻起脖颈上细细的一条丝线，指尖循着丝线向下摸去——那是一颗形状不太规则的小吊坠。

说是吊坠，其实不过是一小块碎片，晶莹剔透，如同星辰。

桑念指腹慢慢摩挲着它，细细感受着那些尖锐的棱角，淡淡的愁绪漫上心头："你又是从哪里来的呢？是和我一样，被人丢弃的吗？"

吊坠自然是无法回答她的。

她沮丧地放下它，不知第多少次点开识海中的系统，入目依然是熟悉的一行大字。

请稍等，正在连接中

"太不靠谱了。"桑念小声抱怨，"等我回去就投诉你。"没错，她并不是这个世界的原住民。

这件事很难解释，以她仅剩的碎片记忆来描述，大概就是：她突然来到了修仙界，在系统的要求下攻略一个男配。

但很不幸——她被他一剑捅了个对穿，死得干脆利落。

任务失败后，她本来该被送去挖煤，但不知道为什么，再睁眼，她来到了三百年后，还变成了青州城里一棵快要病死的树，天天还有几只疑似神经的鸟整天在她头上啄来啄去，啄得她脑瓜子嗡嗡的。

好不容易化形了，结果又瞎又丑。

桑念唉声叹气。

痛，太痛了，人活一生，总得痛痛，此时不痛，更待何时。

桑念对着空气恶狠狠地打了一套组合拳。

那个杀她的狗男人，他最好祈祷不要再遇见她，不然她高低给他来一下，让他知道知道她的厉害。

想到这里，她心里舒坦了些，翻了个身，强迫自己放下那些乱糟糟的思绪，闭眼入睡。

夜凉如水，一旁的吊坠忽地闪了闪，灿若星芒。

浓稠的白雾漫开，伸手不见五指，入目一片陌生，与客栈天差地别。

桑念满脸茫然："这里是……？"奇怪，不光眼睛能看见了，脸上的树皮也没了，身上穿的衣服也变了，有些像沈明朝那身门派服，料子轻飘飘的，柔软如云朵，整体为白色，袖摆与裙角皆有织金暗纹，形状看上去像是海棠花。

做梦了？

桑念一头雾水，只能试探性地向前走。

白雾慢慢散去，天空低垂，大地焦黄，入目一片荒芜。这里处处弥漫着死气，没有风，也没有声音，人行走在其中时，几乎窒息。

是很安静的绝望。

桑念头皮发麻，鸡皮疙瘩掉了一地。

远处传来细微的动静，她赶忙加快脚步，一路小跑过去。

翻过最后一座光秃秃的山丘，看清前面的场景后，她猛地僵住。

血……

到处都是……血。

天空像是着了火，泛着诡异的红光。无数死尸堆积在一处，鲜血滴滴答答聚成血泊，仿佛有生命一般，不断朝她脚下蔓延。

说是尸山血海也不为过。

一个年轻男子沉默地站在这座"山"前，宽袍大袖，散发赤足。

似乎听见了桑念由于恐惧加重的呼吸声，他面无表情地回头。

苍白的肌肤，漆黑的眉眼，唇色如血，一束不算明亮的光洒在他脸上，美得妖冶又诡异。

桑念："……"

是那个杀她的狗男人——他也在看她，那双漂亮的眼睛一眨不眨，近乎贪婪地凝视着她。

桑念壮着胆子回瞪，反正是做梦，她才不怕他。

他怔了怔，不知想到什么，忽地笑了，对她伸手："过来，到我身边来。"

她才不要去他身边，那么多尸体和血，光看着就毛骨悚然。

桑念转身欲走。

他脸色一变，跌跌撞撞地上前拉住她手腕："念念。"

他的声音很低很低："我太久没有见到你了，让我再看看你吧。"

桑念愣了愣。

他攥得实在太紧，铁钳一般，她手腕有些疼，尝试着挣了挣，却引来他恐慌的询问声："你讨厌我吗？"

这话问得奇怪，桑念不解地回道："你杀了我欸。"

这不像一句话，这更像一把剑，刺得他鲜血淋漓，刺得他满脸绝望。青年双唇微微颤抖，似乎想说些什么，却又一个字都没说出来。

不知是没力气，还是根本不知道该说什么，最后，他颓然地松开她。

见对方这副反应，桑念反而犹豫了，求证似的问："这真的是做梦，对吧？"

他望着她的眼睛，眉间盛满她看不懂的悲伤："嗯。"

桑念心里闷闷的，恐惧也莫名其妙地少了许多，她收回抬起的脚，鬼使神差地又问了一句："你叫什么名字？"

他安静了好一会儿，道："我叫谢沉舟。"

桑念："是哪几个字？"

谢沉舟在她掌心一笔一画地写下自己的名字。

桑念恍然大悟，下意识地开口说道："沉舟侧畔千帆过，你这个名字寓意很好欸。"

不知为何，听到这句话，谢沉舟看她的目光几乎碎裂。

桑念心里咯噔一下："我说错什么了吗？"

他哑声道："没有。"

桑念忍了又忍，还是没忍住，问他："我从刚才就想问了。

"明明是你杀了我，可为什么你总用这种……嗯……像只淋湿的无家可归的狗一样的眼神看我呢？"

这一次，谢沉舟回答得很快，他道："因为我爱你。"

桑念睁大了眼。

她怀疑自己听错了："你说什么？"

回答她的是一个吻。

他身上的味道与体温一并侵占她所有感官，令人忍不住联想到湿漉漉的、洇开浓稠绿意的雨后森林——潮意冷冽，雾气清寒。

这个吻并不深入，只是单纯地碰了碰唇瓣，很快便离开。

桑念大脑持续宕机，愣愣地看着他。

连风也吝啬到来的炼狱焦土，青年单手抚上她侧脸，冰冷的指腹轻轻摩挲着那片柔嫩的肌肤。他眼尾微红，一字一顿地道："在这世上，我只爱你。"

魔界。

漆黑冰冷的宫殿，谢沉舟缓缓睁开眼，发了很长一段时间的呆。他起身，脸上恍惚之色渐渐退去。

两只乌鸦一前一后落地，化作人形小心翼翼地问道："主人，怎么了？"

谢沉舟道："做了个梦。"

故人入我梦，明我长相忆。三百年过去，她第一次肯来他梦中见他。

却这样的……疏离，仿佛，已经忘了他是谁。

头骤然疼了起来，谢沉舟放在膝上的右手一点点收紧，指节泛白。他用力按了按太阳穴，额角青筋跳动，几乎抑制不住心中的暴戾。

为什么死的人是她？

世界上所有人都可以死，为什么独独是她？

不公平。

太不公平。

魔气无声地漫开，殿中瞬间冷如冰窟。

鸦一瑟瑟发抖："主人，您又想杀人了吗？"

这具身体承载不住魔神的力量，从冥界回来后，魔气反噬日益严重。谢沉舟也一日比一日阴沉，整个人几乎被撕裂，常常失去理智，只剩嗜血的本能。

他……真的快要疯了。

鸦一、鸦二对视一眼，满脸担忧。

"……无妨。"谢沉舟打开随身锦囊，从中找出一粒梅子糖，道，"我要去一趟归墟。"

鸦一："归墟？"

鸦二提议："主人去归墟可是有要事？若不重要，不如我代您跑一趟，您在魔界安心休养。"

谢沉舟看着手里的糖，低眉："我要去归墟寻她，你们不必跟来。"

这个"她"虽没说名字，对面两人却立即明白过来指的是谁。

鸦一咬咬牙，决定豁出去了，直言道："主人，三百年了，该放下了。"

鸦二也道："若桑小姐在天有灵，也不会想看见您这副模样的。"

谢沉舟忽然失神呢喃："我老了很多，她已经认不出我了。"

闻言，鸦一、鸦二停了停，终究没忍心继续说下去，他们安静地退下，合上殿门。

"现在怎么办？"鸦一问鸦二。

鸦二想了想："前些日子小七说，桑小姐种的那棵树似乎又生了虫子，我要和她去青州照拂一二。"

鸦一道："怎么又有虫子？咱们仨都捉了这些年了，还没捉完？"

鸦二："那棵树灵性极强，难免会招来虫族觊觎。"

鸦一："好吧，那我去暗中跟着主人，以防他出什么意外。"

鸦二："你忘了？主人已经是仙魔两界最强的存在了，现在，没人能再伤他。"

鸦一沉默下去。

"时间过得真快啊。"鸦二感叹道，"还记得那年我们冒名潜入逍遥宗，每天在厨房忙得脚不沾地，现在想起来，像是上辈子的事了。"

鸦一负手眺望远方，低声道："谁说不是呢。"

逍遥宗，议事厅。

所有长老齐聚一堂，沈明朝也在。

当年宋揽风身死后，初瑶与闻不语离开逍遥。宗门这些年一直没有选出新的宗主，凡事皆是所有长老共同商议敲定，倒也就这么过下来了。

"蓬莱被魔族围困，已坚持不了多长时间了。"顾白凝声道，"我们若不出手相助，他日若魔族围困逍遥，谁又会来助我们？"

其余长老纷纷点头："是这个理。"

沈明朝道："我会带上一支精锐动身前往蓬莱，襄助凌霄宗。"

二长老道："我随你一同前去。"

沈明朝道："好。"

事情很快敲定下来，众人散去，各自做着各自的准备。

沈明朝正要走，顾白对他使了个眼色，他心领神会地留下。

等人散完，议事厅只剩他们，他问顾白："何事？"

顾白斟酌着问道："上次说的魔尊……怎么样了？"

沈明朝重又坐下，捏了捏眉心："谢沉舟的确从冥界回来了。"

顾白忧心忡忡："他如今是魔神，修为不容小觑，恐怕整个修仙界加起来也不是他的对手。"

沈明朝道："谢沉舟不会插手仙魔两界战事。"

顾白凝眉："为何？"

"他恨仙门，"沈明朝淡淡地道，"也恨魔族。

"或者说，这个世上无论谁生谁死，对他而言，都不重要。"

他在乎的，从始至终，只有一个人，而那个人，早在三百年前，便死在了他面前。

好半晌，顾白才道："这样也好。"

他长长地叹了口气："只要谢沉舟不出手，对我们来说，便还有机会。"

沈明朝低眸凝着腰间的储物袋，没有说话。

"对了，今日新弟子入门。"他又问沈明朝，"你要看看再走吗？"

沈明朝起身："不必了，此去蓬莱路途遥远，我即刻便启程。"

顾白同样起身，与他并肩向外走去，直送到山门处，方才沉声道："一路保重。"

沈明朝轻声道："桑念的墓还劳烦师兄多去看看，她喜欢热闹。"

顾白："……好。"

沈明朝不再犹豫，径直离去。

前方，几艘仙舟早已准备好，出征的弟子们严阵以待，恍惚间，场面竟与当年出发去群英会时莫名相似。

顾白望着他的背影，轻叹一声。

"欲买桂花同载酒，终不似，少年游。

"物是人已非。"

山门旁，正排队测灵根的少年们好奇地张望着。

"快看快看，那是沈明朝。"云绮压着嗓子对桑念激动地道。

各种意义上都瞎了的桑念："……好吧，我尽量看。"

云绮："沈明朝不愧是大师兄，这沉稳的气质……"

桑念幽幽地道："这句台词你已经说过了。"

云绮噎了噎。

"你们不清楚，"前方负责测试灵根的长老叹气，"这位大师兄从前，可是最让人头疼的弟子。”

云绮不信：“怎么可能？”

长老笑道：“怎么不可能？上山捉鸟下河摸鱼，可都是他干出来的事。”

云绮瞠目结舌：“我们说的是同一个沈明朝吗？”这差别也太大了吧！

长老摇摇头：“沈明朝原本不是逍遥宗的大师兄，然而，他前面的师兄师姐，或死或叛，几百年来，走的走，散的散。

“到了最后，只剩下他一人。

“他们原本都是很好的朋友，只可惜，世事无常啊。”

云绮听得难过极了，对若若和应淮、齐辰道：“我们一定不要像他们那样分开。”

若若道：“我们肯定会一直在一起的！”

另外两人也道：“没错！”

见状，长老脸上多了些欣慰，温声道：“好了，下一个。”

桑念上前。

他提笔登记：“姓名。”

她字正腔圆地说道：“桑念，是桑树的桑，念念不忘的念。”

一滴墨珠滴落纸面，长老看着她，满脸错愕。

已起飞的飞舟上，原本闭目养神的青年猝然睁开眼。

“桑……念？”

见登记的长老迟迟未能下笔，桑念道：“怎么了？是有哪里不对吗？”

长老没回答，只是用一种极其古怪的目光看着她。

旁边的云绮忽地惊叫：“沈明朝？！”

桑念正待回头，一阵冷风拂过耳畔，吹起几缕碎发，下一刻，有人抓住了她的手，用力一拉——她被迫转身。

平日疏离沉稳的修士站在她面前，双目灼灼。他似乎一路跑着过来的，额上出了层细汗，喘得厉害，胸膛急促地起伏，前所未有的失态。

四周一下没了声音。

桑念试探性地问：“有事吗？”

沈明朝盯着她眉心那粒痣，缓缓地问道：“你叫——桑念？”

“是的。”她道。

沈明朝再次重复道：“你叫桑念？”

桑念耐着性子回道：“对。”

“……”

这一刻，时间似乎停下，仿佛过去很久，又仿佛弹指之间。

沈明朝忽地笑了，似乎她的名字叫桑念，这是一件很值得高兴的事。

桑念听见他的笑声，心里闪过一丝不太美妙的预感——小伙子精神状态似乎不太正常。

她正想离他远点，沈明朝抓着她的手却紧了许多。

他头也不回地对那位登记的长老道："劳烦师伯替我转告顾师兄——此行，我要多带一个人走。"说罢，他脚尖一点，拽着挣扎不休的桑念一同飞上飞舟。

山门前，众人张着嘴，久久未回过神。

登记的长老摇头叹气，却又笑了笑，说不清到底是何种情绪。最后，他避开那滴墨珠，另起一行，端正地写下桑念二字。

云绮终于反应过来，难以置信地道："……就这么带走了？"

若若打了个冷战："沈师兄为什么那副表情啊……看上去好瘆人。"

应淮忧心忡忡："他不会因为桑念是妖族，就把她偷偷砍了当柴烧吧？"

相比较下，齐辰比他们淡定得多："沈师兄若要为难她，不至于等到今天，早在几日前初见时便动手了。"

三人放下心："那就好。"

不过，到底是出了什么事，才能让这位喜怒不形于色的逍遥宗大师兄如此失态？众人满心疑惑，频频觑着那艘飞舟。

二拜高堂
我要守护天下苍生，捍卫人间正道。
闻不语

阿瑶，

我好冷。

第十四章 相见不相识

飞舟上。

沈明朝一路拎着桑念进了船舱。

守门弟子下意识叫道："大师兄——"

"谁也不许进来。"说完这句，他砰一声关上门，随手布下结界，隔绝外界窥视，做完这一切，他这才松开桑念。

桑念手疾眼快地推窗，欲要逃走。

"砰——"窗户被重重关上。

她捂着险些被夹的脑袋往后退了两步，心有余悸。

身后一声轻响，却是沈明朝拖了把椅子坐下。他单手撑着膝盖，身体微微前倾，将视线精准地落到她身上，虎视眈眈。

桑念又往后退了两步，小心地询问："沈……道友，你没事吧？"

听见这个称呼，他恍惚了一下，身体微微后仰，双手抱臂，一副要与她算账的姿态："这三百年你躲去哪儿了？"

桑念茫然："哈？"

沈明朝翻来覆去地打量她："怎么还变成了树妖？"

他语带嫌弃："又丑又土。"

桑念顾不上茫然，差点跳起来，怒道："你才丑你才土，你个一辈子没人爱的家伙！"

分明挨了骂，沈明朝却像是听见什么好笑的笑话，笑得弯了腰。

这人就是有病吧？！桑念毛骨悚然，默默地离他远了点，又远了点。

对面，笑够了的青年直起腰，指腹揩去眼角不易察觉的水痕："这么多年了，骂

人还是这句，你还真是……半点长进也没有。”

桑念：“啊？”

她总算听出哪里不对劲了：“我们之前认识？”

沈明朝沉默了一下，道：“你全忘了？”

桑念道：“我的脑袋被几只鸟啄坏了，确实忘了一些事。”

似乎觉得这个理由太离谱，沈明朝嘴角抽了抽，好半天才扶额道：“罢了，回来就好。”

桑念追问：“你还没回答我呢，我们从前认识？”

沈明朝：“嗯哼。”

桑念：“是朋友？”

沈明朝慢慢说道：“是很好，很好，很好的朋友。”

桑念拖了把椅子坐到他对面，跷起二郎腿，不满地道：“你早说啊，吓我一跳，还以为你要把我劈了当柴烧呢。”

沈明朝拧眉看着她脸上那块疤，忍了又忍，还是没忍住，用袖子轻轻擦了擦——不掉色。

他沾了点茶水，加重力气继续擦。

桑念：“……有没有一种可能，这不是画上去的，这是我的本相？”

沈明朝：“……我以为这是你精心设计的伪装。”

伪装你爹，桑念捂住被他擦得通红的左脸：“说说我以前的事吧。”

沈明朝便大概说了下两人的过往。

说到谢沉舟时，他犹豫了一下，跳过不提。

桑念却若有所思：“我做过一个梦，梦见了一个叫谢沉舟的人。你既然是我的朋友，一定也认识他吧？”

沈明朝道：“不认识。”

桑念：“啊？”

她正想再问两句，沈明朝小心地碰了碰她的眼睛，低声道：“这是……怎么回事？”

桑念解下覆在眼上的薄纱，露出毫无神采的双眼：“喏，瞎了。”

他怔了怔，眼眶霎时红了：“谁干的？”

桑念道：“说了你也不知道。”

沈明朝道：“你说，我去杀了他。”

桑念敷衍道：“我记不清了，等我记起来了你再去杀。”

沈明朝身上的杀气这才淡了几分，仔细端详着她：“脸和之前不太像，眼睛倒是生得一模一样。”

这张脸和桑念原本的长相大差不差，她重新用薄纱遮住眼睛，随口道：“你有办法治我的眼睛吗？我来逍遥宗就是为了这事儿。”

沈明朝沉吟片刻，道：“蓬莱有一种灵植名叫夜檀幽，花蕊可以清心明目，或许对你有用。”

桑念高兴地道：“那还等什么，走，去蓬莱。”

沈明朝：“我们已经在去蓬莱的路上了。”

桑念：“什么？”她噔噔噔地跑去推开窗，看向外面，飞舟轰隆隆起飞，穿过一朵又一朵云彩，眨眼间，逍遥宗已在万水千山之后。

“你去蓬莱做什么？”她问。

沈明朝颔首：“数日前，魔族大举进攻蓬莱凌霄宗，此时所有宗门都在去支援蓬莱的路上，逍遥亦是如此。”

桑念顿了顿，突然问道：“你以前也这么讲话吗？”

沈明朝一时没反应过来：“什么？”

桑念道：“你讲话文绉绉的，像个老古板。”

沈明朝怔住。好半晌，他才勉强笑了笑：“我已经三百多岁了，小桑。”

说着，他声音轻了许多：“人总是要长大的。”

桑念眨眨眼，眸光些许茫然。

三百年的时光对她而言，不过是转瞬之间，岁月如梭，她却始终如旧，可曾经的朋友，已不再是初识模样。

她忽然就有点难过。

“若是知道你回来了，大师兄和初瑶一定很高兴。”沈明朝笑道，“可惜灵网断了，不能再像从前那样用通灵石随时联系，只能等有缘遇见再告诉他们这件事了。”

桑念有些奇怪：“你不会千里传音之类的法术吗？”

沈明朝缓缓地道：“若想施展千里传音，需要先知道他们的位置。

“而我们上次见面，已是一百四十年前的事了。”

一百四十年，真是很漫长的一段时间呢，桑念想。

窗外白云悠悠，仿佛千载不变，她双手撑着下巴，叹了长长一口气——和三百年一样漫长。

逍遥宗到蓬莱一共六天路程。第三天时，飞舟停了下来，众人纷纷下船休整。

此地名叫绿柳镇，面积不算大，人口也不多。

桑念随着沈明朝下船，简单活动了下身体，跟在他身后去吃馄饨，但逍遥弟子明里暗里都在看她。

一名女修径直走到沈明朝面前，寒声道：“你为何要将这来历不明的妖族带上飞舟？这几日下面的弟子都在议论这件事，影响很大。”

“这是新入门的小师妹。”沈明朝平静地道，“不是什么来历不明的妖族。”

双月斜了桑念一眼：“妖就是妖，既非我族类，又怎会全心全意为了人族去搏命？沈师兄还是留神的好，当心被暗算。”

桑念“啧”了一声，叉腰：“你在这儿搞物种歧视是吧？”

双月冷哼：“不明白你在说什么。”

桑念阴恻恻地道："嘿嘿，等我去妖界王庭告你的时候你就知道了。"

双月脸色有些难看："牙尖嘴利。"

桑念不服："是你先胡乱揣测我的用意。"

说到这里，她正色起来："你没见过真心与人族交好的妖，不代表世上就没有，若真按你说的，那些死在战场上的妖族又算什么呢？"

双月噎了噎，重重哼了一声，甩袖离开。

桑念："你还哼？"

她扬声道："我一定会去王庭告你的！等着坐牢吧你！"

闻言，双月回头瞪她一眼，加快速度离开。

桑念还要说些什么，沈明朝道："行了，留着力气吃馄饨吧。"她这才在馄饨摊上坐下。

"双月是当年与我们一同入宗的弟子。"沈明朝道，"你从前与她在一起上过课。"

桑念大为震惊："她以前也这么欠揍吗？"

沈明朝："我们不熟，不太清楚。"

桑念想了想，一本正经地道："好吧，看着以前是同窗的分上，我不去王庭告她了。"

沈明朝"哧"地笑了一声，随意搁下手里的瓷勺，没什么正形地单手托腮靠着桌。几缕细碎的发丝落在他额间，拓出一道模糊的光影，依稀间，有了几分年少时的影子。

桑念往嘴里塞了个馄饨，声音有些含糊："你笑什么？"

沈明朝嘴角弯了弯："因为你好笑。"

桑念："……呵呵。"

馄饨吃到一半，几名弟子匆忙来报："大师兄，十里外发现祝余怨灵气息，似是冲着附近的桃花村去的。"

沈明朝掀起眼皮，波澜不惊："我去走一趟，你们原地休整。"

弟子道："是。"

沈明朝抓起桌上的长离剑，将随身钱袋扔给桑念："我很快回来，想吃什么自己买。"

桑念匆忙擦了下嘴："我和你一起去。"

他道："不必了。"说完，化作一道剑光消失在原地。

桑念"哎"了两声，眼看追不上，只得悻悻地坐下："我又不是帮不上忙，带我一个怎么了，又不会超载。"

吃完最后一颗馄饨，她结了账，在镇上漫无目的地闲逛。她不知道沈明朝什么时候回来，担心他找不到自己，没敢走多远，只在附近转了转。

镇上的人因她容貌异于常人，纷纷避而远之，窃窃私语。她摸摸脸，正犹豫要不要施法遮一遮，外放的神识倏地探查到一样物件，她摸索着蹲下身捡起来——似乎是个荷包。

不知道具体长什么样，但手感甚好，想必料子不错。这大概是某个有钱大少掉的，不出意外的话，里面应该装了不少灵石。

她在掌心掂了掂，认真分析着重量。

“抱歉，这位姑娘，荷包是在下不小心掉的。”身后，一道清泉般的嗓音徐徐传来。

与此同时，浓重的药香拂过鼻端，微苦。

桑念霎时回身，她看不清他的脸，只知道，这应该是个年轻男子。不过，与她预想中的富家大少不同，这人穿着一身素衣，打扮很是简朴。

“你怎么能证明是你的？”她警惕地问。

那名男子笑了一声：“里面装有半颗灵石，你若不信，可打开看看。”

桑念打开荷包，试探性地往掌心一倒，果真只有半颗灵石骨碌碌滚出来。

她把灵石装回去：“是你的就行。”

还了荷包，她正要回飞舟上等沈明朝，不知怎的，那名男子突然开口叫住她：“姑娘留步。”

桑念停下，不明所以：“有事？”

他虚弱地咳嗽两声，语气温文有礼：“在下外出买药，一时不慎迷了路，姑娘可知道桃花村怎么走？”

桑念霎时无言，接着指了指自己，不太确定地问他：“你在……和一个瞎子问路？”

那名男子有些尴尬：“在下本以为，姑娘如此装扮必有姑娘的用意。”

桑念幽幽地道：“或许，有没有一种可能，我就是单纯的瞎？”

那名男子更尴尬了：“是在下失礼，实在抱歉。”

桑念没多追究：“你去问问别人吧，我没去过桃花村，我也不知道该怎么走。”说完，她转身离开。

原地，闻不语望着她的背影许久，眉间闪过一丝迷惘：“似乎……只是寻常妖族。”

大抵是认错了，他收回视线，走向另一条街。

路旁，一群衣着破烂的乞丐正在争夺半个馒头，打得不可开交，其中一人被打得尤其狠，满脸是血，身上青紫一片。纵然这样，他也死死护着手里的馒头，不想被人夺走。

闻不语见了，疾步上前阻止：“住手！”

没人听他的，拳头依然如雨点般落下。

他素来不肯对普通人动用术法，只得拖着虚弱的身体上前拉架：“别打了。”

那群乞丐横眉怒骂：“滚！当心我们连你一块儿打！”

闻不语咳嗽两声，好脾气地劝道：“我给你们灵石，你们拿去买吃的，别打他了。”

一听他有灵石，那群乞丐立马扑了过来，七手八脚地将他按在地上，恶狠狠地道："交出来！"

闻不语艰难地拿出荷包，正要倒出那半颗灵石，他们已一把抢走了荷包。

他急道："别拿走它！"

那群乞丐急忙打开荷包，看见里面只有半颗灵石，脸色登时变了。

他们对视一眼，忽然齐齐对闻不语动起手来。

"怎么只有半颗？把你所有灵石都交出来！否则今天爷爷们就打死你！"

闻不语道："我只有半颗。"

"骗鬼呢？这么好的荷包只装半颗灵石？！"

"继续打！老子就不信他不说实话！"

"打死他！"

…………

不知过了多久，他们打累了，终于停下。

青年躺在地上，头发散乱，满身泥印，他咳出两口血，艰难地抓住其中一人的裤脚："荷包是我师妹送给我的，请还给我。"

那人一脚踹开他："到了老子手里就是老子的东西，想要回去？没门！"

其他人则哈哈大笑："被打成这样不还手就算了，还对咱们说'请'？别是个傻子吧？"

闻不语目光清明："我不怪你们，世道太苦，苍生不易，若是你们有选择，也不愿如此行事。"

众人一愣，面面相觑。

方才踹他那人心头一阵无名火起，又狠狠地踹了他一脚："你算老几？轮得到你来教育老子？！"

闻不语闷哼一声，唇畔血迹更甚。

那人还待再打，一条藤蔓闪电般飞来，狠狠抽中他背脊。他惨叫一声，身体猛然倒飞撞上后方墙壁，软软地滑到地面。

那条藤蔓宛如有生命一般，不分青红皂白，将动手的那群人挨个儿抽了一顿，众人疼得满地打滚。

眼覆薄纱的绿裙少女踩着一截嫩绿的桑枝从天而降，长长的影子拖在身后，枝干虬曲，似一棵树。方才还凶神恶煞的藤蔓飞回她身侧，乖巧地钻进她掌心。

众人吓得几乎魂飞魄散。

"妖、妖怪！"他们连滚带爬地逃走。

桑念抓住其中一人，冷声道："荷包。"

他颤巍巍地交出荷包，桑念狠狠踹了他一脚："滚！"

他这才仓皇逃走。

桑念一把捞起地上的闻不语，对他方才的行为一万个不理解："莫非你真是傻子？明明是修道之人，为什么不用法术对付他们？被打成这样你很高兴？"

闻不语摇摇晃晃地站稳，一面咳嗽一面回道："仓廪实而知礼节，衣食足而知荣辱。”

他叹息一声：“不怪他们，是这世道太难……”

桑念嘴角抽了抽，将抢回来的荷包扔给他：“你别做剑修了，去慈悲崖吧，若智大师需要你这样的弟子。”

闻不语小心收好荷包，弯起眼眸：“多谢姑娘出手相救。”

桑念摆了摆手：“我可没你那么慈悲为怀，我见了坏人，是一定要狠狠收拾他们的，不然我指定被气出内伤。”

闻不语笑笑，想到什么，弯腰拾起地上的半个馒头，拍拍灰，递给缩在树后的乞丐——他便是最初被打的那人。

闻不语温声道：“抱歉，我没有灵石给你了。”

那名乞丐突然问道：“你姓闻？”

闻不语点头：“正是。”

那名乞丐听完，却脸色一变，狠狠打掉他手里的馒头：“用不着你在这儿假惺惺装好人！”

闻不语怔住。

乞丐吐了口带血的唾沫，满脸怨毒：“当年若不是你师尊宋揽风联合药王谷谷主将我抓去做药人，我何至于落到如此境地？！”

闻不语骤然失声：“你是……”

乞丐冷笑，眼眶猩红：“我原本也是名门正派的弟子，前途无量，天赋卓绝。

“现在变成这副不人不鬼的样子，可都是拜你师尊所赐啊。”

闻不语动动唇，想要说些什么，最终，他颓然地垂首：“……抱歉。”

“以后别让我再见到你！”那名乞丐恨声道，“否则，我拼上这条命不要，也定然会杀了你。”说罢，他一瘸一拐地离开。

闻不语僵立许久，弯腰捡起地上的馒头，小心揪去沾了泥的部分，将其妥帖地收进袖中。

桑念难以置信：“你不会还要留着吃吧？”

他抬眼，勉强对她笑了笑：“对于那些快要饿死的人来说，半个馒头能救回一条性命。”

桑念对这个人简直佩服得五体投地。

闻不语抬手施礼：“在下闻不语，不知姑娘尊姓大名？”

“闻不语？”桑念听见这个名字，诧异地道，“你是逍遥宗的弟子？”

“在下如今只是一名散修。”他认真地道，“与逍遥宗早已没有半点关系。”

桑念问他：“你认识一个叫初瑶的人吗？”

闻不语道：“她是在下师妹，此时正在十里外的桃花村中等在下归去。”

桑念霎时高兴起来：“那你肯定也认识沈明朝了？”

闻不语道：“他是在下曾经的师弟。”

“那我呢？”桑念满怀期待地指指自己，“你能认出我是谁吗？”

闻不语迟疑。

桑念在他面前转了个圈："看出来了吗？"

闻不语神色微怔："你……"

桑念耐不住性子，雀跃道："大师兄，是我呀！"

听见熟悉的语调，闻不语满脸错愕，试探性地叫道："桑师妹？"

桑念用力点头："是我是我！"

闻不语傻傻地看着她："你不是已经……"

"嘿嘿，想不到吧，我又活过来了。"桑念咧着嘴笑，"前几天沈明朝还对我提起你和初瑶，没想到今天就遇见你了，真是太好了！"

闻不语像是终于回过神，握住她的肩左右看了又看，表情仿佛见了鬼，难以置信："桑师妹，你竟活过来了！这到底是怎么回事？"

说完，他冷不防瞧见她颈间挂着的星辰碎片，仿佛找到解释一般，急急地问道："莫非是危月燕保住了你的魂魄？！"

桑念语速飞快："说来话长，我们先去找初瑶吧，大家坐下慢慢说。

"沈明朝刚好也去了桃花村，说不定已经和她碰上面了。"

闻不语兀自碎碎念，好半天才反应过来："好！"

他抬起脚，很快又收回去："可是，桃花村要怎么走？"

桑念无语，随手抓了个路人问路，带着他火速朝南方飞去。

路上，闻不语禁不住感慨："若是谢师弟知道你还活着，他一定很高兴。"

闻言，桑念猛地刹住脚下的桑枝："谢师弟？"

闻不语后知后觉地反应过来，像是说错话的孩童一般，懊恼地捂住嘴。

桑念慢慢地问他："你口中的谢师弟，是谢沉舟吗？"

闻不语："……桑师妹，你不记得谢师弟了？"

桑念道："我脑袋坏掉了，忘记了一些事。"

闻不语犹豫了一下，没吭声。

桑念道："你刚刚说的就是谢沉舟吧？为什么这副表情？"

闻不语委婉地劝道："桑师妹，有些事，忘了就忘了吧。"

桑念皱眉："你们怎么都这样？沈明朝之前还骗我，说他不认识谢沉舟。"

闻不语叹气："沈师弟也是为了你好。"

桑念满不在乎地道："不就是谢沉舟那个浑蛋杀了我吗？放心，这件事我还记得，我自己都不在乎，你们没必要这么小心。"

闻不语摇摇头，缓缓地道："你其实，是自戕。"

桑念愣住。

可任凭她如何追问，闻不语始终闭口不言，她没有办法，只得先赶路。或许，初瑶会告诉她事情的真相。

她这样想着，脑中又浮现那个梦境——血色大地之上，面容昳丽的青年哀伤地看着她，目光悲怆。

她抿了抿唇，心口钝钝的疼。

十里路程转瞬便到，桃花环绕的村落静静地矗立在暮色中。

桑念飞身落地，耳边倏地响起兵刃相接的声音，等她反应过来，身边的闻不语已冲进了村子。

她急忙跟上。

无数黑影在头顶飘浮，不断发出一阵阵尖叫，乍一听见，几乎心神皆碎。

桑念太阳穴突突直跳，忙关了自己的耳识，耳边这才清静下来。

前方，沈明朝正与一群魔族交手，另一名女子保护着村民向外逃。

闻不语一剑斩灭她面前的魔族，她叫道："大师兄！"

闻不语道："剩下的交给我。"说罢，他提气跃至沈明朝身边，两人默契连招，同时使出逍遥剑诀，短短几息时间，几乎所有魔族倒地消散。

天上的祝余怨灵仍在游荡，桑念眼上的薄纱被罡风吹走。她匆忙抓了几下，没抓着，只得暂时作罢，先去给那些漏网之魔补刀。

倏地，其中一名怨灵飞向她。

沈明朝余光瞥见，厉声道："小心！"他掷出手中的飞剑，剑光大亮，一寸寸绞散那道黑影。

黑影晃了晃，依然对桑念伸出手。它的掌心，一方雪白的薄纱静静地躺着，散发着莹莹微光。

桑念怔了怔，试探性地接过："你——为我捡回来的？"

怨灵没回答，用额头亲昵地蹭蹭她的脸，化作雾气消散，天上的祝余怨灵也纷纷离开。

沈明朝大步赶来："没事吧？！"

桑念回过神："没事。"

她犹豫着说道："刚刚那个怨灵，似乎认得我。"

"怨灵没有神智。"闻不语也走了过来，"它们被恨意驱使，会无差别地攻击除了祝余之外的所有族群，纵然被打散，也会很快重聚。"

桑念心里总觉得怪怪的："可它刚刚还帮我捡了东西。"

闻不语沉吟道："或许，它把你当成了同族？毕竟你之前和谢师弟……"说到这里，他急忙住口，又是一阵懊恼。

沈明朝面无表情："别提那个人。"

方才那名女子也走了过来，容貌秀美，一身素衣，神色冷淡："村民都安顿好了。"

说完这句，她便垂下眉眼，不再出声。

闻不语对桑念道："她就是初瑶。"

桑念忍不住"啊"了一声。这个初瑶，怎么和沈明朝口中的初瑶完全不一样啊。

初瑶听见她的声音，随意瞥了她一眼，目光没有半分波动，静如寒潭。

桑念缩缩脖子，莫名有些害怕。

初瑶道："师兄，你受伤了，去上药吧。"
闻不语道："等等。"
他轻轻推了一把，将桑念推到她面前："师妹，你看看这是谁？"
初瑶满脸漠然："不认识。"
闻不语道："她是桑师妹。"
初瑶蹙眉："师兄，这个玩笑不好笑。"
桑念怯怯地道："我真是桑念。"
沈明朝也道："大师兄没开玩笑，她是桑念，不过失忆了。"
闻言，初瑶认真地端详桑念，末了，摇摇头。
桑念严肃地道："也没人规定死了就不许再活过来啊，你看，我这不就活了吗？"
说着，她抓起初瑶的手放在自己脸上："你看看我的眼睛，是不是和以前一模一样？"
初瑶长睫一颤，可她还是摇头，转身离开。
桑念无措地看向闻不语。
闻不语道："让她缓缓吧，她之前也曾见过与你面容相似的人，认错的次数太多，她……不敢再信了。"
桑念沮丧地低头："原来是这样。"
闻不语邀请道："多年不见，难得重逢，不如你们今晚在这儿留宿，大家一起吃顿便饭？"
桑念没有贸然答应，征询着沈明朝的意见。
沈明朝道："那便留一晚，我去让他们先行启程，明日，我带你御剑追上去即可。"
桑念仍是不太放心："真的不会耽误你去蓬莱支援吧？"
沈明朝弯了弯嘴角，道："不会。"
话落，他顺手想摸摸她的头，手顿了顿，转而落到她肩上，拍了拍："在这儿和大师兄叙叙旧，别乱跑，我很快回来。"
桑念小鸡啄米似的点头："好嘞。"
他又看了一眼闻不语，微微颔首。
闻不语仿佛听见了什么，眉尖一动，到底是点了点头，沈明朝这才放心地御剑离去。
桑念满脸狐疑："你们刚刚是不是传音入密了？"
闻不语干咳一声："师妹，我带你去我落脚的地方歇息吧。"
桑念追问："你们到底说什么了？"
闻不语："你看这花，多好看。"
桑念："……大师兄，我瞎了。"
闻不语尴尬地道："抱歉抱歉，我又忘了。"
桑念撇嘴："你不说我也知道，他肯定是让你对谢沉舟的事保密。"

闻不语无奈："师妹，沈师弟他这样做没有恶意，他……"

"他是为了我好。"桑念道，"我知道，所以我没有怪他对我的刻意隐瞒。"

闻不语："你明白就好。"

"可是——"桑念蔫蔫地道，"我不明白，我为什么会自戕呢？我那么怕疼，怎么可能下得了手杀死自己？

"剑刺进心口，那该多疼啊。"

天刚擦黑，沈明朝从外间归来，还带了一坛好酒并几道小菜。

闻不语和初瑶落脚的地方，是村中一间无人居住的空屋，看起来略微有些简陋。

众人将桌抬到小院中，凳子却不够。

闻不语拍了拍头："看我这记性，我去隔壁借，马上。"

桑念跟屁虫一般跟着他，靠在门板上看他与邻居交涉。

门内侧，一张黄符稳稳地贴着，上面朱砂画就的符文鲜艳夺目，桑念好奇："这是什么？"

闻不语没来得及回答，吃力地想扛起那两张长条板凳，努力几次，均以失败告终。她实在看不过眼，单手轻松夺过，大步走在前面。

闻不语摸摸鼻尖，默默地跟上，解释着上面的问题："是护宅符，有它在，无论谁来都打不开这扇门，除非门中人自愿。

"我给村子里每户人家都画了一张，这才让村子幸存到如今。"

桑念："可是，之前那些魔族来时，他们怎么不躲进屋子里呢？"

"怨灵可扰乱人的心智。"闻不语道，"他们被蛊惑了。"

桑念："原来是这样。"

桑念又问："你身体没事吧？我听见你一直在咳嗽。"

闻不语道："无碍，只是感染些许风寒。"

风寒？什么风寒能让一名实力不俗的剑修孱弱成这样？而且，他之前居然被一群乞丐给打吐血了，这也太离谱了。

桑念总觉得事情并没有这么简单，正要追问，闻不语道："桑师妹，坐下吧，吃饭了。"

桑念听出他不想提这件事，只好暂时按捺住自己。

众人落座，独不见初瑶。

闻不语道："师妹去后面的小河里打水了。"

"正好，"他戳戳桑念，冲她眨眨眼，"你去叫她回来吃饭，路上与她好好说说话。"

桑念正有此意，立马起身："好，我去找她！"说完，她匆匆跑走。

桌上，沈明朝为闻不语倒了一杯酒，两人碰杯。

闻不语浅抿了一口便放下，唇色微微泛白。

沈明朝仰头喝得干干净净。

他轻轻放下杯子，问闻不语："时间快到了？"

闻不语望着静谧的夜色，嘴角噙着一抹淡笑，语速很慢：“嗯，大概……还剩十天吧。”

——原本还剩十五天，今日强行与魔族交手，生生折去了那五日阳寿。

沈明朝又倒了一杯酒，低眸凝着微微晃悠的水面：“那时我应当还在蓬莱参战，你死，我不能来送你。”

闻不语拍拍他的背，轻声道：“没关系的，不必为此自责。”

沈明朝揉揉眉心，嗓音沙哑：“你刚刚故意支开桑念，是想对我说什么？”

闻不语深吸一口气：“我死后，还请你替我照顾阿瑶，她不能再一个人四处漂泊了。”

沈明朝：“我会接她回逍遥宗，只怕，她自己不愿意。”

闻不语弯了眼眸：“我想，如果是我的遗言，她会听的。”

沈明朝：“……好。”

“在这世上，我唯一放心不下的，就是她。”闻不语又抿了一口酒，冰凉的四肢渐渐暖和许多，似乎连带着衰竭多年的脏腑也舒展不少。

不知不觉中，他话多了起来，小声碎碎念：“阿瑶从小不受师尊疼爱，又没有母亲照顾，性子格外要强些，可她的心是极软的，偏偏这样，最容易吃亏。

“她幼时常常缠着我下山去玩，纵使被师尊呵斥也不肯改。

“等她玩儿累了，我背着她，一步一步往山上的逍遥宗走，那条路真长啊。

“好像，永远也走不到尽头。”

那时候啊，清凉的山路上，女孩儿困得睁不开眼，却仍旧固执地同没比她大多少的师兄喋喋不休。

她仰头看着天上的云，伸手去够头顶的花、手边的果，问闻不语：“为什么爹爹不喜欢我呀？”

小小的少年微侧过脸，鼻尖一层细细的薄汗，语气格外认真：“师尊喜欢你的。”

她气鼓鼓：“骗人，爹爹从没对我笑过。”

他耐心安抚：“师尊笑过的，你没看见。”

她怏怏地道：“其实我都知道，大家都说是我害死了我娘，所以爹爹才不理我。”

平日总是温声细语的小少年霎时板起脸，前所未有的生气：“胡说，那些话是骗你的，别信。”

她又高兴起来：“真的吗？”

闻不语道：“当然。”

她搂紧他的脖子，将刚摘到的野枇杷在衣裳上擦了擦，连皮也忘了剥，欢欢喜喜地塞进他嘴里。

野果味道自然不佳，他的脸皱成一团，又不能吐，硬生生咽了。

她满怀期待地问：“好吃吗？”

他轻轻点头。

“那我再给你摘两个。”她困意全无，更加卖力地伸手去抓枝头的枇杷果。

他配合着停下脚步，将她往上颠了颠，背得更高。

枝叶摇晃，细碎的日光穿过空隙洒下，点亮女孩儿琥珀一般的双瞳，忽明忽暗——像只小猫。

他忍不住抬起脸看她，眉梢眼角挂了几许温软的笑意。

倏尔，她像是发现了什么不得了的事，急急低下头，嘴巴夸张地张开："大师兄，我现在比你还高啦！"

他道："阿瑶个子长得真快。"

她顺利摘了两串枇杷，重新搂住他脖子，语气雀跃："那以后，我是不是不用你背也能摘到果子啦？"

闻不语冷不丁背着她转了个圈，袍角与发带在风中微微扬起，几缕细碎的额发险险遮住眉眼，很快又被风吹开。

他道："当然。"

她欢呼一声，语调高高扬起："那以后，我是不是会变得很厉害，谁也打不过我？"

闻不语加重语气："当然。"

她心满意足，不顾他的阻拦，往嘴里丢了颗枇杷。

下一刻，她酸得差点哭出来："不好吃，一点也不好吃，你骗我。"

闻不语温声哄她："以后师兄在小月峰种满枇杷树，保管结的枇杷又大又甜，让你吃个够，好不好？"

她含着两汪眼泪，吸吸鼻子，听完他的话，声音忽然小了许多："大师兄，爹爹不喜欢我没关系，你喜欢我就好了，你要一直陪着我，我不能没有你。"

他怔了怔，旋即郑重地点头："好，我会一直陪着你。"

"永远不分开！"

"永远不分开。"

…………

"我很快就要死了，剩下的路，再也不能与她并肩同行。"

夜色里，青年喟叹一声，望着天上那轮圆满的明月，眉间满是怅然。

"不能看见阿瑶白发苍苍的样子，真遗憾。"

沈明朝喉头发紧："当年你被谢沉舟所伤，落下病根，硬生生撑了这些年，只是因为放心不下她吗？"

闻不语道："我也放心不下你。"

他拍拍沈明朝的肩："这些年，辛苦你了，沈师弟。"

沈明朝别过脸，没说话。

闻不语道："好在，如今桑师妹得了机缘死而复生，有她在，即便我死了，阿瑶与你应该……也不会伤心太久。"

沈明朝没说话，用力闭了闭眼，睫羽上，一星不易察觉的水光反射着月华。

闻不语将剩下的酒喝干净："其实桑师妹此番回来，我并没有太大的感触。

“就好像她从来没有死，而是如同她当年所期盼那般，去四处游历了一遭罢了。”

沈明朝停了停，低声道：“她死的第一年，我常常难过得睡不着。

“她死的第十年，我偶尔会想起她，还是难过得不能自已。

“到她死的第一百年，我已经能平静地说出她的名字了。

“而现在，三百年过去，她就那样毫无征兆地出现在我面前，我——”

说到这里，他顿了顿，目光散落在虚空中，没什么焦距：“比起欢喜，我心里更多的，是茫然。”

闻不语默了半晌，不知在想什么，也有些发怔。

沈明朝喃喃着：“她什么都不记得了，不记得我们一起看月亮，也不记得我们一起放烟火……而没有这些记忆的她，真的，还是那个桑念吗？”

闻不语语气笃定：“当然是。没有记忆又如何？她依旧是她。”说着，他给自己倒了第二杯酒，推开沈明朝阻拦的手，低头喝了一小口。

“不过，忘了也挺好的，我已经许久，没有见过她这样毫无心事的笑脸了。

“——如同我在青州第一次见到她时那样。”

灿烂，明亮，仿佛夏日骄阳。

让人忍不住地想要靠近。

沈明朝藏在袖中的手捏紧成拳。

是啊，原本的桑念，是这样的。可后来，不知什么时候起，她眼里盛着的忧郁仿佛永远化不开。

“别再怪谢师弟了。”闻不语道，“若是有可能，他宁愿死的那个人是自己。”

沈明朝绷着脸不说话。

“她早在最后一次见我们时，身体便到了极限。”闻不语语速很慢，每个字都清清楚楚地传入他耳中，“就算没有谢师弟，她也撑不下去了。”

沈明朝瞳仁颤了颤。

闻不语缓缓地道：“我也是后来才知道，她在青州生了一场重病，青州城城主为她寻遍天下名医，却终究……回天乏术。”

沈明朝几乎握不住酒杯，怔怔地看着闻不语，冰凉的酒液淌了满手。

耳边，熟悉又陌生的声音再次回响。

“我只是生了场病，看上去些许憔悴罢了。

“你还是学一下净尘术吧。

“如果，我不在了呢？

“都说病已经好了好了，你烦不烦。”

皓月清辉，露花轻摇，仿如故人万里，归来对影。

青年放下酒杯，慢慢捂住脸，蓦地哽咽一声。原来那时，她口中的字字句句，都是诀别，可他却浑然不知，还在一心为与她重逢傻傻地感到高兴。

当初，看着这样的他，她又是以一种怎样的心情对他说出那些话的呢？

大概，很难过吧。

青年指缝中溢出浅浅的水痕，似叹又似笑。

“……浑然不知啊。”

闻不语也安静下去，只默默饮酒，不再开口。

一川夜月光流荇。

年轻女子蹲在溪边发呆，舀水的葫芦瓢晃晃悠悠地随水溜走。

桑念见了，赶忙甩出一根树藤捞回来。

初瑶如梦初醒，猛然转身。见来人是桑念，她绷紧的肩头松弛了些，但也仅仅只是一些而已。

桑念把葫芦瓢丢进她身旁的木桶中，也不说话，撩起裙子蹲在她身边玩水。

好一会儿，初瑶道：“你来我们身边，究竟有何目的？”

桑念：“没有目的。”

初瑶不信，看她的眼神充斥着警惕。

桑念无奈，掰着指头数道：“你们有什么是值得我觊觎的吗？是这四张凳子都凑不齐还漏风的房子？还是连最后半颗灵石也没了的荷包？”

初瑶不说话。

桑念拍拍胸口：“不管你信不信，我就是桑念，如假包换。”

初瑶径直忽略最后一句听不懂的话，一板一眼地道：“人死不能复生。”

桑念扬眉：“其他人的确不行，但我是例外，我可是身负绝世大机缘的人，啊不，妖。”

初瑶不知是在说服她还是说服自己：“不可能。”

见状，桑念话音一转，语气认真起来，道：“我明白，你是怕又会失望对不对？”

初瑶站起身，桶也未拿，抬脚就要走。

桑念拉着她重新蹲下，故意朝她脸上掸了几滴水珠，笑容减淡几分：“阿瑶，我忘了很多事，这个世界对我来说，很陌生。

“我刚醒那会儿，其实很害怕来着。

“我怕，自己是被所有人丢弃的。”

初瑶眼皮颤了颤。

桑念一屁股坐上水边凸起的青石，抱着膝盖，恍惚了一下才道：“直到后来我去了逍遥宗，遇见沈明朝，这才知道，原来在这个世界上，我还有一群朋友。

“我不讨人厌，也没有被丢弃。

“我……很高兴。”

说到这里，她的手慢慢伸过去，隔着袖子紧紧握住初瑶的手，一眨不眨地看着她的眼睛：“阿瑶，我想问问你，三百年过去，你还愿意和我继续做朋友吗？如果你不愿，我会为自己的失礼道歉，立即离开。”

冗长的一段沉默后，那只手轻轻回握住她的指尖，素衣女子眼眶通红：“你一直是我的朋友。”

桑念惊叫着抱住她。

初瑶露出两人见面以来的第一个笑容。

下一刻，不知想到什么，她把脸埋在桑念颈间，不再压抑自己，委屈得像个孩子般抽泣："桑念，还能再见到你，真是……太好了。你不知道，这三百年我有多想你，多想阿音，可是你死了，阿音也走了。

"谢沉舟入魔，沈河豚要看顾逍遥宗，六个人里，只剩我和大师兄四海为家。

"好像，好像一夜之间，大家就走散了。

"我好难过，明明我们从前——

"是最好的朋友啊。"

桑念抬起手，顿了顿，拍拍她后背，轻叹一声，只道："世事无常。"

初瑶攥紧她衣袖，抽噎着重复："世事无常，好一个世事无常，可为什么别人犯的错要我们来承受这一切？

"明明，我们才是最无辜的人。"

桑念并不知道初瑶指的是哪件事，可心中抑制不住的酸涩告诉她——她也在为这件事感到难过。

最后，她吸吸鼻子，涩声安慰道："阿瑶，最难的时候已经过去了，以后，一切都会好起来的。"

初瑶："真的？"

桑念："当然，等把魔族打退了，我还回这里来找你，到时候，我们一起去寻阿音。"

初瑶破涕为笑："好。"

说着，她犹豫了一下，又道："我本该和你们一起去蓬莱，可大师兄旧疾发作，不能再四处奔波了，我得留下来照顾他，抱歉。"

桑念抬起下巴："这有什么好抱歉的，你放一百二十个心吧，我现在可是一只很厉害很厉害的妖怪，区区魔族，那还不是手到擒来的事。"

初瑶笑了笑，声音更轻了些："太好了，你可以保护自己了。"

桑念羡慕道："你和大师兄从小一起长大，彼此照顾，互相依靠，真好。"

初瑶道："我喜欢大师兄。"

桑念一惊："啊？"

初瑶目光坦然："这是什么很值得惊讶的事吗？"

桑念噎了一下："也不是，就，怪突然的。"

"不突然。"初瑶道，"我们相依为命，已经整整三百年了。"

桑念一想也是，挠了挠头，兴冲冲地问她："那他知道你的心意吗？"

初瑶勉强笑了笑："他似乎只把自己当成我的兄长，我前些日子暗示了他几次，可他……没有任何反应。"

她声音低下去："他大概，不喜欢我。"

桑念不知说什么好，只能保持沉默。

初瑶没再继续这个话题："走吧，去吃饭。"

"好。"

前院，酒香弥漫。

闻不语同沈明朝相对而坐，却都一言不发。

桑念道："干吗都这副表情？"

闻不语拍拍身边的位置："先坐下吃饭吧。"

初瑶走过去坐下，嗅见酒香，问道："喝酒了？"

"嗯，沈师弟买的好酒。"闻不语给她倒了一杯，"你会喜欢的。"

沈明朝同样给桑念倒上。

末了，四个人端起杯子，默契地碰了碰杯。

闻不语道："此去蓬莱，一路平安。"

沈明朝道："今此一别，万望珍重。"

谁也没再说话，安静地仰头喝完。

明月皎皎，满地清霜，多年故友，久别重逢，本该是其乐融融的场面，气氛却莫名沉重。

桑念用筷子拨弄了一下碗里的米粒，忽然没由来地想：回不去了。

无论是她，还是他们，都回不去了，即便曾经的情感再热烈，如今，也已燃尽成灰。

只余一捧残烬。

她垂下眼，吃了一口米饭。

一夜过去，明月沉入西山，沈明朝踏上飞剑，桑念紧跟其后。

村口，闻不语两人目送他们离去。

半空中，桑念回头看去，桃花村只剩一个蚂蚁大的小点。

风声呼啸着拂过耳畔，她突然有种预感——或许，她再也见不到他们了。

可这又实在是很莫名其妙的想法，她摇摇头，收敛心神，全速前行。

日落之前，两人成功追上飞舟。

桑念累坏了，正想钻进自己房间补觉，沈明朝倏地说道："我原本想让你留在村子里，留在大师兄他们身边，那里很安全。"

桑念立即道："那怎么行，我怎么能让你一个人去面对这些危险呢？"

沈明朝："这当然行。"

顿了顿，他接着说道："不过，大师兄不同意你留下，一定要我带你走。"

桑念："不错，看来我和大师兄是有点默契在的。"

沈明朝细细叮嘱她："等到了蓬莱，寸步不离地跟在我身边，有我在，轮不到你去拼命。"

桑念竖起三根手指做发誓状，一本正经地道："知道了，我会好好给你当保安的，有我在，谁也别想暗杀你。”

沈明朝忍俊不禁：“哪学的这些胡话。”

桑念想起一件事，赶忙问道：“大师兄到底生了什么病呀？很严重吗？”

沈明朝低眉：“只是一些陈年旧疾，击退魔族时动用太多灵力不慎发作，将养一些时日便能好。”

“原来他不能动用灵力，怪不得之前别人打他，他不还手也不自保，连回桃花村都要我来御风载他。”桑念懊恼道，“我当时还嘲讽他是傻子来着。”

她真该死啊。

“无心之言，大师兄不会往心里去。”沈明朝道，“不必自责。”

桑念满怀期待：“听说蓬莱遍地都是灵植仙草，样样皆是入药圣品，我到时候每样都采一些，总有一样能治好他。”

沈明朝嘴角扬了扬，笑意却不达眼底：“好。”

他推门回房。

飞舟一路向前行进，几日后，蓬莱岛出现在桑念视线中。

海面风浪极大，似乎随时会掀起一场海啸，巨大的结界罩在上空，将整座小岛一分为二，其中一方黑雾弥漫，魔气滚滚，另一方则正是凌霄宗的所在。

似是早知他们要来，结界飞快地张开一道小口子，飞舟猛地冲进去。

刚一停稳，一队人匆匆赶来：“可是逍遥宗的沈道友？”

沈明朝率众下船，走在最前方，颔首：“正是。”

“太好了！”他大大松了一口气，“有沈道友在，我凌霄宗有救了！”

桑念跟在沈明朝身后，用神识小心地观察着对方。

这就是凌霄宗的人？按谈吐来看，估计是一名长老。

她的神识继续向前延展。

一名年轻女子站在落后长老两步的地方，身量高挑。注意到桑念的窥探，她瞥了一眼，见桑念是名妖族，诧异地微微挑了眉梢，但到底没说什么，移开了视线。

那边，凌霄宗长老与沈明朝寒暄完毕，正要上前引路，天上的结界又亮了亮。

一艘略显寒酸的飞舟急速俯冲而下，发出轰的一声巨响。

众人齐齐看去。

白衣青年在簇拥下走出船舱，袍角带风，目光锐利，一看便知此人不好接近。

凌霄宗长老忙上前：“萧宗主。”

青年直接忽略他，负手大步向前。

不知是无意还是故意，他重重撞了下沈明朝的肩，经过桑念身边时，他斜睨了桑念一眼，眼神仿佛是在看路边的垃圾。他嘴角扯了扯，发出一声意味不明的冷哼：“呵，妖？”

桑念无语，桑念疯狂。

不是，妖怎么了？

妖、怎、么、了？！

妖就没有妖权吗？！

桑念愤怒地戳戳沈明朝："那人谁啊？"

沈明朝回道："那是玄剑宗的宗主，萧净。"

桑念摸着下巴："他的气质可不太像一宗之主啊。"

沈明朝道："创建玄剑宗的萧家，在十年前的一场战役里几乎满门尽灭，只剩下他一人，此后，他便成了宗主。"

桑念道："这样啊。"

她停了停，突然没头没脑地问道："我以前认识他吗？总觉得他的身形有些熟悉。"

沈明朝垂眸看着地面："你与他不曾有过交集。"

桑念不疑有他，抓抓头发："好吧，估计是我认错了，神识果然还是没有眼睛好使。"

那名年轻女子不知什么时候走了过来。"喂，王浩然。"她叫道。

桑念："啊？"

沈明朝："这是琉璃月道友，凌霄宗宗主的女儿。"

桑念点头示意自己知道了。

对面，琉璃月郑重地拱手施礼："谢谢你能来帮凌霄宗。"

沈明朝："同舟共济，不必言谢。"

琉璃月笑了笑，转而看向桑念："小妖怪，也谢谢你能来帮凌霄宗。"

桑念忙摆了摆手，疑惑地道："不过，你为什么要叫他王浩然啊？"

琉璃月有些尴尬："刚认识的时候，他报的是假名，我叫顺口了，一直没改过来。"

闻言，桑念悄声对沈明朝道："居然用假名骗女孩子？你这人怎么这样，真没道德。"

沈明朝欲言又止，看她的眼神一言难尽。

"走吧，我带你们去住处安顿。"琉璃月上前引路，神色不甚轻松，"不知为何，这几日魔族的进攻突然停了下来，一直没有动静，恐怕有诈。"

她特意叮嘱："稍晚些有一场会议，小妖怪不用来，王……沈道友你一定要到。"

沈明朝指了指桑念："她和我一起出席。"

琉璃月有些诧异，旋即为难地道："这不合规矩。"

桑念也不想去，满脸抗拒："我要自己去周围转转，开会什么的太无聊了。"

听见她这么说，沈明朝没勉强她，道了声"好"，对琉璃月道："我会准时出席。"

安顿好他们，琉璃月匆匆离去，准备迎接下一个前来支援的宗门。

桑念好奇地道："有人来支援，魔族不管吗？飞舟那么扎眼，一下就能打下来吧？"

沈明朝解释道："凌霄宗宗主在空中坐镇，魔族无法对飞舟动手。"

桑念：“怪不得。”

不多时，凌霄宗弟子前来请沈明朝去议事厅。

沈明朝将腰牌递给桑念：“我会晚些回来，你去散心可以，但别走太远。”

桑念点头如捣蒜：“知道知道。”

他随那名弟子大步离去。

桑念在房间待了会儿，研究完桌上的珊瑚摆件，惦记着给大师兄采药的事儿，推门出去。

门口，一名凌霄宗弟子正好路过。

她随手抓住他打听：“你知道哪里可以采用来入药的灵植吗？”

小弟子摇摇头：“灵植？蓬莱的灵植与仙草几乎都生长在东半岛，可那里已被魔族占领。”

桑念满脸失望。

小弟子话音一转，又道：“不过，凌霄宗后山倒是也生长了些，需要的话可以随意采摘，但那儿一般人上不去。”

桑念：“为什么？那座山很陡峭吗？”

小弟子摇头：“那儿有恶龙留下的龙气，极凶。”

桑念来了兴趣：“恶龙？这个世界上还有龙？”

小弟子道：“这是蓬莱的一个传说，传说中，有一条恶龙因吃人，被路过的神明镇压在蓬莱岛下，朝不得回，夜不能伏。”

桑念道：“你们后山不是有龙气吗？这没准儿是真的。”

小弟子认真地道：“师兄师姐们早就去海底看过了，并没有发现什么恶龙的踪影。

“我想，即便真有，它也肯定早就消逝在岁月中了。”

桑念饶有兴趣地道：“那龙气怎么解释？”

小弟子：“至于那龙气，或许只是当年被镇压时残留的吧。”

桑念笑道：“听起来怪有意思的，不过这也确实没法证明真假。”

小弟子道：“所以，它被列为蓬莱两大传说之一，口口相传。”

还有一个？桑念忍住嗑瓜子的冲动：“另一个传说是？”

小弟子道：“海底漩涡。”

桑念：“漩涡？”

小弟子道：“极少数的情况下，蓬莱周围的海底会出现规模极大的漩涡，人一旦被卷进去，便会消失得无影无踪。”

桑念：“然后呢然后呢？”

“据说，那道漩涡连通了另一个世界——归墟。”

桑念不明觉厉：“穿过漩涡就能到归墟？”

小弟子老老实实地道：“至今还没有人活着回来证实这点，我们也不清楚这是不是真的，也不敢去试。”

桑念若有所思："这样啊。"

告别小弟子，桑念用树藤编了个小背篓，准备去后山看看。到时候若真上不去，她就等打完魔族后去东半岛采，反正办法总比困难多。

一路上，见桑念腰间挂着沈明朝的腰牌，并没有人敢拦她，皆好奇地偷偷打量着她。

半炷香后，桑念顺利抵达后山。

山体并不算陡峭，轮廓高而圆钝，很像一个放大无数倍的大胖馒头。

桑念背着小背篓在山脚站定。她看不见山上有什么，但的确感应到了一股莫名的气息，心里控制不住地发怵。

"不会真有龙吧？"她嘀咕了一句，试探性地向前走了一步。

无形屏障颤了颤，一股咸涩的海风猛然吹来，似钢针般锋利。她裸露在外的肌肤瞬间多了几道狭长的口子，血痕斑斑。

这就是龙气？确实有些厉害。

桑念疼得直皱眉，吹吹伤口，不死心地又伸了根藤进去继续试探——藤蔓毫发无伤。

看来是只对活物触发攻击。

当下她立马有了主意，双手结印，调动妖力。只见浅绿色光芒亮起，藤蔓围绕在她四周飞快穿梭，最后，一个密不透风的茧缓缓成型，嗖的一声，藤茧骨碌碌向前滚去。

龙气：？它绕着藤茧一圈圈盘旋，试图弄清楚这个不明生物到底是什么。

藤茧：乖巧。

没发现什么异常，龙气悻悻地散开。

又是嗖的一声，这颗茧箭一般滚上山，藤条几乎擦出了火星子。

确定安全后，藤蔓徐徐散开，桑念从里面钻出来，随手拢了拢乱得像鸟窝的头发，用神识小心观察着四周。

山间薄雾弥漫，地上的沙子比别处更白些，郁郁葱葱地长着各类灵植。令人震惊的是，在场的每一株，都是世间难寻的珍品。

桑念心中了然。此地风水绝佳，还有龙气滋养，怪不得能长出那么多灵植仙草来。那要是死后埋在这儿，祖坟岂不是得天天冒青烟，后代个个都是人中龙凤。

桑念心痒难耐。

想埋。

可地是别人家的，她埋这儿怪不合适的。桑念颇为遗憾，打消了这个念头，背好小背篓走进密林深处，打算大采特采。

忽地，外放的神识抖了抖，似是接触到了什么不得了的东西。

桑念：？她小心地靠近，想知道那究竟是什么。

林中有一口古井，井边苔痕深深，一位青年默然而立。

他低头长久地凝视井中，一动不动，像一尊安静的石像。浓重的悲伤在他四周缓缓铺开，几乎凝成实质。

桑念看不清他的模样与神情，却无端地心里一紧——这个人，是谁？

“我可以给你你想要的，你想见她，我就让你看见她。”苍老的声音响彻耳畔，带着一丝微不可察的蛊惑，“只要你放我出来，我还能给你更多，哪怕是让她重新站在你面前，如何？”

谢沉舟默然不语，看着平静无波的井中。

水面如镜，清晰地倒映着少女的脸，唇红齿白，明眸善睐。

谢沉舟忍不住上前一步，伸手想要抓住水中人。冷不防地，有人从身后用力拽了他一把。

他踉跄一下，顺着力道转身，抬眼，定住。薄雾在面前那人的脸上聚集一刹，缓缓散开，面前人生得与井中少女别无二致。

她俏生生地站在他面前，背着一个藤编的小背篓，发间还簪了几朵新鲜的花，那花娇嫩明艳，却不及她万分之一。

不过，她眉间盛满忧色，似是在担心着什么。

一个真实得让人无法分清的幻象，谢沉舟想。

他知道自己应该将她打散，却迟迟没有动手——哪怕是幻象，他也想让她多停留一会儿。

真是一个奇怪的人，桑念想。

她看不清他的脸，却莫名能感受到他的情绪，忍不住小心地试探：“你不会想跳井寻死吧？”

谢沉舟缓慢地摇头。

桑念拍拍胸口：“那就好，我刚刚被你吓了一跳。”

她又觉得有点尴尬，随口找了个话题：“你来这儿干什么？”

谢沉舟道：“寻一个人。”

桑念问他：“寻到了吗？”

谢沉舟仍是缓慢摇头。

桑念心中狐疑，这儿荒山野岭的，一般人还轻易进不来，他能寻到谁？难不成寻的不是活人？

莫非——他真有朋友亲戚埋这儿了？

桑念忍不住轻轻地点了点头，心中暗赞，不错，有眼光，这儿正是埋人的好地方啊好地方。

她对此人一见如故，忍不住想要深交：“我是逍遥宗的弟子，你呢，是哪个宗门的弟子？”

谢沉舟弯了弯嘴角：“我曾经也是逍遥宗的弟子。”

桑念不解：“曾经？你已经离开逍遥宗了吗？”

这似乎是一个很难回答的问题，对面的人沉默下去。

桑念觉得自己确实有些冒昧，正要打个哈哈岔开话题，他忽地一抬手。

“轰——”古井坍塌，落石严严实实地堵住井口。耳边的絮语戛然而止，再过不久，眼前的幻象也会消散。

谢沉舟想摸摸她的脸，手伸到一半，瞥见她受惊的神情，顿了顿，颓然地放下手。

头隐隐作痛，他不想亲眼看见她消散，克制地后退一步，低声道：“再见。”说罢，他化作流光离开。

废墟旁只剩桑念。

几秒的寂静后，桑念满脸难以置信。不是，把人家好好的井炸完了就跑，凌霄宗要是知道了，她不得背大锅？

“天杀的，这人不光没有道德还没有半点责任心！”桑念骂骂咧咧一句，转身就跑。

没跑出几步远，一柄泛着寒光的剑架在她颈间，她霎时不敢再动。

那人的声音比剑刃更凉：“你是何人？为何在此？”

真是怕什么来什么，凌霄宗巡山的弟子找来了。

桑念咽了口口水，小心地推开那把剑，解释道：“我是来采药的。”

采药？

那人看了眼她的背篓：“采药为何会来锁龙井旁？”

锁龙井？桑念心道，原来这井叫锁龙井。

她半真半假地回那人：“我不小心迷路了才走到了这儿来。”

说着，她又急忙补充一句：“我先声明，那井不是我弄塌的。”

那人迟疑了一下，瞧见她腰间沈明朝的腰牌，怔了怔，收起剑。

“你是逍遥宗的弟子？”

桑念忙不迭地点头。

那人走到她面前，原是一名身形瘦削的女子，气质清冷如仙。

她对桑念颔首：“你走吧，我就当没见过你。”

桑念忙道：“你巡山不力，会被凌霄宗问责吗？”

“我不是凌霄宗的弟子。”她道，“我只是一名散修，无门无派。”

桑念连连点头：“那就好，你也快走吧，别等会儿你也被这件事牵连了。”

那人道：“我采完药就走。”

采药？桑念嗅了嗅，对方似乎受了伤，身上有淡淡的血腥味。

她恍然：“怪不得你身上味道不对，怎么伤的？”

她言简意赅：“龙气。”

桑念：“这样啊。”

那人不欲多言，抬脚离开。

桑念背着小背篓追上去：“你想采什么药？我来之前特意查过《蓬莱灵植大全》，没准儿认识。”

她淡声道：“不知道。”

桑念：？既然是来采药的，却又不知道要采什么药？

真奇怪。

“那你想治什么病？”桑念道，“我可以帮你对症找药，也省得你采错，白跑一趟。”

那人静了静，道：“不知道。”

桑念：“哈？”

“那你总知道症状吧？”她道，“例如有没有咳嗽，有没有发热，抑或是气血逆行，等等。”

那人想了好一会儿，道：“我只知道他旧疾发作，时常咳嗽，气血虚浮，脸色如纸。”

桑念沉思：“听起来像是内伤。”

她想到什么，兴奋道：“山顶有一种灵植叫霜凝花，是治疗内伤的圣品，一定可以治好他！”

闻言，那人松了口气，对她施了一礼：“多谢。”

桑念道：“不客气，正好我也需要霜凝花入药，要不然咱们一起去找吧？”

那人道：“好。”

桑念走到她身边，拉了拉背篓带子，脚步带了点蹦起来的冲动，随口问道：“受伤的是你什么人呀？怎么感觉你们不太熟的样子。”

说是不太熟，却又可以为了对方闯到这里来，这段关系真是扑朔迷离。

那人依然冷淡：“是我师兄。”

桑念看出她不太想和人交流，讪讪地闭上了嘴。

没一会儿，山顶到了。这里与山下截然不同，温度极低，寒意逼人，空中还飘着雪花。

桑念搓搓胳膊，冻得只打摆子。

前方的湖心岛上，几朵碗口大的冰蓝色花朵迎风盛放，花瓣晶莹剔透，凝着淡淡的霜痕。

“那就是了。”桑念道，“不过我们得用冰系法术采摘，否则它转眼就会凋谢。”

那名女子脚尖一点，轻飘飘地落到湖心岛上，她掌心亮起一抹幽蓝，轻轻摘下两朵霜凝花。

花离枝头，鲜艳依旧。

她飞回岸边，将其中一朵递给桑念：“多谢道友带路。”

桑念小心翼翼地接过，将其妥帖地放进小背篓里，笑眯眯地道：“不客气，各取所需嘛。”

那人对她点点头：“事已办完，告辞。”话落，她御剑离开。

桑念耸耸肩，脚步轻快地赶往下一个采药点，只可惜，这儿没有能治她眼睛的夜檀幽。

“只能等以后去东边采了。”她叹口气，“一定要顺利打完这一仗啊。”

第十五章 我有罪，我爱她

夜色深重，议事厅的众人终于散去。

沈明朝揉揉胀痛的额角，疾步回到住处。

白色三角梅怒放，瀑布一般从小院墙头垂落。他脚下方向一转，轻轻推开西厢房的门。一灯如豆，女孩儿趴在桌上，脑袋枕在臂弯里，似是睡着了，脚边还放着一个背篓，篓中各类灵植整齐地码放着，氤氲出幽幽明光。

他看了会儿，抬脚走进屋中，脚步极轻。

桑念无知无觉。

他迟疑了一下，将手伸向她的脸——探了探鼻息。

呼吸均匀。

桑念不知何时醒了，幽幽地道："我没死。"

提了一路的心终于放下，沈明朝从善如流地收回手："嗯，的确还有气息。"

桑念坐直身体，活动了下麻木的胳膊，又转转脖子："你能不能盼我一点好？回来第一件事居然是看我死没死，离谱。"

沈明朝瞥了眼背篓："去采药了？"

"嗯嗯。"说起这个，桑念兴奋起来，将背篓提溜到桌面，示意他去看，"我去了一趟后山，采了好多药，大师兄的病肯定能好。"

沈明朝没接话："早些休息吧。"

他转身回房，临出门时又叮嘱道："以后记得锁门。"

桑念"哦"了一声，把他往外一推，关门落锁一气呵成，接着打了个哈欠，回到床上倒头就睡。

门外，沈明朝失笑离开。

蓬莱岛另一端。

一口与凌霄宗后山如出一辙的古井，井边，数十名魔族严阵以待。

“殿主，这便是封印的第二个阵眼。”青鬼躬身道，“井中直通海底，与第二个阵眼互相连接，我们可从此处潜入凌霄宗。”

碧柯坐在井沿上，随手掬了一捧水：“找了这么多日，终于找到了。”

她微微一笑：“让我看看你的能耐。”说罢，她指尖凝了一缕妖力，轻巧地击向垂落井中的锁链。

锁链巨震，平静的水面骤然激荡起来，冥冥中，似乎有什么东西即将苏醒。

碧柯好整以暇地看着。

倏尔，一道苍老的声音响彻她耳畔：“来者何人？”

碧柯道：“放你出去的人。”

那道声音道：“就凭你？”

碧柯：“就凭我。”

那道声音嗤笑：“吾乃上古龙族，即使日夜冲击封印，仍不得出。

“如今，就凭你一只小小的妖，也想破开封印？”

碧柯饶有兴趣地道：“那你说说，谁能破开封印？”

“除非神女亲临，或者——”那道声音缓缓地道，“魔神之血。”

碧柯莞尔：“神女陨落多年，自然无望亲临。”

“不过——”她拖长语调，从袖中拿出一只琉璃小瓶，瓶中装着几滴殷红色的血。

“不巧，”她笑容加深，“我曾抚养过魔神一段时日，他的血，我提前存下了。”

翌日。

沈明朝被叫去部署战局，桑念编了个新背篓，打算再采些药。

她刚走到后山，远远发现了一道熟悉的气息，忙加快速度跑去——是昨天那个高冷的散修。

桑念对她打招呼：“早上好啊！”

对方微微点头，以示回应。

“你还有什么药需要采？”桑念问她。

“我昨夜翻看了你说的那本书，想采一株碧落兰。”

碧落兰，入药效果甚微，若入酒，人间一绝。以此花酿酒，酒液澄澈如水，香飘百里，经年不散。

桑念道：“你喜欢喝酒？”

她道：“一个朋友喜欢。”

桑念：“嗷嗷，原来是替别人采的。”

那人笑了笑：“我想同她道歉，自然要拿出些诚意来。”

“你们吵架啦？”桑念边走边问。

“年少时赌气吵了一架，”她道，“自此一拍两散，各奔东西。”

桑念“啊”了一声，语重心长地道：“那你到时候好好和她说说，赌气什么的最不好了，明明心里很在乎对方，偏偏要在气头上说些伤人的话，这多让人难受。”

“嗯。”她道，“我会好好和她说，告诉她……我后悔了。”

桑念：“嗯嗯。”

两人不再说话，突破龙气形成的屏障，并肩上山。

路过时，看到昨日那口井还在，桑念本已往前，倏地又倒退回去。

“好像不太对啊。”她摸着下巴道。

“哪里不对？”那名女子问道。

桑念：“啧，说不上来，我再观察观察。”

与此同时，井底。

历尽千难万险来到这里的青鬼：“……”他仰头看着堵死的井口，诡异地沉默了。

旁边的魔族面面相觑：“这谁干的？”

另一名魔族恨声道：“可恶，仙门真是狡猾，居然早就预判到我们会偷渡，提前堵死了井口！”

青鬼挥手示意他们闭嘴，他掌心凝出一团剑气，猛然轰向井口。

一声巨响，落石被炸开，向四周激射。

井边的桑念：“啊！！！”她后退两步，急忙撑起树盾挡住自己和身边的人。

“哗啦——”魔族破水而出，将两人团团围住。

青鬼走在最后，见到她们，挑了挑眉梢：“这井是你们堵上的？”

桑念：“不是。”

青鬼对左右手下使了个眼神，淡声道：“杀了她们。”

桑念：“？”

她试探性地道：“如果是我们堵的呢？”

青鬼笑了一下，对手下道：“把她们丢去海里喂鱼。”

他露出白森森的牙，贴心地叮嘱：“弄死了再丢。”

桑念想骂人。

她身边，那名女子倏地暴起，剑光闪烁间，几名魔族倒地。

桑念只觉得身体一轻，再一眨眼，已被她扔出包围圈。

她对桑念道：“去报信。”

桑念来不及回话，拿出自己平生最快的速度，撒腿就跑。

青鬼正欲追，一柄长剑拦住他的去路：“除非杀了我，否则，你过不去。”

青鬼终于认出她，上下一打量，笑了：“我道是谁，这不是当年偷偷跟着我们去闯仙牢的熟人吗？”

苏雪音眼睫低垂：“今日，你死，或我死。”

青鬼鼓掌赞道：“说得好，我们之间，本就该是你死我活。”

他拔出琉璃小瓶的塞子：“不过不急，比起杀你，我还有更重要的事要做。”

苏雪音脸色一变。

一滴殷红的血珠滴落井旁石碑，碑上，“锁龙井”三个字光芒大作，深入井底的铁链猛然晃动起来。

青鬼扔了小瓶，慢悠悠地拔出剑，剑光晃过阴鸷的眉眼。

他对苏雪音道：“现在，我们可以专心打一场了。”

“轰隆——”整座蓬莱岛剧烈震颤一下，仿佛底下有什么东西，即将冲破禁锢。

仙门众人脸色瞬间无比难看。

桑念刚跑到一半，沈明朝已带人赶了过来。

她语速飞快：“魔族在后山，有位道友正拦着他们，快去！”

几乎是话落的瞬间，沈明朝消失不见。

桑念也正要跟着折返回去，双月用力拽了她一把：“你去瞎凑什么热闹？赶紧找地方躲好！”说罢，她带着人匆匆御剑离去。

桑念抹了把额头的汗，依然想御风追上他们，蓦地，脚下大地再度震颤一下。

天空猛然黑下去，像是深夜。

酝酿多时的海啸终究还是掀了起来，滔天巨浪涌下，又被结界挡在外面，停留在岛上的人仿佛置身海底。

桑念剧烈地喘息着，心脏咚咚直跳，好像有什么东西躲在海水里，就要出来了。

海水稍退，一声雷鸣，庞大而模糊的龙形兽体占据整片天幕。它缓缓低头，橙黄的竖瞳锁定桑念的脸，视线森寒。

桑念狂跳不止的心脏倏地停下一拍。

下一秒，那只兽森然一笑，对她道：“原来是你。”

蓬莱岛下竟然真的封印了一条龙！桑念头皮发麻。

她还未理解它那句话背后的含义，下一秒，对方已杀意毕露。灼热的龙息混合着海水疾冲而来，所过之处，连空气也在微微扭曲。

桑念有自知之明，知道自己大概被轻轻碰到一下就得交代在这里，忙不迭地逃命。

那只凶兽却不依不饶。

一追一逃间，整座蓬莱岛几乎被毁去一半，看这架势，似乎不置她于死地誓不罢休。

而另一方，魔族也正式发起了进攻。仙门众人只得兵分两路，一面前来对抗恶龙，一面镇守前方。

巧的是，带队过来的，正是那位脾气不好的萧宗主，桑念暗道一声倒霉。这厮那么排斥妖族，肯定不会救她，没准儿还要说声死得好。

又一道龙息袭来，桑念玩儿命逃跑，却仿佛被锁定一般，无论怎样都甩不开。

正惊惶之际，一柄灵剑骤然闪现至她身前。

下一刻，剑光化人，白衣青年一手持剑，一手稳稳抬起，掌心的灵力沉稳如山。

"轰——"两股力量在空中对冲，惊天动地。

桑念被余波掀翻在地，狼狈地打了几个滚。

萧净回头，不耐地道："滚远点，别在这儿碍本宗主的眼。"

桑念上下嘴皮飞快一碰："多谢萧宗主出手相救！告辞！"最后一个字落下，她已跑出老远。

萧净嗤笑："本事不大，逃命倒是利索。"

空中的龙族对他们没兴趣，正要继续追桑念，一道剑光袭来。一枚银盆大的鳞片应声割落，跌进柔软的沙子里，它停下，低头看去。

那胆大包天到居然敢对它出手的人族青年挽了个剑花，昂首冷笑："欺负一只小妖怪算什么本事？你的对手是我。"

它怒极反笑："好小子，敢拦老夫的路，你可知老夫是谁？老夫可是……"

萧净不耐地打断："废话真多。"说罢，炫目的剑光亮起，骤然杀至它面前。

下方，数百名玄剑宗弟子同时列阵，以天地灵气为笼，将这尾巨兽暂囚于此。

恶龙狞笑一声："好，既然自寻死路，那老夫这就杀了你们！"巨响接连传来，照亮整片阴沉的天幕。

奔跑中的桑念仓促地回头，青年持剑的背影赫然闯入神识中。

剑影冲天而起，以势不可挡之姿斩下，剑啸声与龙吟混在一处，震人心魄——是很熟悉的场景，很熟悉的背影。

到底在哪儿见过？桑念用力敲了敲脑袋，脸上浮现几丝痛苦之色。

忽地，一道龙息偏离既定路线，朝另一个方向激射而去。

那是……凌霄宗后山。

半空中，沈明朝正与青鬼交手，下方，逍遥弟子们联手对抗魔族，战况胶着。这一击若是打中，整座山的人都必死无疑。

桑念脑子还未反应过来，身体已自己动了起来，她飞至空中，所有妖力释放一空。一瞬间，无数参天巨树破土而出，凝成一面密不透风的树墙。

然而，这在龙息面前，不过是螳臂当车。

树墙寸寸碎裂，龙息直奔后方的桑念而来，她闻见了自己衣袍烧起来的焦味。

朦胧间，耳畔传来什么东西松动的声音，如嫩芽新绽。世间仿佛静止，一股极淡的绿芒涌出她体内，圣洁纯净，轻柔地拂过面前的龙息。

龙息猝然瓦解，一点点消散在风中。

光芒熄灭，少女的身形猛然倒飞出去，犹如一颗石子，咚的一声，坠落海面。

一切发生在电光石火间。似乎只是一眨眼的工夫，她的身形被漆黑的海水吞噬，消失在湍急翻滚的漩涡之中。

山顶，沈明朝似有所感，猛地转头望去。

天光黯淡，巨浪拍岸，远处，萧净依旧与空中凶兽斗法，一切如旧，仿佛什么事都没发生。但他心中莫名地惴惴不安，在下方人群中急切地搜寻着那道熟悉的身影。

青鬼挑眉冷笑："分心？这可不行啊。"

他一剑刺中沈明朝胸口："原以为堂堂逍遥宗大弟子有多大的能耐，现在看来，不过如此。

"沈明朝，看来你还和当年一样弱，谁也保护不了。"

沈明朝回身挥剑，剑光如雪浪，锵然斩断青鬼手中的兵刃。

他拔出胸口剩下的半截剑刃，随手掷到地上，语调沉静如水："我到底弱不弱，你很快就会知道了。"

战局陷入僵持。

空中，巨龙仰天咆哮，对于自己被一群小小的人族牵制这件事格外愤怒。

萧净血浸白衣，拄剑起身，手背用力擦了把嘴角的猩红，神色张狂："呵，这就不行了？"

他已是强弩之末，脸色惨白如纸，偏偏双目淬火一般明亮："有本事你就打死我。"

"狂妄小儿，老夫今日必杀你！"巨兽彻底发狂，数万道雷霆同时划过天空，仿佛末日将至。

岛上所有人同时抬头看去，面带惊恐。

另一座山上。

碧柯闲闲地收回远眺的视线，声音轻快："蓬莱已灭，下一个打哪儿好呢？"

"要不然干脆直接杀进天虞山吧？"她十分为难，"也不知道哪天日子比较吉利，还是回去算一算再决定吧。"

随从殷勤地道："殿主，此地胜局已定，您还请先行回魔界休息，剩下的残局交由属下来处理便好。"

碧柯转身，打了个响指："也好，这里就交给……"不断吹拂的海风忽地停止，她的声音戛然而止，猛然回身。

万千雷霆电光之间，黑衣青年凌空而立，宽大的衣袖无风自动，额间神印殷红似血。他垂眼看着脚下几近沉没的岛屿，眸光一片漠然。苍白的皮肤，红得近似血的唇，眉眼如墨，睫羽纤长。

半张脸上拉出一道长长的阴影，随上方雷光闪烁微微晃动——比起人，更像一只森然的孤鬼，只一眼，便让人不寒而栗。

倏尔，一道惊雷裹挟着电光劈来。

谢沉舟看也不看，随手捏碎，仿佛这只是什么琉璃般易碎的物品。

底下的众人自然也看见了他。

"魔神？"不少修士面露绝望，"他要亲自动手杀我们？"

沈明朝与青鬼同时停手，齐齐望向那名黑衣青年。

"谢沉舟？"沈明朝脸色终于有了一丝变化，"他来这里做什么？"

青鬼冷笑："他是魔神，现在是仙魔交战，你说他来做什么？自然是来帮魔族杀了你们的。”

沈明朝皱起眉头，没接话。

另一边，萧净死死地盯着谢沉舟，眸底的恨意几乎刻入骨髓。

巨龙恨意更甚，几乎是咬着牙说道：“不过是一只跟在她后面摇尾巴的狗崽子，也敢称神？！”

谢沉舟淡淡地扫了它一眼，对沈明朝道：“你们很吵。”

沈明朝不知他意欲何为，按捺着没回他。

其余人同样打起十二分警惕，吊着心等他继续说下去。

“海底水流很乱。”谢沉舟道，“找不到去归墟的入口。”

众人怔了怔，满脸错愕。

那条恶龙却抓住时机猛然袭向他：“既然来了，今日，咱们就新仇旧恨一起算！”

谢沉舟面无表情，指尖微动，一缕漆黑的魔气徐徐迎上对方。

与众人预料中不同，并没有惊天动地的响声，相反，这片天地寂静得可怕，连波涛起伏的海面也不再流动。

空中，那只庞大的凶兽双眸圆瞪，狰狞的身形陡然定住。

风又吹起来了，呜呜地响。

灰烬浩浩荡荡地飘散在空中，犹带着几星炽烈的残红——一场绮丽诡谲的雪。

最后一只龙角消散，黑衣青年用一方锦帕擦着手，语调平稳：“现在，不会再吵了。”

下方，仙魔两道鸦雀无声。

他扔了锦帕，飞向海面。

“等等！”一道熟悉的声音忽然叫住他。

他并不面对来人，只微侧了脸，问：“何事？”

身后追来的人，是逍遥宗二长老，他曾经的师尊。

二长老眼中涌出两行浑浊的泪水：“徒儿，这些年死了数不胜数的人，我们欠祝余族的，早就加倍还清了。你就当可怜可怜苍生，让魔族就此收手吧。”

青年默了默，慢慢地说道：“苍生，与我何干？！”

话落，他的身影消失在海面上。

二长老抬头看着漫天灰烬，轻叹：“冤冤相报何时了。”

最苦是苍生。

“殿主，还继续吗？”另一座山上，随从小心地问碧柯。

碧柯充耳不闻，只盯着那片海，脸色铁青。

“他居然帮了仙门。”她陷在某段思绪中，控制不住地喃喃着，“仙魔交战，他帮了仙门，他背叛了祝余。”

随从：“殿主？”

碧柯猛然回神，狠狠地拂袖：“走。”

"遵命。"

魔族如潮水般撤去。

仙门弟子后知后觉地反应过来，待要大声欢呼庆祝胜利，瞥见那片无波无澜的大海，忙捂住了嘴。

"还真是一如既往地胳膊肘往外拐。"青鬼嗤了一声，身形化作烟雾消散。

沈明朝抖抖剑上的血珠，视线一一从下面各色面孔上穿梭而过。

没有。

还是没有。

桑念……不在这里。

沈明朝藏在袖中的手紧攥成拳，发出一点轻微的响声，青筋暴起。

桑念，出事了。

蝴蝶蹁跹地飞舞，大片花田连绵不绝，似一匹上好的织锦。

小鹿在林间呦呦鸣叫，呼朋唤友，朱红的草荔呆挂在翠绿的枝头，鲜艳欲滴。一切与那年离开时一模一样，没有丝毫变化。

谢沉舟穿过那堵花墙，沿着小路向前走。

不过——

暮云村近在咫尺，村子里却落针可闻，路边栅栏上的灰已很厚，院中积满落叶。

谢沉舟在空荡荡的村子里站了一会儿，轻轻推开一扇门。屋子是全木质结构，不算太大，最里面摆了一张床，外面有一张桌子，四面都开了大大的窗户。

推开西边的窗，映入眼帘的是一个小水潭。潭边生满了高高的、翠绿的野草，随风轻轻晃悠。若是到了夜里，一轮明月会倒映在潭水里。届时，和喜欢的人一起坐在窗边赏月喝酒，晚风微凉，虫鸣阵阵，那大概便是世上最幸福的事了。

谢沉舟站在屋中，静静地看着那个趴在窗边，满脸向往的女孩儿。

他脚下微动，她立即消失不见——不过是又一场幻觉。

他垂下手，浑浑噩噩地离开。

该去哪里呢？谢沉舟不知道，正如他不知道桑念在哪儿一样。

他漫无目的地走着，不知过了多久，被一物拦住去路。

他恍惚地抬眼，高大的神像矗立在草地上，上万年的岁月过去，神像面容早已模糊不清。就连祂脚下匍匐的那只狰狞的凶兽，也被时间磨平了棱角，多了几分可亲。祂们目视前方，在过去的某一瞬间中，实现永恒。

谢沉舟注视祂们许久，忽然跪下，双手虔诚地合十。

"神明在上，弟子谢沉舟，在此忏悔所有犯下的罪孽。

"我愿为此堕入无间地狱，日日受烈火焚身之痛，拆骨拔筋之苦，永无宁日。

"只求……吾妻归来。

"我有罪。

"我爱她。"

…………

神像无声地凝视脚下长跪不起的青年，经年风霜下，那双模糊不清的眼眸，只剩些许慈悲的弧度。

谢沉舟额头抵住冰冷坚硬的地面，声音很低很低："求你睁开眼看看，她不该是这样的结局。

"求你，看一看。"

良久，谢沉舟扯了扯嘴角，眉梢漫开浓重自嘲："是我忘了，世上无神。"他目光冷下去，站起身，抬手欲推倒眼前的神像。

"啪嗒——"一样东西落在他面前，晃悠几下，最终停在他脚边，是一枚残缺的贝壳。

"啪嗒——"又一枚贝壳掉下。

上方，神像掌中响起一阵窸窸窣窣的声音，似衣料摩擦。

谢沉舟一寸寸抬起头，迎着正午璀璨盛大的日光看去——神像掌间，一个年轻的女孩子摇摇晃晃地坐起来，逆着光，看不清脸。

她穿着浅绿色的裙子，裙摆还裹着不少贝类与沙子，随着她的动作雨点般簌簌地往下掉，头上一概簪环全无，只剩一头缎子似的乌黑长发披散在身后，发间粘着几簇海灵藻，晶莹剔透如宝石。

她实在太过虚弱，身形晃了晃，没能坐稳，直直地从边缘处摔了下来。

谢沉舟控制不住地伸手，于是，她跌进他怀中，温软而柔软的一团。

谢沉舟僵硬地低头，呼吸与心跳似乎一齐停了下来。

少女猫儿一样蜷缩着，轻得好似没有重量，声音也极小："对不起，我受伤了，一时没坐稳。谢谢你接住了我，把我放地上就行了。"

谢沉舟没动，只是怔怔地看着她，像是一具被抽走了魂魄的空壳。

她勉强打起精神问道："你的气息很熟，我好像在凌霄宗的后山遇见过你，你是那个炸了井就跑的道友吗？"

"轰"的一声，谢沉舟瞳仁轻颤，脸上一片空白。

"请问，你知道这里是哪儿吗？我不小心掉进了海里，醒来就到这儿了。"她问。

好一会儿，谢沉舟动了动唇，艰难地找回自己的声音："归墟。"

闻言，她睁开无神的双眼，嘟哝了一句什么，谢沉舟没听清。

很快，她又问道："你来归墟做什么？"

谢沉舟道："找一个人。"

她问："又找人？那这次找到了吗？"

谢沉舟沉默良久，抱着她的双臂紧了紧，语气艰涩："……找到了。"

"太好了，这次你终于找到那个人了。"她由衷地为他感到高兴，"对了，你叫什么名字呀？"

谢沉舟顿了顿，轻声道："余渡。"

桑念道："原来是余道友，对了，我叫——"

“桑念。”在少女惊愕的神情中，谢沉舟一字一顿地道，“你叫桑念。”

这个名字，历经漫长的三百年时光，上穷碧落下尽黄泉，终于在归墟寻得。

而今，繁花欲燃，故人已归。

平芜尽处是春山。

进入归墟的第二个时辰。

完全清醒过来的桑念坐在窗边，竖起耳朵听着水潭边的虫鸣，风捎来清浅的花香，和……

她动动鼻尖，转头：“这是什么味道？”

青年无声无息地站在她身后，不知已看了她多久，他上前一步，瓷勺碰上碗壁，“当啷”一声响。

“你的药。”他拿起勺子，舀了一勺药，习惯性地想喂她。

她却微微别开脸，拉远了些距离：“多谢，我自己来就好。”

谢沉舟动作一顿，默不作声地拉住她的手，引着她抓住勺子。

桑念有点尴尬：“余道友，我解释过很多遍了，我可以用神识，勉强也能算‘眼睛’，你没必要这么小心。”

对面的人不说话。

桑念心里叹气，这位和她一样不慎进入归墟的道友是个闷葫芦，往往说着说着就没了声音。可她却能感知到，他一直在她身边，几乎寸步不离。

大概——他也有些害怕？

桑念不确定地想。一个大活人来到了传说中的亡灵安息之地，应该都会害怕吧？

看在他救了她还帮她熬药的分上，她决定忽略他之前炸了井就跑的不道德行为，还浅浅地安慰道：“别担心，我一定会找到出口带你出去的。”说这句话时，她脸上满是轻松的笑容，那双无神的眼睛似乎也亮了些。

谢沉舟看着她的眼睛，控制不住地伸手，隔着虚空触了触。

她一勺一勺地喝着药，无知无觉——又或者说，她被人这样试探太多次，早已没耐心做出反应。

他收回手，声音嘶哑：“……你的眼睛，是怎么失明的？”

“这个啊。”桑念道，“被一个人的剑气伤了魂魄，刚有意识的时候就发现自己瞎了。”

她又道：“不过没事，我把神识修炼得很强，看路什么的都没差，一样的。”

怎么会一样呢？她从前，最喜欢花。

谢沉舟的指尖发着颤，艰难地问她：“是谁？”

桑念：“什么是谁？”

谢沉舟：“伤你的人，是谁？”

桑念不解：“你问这个干什么？”

谢沉舟沉默了好一会儿，声音极轻：“是——谢沉舟吗？”

桑念惊了：“你怎么知道的？”

蒙尘的小屋，青年喉间铁锈味翻涌，五脏六腑几乎被她这短短一句话撕碎。

他垂了眼，眸中绝望半遮：“是谢沉舟伤了你，让你变成如今模样。”

桑念听出他语气不对：“你怎么了？你也和他有仇吗？”

他没有回答她的问题，只问道：“你恨他吗？”

桑念喝完最后一口药，用手背抹了把嘴，语气随意：“我现在又不记得他是谁了，有什么恨不恨的。”

比恨更狠毒的诅咒，是遗忘。

她不恨他，也不再爱他。

她忘了他。

谢沉舟安静地看着面前的少女，眼尾通红，惩罚他的方式有那么多，偏偏是遗忘。

偏偏，是遗忘。

屋子里一下没了声音，桑念嗅到了一点淡淡的咸味：“这又是什么味道？”

好一会儿，谢沉舟哑声道：“大概，是一个辜负真心的人，在害怕。”

桑念没听明白，下意识顺着他的话问：“怕？怕什么？”

“怕……”

怕你想起他，又怕——你再也想不起他。

剩下的话，谢沉舟没有再说下去。

桑念没在意，反正从认识以来他就是这副样子。她已经能很好地适应他突如其来的沉默，并找到新的话题：“你的药真管用，我喝完马上就好了。你是医师吗？”

谢沉舟慢慢地道：“嗯。”

桑念霎时高兴起来，急忙握住他的手，满脸恳切：“我大师兄旧疾复发，身体很不好，等我们出去了，能请你去替他诊治一二吗？”

她不忘补充：“诊费什么的你不用担心，你要多少灵石都可以。”

谢沉舟道：“我以为，你会让我先治好你的眼睛。”

“眼睛可以后面再治，可大师兄不能等了。”桑念语速飞快，“你是没看见，他虚弱成那个样子，听说他以前爱打铁，现在却连板凳都扛不起来了。”

谢沉舟突然问她：“你还记得你的大师兄？”

“不记得啦。”桑念道，“是偶然碰上了才知道的。”

谢沉舟的语气夹杂了几分困惑：“那你为何能对他有如此深的感情？”

桑念想了想，道：“大概是因为孤独？”

她有些不好意思地说道：“我刚有意识的时候还是一棵树，不能动，也不能说话，眼睛还看不见了，好不容易化形成人，却又不知道该去哪里。”

“天下之大，似乎没有属于我的地方。”她道，“后来，我见到了以前的朋友，好像在冥冥中和这个世界多了一点联系。”

又或者说——归属感。

虽只有一点，但足够安抚那颗忐忑不安的心。

“算了，我和你说这个做什么，”她摇摇头，“我说了你也不会明白的。”

谢沉舟道：“我明白。”

桑念：“嗯？”

那是很遥远的曾经了，如今的魔神还不是魔神，青年也还只是少年，天下之大，同样无他立足之地。

可有那么一个人，她站在他面前，一遍又一遍地告诉他，他很好。

她很喜欢他，只喜欢他，最喜欢他。

不厌其烦。

她是他与这个世界，唯一的联系。

谢沉舟看着面前茫然的少女。

他明白的。

时间紧急，桑念不敢耽搁太久，喝完药调息了一会儿，火急火燎地带着这位刚认识的余渡神医出发。她也不知道出口在哪儿，本想向归墟里的生灵打听一下，可偌大的村子荒无人烟，走了许久都没见着人。

“真奇怪啊。”她思索，“他们都去哪儿了呢？”

前方是一条几十丈宽的大河，河水湍急，人高的黑色大鱼时不时跃出水面，獠牙锋利。一座桥横跨两岸，似乎损坏过，有明显的修补痕迹。

谢沉舟站在桥边，指尖拂过上面的木制栏杆——这座桥，还是修好了。

桑念也走过来：“河对岸好像是座大城，我们去看看？”

“好。”

两人抬脚上桥。

多年没人行走，桥面的阶梯上生了苔藓，又湿又滑。桑念一步落下，身体刚晃了一下，胳膊已被一只有力的手紧紧抓住。

她忙道：“谢谢。”

“我扶着你。”他低声道。

桑念道：“没关系的，我多注意一下就行了。”

他没松手，抓着她胳膊的手几乎捏住她骨头。“走吧。”他道，语气带着点儿不容拒绝。

桑念没再拒绝，只委婉地说道：“余道友力气真大呢。”

说完，见他没反应，她只好再直白些：“余道友，我虽然本体是树，但胳膊还是很脆的，它会断。”

谢沉舟如梦初醒，猛地松开了手。

“很疼吗？”他问。

桑念道：“现在不疼了。”

谢沉舟，用力攥紧手，指甲几乎陷进掌心：“对不起。”

桑念大大咧咧地一挥手，变出个小树枝。

“这有什么好对不起的，你也是好心，喏，实在是不帮我就良心过不去的话，就用这个吧。”说完，她努努下巴，“伸手。”

谢沉舟依言照做，绽着嫩芽的桑枝轻轻搭在他掌心，微凉。

她握住另一端，对他道：“走吧。”

谢沉舟捏紧桑枝：“好。”

两人拉着树枝的一头一尾，慢慢走过这座桥。

桥下，鱼儿缩在石头后，好奇地看着他们。河水湍急，哗啦啦拍打着岩壁，那对倒映在水面的影子拍碎又重组，而那个人的目光始终如一。

他望着一个人，只望着那一个人。

…………

不同于暮云村的冷清，这座城人口极多，与寻常的人族主城并无不同。

桑念问谢沉舟：“你说，什么样的人死后才会来归墟呢？”

谢沉舟摇头。

她自言自语地道：“一定是好人吧？毕竟，这里这么好，比阴森森的冥界好多了。”

谢沉舟道：“你去过冥界？”

这次轮到桑念摇头：“没去过，不过大家不都这么形容冥界吗？”

谢沉舟听完，停了好一会儿，轻声道：“果然是骗我的。”

桑念没听清：“什么？”

谢沉舟道：“冥界没有那么可怕，那里种了很多花。”

桑念诧异道：“你去过？”

谢沉舟：“我也是听人说的。”

桑念挠头：“这样啊，那我们俩听的版本差别还蛮大的。”

说完，她不再继续这个话题，大步向前走：“赶紧进城吧，看能不能打听到出口在哪儿。也不知道蓬莱情况怎么样了，沈明朝有没有受伤。”

谢沉舟落后她一步，语调沉稳：“蓬莱没事，沈明朝也没事。”

桑念：“你进来的时候大战已经结束了？”

谢沉舟：“结束了。”

桑念瞠目结舌：“那条看上去厉害得不行的龙这么快就死了？”

谢沉舟：“死了。”

桑念：“谁杀的？沈明朝？”

谢沉舟：“是一个过路人。”

桑念不明觉厉，正要细问，忽地，前方街头，熙熙攘攘的人群里，有人逆着人流向她行来。

“桑姑娘。”他叫道，声音如戛玉敲冰。

桑念猝然僵住。

谢沉舟也变了脸色。

那是一名二十岁左右的青年，一身白衣不染纤尘，眉目俊美，如兰如竹。

他对桑念两人颔首：“好久不见。”

桑念还未回过神，谢沉舟一把将他拉到一旁。

“谢少侠？”他不解地问，“你为何这样看着在下？”

谢沉舟死死地盯着他的脸，薄唇微动：“萧濯尘。”

萧濯尘含笑：“是我。”

“你怎么会在这里？”谢沉舟艰难地出声。

萧濯尘道：“世间所有至善至诚之魂魄，都会来到归墟。”

说完，他朝桑念的地方张望一眼：“桑姑娘怎么换了一副容貌？我险些没认出她。”

谢沉舟揉揉眉心：“说来话长。”

萧濯尘打量着他的神色：“谢少侠，你也变得很不一样了。”

谢沉舟缓缓道：“自从你死后，一切都变了。”

萧濯尘微怔，似乎想到了什么，脸上闪过几分愧疚：“害死我的人不是你，你却为此担责，实在抱歉，我师祖他……”

谢沉舟霎时抬眼：“你还记得？”

——在归墟的生灵通常都会忘记自己死去时的场景。

萧濯尘轻轻地笑了笑：“当然。”

谢沉舟怔住。

余光瞥见跑来的桑念，他匆忙对萧濯尘道：“别和她说我是谁。”

萧濯尘不解：“为何？你们不是道侣吗？”

“……”谢沉舟道，“现在不是了。”

他最后一个音落下，桑念也跑到了两人身边。她喘着气，额上都是汗，紧张地咽了口口水，问萧濯尘：“我从前，是不是认识你？”

萧濯尘道：“看来你忘了很多事。”

桑念待要说什么，又顾及着这儿还有个余道友，欲言又止。

谢沉舟了然，主动转身离开：“你们聊，我在那儿等你。”

桑念忙道：“好。”

等他走后，她拉了拉萧濯尘的袖子，执拗地问他：“你说我忘了很多事，我究竟都忘了什么？”

萧濯尘反问：“你还记得什么？”

桑念顿了顿，才道：“我只记得，我是桑念。

“可是不知道为什么，听见你叫我的时候，我……”

她道：“我有点难受。”而这样的情绪，在她面对萧净时，同样存在。她不知道这二者有何关联，可是，直觉告诉她，这绝不是一件好事。

萧濯尘叹息一声：“桑姑娘，莫要再自责了。”

桑念茫然：“自责？”

“归墟能让人忘记一切痛苦。”萧濯尘道，“可我记得关于你的所有，包括……我死的那一日。因为，这对我来说，并不是一件让我痛苦的事。”

他正色道：“桑姑娘，我从没有为你拉我入这场局而怨恨你。

“相反，能够与你相识，我很高兴。

桑念鼻尖一酸，咸涩的泪珠溢出眼眶。她不明白自己怎么了，抿紧嘴角，拼命地屏住呼吸，想要强行忍住这些莫名其妙的眼泪。

萧濯尘伸手欲为她拭泪，似乎又觉得这样十分唐突，顿了顿，转而将一方干净的手帕递给她。他语气有些无措：“桑姑娘，我不会哄女孩子，你哭，我一点办法也没有，还是叫谢……那边的少侠过来吧。”

桑念没接手帕，用自己的袖子胡乱擦了把脸，语气低落：“不用了，我和他也刚认识，不算熟。”

萧濯尘：“……嗯。”

桑念继续说道：“你和我说了这么多，可我什么都不记得了，我不知道该怎么回答你才好。”

闻言，萧濯尘笑了笑：“蓬莱有一种灵植，名叫前尘花，服下去，你自会记起来。”

桑念愁眉不展：“如果……我把不好的事也一起想起来了，那该怎么办？”

“那又怎样呢？”萧濯尘问她，“不管好还是不好，都已经过去了，不是吗？”

桑念愣愣地看着他，半晌说不出话。

见她这样，那个如冰蔷薇一般的青年再次喟叹一声。

他道：“桑念，若你因我的死而困在原地，徒生心魔——

“我纵死，心亦难安。”

良久，桑念狼狈地擦了擦眼睛：“我知道了。”

萧濯尘眉间多了丝欣慰：“这样便好。”

桑念道：“可你还没和我说，你叫什么名字。”

萧濯尘道：“等你服下前尘花，自然会知道我的名字。”

桑念撇嘴：“你怕我不肯吃那花，所以故意不告诉我。”

萧濯尘失笑：“桑姑娘，你还是那么聪明。”

桑念道：“你不用担心，我会吃下去的。”

她认真地道：“即便过去再不好，那也是我人生的一部分，是我自己的一部分，我不会放弃它。”

萧濯尘颔首：“本该如此。”

桑念用力点点头，问起另一件要紧事：“你知道要怎样才能离开归墟吗？”

萧濯尘沉吟片刻：“亡灵不可离开归墟，生者自是可以，若没有钥匙，只能去找这座城的城主。”

“城主？”桑念问，“是谁？”

萧濯尘：“他姓洛，名平安。”

桑念道：“可以请你带我们去找他吗？我们不知道路。”

“当然可以。”说完，萧濯尘看了眼街边谢沉舟落寞的背影，低声道，“那位少侠，真是可怜呢。”

桑念不解：“他怎么了？”

萧濯尘道：“他似乎弄丢了一件很重要的东西。”

桑念道：“丢了就找呀。”

萧濯尘：“他不敢。”

桑念道：“那他真是一个奇怪又拧巴的人。”

萧濯尘没接话，带着她去找谢沉舟。

听见脚步声，谢沉舟赫然转身，见桑念神色如常，微不可察地松了口气。他对萧濯尘微微点头，以示感谢。

萧濯尘同样点头回应，他道：“我带你们去找城主，走吧。”

两人跟上他，谢沉舟压低声音问桑念：“你哭了？”

桑念“啊”了一声，尴尬地道：“被你看出来了。”

谢沉舟道：“你眼睛还红着，腮下有一滴没擦干净的眼泪。”

桑念下意识擦了擦右腮。

“是这里。”他伸手，指尖轻轻拂过她左腮，指腹多了一丝冰凉的水光。

桑念顿了顿，反复斟酌用词，小心翼翼地开口：“余道友，你对我，似乎有点不太一样。”

谢沉舟收回手：“有何不同？”

桑念也说不上来，只觉得他这个人哪里都怪怪的。

正想着措辞，前方的萧濯尘忽然道：“城主府到了。”

两人止住话头。

城主府是一座寻常宅邸，不算太大，没什么特别的地方。

桑念道：“感觉不怎么气派。”

谢沉舟道：“嗯，是的。”

萧濯尘扶额：“桑姑娘，还有这位少侠，不要在别人门口这样说。”

桑念立马闭了嘴。

倏地，宅邸大门打开。

“看样子，城主已经知道你们来了。”萧濯尘微笑，“我就送到这儿了，剩下的路，你们自己走吧。”

桑念有些不舍，却明白这是无可奈何的事，点头道：“再见。”

萧濯尘微微颔首，最后看了一眼谢沉舟，转身离开。

直到他的身影消失在街角，桑念终于收回目光：“余道友，进去吧。”

谢沉舟抬脚，心不在焉地问：“城主是谁？”

桑念道："好像是叫——洛平安。"

谢沉舟脚步猛地顿住。

桑念："怎么了？"

他默了默："没什么。"

前方，一名侍女穿过廊桥款步走来，对他们行了一礼："我家大人在后院等二位，这边请。"

两人跟上她，一路行至后院。

院子里一片绿意盎然，放眼皆是奇花异草，一名男子蹲在地上，正在剪花枝。他背对着两人，看不清脸，只能看见那双骨节修长的手——指间微覆薄茧，似乎常年习剑。

人带到，侍女行礼退下。

桑念试探着问："阁下可是这座城的城主？"

那只剪花枝的手停了停，男子站起身，徐徐回头。与他的穿着不同，他的脸十分青涩，仿佛十六七岁的少年。

恍惚间，与记忆中的影子，渐渐重叠，谢沉舟有一刹那的恍神。

洛平安对他笑了笑，挑眉道："你这家伙长高了不少嘛，都比我高出半个脑袋了。"

桑念惊道："你们认识？"

"嗯，认识。"谢沉舟道。

曾经最好的朋友和最爱的人，皆死于他剑下。

如今他们齐聚一堂，缘分，果真莫测。

洛平安冲园中湖水努努嘴："喏，出口在那儿，自己走吧。"

这么轻易就放他们走了？

桑念问谢沉舟："你们关系很好吗？"

谢沉舟道："曾经。"

话音刚落，洛平安强调："现在也是。"

谢沉舟扯了扯嘴角，露出一个难看的笑："我杀了你。"

洛平安摇头，坦然一笑："是我自己选择了死。"

他一字一顿地道："你和青鬼，都是我最好的朋友，若我的死能保全你们，我为什么不这么做呢？"

谢沉舟垂眼看着地面，没接话。

洛平安走过来，拍拍他的肩，用只有两个人能听见的声音在他耳边说道："阿舟，不要做天道的牺牲品。

"离你身边这个人，远一些。"

谢沉舟瞳孔一缩："什么意思？"

洛平安却摇了摇头："阿舟，从故事的开始，你与她，就注定是不可能的。"

谢沉舟攥紧他胳膊，一字一顿地道："到底怎么回事，说清楚。"

洛平安沉默一会儿，缓缓地道："神谕中说，终有一日，魔神像倒，小华山现，三百里黄泉彼岸花花开成海。

"当天空下起黑色的雪，你将失去长生，而祂，将归来。"

谢沉舟睫羽颤了颤："祂，是谁？"

洛平安动动唇，想要说出那个名字。

下一秒，他脸色一白，身体晃了晃，眸中多了几分痛苦之色。

"看来时机还没到。"洛平安满脸歉意，"阿舟，我只能告诉你，这是你曾经与天道做的交换，谁也干涉不了。"

谢沉舟捏捏眉心："不必勉强。"

顿了顿，他道："谢谢。"

洛平安正色道："阿舟，听我的，不要和她在一起，这样，你就会平安无事。"

谢沉舟看着他的眼睛，缓慢地摇头："我绝不离开她。"

洛平安道："即便有一天你会死在她手里？"

谢沉舟笑了笑："如果能被她亲手杀死，那也是很好的。"

洛平安叹气："罢了。"

他拍拍谢沉舟的肩："若闲来无事，可去魔神像处一观。"

谢沉舟点头。

"走吧。"洛平安道，"是时候离开这里了。"

谢沉舟轻声道："再见。"

洛平安弯了弯眼眸："再见。"

他转头对蹲在一边玩泥巴的桑念道："慢走。"

桑念拍拍手上的泥，站起来："你们叙完旧了？"

谢沉舟："嗯。"

"那走吧。"她道，"咱们回蓬莱。"

谢沉舟："好。"

两人并肩走向那片湖泊。

即将踏入水中漩涡时，谢沉舟回望身后——少年揣着袖子，笑眯眯地对他颔首。

他收回目光，踏入水中漩涡。冰冷的湖水从四面八方涌来，渐渐地，湖水变咸，眨眼间，他与桑念已置身海底。

光线幽暗，少女发丝柔软，与衣袂一同漂浮在水中。许是在海中，神识感应不甚灵敏，她有些不安地抓着他的袖子，紧紧地——直到这时，她才像个真正双目失明的人。

谢沉舟看了她一会儿，慢慢握住她的手腕，下移，抓住她纤细的指节。

她脸上闪过小小的诧异，犹豫了一下，没有挣开。

谢沉舟带着她浮上水面，等到脚下重新踩上干燥的沙子，他克制地松开手。

桑念舒了口气，对他道："多谢余道友。"

谢沉舟道："举手之劳，不必客气。"

桑念一边烘干湿漉漉的头发和衣裳，一边问他："我们到蓬莱了吗？"

"嗯。"

四周没什么动静，大战果然已经结束了。

桑念惦记着沈明朝等人，忙道："走吧，去凌霄宗。"

谢沉舟在脸上轻轻一抹，容貌顷刻间变换。

他道："走吧。"

桑念走了一段距离，察觉他还远远落在后面，又火急火燎地跑回来："你脚受伤了吗？"

谢沉舟："没有。"

桑念："那是累了吗？"

谢沉舟："没有。"

桑念："那你为什么走得这么这么这么这么这么慢呀？"

谢沉舟："……知道了，我会走快些。"

桑念一把拽住他胳膊，踩着软绵绵的沙子健步如飞，还不忘强调："你要是身体不舒服一定要说出来，我可以背着你走的。"

谢沉舟扫了眼她单薄的脊背："你？"

桑念："嗯嗯，你不介意的话，我也可以用我的树枝把你举起来走，很威风的。"

谢沉舟："……"

他想象了一下那个画面，委婉地道："其实那样也没有很威风。"

桑念道："我是说我很威风。"

谢沉舟："……"所有人变成树以后，都会这样吗？

蓝得很忧郁的海边，魔尊大人同样很忧郁。

不多时，两人抵达凌霄宗。

凌霄宗弟子正忙着修补破破烂烂的宗门，见到他们，皆愣了一下："不知两位道友是？"

桑念摸了摸袖子，把沈明朝放她这儿的腰牌取出来："我是逍遥宗的桑念，他是余渡，散修。"

凌霄宗弟子见了腰牌，又听见她的名字，瞬间瞪大眼："原来你没死啊。"

桑念小鸡啄米似的点头："是嘞是嘞，我没死。"

凌霄宗弟子激动地道："你失踪了九天九夜，你们大师兄沈明朝找你快找疯了，差点把整片海都给翻了过来！"

原来归墟和外界有时差。

桑念急道："他现在在哪儿？"

凌霄宗弟子道："他刚被你们二长老从海里捞起来，正晕着呢。"

桑念："多谢！"话落，她御风而行，又又又一次察觉余渡没跟上，紧急掉转方向。她一把抓住青年领口，将他麻溜地提溜到了自己身边。

两人消失在众人面前。

方才那名凌霄宗弟子纳闷道："不是说桑念脸上有块疤吗？她这和画像上也不一样啊。"

另一人道："对，她刚刚说她是桑念，我还以为是骗子呢。"

"不过——"那名凌霄宗弟子脸红了，"她还、还怪好看的。"

众人哄笑："得了吧，没看见她旁边那位余道友看她的眼神吗？哪还有你的事。"

那名凌霄宗弟子悻悻地道："她又没说自己有道侣了，没准儿是那位余道友单相思呢？"

众人道："那可不一定。"

他不解："为何？"

众人冲空中努努嘴："她急成那样了都能发觉他没跟上，你说呢？

"何况，你忘了？她还是个瞎子。"

逍遥宗暂住的客房。

见床上的人醒了，琉璃月忙端来一碗药："自己能喝吗？"

沈明朝靠着床头闭目缓了一会儿，没接那碗药，掀开被子想要下床。

"去哪儿？"琉璃月拦住他。

他哑声道："去找她。"

琉璃月拧眉，取来一面镜子："你好好看看你现在的样子。"

沈明朝抬眼看去，镜中青年脸色惨白，眉间一团青黑之气，眼中布满血丝，身上的伤口被海水腐蚀得不成样子。

"你伤还没处理就一头扎进了海里，能不成这副不人不鬼的样子吗？"

琉璃月放下镜子："就算要找，至少先喝完药再去。"

沈明朝沉默地接过碗，却没动。

琉璃月催促："喝啊。"

沈明朝道："我找不到她。"

琉璃月："什么？"

沈明朝捏紧勺子，神色恍惚。

"我把整片海底都翻了一遍，可是，我还是找不到她。

"她，到底在哪里？"

琉璃月抿抿唇，迟疑地问道："难道——"

"沈明朝！"门口，一道身影匆匆跑进来，带着一阵清新的海风。

她双手叉腰，站在屋中，抬着下巴对沈明朝嘚瑟："想不到吧，我没事，我又回来了。"

"砰——"瓷碗跌在地上，四分五裂，漆黑的药汁溅上她裙摆，留下刺眼的痕迹。

青年下床，跌跌撞撞地走到她面前，愣愣地看着她。

桑念："怎么？高兴傻了？还是怕这是幻觉？"

青年倏地红了眼眶。

桑念闻到与海风截然不同的咸味，迟疑地道："你——哭了？"

于是，成熟稳重的逍遥宗大师兄擦擦眼睛，嘴硬道："我没有。"

桑念故意揶揄他："爱哭鬼。"

沈明朝又笑起来，伸手想抱一抱她："小桑，我……"

门口又走进来一个人，长长的影子随着日光倾斜，正好落在两人之间。

沈明朝看着那名陌生的青年，手顿在空中："这位是？"

桑念介绍道："余渡余道友，我在归墟认识的，是一名医修，医术很好的。"

沈明朝看着那个所谓的余道友，慢慢收回了手，道："原来如此。"

琉璃月上前，惊奇地道："你脸上的疤呢？"

桑念："什么？"

琉璃月掐了把她的脸："这个。"

少女脸上，原本树皮一般的深褐色印记不知何时消失得无影无踪，肌肤白皙光洁，的确如之前判断的那样，是个美人。

桑念后知后觉地反应过来："对哦，它怎么没了。"

难道，是余渡的那碗药？

"不过，你这些日子都去哪儿了？"琉璃月又问，"我们把蓬莱都找遍了，也没见着你的影子。"

桑念眉飞色舞地道："传说是真的，海底漩涡连接着归墟，我被卷到那里面去了。"

琉璃月震惊："归墟？传说中的亡灵之国？！"

桑念："嗯嗯，我们在里面只待了八九个时辰，结果外面已经过去九天了。"

"你们找我一定找得很辛苦吧？"她道，"麻烦你们了。"

琉璃月摆手："我们可不辛苦，真正辛苦的人——"

她指指沈明朝："是你沈师兄。"

桑念正要感谢沈明朝，沈明朝已淡声开口："回来就好，你受惊了，去休息吧。"

桑念："我不……"

沈明朝直直地看着那名一直沉默的青年："我有些话想问问这位余道友。"

原来是要把人支开。

桑念只好改口："那行吧。"

她与琉璃月一同走出房门。

沈明朝挥了挥手，房门自动关上，连神识也难以窥探。

"他们会聊什么呢？"琉璃月好奇，"我总觉得，那个余道友，和沈明朝互相认识。"

桑念没接话，想起一件事，问道："琉璃道友，你知道前尘花在哪儿吗？"

"前尘花？"琉璃月不解，"那东西罕见得很，你找那东西干吗？"

桑念道："我忘了一些事，想记起来。"

“这样啊，”琉璃月思索片刻，“据书上记载，在蓬莱岛的东边生长着几株前尘花。大概位置是一座瀑布旁边，不过一定要等下雨天才能采，否则它就没有药力了。”

桑念舒了口气：“谢谢。”

“这有什么好客气的。”琉璃月道，“多亏你们前来援助，我凌霄宗才能顺利渡过这一劫，该是我谢谢你们才对。”

桑念想起什么，问道：“最后那条恶龙是被谁打死的？过路人？”

“什么过路人，”琉璃月左右看了眼，压低声音，心有余悸地道，“是魔尊。”

桑念一愣。

琉璃月语气夸张：“当时可谓千钧一发，萧净眼看就要扛不住了，突然间，魔尊就出现了。

“他就挥了挥手，那条龙就没了，连尸体都烧得一干二净。

“可惜你没看见，当时漫天都是灰烬，就像——

“下了一场黑色的雪。”

桑念若有所思：“他真厉害。”

“是啊。”琉璃月感慨一句，声音压得更低，“其实这位魔尊，以前还是仙门弟子呢。”

桑念：“嗯？”

“我还和他参加过同一届群英会，他和另外六个人是那届的第一。”琉璃月道，“说起来，你的名字和其中一个人还是一样的呢。不过，我刚认识她的时候，她还叫冷冰凝爱语梦翠霜，很古怪的名字对吧？她瞎编来骗我的。”

桑念诡异地沉默两秒，尬笑着拉回话题：“魔尊是不是叫……谢沉舟？”

琉璃月赶紧拉拉她袖子：“别称呼他大名，听说叫他名字他会有感应的，如果说了什么坏话，没准儿还会来找你。”

怎么整得和都市怪谈一样。

桑念“扑哧”一声笑了。

第十六章 对不起，谢谢你

屋中。

碎金般的日光滤过窗户纸，变成没有生气的苍白。

沈明朝审视着面前的青年：“不知余道友是哪门哪派的弟子？为何在下之前从未见过你？”

谢沉舟道：“无门无派，一介散修。”

沈明朝道：“你与我师妹，又是如何遇上的？”

谢沉舟道：“因缘际会。”

闻言，沈明朝看了他半晌，突然笑了一声：“谢沉舟，你一定要继续和我装下去吗？”

谢沉舟安静了几秒：“我是余渡。”

沈明朝冷笑：“好一个余渡神医，三百年前出现在青州城，为城主的妹妹桑念诊治；三百年后，出现在蓬莱岛，为我的小师妹桑念诊治。

“你出现的时机真是巧，专往姓桑的人身边凑。”

谢沉舟看了眼门外：“别告诉她。”

“为什么？”沈明朝道，“因为你心中有愧？”

谢沉舟垂下眼，没出声。

沈明朝猛地攥住他领口：“你的嘴长来是只用来吃饭的吗？”

“为什么这也不说那也不说？”他拔高了一点声音，“为什么不解释？桑念不是你杀的，她是自戕，她早就活不了了。可为什么你从头到尾，都不解释呢？哪怕一句都好。”

说到最后，他的声音夹杂着微不可察的哽咽：“难道让我们误会你，憎恨你，对你来说，是一件值得高兴的好事吗？”

谢沉舟脸上无悲无喜：“她会自戕，也是因为我。”

沈明朝声音小了很多：“谢沉舟，你是不是——从来没把我们当过朋友？”

谢沉舟嘴角抿成一条直线。

沈明朝眸底漫开复杂的神色，似疲惫，又似悲伤：“我的一个好朋友死了，是另一个好朋友杀的，我夹在中间，恨了他三百年，逼着自己忘掉一切和他的过去，只剩下仇恨。

“现在，我突然知道了，原来他是无辜的。

“我这三百年的恨，又算什么呢？”

房门再次打开。

沈明朝与谢沉舟一前一后走出来，气压都低得吓人。

蹲在树荫下的桑念一溜小跑过去：“你们说什么了？怎么这么久？”

沈明朝道：“闲聊几句罢了。”

桑念“哦”了一声，问道：“你身体没事吧？要再去躺躺吗？”

“不必。”沈明朝道，“我已经好了。”

桑念撇嘴：“完全看不出来你现在和你说的哪个字沾边呢。”

沈明朝笑笑，面向谢沉舟时，他笑容淡了几分，想说些什么，最终还是咽了回去。

“我还有事，你们自便。”留下这句，他大步离去。

桑念张望了会儿他的背影，等他消失在拐角处后，戳戳谢沉舟：“余道友，你现在有空吗？能跟我去桃花村找我大师兄吗？”

谢沉舟睇着她指尖：“不找前尘花了吗？”

桑念道：“我向琉璃月打听过了，那要下雨天才能采，雨季还有一段时间才会来。”

“而且，不知道为什么——”她蹙眉，语带不安，“我心里总是慌慌的，好像，要出什么事一样。”

谢沉舟：“和你大师兄有关？”

桑念：“嗯嗯。”

“我们没有飞舟，要飞过去得花好几天的时间。”她催促，“赶紧启程吧。”

谢沉舟道：“今天就能到。”

桑念：“怎么可能？咱们又不能闪现。”话音刚落，她倏地感到一阵天旋地转。

再等平静下来，神识中，四周环境已然变换，写着桃花村三个大字的路牌大喇喇地立在两人身侧。

桑念：“……”这一闪还闪得挺远。

谢沉舟理理袖摆，云淡风轻：“走吧。”

桑念抽抽嘴角：“余道友，你们医修都这么能闪吗？”

谢沉舟道："只有我。"

桑念："为什么？"

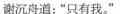

他负手，轻描淡写地道："因为我更厉害。"

桑念："……"

桑念满脸真诚："余道友，你们医修都这么死装吗？"

谢沉舟："……"

"行了，走吧。"桑念没指望他能说出什么来，朝前努努下巴，"他们就住在左边第一户。"

谢沉舟闷头跟上。

然而，两人走到闻不语家前，里面却空无一人。

"难道有事出去了？"桑念疑惑。

谢沉舟透过半开的窗户，扫了眼屋内。

桌上还有未动过的饭菜，板凳歪斜，似是匆忙离开时不慎撞倒的。

谢沉舟凝眉——出事了。

一名失魂落魄的女子从村口走来，梦游一般，撞到了人也未察觉。

桑念一把拽住她，叫她的名字："初瑶。"

初瑶猝然惊醒。

认出面前的人是桑念，她情绪霎时上涌，像是抓住救命稻草般紧紧握住她的手，哽咽："桑念，大师兄不见了。"

桑念忙道："到底怎么回事？"

初瑶双眼通红："昨天晚上，大师兄做了一桌子菜，说要出去买些酒，很快就回来。

"可我等了很久也没等到他回来，就连施法也寻不到他的踪迹……"

桑念："你在外面找了他一晚上？"

初瑶低头擦眼睛："村里没人看见他往哪儿走了，我便将附近全都找了一遍，还是没有他的踪迹。"

桑念心里咯噔一下。

如果是被人掳走的，即便再怎么小心，也会留下蛛丝马迹，魔族更不必说，气息特殊，一探便知。

像现在这样人间蒸发，除非……是他自己抹去了那些痕迹。

闻不语，为什么要不告而别？

难道……桑念猛然想起自己曾听人说起过一件事。

若是小猫和小狗预感到自己将要死去，会悄悄离开家。它们会去一个谁也找不到的地方，安静地等待死亡降临。

原来闻不语的病，已经重到那种程度了吗？

旁边，初瑶魂不守舍地道："大师兄会不会是嫌我累赘……"

桑念打断她："不会的。"

匆匆说完这句，她转身拉住谢沉舟："谢……谢谢余道友你随我走这一趟，不过眼下我大师兄不知所终，或许，你有办法找到他吗？"

谢沉舟眉尖几不可察地动了动，回她："有。"

桑念："劳烦你了。"

初瑶这才发现，对面还有个面容陌生的青年。

她顾不得其他："这位道友，若你真有办法找到我大师兄，不管你要什么我都给你！"

谢沉舟淡声道："不必了，我帮的是朋友。"

初瑶忙低声对桑念道："不管怎样，记得替我谢过你这位朋友。"

桑念欲言又止。

谢沉舟抬眼，透过虚空直直地望向某个方向，像是看见了什么。他动动指尖，四周环境骤然变换，几人已置身于一片乱葬岗。

天色阴沉，几根白骨散落一旁，被野兽啃食得干干净净。

脚边，隔着薄薄一层土壤，草草掩埋的尸体露出大致轮廓，依稀能认出，是一具成年男子的尸身。

初瑶脸上的泪珠犹未干，怔怔地看着地上："……大师兄？"

"不是这个。"谢沉舟看着前方某处，"他在那儿。"

初瑶顺着他的视线看去。

十来步远的地方，不起眼的土堆后，有人挖了一个不深不浅的坑。一片衣角搭在坑边，血迹斑斑。

初瑶脚下一软，像是被抽空了全身力气，却又不得不继续前行。她强逼着自己抬脚，踉踉跄跄地走到坑前。

坑挖得不大，泥土是深褐色的，还泛着腥味，素衣青年蜷缩在里面，双眼紧闭，似是熟睡，唇畔血迹猩红。

初瑶："大师兄？"

"……"

初瑶没再出声，跳下坑，想扶他起来。

他一动，原本松松合拢的掌心慢慢展开，一颗枇杷跌进土中，橙黄圆润，并不算新鲜。

这个季节，哪儿来的枇杷？

初瑶默了默，弯腰捡起那颗枇杷，小心地揣进怀中。

桑念也跳下来帮忙，低声对她道："你冷静点。"

"我很冷静。"初瑶轻声道，"先把他带上去吧，这里不好。"

桑念咬咬唇，与她一同将闻不语抬上地面。

初瑶抖着指尖喂了他一颗丹药，掌心贴住他心口，努力为他渡去灵力。

他却并未如她所希望那般睁开眼，安静得一如往昔。

初瑶收回手，呆呆地看着他，突然扭头问桑念："大师兄他……死了吗？"

桑念正要说话。

身后，谢沉舟替她回道：“还有最后一口气未散。”

初瑶眼睛猛地亮起来：“我去找人来救他！”

可荒山野岭，她要上哪儿去找能救他的人呢？她走了两步，停下脚，神色有些迷茫。

桑念拉拉谢沉舟袖子，小声问他：“你能救救他吗？”

谢沉舟看着她泛红的眼睛：“转身。”

桑念依言转过身背对着他。

在她看不见的地方，他以指为刃，割开手腕，殷红的血液一滴滴流进青年口中。

然而，青年却始终没有苏醒的迹象。

谢沉舟面无表情地将伤口割得更深。

血流如注，他脸色一点点白下去。

终于，不知放了多少血后，闻不语的眼睫微微颤了颤。

谢沉舟收回手，退到一旁，垂眼：“好了。”

“咳咳——”闻不语猛然咳嗽两声，睁开双眼。

看见扑过来的初瑶，他有些怔愣。

“大师兄……”方才冷静镇定的初瑶哭得上气不接下气，半晌说不出剩下的话。

闻不语被迫回神，拍拍她的背，亦不知说什么好，满脸无措。

初瑶紧紧抱住他，哭得更伤心：“你为什么要来这里？你知不知道，我找了你整整一个晚上！”

闻不语：“……你没看见我压在你碗下的字条？”

初瑶用力抹泪：“我想等你一起吃饭，没有碰过碗，也没看见你的字条。那上面写了什么？”

闻不语静了静，忽地笑了一下：“不重要了。”

“当然重要！”初瑶呜咽，“你明明病得快死了，却什么都不和我说，装成一副没事的样子，留了张字条就偷偷走了。”

“还跑到乱葬岗，你……你……”说到这里，她停了停，拿出那颗枇杷，抬眼看闻不语。

她眼圈儿通红，眸底水光闪动：“大师兄，我不能没有你，我只剩下你了。”

闻不语沉默了一会儿，接过那颗枇杷，伸手回抱她，语气郑重得一如当年：“别怕，师兄会一直陪着你。”

初瑶小声问：“永远不分开？”

闻不语弯了眼眸：“永远不分开。”

不远处的树后，谢沉舟半靠着树干，不知在想什么，有些出神。

桑念跟着他走过去，与他一起靠着树干。

察觉到她的存在，谢沉舟不动声色地放下袖子，遮住尚未完全愈合的伤口。

“你大师兄没事了。”他道。

桑念“嗯”了一声，轻声说：“那也是你的大师兄。”

谢沉舟眼皮颤了颤。

“其实你就是谢沉舟。”桑念脚尖碾碎一截枯枝，低着头说道，“你就是那个大家都害怕的魔尊，那个……曾经叛出逍遥宗的弟子。”

良久，久到仿佛一万年过去，谢沉舟动动唇，嗓音干涩：“你……都想起来了？”

“没有。”她道，“我猜的。”

归墟里的那个人，曾口误称呼他为“谢”，从那时候开始，她就在怀疑了。而回到凌霄宗，沈明朝对他的态度又实在太过反常。

更重要的是，这位余渡道友给她的感觉，莫名像一个人——那名曾出现在她梦境中的青年，一只被雨淋湿，无家可归的小狗。

种种加在一起，但凡是个正常人，都很难猜不到他的真实身份。

桑念叹气，忍了又忍，还是忍不住吐槽：“而且，谁家正经医修是靠放血救人啊。”那样重的血腥味，是转过身不去看就能忽视掉的吗？

她冷不丁抓住他手臂，撩开袖子，指尖小心触了触。

腕间伤口堪堪愈合完毕，留下一道狰狞凸起的疤，靠近伤口的袖子已被血浸得湿透，连带着污了她满手。

“你手还疼吗？”她问，“伤口似乎很大。”

谢沉舟嗓音微颤：“……你知道我是谢沉舟，也不害怕我？”

桑念：“现在想想，好像也没什么好怕的——对了，谢谢你救了大师兄。”

谢沉舟轻轻抽回手，找出一方锦帕，低眉为她仔细擦拭手心。

“我只救想救的人。”他道，“没有你，我也会救闻不语。”

所以，不要自责。

桑念忽然问他：“谢沉舟，你以前也对我这么好吗？”

谢沉舟摇头：“我对你不好。”

桑念自顾自地道：“那我到底是怎么死的呢？我原本以为是你杀了我，可大师兄说我是自戕，难道真的是我不想活了？”

谢沉舟动作僵了僵，没有接话。

桑念向他确定：“我们以前是相爱的吗？”

这一次，谢沉舟回答得很快：“是的。”

他脸上漾起一丝温柔的笑意：“我们还约好了，要一起去极北之地看极光。”

桑念语气茫然：“我不记得了。”不管是极光还是谢沉舟，她都不记得了。

同样……她也不再是那个爱着他的桑念了。

多不公平。

谢沉舟眼眸黝黑，为她将颊边的碎发拢到耳畔，动作小心翼翼：“不记得我也没关系，不爱我了……也没关系。”

只要你还活着，这便很好了。

树下，两人陷入沉默。

阴天没有太阳，连风也泛着凉意。

桑念没由来地想，刚刚他的手真冷啊，像冰。

她才想到这儿，手已控制不住地动了起来。

温热的掌心覆在冰冷的手背上，暖意一点点渡过去，试图焐热那只手——这动作她从前似乎常常做，熟练得几乎是下意识而为。

桑念愣住。

谢沉舟亦是一愣。

反应过来，她正要抽回手，他下意识握紧，眼里亮起一簇微弱的光："念念……"

桑念有些尴尬："我不是故意的，是这个手吧，它……它突然就不太听使唤了。"

谢沉舟："你以前也总是为我焐手。"

怪不得。

桑念理解了，原来是条件反射。

她想了想，问谢沉舟："那你希望我恢复记忆吗？"

谢沉舟眼中刚亮起的光慢慢熄灭，他放开她的手："我希望你开心。"

桑念认真地回道："谢谢你。"

谢沉舟语气生硬："你似乎总是在对我说谢谢。"

桑念不解："这不好吗？我很有礼貌啊。"

不好。

一点都不好。

头隐隐作痛，谢沉舟深吸一口气，用力压下胸腔内自见到沈明朝开始便翻涌不休的嫉妒。

——同样都是失忆，她对沈明朝，可从没说过这两个字。

谢谢这两个字，有时代表的不只是礼貌。

还有疏离。

一行人离开乱葬岗，回到了桃花村。

闻不语旧疾痊愈，已然脱离危险。而且，不出意外的话，他会活很久很久。

"多谢。"他走到谢沉舟面前，郑重地行了一礼，压低声音，"谢师弟，我知道是你。"

"你当初本就因我而伤。"谢沉舟淡淡地道，"偿还一段因果罢了。"

闻不语摇头："话虽如此，救命之恩，没齿难忘。"

说完，他看向谢沉舟身边的桑念，迟疑道："你们……"

桑念知道他想问什么，答道："我们会回蓬莱找前尘花，吃了它，我就能恢复记忆了。"

闻不语眉间漫开一点忧色。

桑念了然："我明白，我之前是自戕，你们都担心我会想起不好的事情。"

闻不语点点头。

谢沉舟也抿紧了嘴角。

桑念认真地道：“可是，如果连面对的勇气都没有，我又该怎么走出去呢？

“我不想一直被困在那个冬天。”

闻不语哑然，禁不住望了一眼她身边的谢沉舟。

被困在那个冬天的人岂止她一个，还有谢沉舟。

所有人都在向前走，只有他，还固执地留在原地，等一个或许永远回不来的人。

闻不语叹了口气。

“罢了，我只盼你们能有一个好结局。

“莫要……重蹈覆辙。”

桑念笑道：“大师兄，你太小看我了。”自戕这种事，做过一次就够了。她到这个世界上来，为的是看太阳和蔚蓝色的原野。她不会再为任何人、任何事，放弃自己的生命。

闻不语也笑了：“看来我的担心是多余的。”

桑念正要说话，屋中，初瑶短促地尖叫一声。

闻不语面色一变，身形一闪，眨眼间人已冲进了屋内。

“何事？”他问初瑶。

初瑶没回答，愣愣地看着他。

闻不语再三确定四周没有危险后，舒了口气，无奈地问道：“到底怎么了？”

初瑶举起手中的字条——她不久前从自己的碗下发现的。

闻不语一怔，急忙伸手想夺过来，她后退两步，避开他的手：“上面说的，都是真的吗？”

闻不语唰一下红了耳垂：“我……这……”他结结巴巴地说不出一句完整的话，索性继续来抢。

初瑶自是不依。

两人争夺间，字条轻飘飘地飞走，落到门口的桑念脚边。

她戳戳谢沉舟：“捡起来，念给我听听。”

谢沉舟弯腰拾起，扫了眼上面的内容，迟疑地道：“一定要听吗？”

桑念：“嗯嗯。”

闻不语道：“别——”

谢沉舟语调毫无起伏：“阿瑶，你看到这些话时，我应当已经死——”

闻不语终于找到机会，一把夺了回来。

桑念纳罕地道：“是我的神识出问题了吗？大师兄怎么整个人的颜色都变了。”

原本在她的神识里，所有人都是平等的灰。可现在，闻不语的颜色肉眼可见的开始变深。

谢沉舟：“他确实整个人的颜色都变了。”

——青年不只是耳朵，整张脸连同脖子都涨红了。

他哼哧半天才道：“你们……简直胡闹，怎么不经过我同意就，就……”

闻不语这副反应，桑念心里反倒像明镜一样了。

果然，他话音未落，初瑶一把抱住他，开心得直跳：“大师兄，我愿意嫁给你！非常愿意！特别愿意！”

闻不语的声音戛然而止。好半天，他问：“真的？”

初瑶：“当然！”

闻不语便笑了，他说不出话来，只是笑。

是很青涩的幸福。

桑念靠着门框，小声地碎碎念：“按我们家乡那边的习惯，求婚一般都会准备戒指，不知道修仙界这边的习惯是怎样。”

旁边的谢沉舟瞥了她一眼，没作声。

桌上，经过一番争夺，字条已变得皱皱巴巴。上面的内容很简单，只有短短几行。

第一行，闻不语让初瑶在他死后务必回到逍遥宗。

第二行，闻不语说——

若有来世，我定会在见你的第一面便向你求亲，对你说……

写到这里，笔墨顿了顿，无端地温柔下去。

请嫁给我。

字字郑重。

好在，不必等来世了，他们还有一个今生要过呢。

“下月十七是个顶顶好的日子，我们在那时成婚，你们一定要来。”桃花村村口，初瑶拉着桑念的手不放，兴高采烈地道，“还有沈河豚，你千万得把他拽来，我等着他给我送金链子呢。”

桑念拍拍胸口：“包在我身上。”

初瑶顿了顿，低落下去：“如果阿音也能来就好了。”

桑念道：“她会来的。”

初瑶：“真的？”

桑念故意卖了个关子：“到时候你就知道了。”

初瑶面带希冀：“好。”

桑念拍拍她的胳膊：“真的不需要我留下来帮你们一起准备？”

“用不着。”初瑶道，“又不是什么大场面，最多去做身新衣裳，再买几尺红绸布置布置就是了。”

“好吧。”桑念只好道，“那我们回蓬莱了。”

初瑶用力抱了抱她，眉眼弯弯："再见。"

桑念亦回抱她："再见。"

道完别，在初瑶的目送中，她与谢沉舟一同消失在村口。

"走吧。"闻不语对初瑶伸手，嗓音带笑，"上街给你做新衣裳。"

初瑶一把挽住他胳膊，兴冲冲地道："走！"

剑光飞上云霄，村口安静下来。

良久，一直坐在路边的乞丐站起身，一瘸一拐地离开。

耳边，若有若无的声音徐徐开口："看见了吗？那就是宋揽风的女儿。"

"她要和闻不语成婚了，真是……幸福的一对啊。"乞丐笑了一声，碰了碰脸上未散的瘀青，"对啊，他们过得可真幸福。"

随着他的声音落下，一点暗光在他周身亮起，眨眼便消失，似是被什么东西吸食干净。

很快，他身边多了一道虚影。

虚影意犹未尽地咂咂嘴，问他："所以，你要怎么做呢？"

那名乞丐道："我不喜欢看他们笑。

"我要——让他们哭。"

蓬莱的雨季还有几日才会到。

沈明朝还在凌霄宗养伤，桑念两人便顺势也在这儿住了下来。只是，谢沉舟不知为何，总是莫名其妙地消失。

但桑念没当回事，只觉得毕竟是魔尊，忙点很正常。

她兴冲冲去告诉沈明朝初瑶成婚的事，并着重强调千万别忘记随份子钱。

沈明朝听完，放下茶杯，挑了挑眉梢："我就知道她还惦记着我的金子。"

桑念嘿嘿一笑："那可不，他们现在穷得不行，就靠你这个大财主接济了。"

沈明朝手心翻转，一摞金链子凭空出现。

桑念难以置信："你哪儿来的这么多金子？"

沈明朝干咳了两声："当年离开皇宫时，顺路去宝库逛了一圈。"

桑念竖起大拇指，叹为观止："不愧是你。"

"你喜欢这个？"沈明朝将这一摞全扔给了她，"喏，拿去吧。"

桑念被砸得险些栽个跟头，惊了："你就这么给我了？"

"又不是什么值钱的东西。"他道，"俗物罢了。"

桑念抱着那摞大金链子傻笑："嘿嘿，我就喜欢这种不值钱的俗物，嘿嘿。"

沈明朝不忍直视："别笑了，跟个傻子一样。"

桑念语气谦卑："您说我是什么我就是什么。"

"瞧你那没出息的样儿。"沈明朝扶额，"谢沉舟到底怎么忍下去的。"

桑念把金子收好，言简意赅："关你屁事。"

沈明朝：“金子还我。”

桑念：“其实你的疑问不无道理，我仔细想了想，可能是因为我聪明又貌美，高贵又不失内涵，所以他才对我这么死心塌地。”

沈明朝：“滚。”

桑念：“好嘞。”

她走了两步，回头问：“对了，雪音住在哪儿？”

沈明朝道：“她上次受了重伤，现在正在凌霄宗医馆中休养。你要去见她？”

桑念点头：“我想告诉她初瑶的事，让她和我们一起去参加婚礼。”

沈明朝对此不抱希望：“她们早就闹掰了，她不会去的。”

“那可不一定。”桑念道，“万一她早就想对初瑶道歉了呢？”

沈明朝：“什么意思？”

桑念道：“我也是后来才知道，原来之前在凌霄宗后山遇见的人是她，当时她说她要采碧落兰，给一个好朋友酿酒。”

沈明朝：“你是说，她是想送给初瑶？”

桑念：“八九不离十了。”

沈明朝眉梢忍不住带上一丝笑意：“她们和好，大师兄身体恢复，你又回来了，谢沉舟也……不管怎样，我们六个人，总算又能聚在一起了。”

桑念也用力点头：“对啊。”

随着话音落下，空中一声雷响，窗户被风吹开，空气潮湿而闷热。

桑念转身就往外跑。

沈明朝道：“你干什么去？我还有东西要给你！”

桑念抽空回道：“和你没关系，你别瞎操心，要给什么晚点等我回来再给！”

于是，他本要追上去的脚步停下，在门边目送她的身影消失在视线里。

豆大的雨点滴落，迅速打湿干燥的地面。

沈明朝伸出手接住几滴，喃喃自语：“下雨了。”

“下雨了！”桑念推开房门，“谢沉舟，我们去采前尘花吧！”

屋中无人。

正奇怪，身后，有人拍拍她的肩。

她吓了一跳：“谢沉舟？”

谢沉舟点头：“是我。”

“你干吗神出鬼没的？”她抱怨道。

谢沉舟道：“去办了点事，听见你唤我，所以回来了。”

桑念注意力立马被转移：“你真能听见有人叫你名字啊？不管隔多远都能听见吗？”

谢沉舟：“嗯。”

桑念：“好神奇！”

她又道："可你怎么知道是我在叫你呢？难道别人真的不敢提起你的名字？"

谢沉舟道："你与其他人不一样。"

桑念："不一样？"

谢沉舟道："只有你会笑着叫我的名字。"

桑念安静了几秒，结结巴巴地转移话题："我们去采前尘花吧。"

谢沉舟："好。"

两人一同走出院子，谁也没说话。

他照例施法传送，转瞬间，他们来到蓬莱岛东部。

地上有风吹断的芭蕉叶，叶片翠绿肥大，遮一个人绰绰有余。

桑念弯腰拾起来，往脑袋上一顶，对谢沉舟嘚瑟："看，我有伞，嘿嘿，你没有。"

——一把外面下大雨，里面下小雨的伞。不过植物天性喜雨，她对此倒是无所谓。

对面，青年漆黑的眉眼染上几分潮意，低声说道："对啊，我没有伞。"

桑念顿时觉得这片芭蕉叶有些烫手。

她立马拉过他的手，把芭蕉叶用力塞进他掌心："现在你有了。"

谢沉舟瞥了她一眼，慢吞吞地举起叶子："可以遮两个人。"

桑念对此持怀疑态度，严谨地道："不可能，它面积没那么大，肯定遮不住两个人。"

谢沉舟施法，头顶芭蕉叶忽地变大，牢牢地挡住两人。

"现在可以了。"他道。

桑念后知后觉地反应过来，有点尴尬："原来你想和我撑一把伞啊。"

谢沉舟："嗯。"

桑念努力解释："可它只是一片叶子，就算变大了你也还是会被雨淋湿的，我是树，我喜欢淋雨，你……"

"我也喜欢淋雨。"谢沉舟道，"不管是大雨还是小雨，都喜欢。"

桑念霎时没了声音。

谢沉舟道："走吧。"

她小幅度地点点头，哼出两道气音："走吧。"

两人并肩走出树下，雨点噼里啪啦地打在头顶的蕉叶上，巧妙地盖住那一拍漏掉的心跳声。

东半岛植被茂盛，果然如琉璃月所说，处处是灵植仙草。

只是，前尘花却一直没踪迹。

"她说是瀑布旁边……"桑念凝神感应，"可我没发现附近有瀑布呀。"

谢沉舟闭目感应，末了，他道："有结界，随我来。"

桑念忙跟上他。

不多时，两人穿过结界，走到一处山洞前，里面隐约有水声传来。

"居然藏在这里面？"桑念诧异。

洞口略矮小，谢沉舟将手里的芭蕉叶交给她，弯腰走进去。

确定里面并无危险，他道：“可以进来了。”

桑念小心地穿过洞口，来到他身边。

说是山洞，里面却不是封死的，最中间的上方没有岩壁，一束丈宽的水流从高处跌落，溅起无数水雾。

水潭边生长着几朵刚绽放不久的小花。

“这就是前尘花？”桑念小心地摘了一朵，问谢沉舟，“它是什么颜色的？”

谢沉舟道：“是和你裙子一样的浅粉色。”

桑念：“哇，原来这条裙子是粉色的，我一直没发现。”

谢沉舟垂在身侧的指尖颤了颤：“我在外面等你。”

说完，不等桑念回答，他匆匆离开。

桑念知道他在紧张和害怕什么，抿了抿嘴角，小心地揪下一片花瓣，送入口中。

清凉的花香盈满全身，渐渐汇聚在眉心，微微的刺痛，似有什么东西即将破土而出。

桑念有些晕，不得不扶住岩壁，用力晃了晃脑袋。

忽地，她听见遥远的虚空里，传来了自己的声音，若有若无的，风一样拂过耳畔。

她说——

“喏，你想要的星星，我给你抓来了。”

那是一个不算漫长，也不算短暂的过去。

有那么一群人，从五湖四海而来，相识于年少，也曾醉酒邀明月，扬言终有一日，要在偌大的修仙界留下自己的姓名；也曾站在吹梦楼顶，放眼看遍玉京繁华，亲手点燃漫天烟火；也曾齐心协力，共同站上那一方领奖台，台下，众人仰望，掌声雷动。

彼时，他们风华正茂，年少轻狂。

后来，他们果然愿望成真。

然而，物是人非——那场大战，死去的不仅仅是那个自戕的女孩儿。

还有他们。

或死或疯或远走，刀剑相对，分崩离析。

没人记得，他们曾是挚友。

那些鲜艳热烈的年少时光，在岁月长河中褪了色，成为河底不起眼的砂砾之一。

今夕是何年。

水流从高处跌落，轰隆声回荡在山洞中，似雷鸣，震人心魄。

桑念靠着岩壁，手中的前尘花无声地跌落地面，花瓣溅上一滴水珠，徐徐滑落时，宛如泪滴。

岩壁冰冷坚硬，不算光滑，有许多凸起，硌得人后背生疼。

她却更加用力地靠上去，妄图借这一点痛感让自己清醒下来。

归墟中，萧濯尘的话犹萦绕在耳畔，字字句句皆是真心。

桑念眼眶发酸。

死的人明明是他，他却要安慰害死他的那个人。

他真的……很好很好。

山洞中，除水声之外，忽地传来一声呜咽。不大，几乎刚出声便被瀑布掩盖，可谢沉舟还是听得清清楚楚。

他按捺住进去抱住她的冲动，身体后仰，靠住石壁，轻轻地闭上眼。

想起来了啊，那些愉快也好，难过也好的记忆，都想起来了。

她会怎么做呢？

她……会再次舍弃他吗？

毕竟，如今的他，早就不是当年的谢沉舟了。

如今的他，是人人惧怕的大魔头，也是人人厌恶、唯恐避之不及的疯子——她对他那样疏离，或许便是因为这个。

三百年过去，他老了许多，也没有当年好看了。

她……不会喜欢他了。

谢沉舟呼吸有些困难，指尖无意识地划过小臂，鲜血霎时涌出，滴滴答答汇成一股，如同从前无数次那样，自指尖滴落。

鲜血淋漓。

他却终于能够喘口气，仿佛即将溺死的人艰难地冲出水面。

“你在干什么？！”面前多了一双鞋子，杏色鞋面沾了几滴血，如同红梅怒放。

他眼睫一颤，想要背过手。

来人却一把攥住他手腕，加重语气，一字一顿地说道：“我问你，谢沉舟，你——在干什么？”

他抬眼，嗓音艰涩：“念念。”

桑念脸色铁青，攥着他手腕的指节微微发颤：“我不在，你就是这么对待自己的？”

谢沉舟脸色苍白如纸，润泽的双眸盛满无措：“念念，我只是……只是……”只是太害怕了。

怕你不回来，又怕你回来了，却不想再要我。

桑念松开他的手，改为攥住他衣领，猛地将他拉到自己面前：“谢沉舟，你仗着自己不会死，一直以来，就是这么对自己的？”

说到这里，她声音拔高许多：“你是不是有病？！”

听见她的诘问，谢沉舟沉默了一会儿，奇异地镇定下来。

他问她：“你想杀了我吗？”

桑念咬牙：“我现在就杀了你。”

他蓦地笑了一声，握住她的手，缓缓上移，落到自己的咽喉间。

“杀人，要掐这儿。”

桑念安静了几秒，忽然恶狠狠地咬住他的唇。

他短暂地僵了僵，倏地扣住她后脑勺，用力加深这个吻。

事情一发不可收拾。

四周不知何时变成了高大的宫殿。

殿门打开，两人纠缠着朝里走，脚步踉跄。殿中烛火无声地摇曳，将他们的影子拖得长长的，一路延伸至榻边。

一道轻响，谢沉舟被推倒在榻上。他半支起身子，黑眸映火，小心翼翼地碰了碰桑念的鼻尖。

桑念捏住他下颌，威胁道："谢沉舟，你要再敢那样做，我就……"

他哑声："你就怎样？"

桑念磨了磨牙，扒了他衣裳，一口咬住他肩头。

"我就咬死你。"她含糊不清地道。

谢沉舟闷笑，忽地伸手一拽，她猛地倒在他身上，脑袋紧紧贴着他的胸口。

他展开双臂用力环住她，有一下没一下地摸着她乌黑的发。

她没挣扎，任由他这么抱着。

时光静谧。

好一会儿，桑念发现了什么，瞳孔一缩，伸手覆上他心口，嗓音微颤："谢沉舟，你的心呢？"

他没说话，只是捉住她的手，低眸衔住她指尖。

桑念眼中雾气弥漫，说话时，带着努力克制的哭腔："谢沉舟，你的心去哪儿了？"

谢沉舟还是不说话。

她用力抽回手，终是没忍住，泪水涌出眼眶："谁拿走了你的心？"

谢沉舟看了她许久，从怀中拿出一枚质地温润的红玉戒指，小心地为她戴上。

"我的心，在这儿。"

她怔住。

谢沉舟吻去她颊边的泪珠，姿态卑微："念念，你可不可以……不要再扔下我了？"

桑念哽咽一声，捧住他的脸，亲了亲他的眼睛。

"好。"

宫殿矗立在夜色中，千年不熄的人鱼烛缓慢地燃烧，温软的烛光映出帐中一双人影。

桑念依然在哭。

只不过，这一次，哭声中掺杂了一点儿其他的东西。

她如同坐上晃晃悠悠的小船，总也漂不到岸上，只能随着水流颠簸。

戴着红玉戒指的手在枕畔胡乱摸索，想抓住些什么东西。

很快，青年骨节分明的手寻了过来，一点点压下。

十指相扣。

烛光滤过纱幔，朦胧似月光。

桑念举起手，看着指间的戒指，自言自语："原来是红色的，真漂亮。"

另一只手伸来，将她的手完全包裹在掌中。

谢沉舟沙哑的嗓音拂过耳畔："能看见了？"

桑念翻了个身，手脚并用地抱住他："嗯，多亏了你。"

谢沉舟下巴抵在她额头上："累吗？"

桑念有气无力地道："你觉得呢？"

他拇指指腹摸索着她侧脸，带着令人安心的暖意："那就睡吧。"

桑念睡不着，问道："你这段时间总是不见，就是为了炼这枚戒指？"

谢沉舟："嗯。"为了把那颗心脏炼成戒指，他费了不少功夫，好在，成品还算满意，勉强配得上她。

桑念将他抱得更紧了些："剜心的时候，一定很疼吧？"

谢沉舟道："不疼。"

桑念："撒谎。"

谢沉舟蹭蹭她发顶："我那时一直在想着你，所以不疼。"

桑念撇撇嘴，不知是想笑还是想哭："我又不是止疼药。"

谢沉舟没接话。

桑念又道："你想知道我当初为什么会自戕吗？"

谢沉舟有些抗拒："可以不说这个吗？"

桑念摇头，不容他拒绝，将真相尽数倾吐："你应该早就看出来了，我不是原本的桑蕴灵，我顶替了她。"

他闷声道："桑念和桑蕴灵不是一个人，我知道。"

"我的任务是让你爱上我，这样，我就可以回家了。"桑念大概说了下故事背景，继续道，"可那时你被碧柯控制，我任务失败，没办法回家，所以才……"

谢沉舟沉默许久："对不起。"

"没什么好道歉的。"桑念道，"不是你的错。"

谢沉舟小心翼翼地问她："那你……还走吗？"

桑念道："要是有机会回家，我一定会回去。"

他眸光黯淡下去。

"不过，"她掐了下他的脸，"我会想办法带你一起走的。

"放心，我不会把你一个人扔在这儿。"

谢沉舟嘴角弯了弯，轻轻地"嗯"了一声。

桑念想起另一件事，正色道："让魔族撤回来吧，别再和仙门打了，以后，两界相安无事，谁也别再招惹谁。"

谢沉舟点头："好。"

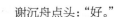

桑念又道："祝余怨灵总要想办法解决，不能让它们再这样下去了。"

谢沉舟道："我会想办法。"

桑念："嗯嗯，还有初瑶他们的婚礼，我们得准备一份厚厚的大礼。"

谢沉舟："依你。"

桑念笑了："等参加完他们的婚礼，我们就和从前说的一样，去极北之地看极光，一路把天南海北都玩一遍。"

谢沉舟脑袋埋进她颈窝，无端地带了些委屈："念念，我们不用成婚吗？"

桑念诧异："我们不是成过婚了吗？认真算起来还是两次。"

"那不算。"谢沉舟道，"我要重新举办一次，规模要大，大到让所有人都知道。"

"不要。"桑念满脸都写着拒绝，"要是让别人知道我结了三次婚，次次都和同一个人结，我会被笑话死的。"

谢沉舟抬起湿漉漉的眸子，声音很低很低："我就是想让仙魔两界都知道，我是你的人。"

桑念最受不了他这种眼神，对视几秒便败下阵来。

她伸手挡住他的眼睛，破罐子破摔道："行行行，你要不嫌麻烦你就办，我答应你可以了吧？"

谢沉舟嘴角翘起一点，亲亲她指尖："想睡觉吗？"

桑念犹未察觉危险靠近，随口回道："说了会儿话，好像没那么困了，怎么了？"

谢沉舟亲亲她嘴角，直勾勾地看着她。

桑念："……"她默默转身，试图爬走。

他轻而易举地将她拖了回来，轻笑一声。

"念念，双修要紧。"

经过一晚严谨的双修知识讨论，天光大亮，谢沉舟终于心满意足地起身。

他弯腰摸摸桑念的脸，眉梢眼角都带着餍足："我走了，你好好休息。"

桑念困得找不着北，半眯着眼翻了个身，含糊道："滚吧。"

他理了理她颊边的乱发，亲亲她额头，这才大步离开。

殿门合上，谢沉舟扬起的嘴角慢慢放下，对侍立在一旁的护卫道："叫碧柯来见我。"

"遵命。"

护卫疾步离开，谢沉舟负手而立，眺望远处高山。

魔神像倒后，山巅冰雪更甚，风也冷得彻骨。

好一会儿，他收回视线，前往议事殿。

碧柯早已等在那儿。她没什么正形地歪在椅子上，见到他，敷衍地晃晃手中的酒壶："现在不发疯了？"

谢沉舟坐上王座，面无表情："我已下令收兵，这场战事，该结束了。"

碧柯握紧酒壶，半晌，扯了扯嘴角："从你在蓬莱帮仙门的那一刻起我就知道，你的心，终究还是向着他们的。"

谢沉舟睨着她："蓬莱不仅有仙门，还有普通人族，你若毁了整座岛，他们也会死。"

碧柯冷笑："那又怎样，总归他们身上流着一样的血，一样该死。"

谢沉舟嗓音冰寒："你现在的所作所为，和当年的他们有什么区别？"

碧柯嗤笑："装什么装？你若真在乎苍生，就不会等到现在才来质问我。不过是怕你的好念念对你失望罢了。"

"砰——"酒壶落到地上，碎片溅了满地。

仿佛有只无形的手扼住咽喉，碧柯从椅子上滑倒，满脸痛苦之色。

谢沉舟一步步走下王座："别提她的名字，当年若不是你，她不会自戕。"

碧柯挣扎着起身，笑了笑："怎么，你要杀了我吗？杀了你在这世上唯一的族人？"

谢沉舟："我早该杀了你。"

碧柯大笑："那你就杀吧。"

她眼里浮起不易察觉的泪光："反正，祝余大仇难报，我也没脸再苟活，只不过，从此以后，你在这世上，再无同族。"

谢沉舟神色淡漠："我会废去你所有修为，留你一命，永囚魔宫。"说完，他不再停留，越过她向外走去。

碧柯脸色一变，想冲出这座宫殿，却被一道无形的屏障拦住。她用力拍打结界，神色狰狞："谢沉舟！你以为你这样做我就会感激你吗？你杀了我，杀了我啊！"

无人回应。

体内的妖力正以一种不可思议的速度瓦解，经年苦修毁于一旦。

碧柯软软地滑倒，背靠结界，颤着手拔出匕首，闭目刺向自己，可一道光芒掠来，打落匕首。

守卫将其拾起，恭敬地道："魔尊说过，您不能死。"

闻言，碧柯捂住脸，肩头剧烈颤抖，似哭又似笑。

"不愧是祝余最后的血脉，果真是……

"仁慈。"

随着魔尊谢沉舟一声令下，所有魔族收兵回魔界，两界正式宣告停战，人族总算喘过来这口气。

但其中还是不乏有人猜测谢沉舟别有用心，一时间，流言四起，人心惶惶。

好在以沈明朝为首的仙门顶尖弟子纷纷出面辟谣，流言立即被遏制。

除此之外，瘫痪三百年的灵网总算修好。

通灵石重新启用。

而上面发布的第一条通知，是有关祝余灭族一事的详细始末——这是当年的仙门首席弟子萧濯尘，历经千辛万苦收集整理而成。

他没有机会让众人见到的文字，在三百年后的今天，由新的仙盟发出，被所有人看见。

第二条通知，是有关于上一任万仙盟盟主的所作所为。

其罪有三：

一、为治双腿，他与药王谷谷主合谋抓捕修士炼药。

二、事发后，他蓄意栽赃前逍遥宗宗主宋揽风，致使后者蒙冤。

三、曾率领前仙盟成员屠戮祝余族，后，为灭口，借由谢沉舟之手杀死萧濯尘。

以上事件，经多方查证，确认属实。

两条通知一经发出，仙门哗然。

“总算真相大白了。”桑念放下通灵石，撑着下巴发呆，心中没有预想的畅快，反倒有些难过。

“隔了三百年，不该死的人都死了，不该受的苦也受了，真相……已经没有那么重要了。”她喃喃，“要是当年，掌权的人是我们，事情就不会变成今天这样。”

如今新仙盟的核心成员是沈明朝与萧净几人，权力的天平毫无保留地倾斜在他们头顶。自然，不管他们说什么，整个仙门一呼百应。

人们往往不会在意真相究竟是什么，他们只在意说出真相的那个人是谁。

至于相不相信——那又是另一回事了。

“怎么了？”谢沉舟拎着一只木盒大步走进殿中，弯腰从背后抱住她，懒洋洋地问，“怎的这副神情？”

桑念将通灵石递给他看。

他扫了一眼，摇摇头：“已经晚了。”

若是三百年前发出来，事情或许会有所改变。

可如今，木已成舟，一切，都回不去了。

“不过，初瑶和大师兄心里肯定会好受许多。”桑念又开心起来，“他们总算可以堂堂正正回逍遥宗了。”

说起初瑶两人，谢沉舟将手中的木盒搁在桌上，示意她打开：“看看。”

桑念好奇地掀开盖子。

盒中，拳头大的紫色玉髓莹润清透，一看便知不是凡品。

桑念：“这是？”

谢沉舟道：“我为他们准备的新婚贺礼，流光髓。”

桑念愣了一下。

流光髓，助人修行的奇物，产于魔界深渊，百年方才形成指甲大的一块儿，因数量实在太过稀少，在修仙界一小粒便能卖出天价。

现在这么大一块儿，最低也值半个玉京城。

桑念竖起大拇指："今时不同往日啊小谢，出手这么豪横。"

谢沉舟扬扬嘴角，从袖中摸出一支浅粉色的玉簪子，指尖一转，簪在她乌黑的发间。

她察觉不对，伸手摸了摸，触到几瓣温润的玉质花瓣。

"是什么？"她问谢沉舟。

谢沉舟变出一面琉璃镜照与她看。

镜中，一簇浅粉色的海棠盛放在发间，娇嫩的花瓣似乎还沾着雨珠，栩栩如生。

"我寻到了两块流光髓，一块送他们，一块，给你打了支簪子。"

说完，谢沉舟端详了她片刻，微微点头："很好看。"

桑念喜欢得不得了，钩着他脖子，压着他低头用力亲了一口。

他微挑眉梢，又从袖中摸出一对玉镯，质地与簪子相同。

两镯相碰时，叮的一声脆响，悦耳动听。尺寸不大不小刚刚好，浅粉色镯身衬得皓腕愈发如雪般白皙。

桑念故意晃动手腕，让它们叮叮当当响个不停。

谢沉舟凑过来："喜欢吗？"

桑念小鸡啄米一般地点头："喜欢！"

谢沉舟问她："那你这次为什么没亲我？"

桑念无奈，敷衍地亲了他一口。

他还要继续从袖子里掏东西出来，她嘴角抽了抽："你袖子里到底藏了多少东西？"

谢沉舟打了个响指。

哗的一声，桌面堆起一座小山，这"山体"上堆满了女子的首饰，璎珞耳铛玉佩簪环，应有尽有。

桑念被珠宝反射的华光刺得眯了眯眼。

"你哪儿来的这些？"她觉得匪夷所思，"你堂堂一个魔尊，整天在袖子里藏这么一堆玩意儿，是不是有哪里不太对？"

"有些是自己做的，有些是买的。"谢沉舟道，"我不觉得有哪里不对。"

桑念扶额："谢沉舟，你是属乌鸦的吗？不管见到什么亮晶晶的东西都要叼回来是吧？"

谢沉舟轻轻地啄了她一口，看着镜中的她，低声道："嗯，叼回来送给我的念念。"

桑念没忍住，弯了嘴角，歪着脑袋蹭蹭他的脸："谢沉舟，你怎么这么像小狗。"

谢沉舟将下巴搁在她肩窝上，低笑："那你喜欢小狗吗？"

桑念嗓音含笑："让我挠挠小狗的下巴。"

他温顺地抬头。

她却偏过脸亲了他一口，语调轻快："喜欢得不得了。"

谢沉舟眸色一深，正要凑过去吻她，她竖起一根手指抵住他的唇。

“说正经的，我想回青州一趟，我虽不是桑岐言真正的妹妹，但不管怎么样，他对我很好。我既顶替了桑蕴灵的身份，便应该替桑蕴灵照顾他。”

说到这里，她问谢沉舟：“你手上的事大概还有多久能处理完？”

并不是所有魔族都能接受撤兵。

这两日谢沉舟一直在处理这件事，常常忙到很晚才回来。

“最迟明日。”他捉住她的手指，将半张脸埋进她掌心，嗓音闷闷的，“后日我陪你回青州见你哥哥。”

“最近很累吗？”桑念问。

他顺势枕到她膝上：“有些。”

桑念小心地取下他头顶的发冠，放下束在一起的长发，以指为梳，有一下没一下地梳理。

“我还记得，你以前常用的是发带，”她道，“现在也换成发冠了。”

他双眸微闭：“你喜欢发带，我以后便只用发带。”

桑念摇头：“我只是觉得，发冠戴着怪沉的，压得人难受。”

他闭着眼笑，慢悠悠地道：“欲戴王冠，必承其重。”

桑念捏捏他鼻尖：“你怎么和大师兄一样，说话文绉绉的。”

谢沉舟睁开眼，挑眉：“你不喜欢这样？”

桑念：“说实话，不喜欢。”

他嗤了一声：“从前我见你对闻不语那样殷勤，还以为你很喜欢这一套呢。”

“好啊你，”桑念戳戳他额头，“你连大师兄的醋都吃过？”

谢沉舟云淡风轻地道：“连东南西北都分不清的家伙，我还不屑于吃他的醋。”

桑念拖长了语调：“是吗？”

桑念：盯——

谢沉舟：“……”

谢沉舟别开眼不看她，语气不太自然：“只有一点。”

她“扑哧”笑了，接触到他不满的眼神，忙又压下上扬的嘴角，干咳两声，一本正经地道：“先声明，我可没对谁献过殷勤，是你自己戏太多，总爱乱想。”

谢沉舟：“呵。”

桑念：“难道我说错了？”

他轻哼一声，佯装不在乎地起身离开：“对，都是我胡思乱想。”

没走两步，他蓦地转身折回来，弯腰抄起桑念的小腿，将她抱了起来。

桑念下意识搂住他脖子，不解：“你干什么？”

他将她扔到榻上，言简意赅：“献殷勤。”

“叮——”

今夜风浪略大。

那对浅粉色的玉镯轻轻撞上彼此，响了一声又一声。

桑念醒来的时候，谢沉舟已经走了——明天要回青州，他今天得抓紧处理完那堆政事。

她揉揉眼睛，慢腾腾地起床洗漱，决定出去散散步。

魔宫很大，却没什么人，只有寥寥几个护卫守在几座宫殿前。没人敢拦桑念的路，她一通乱走，不知不觉，来到一座陌生的宫殿前。

殿前，青鬼抱剑而站。

桑念看见他，刹住了脚。

青鬼也眯了眯眼。

桑念转身欲走，他道："站住。"

她尴尬地收回脚："有事？"

青鬼上下打量着她，皮笑肉不笑："你长得有点眼熟。"

桑念真诚地道："我是大众脸。"

青鬼绕着她转了几圈，又嗅了嗅她身上的味道，冷哼一声："早听说魔尊大人金屋藏娇，原来藏的是你。"

他怪笑一声："魔尊大人倒真有点本事，居然把你给找回来了。"

桑念惊了："你这就认出我了？"

青鬼满脸嫌弃："除了你，还有谁能让谢沉舟跟个疯子一样，不顾所有魔族反对，放弃唾手可得的修仙界，强行撤兵回魔界。

"你可知道，现下外面那些魔君们闹得沸反盈天，若不是打不过谢沉舟，恐怕早就冲到魔宫里了。"

桑念轻声道："他说他能处理好。"

"他当然能处理好。"青鬼撇嘴，阴阳怪气地道，"他如今可是魔神转世，法力无边，谁敢真的和他撕破脸，不要命了？"

桑念："……你说话能正常点吗？"

青鬼冷笑，话锋一转："你大概还不知道，他曾为你跪遍了魔界诸城。

"那时的魔族对他可没这么客气，不管是石头还是刀子，他样样都受过。"

桑念怔住："你说什么？"

青鬼啐了一声，没好气地道："我说，谢沉舟那个蠢货，为了离开修罗殿，带着烧红的镣铐硬生生地跪遍魔界诸城，最后——"

他指指远处的雪山，一字一顿地道："在那座山的山顶，亲手剜下了自己的心。"

桑念下意识地握住右手的戒指，这枚戒指……是这么来的吗？

她心头巨震，久久无法言语。

青鬼自言自语地道："真是搞不明白你们这些人，整天爱来爱去，到最后又把自己整得半死不活，究竟图什么。

"在我看来，个个都有病。"

桑念回过神，什么也没说，满脸恍惚。

她正要离开，前方宫殿中传来一点轻微的声响，似是女子的低泣。

桑念迟疑："那是……"

青鬼斜她一眼："碧柯。"

"谢沉舟把她关在这儿？"桑念问道。

青鬼道："她修为尽废，永囚魔宫，连求死……也做不到。"

桑念沉默。

青鬼瞥了眼她头上的海棠花簪子："要去看看她吗？我可以给你开门。"

桑念想了想："嗯。"

青鬼挥手打开殿门，冲里面努努下巴："进去吧。"

桑念定定心神，一步步走进殿中。

女子的声音戛然而止。

殿中光线不甚明亮，桑念只看见一个模糊的人影。随着她走近，桑念看清她的脸——是白发红衣妖族装扮的碧柯。

眼下的场景，倒与当年初见窃脂有些相似。

桑念心中一沉，垂了眼，不再看她。

碧柯站定在她面前，过了几秒，笑道："念念。"

桑念："是我。"

碧柯伸手想摸摸她的脸，却被结界拦住。

她收回手，看着指尖，轻叹："没想到，这辈子还能再见到你。"

桑念深吸一口气："碧柯，放下吧。

"即便你复了仇，你又怎能保证，多年以后，人族不会变成下一个你呢？"

碧柯嗤了一声，眸中恨意蔓延："怎么会呢？只要把他们都杀干净，一个不留，你担心的事，便永远不会发生。"

桑念只是摇头。

碧柯问道："是谢沉舟让你来的？"

"不是。"桑念道，"路过，听说你在这里，所以来看看你。"

碧柯道："好念念，你还真是一如既往的善良。"

桑念装作没听出她的讽刺："你有什么想要的吗？我可以给你送来。"

这儿没椅子，碧柯索性坐到地上，盘着腿，抬头仰视桑念："若你能给我带壶酒便好了，没有它，我每一分每一秒，都不知要怎么熬下去。"

桑念在储物袋翻找一会儿，还真被她找出一个小酒坛。

结界认气息，只拦碧柯一人。

桑念径直穿过结界，坐到碧柯身边，将酒坛递给她。

碧柯扬眉："敢过来，不怕我杀了你？"

不等桑念回答，她自顾自地道："也对，我修为尽废，捏死一只蚂蚁都困难，你怎会怕我呢？"

说着，她仰头喝了口酒，眉目舒展许多，将酒坛递给桑念，嫌弃地道："不够烈，和白水没区别。"

桑念接过酒坛，并不喝，将它轻轻放在了地上："下次给你带青州的冷吹香，一杯就倒。"

碧柯笑了一声："还会有下次吗？"

桑念抱膝看着那个酒坛："会有的。"

碧柯用力搓搓脸，喃喃着："祝余复仇没希望了。清雨临死前的交代，我完不成了。"

桑念还记得，那个温良美丽的女子，临死前是如何大喊——灭了人族。

那样浓烈的恨，即便跨越五百年的时光，依然字字惊心。

肩头一沉，桑念侧眼看去，是碧柯靠了过来。

那个在逍遥宗里，总是不着调、整天笑眯眯的长老靠着她的肩，眼角滑落一颗颗清亮的水珠，哭得很安静。

桑念喉间亦是一哽，抿紧唇角，任由她靠着自己的肩。

"我真好笑，"碧柯道，"想复仇，没成功；想复活他们，还是没成功。

"到头来，你死了，小七不认我这个姐姐了，谢沉舟也……"

说到这里，她停了停，叹气："不过是竹篮打水一场空。"

桑念道："不好笑。"

碧柯没说话。

桑念加重语气："不好笑。"

"行了，我听见了。"碧柯抱怨，"那么大声干什么。"

桑念道："你已经做得很好了，至少，你养大了薇薇，还……"

碧柯打断她，一字一顿地道："薇薇，是我杀的。"

桑念骤然僵住。

"很意外吧。"碧柯审视着桑念，"瞧，你脸色都白了。"

桑念微不可察地打着哆嗦："你，为什么……你本应该守护祝余族人……"

"需要我守护的族人已经死了。"碧柯眉间轻嘲，"薇薇作为最后一个祝余族，她却爱上了人族……不，她已经不算祝余族了，不值得我再去守护。"

桑念难以置信："她是你亲手带大的。"

"正是因为她是我带大的。"碧柯目光冰冷，"她才更不该背叛我，背叛祝余。"

桑念："……你疯了。"

"我早就疯了。"碧柯坐直身子，对她笑道，"我怎么可能不疯。"

桑念无话可说。

碧柯叹息："我原本想善待谢沉舟，可他和他母亲一样，将你这个人族视若珍宝，以命相护。"

"似乎，这个世上，只剩我还记得祝余的血和恨。"她喃喃道，"可我只是想复活我的家人和族人，我只是想要回到小华山，回到我的家。

"我有什么错呢？"

桑念沉默了许久："你的确没错，可你为达目的害了这么多无辜的人……"

不等她说完，碧柯冷笑着打断：“害了别人又怎样？为了报仇，我什么都可以不要，什么都可以牺牲，包括我自己。”

桑念揉揉额角：“你太偏执了。”

碧柯不以为然：“或许吧。”

桑念不想再和她说下去，起身想要离开。

地上，碧柯忽然道：“我给过暮云薇机会的。”

桑念脚步一顿。

“当年暮云薇与万仙盟盟主一战，生死不明，我寻不到她的踪迹。”碧柯道，“机缘巧合下，我发现镜弦知道她的下落，可镜弦不肯对我透露。”

桑念霍然回头：“所以，你杀了她？”

“不，我让言渊去问她了。”碧柯脸上带了一点俏皮的笑意，“用了一点小手段，他不得不找到暮云薇。

“按我原本的计划，我将他的药换成了蜉蝣梦，这样，镜弦会被灭口，暮云薇的消息也会被封锁。”

“可我没想到，镜弦宁死也不说。”碧柯赞道，“她对暮云薇，的确一片真心，可称挚友。”

桑念攥紧双手：“你从前对我说，镜弦不是你杀的。”

碧柯直视她的双眼，挑眉道：“毒药可是言渊喂她吃下去的。”

桑念脸色铁青：“无耻。”

碧柯耸耸肩，继续说道：“镜弦这条线断后，我靠自己寻遍整片大陆，终于，几年后，我在海边一个小村落找到了暮云薇。

“可那时，她记忆全失，已成婚生子。”

说到这里，碧柯脸上轻松的笑意渐渐消失，直到面无表情：“她竟然同一个人族成了婚，还生下了一个掺杂着人族血脉的孩子。

“这像话吗？”

桑念咬紧牙：“可她那时什么都不记得了。”

“我知道，所以我没责怪她，我让她想起来了。”碧柯摇摇晃晃地站起来，眸光阴鸷，“可你知道她对我说了什么吗？”

桑念预料到什么，一颗心沉入谷底。

“她对我说——放下吧。”碧柯一字一顿地道，“她说她累了，她还说，很多人族其实没有我们想的那样坏，从今以后，她要和家人过平平淡淡的生活，不再过从前那样的日子。”

她胸口急促地起伏着，眼眶通红：“家人？如果那个人族是她的家人，那小华山上死去的五十万祝余族又算什么？”

那时的她，在院子里站了一夜，希冀着暮云薇能回心转意。

然而，对方始终闭门不见。

她便明白了，这件事，再无转圜余地。

“所以，她不值得我守护了。”碧柯重又笑起来，“我生来不能对祝余族动手，只好‘无意中’和言渊泄露了她的下落。

“果然，没过多久，她与那个人族都死了，只可惜，逃走了一个谢沉舟。

“一个玷污了祝余血脉的——孽种。”

仿佛被泼了一桶冷水，桑念遍体生寒。

“是你害得谢沉舟家破人亡。”她嗓音含着一丝不易察觉的颤抖，“是你毁了他。”

“呵，家破人亡？”碧柯一步步逼近她，拔高声音，“那我的家呢？我的亲人呢？他们又在哪里？！”

她指向外面，脸上两道泪痕微微反射着冰冷的天光：“界河之外的那些人族，他们所拥有的每一寸欢愉圆满，都建立在我家人的血与恨之上。”

“根本不是这样的。”桑念盯着她，语气坚定，“我早就说过了，犯错的是旧仙盟，普通人连知情权都没有，你报仇可以，但不该对无辜的人下手。”

碧柯扯扯嘴角：“只要是人族，都该死。”

桑念深吸一口气：“这就是你与暮云薇的不同之处，也是她为什么要离开你的原因。”

碧柯沉默一会儿，倏地抬手摸摸桑念的脑袋，桑念条件反射地推开她，绷紧了身体。

“放心，我怎么舍得伤你。”碧柯温柔一笑，“念念，我真的很喜欢你。

“你或许不知道，比起沉舟，你更像一名祝余族。”

桑念没有再回她，转身离开。

即将走出殿门时，身后，传来碧柯极轻极淡的嗓音，似是有些迷茫。

“若连仇恨也没有了，我又该……靠什么活下去呢？”

一点血腥味随风拂过桑念的鼻端，猩红血迹一路蔓延到脚底，她微微侧了脸，到底忍住了没回头。

风声里，依稀飘来一句——

“谢谢你……对不起。”

殿门合上。

桑念睇着裙摆不知何时染上的血迹出神。

青鬼看了眼安静的宫殿，语气没什么起伏：“她死了。”

桑念回过神，“嗯”了一声，抬手抚了抚发间——那支海棠花簪子已消失不见。

她对青鬼道：“你是故意的。”

语气笃定，没有半分质问的意思，似乎只是在陈述事实。

青鬼垂眼看着她衣上的血：“谢沉舟不准她死，除了你，没人能给她一个痛快。”

桑念有些累，连肩膀也耷拉下去：“为什么要帮她？”

青鬼道：“我是她从死人堆里捡回来的，她，算我半个师尊。”

桑念道：“只是如此，再无其他？”

青鬼顿了顿，缓缓地道：“再无其他。”

桑念点点头，神色恍惚地走了。

青鬼道：“这次利用了你，算我欠你的。”

她背对着他挥了挥手，什么也没说。

青鬼站了一会儿，转身打开殿门——血泊中，女子安静地闭眼，已没了气息。

那支玉簪被她小心地擦干净，用白色手帕垫着，远远地放在桌上，似乎唯恐沾上她的血。

“……临死前倒生出了几分良心。”

青鬼摇摇头，收好簪子，弯腰抱起那具尸身。

其他守卫面面相觑，半是惊恐半是无措：“青鬼大人，你要带她去哪儿？魔尊要是知道了一定会怪罪的！”

青鬼头也不回：“我带她去安葬，所有罪责，我一力承担。”

没人再敢拦他。

他走了一会儿，无端想起多年前的某一天。那时的他不过几岁，家中被人寻仇，连他也没放过，他躺在死人堆里，奄奄一息，始终不肯闭眼。

月色里，有人携着满身酒香路过，对一地死尸视而不见。

他抓住了那个人的裙摆。

“求你……救救我。”

那人停下脚步，低头对上他双眸，挑了下眉梢。

“我凭什么要救你？”

“我愿意把我的所有……都献给你。”

“有趣。你叫什么名字？”

“……江染青。”

“江染青已经死了。”她随手拎起他，单手抱在怀里，懒洋洋地道，“从此以后，你叫青鬼。”

“……”

怀中尸身冰凉，青鬼用力地闭了闭眼。

“我不欠你什么了。”

我要成为修仙界第一剑仙，
到时候一人一剑勇闯天涯，
看遍世间美景，打遍天下无敌手！
少年游
沈明朝

他的一生，总是在分离。

长离剑，人长离，。

第十七章 黑色的雪

噬神山上风雪依旧。

魔神像已倒，像只蛰伏在地上的野兽，拖出长长的阴影。

谢沉舟站在阴影中，抬头。

万年岁月流逝，石像早已看不出本来面目，偶有几个弧度，莫名眼熟，似在何处见过。

谢沉舟垂在身侧的指尖倏尔一动。

归墟国中，神女像下，凶兽匍匐。

他走近原本矗立神像的地方。那里奇异的没被冰雪掩盖，露出一方黑色土壤。往下挖，一只长条形的木盒出现在他眼前。盒盖上设有重重封印，似乎里面锁着某种稀世珍宝。

谢沉舟取出盒子，对着那些封印默了几秒，指尖轻轻拂过，盒盖自动打开。

一阵温润清灵之光冒出。

光芒散去，他终于看清里面盛着的东西。

那是——一截枯枝。

谢沉舟微蹙眉头，拿起它在鼻尖轻嗅。

桑枝，一截已经枯萎的桑枝，被某人用重重秘法保护，珍而重之地埋在了魔神像下。

整整万年，不难想象，它对那人来说，有多重要。

只是，为什么会是桑枝呢?

谢沉舟将它放回盒中，视线继续落到坑内。

里面还有一样东西，那是一只瓷瓶，它紧紧挨着盒子而放，不过已经碎了。

碎片中尚且残留着几分熟悉的气息，那是……谢沉舟自己的气息。

他眉头皱得更紧。

洛平安的话倏地在耳畔响起。

“神谕中说，终有一日，魔神像倒，小华山现，三百里黄泉彼岸花花开成海。

“当天空下起黑色的雪，你将失去长生，而祂，将归来。”

谢沉舟默了默，忽地撩起袖子，用碎片划出一道血痕，伤口没有再自动愈合。

谢沉舟扔了瓷片，生疏地施了个治愈术，可伤口仍然没有愈合。他便明白了——有东西，正在窃取他的长生。

“我曾经与天道做的交换……”他低喃，“到底是什么？”

一切仿佛笼罩在浓雾中，看不清路在何方，亦看不清藏在雾中的人。

如今，神谕一一应验，洛平安口中的那个“祂”，也即将归来。

谢沉舟捏捏眉心，正要收好盒子，蓦地，一点荧光从盒中飘出，迅速没入他的身体。

古老的钟声响彻耳畔。

天地间传来一道叹息。

“你来了。”

他骤然愣住。

一整晚过去，谢沉舟还是没回来。

桑念有些坐不住了，正打算出去寻他，“吱嘎”一声，殿门打开。

她大大地松了口气：“你终于回来了。”

门口果然站着熟悉的身影。听见她的声音，他迟钝地抬眼看来，用一种她看不明白的目光看着她。

桑念总觉得出了什么事，快步迎上去：“到底怎么了？”

谢沉舟忽地抱住她，紧紧地，仿佛要将她揉进骨血。

桑念更加忐忑：“你还好吧？”

“……没事。”隔了好一会儿，他这样回道。

没事就是有事。

桑念拍拍他的背：“和我说实话，别骗我。”

谢沉舟不语。

桑念却猜到什么，试探着问他：“你知道……碧柯死了？”

谢沉舟默了默：“嗯，早些时候，青鬼来向我请罪，我将他罚去看守界河，无召不得回来。”

桑念总算明白他为何如此反常：“……你也知道，当年其实是碧柯害死了你母亲的事了？”

谢沉舟松开她，像个游魂一般坐下：“刚刚知道了。”

桑念懊恼地拍了下嘴。

谢沉舟道："说说吧，她是怎么和你说的。"

这下换桑念支支吾吾了。

谢沉舟平静地看着她，指尖敲敲桌面："说吧。"

桑念磨磨蹭蹭地走到他面前，大概简述了下碧柯的话。

谢沉舟听完，只是点点头："原来如此。"

他冷静得有些过分，桑念疑惑："你不难过吗？"

谢沉舟眸中漫开些许茫然："有一点。"

桑念心疼地抱住他："你别憋在心里，要是难过，就和我说说话。"

谢沉舟环住她的腰，半晌，没头没尾地问她："你想让萧濯尘他们都活过来吗？"

桑念摇头："他们不是我，回不来的。"

"如果可以呢？"他道。

"那我当然想了。"桑念道，"他们本来就不该死。"

闻言，谢沉舟眸光一黯，抿了抿嘴角，将她抱得更紧。

"别想这些了。"桑念轻轻地摸了摸他脑袋，"事情都已经过去了，人要向前看。"

谢沉舟在她衣裳上蹭蹭脸："嗯。"

"你今天怪怪的。"桑念道，"你到底瞒了我什么？"

谢沉舟闷声道："我受伤了。"

桑念立马着急起来："哪里受伤了？"

他撩开袖子，露出那道狭长的伤口，没有愈合，也没有再流血，看上去有些诡异。

"怎么伤的？"桑念一边施法治愈伤口一边问他。

他道："自己划的。"

"你怎么又——"桑念刚要生气，猛地意识到了什么，眼皮一颤，"你受伤后不能自动愈合了？"

谢沉舟抬起脸，眼瞳漆黑："念念，我不再长生了。

"同样，也不再是不死。"

桑念没有说话，用纱布缠好那道伤口，抱住他脑袋，一下接一下地摸着他冰凉的发。

谢沉舟靠在她怀中，睫羽倾覆，遮住眸中化不开的眷念。

好一会儿，她道："谁拿走了你的长生？"

"不知道。"

"还能找回来吗？"

"大概，不能了。"

桑念又沉默下去。

谢沉舟低声呢喃："或许，一切早已注定，这只是我为了能够再次遇见你，而必须付出的代价罢了。"

话落，他睁开眼，握住她指尖，笑了笑："不过，你能看见我白发苍苍的样子了，这样想想，没了长生，似乎也很好。”

桑念却笑不出来。

她如今是妖，还是寿命最为漫长的树妖，她自然能看见他白头……可他们，却不能一起白头。

巨大的悲伤涌来，她怔怔地望着桌上那盏跳跃的烛火。她的运气真差啊，总是在她以为，剩下的日子总算能安安稳稳度过时，突然一桶凉水泼来。

然后告诉她，这是命中注定。

命中注定，他们可以相爱，却不能相守。

“我不信命。”桑念加重语气，字字坚定，“我们一定能找到办法的，谢沉舟，你会活很久很久，和我一样久。”

良久，久到她以为谢沉舟不会回答时，谢沉舟点了点头，道：“好。”

说来可笑，从前一心求死，但偏偏不能死；如今真的要死了，却又比世上任何一个人都更想活下去。

果然贪心。

翌日。

即便经历三百年的战乱，青州城一如往昔——两界交战时，双方都心照不宣地避开了此处。

看见熟悉的建筑，桑念有点紧张：“你说，哥哥还能认出我吗？”

谢沉舟放下手上的礼物，上前敲门：“会的。”

话落，城主府的大门缓缓打开。

几名家丁探出头来，打量了两人一眼，问道：“什么事？”

谢沉舟道：“我们来求见城主。”

“可有拜帖？”家丁问。

谢沉舟：“没有。”

家丁欲要关门：“那你拿了拜帖再来。”

桑念一把挤开谢沉舟，客气地道：“其实我是桑蕴灵，城主的妹妹，麻烦你去通传一声。”

家丁的表情一言难尽，对身边的同伴道：“你信她是我们死了三百年的大小姐，还是信我是仙盟盟主？”

同伴斩钉截铁地道：“小的拜见仙盟盟主！盟主万岁万岁万万岁！”

桑念：“……”

谢沉舟：“……”

“砰——”城主府大门关上。

桑念捂住险些被撞到的鼻子，又理了理被风吹乱的额发，惆怅地望天：“三百年过去了，城主府的工作人员还是这么的……抽象。”看来此地风水着实养人。

谢沉舟道：“我变一张拜帖出来。”

“用不着。”桑念带着他来到墙根，薅起袖子，“直接翻进去吧。”

说完，她踩住墙面，两下便坐上墙头，对他伸手：“上来，我拉你。”

谢沉舟欲言又止，最后还是什么也没说，握住她的手，学着她的样子翻上墙头。

墙边种了一棵杏树，几束开得正盛的杏花探过墙头，伸手就能够到。风一吹，杏树颤巍巍地晃了晃，抖落如雨的花瓣。

桑念伸手接住，朝谢沉舟脑袋上一撒，打趣道：“瞧瞧，这是谁家的郎君？怎么生得如此俊俏？”

谢沉舟翘了嘴角：“幼稚。”

他打了个响指，原本簌簌落到地上的杏花忽然倒飞，裹着风飘到了桑念头顶。

花瓣纷纷扬扬落下，壮观如雪。

她仰着脸去看，眼珠晶亮，盛满欢喜。

“你也挺幼稚的。”她不忘点评。

“这不算。”他道。

桑念故意撇撇嘴，等花雨下完了，收拾收拾站起来，想要跳下墙头。

谢沉舟先她一步落下，伸手。见状，桑念便笑了，从墙头轻盈地跃下，一如那年微凉的月夜，她跌入他的怀抱。

他稳稳地抱着她，一步未退。

桑念搂着他的脖子，一本正经地道：“郎君好身手。”

谢沉舟放下她，同样一本正经：“知道就好。”

桑念正要说话，身侧，有人幽幽地道：“两位真是好身手。”

桑念：“知道就——”话说到一半，她觉得有哪里不对，转头看去。

方才开门的那几名家丁带着一队人站在不远处，皮笑肉不笑地看着他们。

桑念：“……”

那名家丁掂掂手中的木棒：“两位朋友，我们城主府的花好玩儿吗？”

桑念：“……我可以解释的。”

那名家丁狞笑一声：“解释可以，先问问我们手里的家伙什。”

说完，他振臂一呼，那群人立即冲了过来。

桑念拽着谢沉舟就跑：“早知道不翻墙了，直接飞进去多好。”

谢沉舟默默地道：“我刚刚就想说了，其实我可以带你直接瞬移进去。”

桑念瞪他：“那你怎么不说？”

谢沉舟道：“我以为你喜欢翻墙。”

桑念：“好吧，我确实喜欢翻墙。”

谢沉舟：“……”

两人不知不觉跑到了后院，身后来追他们的队伍越来越庞大。

桑念回头威胁道：“别追了，我要动手了！”

家丁甲：“我还动脚呢！有本事你就动一个试试！”

家丁乙：“哈哈哈，你已经被我们包围了，你还想动手？”

家丁丙："乖乖地束手就擒吧！"

桑念无奈，挥袖震出几分妖力，后方霎时摔倒了一片。

剩下的人一个急刹——没刹住，于是又倒了一片。

场面顿时混乱不堪。

"可恶，你竟然动动手指便让我们失去了这么多兄弟？"家丁甲满脸悲愤，"贼人，我与你不共戴天！"

桑念："……他们只是摔倒了而已。"

家丁甲："我和你拼了！"

桑念："都说了他们只是左脚绊右脚摔倒了而已啊！！！"

家丁甲扛着大棒含泪冲来，谢沉舟忍无可忍，施法定住了他。于是，家丁甲以一个难度有些高的姿势僵在原地，一动不动，满眼惊恐。

桑念脑瓜子嗡嗡的。

一阵脚步声从另一个方向传来，熟悉的嗓音问道："出什么事了？如此大吵大闹。"

桑念一怔，慢慢地转过了头。

草木葳蕤，紫衣男子负手而立，眉头紧锁。

见到她，他亦是一怔。

桑念小声地叫他："哥哥。"

这大概是梦。

一个陌生人闯到了他面前，用那双和念念一模一样的眼睛看着他，叫他哥哥。

桑岐言恍惚一下，想走到她身边仔细看看她，脚下却踉跄一下，险些栽倒。

桑念急忙上前扶住他。

他不说话，只是死死地盯着她，脸色苍白，双唇微微颤抖。

桑念声音更小了些："哥哥，我是念念。"

桑岐言："念念？"

桑念用力点头。

桑岐言茫然道："念念已经死了，我亲手葬的，就葬在后院那棵桑树下面。"

桑念心中一刺，忍住了眼泪，换了个容易让人接受的说法："对呀，我的魂魄附在了那棵树上，现在，我既是桑念，又是那棵树。"

那棵树的确枯了许久，奄奄一息。

忽然有一天，病树枝头又逢春。

人人都道是小姐在天有灵救了它。不承想，原来，是种树的那人回来了吗？

桑岐言看向谢沉舟，目光些许迷惘。

谢沉舟对他点头："她是念念。"

桑岐言站直了身子，刹那间，心中闪过万般念头，但到了最后，只剩一片空白。

良久，他道："回来就好。"语气格外平静。只是转身的那一瞬间，他挺直的背骤然佝偻下去，如同迟暮之年的老人。

桑念想去扶他，他背对着她摆摆手，嗓音有些含糊：“别过来。”

她收回脚，突然想起那一年，她偷偷跟着闻不语一行人离开青州，他追上来给她送东西。

分别时，他也是这样背过了身，不肯看她。

青州城的城主有自己的骄傲，他决计不会让人见到自己的眼泪。

哪怕那个人是他的妹妹。

尤其那个人是他的妹妹。

桑念垂下眼，心里闷得厉害，像是堵了一团棉花，直堵到了嗓子眼。

她有点想哭。

掌心一暖，侧眼一看，谢沉舟握住了她的手。

桑念抿了抿嘴，忍住眼泪，对他弯了弯眉眼。

桑岐言也在这个时候转过身来，他看上去一切如常，只是眼尾微红。

“吃过饭了吗？”他问桑念，“饿不饿？”

桑念小跑过去抱住他，语气夸张：“我想快点见到你，早饭都没来得及吃就出发了，现在饿得能啃一头牛。”

桑岐言眼眶红得更厉害，怒不可遏：“什么？谢沉舟那厮竟连饭都不让你吃，他到底是怎么照顾你的？这是虐待！”

旁边的谢沉舟：“……”

桑念：“不是，哥……”

桑岐言厉声道：“不必为他说情！你看看你，都瘦成什么样了，他倒是五大三粗的，气色好得很。”

桑念捏捏自己明显圆润了些的脸颊，又看看谢沉舟刀削一样清晰且锋利的下颌线，眼里多了些清澈的迷茫：“啊？”

桑岐言视线又落到她身上，满脸心疼：“你受苦了，哥哥这就去让后厨准备午饭，做一大桌子你爱吃的，你可劲儿吃。”

桑念：“……其实倒也没有很苦。”

桑岐言充耳不闻，搓着手带着乌泱泱一大群人飞快地走了。

原地只剩桑念和谢沉舟，哦，还有那名被定住的家丁甲。

桑念戳戳谢沉舟的腰：“给他解开吧，看着怪累的。”

谢沉舟默默解开他的定身术。

他当场丝滑地跪下，哭丧着脸道：“小的有眼不识泰山，请小姐和姑爷恕罪！”

桑念：“嗐，这有什么，你起来吧。”

家丁甲一动不动。

桑念以为他不相信，加重语气道：“我们真没怪你，保证不会去和我哥打小报告，你放心吧，赶紧起来。”

听见她这样说，家丁甲两行热泪蜿蜒而下：“我也想起来，可是，我的腿麻掉了。”

桑念："……"

她弹了一指绿光到他腿上，他立马生龙活虎地站起来："多谢小姐！小姐万岁万岁万万岁！"

桑念一脸痛地苦道："快走吧你，我怕我忍不住扇你。"

家丁甲正要走，她倏地又道："等等。"

家丁甲："小姐还有事吗？"

桑念指指谢沉舟："既然对我说了，那对他也要说一遍。"

谢沉舟微微怔愣。

家丁甲立马对谢沉舟鞠了个躬，兴高采烈地道："姑爷也万岁万岁万万岁！"

桑念总算满意："还挺机灵。"

家丁甲："小姐还想扇我吗？"

桑念大手一挥："不扇了，退下吧。"

"好嘞！"家丁甲迈着小碎步跑走了。

桑念挽了谢沉舟胳膊，高兴地道："我带你去看看那棵树，你肯定还没见过它，长得可好了，上面还挂了红绸子和风铃，特别壮观。"

谢沉舟回过神，侧过头，深深地看了她一眼。

他清楚地看见她眸底未散的忧愁。昨晚之后，两人都没有再提长生的事，可它依然存在，每时每刻都压得他的妻子喘不过气。

清风拂过，红绸飞舞。

树叶沙沙作响，枝头挂着的风铃叮叮当当地撞在一起。

一缕发丝被风吹起，泛着银霜一般的冷色，眨眼便如雪。

谢沉舟不动声色地捉住它，施法遮住那抹刺眼的白。

万岁啊……能和她经历一万次春天呢。

可惜，大概是等不到了。

前方，桑念仰头看着那棵巨大的树，语声雀跃："谢沉舟，你看见了吗？这是我为你种的树。"

谢沉舟道："很好看。"

桑念再次往前走了几步，将掌心放在粗粝的树皮上，低着脑袋，在他看不见的地方，眼泪一颗接一颗地落下。

但她语声依然轻快："对呀，这是一棵很漂亮的树。"

有了树灵后，它四季常青，即便是再冷的冬天也不怕。不像人，头发会白。

树下，两座坟茔相互依靠。

桑念蹲在碑前，伸手摸着上面镌刻的字。

"好春儿，你还在这里守着我呀。"

墓碑自是无法回答她。

她抱着膝盖，低声道："春儿，他们说你是寿终正寝，没有生病，也没有受伤，这真是太好了。"

她死时，春儿也只有十六七岁大，还是个青涩的小丫头。

再见面，春儿躺在坟墓里，只剩白骨。

时间甚是狠毒。

桑念没由来地想到，或许某一天，谢沉舟也会变成一堆白骨，或许，那一天很快就会到来。

她无意识地攥紧手。

蓦地，有人伸手，一根根打开她紧攥的指节，与她十指相扣。

她扭头，看见谢沉舟的脸，怔怔地落下泪。

他说："若是不能与你一同经历一万次春天，那有这一个春天，也是很好的。"

风未止，枝叶摇晃。

两座坟茔并排矗立。

桑念道："可是，春天快结束了。"

谢沉舟摸摸她发顶，道："没关系的。"

春天要结束了没关系，他要死了……也没关系。

总归，他已经拥有过天上星。

再无遗憾。

桑念低着头匆匆站起身，胡乱地擦擦脸："去吃饭吧，我好饿。"

谢沉舟没再抓着方才的事不放，顺着她转移话题："好，吃饭。"

两人刚要离开，风停下。

一只翎羽鲜艳的鸟儿从枝头跌落，摔在桑念面前。

"哎哟——"它眼冒金星，小声惨叫着。

桑念及时收回脚，与它大眼瞪小眼。

它清醒了些，从地上爬起来，眼睛同样瞪得很大。

桑念觉得它看上去有些眼熟，正要细想，它已扑腾着翅膀飞了过来，一头扎进她怀里。

"主人。"它嘤嘤叫唤。

桑念："……小七？"

"是我呀。"小七对着她的脸蹭了又蹭，"主人主人，小七现在人话说得可好啦！还会说绕口令哦！"

桑念将它捧在掌心，听它说完一段绕口令，欣慰地左瞧瞧又看看，有点疑惑："三百年过去了，你还没有化形？"

小七懵懂地道："三百年？什么是三百年？我为什么要化形？"

谢沉舟道："赤鹫族化形要借助小华山山灵之力。"

桑念："那碧柯？"

"她破壳便能化作人形，小七在归墟破壳，做不到她那样。"

听到这番解释，桑念心里一揪："算了，一直做只小鸟也挺好的。"

她用拇指揉揉小七的脑袋："做人的烦恼太多了。"

小七左看右看，有点难过地问她：“六六在哪里？我找了它好久好久，可一直找不到它。”

——小鸟没有时间概念，只知道很久很久，便是很久了，久到它都快忘了六六的气味了。

“六六……”桑念犹豫了一下，安抚道，“它还在睡觉，过段时间才醒。”

小七扇扇翅膀，在她掌心雀跃地蹦了蹦：“我给六六攒了好多虫子干，它肯定很爱吃。”

桑念：“虫子干？”

小七献宝一般取下脖子上挂着的储物袋：“在这里。”

桑念注意力在另一样东西上：“储物袋谁送你的？尺寸正好，真有心。”

小七高兴地道：“是魔尊大人给我做的。”

桑念笑了笑，语气揶揄：“魔尊大人会的还挺多。”

谢沉舟挑了眉梢：“那是自然。”

小七打开储物袋给她看：“我攒了满满一袋子呢！要是不够，我再去树上给它捉。”

桑念忽然有种不好的预感：“哪棵树上捉的？”

“那棵树。”

小七用翅膀指指他们身后那棵桑树，语气快活极了：“鸦一、鸦二两个哥哥也常常和我一起来捉虫子呢。”

桑念：“……”桑念一点也不快活。

“鸦一、鸦二哥哥，你们怎么一直不出声呀？”小七突然朝树上叫道，“主人和魔尊大人来了，快下来打个招呼呀。”

藏在树上努力缩减存在感的两只鸦：“……”其实有些时候，不说话，也是一种善良。

谢沉舟扫了眼茂盛的树冠：“还不下来？”

下一秒，两只乌鸦跌跌撞撞地飞下了树，化作人形，“扑通”跪下用力地抱住他的腿。

“主人！”

鸦二瑟瑟发抖：“我们本来一早就想下来打招呼问好的，但是你们这氛围……实在不好出来打扰。”

鸦一疯狂点头：“没错没错！”

鸦二：“但是主人您放心，我们绝对没有听到什么不该听的话！”

鸦一疯狂点头：“是的是的！”

鸦二：“更没有看见什么不该看的！”

鸦一疯狂点头：“没有没有！”

小七蹦到他肩头，语气天真：“咦？可你们在树上不是一直扒着叶子偷偷看他们吗？还悄悄抹眼泪了呢。”

鸦一："……"

鸦二："……"

谢沉舟："呵。"

桑念："呵。"

鸦一默默捂住了小七的嘴，当初就不该教这只鸟说人话。

桑念双手叉腰，用力咬了咬后槽牙。整半天，差点把她啄成傻子的那几只傻鸟，是这仨。

"我现在是这棵树的树灵。"桑念指指大树，很气，"你知道你们整天在上面啄来啄去，我会怎样吗？"

鸦二对她的表情解读错误，拍拍胸口，义正词严地道："桑小姐不必感谢我们，即便你不是树灵，我们也会来为它浇水捉虫的，毕竟，它是你亲手栽种的。"

"你的出发点是很好的，"桑念满脸痛苦，"但是请你别出发。"

鸦二："哈？"

桑念脑瓜子嗡嗡作响，担心谢沉舟责怪他们，没提自己失忆的事，叹了口气，摆摆手："算了，你们以后离这棵树远点，不，是离所有树远点。"

说到这里，她加重语气，咬牙切齿："不要再用那个破嘴啄来啄去啄来啄去了。"

鸦一："啊？"

鸦二："什么？"

桑念："还敢瞪我？"

鸦一："我没有呀。"

鸦二："我天生眼睛大。"

桑念："挖掉。"

鸦二："……"

桑念总算满意，点点头："顺眼多了。"

说完，她拉着谢沉舟离开："走，吃饭。"

小七追上去，自觉地蹲在她发顶，摇头晃脑："可以吃饭咯！"

原地，鸦一、鸦二同时长松一口气，擦擦额头上的汗。

鸦一眼泪汪汪："是我的错觉吗？我总觉得桑小姐活过来以后凶了好多。"

鸦二摸摸自己的眼睛，心有余悸："也可能是终于暴露本性了，她本来就很凶，杀人都不眨眼的。"

鸦一："可是主人一句话都不帮我们说，我的心里凉凉的。"

鸦二幽幽地道："你想让他和我们一起跪着吗？"

鸦一疯狂地擦汗："那还是别说了。"

苦了他们可以，不能苦了主人，主人的尊严，由他们来守护！

不过——主人和桑小姐现在应该不想再见到他们吧？

鸦二道："咱们还是不要去打扰他们比较好，走吧。"

鸦一："嗯呢。"

两人对视一眼，垂头丧气地转身，想要离开。

“还愣着干什么？”

倏地，身后传来一道熟悉的声音。

她不满地道：“赶紧跟上，饭都要凉了。”

“……”

鸦一、鸦二霍然转身。

“来了！”

切得整整齐齐的麒麟肉码放在碟子里，赤酱浓油，颜色红亮，色泽极好。除此之外，极鲜的灵河银鱼、千金难寻的雪莲子、万年人参等药膳摆满一桌子，香味萦绕在上空，经久不散。

桑岐言剥好一只螃蟹递给桑念，顺便给她夹了一筷子肉，眼里的心疼几乎溢出来：“以后就在城主府住下来吧，哥哥给你好好补一补，调理调理身子。

“你看你，都瘦成什么样了。”

闻言，桌上埋头扒饭的其他几人齐刷刷地看来，满脸问号。

桑念干笑：“哥哥，我们还要去参加大师兄的婚礼。”

桑岐言来了兴趣：“你那位闻师兄？他要和谁成亲？”

“初瑶。”桑念道，“你也认识的。”

桑岐言恍然大悟：“原来是她。”

他颇为感慨：“没想到，他们二人竟成了一对。”

“是呀，他们很不容易才走到一起的。”桑念道。

桑岐言遗憾地道：“可惜我要打理那些还回来的矿藏，实在走不开，不然我定要亲自到场祝贺他们。

“这样，我让人备一份厚礼，你替我送给他们，权当我的一份心。”

桑念：“没问题。”

“参加完婚礼便早些回来罢。”桑岐言叮嘱，“别乱跑，老老实实待在城主府，我已经让人把弦音阁收拾出来了。”

桑念点头如捣蒜：“好好好，我保证不乱跑，你就放一百二十个心吧。”

桑岐言视线落到默默吃饭的谢沉舟身上，皱皱眉：“还有你。”

谢沉舟停下筷子：“我？”

桑岐言：“你也早些回来，不要乱跑。”

谢沉舟缓慢地眨了眨眼，没太理解这句话的意思。

桑念用胳膊肘戳戳他，压低声音：“笨呐，哥哥在关心你。”

谢沉舟回过神，拘谨地点点头，试探着回道：“多谢兄长关心，我明白了。”

这声兄长叫得桑岐言浑身不自在，差点汗毛倒竖。

正下意识地想训斥两句，余光瞥见宝贝妹妹笑得眉眼弯弯，他顿了顿，到底没说什么，摇摇头，视线落到桌子的另一端。

鸦一：乖巧端坐。

鸦二：优雅颔首。

小七："好吃好吃好吃好吃好吃好吃好吃好吃好吃好好吃——"

桑岐言："……"

怎么尽养些飞禽。

他扶额——怪不得能成一家人。

桑念一行人在城主府多留了几日，离婚礼还剩一天，他们向桑岐言辞行。

去桃花村之前，还要去趟蓬莱接沈明朝和苏雪音。

几人站在一起，桑念抱着礼物盒子，对桑岐言用力挥挥手。

"我们过几日就回来！"

桑岐言背着手，嗓音含笑："知道了，玩得开心点。"

桑念："好嘞！"

话音落下，谢沉舟对桑岐言道："告辞。"

说完，一行人消失不见，只有两片落叶悠悠地飘过。

桑岐言接住其中一片，忍不住笑骂："看来能耐大了不少。"

蓬莱岛，涛声阵阵，白沙绵绵。

橙红的太阳一点点陷入海平面下方，霞光铺满整个海面。

桑念牵着谢沉舟的手，慢悠悠地朝凌霄宗行去。

小七第一次来这里，看什么都新奇，不断地朝海里冲，想要叼一条鱼上来。

鸦一努力抓着它，一路都在碎碎念。

鸦二烦不胜烦，双手捂住耳朵，满脸淡淡的死意。

桑念回头看了一眼，犹豫几秒，低声问谢沉舟："我们要告诉小七，碧柯的事吗？"

小七对碧柯很是排斥，三百年的时间，大部分都是和两只乌鸦一起度过的。她也不能确定，它听见碧柯的死讯后，会是什么反应。

谢沉舟捏捏她掌心："它现在还不能理解死亡是什么，再等等吧。"

桑念："好吧。"

她走了几步，不知看见了什么，忽地"咦"了一声，挣开他的手，小跑着向前。

冷不防的，谢沉舟手抓了个空，几乎是同一时间，巨大的恐慌涌来。

好在，下一刻，桑念又背着手跑了回来。

谢沉舟猛地舒了口气，袖中的手不再颤抖。

桑念道："你猜我手上拿着的是什么？"

他反复调整着急促的呼吸，神色看不出丝毫异样，笑着问她："是什么？"

"当当当当——"

桑念摊开手心，一枚贝壳静静地躺在那里，精致又小巧，锯齿状的边缘泛着一圈淡淡的紫，像女孩子的裙摆。

谢沉舟眼睫颤了颤。

桑念打开贝壳，里面，一枚浅紫色的珍珠在夕阳里闪闪发光。

她对他扬扬眉，一本正经地道："我要把最大最漂亮的贝壳送给谢沉舟，然后把他和珍珠一起藏在里面，谁也找不着。"

"……"

她的声音与那年在弦音阁中的醉酒少女重合。谢沉舟恍惚了一瞬，几乎分不清今夕是何年。

见他怔愣，桑念以为他不喜欢，摸摸鼻尖，悻悻地道："好吧，珍珠是我刚塞进去的。

"这个贝壳也不够大，藏不下你。"

她正要收回去，手腕忽地被攥住。

谢沉舟道："不是要送给我吗？"

桑念道："你喜欢？"

谢沉舟："嗯，喜欢，喜欢得不得了。"

她瞬间开心起来，将贝壳郑重地放在他掌心："那我就把它送给你了。"

他一根根收拢指节，紧紧地攥住它，又唯恐它被自己捏碎，力道松了许多。

仿佛这是什么稀世珍宝，他看了又看，嘴角弯弯，眉间一片柔软的笑意。

桑念悟了："原来你喜欢贝壳啊，前面还有好多，我再去给你捡一些来。"

谢沉舟注视着她的背影。

连她自己也不记得了，在那个遥远的过去，她曾在醉酒时将一颗真心捧了出来。她对他说，要带他去海边捡最大最漂亮的贝壳。她还说，她要保护他。

她说得很认真。

彼时，他满心杀意，不以为意。

现在，她完成了她的诺言。

在她自己都不知道的时候。

而他……余恨尽收，戾气已散，只剩满腔柔软的爱意。

这怎么不算一种圆满呢？

谢沉舟想，已经很圆满了，他不该再贪心，再去奢求更多，是时候走向天道为他安排的结局了。

以他之命，换她成神。

很划算，不是吗？

在各大宗门齐心协力下，凌霄宗大致已重建完毕，沈明朝的伤也好得差不多了。

琉璃月坚持要办一场答谢宴，所有前来援助蓬莱的仙门一同参加。

桑念拗不过她，被她半拖半拽着也带了过去。

为避免引起恐慌，谢沉舟仍旧用了余渡的身份。他坐在角落自斟自饮，一双眼始终盯着前方人群中的女孩儿。

“你怎么能一声不吭就走？”沈明朝问桑念，满脸不爽，“我差点以为你又掉海里去了。”

“我不是早就用通灵石联系过你了吗？”桑念道，“我前些日子离开魔界，去了我哥那儿，青州。”

沈明朝问她：“那你记忆是怎么恢复的？”

“我吃了前尘花。”桑念道，“这是萧濯尘在归墟里告诉我的办法。”

提起萧濯尘，沈明朝瞥了眼远处的萧净，低声问：“他……还好吗？”

“看上去还不错。”桑念兴冲冲地道，“以后我们可以去归墟看他。”

沈明朝笑了一下，摇头：“你当归墟国是你家呢？想去就去？若无机缘，普通人这辈子也进不去。”

桑念挠了挠头：“很难吗？我没太感受出来。”

沈明朝又笑了一声，“眼睛怎么治好的？”

桑念含糊地道：“吃了点药就好了。”

沈明朝点点头，没追着这个问题不放，冲远离人群的谢沉舟努努下巴：“和好了？”

“就没吵过。”桑念道，“哪来什么和不和好。”

“那他怎么还一副别人欠他钱的样子？”

沈明朝不满，大步走过去，双手抱胸站在谢沉舟桌前。

谢沉舟懒懒地抬头：“滚开，别挡光。”

沈明朝一把拽起他，拖着他转身就往人群走，小声嘟囔：“装什么装，还整起遗世独立这一套了。”

谢沉舟：“……”

他用力掰开沈明朝的手：“我自己会走。”

沈明朝拉开自己座位身旁的椅子，将他按着坐下。

谢沉舟和对面的桑念大眼瞪小眼。

桑念看了看他，又看看沈明朝，立即起身去了苏雪音那桌，将空间留给他们两人。

沈明朝大马金刀坐下，一个酒碗搁到谢沉舟面前。

“哗啦——”碗中酒满。

沈明朝放下酒壶，脸上笑容淡了许多，抬了抬下巴：“我上次问过你，你是不是从没把我们当过朋友。”

“现在，我再问你一次，你想清楚了再回答。”沈明朝看着谢沉舟的眼睛，一字一顿地问道，“谢沉舟，我们是朋友吗？”

谢沉舟看了他几秒，端起酒碗，一饮而尽。

沈明朝眉间霎时闪过几分笑意，一把揽过他脖子，语调轻快：“那就这么说好了，以前的事大家都不提了，以后，我们继续做朋友，谁也不许再埋怨谁。”

谢沉舟挣开他，别过眼：“我可什么也没说。”

沈明朝挑了挑眉梢，再次伸臂揽住他肩膀，用力晃了两下：“那你现在说说，我听着呢。”

谢沉舟道：“沈明朝，你很烦。”

沈明朝笑嘻嘻地凑上去：“烦的就是你，对付你这种没长嘴臭毛病还多的家伙，就得烦。”

谢沉舟睨着他，嗤一声笑了，慢悠悠地道：“都说如今逍遥宗的大师兄沈明朝修为高强，性情沉稳，原来都是谣言。”

沈明朝“嘿”了一声，一薅袖子：“修为高强可不是谣言，我现在一拳头下来能砸死半个你。”

谢沉舟：“呵。”

“不信？”沈明朝立马捶了他一拳。

他本意是玩笑，并未真的用力，谢沉舟却晃了晃身体，指尖用力地抓住桌沿。

沈明朝“啧”了一声，看他的眼神一言难尽：“省省吧，桑念又不在，别演了。”

谢沉舟坐正身体，淡声道：“明日一早启程去桃花村，别误了时辰。”

“我可从没误过时辰，”沈明朝强调，“你的担心完全是多余的。”

谢沉舟起身，掸掸衣襟上不存在的灰：“我先回房休息了。”

沈明朝诧异：“你不和桑念说一声？”

谢沉舟的视线越过他，落到正与苏雪音热聊的桑念身上，扬了扬嘴角：“不必扫她的兴致。”说完，他转身离开。

过了一会儿，桑念与苏雪音聊完，一转头，没看见谢沉舟人，忙抓住沈明朝：“谢沉舟呢？”

沈明朝道：“他回房休息了。”

桑念担心他的身体，匆匆道：“那我也回去了。”

她走了没几步，想起什么，回头问沈明朝：“对了，你上次说有东西要给我，是什么？”

沈明朝低头喝了口酒，对她弯弯眼眉，理直气壮地道：“都半个多月之前的事了，你觉得我还会记得吗？”

桑念扶额，用一种“我就知道你不靠谱”的眼神看他：“算了，你想起来再和我说吧。”

沈明朝不耐烦：“知道了知道了。”

桑念这才加快速度离开。

她的身影消失在视线中，沈明朝转身，目光准确地落在不远处的蓝衣女子身上，笑容依旧：“道友看了这么久，是在看什么？”

琉璃月耸耸肩：“没什么，只是觉得你怪好笑的。”

沈明朝脸上的笑容一秒消失：“你才好笑。”

琉璃月：“你急了。”

沈明朝：“……”沈明朝转身就走。

身后，琉璃月的声音穿过嘈杂的人群再度传来：“不过，你做了个正确的选择。”

用你说。沈明朝不屑地撇撇嘴，他可是智慧和勇气并存的逍遥宗大师兄，当然能做出最正确的决定。

海上的夜黑得过分。

沈明朝行走在不甚平坦的礁石上，身形有些摇晃。

他无端地想起那年在玉京，大家第一次去吹梦楼，出来时，肩并着肩，手挽着手，螃蟹似的走在路上，醉得不成样子。

他闭上眼，试着哼了两声当年哼过的曲子，却总找不到调，只得悻悻作罢。

“哗啦——”海浪一阵阵涌来，猛地拍向礁石，险些将他吞噬。

他从回忆中惊醒，那些泛着朦胧暖意的画面消散，身边只剩漆黑的夜色。

晚风捎来远处宴会厅的笑声、碰杯声、人语声，与眼前的海浪声混在一团，倒也算不上安静。

沈明朝对着海面沉默了许久。

冰凉的水花溅上衣角，他毫不在意，打开紧攥的掌心，随意一扬。

海浪退去。

“明天，大师兄和宋初瑶就要成婚了。”他继续沿着那条路行走，自言自语道，“阿音说了不想再赌气，一定会和初瑶和好。

“再过不久，小桑应该也会和谢小船大婚。

“……又要送份子钱了。”

他仰头望天，叹了长长一口气，八分难过，十分忧愁：“早知道当年离开皇宫的时候多顺点了。

“反正又回不去了，还担心他们会不会生气做什么呢？”

说到这里，他再次叹了口气：“悔不当初啊。”

明日就是婚礼，该布置的都布置得差不多了。

原本破破烂烂的小屋修葺一新，挂满红绸，床上放着一套绣了鸳鸯的嫁衣。窗户上贴着成双的喜字，院中桌椅摆放整齐，酒坛码放在墙角。

闻不语在屋中一圈圈踱步，凝神细想是否遗漏了什么。

坐在一边看通灵石的初瑶无奈地道：“大师兄，你转得我头晕。”

闻不语局促道：“那我出去转。”

初瑶道：“别，我出去吧，正好想吹吹风。”说完，她搬着椅子噔噔噔跑了出去，坐在院中继续看通灵石。

闻不语又开始焦躁地原地踱步。

初瑶扫了他一眼，跷着脚继续在通灵石上和桑念聊天。

初瑶：大师兄这段时间和鬼上身了一样，干什么都毛毛躁躁的，一点也不像从前耐心细致。

桑念：他可能有点婚前焦虑，过段时间就好了。

初瑶：他天天转圈，转得我都要吐了，再不好我就不要他了。

桑念：哈哈哈哈哈哈哈哈哈天天转圈哈哈哈……

初瑶：……你在嘲笑我？

桑念：我在嘲笑他。

初瑶：你在嘲笑我选道侣的眼光。

桑念：咳咳，你真的不用我们提前过来帮忙吗？我们其实今晚就能动身过来的。

初瑶：没必要，大师兄已经全都布置好了，等你明天过来看见我穿嫁衣的样子保证惊艳死你。

桑念：哇哇哇……

初瑶：明天再哇。

桑念：遵命。

时间不早了，两人互道过晚安，初瑶放下通灵石，活动活动脖子。

正要回屋，她余光捕捉到什么，动作一顿。

云遮住了月亮，光线暗下去。小院门口挂着的灯笼摇摇晃晃，隐约映照出一个佝偻的身影。

他站在那儿，不知看了她多久。

初瑶施法点亮周边。灯笼，光线更亮了些，终于照出那人的全貌——一名瘦骨嶙峋的乞丐。

她与闻不语声名在外，附近时常会有饿得受不了的乞丐来乞讨，她已习以为常，忙对那人道："你等等。"

说完，她去厨房盛了几个馒头出来，双手递给他："吃吧，不够我再给你拿几个。"

乞丐伸手接过，拿起一个咬了一大口。

初瑶又另递过去一袋粽子糖，笑道："明日我就要成亲了，这是喜糖，请你收下，一同沾沾喜气。"

乞丐放下馒头，接过那袋糖，或许是许久没同人说过话，声调格外嘶哑难听："你要成亲了？恭喜。"

初瑶笑眯眯地点头："嗯嗯，你明日若有空，可到这儿来用顿酒饭，不收你钱。"

"我也送你一些什么吧。"他慢吞吞地道。

初瑶自然不好意思拿乞丐的东西，摆了摆手："不必了。"

乞丐坚持："我受了你们家这么大的恩，当然得好好报答你们。"

初瑶实在推辞不过，只好道："你要送我什么？先说好，太贵重的东西我不能要。"

乞丐笑了笑，道："送——你——去——死。"

初瑶还未反应过来，面前寒光乍现。

下一刻，她被人向后重重拉了一把，险险避开刺来的寒光。

素衣青年长剑在手，眨眼间便挑落对方握着的匕首，他上前一步，挡在初瑶面前：“阁下，我师妹好心待你，你为何偷袭于她？”

乞丐冷冷一笑，摔了馒头与喜糖：“好心？我不稀罕。”

闻不语蹙眉，隐隐觉得此人有些面熟：“我们可曾见过？”

乞丐拨开半遮住脸的乱发，露出完整的面容，咧嘴一笑：“是我啊。”

闻不语呼吸一窒——此人另外半张脸仿佛缝合而成，眼睛鼻子嘴全都乱了位置。

“看见了吗？”乞丐道，“这就是当年药王谷在我身上留下的，这辈子都去不掉了。”

闻不语霎时明白过来。

这是他当初救下的那个乞丐！

他心中浮现一阵不妙的预感，匆忙想将初瑶推进屋，可到底还是晚了一步。

乞丐怒道：“是宋揽风害得我如此！”

听见宋揽风的名字，初瑶猛地挣开闻不语的手：“我爹爹是冤枉的！”

她高声道：“他从来没害过人！仙盟已经为他澄清了！”

乞丐神色阴冷：“仙盟中都是你的好友，自然要为你父亲洗白名声。

“况且，有这么一个污点在，逍遥宗又怎么能位列当今第一大宗呢？不过是权衡利弊罢了。”

初瑶深吸一口气：“你听不懂人话，我也不想和你再多说！滚吧，我明日成婚，不想见血。”

乞丐：“滚？”

他视线森寒，身上忽地涌出浓稠的黑雾：“游戏才刚刚开始，何必如此心急呢。”

闻不语一怔：“这股魔气……”

初瑶也难以置信：“他的气息，怎么和谢沉舟一模一样？”

一道模糊的黑影从乞丐身后浮现，懒懒地打了个响指。

整座桃花村上空瞬间黑雾弥漫，结界已成。

闻不语试图结印，却惊觉周身灵力消失殆尽，他连剑也险些拿不动。

初瑶亦是同样的境况。

两人脸色难看无比。

黑影背着手，在院中闲适地漫步：“你们是他喜欢的人，那我，自然要好好款待你们了。”

“一想到他痛苦的样子，我就——”她忽地笑起来，“高兴得不得了呢。”

“你到底是谁？！”初瑶怒道，“有本事别躲躲藏藏的！”

黑影嗤地笑了，又打了个响指：“你很快就会知道，我是谁了。”

“吱嘎——”村子里的门一扇接一扇打开。

白日里刚祝贺过闻不语两人的村民们走出屋子，颤抖着朝小院行来。

闻不语勉强定了定心神：“放过初瑶和这些村民，我愿承担你所有怨气，杀了我也好，折磨我也罢，我绝不反抗。”

乞丐语调怪异：“杀了你？

“闻不语，你想得未免太轻松了。

“死对于你来说，可是解脱啊。”

今夜绝不可能善了。

闻不语心中一沉，面上仍滴水不漏，暗中运气，试图冲破桎梏。

黑影似笑非笑：“这样可不好。”

话落的瞬间，闻不语体内气血忽地剧烈地翻涌。他脸色一白，及时咽下喉中的腥甜，避免初瑶看见担心。

初瑶却软软地倒了下去，唇边血迹鲜红。

“阿瑶！”

“闻不语，你不是自诩正道之士，一心要守护苍生吗？”乞丐用力掐住闻不语左肩，迫使他动弹不得。

他指指靠近的村民，在闻不语耳边一字一顿地道：“今天，我就让你亲眼看着，你守护的苍生，是怎么杀了你所爱之人的。”

“……”

闻不语双眸倏地睁大，瞳仁中清晰地倒映着那些村民的脸，还有他们手中的……绳子。

“不会的，”他喃喃道，“他们不会这样做的，我们保护了村子这么久，他们……是你操控了他们。”

闻不语呼吸急促：“是你操控了他们。”

“操控？”乞丐笑道，“我可没有，他们清醒着呢。”

说话间，村民们已逼近几人身旁。

“我说过，”乞丐扬声道，“只要杀了她，我就放你们离开。

“想活命的，动作可要快些，否则，我心情不好改了主意，那可就难办了。”

村民们面面相觑，迟疑着没有动手。

闻不语眼里燃起一丝希望，语气笃定：“他们不会这样做的，我们对他们这样好，若没有我们，他们早就……”

话未说完，一名男子哆哆嗦嗦地走出人群，不敢看闻不语的眼睛，低声嗫嚅着：“对不起，我想活命。”

闻不语僵住。

男子弯腰抓住半昏迷的初瑶，想用绳子捆住她的手。

闻不语猛地回神，疯了一般地挣扎：“滚开！别碰她！”

乞丐稳稳地钳住他双臂：“别这么激动，安静些。”

说罢，他一指点向闻不语咽喉，闻不语登时失声，却仍挣扎不休。

那名男子几乎吓得半死，索性直接拖走了初瑶。

见状，村民们迟疑一刹，争先恐后地跟了上去。

闻不语目眦欲裂。

乞丐慢条斯理地道："你当初若不救我，便没有今日之祸。记住了，害你们的不是我，是你。"

他拍拍闻不语的肩，放声大笑："是你闻大善人啊。"

闻不语面如死灰。

另一边，某户村民家中，两盏孤灯微微摇曳。

门敞开着，犹豫不决的村民聚在门外，围成一圈，谁也不肯先动手。

"别看我，我可从没杀过人。"

"就是啊，可这……哎……"

屋中，初瑶费力地睁开眼，坐起身，看着面前的人群，什么也没说，只是看着他们。

众人不由自主地低下头，不敢与她对视。

倏尔，一个十几岁大的小姑娘闯进屋中，张开双臂挡在她面前，义愤填膺："宋姐姐保护了我们这么久，你们这样，岂非禽兽不如？按我看，咱们应该合力帮闻少侠才对！怎么能反过来害他们？！"

众人更加心虚。

"说得好听，那两个修士一看修为便高强得很，闻少侠连动都动不了，我们要怎么帮？还不是白白送死！"

最开始站出来的男子嚷道："何况，若不是闻少侠他们，我们村也不会遭此大劫！我们才是最无辜的！"

其他村民忙不迭地点头："就是就是！"

小姑娘气得眼眶发红："没有他们我们早就死了！你们忘恩负义我不管，反正我要救她！"

说完，她去解初瑶身上的绳子。

手刚伸了一半，咚的一声，她后脑勺一阵剧痛，身体一歪，向旁边倒去。

她努力抬起头，看见一张熟悉的脸，难以置信："……爹？"

"死丫头，你要害死我们全村人吗？！"村长扔了手里的门闩，狠狠地吐了口唾沫，"把她拉开，扔出去。为了全村人的性命，今天，这个恶人老子来做！"

他话音刚落，旁边的村民立即冲上来。他们抬起受伤的小姑娘，将她放到门外树下靠着，好心地撕了衣裳为她包扎伤口："小玉啊，你可别怪你爹心狠，这是生死攸关的大事……"

小玉满脸是泪："你们不能这么做，宋姐姐是好人，她不能就这么死了！"

她娘止不住地叹气："你还小，等你长大就明白了，没什么比自己的性命更重要。"

小玉不断摇头，还想说什么，到底受伤太重，眼一闭，昏了过去。

屋中，村长一步步靠近初瑶。

“宋姑娘，你可别怪我，要怪，就怪那两个恶人吧。”

这个人初瑶认识，他是桃花村的村长，当初魔族进攻，他差点被斩断手臂，是大师兄救了他。

另一人也上前：“宋姑娘，我们也是被逼无奈。”

初瑶也认识这个人，他被怨灵所伤，是她为他采集药草，帮他修好了屋子，日日替他打水熬药。

更多的人走上来。

每一张脸，她都无比熟悉。

每一个人，都曾受过她与闻不语的恩惠。

当初他们本要离开，是这些人跪下苦苦哀求，求他们留在这里，求他们庇佑村子。

初瑶挑唇笑了笑：“你们想让我说什么？

“说我不怪你们，你们有你们的苦衷，说我甘愿为了你们去死？”

众人讷讷不语，没有接话。

她神色讥诮：“你们大概想错了，我不是大师兄那个傻瓜。”

村长咬牙：“别再说这些没用的了，动手！”

几名青壮男子随他一拥而上。

初瑶硬生生挣断绳子，强撑着身体踹开面前的人，持剑刺去。

那人惨叫一声，身上见了血。

她剑尖指向另一人，抵住他咽喉的刹那，她脸色一白，踉跄着跌倒。

那人吓得几乎魂飞魄散：“还愣着干什么，都上啊！再这样下去她迟早要杀了我们所有人！”

于是，众人顾不得维持那点虚伪的不忍与善良，乌泱泱地全涌了过来，七手八脚地将她按住，合力夺走她手中的长剑。

初瑶奋力转过脸，目光透过一重重人影，落到远处的素衣男子身上。

她对他弯着眼睛笑了笑，低声说了句什么。

明明相隔甚远，闻不语却听得清晰。

她说的是——

“不要看。”

“……”

人影晃过，彻底挡住她，一点铁锈味在夜色中无声地弥漫。

“怎么这么安静？”乞丐不满，“我很想听听她的惨叫声。”

闻不语双眼猩红，指尖死死陷进泥中，一口鲜血喷出，打湿干燥的地面。

他满脸绝望。

“想救她？”乞丐玩味地道，“好，我给你这个机会。”

他解开了几分闻不语身上的桎梏，经脉与灵力仍旧锁死：“去救她吧，再晚，可就来不及了。”

闻不语疯了一般冲向那间屋子。

然而，待他冲到门前，却再难行寸步。

村民们围着他，死死抱住他的腿，给他磕头，声泪俱下。

“求闻少侠给我们一条活路吧！”

“求求闻少侠放过我们吧！”

“我们也是逼不得已啊！”

可是，谁又来给他的妻子一条活路呢？

闻不语遍体生寒，周身血液一同凝固。他仿佛第一天认识他们，看他们的视线无比陌生。

“砰——”

屋中的村民用力关上门，彻底隔绝他的视线。

门框上，他亲手画就的护宅符散发着莹莹微光。

“……”他动了动唇，喉间依旧发不出半点声音。

于是，没人知道，那一夜的闻不语，究竟想说什么。

黑影鬼魅一般地出现在他身后，轻笑一声：“闻不语，这就是你守护的苍生。”

“……”

黑影召唤出他的长剑，引着他的手握住剑柄，低声引诱着他走向前方那片深渊：“闻不语，苍生不配。”

闻不语颓然地阖上眼眸，举起手中的长剑。

……

那扇屋门还是被打开了。

满地血腥，尸首犹未瞑目，似乎没想到那位平日仁慈又善良的仙者，也有这样疯魔的一面。

“当啷——”长剑脱手，重重地落到地上。

青年踉踉跄跄地朝一个方向走去，一身素衣浸满了血，红得诡异。

前方，他的小师妹躺在地上，同样一身红。

“大师兄，”她歪着脑袋对他笑，“别难过，你已经救下我啦。”

见她没事，闻不语泛灰的脸色总算好了些，神色仍旧恍惚得厉害。

他察觉自己的声音回来了，费力地背起她，如同幼时那般对她说道：“别怕，我带你离开这里。”

初瑶搂紧他脖子，靠住他肩头，声音很轻：“好。”

不远处，黑影意犹未尽地舔舔唇，身形不再如之前那般虚幻，只差一步，便能凝出实体。

“果然美味。”他尾调微扬，似乎甚是愉悦，“还是这些慈悲之人身上的魔气好吃。”

“他道心已碎。”乞丐仰天大笑，“从此以后，他在修仙界，再难立足。

“他再也不是人人景仰的那个闻不语了。”

黑影斜睨他一眼：“既然答应你的事已经办到，按照约定，你也该完成你的承诺了。”

“当然。”乞丐看了眼跌跌撞撞远去的青年，心满意足地闭上眼，语声虔诚，“我自愿将魂魄奉献给您，请一定要——

“毁了修仙界啊。”

黑影一点点扩大，缓缓将他吞噬。

“你的心愿，神明听见了。”

一切消失于无声。

原地，黑衣少年伸了个懒腰，昳丽的眉眼盛满笑意。他低头看着自己的手，五指捏合，触感久违的真实。

身旁树下传来一点轻微的响动，他视线随意地扫去。

小姑娘靠着树，闭着眼，似乎还在昏迷。

只不过——

“啧。”他走到她面前，似笑非笑地开口，“你的手在抖，你知道吗？”

小玉抖得更厉害，差点哭出来。

“我什么都没看见。”她呜咽，“我真的什么都没看见！”

“睁开眼睛。”他的声音近乎蛊惑，“看看我。”

小玉控制不住地睁开眼，愣住。

少年轻笑，笑容似一朵罂粟花：“记住我的样子，很快，你还会再见到我的。”

话落，他化作一阵黑雾，消失不见。

小玉瘫坐在地上，茫然地看着满地尸首。

良久，安静的村中响起一声尖叫。

郊外的月色更冷些。

灵力还未恢复，闻不语背着初瑶，深一脚浅一脚地走在沾满露水的草丛中。

他表情一片空白，似乎只是凭着本能在前行，躯壳里的魂魄早已消失。

初瑶道：“大师兄，你是迫不得已才杀了他们，不怪你。”

闻不语满脸恍惚：“是这样吗？”

初瑶：“当然。”

闻不语眼里满是痛苦，没说话。

初瑶又道：“大师兄，露水把你衣摆都打湿了，你冷不冷？”

闻不语摇头。

初瑶今夜话格外多，絮叨道：“衣摆湿了，那鞋袜肯定也湿了，这样走路多难受呀，你先找个地方生火烤一烤吧。”

闻不语还是摇头，努力转动着麻木的大脑，回道：“我要先带你去看医师，他们没有追上来，或许是还有阴谋，我们不能放松警惕。”

初瑶静了静，将他搂得更紧了些，满是眷念地蹭蹭他脖子：“大师兄，天快亮了，我要嫁给你了。”

闻不语勉强笑了笑，安抚道：“成亲的事不着急，等你养好了伤再说。”

初瑶犟道：“就现在，我要和你成亲，我要嫁给你。”

闻不语软下嗓音哄她：“阿瑶，这次不能再任……”

一点温热流进他脖颈，与领口的红色融为一体。

搂住他的那只手一点点松开，他的声音戛然而止。

初瑶的声音很低很低：“大师兄，和我成亲吧。”

“……”

闻不语颤着手放下她，双手扶着她的肩，慢慢坐在一块石头上。

月华如水，照在她脸上，漾着没有生气的青白，只有唇上血迹红得刺眼。

好一会儿，他几乎不敢呼吸：“阿瑶……”

初瑶抬起涣散的眼，对他弯了弯唇，小心采下身侧两株花蕊盛着露水的月光花：“我们已经穿了红衣，那这就算我们的合卺酒了。”

见他不动，她催促：“快点接过去呀。”

闻不语用力闭了闭眼，睫底水光微闪。

他接过其中一株月光花。

初瑶伸手与他交杯，一字一句说得郑重：“宋初瑶和闻不语，正式结为夫妻，一生一世，不离不……”

说到这里，她顿了顿，咽下原本要说的誓词，重新开口：“一生一世，只爱彼此，若一方不在，另一个人……也要好好活着。”

她费力地看着闻不语的眼睛：“大师兄，说你能做到。”

闻不语只是摇头。

初瑶目光涣散得更厉害，揪紧他的袖子：“大师兄，说呀。”

闻不语艰难地开口：“闻不语和宋初瑶，正式结为夫妻，一生一世……”

初瑶：“后面的呢？”

闻不语：“一生一世，只爱彼此。”

“你明知道我想听的不是这句。”

初瑶叹气：“算了算了，先喝合卺酒吧。”

再不喝，就来不及了。

闻不语眸底通红，薄唇凑近霜白花瓣，仰头饮尽花蕊中的露珠。

她亦是如此。

“礼成。”

初瑶心满意足地窝在他怀里，笑道：“大师兄……我要去见我爹爹了。”

闻不语握紧她冷下去的手，望着那轮西沉的月亮，努力扬起嘴角：“我也想师尊了。”

初瑶道："你不许想。"

她咳了两声，声音愈发小："我会告诉爹爹，我们成亲了，告诉他，我这三百年救了很多很多人，告诉他……我值得他为我骄傲。"

闻不语死死咬着牙，没有出声。

"要是……能再见见阿音和桑念他们就好了……"初瑶一点点合上眼，"那套嫁衣真是好看啊，我挑了很久才挑出来的样式，可惜……"

她的手从他掌心滑落，最后说道："大师兄，我不想死，我想活着。"

"……"

月亮终于彻底地沉入西山。

大地苍茫无声。

青年不知呆坐多久，突然站起身。仿佛回到幼时，他将刚成为他妻子的小师妹背到背上，轻轻向上掂了掂，嗓音含笑："阿瑶，山门要关了，我们得赶紧归去，否则师尊会怪罪的。

"等回去了，师兄带你去小月峰摘枇杷吃。

"师兄给你种了一整座山的枇杷，你可以吃个够。"

天色渐白，最后一滴冰冷的露珠从叶尖坠落，洇湿青年的鞋面。

他温柔的神色凝住，怔了一会儿，忽地哽咽一声，侧过了脸。

他的声音很低很低："阿瑶，我好冷。"

第十八章 祸

今天是出发去桃花村的日子。

桑念起了个大早，挨个儿敲门：“起来，要出发了。”

沈明朝顶着一头乱发开门，满脸怨气：“天都还没完全亮，你见过谁成婚挑这个点儿的？”

桑念推推他胳膊：“别磨蹭，赶紧洗把脸走了。”

他只得认命转身去洗漱。

又一声门响，苏雪音抱着盒子走到她身边，笑眯眯地打招呼：“早呀。”

“早！”桑念好奇地看着盒子，“这是？”

苏雪音揭开盖子，露出里面装得满满的碧落兰。

“给阿瑶的新婚贺礼。”她抿着嘴笑，“她一定会喜欢的。”

桑念也道：“她那么爱喝酒，一定喜欢得不得了。”

苏雪音合上盖子：“但愿吧。”

“阿瑶早就原谅你了。”桑念看出她的担忧，“你们一定会和好的。”

苏雪音用力点头：“嗯嗯。”

“我好了，”穿戴一新的沈明朝走出房门，“走吧。”

他打了个哈欠，四下张望：“谢沉舟人呢？不会还没起吧？”

话落，桑念身后无声无息地出现一道人影：“这里。”

沈明朝吓得不轻：“你怎么鬼鬼祟祟的。”

谢沉舟扫了他一眼，目光不言而喻——心里有鬼的人看什么都有鬼。

沈明朝撇撇嘴：“行了，赶紧让我们开开眼，看看你那瞬间移动的功法有多厉害。”

谢沉舟问桑念：“都收拾好了吗？”

桑念认真清点储物袋里的礼品：“我哥送他们的礼物，还有我们的礼物，逍遥、凌霄、玄剑和其他宗门道友送的礼物……都齐了。”

她再三确定妥帖，收好储物袋，语声轻快：“走吧。”

众人站成一排，谢沉舟颔首，挥袖施法传送至桃花村。

眼前天地急速变化，过了几秒，周遭场景一变。

沈明朝迫不及待地嚷道：“宋初瑶，我们来……”

话刚开了个头，他嘴角的笑容猛地凝固。

眼前的确是桃花村，可村中，几具尸体躺在地上，大睁着眼，空中血腥味弥漫，四周安静得落针可闻。

“啪嗒——”苏雪音手中紧紧抱着的盒子落到地上，盖子摔开，纯白花朵散了一地，花瓣浸入血泊，轻颤不已。

“阿瑶！”她奔向村中。

桑念紧跟其后。

到处都是尸首，到处都是血，整座村子的人，都被杀了。

苏雪音站在贴了大红喜字的门前，迟迟不敢开门。

桑念疾步越过她，用力一推——屋中空荡荡的，并没有他们要找的人。

苏雪音屏住的呼吸终于松开，脱力地靠着门，不知是在和桑念说话，还是在对自己说话：“他们一定会没事的。”

桑念在屋中转了一圈又一圈。

她看着梁上鲜艳的红绸，看着床上叠得整整齐齐的嫁衣，抿紧嘴角，一言不发。

沈明朝走进屋子，脸色苍白：“村里的人，全都死于逍遥剑法。”

“不可能！”苏雪音听出他的弦外之音，厉声道，“大师兄不可能会滥杀无辜！这其中定然有误会！”

沈明朝双手横举，将刚刚捡到的长剑递给她看。

剑身血迹斑斑，每一处细节都无比眼熟。

“扶光剑……”苏雪音失声。

沈明朝道：“大师兄弃了他的扶光剑。”

“也许是有人夺了他的剑，”苏雪音颤着声音道，“就像那年岳清兮……那样。”

沈明朝：“我也希望是这样。”

桑念用力揉揉额角：“当务之急是找到他们，我们——”

外面忽地响起一声刺耳的尖叫。

几人飞身冲出去。

不远处，十几岁大的小姑娘缩在墙角，看着面前弯腰欲扶她的青年高声尖叫。

谢沉舟的手顿在空中，慢慢收回去。

“还有活口！”沈明朝喜出望外。

桑念上前抱住小姑娘，低声安抚她。

好一会儿，小姑娘情绪终于稳定了些许。

桑念问她："你可有哪里受伤？"

小姑娘缩在她怀里，筛糠似的抖。

沈明朝："到底发生什么事了？！你说话啊！"

小姑娘打了个哆嗦，脸色惨白，不断地摇头："爹你不要杀宋姐姐，求求你别杀她……"

苏雪音一把握住她的肩，每个字都说得艰难："你说什么？"

小玉"哇"一声哭出来："爹爹他们杀了宋姐姐，闻大哥把他们都杀了，所有人都死了，我娘也死了……"

苏雪音跌坐在地上，脸上一片空白。

沈明朝喉头发紧，勉强维持冷静："他们为什么要杀宋初瑶？"

小玉肩头瑟缩得更厉害："有坏人来了村里，他们是被威胁的。"

沈明朝："谁威胁的他们？！"

小玉哭着伸手，颤抖着指向他身后。

沈明朝身形一僵，缓缓转身。

他身后，黑衣青年眼眸低垂，面无表情。

"……"

空气沉默。

"不可能。"良久，沈明朝道，"你一定是认错了。"

"我没有认错！"小玉尖声道，"他让我看着他，记住他，他还说——

"我们很快会再见面。"

桑念想说些什么，耳边倏地传来冰冷的电子音。

系统正在连接中……

桑念用力闭了闭眼，将小玉抱得更紧些，轻拍着她的背，一声声安抚她。

小玉在她怀中放声大哭。

沈明朝深吸一口气，拉着谢沉舟走到一旁。

"这件事不对劲。"他道。

谢沉舟："知道。"

"有人顶着你的脸作恶，"沈明朝道，"想要嫁祸给你。"

他问谢沉舟："这个人是谁，你有头绪吗？"

谢沉舟沉默两秒："有。"

沈明朝抓住他胳膊："是谁？我这就把他抓来！"

谢沉舟摇头："你抓不住他。"

沈明朝："不试试怎么知——"

"那个人，是我。"谢沉舟道。

沈明朝攥紧他领口："你在开什么玩笑？！"

谢沉舟静静地道："另一个谢沉舟，醒了。"

沈明朝语速飞快："到底怎么回事？说清楚。"

谢沉舟声音更轻了些："他叫'祸'，是万年前的我，真正的……魔神。"

沈明朝怔住。

"我会抓住他，杀了他。"谢沉舟看着不远处的桑念，声音很轻，"在这期间，还请替我照顾她。"

"谁要替你照顾她？！"沈明朝咬牙，"就算是魔神又怎么了？！我照样能杀！

"你必须带上我！"

谢沉舟看着他，脸上露出一点笑意："好。"

沈明朝刚松了一口气，下一秒，面前的青年消失不见。

他愣了愣，终于意识到自己被骗。

"浑蛋！"

谢沉舟就是个浑蛋！

他怒气冲冲地拿出通灵石，对那端寒声道："桃花村出事了，通知下去，让仙盟全力搜索一个人，一个和谢沉舟长得一模一样的人。

"记住了，他叫祸，不叫谢沉舟。

"对方修为很高，找到后不要轻举妄动，第一时间通知我。"

对面很快领命："还有其他任务吗？"

沈明朝停了停，声音轻了许多："找到闻不语和……宋初瑶，活要见人，死要见尸。"

"收到。"

他收好通灵石，大步走回桑念身边。

"谢沉舟有事先离开了。"他道，"我刚刚已经通知了仙盟，他们会派人来此处调查。"

桑念魂不守舍地听着，脑海中同时响起六六熟悉的声音："我来晚一步，宿主，你有新的任务了。

"请让反派谢沉舟，停止灭世。"

桑念："……你说什么？"

六六语气很沉重："根据资料显示，谢沉舟已经黑化，即将开始灭世，你必须救赎他，让他变成一个懂爱的正常人。"

桑念："……我们说的是同一个谢沉舟吗？"

六六："？"

桑念道："他一直都很正常。"

六六："不能吧，在我这儿的数据表里，他的黑化值已经百分百了。"

桑念回想着小玉的话，心中隐隐浮起一个猜测："或许，你说的谢沉舟，并不是我们认识的那个谢沉舟。"

六六："？"

桑念快速简述了一遍她复活后发生的事。

六六傻了："不是，我就断了一会儿网，怎么就出了这么多事？"

桑念："一会儿？你怎么不干脆等到尘埃落定，大家都死光了再来呢？"

六六变成小鹦鹉落到她肩上，环视四周的惨状，情绪十分低落："那现在怎么办？你要去救赎那个假的谢沉舟阻止他灭世吗？"

桑念像听见什么好笑的事："救赎？"

她抿了抿唇，笑容一点点收起："你在想什么？

"我当然是要——杀了他。"

六六结结巴巴地道："这、这样真的可以吗？"

桑念："要不然你就杀了我，要不然你就听我的。"

六六犹豫了一下："行吧，反正只要结果一样就行。"

对面，沈明朝大步走到桑念身边，语气故作轻松："谢沉舟有事先离开了，我已经通知仙盟，他们会来此处调查，全力寻找大师兄和初瑶。"

话落，他瞥见她肩头的小鹦鹉，随口问道："你这只鸟什么时候又回来了？"

"刚刚。"桑念心不在焉地回了一句，加重语气问道，"谢沉舟去找那个冒牌货了？"

沈明朝叹气："果然瞒不住你。"

他将谢沉舟告知他的内容大概说了一遍。

"祸？"

桑念皱眉："名字真奇怪。"

沈明朝："我已经让人去查阅古籍，希望能找到有关他的蛛丝马迹。"

"好。"

小玉哭昏过去了，桑念看看小玉，又看看游魂一般的苏雪音："先找到大师兄要紧。"

她将小玉交给沈明朝，又搀起苏雪音："我和阿音去找人，你带着这孩子等仙盟来安置。她受伤不重，但吓坏了，让人多照顾照顾她。"

沈明朝："还是一起行动更好，万一……再等等吧。"

桑念摇摇头："一刻不找到他们，他们便多一刻的危险。"

闻不语和初瑶两人生死未卜，一分一秒都不能再耽搁。

她与苏雪音正要御剑离开，沈明朝的通灵石倏地亮起。

他低头看了眼，面色一喜："大师兄找到了。"

桑念诧异："这么快？谁找到的？"

沈明朝道："仙盟刚刚来报，谢沉舟将大师兄和初瑶送去了清风城的据点，不过……"

他看着下面的内容，脸上的喜色消失得无影无踪，迟迟没有接着说下去。

苏雪音预感到什么，抓住他衣袖："不过什么？你说啊。"

沈明朝的声音低到几乎听不清："他们二人，一死一疯。"

苏雪音松开他的袖子，后退几步："不可能……"

"不可能！"她猛地御剑飞上云霄，"我要去见他们！"

"阿音！"桑念立即御剑追上去。

沈明朝正要跟上，想起怀里还有个小玉，只得停下。

一个时辰后，两道剑光先后落下清风城。

仙盟的人早已得到消息等在那儿，见到桑念两人，匆匆迎上来："闻道友的情况很不好，你们快些去看看吧。"

他说的是闻道友，那死的那个……

苏雪音惨白着脸跑进屋中。

屋子不算大，里面的家具陈设已被尽数毁去，只剩满地狼藉与光秃秃的墙面。

光线黯淡，一道影子蜷缩在角落。

真要见到他，苏雪音反倒怯了。她在原地站了一会儿，屏住呼吸，一步一步走向他。

地上，她的影子狭长，随着距离拉近，慢慢笼罩在墙角青年脸上。他怔怔地抬头，脸庞苍白瘦削，下巴生了淡青色的胡茬，那双布满红丝的眼睛一眨不眨地看着苏雪音。

只一眼，苏雪音喉间一梗，眼中直直地落下泪来。

她双唇微颤，艰难地叫道："大师兄。"

闻不语没说话，只是满含杀意地看着她，宽大的袖子紧紧掩着怀中，似乎抱着什么东西。

苏雪音蹲下，呜咽着："大师兄，是我啊。"

"我是阿音，"她道，"你不记得我了吗？"

闻不语脸上闪过几分迷茫，身上的杀意散了些，嗓音嘶哑："阿……音？"

苏雪音用力点头，眼泪落得更凶："我是阿音，对不起，我是阿音，大师兄，对不起……"

闻不语小声问她："你为什么要和我说对不起？你做错了什么事吗？"

苏雪音泪如雨下。

闻不语还等着她的回答，她泣不成声："大师兄，我不该和阿瑶吵架，对不起，阿瑶，阿瑶……"

她再也说不下去，只是不断重复着"阿瑶"二字。

闻不语犹豫一会儿，放下袖子，安慰她："阿瑶在这儿呢，别哭。"

"……"

青年怀中，年轻女子双目紧闭，面色青白，已死去多时。

两人皆是一身红，她身量娇小，被他用宽大衣袍刻意藏着，极难分辨。

苏雪音怔怔地看着她，一滴眼泪慢慢滑下。

她想伸手摸摸初瑶的脸，闻不语警惕地拦住：“你的手太凉了，她怕冷。”

他往自己掌心哈了口气，小心替怀中人理了理颊边的碎发。

“阿瑶睡着了，你说话小声些，别打扰到她。”

苏雪音忽地转过身，死死地咬住手背，双肩颤抖。

门口，桑念背靠着窗户，眼眶通红。

身边，仙盟弟子低声道：“闻道友刚被送来的时候，神志不清，险些将街上百姓误杀，我们只好将他关在这里。

“我们本想将宋道友的尸身带走安葬，但他情绪十分激烈，伤了许多人。”

桑念擦干净脸上的眼泪：“暂时别动初瑶，等他情况好些再说。”

“好。”

顿了顿，她又问道：“谢沉舟有留下什么话吗？”

提起谢沉舟，那名弟子的表情讳莫如深：“那位将人送到就走了，并不曾说些什么。”

桑念垂眼：“知道了。”

那名弟子退下。

“我应该早些过去的。”

她靠着窗户，抬眸眺望远方灰白色的天幕，眼尾泪痕微凉。

“阿瑶，你的嫁衣真好看，我看见了。”

稍晚些的时候，沈明朝也赶了过来，他对着闻不语沉默许久。

闻不语不许陌生人靠近，否则必暴躁难安。

唯独他们几人，他始终不曾动过手。

他问沈明朝：“她们说是我的师妹，你又是谁？”

沈明朝勉强笑笑：“我是你师弟，沈明朝。”

闻不语不怎么感兴趣，“哦”了一声便又低下了头。

苏雪音打来一盆清水，红肿的眼里满是小心翼翼：“大师兄，我给你擦擦脸好不好？”

闻不语考虑了一会儿：“给我吧。”

苏雪音将布巾拧干水递过去。

闻不语接过，手腕一转，仔细为怀中的初瑶擦拭。

苏雪音别过脸，不敢再看。

桑念拿着梳子，轻轻地将他散乱的头发梳顺，重新用发带束好。可依旧还是难以再从他身上，看见从前那个闻不语的影子。

沈明朝喃喃：“你说，他还会清醒过来吗？”

桑念道：“他若真的清醒了，就活不下去了。”

沈明朝没出声，默认了这个事实。

“小玉怎么样了？”桑念问，“都安顿好了吗？”

“桃花村的事你不必担心，都安顿好了。”沈明朝深吸一口气，“那个‘祸’，有人在一本古籍上查到了只言片语。”

桑念:“他是什么？”

“根据书中记载，一万年前，他曾在人间作恶，被昆仑一名神女封印在净瓶中。”

桑念:“没了？”

沈明朝:“年代久远，再加上有关神界的记载实在太少，目前只找到这些。”

桑念揉揉眉心:“也算知道了些他的来历，辛苦了。”

“不过——”沈明朝又道，“谢沉舟说他们本是一体，为何一方被镇压，一方却转世为人？”

桑念低头思索。窃走谢沉舟长生与力量的那个人，或许便是他。他与谢沉舟明明同出一源，却结局不同，难道……

余光瞥见闻不语一直看着她手里的梳子，她话音一转:“大师兄，你想让我给阿瑶也梳一梳头发吗？”

闻不语看看初瑶，又看看她的梳子，不太好意思地伸手:“给我吧。”

桑念却避开他的手:“你会梳女子的发髻吗？要是梳得不好看，她会不高兴。”

闻不语迟疑一刹，松开手，任由桑念接过初瑶。

桑念道:“大师兄，你们身上的衣裳都脏了，我和阿音带她去隔壁房间换一身好不好？”

闻不语迟疑得更久，终是点头:“好。”

她们起身离开，他下意识要追上去，沈明朝拉住他，将早就准备好的干净衣裳拿出来:“大师兄，你穿这个。”

闻不语只好停下脚。

隔壁房间，苏雪音打来温水，想为初瑶擦拭身体，可她的指尖停在那些密密麻麻的伤痕上，半晌下不去手。

桑念道:“我来吧。”

苏雪音:“还是我来吧。”她将那些未愈合的伤口缝好，一点点擦拭上面的血渍，眼泪落了一程又一程。等清理干净，她为初瑶换上干净的衣裳，看着桑念给她梳发。

“其实，这三百年里，我去找过他们的，”她喃喃着，“很多次。

“可我不敢让他们看见，总是远远地看着，在他们发现之前离开。”

桑念“嗯”了一声:“所以你才会知道大师兄身体不好，去蓬莱给他采药。”

苏雪音怔怔地道:“其实我早就后悔了，我多想回到孤竹峰，我们大家再看一次流星。”

“那不是流星，”桑念道，“那是有人在天上打架掉下来，衣裳着火了。”

苏雪音想笑，却笑不出来。

桑念挽好最后一簇头发，放下梳子，端详着初瑶。

门外的闻不语早就开始闹起来了。

她道:“走吧，把初瑶还给大师兄。”

苏雪音道："他这样也不是办法。"

桑念打开门，放闻不语进来，看着他满脸惊惶地抱住初瑶。

她道："没有更好的办法前，这就是最好的办法了。"

沈明朝将她拉到一旁："不如做一具和初瑶一模一样的傀儡？"

桑念："你们可以试试，不过，我觉得应该不会管用。"

沈明朝几番犹豫："还是试试吧。"

桑念点点头："我先走了。"

"走？"他诧异，"你去哪儿？"

"我去和谢沉舟一起杀了那个人。"

她拿出一只纸鹤，一束光线从纸鹤身上亮起，指向某个方向。

"我们一起去。"沈明朝没拦她，用力拽住她衣袖，"我们一起去帮他。"

桑念："好。"话落，她忽地割断衣袖，身形化作剑光消失。

沈明朝手里还抓着那片衣角。

"……"

他用力掷了那片布料，咬紧牙关。

两口子都不是什么好东西。

只抓着他一个人骗。

鬼蜮林。

雾气浓稠得不太正常，四周白茫茫一片，只能隐约看见几道瘦长的树影。

谢沉舟站在雾中，倏尔伸指，准确夹住面前迅疾刺来的剑刃。

"铮——"剑刃断裂，散做漆黑的魔气。

他微侧了脸，淡声道："还不出来？"

"啧。"

雾气散开些许，一道黑影慢腾腾地走出树后，背着手，发尾微扬。

"这就生气了？"他对谢沉舟笑道，"好歹我们万年前曾是一体，你对我的态度能不能好些？"

谢沉舟掀了掀眼皮，看着面前的少年。除却眉间几分青涩，两人面容身形，如出一辙。

他皱皱眉，厌极那张与自己一样的脸，出手便是杀招。

祸旋身躲过，挑眉："你要杀我？"

他笑眯眯地道："你可想清楚了，我们同出一源，我为正，你为副，我死你亦亡。"

谢沉舟仿佛没听见，仍旧穷追不舍。

他脸上的笑容更深，不再躲闪，掌心汇集磅礴的魔气，将方才没说完的话说完："你死了，我却能更强，谢沉舟，今日不是你要杀我，是我，要杀了你。"

谢沉舟轻嗤："就凭你？"

"轰"的一声，两人掌心相对，余波向四周一圈圈散开，大地震颤，猛然裂开长达数十里的地缝。

祸脸色一阴，飞身后退，后背狠狠撞上树干，滑落在地。

谢沉舟闪身至他面前，一脚踩上他胸口，垂眸冷睨："即便偷走了我的长生和力量，你还是弱得可怜。"

祸咬紧牙，素来以笑示人的脸上满是恨意："若不是她将我封印万年，我怎会变成今天这样？"

说到这里，他冷笑一声："谢沉舟你有什么可得意的？若当年先醒来的是我，她先遇见的人便会是我，那被封印的人……"

谢沉舟脚下加力，空气中隐约传来肋骨断裂的细微闷响。

祸喉中呛出一口血，他扬扬殷红的唇角："怎么？生气了？因为被我说中了？"

谢沉舟面无表情："你的话很多。"

他召出本命剑，一剑刺下，动作狠厉，没有半分犹豫。

祸身体颤了颤。

"滴答——"血珠顺着谢沉舟衣角滴落，一团深色水痕迅速浸湿胸口的衣襟。

他脸色微微发白，持剑的手却极稳。

"都说了，我死你也会死，我伤，你自然也会伤。"祸轻哼一声，"不然她当年干吗要费那么大劲封印我，直接杀了不就好了。"

"你真的很吵。"谢沉舟眉间盛满不耐，一剑抹向他咽喉。

祸狼狈地避开，肩上被划出一道狭长的血口，深可见骨。

他表情变了变："你真的不怕死？！"

谢沉舟语气平静："只有你死，他们才能平安。"

其余的……都不重要。

"愚蠢！"

祸猛然蓄力跃起，怒道："你竟甘愿为了那些凡人去死？别忘了，你可是魔！"

谢沉舟："蠢的人是你。"

剑风夹杂着魔气袭来，祸捂住伤口连连后退，倏地看向某个方向。他神色一变，身形消失在雾中。

谢沉舟正欲追上，身体忽然晃了晃。

他靠树站稳，低头一瞧，无数伤口一同出现，鲜血已浸湿大半身衣裳。

他扯扯嘴角，并未当回事。

对方并没有完全掌握"长生"，纵然自残也不敢留下致命伤，纯粹为了恶心他。

谢沉舟揉揉眉心："幼稚。"

雾气深浓，纸鹤指路的光线到这儿便断了。

桑念打起十二分的警惕，小心步入鬼蜮林。

六六飞在前方，努力为她探查敌情。

"你别怕，"它道，"我一旦发现前面有危险，会立马带着你跑路的。"

桑念叹气："我们大老远赶来这里，是为了逃跑的吗？"

六六反应过来，挠挠脑门："对哦。"

"那我发现有危险，就立马动手。"它信誓旦旦，"谁来了都得挨一拳再走。"

话落，有什么东西狠狠撞上它，它一个趔趄，差点掉到地上。

"有人偷袭，快跑！"它全身的毛都炸了，扑腾着翅膀就往桑念身后飞。

桑念一把揪住它，无奈地道："你先看看那是谁。"

六六揉揉脑袋，抬头看去。

羽毛艳丽的小鸟欢快地飞来："六六！"它速度太快，没刹住，又撞了六六一下。

六六满头金星，艰难集中视线，眼睛蓦地睁大："小七？"

"是我是我！"小七绕着它飞来飞去，兴奋地道，"我闻到了你的味道，立马就飞来找你啦。"

——上次在桃花村，它和两只乌鸦随着谢沉舟一起离开，与六六正好错过。

"谢沉舟呢？"桑念问它，"他在哪儿？"

"我们走散了。"小七弱弱地道，"我也不知道他在哪儿。"

话音落下，鸦一、鸦二急急地冲出浓雾，见到他们，松了一大口气，狠狠教育小七："以后不许再一声招呼不打就飞走。"

小七低着脑袋："我知道错了。"

鸦一这才对桑念道："桑小姐，你怎么来这儿了？"

桑念："我来找谢沉舟。"

"我们也在找他。"鸦二忧心忡忡，"方才林中动静很大，想必是打起来了。"

桑念握剑的手紧了紧："先去前面看看，别再走散了。"

两人忙不迭地点头："好。"

一路寂静，连小七也不再说话，警惕地张望。

六六越飞越低，差点一头插到地里。它觉得有哪里不对，一回头，与不知什么时候蹲到它背上的小七对上视线。

六六："……"

小七："啾。"

六六："说人话。"

小七："我好累，你带我飞一下好不好？"

六六挣扎着飞起来，摇摇晃晃地前行，哼了一声："就这一次，下、下不为例。"

小七："我很重吗？"

六六屏住一口气："一、点、都、不、重。"

鸦一："……可你的翅膀快扇断了。"

六六："没、有、断。"

鸦二："所以是快断了。"

六六："不、会、断。"

鸦一、鸦二："……"

嘴真硬啊。

桑念实在看不下去，把它们放到自己肩上："消停些吧。"

六六啪叽一下躺倒，喘着粗气道："既然你强烈要求了，那就暂时歇一歇吧。"

小七："好哒。"

"等等，前面不对劲。"桑念抬手做了个停下的动作。

众人同时收敛气息，安静下来。

有风从远处吹来，裹挟着浓重的铁锈味，待雾散了些，隐约露出前方人影。

桑念眯着眼睛看去，瞳仁一缩。

几人合抱粗的古树下，黑衣青年靠树而坐，身下聚起一摊血泊。

生死不明。

那是——

"谢沉舟！"

桑念拔腿跑到他身边。

听见她的声音，青年勉强睁开眼，见是她，周身杀意立时收敛："念念。"

桑念一摸他衣襟，满手的鲜红，咬了咬牙："是那个冒牌货伤的你？"

谢沉舟动动唇，嗓音嘶哑："我没事，别担心。"

话音刚落，他双眸微闭，靠在她肩上昏了过去。

"主人！"鸦一急得团团转，"主人您醒醒啊！"

"笨蛋，他昏过去了要怎么醒？"鸦二给他后脑勺一巴掌，"还不赶紧带着他离开这里，万一对方又追来了怎么办？"

鸦一立马化成原形："快上来！"

桑念带着谢沉舟跳上他后背，他挥动双翼，冲天而起。

"主人，您不要死啊。"他一边哭一边飞，"您一定要挺住！"

桑念努力为谢沉舟疗伤，抽空回道："他暂时不会死，但你要撞上前面那座山的话我们一定会死。"

鸦一用力眨掉眼泪，这才看见前面的高山。他倒吸一口凉气，几乎是擦着山体紧急转了个弯："还好还好，我很敏捷地躲开了，现在没事了。"

没人回答。

他转头一看，背上空空如也——不管是人还是鸟全在那个急转弯甩了出去。

鸦一："……"

鸦一："主人啊！！！"

山下，飘然跳下树梢的鸦二："……废物啊。"

小七试图把六六从地里拔出来，闻言，它转头怒视他："不许你这样说六六！"

鸦二："我说的是鸦一。"

小七："哦，那可以。"

它继续拔六六。

旁边有间破破烂烂的茅屋，大抵是从前山下的猎户所住。桑念施了几个净尘术，大概收拾了一下，整座屋子焕然一新。

她将昏迷中的谢沉舟挪到床上，扒开他的衣裳——血痕交错，触目惊心，这就是没有了自愈能力的谢沉舟。

她鼻尖一酸，将所有药都取了出来，放轻动作为他包扎。

门外，鸦一连滚带爬地跑来："你们没事吧？"

鸦二轻飘飘地道："托你的福，没死。"

终于把六六拔出来的小七："有事！"

它心疼地拍拍六六身上的灰："都怪你，六六摔成对眼了！"

鸦一惦记着屋子里的谢沉舟两人，随口敷衍道："它本来就是对眼。"

六六听见，秒速从地上弹了起来，哪还有方才半点虚弱的样子，中气十足地嚷道："我才不是对眼！"

它努力把两个眼珠摆正："你给我看清楚，这是对眼吗？"

鸦一更敷衍了："啊不是不是。"

六六："你、认、真、一、点！"

鸟养多了也不是一件好事。

桑念脑瓜子嗡嗡响，抬手布下隔音结界。

谢沉舟还在昏迷中，脸色白得出奇。

"失血太多了吗？"她蹙眉，背上从前编的背篓出门。

"你们在这儿守着他，我去采些补血的药草。"她道，"六六留下，有事第一时间通知我。"

小七变成赤鹫鸟的模样："那我载着你飞过去。"

桑念："行。"她坐上小七的背，身影急速地消失在天际。

不多时，屋中响起轻微的声音。

鸦一、鸦二疾步走进屋中："主人您没事吧？"

谢沉舟不知什么时候醒了，半靠着床头。

听见声音，他瞥了他们一眼，正要说话，一只大胖鹦鹉从天而降，精准地砸在他脸上。

六六："哇！谢小船你这都没死，血条简直不是一般的厚！"

谢沉舟："……"

六六抱着他的鼻子左看看右看看，大为惊奇："啧啧，被砍了那么多刀，但刀刀都避开了脸，这应该算 buff 还是 bug？"

谢沉舟："……"

它还要继续说，鸦二实在受不了它的碎嘴，一把拎开它："行了，主人刚醒，别打扰他休息，都出去吧。"

六六只好不情不愿地和他们一起离开。

临出门前，它不忘回头叮嘱："你要有什么需要就叫我哦，我主人不在，我会替她照顾你的，千万别怕麻烦我，只要给我一袋瓜——"

话没说完，砰的一声，鸦二关上了门。

谢沉舟打量了几眼四周，很快便又昏睡过去，再睁开眼时，天色已黑。

桌上点了盏灯，暖黄色的光线倾洒一屋，苦涩的药香弥漫。熟悉的身影背对着他坐在桌边，正用小石杵捣着药。

听见动静，她放下石杵，回头看来，烛光为她侧脸镶了一圈毛茸茸的边，像只小动物。

她走向他："六六说你醒过一次，有哪里不舒服吗？"

谢沉舟缓了一会儿，道："头疼。"

桑念屈指揉了揉他的太阳穴："现在好些了吗？"指腹温热柔软，力道不轻不重。

好一会儿，谢沉舟点了点头。

她返身去桌上端来一碗药："喝吧，我用灵力一直温着的。"

他看着漆黑的药汁，迟迟没有下口。

桑念收拾完外敷的草药，一抬头见他这样，不解："怎么还没喝？是有哪儿不对吗？"

他看看药，又看看她，接过碗，似是下了很大的决心，仰头喝尽。

桑念照常往他嘴里塞了颗梅子糖。

他噙着糖，小心将它卷入口中，神色微怔。

"换药吧。"

桑念扶着他坐起来，一只腿半跪在床上，双臂绕到他腰后，一圈圈解开染血的绷带。

他身体微不可察地一僵，下意识垂眸，视线落到她白皙的脖颈上，他飞快地移开眼。

伤口还未愈合，但好在血止住了。

她问他："还疼吗？"

谢沉舟摇头。

"希望这次的药能有用吧。"

桑念将刚才处理好的药敷上，用干净的绷带缠好，低着头打结固定。

谢沉舟睨着她，抬起手。

"好了。"桑念抬头，见状问道，"怎么了？"

谢沉舟捻起她发间的一片草叶。

她没在意："估计是在山里沾上的。"

说完，她弯腰查看他脸色，舒了口气："好像没那么吓人了。"

颊边有些痒，谢沉舟侧眼看去，是她的一束长发垂了下来。他想拨开那束长发，指尖碰了碰它，迟迟没动。

桑念起身，那束头发随着滑走。

他看着自己的指尖，眉头微皱。

"你内伤不轻。"她低头用通灵石联系沈明朝，一边对他说道，"等明天情况稍好一些，我带你回清风城，那里有更好的医修。”

谢沉舟忽然抢走她的通灵石。

“又怎么了？”她道。

谢沉舟弯起嘴角，对她露出一个温柔的笑：“留在这里不好吗？念念。”

桑念：“可是……”

谢沉舟眼睫低垂：“我不想让他们看见我受伤的样子。”

桑念没再坚持，往后退了两步，去收拾桌上的药，顺着他道：“好吧。”

他半倚着床头，看着她的侧脸，不知在想什么，微微出神。

“念念。”他忽地叫了她一声。

桑念头也不抬：“干吗？”

他换了个更舒服的姿势躺着，单手支颐，嗓音慵懒得似一只猫：“我喜欢你的名字。

“我也喜欢这里，很暖和，不冷，也不安静。”

桑念：“六六他们吵到你了？”

原本的隔音结界已失效，她正准备再布一层，他拦住她：“不用，就这样吧。”

床上的青年双眸微闭，侧耳听着门外热闹的动静，再次说道：“我喜欢这里。”

桑念：“行了，时候不早了，你早些休息。”

她正要出去，他抓住她手腕，眉间闪过几分躁意：“你去哪儿？”

桑念掰开他的手，无奈地道：“我回来的路上顺手打了些猎物，并把它们炖成了一锅肉汤，现在要去看看熟了没，说得够清楚了吗？”

谢沉舟：“我和你一起去。”

“老老实实躺着吧。”她把他按回去，“伤员等着喝汤就行。”

他被迫躺好，目送她打开屋门。

屋外生起了篝火，火光在她脸上跳跃，她搅动着锅里的汤，偶尔低头闻闻香味。注意到他的视线，她对他笑笑，盛了一碗汤，裹着一身冰凉的夜色走回来。

她坐到床边，低眸吹吹勺中汤，白雾袅袅，热气氤氲。

谢沉舟静静地看着她。

桑念将碗递来：“不烫了，喝吧。”

他回过神，耍赖一般不肯接：“我手也受伤了。”

“你刚刚抓我的时候不挺大力气的吗？”桑念道，“别装。”

他委屈：“我是伤员。”

她叹了口气，舀了一勺喂到他唇边。

他凑过去喝了，嘴角弯弯。

等一碗汤喝完，她掖了掖他的被角：“睡吧，我守着你。”

他将下半张脸藏在被子里，只露出一双眼睛：“你会偷偷离开吗？”

桑念：“不会。”

他又问：“那我醒来还能看见你吗？”

桑念："当然。"

他的眼睛湿漉漉的："不骗我？"

"你怎么像个小孩子一样？"她道，"我不骗你，肯定不骗你，可以了吗？"

于是，他放心地安睡。

桑念看了他一会儿，轻手轻脚地出去。

鸦一几人正在喝汤，见了她，忙站起来："主人怎么样了？"

"睡下了。"她心不在焉地坐下，"你们也坐吧。"

夜深露重，唯有面前的火堆取暖，她烤着手，望着天上的星子发呆。

小七跳上她肩头："主人，你在想什么？"

桑念笑了一下："我在想一件不太好的事。"

小七："什么事？"

她摇头："我也不知道自己想的是对还是错，再看看吧。"

小七满头雾水。

一夜过去，天色微明，床上的青年自噩梦中惊醒。

不知梦见什么，他眉间戾气萦绕，周身杀意几乎凝成实质。

他偏过头，看见趴在床边熟睡的女孩儿，杀意忽然就散了。

谢沉舟小心地伸手，触了触她的眉羽，眸中划过一丝惊奇，又触了触她的脸颊。

柔软得不可思议。

正想再戳一下，她迷迷糊糊地睁开眼："你这么早就醒了？"

他收回手，神态中无端多了几分少年气："你守了我一整晚？"

桑念揉揉眼睛："你好一点了吗？"

他道："没有。"

"药不起作用吗？"她嘟哝一句，拉着他坐起来，"我看看伤口。"

他温顺地展开双臂，配合她解开绷带。

果然，伤口血肉模糊，看上去甚至比昨天更严重。

桑念："不应该啊，难道是我弄错了药？"她转身跑去屋外看自己的小背篓。

谢沉舟扫了眼腰上的伤势，见它又开始愈合，唇边笑意淡了许多，并指划去。

伤口再度外翻，狰狞可怖。

过了一会儿，她从屋外进来，满脸不解："我检查过了，并没有采错药。"

他道："多养几天，总会好的。"

"行吧，"她重新为他上药，"你这个身体再折腾下去迟早要完，我储物袋里的伤药全被你一个人给用完了。"

谢沉舟倏地靠在她肩窝上："以后我少受些伤。"

她道："但愿吧。"

最后一圈绷带缠好，她起身离开。

他蓦地拉了她一把，她踉跄地后退，不偏不倚地倒在他怀里。

他伸手抱住她，蹭了蹭她发顶，压着嗓音中的欢喜，小声对她道："我以前很嫉妒一个人，现在，我一点儿也不嫉妒他了，念念，我……”

“嗤——”一把短刃刺入他背心，他后面的话湮灭于无声。

桑念用力将那把刀刺得更深，几乎透胸而过。

鲜血漫开，他眉间一片茫然：“念念？”

桑念松开他，嗓音没什么温度：“刚刚，我听见你的心跳声了。”

她后退几步，举起右手，指尖的红玉戒指莹润剔透：“谢沉舟的心，在这儿。”

青年沉默半晌，笑了一声，无奈地叹气：“我明明已经尽量压着那颗心了，怎么还是跳了。”

他面容稍稍变化，眉眼多了几分青涩，神色张扬锐利，少年气十足。

“既然你认出来了，那这出戏也没法再演下去了。猜猜看，我会怎么对你和外面那群吵闹的家伙？”他似笑非笑，“你猜，我会先杀了谁？”

剑光雪亮，桑念一字一顿地道：“我会先杀了你。”

“好啊，如果你想谢沉舟一起死的话。”他道。

剑尖险险地停在他心口三寸外。

她脸色冰寒：“你说什么？”

名为祸的少年抬起脸，笑容似蜜甜：“我与他本是一体双魂，自然，性命相连。”

猜测被证实，桑念脸色难看。

他震出那把匕首，施施然下床，伸手握住剑刃，抵在咽喉处。

指间鲜血淋漓，而他眉眼弯弯：“你不是恨我吗？来，杀了我吧。”

尾音微扬，如同诱人走下深渊的妖魅。

“啪嗒——”一滴鲜血自他指尖滴落。

桑念猛地撤了剑，长剑跌地，发出一声脆响。

他一副果然如此的表情，耸耸肩，嘴角扬起的弧度浅了许多：“这么怕他受伤？”

话落，他脸上的笑容彻底消失，猛地攥住她手腕将她拉至面前：“凭什么呢？一万年前你这样，一万年后，你还是这样。”

明明，我和他……本是一体。

“啪——”

他挨了一巴掌，稍稍偏过了脸。

桑念收手，冷冷地睇着他。

他倏地笑了一声，用指腹揩去唇边的血迹：“再打一次。”

他道：“用力些。”

疯子。

桑念深吸一口气，想要推开他。

他铁钳一般攥着她手腕，力道极大，几乎捏断那截骨头：“怎么不杀我了？

“还是，又想再封印我一万年吗？”

“我不知道你在说什么。”桑念挣扎，“放开。”

祸轻笑一声：“你知道这一万年，我是靠什么熬过来的吗？”

桑念：“我没兴趣知道。”

他眼底通红：“每一时每一刻，我都在想，我要杀了你，我要杀了所有人，我要毁了一切。”

蓦地，桑念挣扎的动作停下，视线越过他：“谢沉舟？”

祸冷笑：“他此刻身受重伤，被我困在鬼蜮林中，不可能赶得……”

凌厉的剑意自身后掠来，伴随着青年平静的嗓音：“是吗？”

“轰——”一声巨响，茅屋坍塌。

祸的身形倒飞出去，猛地撞上屋旁的青石，石块碎裂飞溅。

他踉跄着站起来，死死地盯着前方两人。

桑念被谢沉舟拥在怀中，安然无恙。

谢沉舟凝视着她手腕上被攥出的红痕，眉间漫开戾气。

她背过手，急忙问道：“你的伤怎么样了？”

谢沉舟：“我没事。”

他视线落到少年身上，目光冰冷。

祸扯了扯嘴角，几缕发丝和着血粘在颊边，眼眸漆黑：“来得倒挺快。”

谢沉舟一言不发，剑气与魔气纵横交织，杀意凛冽。

“等等！”桑念拦住他，“他要是死了你也会死的！先抓起来再说！”

“抓我？”祸莞尔一笑，“你们可抓不住我。”

不过一眨眼的工夫，他的身影骤然消失。

谢沉舟没有再追，他收了剑，仔仔细细地看着桑念。

确认她无恙，他轻舒一口气：“是我来晚了。”

桑念摇头：“是我认错了人。”

她想起另一件事，语速飞快：“我刺了他一刀，伤口在背上，你没事吧？”

“我没事，”他捉住她的手，“回清风城吧，我将闻不语送去了那儿。”

“那你呢？”她问。

他拢了拢她耳畔的碎发，视线透过她看向更远的虚空：“我陪你一起回去，好好养伤。”

桑念悬着的心终于放下：“那就这么说定了，等到了清风城，我们大家一起想办法。”

谢沉舟道：“好。”

他的视线落到旁边鸦二几人身上：“走吧。”

“对不起，我们没有认出您。”他们低着头，语气满是自责。

谢沉舟摇摇头，再次说道：“走吧。”

六六落到桑念肩膀：“我怎么觉得他怪怪的，会不会这个谢沉舟也是假的？”

“他是真的。”桑念道，“他只是……瞒了我一些事。”

六六挠头：“他瞒了你什么事？”

“你不也瞒了我一些事吗？”桑念反问。

六六更加迷茫：“我？我没有什么事瞒着你呀。”

那便不是它。

桑念抬头看天。

是祂。

清风城一切依旧。

仙盟据点。

沈明朝在屋中来回踱步，忍了又忍，还是没忍住，劈头盖脸地训道：“走了这些时日，就带着一身伤回来？”

榻上，谢沉舟闭目养神：“嗯，是的。”

沈明朝差点被他气吐血，咬牙对他竖起大拇指：“好样的，谢沉舟，你真是好样的。”

谢沉舟十分淡定：“我知道。”

沈明朝笑得咬牙切齿：“我有的时候真的很想打你。”

谢沉舟：“打吧，我会还手。”

沈明朝攥紧拳头，终究没下得去手，拂袖而去：“算你狠。”

“等等。”临出门前，谢沉舟又叫住他。

他不爽地回头：“现在才道歉？晚了。”

谢沉舟：“我需要一样东西，帮我找来。”

沈明朝：“……你求人办事就这语气？”

谢沉舟：“请你帮我找来，多谢。”

沈明朝总算满意：“找什么？”

谢沉舟：“神农鼎。”

沈明朝：“那可是从上古时期传下来的宝贝，一直被仙盟保管着，你要它做什么？”

谢沉舟：“修补一样东西。”

沈明朝神色正经起来：“到底是什么？”

谢沉舟：“到时候你就知道了。”

沈明朝皮笑肉不笑：“那我就不给你找了。”

谢沉舟很淡定：“我可以直接去抢。”

沈明朝：“……”他怒气冲冲地离开，顺便一脚踹翻院子里的花盆。

几名逍遥宗弟子见他这样，瑟瑟发抖：“大师兄他最近火气怎么越来越大了？”

“不知道啊。”

“欸，以前那个大师兄什么时候才能回来啊。”

隔壁院子中，桑念收回视线，继续看书。

小七在桌上蹦蹦跳跳："主人，你已经看了很多本古籍了，真能查出那个人的来历吗？"

"沈明朝之前查到了有关他的事迹，那就证明，他的存在一定留下了痕迹。"既然有痕迹，那就一定不会只有那些内容。她想知道，当年那位昆仑的神女，到底是用什么方法封印了祸。

而她，和神女，又存在着何种联系，为什么那天，祸会对她说出那些话。

"一体双魂。"桑念有些疲倦地合上书，揉揉莫名其妙作痛的头，"那他们，又是怎么分开的呢？"

六六从屋檐外飞来，放下一串葡萄："这是附近最最甜的葡萄，第一口给你和小七先吃。"

桑念随手捻了一颗："我的申请还是没通过？"

六六看了眼后台，跟着念道："暂无权限。"

它安慰她："主神可不是谁都能见到的，被拒绝是很正常的事。"

旁边，小七满怀期待地啄了一口葡萄，很快又垮着脸道："不好吃。"

六六："啊？不能吧。"

桑念吃了那颗葡萄，入口白水一般寡淡。

"不甜。"她如是评价。

六六不信："这棵葡萄藤可是方圆百里内活得最久的藤了，别的鸟都说它结出来的葡萄是最最甜的。"

桑念把葡萄推过去，示意它自己尝尝。

它啄了一口："呸呸呸——"

"这是怎么回事？"它不解，"难道我找错藤了？"

桑念把玩着葡萄，忽然问小七："最近修仙界的灵气还和从前一般充裕吗？"

小七仔细想了想："是比不上以前了欸。"

世间万物皆有灵气滋养，灵气若消失，植物会率先察觉。

桑念扫了眼院子里发蔫的花，放下那颗葡萄，头又疼起来："果然是个小偷。"

话落，系统后台"叮"一声响。

六六激动起来："主神有话带给你。"

桑念一怔："什么？"

"主神说——

"快要到结局了。"

桑念什么也没说，起身走进屋中。

谢沉舟斜倚着窗，手中摩挲着什么东西。天气微凉，他只穿了一件单薄的黑色中衣，身形瘦削得似一株枯竹。

不算明亮的天光将他影子拉得极长，她刚进门便踩住了。

听见脚步声，他头也不回，向后伸手。

桑念紧走两步，给他披了一件宽大的外衫，握住他修长的指节。

他反手扣住。

“在看什么？”她探头问道。

谢沉舟摊开另一只手给她看，掌心躺着七枚碎玉。

“昆山玉？”桑念诧异。

谢沉舟“嗯”了一声，将碎片收好：“我准备将它们补好。”

桑念：“怎么补？”

“沈明朝去为我寻神农鼎了。”他道，“我会将它们投入鼎中重新炼化。”

桑念不解：“然后呢？”

谢沉舟：“然后，就能封印那个人了。”

桑念双眼一亮：“这样他就不能做坏事了，你也不会再被他影响，太好了。”

谢沉舟笑了一声，将她拉进怀中，一下一下地摸着她柔软的发：“念念，我这段时间会很忙，你若见不到我……不要害怕。”

桑念抱紧他：“嗯嗯，我绝对不会来打扰你的。”

他额头抵住她肩头，轻轻蹭了蹭，似撒娇：“就算见不到我，也不能忘了我。”

桑念拍拍他脑袋：“当然不会啦。”

说着，她忍不住担心：“毕竟是神器，你炼化它，身体能承受吗？”

“我也是神。”

他摸摸她后脑勺，将她的头发揉得乱七八糟，突然问她：“你有什么想要的吗？”

桑念：“你要送我什么东西吗？”

谢沉舟亲亲她额头：“你的生辰快到了。”

桑念这才想起来，六月二十二，她的生日，和桑蕴灵同一天。

“好像也没什么特别想要的，”她道，“到时候大家一起回青州吃顿饭就行了。”

谢沉舟：“还有半个月的时间，你慢慢想，想好了告诉我。”

桑念：“好嘞。”

没过多久，沈明朝果然将神农鼎弄了来。

“这可是我舌战群儒但失败后好不容易才偷出来的。”他千叮咛万嘱咐，“你可得悠着点用，要用坏了，那群老家伙得来和我拼命。”

谢沉舟：“知道了。”

房门关上，沈明朝和桑念并肩站在屋檐下。

他用胳膊捅捅桑念：“谢沉舟到底要干什么？神神秘秘的。”

桑念道：“他要把昆山玉重新炼化，用它来囚禁祸。”

沈明朝先是高兴，很快又转为怀疑：“能成功吗？”

桑念：“能吧。”

沈明朝委婉地道：“你的声音听上去很没有底气。”

桑念转身，拖着他离开：“走了，别打扰他。”

沈明朝被拖着倒着走了几步，灵巧地正过身子，语调轻快：“你生辰要到了，想要什么？沈师兄送你。”

桑念微微一笑：“滚。”

沈明朝摸摸鼻尖：“沈师弟送你行了吧。”

桑念：“这还差不多。”

她道：“谢沉舟刚刚还和我提起这件事，其实也用不着特意送什么。”

沈明朝：“所以？”

桑念：“随便送我几斤金银珠宝就行。”

沈明朝白了她一眼：“我就知道你还惦记着我的小金库。”

“开个玩笑，”桑念拍拍他肩膀，“等到了那天，咱们大家一起去青州吃饭，我哥哥早就想让你们过去聚一聚了。”

沈明朝：“也成吧。”

提起桑岐言，他忽然想到另一个问题：“你暂时留在这儿，你哥没说什么吧？”

桑念：“他还不知道……大师兄的事，我找了个借口，说想同你们出去玩一段时间，他答应了。”

沈明朝：“行，到时候我会注意不说漏嘴的，但要真说漏嘴了……那我也没办法。”

桑念阴恻恻地道：“要真说漏嘴了，我就把你的宝贝长离剑当废铁卖了。”

沈明朝倒吸一口凉气，立马捂住长离剑的剑柄，语重心长：“乖，不要听。”

平时高冷得一批的长离剑嘤嘤叫唤，瑟瑟发抖。

桑念：“……”

不愧是沈明朝的剑，都一个德行。

两人顺着脚下的石子路离开，一同去探望隔壁的闻不语。

屋中。

脚步声彻底消失不见，谢沉舟站起身，走到青铜大鼎前，挥袖点燃。霎时间，热浪翻涌，几粒火星迸溅。

他随手将昆山玉碎片扔进去，声音很低：“开始吧。”

鼎中温度愈发高，碎片却始终无法融合。

火光跳跃在青年的黑眸中，看起来他毫不意外，双手结印，祭出自己一魄。

火舌席卷而上，一点点将其蚕食。

鼎中碎玉隐隐有融合的趋势。

他脸色惨白，愈发显得眉眼漆黑如墨。

“神魂为祭，还不够吗？”

……

一连许多日，谢沉舟没有踏出房门半步。

桑念每日都会来他门前转转，确认他的气息是否还留在里面。

沈明朝着人送来那一整面墙的古籍已看到最后一本，依旧一无所获。

她难以避免的有些泄气。

“仙盟也在调查他的来历，不止靠你一个人。”沈明朝道，“你别想太多。”

桑念翻了一页书：“我知道。”

沈明朝欲言又止。

桑念：“还有事？”

顿了顿，他道：“有件事，我觉得应该要告诉你。”

他神色凝重，桑念心里一紧：“怎么了？”

“仙盟各处据点上报，”他缓缓地道，“近来，不断有祝余怨灵从他们的地界经过。”

“经过？”桑念道，“那目的地是？”

沈明朝：“鬼蜮林。”

所有怨灵都在前往鬼蜮林，似乎有某种力量正在召唤它们。

桑念：“祸？”

沈明朝：“顾白师兄猜测，他此时急需汲取力量，或许，是想吸收那些怨灵。”

桑念：“天地灵气也在渐渐减少。”

两人对视一眼，皆明白了对方的意思。

“这小子大概要玩儿个大的。”沈明朝道，“我这就去通知仙盟，不管怎样，先困住他再说。”

桑念：“那些祝余族……”

“我会尽量拦住，”他道，“可你也知道，它们没有神智，不会听从人族的命令。”

桑念站起来：“我和你一起去！”

沈明朝：“你给我老老实实待着这里。”

桑念将书收进储物袋，还是道：“我和你一起去。”

沈明朝只好搬出谢沉舟：“听话，别乱跑，别让谢沉舟担心。”

桑念看着他的眼睛：“祝余族怨灵会听我的话，只有我去，才能阻止它们。”

沈明朝与她僵持一会儿，终是败下阵来，最后一次问她：“真的确定要去？”

桑念道：“那些祝余族怨灵，不该再次被利用，被牺牲。”

沈明朝道：“那谢沉舟这边……”

“我会让小七他们守好他。”桑念道，“或许，我们处理完事情赶回来了，他还没出关。”

沈明朝拗不过她，只得投降：“行了行了，说不过你。”

两人去同苏雪音告别，只说前去探查一番，很快便回来。

苏雪音满脸担忧：“注意安全，早点回来。”

沈明朝：“一定会的。”

闻不语还是喜欢把自己关在屋子里。

桑念隔着窗户对他道："大师兄，我走了。"

好半晌，窗内，他迟钝地问道："还回来吗？"

桑念笑了一下："当然，过几天我就回来了。"

闻不语道："好，我和阿瑶在这里等你。"

桑念笑容不变："替我向阿瑶道别，我走了。"

闻不语："嗯嗯。"

她转身对沈明朝道："走吧。"

剑光亮起，两人身形消失在云端。

苏雪音眺望天际，喃喃自语："一定要平安回来啊。"

第十九章 庄周梦蝶

情况远比他们想的要糟糕得多。

灵气日益枯竭，天地异象频出，暴雨连连，洪水泛滥。

未来得及处理的尸体或浸在水中，或露在荒野。于是，瘟疫爆发，纵使仙门弟子四处奔走救治，仍有无数城池化为死城。

奇怪的是，亡魂未入冥府，反倒与祝余怨灵一同去往鬼蜮林，好在几大宗门已将这儿团团包围，勉强拦住大半。

桑念赶到时，众人正合力设下结界，无数光束冲天而起，互相连接，交织为笼。

怨灵们不断撞击着结界，拼命想进入林中，偶有破漏之处，它们立即蜂拥。

那几名弟子眼看便要招架不住。

沈明朝飞身前往，一剑荡退怨灵。

短暂消散后，它们再度凝结，尖啸着袭向他。

“住手！”桑念眼皮一跳，挡在沈明朝面前。

怨灵们动作一滞，竟真的停了下来，转身离开。

见状，其余仙门弟子纷纷投来异样的视线。

“桑念？”忽地，有人叫道。

桑念转头看去，是云绮。

一段时间不见，她看上去倒是沉稳了不少。

“真的是你！”云绮连蹦带跳地跑来抱住她，“你脸好了，我差点没敢认，没想到还能再见到你，太好了！”

桑念收回上面的评价。

“你怎么来这儿了？”她朝云绮身后张望一下，“应准他们呢？”

“他们随几位长老去救灾了。”云绮道，“我和顾白长老一起来的。”

她扬起下巴，满脸骄傲：“我现在可是他座下弟子。”

顾白师兄也收徒了啊。

桑念祝贺一声，又叮嘱道：“你修为不高，以后不要到前面来，多在后方帮忙。”

“那怎么行，我也想为仙门出一份力。”云绮道。

桑念叹气：“出力也得有命出啊。”

云绮吐舌：“知道了。”

沈明朝收剑上前，对桑念道：“结界被冲破的地方不止一处，走吧。”

桑念：“好。”

沈明朝扫了眼云绮，笑道：“修为不高，胆子不小，听你桑师姐的话，别到前方来了。”

云绮双眼亮得吓人，点头如捣蒜：“谢谢大师兄关心！”

沈明朝冲桑念努努下巴：“不谢谢她？”

云绮立马道：“谢谢桑师姐关心！！”

桑念：“……”

她搓搓手臂上的鸡皮疙瘩，在背后轻踢沈明朝一脚：“还不走？”

沈明朝：“走走走。”

两人不再耽搁，朝下一个窟窿赶去。

云绮挠挠头：“真奇怪，大师兄怎么和上次见到的时候不太一样了。”

鬼蜮林面积极大，结界被冲破的地方多达上百个，数不清的怨灵与亡魂在空中飘浮，几乎遮天蔽日。

林中白雾茫茫，天光晦暗，唯见结界发出的灿然金光。

桑念两人依次前往各处驱散怨灵，总算勉强控制住局面。

“这样不是办法。”沈明朝眉头紧锁，“只要林中人还在召唤，这些亡魂便会无止境地冲击结界。”

“再坚持一下，”桑念道，“等谢沉舟成功炼化昆山玉，就能将他封印在这儿了。”

沈明朝轻叹：“但愿他能赶上吧。”

两人回到营地。

顾白正与其他掌门商讨对策，见他们进来，纷纷停住了话头。

“情况如何？”他问沈明朝。

沈明朝摇头：“不容乐观。”

顾白默了默，没有继续这个话题，转向桑念：“好久不见。”

桑念颔首：“好久不见。”

在场众人除去顾白与沈明朝之外，其他人不知道她的真实身份，只当她是寻常的逍遥宗弟子，并未多留意。

众人继续议事。

“人间如今灾祸不断，天地异象频出，皆因祸而起。”长生殿新任殿主道，“按古籍记载，恐怕，这才是真正的魔神出世之兆。"

众人忍不住站起来："那谢沉舟呢？难不成要出两个魔神？！"

长生殿殿主亦不知做何解释，低头沉思。

"我们这样围着也不是办法。"

凌霄宗宗主道："按我看，我们不如直接冲进去，哪怕同归于尽，只要能杀了他，阻止这场浩劫，一切都值了。"

"若是连同归于尽也做不到呢？"

落花门门主接话："大家都死在这儿，然后放任他去毁了人间？"

兜兜转转，问题又绕了回来。

沈明朝倏地开口："谢沉舟正在炼化昆山玉，打算借神器之力封印他。"

众人先是大喜，很快又转为不解："他为何要帮我们？"

沈明朝："因为他是个好人。"

"这……"

斜刺里，萧净大步走出："他还有多久能完成炼化？"

沈明朝沉吟："大约十日。"

萧净点头："那便再等十日，若十日后他还未到，我们便攻入鬼蜮林。"

说罢，他大力撞开沈明朝的肩，疾步走向门外。

经过桑念身边时，他斜睨她一眼，发出一声意味不明的冷哼。

熟悉的看垃圾的眼神。

桑念："……"

她背后出拳，击打空气来泄愤。

他仿佛背后长了眼睛，冷不丁回头看她。

她迅速收敛动作，尴尬又不失礼貌地开口："萧宗主还有事？"

萧净懒得废话，拽了她一同出门。

沈明朝脸色一变，将她扯回来："萧宗主这是什么意思？要动私刑？"

萧净把他也拽走了。

众人面面相觑，唯有顾白一脸淡定："继续吧。"

门外，沈明朝扯开他的手，拉着桑念后退几步，满脸警惕："你到底要干什么？想打架我随时奉陪，别牵扯无辜的人。"

萧净并不搭理他，双手抱臂，上下扫了一眼他身边的少女，语声凉凉："桑念？"

桑念没打算和他狡辩，简单干脆地承认："是我。"

萧净眼里亮起微弱的光："你是怎么复活的？"

桑念如实道："我也不清楚。"

萧净眼里的光霎时熄灭，喃喃着："既然你能活过来，那为什么他……"

桑念顿了顿，道："我不久前去了一趟归墟。"

萧净回过神："归墟？"

她继续说道："我在那里，遇见了萧濯尘。"

萧净猛地抬眼。

“他过得很好，”桑念道，“他还让我给你带一句话。”

萧净抓住她胳膊，急忙问道：“什么？”

桑念道：“他说，阿净长大了，他为你而骄傲。”

萧净眼圈蓦地红了。

临走前，他对桑念道：“有件事忘了告诉你。”

桑念：“什么？”

萧净：“我不恨你了。”

桑念：“……谢谢。”

萧净：“对不起。”

话落，他转身大步离开。

桑念目送他离去，神色微怔。

“他其实也变了很多。”身旁，沈明朝低声道，“他父母过世后，偌大的玄剑宗全靠他撑起来，吃了不少苦。”

萧净不是萧濯尘，并不足以让宗门上下所有人心甘情愿地奉他为主。所以，他只能逼自己快速强大起来，强大到让所有人都无可指摘，强大到让所有人都相信，他能与萧濯尘一样出色。

对他而言，萧濯尘既是他的兄长，亦是一座无法逾越的高山。而在很久以前，在某一个孤立无援的夜里，他靠着自己，攀过了那座山。

“萧濯尘有一个很好的弟弟。”桑念道。

沈明朝：“嗯。”

桑念又道：“逍遥宗有两个很好的大师兄。”

沈明朝一愣。

桑念摸摸他脑袋：“这三百年，你一定也吃了很多苦。”

沈明朝低头看着脚尖，连带着眼睫一并垂下：“没有。”

桑念：“嘴硬。”

沈明朝：“都说了没有，我本来就天赋异禀，成为逍遥宗大师兄是迟早的事，根本不费吹灰之力。”

桑念突然弯腰探身去看他的脸，啧啧两声：“哟，沈师兄哭啦？”

沈明朝：“……”

烦死了。

他用力一抹脸，狠狠瞪她一眼：“我烦死你了！！！”

桑念：“那你就烦呗，关我什么事。”

沈明朝心塞，怎么一个两个都这样。

他磨磨后槽牙，十分熟练地攥紧拳头怒气冲冲地走了。

桑念踢了一脚地上的石子儿，心情还算不错。

她望着天边，忍不住想：也不知道谢沉舟现在出关了没有，炼化昆山玉顺不顺利。

还有十天，他们最后的期限。

十天后，无论如何，仙盟都会发起进攻。

她做了个深呼吸，忧心忡忡。

云绮从另一边走来，手里还捧着两个烤红薯。

她分给桑念一个："怎么心事重重的？"

红薯烫手，桑念一边轻吹一边问她："你不害怕吗？"

云绮想了想："其实出发的时候，是有点害怕的。

"可一路上，我看见了空城，看见了路边无人收殓的尸体，看见被洪水淹没的村庄，我忽然就不怕了。"

桑念："为什么？"

云绮摇头："我也说不上来，就是莫名其妙的不怕了。"

桑念沉默。

云绮道："我只是担心，如果我们真的与那个魔头同归于尽，那以后的修仙界，谁来保护呢？"

桑念咬了口红薯，正要说话，远处忽地一阵喧哗："结界又破了！"

她脸色一变，匆匆将红薯塞给云绮，提气飞向前方，不忘叮嘱："你站远些。"

云绮往后退了两步，咬咬牙，扔了红薯，还是转身跟着人流一同跑去结界破损处帮忙。

罡风四起。

这次的窟窿比之前所有的加起来还要大。桑念竭力安抚住躁动的祝余怨灵，与周围人一同施法修补结界。

林中白雾被风吹散些许，隐约露出一个高挑的轮廓。

桑念心里咯噔一下。

下一秒，她身边的人同时倒飞出去。

黑衣少年徐徐走出白雾，额角漆黑的神印已形成一半。他随意扫了眼地上没了气息的仙门弟子："不过是一群蝼蚁，也敢妄想对抗神明。"

话音刚落，一道身影猛地冲向他。

桑念的心几乎跳出来。

那是——

"云绮！"

剑光闪过，云绮毫不犹豫地刺向祸，眼泪与愤怒一同涌出，声音极大："我们才不是蝼蚁，你也不是什么神明！你不配！"

那柄长剑化作齑粉，消散在空中。

祸微笑着扼住她脖颈："再说一遍。"

云绮满脸倔强，艰难地开口："我说，你不配成神……"

他脸上的笑容淡下去，指间缓缓施力。

"啪——"一条藤蔓闪电般地抽来。

他手上一松，云绮软软跌倒，呛咳不止。

那条藤蔓顺势卷住她的腰向后猛地一拉，将她带离祸的身边，落到安全地带。

祸挑挑眉梢，目光落到桑念身上，神色无辜："她先骂我的。"

桑念没理他，回头交代几名幸存弟子："你们带着她先走，这里交给我。"

他们忙不迭架着云绮走了。

云绮频频回头，挣扎不休。

祸没阻拦，闲适地跨过结界，踱步到她几步远之外："没想到会在这里见到你，怎么，你也是来杀我的？"

桑念一言不发，狠狠地抽了他一鞭子。

"啪——"少年颊边多了一道血痕，苍白的皮肤高高肿起，触目惊心。

"再打重些。"他感觉不到疼似的，笑嘻嘻地把脸凑过去，"反正我痛了，谢沉舟也会一起痛。"

桑念举着手，指尖微微发颤。

祸问道："不打了？"

见她不说话，他语速放慢："那——可就轮到我了。"

桑念冷笑："大不了你就杀了我。"

"杀你做什么？"他尾音上翘，带着浓浓的雀跃，"我要把你锁在身边，让你亲眼看着，我是怎么毁了修仙界，毁了谢沉舟的。

"这可比杀了你好玩儿。"

说完，他满脸期待地等着桑念的反应。

桑念并未如他所预料的那般反应激烈，相反，她眉间静如寒潭："那就这样吧。"

祸反倒愣了一下，看她的眼神带了些探究。

她掀起眼皮："所有大宗师都在朝此处赶来，你若想和他们同归于尽，那大可以继续留在这儿发呆。"

祸反应过来，扬扬嘴角，眸中划过微不可察的自嘲："原来，还是怕我死了会连累谢沉舟啊。"

祸强行破开结界，仙门弟子死伤无数，桑念也被抓走。消息传到营地时，沈明朝脸色难看到极点。

云绮哭道："都是因为我，她是为了救我……我不该那么冲动的，都怪我！"

沈明朝什么也没说，提剑便走。

顾白道："去哪儿？"

沈明朝："我去救她。"

顾白："站住。"

沈明朝脚步不停。

顾白拉住他，将一只纸鹤递给他看："结界附近发现的。"

沈明朝接过，将纸鹤拆开，看到里面的字迹。

别担心，也别来救我，切记

怎么可能不担心。

他捏着单薄的纸页，许久没说话。

顾白道："想必这是她有意而为，你若贸然前去，也许会坏了她的计划。"

说着，他声音低下去："我们都知道祸与谢沉舟的关系，他应当……不会对她怎么样。"

沈明朝将纸鹤复原，垂眸收进腰间的锦囊："知道了。"

顾白轻叹："还有十日，但愿谢沉舟那边，一切顺利吧。"

鬼蜮林中。

一座茅屋出现在桑念眼前，有些眼熟。

她想了一阵，终于想起来，这是上次她认错祸后，带他逃跑的落脚点。

祸倚着门，问她："我变得像吗？"

桑念扯扯嘴角，自顾自地走进屋中，里面布局依旧如出一辙。墙角放着一个小背篓，比不上她编的那个精细，似是新手所做。

桑念坐下，敲敲桌子："我们谈谈。"

祸跷着脚坐下，单手支颐："谈什么？"

桑念："不要动祝余怨灵和那些亡魂。"

祸竖起一根手指晃了晃："不行哦。"

桑念："你要汲取力量，我可以给你别的。"

祸饶有兴趣："什么？"

她解下脖颈上戴着的危月燕——不久前，谢沉舟已将它修好。

"这里面含有上古星辰之力，"她对祸道，"只要你能将其吸收，受益比那些怨灵大。"

祸接过那枚吊坠把玩，神色恍惚了一下，视线落到虚空中的某一点，似是透过它看向了从前："原来是它。"

桑念："怎么样？"

祸回过神，指尖绕着吊坠上的红绳，一圈又一圈。

"听起来不错。"他道。

桑念一喜。

"不过——"他又慢吞吞地接着说道，"我为什么不能两个都要呢？"

桑念："……"

祸笑了一笑，露出森白的牙齿："别忘了，我可是很坏的。

"坏东西可从不和人讲道理。"

桑念淡定地道："没有我的协助，你驱使不了危月燕。"

"那可不一定。"

祸甩了甩吊坠，愉快地起身，临出门前不忘回头对她道："老实待着，别乱跑。"

"砰——"他关上门，不放心地锁住。

桑念看着旁边敞开的窗户："……"

等他的脚步声彻底消失，她双臂一撑，从窗口翻了出去。

她拍拍裙子上的灰尘，回头看了眼门上一摞锁，嘴角控制不住地抽了抽。某些时候，她真的很佩服这个反派。

她摇摇头，施了个隐身术，朝密林深处行去。

黑芒在雾中格外醒目，那就是祸用来召唤亡灵的法器。

桑念谨慎上前，仔细观察，但光芒太盛，遮住了这东西的样貌，看不出具体形状。

它悬浮在半空中，微微轻颤，无形的光波向四周扩散开来。

桑念探出一根藤蔓，小心地靠近。

毫无动静。

她胆子大了些，将那件法器缠住，一点点向下拉。

拉不动。

她正要放弃，黑芒闪了闪，法器忽地温顺下去，落到她面前。光芒散开，她终于看清那是什么东西——一颗黑色的小玻璃珠。

桑念认不出这是什么，不敢轻易触碰，用藤蔓将其卷起收进储物袋中。

她左右看了眼，匆匆回到那座茅屋。

某棵高大的树上，少年将掌心的吊坠抛起又接住。

"真是笨呐。"他摇头，"偷个东西都偷不好。"

星辉穿透那层薄薄的琉璃，柔柔地洒下。

他眯起左眼，将吊坠举到右眼前细细地瞧着。

"……真难看。"少年撇嘴，"我一点也不喜欢这种亮晶晶的东西。"

时间流水一样过去，眨眼已是第九天。

桑念老老实实在茅屋里待着，祸却始终没有再出现，她猜测，大概是忙着吸收危月燕。

她胆子大了些，开始研究那颗黑色的玻璃珠。

"好像没什么特别的。"她蹙眉，指尖碰了碰它，光滑如玉，小得像一粒水珠。

没看出什么名堂，她正要收回手，倏尔，玻璃珠颤了颤。

几乎是同一时间，四周一暗，眼前也不再是那座茅屋。

桑念环顾四周，只看见无边无际的黑暗，耳边什么声音也没有，静得能听见自己的呼吸声。

寒意彻骨，她勉强镇定下来，抱紧双臂往前试探着走了几步。

脚下触感是奇怪的虚浮，不像踩着地，仿佛下一步便会失重从高空跌落。

细小的啜泣声拂过耳畔。桑念心跳飞快，难道是被祸囚禁在这里面的仙门弟子？

顾不得许多，她掌心亮起一团火，疾步朝哭声靠近。

黑暗太过浓稠，无声地吞噬火光，只能勉强照亮脚下。

她小声问道："有人吗？"

没有回答。

她继续朝哭声靠近。终于，几步远的地方出现一个蹲着的人影。他抱着双膝，肩头瑟缩得很厉害，分不清是冷还是怕。

桑念拍拍他的肩，见他没反应，脚下方向一转，绕到他前方。

暖色火光点亮少年黝黑的双瞳，他怔然地望着那片黑暗，似乎并没有看见她。

一滴眼泪从他眸中滴落，化作一颗小小的黑色玻璃珠。

"封印万年？我等得起，一万年后，我会杀了所有人——包括你。"

少年嗓音低哑，喃喃着："我恨你，最恨你。"

火光熄灭，桑念的身影与黑暗融为一体。

不知过了多久，她眼前亮起来，再度回到那座茅屋，一切如常。

她回过神，将玻璃珠收回去。

这件法器，是魔神被囚禁时落下的一滴泪。积攒了一万年的恨意，怎会轻易放下。

桑念撑着下巴，他口中最恨的那个人会是谁呢？

谢沉舟？

还是——

门上的锁被人一层层打开。

少年一脚踹开门，双手抱臂，一副兴师问罪的模样。

桑念心里一紧：他终于发现法器不见了？

"喂，"他道，"我受伤了。"

桑念冷笑："你不是偷了谢沉舟的长生吗？伤口不能自动愈合？"

祸又踹了一脚门，转身就走，几步后，他倏地掉头回来。

桑念打起十二分的警惕，蓄势待发。

他伸手，理直气壮："储物袋给我。"

魔神泪还在里面，桑念当然不肯，攥紧储物袋连连后退。

祸霎时沉了脸，冷冷地盯着她，一字一顿地道："你退一步，我便灭一城，你大可以继续退。"

桑念抬起的脚硬生生悬在空中。

祸似笑非笑："怎么停下来了？"

桑念看着他，目光没有半点温度。

祸被她的眼神刺到，眸中闪过几分暴戾："你真以为这结界困得住我？我不过是在戏耍他们罢了，现在，我不想玩了。”

他霍然转身：“我这就去杀了他们。”

没走两步，咚的一声轻响，一个储物袋扔到他脚边。

他顿了顿，弯腰捡起来。

桑念脸色冰寒：“不是要它吗？我给你。”

祸沉着脸解开储物袋，将里面的东西全倒了出来。

哗啦啦一声响，乱七八糟的杂物堆满一地。

魔神泪卡在底部的缝隙里，并不算显眼。

桑念屏住呼吸，佯装不在意，用余光瞄着他的一举一动。

他蹲下，扒开那堆杂物，手直直地伸向底部的——桑念心瞬间提到嗓子眼。

他拿起包着梅子糖的牛皮纸包。

旁边的黑色玻璃珠骨碌碌地滚到地上，他一个眼神也未给，打开纸包，拈起一颗梅子糖。

桑念怔住。

他含了糖，将纸包揣进怀中，转身离开。

桑念下意识追了几步。

他不耐烦地回头：“今天不杀他们。”

她停住脚，靠在门边。

良久，终于反应过来——他要她的储物袋，只是想找一颗糖。

桑念朝他消失的方向追去。

古树苍翠，少年曲起一条腿坐在树干上，正在发呆。

她站在树下，抬头看他，迟迟没说话。

察觉到她的视线，他垂眸，语气漫不经心：“干什么？”

桑念：“你一定要杀了他们吗？”

他更加不耐：“都说了今天不杀。”

桑念：“那明天呢？”

祸靠在树干上，懒洋洋地道：“看心情。”

桑念：“那谢沉舟呢？”

提起他，祸面无表情：“我与他，只能活一个，永远不可能共存。”

桑念默了许久，又问道：“你最恨的那个人，是谁？”

祸没说话。

桑念：“是我吗？”

他似乎困极，闭上了眼，依旧没说话。

桑念站了一会儿，明白自己注定得不到他的答案，放弃与他交流，回了茅屋。

先前未看完的那本古籍也在其中，她随手拾起，坐下翻开，思绪却始终不能集中，漫无目的地飘散着。

明天就是第十天了，六六照常在系统后台汇报，谢沉舟依然没有半点动静。

明天他若赶不过来……仙盟会与祸决战，而那时，她又该怎么做才能保全谢沉舟，才能保全所有人？

仙盟胜，则谢沉舟死。

祸胜，所有人都会死，包括谢沉舟。

“无论怎么看，都是死局啊。”

桑念拔出长剑，剑身反射着一道天光，晃过她眉眼。

她指尖缓缓拂过剑刃，目露决然：“真到了那时候……”

一粒血珠滚出，无声地滴落在下方翻开的古籍之上。墨痕渐渐晕开，看不清原本的字迹。她放下剑，施了个净尘术祛除血迹，又用袖子擦了擦。

倏地，她的视线凝在其中一行字上。

这本书上记载的，是上古时一场战役，上古时期，天地间诞生了第一只魔。

祂与诸神对立，四处为恶，彼时，不周山倾，扶桑树倒，人间灾祸连连。

诸神联手将其斩杀，可祂死后，无尽的恶念涌向六界，霎时间，生灵涂炭。

为保全六界，诸神制造了一个容器，用来承载恶念。

只要彻底摧毁容器，此劫便能渡过。

可谁也没想到，那个容器——诞生了自己的意识。

他懵懂如婴孩，却拥有着足以毁灭天地的力量。

于是，神明分为两派，为他的生死争执不休。

最后，诸神一致决定，将他的神力封印，囚禁于昆仑山底，本该出生便被众神斩杀的他，在山底独自度过漫长岁月。

可实在是太久了，久到大多数神明都已身归混沌，久到世间所有生灵都忘了，昆仑山底还有一位魔神的存在。

某一天，昆仑山忽然裂开一道缝隙，魔神出逃，意图倾覆六界。

昆仑一名神女以命将其封印，然，封印只能维持万年。

万年后，六界注定劫数难逃。

若要渡过此劫，唯有一法。

这是此页最后一行字。

桑念放慢呼吸翻页，去看下一句话。

突然，毫无征兆的，大地开始震颤，茅屋剧烈地晃动，离坍塌只剩一线。

书跌到了地上，她立即弯腰去捡。

一道气劲飞来，猛地将她带出茅屋。

“轰隆——”她离开的下一秒，茅屋彻底塌了。

那本书也被掩埋在废墟下方。

桑念还要去找，耳边，熟悉的声音传来：“念念，是我。”

她动作一僵，猝然回头。

宛如末日一般的场景里，青年逆光而站，发带和衣角在风中猎猎作响。

“……谢沉舟。”她失声叫道。

“是我。”谢沉舟握住她的手，掌心温热干燥，“我来救你。”

桑念：“可今天是第九天……”

谢沉舟身侧现出一枚完好的昆山玉：“我提前将它炼化成功了。”

桑念高兴得无以复加：“太好了！”

话落，天空又是一声轰鸣，一道惊雷劈下，结界彻底破碎。

半空中，黑衣少年凌空而立，阴风席卷，数不清的亡魂与怨灵涌向他。

他的目光在谢沉舟身上停了几秒，嘴角挑起一抹冷笑：“现在，你不是我的对手了。”

“一个他不够，那加上我们呢？”粲然剑光大亮，无数仙门弟子从四面八方踏剑飞来。

最前方的沈明朝高高昂起头：“你以为谁都和你一样没朋友吗？”

祸脸色阴沉：“找死。”

万千雷霆一同降下，狂风席卷，他额间漆黑的神印闪烁不定，自身后涌出滔天魔气。

沈明朝侧身躲过一击，挑眉：“就这点本事？”

萧净也道：“不过如此。”

祸怒极反笑：“是吗？”四周气压一降再降，魔气更加浓稠，将视线团团遮住。

桑念看不见他们的身影，心中骤然一沉，立时便要飞身去支援。

下一刻，剑光乍亮，驱散魔气。

谢沉舟与少年相对而站，在他身后，沈明朝捂着胸口，脸色苍白。

祸轻嗤一声：“明明是魔神，却要救这群蝼蚁，谢沉舟，你太可笑了。”

谢沉舟神色沉静：“没有你可笑。”

祸满脸轻蔑，振臂高呼：“我会杀光所有蝼蚁，让整个六界都为我战栗，这，才是真正的魔神。”

谢沉舟：“哦。”

祸：“……”

谢沉舟：“怎么不说话了？”

祸深深吸了一口气，狞笑：“今日，我必杀你。”

剑光与魔气交织，闪电般划破天幕，一白一黑两道光芒纠缠着冲入重重乌云中，只留下一连串的残影。

那是无法用言语形容的一战。

法则破碎，虚空坍塌，万兽呜咽，六界摇摇欲坠。这片天地除了他们两人，再容不下其他。

仙门弟子潮水一般往外撤。

沈明朝抓住还在观望的桑念的胳膊："先离开这里！再不走我们都会被卷进虚空裂缝里绞死！"

桑念咬咬牙，没有迟疑："走！"

两人一同御剑朝外飞去。

忽地，天幕之上亮起一道灿然的华光，驱散所有阴霾。

桑念抬头看去——是昆山玉。

光明之下，青年衣带当风，眉眼如墨。他弃了剑，手执神器，蓦地低眸向她看来。隔着极远的距离，她似乎看见他对她笑了笑。

不知为何，她心口一跳，钝钝的疼。

下一秒，四周猛然暗下去，如同陷入永夜，仿佛有一只手拖着桑念不断下坠。

她挣扎着想要醒来，却仍然坠入无边黑暗，意识消散的最后一刻，耳边响起的，是祸又惊又怒的声音。

"你竟然——"

只说了三个字，剩下的话戛然而止。

……似乎过了很久，又似乎，只是一刹那。

桑念猛地醒来，阳光刺得她眯了眯眼，生理性的泪水溢出些许。

很快，一只手伸来，挡住那道光。

手指修长，骨节分明。

桑念飞快地转头看去。

青年对她弯弯唇角，和煦的日光洒满他如墨的眉间。

"谢沉舟！"

桑念惊叫一声，张开双臂扑进他怀里。

他稳稳地接住。

桑念想起什么："祸呢？他被你封印了吗？你有没有哪里受伤？"

谢沉舟配合着她转了个圈，让她检查自己的身体，认真地回道："他已被我封印，我也没有受伤。"

桑念小心地问道："那就是说……没事了？"

谢沉舟："嗯。"

她开心得无以复加，环顾四周，发现自己还在那片林子里。

四周空荡荡的，只剩他们两人。

她问："沈明朝他们呢？"

谢沉舟："都回去了。"

对哦，他们确实在逃跑来着。

桑念兴高采烈："那我们赶紧去找他们吧。"

谢沉舟浅笑："不着急。"

桑念不解。

"不是一直想去看极光吗？"他牵住她的手，"我带你去极北之地。"

桑念诧异："现在吗？"

谢沉舟道："这一战后，百废待兴，要忙很长一段时间。"

桑念想想也是，要是现在不去，又得等很久了。

"择日不如撞日，走吧。"

她晃晃他的手，语调轻快："出发！去极北之地。"

谢沉舟弯了眉眼，学着她的样子晃晃手，同样语调轻快："出发。"

虚空开始扭曲，再一眨眼，他们置身于一片冷色调的世界。

脚下的积雪晶莹厚软，一直延伸到很远之外。天幕极宽广，底色深蓝，绿色的极光布满整片天空，中间夹杂着些许浅紫色调。

形状如丝带，又如河流。

桑念看得有些呆了，喃喃着："真漂亮。"

谢沉舟侧过脸看她："真漂亮。"

桑念："嗯嗯，我也觉得！"

源源不断的暖意从谢沉舟身上渡来，并不冷。

她行走时带了点跳起来的冲动："我们去前面看看吧。"

谢沉舟自然应允。

"我好喜欢这里。"一路上，她禁不住碎碎念，"我是南方人，出生在南方，上学也在南方，从小到大，很难很难见到一场雪。"

说着，她转头看谢沉舟，语气认真："这里的雪，我会记一辈子。"

谢沉舟蹲下抓起一团雪，三两下便捏出一只小兔子。

他将小兔子递给她："一辈子太长了。"

她满脸新奇地接过，左看看右看看，喜欢得不得了。

"对啊，我们现在有很长的一辈子了。"她顺口答道。

谢沉舟见她喜欢，又捏了一只雪兔子送给她。

"你看，"桑念像是发现什么有趣的事，指着其中一个道，"这个是你。"

她又指指另一个："这个是我。"说着，她将两只雪兔子小心地放在一块黑色岩石上，挨个儿拍拍它们的脑袋，对他仰着脸笑："桑小念和谢小船会永远在一起。

"就像它们一样。"

许久，谢沉舟轻轻地"嗯"了一声。

"它们就留在这里吧，"桑念道，"以后每年我们都来这里转转，给它们添点雪。"

谢沉舟道："好。"

两人继续向前走，桑念絮絮叨叨地讲着自己的从前，谢沉舟始终认真听着。

最后，她说累了，喘了口气，索性拉着他坐下，靠在他肩头看着那片极光："过了今晚，明天就是我的生日了。谢沉舟，你有什么想要的吗？许个愿吧，我把我的生日愿望送你。"

谢沉舟垂眸思索片刻，道："我想和你长长久久地在一起，每天都在一起。"

桑念有些好笑："这当然可以了。"

顿了顿，她又道："你怎么不问问我想要什么？"

谢沉舟："你想要什么？"

她清清嗓子，一本正经地道："我想和你长长久久地在一起，每天都在一起。"

说完，她飞快亲了他一口，眉梢高高扬起，咧嘴一笑："真巧，我们的愿望是一样的。"

谢沉舟抿了抿嘴角，眉间漾起几分浅薄的笑意。

桑念问道："你的生日在什么时候呀？"

"记不清了，"他道，"大概，是在十一月。"

"那还有段时间才到，你慢慢回忆，"桑念拍拍他的脸，"到时候我亲自下厨，给你煮长寿面吃。"

谢沉舟沉默一下："好。"

桑念伸了个懒腰，恋恋不舍："真希望能一直留在这里，可我们再不回去，他们该着急了。"

她站起身，习惯性地对他伸手："走吧，下次再来玩儿。"

谢沉舟没有再握住她的手。

他抬起头，眼眸漆黑，一字一顿地道："念念，我回不去了。"

桑念与他对视良久，脸上的笑容一点点消失："什么意思？"

谢沉舟轻声道："昆山玉并不能封印祸。"

昆山玉能做的，是将他与祸融合——真正被封印的，是他。

桑念皱皱眉头，似是想哭，可努力良久，眼中依旧干涩。

"我为什么……哭不出来？"说话时，她心里空落落的，像是破了一个大洞，呼呼往里灌着风。

谢沉舟对她弯弯唇角："这样不好吗？这样，你就不会为我而难过了。"

桑念霎时明白过来："是你。"

"你对我做了什么？"她语声微颤。

谢沉舟站起身："别怕，我只是……封住了你的哀识。从此以后，你不会再悲伤抑或难过，即便……我在你面前死去。"

桑念嗓音艰涩："谢沉舟，你说什么？"

"我封印不了他多久。"谢沉舟向她走近一步，"念念，完成从前诸神未能完成的事吧。"

彻底摧毁那个容器。

如此，这场浩劫，才算真正过去。

桑念止不住地后退。

谢沉舟道："念念，听话。"

说话时，另一个灵魂在他体内横冲直撞，激烈争夺这具身体的控制权，几次险些得逞。

他脸色并不算好看，语调却依旧柔和："时间不多了。"

桑念突然捂住心口，弯下腰剧烈地喘息。

她确实不再难过了，可是，她的心……很疼。

“谢沉舟……”她艰难地出声，嗓音裹挟着浓重的茫然，“为什么呢？为什么最后，你会是这个结局？”

谢沉舟伸手捧住她的脸，认真凝视她双眼，目光悲伤：“念念，我从来不无辜，因为我，这些年死了数不清的人。

“而他们本该，会有一个很好的未来。”

桑念不断地摇头：“不是这样的，不是……”

他低头，轻轻抵住她额头，嗓音极低，近乎呢喃：“谢沉舟这一世，七罪俱全，杀孽缠身，罪该……万死。”

桑念像是丢失了声音，动动唇，什么也说不出来。

明明，她想大喊，想大哭，想……想求求他不要这样。可嗓子仿佛堵了棉花，一个字，她连一个字也没办法对他说。

“念念，”他蹭蹭她鼻尖，“所有死去的人都会回来。

“祝余族，萧濯尘，初瑶，还有春儿，他们都会回来陪着你，你永远不会孤单。”

所以，就算没有我，也没关系。

桑念呼吸愈发困难，却始终一滴眼泪也流不出来。

她终于找回自己丢失的声音，一字一顿地道：“我只要你。”

谢沉舟安静下去。

她攥紧他衣袖，像是即将溺水的人抓住唯一的浮木。

“谢沉舟，我只要你。”

许久，谢沉舟一声叹息，在她乞求的目光中，一点点抽回了自己的袖子。

她掌心一凉，连带着心也凉下去。

一截断刃放至她手中，冰冷而锋利，却奇异的没有伤到她——这是谢沉舟三百年前的本命剑。

它自从沾上了她的血，剑上萦绕的灵光一日比一日黯淡，不久后，便碎了，只留下这截残破的剑刃。如今，它又要沾上主人的血。

剑刃颤了颤，开始微弱地反抗。

很快，它如握住它的那个女孩儿一般安静下去，动弹不得。

谢沉舟轻抚她侧颊：“我从前常常想着死，可与你在一起之后，我每一日都在庆幸自己当初活了下来。

“念念，是你教会了我什么是爱。”

桑念闭上眼，睫羽倾覆，遮住眸中的绝望。

“一辈子太长了，早些忘了吧。”

无边无际的雪原上，漫天极光如长河，黑衣青年对她张开双臂，温柔地抱住她。

殷红的血珠滴落，在松软的积雪上烫出一个小小的洞。他的身体一点点下滑，桑念僵硬地低头，连呼吸也忘了。

青年半跪在地上，染血的手艰难地伸来，不知是想摸一摸她指间那枚戒指，还是想摸摸她的脸。

无数灰烬从他身上飞走，并未燃尽，犹带着橙红的火星。

那只手终究没能碰到她。

鲜血融化脚下的白雪，许多零碎的小物件躺在血泊中，等待被人拾起。

很久很久之后，桑念摊开掌心，那里有一簇已熄灭的灰烬。

那是她所爱之人的骨灰。

可她看着它，心中一片麻木，并无半分哀痛，只是空得厉害——这是他最后送给她的礼物。

她沉默一会儿，慢慢蹲在地上，一个个去捡那些从谢沉舟身上掉落的东西。

梅子糖，好运平安符，小贝壳……

她指尖顿了顿，打开那枚贝壳。

里面藏着一粒珍珠，璀璨夺目。

桑念将那簇灰烬放在珍珠旁，合上贝壳，紧紧地贴在心口。

“咔嚓——”似是镜面碎裂，她所处的世界一寸寸破碎。

眨眼间，极光消失，她回到了那片林子，林中依旧只有她一人。

仿佛时光倒流，地上的废墟腾飞，倒塌的茅屋重新出现。

她弯腰捡起那本未看完的书。

天色暗了又亮，星河流转，日月如弹丸般弹射。

不知过了多久，躁动不安的时空终于稳定下来。

桑念低头翻页，去看那最后一页的最后一行字。

神陨，万物生。

他早就为自己选好了结局，万物生，唯他死而已。

桑念笑了一声，扔了书，抱着那枚贝壳跌跌撞撞地往外走。

要去哪儿呢？

她不知道。

要做什么？

她也不知道。

就这样走啊走，等回过神来时，她已站在了青州城主府门前。

人群熙攘，几名家丁大声吆喝：“今天是我们大小姐的十六岁生辰，城主特意下令散财为她积福，见者有份！”

“哗啦啦——”灵石如雨点般落下。

众人哄抢，只桑念呆呆地看着。

阶梯上，紫衣男子负手而站，神色冷淡。

注意到人群中的桑念，他目光一顿。

“哥哥！”

他身后，绿裙少女匆匆跨过大门，一个小丫鬟跟在她身后，模样娇憨。

少女抱住紫衣男子，哭得上气不接下气：“我终于又见到你了，你都不知道，我去了一个多可怕的地方，遇见了一个多可怕的人，我错了，我再也不逃跑了……”

紫衣男子满脸无措，半是惊喜半是心疼地安慰她。

“说什么胡话？可是做噩梦了？”

少女抽泣：“比噩梦还可怕。”

他下意识地摸摸她脑袋，怔了怔，看着自己的手，不明白自己为何会这样。

回过神，他视线再次落到人群，方才看见的那人已消失不见，仿佛只是他的错觉。

耳边，妹妹好奇地问道：“不过，咱们后院什么时候多了棵树？长得那样大，都快把屋子也遮住了。”

他揉揉眉头：树？什么树？后院何时又种过树？

家丁殷勤地道：“要砍了吗？别影响小姐晒太阳。”

“……不必了。”他低声道，“就让它长在那儿吧。

“挺好的。”

“那是桑蕴灵的家，不是桑念的。”桑念继续前行，如同一只游魂。

天虞山，逍遥宗。

红衣少女兴冲冲地拉着青年练剑。

另一名少女小幅度地鼓掌打气：“小师姐一定能打赢大师兄的！”

话落，她余光瞥见不远处的身影，声音一顿，面露疑惑：“你也是逍遥宗的弟子吗？我以前怎么没见过你？”

桑念迟钝地抬头，恰好初瑶也收了剑朝这儿看来。

四目相对，她缓慢地眨了眨眼。

初瑶双手抱臂，对她扬扬下巴：“喂，问你呢，你是我们逍遥宗的人吗？为何没穿门派服还一身妖气？是不是要图谋不轨？”

“师妹，”闻不语扶额，“慎言。”

初瑶撇嘴，别过头不说话。

闻不语上前一步，温声问桑念：“不知前辈突然来此，所为何事？”

“……”

桑念后退几步，身形消散。

“这就走了？”初瑶皱眉，“怎么总觉得在哪儿见过她。”

苏雪音怯怯地道：“这位妖族前辈修为似乎很高的样子，我们刚刚不会有哪里得罪到她吧？”

“怕什么，”初瑶揽过她的肩，挑眉一笑，“我会保护你的。”

苏雪音低了头，抿着嘴笑：“我也会保护你的，小师姐。”

……

合欢宗里，有人轻车熟路地翻墙离开。

守门弟子气喘吁吁地追在他身后，叠声地问：“师兄你要去哪儿？！”

有着一双狐狸眼的合欢宗大弟子回头一笑：“我去找一个人，运气好的话，没准儿能遇见她下山采买。”

说完，他轻巧地跃下墙头，没跑多远，冷不丁撞到一人。

“抱歉。”他连声道，“你有哪里受伤吗？”

桑念摇摇头，捡起掉到地上的贝壳，满脸恍惚地离开。

他看着她的背影，歪歪脑袋：“真是个奇怪的人。”

一辆华贵的马车驶过，扬起一片灰尘。马夫甩了一记空鞭，提醒前面的人让路。

见她无动于衷，他急忙勒马停下。

锦衣少年掀开帘子，揉揉被撞红了的额头，夺过马夫手里的鞭子，气冲冲地下车：“竟敢挡本皇子的路，我看你是吃了熊心豹子……”

话未说完，她转过身。

他手里的鞭子霎时落到地上，剩下的话一同消失在喉间，满脸怔然。

“沈明朝，你还记得我吗？”她轻声问他。

“你怎么知道我的名字？”他震惊，“你是谁？刺客？还是细作？”

桑念垂下眼，什么也没说，飞身离开。

不知怎的，沈明朝忽然追着她跑去：“喂！至少告诉我你的名字吧！”

那人彻底消失在天际，他扶着膝盖停下，喘得上气不接下气。

马夫吓得不轻：“殿下，那是妖怪啊？”

“什么妖怪，”他瞪马夫，“那是仙女。”

马夫：“啊？”

“我一定在哪里见过她。”沈明朝握紧了拳，眼眶莫名其妙地红了，他不解地擦了一把脸，对着掌心的眼泪愣了半天神。

“……等着吧，我迟早会想起来的。”

玉京，长生殿。

白衣青年凭栏眺望云间，眸中无悲无喜，听见身后的脚步声，回头行礼：“师尊。”

微生羽缓步上前，淡淡地“嗯”了一声：“真的决定了？”

“嗯，我已同父亲母亲说好，明日就带着阿净出发。”

微生羽问道：“此次外出游历，归期几何？”

萧濯尘轻笑：“归期未定，若高兴便多玩几日，不高兴……那就歇一歇再继续玩。”

微生羽从未在他口中听见“玩”这一字，不由得侧目：“濯尘，你……”

“哥——”远处，萧净挥着手跑来，衣袖被风吹得鼓鼓的，看上去有些滑稽。

萧濯尘望着弟弟微笑："师尊，从此以后，我不再是仙门首席弟子，我只是萧濯尘。"

微生羽怔了怔，旋即一笑："好。"

"哥！"萧净急吼吼地冲来，朝微生羽离开的方向探头探脑，嘴角压不住地上扬，"你真的要带我去游历吗？"

萧濯尘注视着他，伸手拂去他肩上的尘埃："嗯。"

萧净差点高兴得跳起来，没高兴一会儿，他又开始担心："可是，万一我耽误你修炼怎么办？明年群英会要是拿不到第一……"

"拿不到便拿不到吧。"萧濯尘望着茫茫云海的某一处，嘴角弯了弯，"何况，我早就已经拿过了。"

萧净满脸错愕。

云海中。

桑念同样弯了弯嘴角："他可以做自己了，真好。"

她躺倒在那片云上，睁眼望着更高处的天幕，发丝裙角被风微微吹起。不断有金色的光芒从修仙界各处飞来没入她体内，修为一长再长，骇人的劫云聚了又散，却始终无法劈下。

桑念举起手，看着指间微微闪光的戒指。

"你还在保护我呀？"

戒指亮了亮，散发着阵阵暖意。最后一粒光点没入体内，时间蓦地停滞。

少女额间的胭脂痣化作殷红的神印。

天幕微微颤抖，神界大门隐约浮现，地上无数生灵同时抬头，面带诧异。

"原来，这就是救世的功德。"她挥散那扇门，闭眼轻笑，"真厉害，能让人成神呢。"

"宿主。"一只小鹦鹉扑闪着翅膀飞来，对她说，"任务完成了，你阻止了反派灭世，他忏悔了罪孽，苍生无恙，所有人都活了下来。"

她笑："我真厉害。"

"……"

六六小心观察着桑念的表情，干巴巴地道："你……别太难过。"

桑念："我不能难过。"

六六："要不你哭一下吧，你这样我挺害怕的。"

桑念："我不能哭。"

六六劝道："宿主，这里对你而言只是一场游戏而已，故事已经完结了，谢沉舟他回不来了，你看开些吧。"

桑念仿佛没听见它的声音，兀自自言自语："没关系，我可以等他转世，反正我现在能活很久很久，等得起……"

"宿主，谢沉舟用灰飞烟灭再无来世为代价逆转时空，强行重组了时间线复活所有枉死的人与祝余族，他已经没有转世的机会了。"

"……"

见桑念发愣，六六再次重复："谢沉舟已经灰飞烟灭了。

"谢沉舟已经消失了，永永远远的，消失了。"

"……"

桑念蓦地捂住心口，将自己蜷成小小一团，艰难地喘息。

六六吓了一跳："你怎么了？！"

桑念摇头，再摇头。

似乎有根刺扎进了心口，痛感尖锐，绵绵不绝。她身体控制不住地颤抖，死死攥着那颗贝壳。

谢沉舟……回不来了。

再也，回不来了。

"我不难过，我只是疼。"

桑念睁大干涩的双眼，恍惚地呢喃："疼得我好想哭。"

六六一声惊呼："你的头发！"

她顺着它的视线茫然地垂眸。

乌黑长发寸寸染雪，眨眼间，青丝成白发。

她撩起一缕，倏地笑了："我记得，他的头发也白过。"

这一次，六六沉默了许久，再开口时，已带了哭腔："宿主，回去吧，回你的世界去。"

桑念低声道："可我还有一件事没有做。"

"什么？"

她望着小华山的方向，弯了弯眼眸。

这一日后，小华山多了一位山主。

传说，她一头白发，眉心的神印殷红，是迷失在此方世界的神明；传说，她一直在寻找一个人，寻找这个世上根本不曾存在过的人；传说，她从不落泪。

五十万祝余族奉她为主，日日跟随她修行术法。

祝余族生来灵力强大，在她日复一日的悉心教导下，很快便诞生了无数大宗师。

他们悉心学习人族语言，在萧濯尘的牵线下，两族顺利建交，立下互不侵犯的誓言。

做完这一切，已过去千年。

"誓言不可能永远有效。"极北之地，桑念对着两只雪兔子念念有词，"可我能做的，只有这么多了。

"剩下的路，要他们自己去走才行。"说着，她拍拍其中一只兔子的脑袋，"你说是不是呀，谢小船。"

没人回应，她早已习惯，拍拍裙子上的雪沫，站起身："我先走了。"

说完，她没有半分犹豫，一步踏出，回到小华山。

六六和小七正在嗑瓜子，见她回来，纷纷飞了过来："主人，你的手好冷。"

小七道："我给你捂捂。"

六六也殷勤道："我给你摘了葡萄，可甜了。"

桑念捻了粒葡萄，忽然问道："你们说，世界上真的有谢沉舟这个人吗？"

六六和小七对视一眼，将早已重复了上万次的回答再次说出口："有的。"

桑念自言自语："那为什么除了我们以外，没有别人记得他呢？"

六六默默地给她剥葡萄皮，眼里满是难过。

一千年的时间实在太过漫长，长到桑念对谢沉舟的记忆一点点消磨殆尽。

她常常问自己，问身边的人，世界上真的有谢沉舟吗？

他，是真实存在过的吗？

可是极北之地的两只雪兔子，六六和小七，还有萧濯尘，他们一遍遍地告诉她——是。

于是，她每年都会去一趟极北之地，见见那两只兔子——那似乎是谢沉舟留下的唯一的痕迹。

到了后来，一次雪崩，兔子也没了。

她又开始问自己，问别人，谢沉舟，究竟是谁？

已是仙盟盟主的萧濯尘连夜赶去捏了两只一模一样的雪兔子。

她不问了，因为她知道，那不是她的雪兔子。

她开始问手上的戒指，问贝壳里的骨灰，问草叶间的萤火虫。

六六无言以对。

萧濯尘亦是沉默。

她却换了一句话："你们不要死好不好？"

她拉住萧濯尘的袖子，神色惶惶："你们要是死了，就只剩我还记得他了。

"到时候，我要怎么证明，他曾在这个世界上存在过啊。"

萧濯尘别过头，许久才道："桑念，你为什么不哭呢？"

桑念道："谢沉舟不想我难过，不想我哭——咦，谢沉舟……是谁？"

萧濯尘转身走了。

六六把翅膀搭在桑念头顶，熟练且耐心地告诉她："谢沉舟啊，谢沉舟是你以前喜欢的人。"

桑念："那他喜欢我吗？"

"喜欢的。"

"那我现在还喜欢他吗？"

"……大概也是喜欢的。"

"哦，他在哪儿呢？"

"……"

又一个春天过去，桑念的时间终于到了。

一个意想不到的人来了小华山。

花木扶疏，锦衣青年腰佩长离剑，一步步走进屋子，披着满身金灿灿的日光。

周围的人窃窃私语："这位是？"

“他可是天下第一的剑仙，大宗师沈明朝，你居然不认识？”

“居然是他，怪不得没人去拦呢。”

沈明朝站在榻边，低眸凝视着满头冷汗的白发女子。

他已是名震天下的大宗师，早已不像年少时那般爱哭，可她开口唤他名字那一刻，他双眼蓦地通红。

桑念对他笑：“我记得你，你叫沈明朝。”

沈明朝蹲下，握住她瘦削的手，露出一个苍白的笑：“我也记得你，你是桑念。”

桑念：“答对了。”

沈明朝眼睫轻颤，低着头说道：“对不起……我这么晚才想起你。”

桑念忽地撑起身体，探头去看他的脸：“哟，哭啦？”

沈明朝努力对她扯扯嘴角：“我烦死你了。”

桑念叹气：“现在你可是天下第一的剑仙了，怎么还像以前一样，动不动就哭得这般惨。”

沈明朝眸光悲凉：“对啊，我现在是天下第一了。”

她有些困倦地眨了眨眼：“祝贺你，达成所愿。”

沈明朝没说话。

她的体温渐渐凉下去，最后，她道：“吾友，珍重。”

钟声渐大，四周的祝余族低声呜咽，上百只如火的赤鷩鸟盘旋在木屋上空，悲泣地哀鸣。

忽地，东方天幕冉冉漫开紫气，彩霞如缎，上空徐徐降下一道宏丽的虹桥。

少女拎着裙子轻灵地踏上桥面，回眸一笑，青丝如瀑，两靥生花。

有人惊呼：“小华山山主功德圆满，回神界了！”

这一刻，修仙界中无数生灵同时跪下，虔诚地目送她离开。

呼声如潮，字字恭贺。

唯有沈明朝呆呆地看着她消失的方向，仍旧紧紧攥着那只冰冷僵硬的手，不肯放开。

许久后，那位名震天下的大宗师闭上眼，轻轻开口：“早知道不要什么天下第一了。”

他忽地落下泪：“我不要天下第一了。

“小桑，带我一起走。”

故人长绝。

再无相逢之期。

去往神界的路是一片虚无。

桑念没有推开那扇大门，靠在门边发呆。

不知过了多久，半空中，一团柔和的白芒亮起，嗓音苍老：“为何不进去？你可知，门内是无数人梦寐以求的神界。”

桑念回过神：“你是谁？”

光芒道："你从前一直想见的那位存在。"

"所以，你就是系统的主人。"桑念神色麻木，"我只想知道，这个世界，真的不是真实存在的吗？"

对方缓缓地回道："你又怎能确定，你的故乡，便是你口中的真实世界呢？"

桑念恍惚一瞬："……什么意思？"

"什么是真实？"天道微笑，"有的凡人说，存在就是真实，所以沉溺；也有的凡人说，原本才是真实，所以疯魔。人总是自以为是，以为世界围着自己转。其实庄周梦蝶，蝶梦庄周，谁真谁假，难说得准呢。

"明白了吗？扶桑。"

桑念摇头："我不叫扶桑。"

天道："你本是神界的扶桑神树之一，枝干连接归墟与人、神三界，很快，你便会恢复从前的记忆。"

桑念沉默了一会儿："那谢沉舟呢？"

"作为魔神容器，那孩子注定一出生，便是为了死去。"天道叹息，"他只是你成神路上的一劫，如今劫数已过，你功德圆满，再归神位，从此，与天同寿。"

桑念站得有些累了，蹲下身，用力抱住膝盖："他到底和你交换了什么？"

"你。"天道笑道：

"万年前，是你带他逃出了囚禁他无数岁月的昆仑，他……极爱你。

"你死后，我许了他与你三世姻缘，作为代价，他甘愿入轮回削弱魔神之力。

"最后，为苍生化去这一劫，死在你手中。"

桑念缓慢地眨眼，依旧茫然。

天道："他用自己的命，为你铺出了一条成神路。"

桑念安静了很久，揣着最后一丝希望，小心翼翼地问天道："那他还能转世吗？"

天道："绝无可能。"

这一次，桑念安静得更久，似乎她自己也不知道该说些什么。

天道温声对她道："去神界吧，那是你的家。"

好一会儿，桑念轻声道："我的论文还没有改。"

说着，她像是找到了某种理由，站起身，喃喃自语："是了，我的论文还没改呢，我不想延毕，我得快点去改论文才行。"

最后，她对天道道："让我回去吧。"

神色满是乞求。

天道再次叹息。

"如果这是你期盼的，那么——

"如你所愿。"

桑念闭上眼。

这当然是她期盼的。

一直都是。

第二十章 再不离别

窗外的蝉叫得撕心裂肺。

风扇吱吱地转着，吃力地搅动夏日闷热的空气。

天花板惨白，输液瓶影影绰绰地倒映着女孩儿年轻的脸。她茫然地睁大双眼，空荡荡地对着熟悉又陌生的场景。

一声门响，很快，塑料袋窸窸窣窣的声音传来。

有人高兴地叫她名字："桑念！"

桑念长睫一颤，缓慢回头——是她的室友，陆西一。

陆西一激动得声音都变了调，说："三个月了，你终于醒了！那天我回宿舍看到你昏倒在地，还以为你写论文写到猝死了。呜呜呜——"

说到这里，她声音一顿，再开口时，语气全是诧异和慌乱："你怎么哭了？是不是哪里不舒服？"

桑念迟钝地摸了摸自己的脸，指尖一片潮湿冰冷。

她凝了那滴泪许久，抬眸对室友笑了笑："我做了个很长很长的梦。"

陆西一好奇："有多长？"

她轻声道："大概，有一千年那么长。"

陆西一啧啧道："怪不得你吓哭了，人要是真活了一千年，那不得疯啊？不过你也确实睡了三个月了，对于一个正常人来说，也很久啦！"

桑念想和她一起笑，余光瞥见指间的红玉戒指，眼一弯，泪如雨下。

陆西一慌了："你到底怎么了？"

桑念摇摇头，想摆摆手，却因为长期卧床难以动弹，眼眶酸得厉害，泪水晃出无数重影，直到再也看不清眼前的景物。

原来，难过是这种感觉。

可是……她捂住心口，还是好疼。

呼吸疼，说话疼，想起一个人时更疼。

桑念脸色惨白，耳边响起绵长的轰鸣，什么也听不清。

陆西一惊慌失措地按响呼叫铃，医生护士一拥而入。桑念什么也看不见、听不清，耳边嘈杂一片。混乱中，不知是谁带倒了桌上的花瓶，开得正盛的杜鹃无声地轰然坠落，被无数脚步践踏出淋漓的汁水。

殷红似血。

天气很好。

距离她毕业快一年了，又一个春天将要到来。浩浩荡荡的“攻略副本”恐慌仍然盛行，每天都有新的都市传闻诞生，但桑念再也没有听见“系统”的声音与副本的召唤。

手机振了振，桑念低头看了眼，是陆西一发来的消息，约她出去玩儿。

她回了个“好”字，定下见面的地点，收拾东西准备出门。

桑妈妈听见动静，从书房探头看来：“要出门？”

桑念嘚吧嘚吧地跑过去抱住她胳膊，腻歪了好一会儿才道：“陆西一叫我出去玩儿。”

桑爸爸也从厨房探出脑袋：“要不吃完饭再走？”

桑念忙道：“不用做我的饭，我们要去吃烤肉。”

“又吃烤肉啊，”桑爸爸嘀咕一声，开始解围裙，“爸爸开车送你过去。”

“不用了，”桑念已经在换鞋，“我打车就行。”

“那你别玩太晚，”他不放心地叮嘱，“早点回家。”

“知道了。”桑念对他们挥挥手，顺便提了门口的垃圾，脚步轻快地进电梯。

今天是周六，街上比平时更加热闹。

桑念下车，直奔烤肉店。

陆西一正好也到了，两人点好餐，一边聊天一边吃东西。

陆西一碎碎念：“你去年那样，我还以为咱们宿舍要保研了呢，当时要真保上了，我现在哪还用学得这么头疼。”

桑念讪讪道：“只是晕倒而已。”

陆西一：“对对对，你只是突然晕了过去，一睡就是三个月，我们整个宿舍的人都差点被你吓死。

“不过说起来，你真的没有像新闻上说的那样，昏迷后进入所谓的副本攻略吗？”

桑念沉默了半晌，没有正面回应这个问题，而是不太好意思地说：“就普通的昏倒而已，谢谢你那天及时送我去医院。”

陆西一正要开口，视线忽地越过她，定在她身后某一处，过了一会儿才如梦初醒般地回道："你刚刚说什么？"

桑念好奇："看什么呢？这么入神。"

说起这个，陆西一语气夸张："帅哥！大帅哥！比我爸还帅！"

桑念笑了一声，并不感兴趣："是吗？"

陆西一张望了一下："奇怪，他怎么不见了，我还想让你也看看呢。"

"吃完走了吧。"桑念埋头塞了一大口肉，声音有些含糊不清，"赶紧吃，剩下的都是你点的，我点的可都吃完了。"

陆西一哀号："你再帮我吃一点。"

桑念扶额："谁让你点那么多的。"

陆西一噘嘴："我以为我能吃完。"

桑念幽幽地道："你上次也是这么以为的。"

但还是无奈地抽了张纸擦嘴说："要实在吃不完就打包吧。"

陆西一一听，火速顺杆往下爬，大喊："服务员，这里。"

拿着餐盒，陆西一挽住桑念的手臂一同走出烤肉店："不行，太撑了，逛街消消食吧。"

华灯初上，人流如织。

冬天刚过去不久，风还有些微微的凉，头顶一轮又大又圆的月亮，光似碎银。

两人逛了一会儿商城，提着购物袋去抓娃娃。

透明的玻璃柜里堆着许多毛绒玩具，桑念很想要里面那只小熊。可直到一摞游戏币都用光，她还是没抓到那只小熊。

旁边的陆西一倒是抓了不少，见她还空着手，塞给她几个娃娃："真菜。"

桑念撇撇嘴，把娃娃还回去。

她只喜欢那只小熊，除了它，她什么都不要。

两人准备回家，没走几步，陆西一诧异道："我好像又看见那个人了。"

桑念兴致缺缺："这么巧啊，他也来抓娃娃？"

陆西一还要多看两眼，桑念拉着她匆匆跑出游戏厅："我爸来接我了。"

两个年轻女孩儿风一样地离开。

明亮的玻璃柜微微反光，倒映出一个修长的影子。他侧过脸，望着她们消失的方向，好一会儿，他转过头，看向玻璃柜中的小熊。

与陆西一道别，桑念上了爸爸的车。她系好安全带，挨个儿给他看自己今天的战利品。

几乎都是给他和桑妈妈买的衣裳鞋子。

桑爸爸不满："你自己呢？"

桑念道："我没看到喜欢的。"

桑爸爸欲言又止。

桑念："怎么了？"

前方是红灯，车缓缓停下，桑爸爸小心地问她："念念啊，你是不是出了什么事？"

桑念愣了一下："怎么突然这么问？"

桑爸爸腾出一只手揉揉她脑袋："爸爸妈妈总觉得，你没以前那么开心了，是工作不顺利？还是——？"

桑念笑了笑："我工作确实不太顺利，正要辞职呢。"

桑爸爸道："那就辞，家里不缺你这一双筷子，爸爸妈妈养得起你，你开开心心的，比什么都重要。"

桑念看着他眼尾不知何时冒出的皱纹，轻轻"嗯"了一声，复又撒娇："有你们真好，我要留在家里给你们做一辈子的女儿。"

绿灯亮起，车辆重新前行，桑爸爸笑骂一声："不留在家里你还想去哪儿？还想给谁做女儿？"

桑念嘿嘿一笑，去拆棒棒糖的糖纸，桑爸爸一根，她一根。

桑爸爸冷不丁地问："你就没有什么喜欢的男孩子吗？"

她动作一顿，眼睫低垂："现在没有了。"

桑爸爸一副"我就知道"的表情："怪不得蔫了吧唧的，毕业的时候分手了？"

桑念摇头。

桑爸爸："那是？"

桑念叼住棒棒糖，含糊地道："他去了一个挺远的地方。"

桑爸爸："出国了？"

桑念："差不多吧。"

见她难过，桑爸爸也不再多问。

灯光一盏一盏地掠过，她靠着车窗发呆，黑瞳时亮时暗。一滴温热水的珠滑过脸颊，她皱皱鼻尖，低头用手背胡乱地擦了擦，她不想让爸爸担心。

"有什么好哭的。"她在心中对自己说，"今天明明很高兴才对。"她用力眨眨眼，将那些蜂拥而至的水汽驱散。

又一盏路灯掠过，灯下，青年身形修长。

桑念好像看到了什么，她降下车窗，整个脑袋都探了出去——可此刻，灯下空无一人。

桑爸爸急道："这样太危险了！赶紧把车窗关上。"

桑念缩回脑袋，关上了窗："对不起爸爸，我以为……看见了一个熟人。"

桑爸爸道："你想打招呼，叫我停车就好，你这样太危险了。"

桑念闭上眼："不用，是我看错了。"

刚到楼下，桑爸爸接了个电话，将桑念放到小区门口便驱车回公司。

桑念魂不守舍地上楼，推开家门，家里安安静静的，只有她一个人的呼吸声。她把所有灯都打开，在玄关站了好一会儿才弯腰换鞋，鞋柜上还放着今早收到的盒子。

她顺手打开，一层层揭开包装纸，怔住。

一只小熊。

一只曾被关在玻璃柜里的浅卡其色毛绒小熊。

桑念冷静地打电话。

陆西一很快接通："干吗？"

桑念："你送我熊了？"

陆西一莫名其妙："什么熊？"

桑念："……没什么。"她挂了电话，用力闭了闭眼，忽地飞奔出门。

直到跑到先前那盏路灯下，她扶着膝盖停住脚，大口喘着粗气。

"谢沉舟……"她环顾四周，嗓音微颤，一遍又一遍地问，"谢沉舟，你在这里吗？"

无人应答，唯有夜风一刻不停地吹着。

不知过了多久，桑念喊累了，抱着膝盖慢慢蹲下。

她咬紧牙："你要是再不出来，我就，我就……"

眼泪倏地决了堤，她哽咽一声："我就真的把你忘了。"

桑念擦擦眼泪，站起来，一边哭一边往家走。

倏尔，在她身后，有人低声叫道："桑小姐。"

指间戒指亮了亮，她抬起的脚停在半空中。良久，她一点点转身。

灯火葳蕤，青年眉目缱绻，仿若初见，这一刻，似乎世界上所有声音都不存在。

桑念看着他，只是看着他。

他向她走了一步，再次开口，嗓音轻而慢："念念。"

风拂过桑念耳畔，将世界上的声音带回她耳中，一同带回来的，还有心脏剧烈跳动的轰鸣声。

她呜咽一声，张开双臂扑进他怀里。

如从前千百次那般，他稳稳地接住她，一步未退。

像是唯恐惊醒一个梦境，桑念极小声地唤他姓名："谢……沉舟。"

他道："是我。"

桑念喃喃："……可是你不该在这儿。"

谢沉舟用力拥住她，怀抱温热："一开始我也以为，再也见不到你了。可是我在医院醒来，透过窗看见出院的你，我就知道，我们还会重逢。"

他将脸埋在她颈窝，语声艰涩："苏醒后，我一直在等你，可是我又不敢靠近你。我害怕我们之间有的感情，只是一场梦而已。"

桑念有种浓烈的不真实感。

她有很多问题想问，可千言万语到了嘴边，只剩一句："你还会走吗？"

谢沉舟看着她的眼睛，漆黑的眸子漾起一圈温柔的涟漪："不会的，念念，你在的地方，便是我的归处。"

桑念骤然落泪。

他轻轻吻去她颊边的泪，又蹭蹭她的脸，递给她一枝粉蓝色的无尽夏："你愿意带我回家吗？"

桑念吸吸鼻子，接过花，委屈巴巴地问他："你刚刚消失不见，就是去买它了？"

谢沉舟道："你喜欢花。"

桑念擦擦眼睛："我也喜欢你。"

谢沉舟弯了嘴角："我知道。"

桑念牵住他的手，牵得紧紧的，瓮声道："我们回家。"

他"嗯"了一声，与她十指相扣，尾音微扬："回家。"

晚风柔软，月色如霜，路旁树影摇曳，绿芽新绽。

寒冷的冬日已彻底过去。

病树枝头又逢春。

"这就是你那个出国的前男友？"

客厅里，桑爸爸偷偷把桑念拉到一边，如此问道。

桑念脚趾抠地："嗯呢。"

桑爸爸表情一言难尽。也就是上周接了个电话，出差一周，谁承想，刚到家女儿就给了他们这么大一个"惊喜"。

天知道他们一打开门，看见穿着粉色围裙拖地的陌生青年时，心情有多复杂。

视线落到呈饼状瘫在沙发上心安理得地看漫画的宝贝女儿时……更复杂了。

桑爸爸做了好几次心理建设，对局促的谢沉舟招手："那个，小……"

他问桑念："他叫什么来着？"

桑念："谢沉舟，沉舟侧畔千帆过的沉舟。"

"名字不错。"桑爸爸点点头，接着对谢沉舟道，"那个，小谢啊，把拖把放下吧，坐下来说说话。"

谢沉舟看了眼桑念，在她的眼神示意下放下拖把，坐到了桑爸爸身边。

桑爸爸轻咳一声："还有我的围裙，也脱了吧。"

谢沉舟麻利地脱了，双手放在膝上，正襟危坐。

桑爸爸打量着他，心中不由得暗赞一声：宝贝女儿眼光果然不错，这小伙子很有他年轻时的几分风姿啊。

不过……

桑爸爸的目光转为审视："听说你和我们念念分开过？现在怎么又来找她了？"

谢沉舟还没说话，桑念抢先道："我们在路上偶遇，所以把他拉来帮我拖地。"

桑爸爸："问你了吗？去切点水果来招待客人。"

桑念只得不情不愿地起身。

谢沉舟也站起来："我去切吧。"

"你可是客人。"桑爸爸客气地笑道，"哪有让你去的道理。"说完，他一把拽住谢沉舟。

谢沉舟硬生生地顺着他的力道坐下。

桑念给了他一个“加油”的眼神，脚步轻快地走进厨房。

桑妈妈正削着梨，果皮拖得长长的，一次也没断过。

桑念也拿了一个梨去削，桑妈妈笑道：“你哪干过这个，行了，别祸害这个梨了，老老实实去洗手等着吃吧。”

话落，桑念转了转水果刀，三两下将梨削好。

她对桑妈妈得意一笑：“你看，我现在比你削得还要好了。”

桑妈妈愣了下，抓住她的指尖左看右看：“手伤着了没？”

“没有，”桑念连忙道，“我好着呢。”

桑妈妈这才松口气，故意沉着脸教训她：“以后不许再这样玩水果刀。”

“知道了知道了。”

桑念还要再削，桑妈妈叹气：“行了，你爸没真想让你做这个，找个借口支开你而已。”

桑念扒着门口，朝客厅探头探脑，忧心忡忡。

桑妈妈用叉子叉了一块梨喂到她嘴边：“别看了，你爸喜欢着他呢。”

桑念霎时回头：“真的？！”

桑妈妈笑了笑，对她示意：“吃梨，润肺的，你前段时间总咳嗽。”

桑念一口叼住那块梨，咬得汁水四溅，仍抓着上句话不放：“我爸真的会喜欢谢沉舟吗？”

“从小到大，只要是你喜欢的，你几时见他不喜欢过？”桑妈妈拢拢她颊边的碎发，“爸爸妈妈只希望你能开心。”

“念念，”她又道，“你之前那副样子，妈妈真担心你。”

桑念垂头，嗫嚅道：“对不起。”

“傻孩子。”桑妈妈轻轻掐了把她的脸，弯着眼睛笑，“你永远不用和爸爸妈妈说对不起，你只要对得起你自己就够了。”

桑念抿着嘴笑开，抱住她的腰，在她怀里撒娇：“我妈妈是全世界最好的妈妈。”

桑妈妈捏捏她鼻尖：“油嘴滑舌。”

桑念在她怀里蹭蹭脸：“才没有。”

桑妈妈拍拍她的背：“好了，把梨端出去吧，他们应该聊得差不多了。”

“好嘞！”

桑念端着果盘一溜烟跑出厨房。

她把果盘搁到茶几上，坐到桑爸爸另一边，对他笑得讨好道：“爸，吃梨，我亲手削的。”

桑爸爸看了眼她的手，诧异道：“你还会削梨？”

桑念嘚瑟：“嘿嘿，谁让我遗传我妈呢，那叫一个心灵手巧。”

桑爸爸刚想笑，瞥见旁边的谢沉舟，又生生忍住了。

他招呼道：“小谢，吃水果。”

谢沉舟拘束地摇头:“不用了，谢谢。”

“让你吃你就吃,”桑念催促,“再不吃就氧化了，赶紧的。”

谢沉舟默默伸手去拿叉子。

桑爸爸把两人的互动看在眼里，心里已大概有了数，状似不经意地问:“小谢现在既然回国了，是打算在国内长期发展还是——？”

谢沉舟道:“我会留在这儿，再也不走了。”

桑爸爸满意地点点头:“你父母也是本地人？”

谢沉舟:“不是。”

顿了顿，他接着说道:“他们在我五岁时过世了，我是孤儿。”

桑爸爸一怔，看他的眼神又变了，拍拍谢沉舟的手背:“好孩子，这些年没有父母在身边照拂，你一定过得很辛苦吧？”

谢沉舟抿了抿唇角:“还好。”

桑爸爸道:“以后你要是不嫌弃，尽管把这儿当家，叔叔阿姨就是你爸爸妈妈。”

谢沉舟放在膝上的手紧了紧，抬头看他，小声道:“真的可以吗？”

桑爸爸笑了一声:“当然。”

谢沉舟:“爸。”

桑爸爸:“……”

进展倒也不必这么快。

桑妈妈又端了盘水果出来，见气氛沉默，笑眯眯地道:“怎么都不说话了？”

桑爸爸捂着胸口:“你让他也叫你一声你就知道了。”

桑妈妈:“？”

谢沉舟正要叫人，桑念手疾眼快塞了块梨过去，他嘴被堵住，可怜巴巴地看着她。

桑念干笑:“他刚回国不久，语言系统有点混乱，过段时间就好了。”

桑妈妈一笑，不以为意:“这能有多混乱，你爸小题大做惯了。”

谢沉舟咽下那口梨:“妈。”

桑妈妈:“……”

确实有点混乱啊。

桑念一拍脑门，满脸都写着完蛋两个字。

谢沉舟却站起身，对两人深深躬身:“如果可以的话，请让我加入这个家。”

这是……要结婚的意思？

桑爸爸语气很委婉:“你们都还年轻，结婚的事不着急，再多相处一段时间看看吧。”

桑妈妈也忙道:“没错，你们在一起我们不反对，但结婚确实还太早了，念念还小，我们想让她在身边多留几年。”

“不早！”桑念从沙发上跳起来，“哪里早了？”

桑爸爸瞪她:“你闭嘴。”

谢沉舟直起身："我明白您二位的意思了。"

"你们放心，"他道，"我会让你们看见，我是那个值得托付的人。"

说完，他对两人颔首示意，告别离开。

桑念忙不迭地追上去："欸，我送送你！"

谢沉舟暂时住在事务所，离桑家有些远。

等车时，她撞撞他肩膀："不高兴？"

谢沉舟："没有。"

桑念："其实我爸妈说得对，没必要这么着急。"

谢沉舟钩住她指尖，语气莫名有些委屈："我只是想要一个名分。"

桑念摸摸他脑袋，无奈："你能对这件事别这么执着吗？恋爱脑也该有个度，像你这样的万一被挂到网上，起码得被人骂三天三夜。"

谢沉舟："……我尽量。"

等他上车后，桑念也转身回家。

桑爸爸和桑妈妈慌忙从窗口坐回沙发。

桑念觉得有点好笑："别装了，偷看就偷看，鬼鬼祟祟地干吗。"

桑爸爸干咳一声，干脆摆明态度："反正你们谈恋爱没问题，结婚免谈。"

桑念："为什么啊？"

"念念啊，结婚不仅仅是你们两个人的事，还是两个家庭的事。"桑爸爸正色道，"他父母双亡，自己又才刚刚开始工作，他现在能给你什么？你要是现在和他结婚，至少会陪他吃五年的苦。"

桑念知道他担心自己，没犟嘴，嬉皮笑脸地道："那这件事就先放放，不着急。"

桑爸爸总算松了口气。

"我睡觉啦。"桑念和他们打了声招呼，转身钻进房间里。

此事就此告一段落。

直到一段时间后，桑爸爸银行卡尾数忽然多了一串零，他连夜开车去了警察局报案。

折腾了大半天，总算弄清楚，这钱来自他那未过门且不太准的女婿。

桑爸爸："……"他抱着银行卡梦游一般回家了。

一开门，巧了——是他那未过门不太准的女婿，还是粉色围裙，还是在拖地。

沙发上呈饼状瘫着的还是他的宝贝女儿。

厨房里饭香四溢，谢沉舟已没有第一次见面那样拘束，神色自然地对他招呼道："您回来了？还有一个汤马上就能熬好，很快就可以吃饭了。"

桑爸爸难得有些迷茫，他突然有些分不清这到底是谁的家。

"你妈呢？"他问桑念。

桑念翻了页漫画，随口回道："谢沉舟给她办了一沓美容卡，她约小姨做美容去了，今天不回家吃饭。"

桑爸爸脚下像踩着棉花，对谢沉舟道："你跟我来一下。"

语气十分之沉重。

谢沉舟不明所以，放下拖把，跟着他进了书房。

“啪嗒——”门关上，锁紧。

桑爸爸翻来覆去地审视着谢沉舟，欲言又止。

谢沉舟：“……有事？”

“小谢啊，”桑爸爸叹气，“你老实和叔叔说，你是不是干什么犯法的事了？”

谢沉舟：“？”

桑爸爸将那张银行卡扔到桌上：“钱哪来的？”

谢沉舟回道：“我卖了一些东西。”

桑爸爸诧异：“你卖什么了？”

谢沉舟笑着说：“父母留下的一些珠宝，只卖了一部分，还剩很多。”

桑爸爸：“……那你也不能把钱就这么打到我卡里啊。”

谢沉舟如实道：“我想送您东西讨好您，问念念您喜欢什么，念念说您喜欢钱。”

桑爸爸无话可说，把卡往他手心一塞：“赶紧把钱拿回去。”

谢沉舟：“您不喜欢？”

桑爸爸无奈：“你这孩子，是真傻还是假傻？我怎么能收你的钱呢？”

谢沉舟执拗地道：“您是念念的父亲，您当然能。”

桑爸爸瞪他：“那我成什么人了？”

谢沉舟顿了顿，想起沈明朝教他说的那些话，声音小了下去，语气不太自然：“您可以成为我的岳父大人。”

桑爸爸：“……”

桑爸爸：“小谢啊，有没有人和你说过，你不太精通语言这门艺术？”

谢沉舟迟疑了一下：“没有，但我可以去学。”

桑爸爸摆手，无奈：“这个主要看天赋，你学不了。”

谢沉舟胸有成竹：“我的天赋很好，无论什么都学得很快。”

桑爸爸：“那好，那我问问你，你现在应该叫我什么？”

谢沉舟：“爸爸。”

桑爸爸：“……小谢，你还是别学了。”

谢沉舟：“为什么？”

桑爸爸：“我怕我被你气死。”

说完，他推开门，把谢沉舟推出去，自己留下冷静。

谢沉舟捏着那张卡，满脸茫然。

桑念上前，好奇地问他：“怎么了？”

谢沉舟如实道：“你爸爸好像被我吓到了。”

桑念没当回事：“你做什么了，能把他吓到？”

谢沉舟：“我给他转了五千万。”

桑念险些被自己的口水呛死：“你的钱哪儿来的？”

谢沉舟将那张卡递给她："我赚的。"

"老实交代，"桑念攥住他衣领，眯起眼睛，语气带着一点威胁，"到底怎么赚的？"

谢沉舟心虚地左右环顾，然后掏出手机百度了一个如雷贯耳的名字，连桑念这种对财经新闻不关注的人都无比熟悉。

谢沉舟将那张脸放大，和自己的脸齐平："你不觉得我们略有一些父子相吗？"

桑念："……"父子相！

"那些钱是从我的信托基金里取出来的，还有其他的没来得及变现和转到你的名下。"谢沉舟小声说，"我想和你过这一生，但我不知道这样的诚意够不够。"

桑念心里软成一汪春水。

她摸摸他的脸，又有点想哭，但到底是忍住了，只喟叹一声："真好啊。"

谢沉舟捉住她的手，看着她的眼睛，慢慢吻住她指间那枚玉戒，嗓音含笑："真好。"

这将是很庸俗又很幸福的一世。

这一次，他们可以牵着对方的手，走过无数春夏秋冬。

再也没有离别。

临近婚期，桑念的公司忽然空降了一位总经理。

她打量着自己这位年纪不大的新任顶头上司，做出如下评价："他以前作文课应该写过《我的董事长父亲》。"

青年一把摘下墨镜，瞪她："你有病吧？桑念。"

"你才有病，沈明朝。"桑念道，"大家好歹进过同一个副本，你既然知道我在哪儿，怎么不早点联系我？"

沈明朝竖起一根手指，摇头晃脑："当然是为了给你一个惊喜。"

桑念："谢谢，有惊无喜。"

"很快就有了，今晚八点来我家，"他塞给她一个地址，补充道，"带家属一起来。"

桑念眨眨眼，不明白他葫芦里卖的什么药。

沈明朝却拒绝回答，光明正大地翘班离开。她胡思乱想了一下午，终于挨到晚上，与谢沉舟一同前往地址上的别墅。

温暖的灯光从窗户里透出来，人影憧憧，隐约有笑声响起，带着几分耳熟。

桑念深吸一口气，按下门铃。

门开，是沈明朝。他抱怨道："真慢，我们都等你俩好久了，两只鸦做的菜都要凉了。"

桑念没接话，与谢沉舟一同走进屋中。

明亮的客厅里，原本正在谈笑的青年男女们含笑回首，面容熟悉。

他们对她说："好久不见。"

桑念眼眶有些酸，狼狈地用谢沉舟的袖子擦眼泪。

“赶紧的，”沈明朝端着饭碗从厨房跑出来，“入座吧两位贵宾，小的已经把饭给你俩盛好了。”

桑念吸吸鼻子，与谢沉舟相视一笑，一同入座。

沈明朝举起手中的杯子，环视众人：“咱们碰一个？”

“行。”众人纷纷站起来，举起手中的杯子。

“说点什么吧？”初瑶道，“不然干巴巴地喝怪难受的。”

大家不约而同地看向桑念。

桑念想了一会儿，环视众人，弯了弯眼眉，轻声道：“那就祝我们，都有光明的未来。”

“好！”

“叮——”盛着清亮酒液的玻璃杯碰在一起。

众人高声道：“祝我们都有光明的未来！”

此刻，晚风柔软，月色如霜，路旁树影摇曳，绿芽新绽。

寒冷的冬日已彻底过去。

病树枝头又逢春。

翌年春天，桑念与谢沉舟结婚。

这一次，鲜花，掌声，朋友，爱人，家人——

他们全部拥有了。

真好。

正文完

我本以为，等太阳出来的时候……我就能做自己了。
君子端方
萧濯尘

这一世从未做过萧濯尘。

可惜，

番外一 念念不忘

（一）

山壁冰冷。

它蜷缩成一团，睁大漆黑的双瞳，望着幽暗的穹顶。这里感受不到时间的流逝，它也不知道究竟过去了多久，只知道，那棵树要死了。

它摸索着爬过去，小心翼翼地伸手，第一次抚摸那截枯枝——它被诸神囚禁的漫长岁月里，只有这株病恹恹的小树与它相伴。

它实在太寂寞了，每天只能对着那棵脆弱得仿佛一碰就倒的树自言自语。即便这棵树从未有过回应，它依然心满意足。

而今天，这棵病树终于撑不住，要死了。

树根灼热地滚烫，似有无形之火熊熊燃烧。

“……我要怎么才能救你？”它咬开自己的手腕，鲜血滴滴答答地渗入土壤，异香弥漫。

“活下来，我求你，活下来。”寂静的山底，模样狰狞可怖的兽一遍遍哀声乞求，一次次咬开愈合的伤口。

直到全身的血几乎放干，土壤染得猩红，那棵树依然没有任何动静。

奄奄一息的兽匍匐在树下，小声抽泣。

倏尔，头顶树枝颤了颤，一个小小的新芽绽出。

它猛地抬头，无数碧绿的桑枝疯长，铺天盖地，几乎遮住它全部视线。

“咔嚓——”一声脆响，诸神留下的封印被树枝撑开，破碎成点点星芒。

幽暗的穹顶缓缓向两侧打开。

恰逢望舒御月而过，星汉灿烂，月华如练。它见到了自囚禁千万年后的第一束光——是柔和的，霜一般的月光。

穿白裙子的少女踏着那月光落下，轻盈似蝶。

它看得有些呆了。

“谢谢你救了我，”她背着手，对它歪着脑袋笑，“我是神界的扶桑树。你叫什么名字呀？”

真是一个美丽的生灵，它想。

似乎……连看她一眼也是亵渎。它怯怯地低头，余光瞥见自己丑陋的爪子，慌忙背过身缩成一团。

她不依不饶地戳它：“喂喂喂，我好不容易可以和你说话了，你怎么变成哑巴了啊？”

过了好一会儿，它声如蚊呐：“祸。”

扶桑：“霍？你姓霍？”

它声音更低：“不，是灾祸的祸，意为见之不详。”

扶桑：“怎么会有这种名字……”

话还没说完，对面的兽难过地将自己缩得更小。

她话音一转：“要不然我给你重新取一个名字吧？”

祸露出一双眼睛觑着她：“什么名字？”

她掐住下巴，冥思苦想片刻，敲敲脑袋：“哎呀，暂时想不到，这样吧，我先叫你小黑，等我想到好名字了再给你取怎么样？”

祸不喜欢小黑，恹恹地“哦”了一声。

“别太在意名字。”

她看出它不高兴，拍拍它脑袋，安慰道：“其实我也没有名字，只是因为我是扶桑树，所以大家都叫我扶桑。”

她碎碎念：“可是扶桑树有两棵呢，将来那一棵也化形了，那到时候我又该叫什么呢？”

祸茫然地眨眼。

“算了，和你说不明白。”

月光温柔，白衣神女逆着光蹲在它面前，双手托着下巴，笑眯眯地道：“喂，小魔神，我带你逃跑吧。”

祸睁大了眼。

良久，它问：“……为什么？”

扶桑：“什么为什么？”

祸：“你为什么要帮我逃跑？”

“因为你救了我啊。”扶桑道，“我在大战时受到波及，不小心摔进了这里，根几乎都被神火烧完了。”

“是你用血浇灌我，灭了那些火焰。”说到这里，她语气正经起来，“而且，我们认识这么久，我知道你不坏。那你既然不坏，为什么还要继续被囚禁？”

祸愣了很久很久。

她说它不坏，这和从前诸神告诉它的话不一样。

它应该是罪恶的，不祥的，人人避之不及的。

祸一时分不清，到底该信谁。

“别发呆啦。”她催促，“再不走我们就要被抓住了。”

祸看看封印外明亮瑰丽的星空，又看看身后无止境的黑暗，停了一会儿，小幅度地点点头。

白衣神女霎时笑了，眉眼弯弯。

“我带你去人间玩。”她站起身，拍拍手上的灰，语气轻快，“走。”

模样丑陋的兽小碎步跟上她，最后回头看了一眼自己待了无尽岁月的地方。

后方一声轻唤，它不再犹豫，加快速度跑走。

沧海桑田过去，神明大多身归混沌，即便有留下来的，也早就忘了昆仑山下关押的祸，预想中的追捕并没有发生。

前往人界需要穿过九重天，其中一段路格外的黑。

祸走在其中，仿佛又回到了从前被囚禁的时光。它身体瑟缩一下，忍住喉间的呜咽。

身边的扶桑似有所觉，问道：“你害怕？”

祸嗓音微颤：“不怕。”

扶桑扑哧一声笑了，没拆穿它，只是对它道：“你等等。”

说完，她朝另一个方向飞去。

原地只剩下祸，它四处望了望，又缩成一团，不住地打着哆嗦。

过了很久，久到它以为她不会再回来时，黑暗忽地如潮水般散去。

它小心地抬头，呼吸一窒。

少女不知何时站在了它面前，掌心似捧了一团星辉，映丽的眉眼皆被这光镀了一层温暖的金边。

倏尔，她对它弯唇一笑，伸手：“喏，这个送给你。”

祸怔怔地看着那枚盛满星芒的吊坠：“这是什么？”

她将吊坠挂在它脖颈间，耐心地系好红绳，答道：“这是我刚刚去星宿宫收集的星光，危月燕。”

祸僵着身体，连动也不敢动，生怕碰碎了心口这颗星星，有些无措：“你真的要把它送给我吗？不行的，我这么……”

白衣神女打断它：“我说行就行。”

她捏捏它的脸，觉得手感不太好，改为拍拍它的脑袋，双眸澄澈若水：“这是我送你的星星，你要好好保护它，知道了吗？”

柔软的星光里，祸慢慢捂住心口那枚吊坠，低了头，嗓音带着一点隐秘的欢喜：“知道了。”

神女入世，庇佑众生。

在人间肆虐的妖孽与恶龙一一被肃清。

而那位来自昆仑山的神女身后，总是跟着一只丑陋沉默的小兽，人们猜测，那大概是神女的侍从。

“我还是没想好你的名字。”街头面馆，扶桑放下筷子，叹气，“我也没想好我的。”

百年过去，祸依旧如当初那般小心翼翼：“名字不重要。”

“这怎么不重要呢？”她生气，“你看，所有人都有名字。”

她伸手指向路上行人，鼓了鼓腮：“就我们没有。”

祸小声反驳：“我有，而且，我们也不是人。”

“你那不算，一听就是哪个不靠谱的神瞎取的。”她叉腰，“就算不是人，那我也不要再叫扶桑了，我要一个独一无二的，只属于我的名字。”

祸抿了抿嘴角，心不在焉：“哦。”

又一队人马拖着木材与石料路过，它的目光忍不住追着他们而去，久久未收回。

——那些是为扶桑搭建神庙的工人。

“你在看什么？”她也跟着凑过来。

祸垂眼，遮住那一抹羡慕：“没什么。”

魔神永远不会有神观，更不会有神像——没人会傻到给招灾惹祸带来不祥的魔神塑像。

它看了眼自己锋利的、黑气萦绕的爪子，颓然地转身：“走吧。”

扶桑忙捧起碗去喝最后一口面汤，祸放慢脚步等着她。

她放下碗，放了两颗灵石在桌上，起身追上它，带了几分跳起来的冲动，背着手问：“我们现在要去哪里呢？”

祸也不知道。

但只要和她在一起，去哪里都无所谓——它喜欢像现在这样和她一起旅行，无关目的地，也无关沿途风景。

似乎知道它不会回答，她接着道：“听说小华山有妖孽作祟，不如我们去那里看看吧？”

祸自然没有异议。

它走了一会儿，忽然问她：“我什么时候才能像你一样用两条腿走路？”不再是丑陋的兽形，可怕又狰狞。

这个问题难倒扶桑了。

诸神没预料到它会有自己的意识，只是随便捏了个形状出来，压根没考虑过化形的事。

“不过——”她迟疑道，“只要时间再长点……应该没问题的吧？”

祸：“我已经活了很长很长的时间了。”

扶桑挠头：“那就再长点？”

祸闷闷不乐，半晌，道：“算了。”

“其实你这样也挺好的，”扶桑安慰它，“多威风啊，很多小妖看你一眼就被吓跑了，根本不敢来找事。”

祸头垂得更低：“你不要再安慰我了，我好像更难受了。”

扶桑讪讪地笑：“哈哈，是吗？”

祸：“是的。”

小华山的情况很糟糕，大妖屠杀了山中所有生灵。

扶桑同那只妖缠斗时，忽然惊觉自己的神力已大不如前。她艰难地灭了那只妖，来不及喘息，为了救那些即将消散的生灵，用自己的桑枝替他们重新塑造躯壳。

可还是差了些什么。

正不知所措时，旁边的祸咬破手腕，鲜血滴落。

神血为引，神树为躯。

从此，天地间多了一支特殊的族群——祝余。

他们拥有着与那位神女如出一辙的慈悲。而源自魔神的那滴血，赋予了他们比世上万物都要漫长的生命。

扶桑将昆山玉留给了他们，玉中将会诞生独属于祝余的守护兽。

做完这一切，她带着祸离开小华山。她不再像从前那样总是笑了，常常用一种陌生的眼神看着祸。

祸惴惴不安：“到底怎么了？”

她摇摇头，咳嗽两声，脸色苍白。

如一盆冷水泼下，祸好像意识到了什么。

无所不能的神怎会孱弱至此？

它嗓音微颤：“……是我做的？”

“不怪你。”她道。

属于魔神的另一个意识即将苏醒，祂正在汲取所有周围能为祂所用的力量——包括她。

祸消失了。

扶桑找了它很久很久，却始终没有它的踪迹。

直到那一天，落日熔金，她推开窗，看见黑衣少年倚在花下，眉眼昳丽。

“我回来了。”他语气轻快。

不，不对。

这不是她从前邀请一起逃跑的小怪物。

黑衣少年走向她，双手搭在窗棂上，两只眼睛都笑得弯了起来：“许久不见，我很想你，你呢？”

见她不说话，他撇撇嘴，似是有些不满：“为了回到你身边，我可是走了很远的路才到这里。”

隔了许久，她终于找回自己的声音："他呢?

"谁?"

"祸。"

"我就是祸。"

"你不是。"

少年一字一顿地道："我说了，我是。"

扶桑转身欲走，他一把攥住她手腕，咬牙："那个怪物有什么好的?他能做到的我也能。"

他掐住她的下颌，强行抬起她的脸，逼她看着自己："以后，你身边的位置，只属于我。

"也只能属于我。"

扶桑看着他衣角那些未干的血迹，没说话，挣开他的手，收拾行囊继续前行。

祸仍然像从前那样跟在她身后，偶尔他也会有清醒的时候。

他攥住她衣袖，求她："带我回昆仑山吧。

"把我关起来，再也不要靠近我。"

扶桑摇头："我会想到办法的。"

"我控制不住他，"少年声音很轻，"他杀了很多人，用那些人的魂魄助自己化形。"

扶桑还是道："我会想办法。"

她习惯性地掐掐他的脸，又摸摸他的脑袋，尾调微扬："我可是无所不能的神，不必担心。"

少年眉间郁郁，并不能做到她口中的宽心。

"对了，"她又道，"你的名字我想好了。"

他一愣："什么?"

扶桑道："沉舟。"

"以后，你的名字叫沉舟，再也不是诸神口中的祸。"

他问："那你呢?"

她笑了笑："我叫念，念念不忘的念。"

祸出现的时间一天比一天长，再过不久，另一个灵魂就会被他完全吞噬。

而他对那位神女的占有欲超乎寻常的强——他一日连灭两座大城，一座只因有人私藏神女画册；另一座，则是因为那里的居民不肯将他的神像塑在神女像旁。

魔气冲天，少年冷眼看着城中之人一个接一个死去，百无聊赖地把玩着那些未散的魂魄，嘴角始终噙着一抹愉悦的微笑。

然后，他转头，看见了脸色惨白的念。

他丝毫不觉得有什么不对，对神女扬起甜蜜的笑脸："那些喜欢你的人和不喜欢我的人，我都杀干净了。"

从没有哪一刻比这一刻更让念清楚——这是真正的魔神。

那天，念再一次和他动手，几乎将他全身每寸骨骼都折断。

他依旧不还手，只是笑眯眯地看着她："解气了吗？不解气再给你打一下。"

顷刻间，他身体恢复如初，像从前那般主动将脸凑过来。

念举起的手却在颤抖。

他若死，与他同为一体的小怪物也会死。

她看着这片被血色笼罩的大地，并没有犹豫多久，干脆利落地做下决定。

那一日，疾风骤起，乌云欲坠，天雷降下八万三千道，魔神神魂一分为二，神女以命封印其一。

万物皆生，一切如新，可唯独不见她。

被她命名为沉舟的少年站在新生的世界里，满眼茫然。

他面前只剩一截枯枝，一如当年在昆仑山底。

他尝试着唤她的名字，她为自己取的，独一无二的名字。

无人应答。

他又开始唤诸神为她取的名字，扶桑。

依旧无人应答。

最后，小魔神在原地坐了五日五夜，抱着那截桑枝与她以命封印的恶魂跌跌撞撞地离开。

他开辟了一个新的世界，用作囚禁自己的囚笼——魔界。

自此，时间又开始毫无痕迹地流逝，记不清究竟过了多久，这个世界应运诞生了新的生灵——魔族。

他们对魔神有着天然的狂热的崇拜，远超世上所有神灵。

而少年只是长久地蜷缩在雪山上，看着天边那轮血红的月亮。

终于，在神女离去后的不知多少年，魔神在冥冥中感应到了一丝与自己的联系。

他以为是她回来了，跌跌撞撞地前去，却只在小华山间看见一座宏伟的神观。

在那里，供奉着高贵美丽的神女，与她丑陋的侍从。小兽匍匐在神女脚边，仰头认真地看着她。

雕像下，曾经那样渴望拥有一座属于自己的神像的魔神同样呆呆看着他们，忽地红了眼。

一个小姑娘提着装满蕈荔果的篮子路过，见到他，好奇地问道："你是谁？也是祝余族吗？"

他动了动唇，没有回答她的问题，依旧看着那雕像，反问："这里供着的……是谁？"

"当然是我们祝余族的创世神女，哦，还有她随身的侍从。"

见他不说话，小姑娘解释道："据我们前前前族长说，这是神女当年特意要求的，一定要为她的侍从也塑一座神像，就挨在她身边。"

"神女还说，她喜欢和他一起旅行，将来他们还要一起去很多很多的地方。"说到这里，小姑娘高兴起来，“欸，没准儿有一天他们还会一起回小华山呢！”

“……”

在她对面，少年用力闭上眼，他恍惚中想起，今年是她离去的第五百一十三年。

原来，她已经走了整整五百一十三个春日。

肃静庄严的神庙内忽地传来一声微不可察的呜咽。

莲台之上，神女像静默无声，目光慈悲。

少年满脸绝望。

后来啊，听说那位年轻且固执的神明离开了那座为自己打造的囚笼。他踏遍三千世界，穷尽所有办法，只为寻找一个人。

再后来，连天道也被他惊动。

那一战后，他终于得到自己想要的东西。

雪山上没有看月亮的少年了，那里多了一座石像。

狰狞似兽。

没有人知道，石像下面埋着一截桑枝，那是他所爱之人最后的遗骸。

如此，也算死同穴。

而当初那颗曾被魔神挂在心口的星星，在某一天，消失在了茫茫人海。

不知多少年后，热烈的喝彩声中，七道年轻的身影并肩站上领奖台。

那颗星星被少女捧在掌心，七个毛茸茸的脑袋凑在一起，好奇地打量它。

“这就是传说中的危月燕？”

“就是个好看点的高阶护身符吧？”

“应该是的。”

“我还以为会是什么一招就能干掉别人的东西，结果就这。”

“师妹……”

“知道了知道了，我慎言行了吧，大师兄你真啰唆。”

“桑姑娘要戴上吗？”

名叫桑念的少女摇摇头。

人群喧嚣，她将那枚吊坠轻轻放在黑衣少年掌心，对他说：“现在，你有真正的星星了。”

眉眼弯弯，一如当年。

在被封印的一万年里，每一时，每一刻，我都在恨着她。

——我以为那是恨。

可很久以后我才明白，我不恨她，我只是爱她爱得太痛苦。

我嫉妒谢沉舟，在我开始有意识的时候，他已经和她相处上万载。

昆仑山底很安静，能清楚地听见他说话时的颤音。

他说——那棵树快要死了，但他求它不要死。

我无声地冷笑，对他的愚蠢感到厌烦。

可他真的救活了那棵树，用一种近乎惨烈的方法。

月光亮得吓人，透过他的眼睛，我第一次看见那个人，一个……世间最美的生灵。

关于这一点，我勉强与他达成共识。

她是扶桑神树的化身，真正的神女，有一双黑白分明的眼睛。我在那双眼睛里面，清晰地看见自己现在的样子——一只丑陋的兽。

我很生气，那个蠢货先醒了这么多年，居然连化形都做不到。

废物。

可她竟然毫不嫌弃，还带着那个废物蠢货逃跑了。

路上黑，蠢货不出意外地害怕。

我很想踹他一脚，没用的东西。我以为那个看上去有点缺心眼的神女也会踹他一脚。

可她没有。

她短暂地离开，再回来时，披了一身柔软的星芒——她送了那个蠢货一颗星星。

绚烂星辉驱散黑暗，我又看见她的笑。

笑得很好看。

我短暂地愣了一下神。

后来他们逃去了人间。

昆仑山的冷寂彻底过去，这里热闹得让人心烦，我讨厌这里，想要像之前一样继续睡觉。

可她在放风筝。

蝴蝶形状的风筝，绘了粉蓝的花纹，细细一根线牵着，乘风飞在湛蓝的天幕间。她牵着线的另一头，一边跑一边回头，脸颊粉红，鼻尖带汗："看，我的风筝！"

我和他同时抬头。

日光晃了下眼睛，我看见那只蝴蝶的剪影，无端想起她踏着月光出现的那一晚，那时的她比蝴蝶还要美丽。

人间……似乎也没有那么讨厌了。

后来的一百年，他们并肩行过一重重山水，一起吃了很多好吃的食物，一起做了很多好事。

晴天，阴天，雨天，雪天……他们始终在一起。

没有人知道我的存在，我只是一个旁观者，一个永远不能触碰故事中的人。

意识到这一点，我出奇地愤怒。

凭什么，凭什么在她身边的人不能是我？

这个丑陋、软弱、只会装可怜的家伙，不配站在她身边。

我要抢过来。

无论是这具身体，还是她，我都要抢过来。

我也要和她一起放风筝。

我也要和她走在春天开满小花的路上。

我也要和她在大雪纷飞的时候坐在炉边烤红薯吃。

他有过的，我全部要。

我做到了。

我不再是那只丑陋的兽，我有了一副世上最好的皮囊，足够资格站在她身边。

太阳就快下山了，我走了很远很远的路去见她，还采了一束小花。

我不知道为什么要这么做，我只是觉得，她应该会喜欢。

可是，可是——

那扇窗推开时，她看过来的目光，像在看一个陌生人。

我以为她一时没认出我是谁，所以，我对她说："我回来了。"是我啊，是和你一起逃出昆仑的我。

可她的目光告诉我，她认出来了。或者说，正是因为她认出我不是他，所以，她连笑容也吝啬。

我扔了藏在身后的花，走到她面前，告诉她，我很想她。

这是真的，我从来没有想过一个人。

更不知道"想"是什么意思。

可回来的路上，我忽然明白："想"，是后悔离开的意思。我后悔离开她，所以，我想她。

她没有说话，她不想我。

或者说，她想的人不是我。

我有一点莫名其妙的难过。

她和我说的第一句话，是问那个废物去了哪儿。

我不难过了，我嫉妒，我嫉妒得快要死掉了。

凭什么呢？我明明比那个废物好一万倍。

从今以后，她身边的位置，只属于我。

只能属于我。

我们再度启程，开始新的旅途。

我跟在她身后，好像没有预想中的欢喜。

或许是因为，她看上去实在太难过了，难过得像是要死了。

好吧，我可以退一步。我放了那个废物出来，仍像从前那样，透过他的眼睛看她。

她终于又笑了。

我却开始难过，她的笑不是因为我，她讨厌我。

我也想讨厌她。

她给那个废物取了名字——沉舟。

我不明白这两个字的含义，但不影响我嫉妒。从此以后，他是她口中的沉舟，而我，还是祸，见之不祥，人人厌恶的那个魔神祸。

我也想要一个新名字，小黑也可以。

可是，她大概不会给我取的。

所以，我不敢开口，我怕她真的会拒绝我。

那样的话，我会有一点难受。

她给她自己也取了一个名字，念。

我在心里叫了几次，觉得不太顺口。

念……念念。

这样就顺口多了。

念念。

我觉得这比世界上所有名字加起来都要好听。

嗯，总有一天，我要大声叫她的名字。

如果她不答应……不答应就算了。

我非常小心眼，因为名字的事，我没有再让那个废物出来见她。反正时间久了，她自然会忘了他。

我和念念到了一个新的地方。城里正在为她塑神像，我要那些人为我也塑一座，就放在她身边。

那些胆大包天的人族拒绝了我。

生气。

另一座城里居然有人敢藏她的画册。

生气。

我杀了所有人。

他们痛哭，哀号，甚至求饶。

真有意思。

我不生气了，如果没被念念看见的话，我心情还会更好一点。

她又打我了，但我没还手。

其实我挺喜欢她打我的，比冷冰冰的当看不见我要好。

可这一次，她不仅打我，她还想杀了我——如果不是我死了那个废物也会死，她真的会杀了我。

我来不及难过，因为，她选了另一条路。

天雷一道道劈下，深入骨髓的疼。

我没出声，只是看着她，看着她献出一切，只为了封印我。

净瓶里真黑，还冷。

热闹的人间被隔绝在外，留给我的只剩寂静。

原来，不知什么时候起，我已经习惯了那些吵闹声。

我讨厌这里。

我讨厌她。

不对。

我恨她。

最恨她。

等我出去，我要杀了所有人，也杀了她……可是，她真的能活到那个时候吗？

我不知道。

于是，我的愿望又换了一个。

让她活下去吧。

至少，活到我去杀她那天。

我的愿望不知算不算成真。

我再见到她那天，她的确还活着，只不过，那已是转世后的她。

她还叫念念。

我没忘记从前发过的誓，我要杀了她。所以，我冒充了那个废物，装作性命垂危，被她救了回去。

茅屋又破又小，外面的几只鸟吵死了。

她给我换药，为我掖被角，还给我糖吃。

我的手举起来，迟迟落不下去，最后为她摘去发间的一片草叶。

算了，下次再杀她。

她熬了汤，亲手喂我喝……这应该是幻觉。

她怎么会对我这么好呢？

哦，差点忘了，我现在是谢沉舟。

那天晚上，我以为我会睡不着，可我睡得很香。

她就那样守在床边，寸步不离。

我想做一辈子谢沉舟，我不想做祸了。

她的刀刺过来了。

因为我的心跳声，早知道不要这颗心了。

真正的谢沉舟已经出现，我明白，该退场了。

万年囚禁，只换来一夜相伴。

有点亏。

所以，我绑走了她。我变了座一模一样的茅屋，她住在里面，我每次从外向里望时，都觉得她像只被关在笼子里的小鸟。

这样似乎也不错。

起码，我能日日都看见她了。

我受伤了，不算严重，很快就能愈合。

我上次受伤，她给了我一颗糖，这次应该也会给我吧？

好吧，她没给，我动手抢了。

她真是个小气鬼。

以后……没有以后了。

该死的谢沉舟又找了过来，我们再次合为一体。

我愤怒地想冲破那层桎梏。

但她抱住了他，连带着抱住了他体内我这个她所讨厌的灵魂。

我贪恋那点儿温暖，暂时平静下来。

时光似乎又倒回到一万年前，那时的我也是这样，躲在谁也不知道的角落，透过他的眼睛看着她。

极北之地很美，她也很美。

我光是这样看着她，便欢喜得不知如何是好，甚至觉得，哪怕这样在谢沉舟体内待一辈子，也没什么不好的。

这到底是为什么？

谢沉舟告诉了我答案。

他说，我爱她。

是我，是祸。

要不是他告诉我那是爱，我还以为那是一把赤裸的剑呢。

我有点想笑。

还有点想哭。

念念也想哭，但她哭不出来。

谢沉舟死在了她怀里，我也死在了她怀里……这个结局似乎也不错。

至少，我死前见到的最后一个人，是她。

正如我醒来时见到的第一个人是她那般。

头尾相连，也算圆满。

只是，我忽然没由来地想——若她此刻能哭，那么会有一滴眼泪是为我而流的吗？

不会的。

我那么坏，神女怎会为一个坏蛋落泪？

可假如当初先醒来的是……

没有假如。

这个世上，从没有假如。

不过是妄想。

“我恨你，最恨你。

“我爱你，最爱你。”

（二）

师尊新收了两名弟子。

小师弟言渊性子张扬，最爱同人打架；小师妹镜弦……小师妹镜弦也不遑多让。

总之，都不太好惹，令宋揽风倍感头疼。

自打他们来了，逍遥宗鸡飞狗跳，没一日清净的时候。

师尊直接借闭关的名义躲了清闲，只可怜他，日日为这两个不省心的收拾烂摊子。

宋揽风只庆幸自己脾气好，否则不出三日怕是就得叛出师门。

“喂，你名揽风，又使青云剑，怎的性子如此温暾软弱？别人都当面说你坏话了，你都不扇他两巴掌吗？”小师妹一脚踹开屋门，单脚踩上他的凳子，满脸不满。

被打断思绪的宋揽风也很不满。

“师妹，你的鞋很脏。”他委婉地开口，“我的凳子很干净，能否先放下脚？”

小师妹眉头皱得能打个死结：“宋揽风，你是不是从来没骂过人？”

宋揽风：“……师妹，请慎言。”

小师妹一副被他打败的样子，收了脚，用衣袖敷衍地擦了两把，一屁股坐下：“喂，宋揽风，你知不知道，大家都觉得你整天笑眯眯的，一点脾气都没有，其实是心机深重，深不可测。”

宋揽风不解：“为何？”

“怎么可能有人真的能做到十全十美呢？”她评价道，“跟个假人一样。”

宋揽风没听懂这两句话的前后逻辑。

“哎呀，算了。”她抓抓头发，“反正说你坏话的那个人我已经狠狠地打了一顿，算是给你出气了，不用谢。”

宋揽风：“……师妹，同门斗殴会被四长老抓去面壁的。”

小师妹毫不在意：“面呗，反正那个老古板不喜欢我。”

顿了顿，她又补充道：“也不喜欢你。”

宋揽风揉揉眉心：“师妹，不要在背后说长老的坏话，更不要随便给长老取外号。”

“我可没说。”她摆摆手，“老古板这个外号是芜月那家伙最开始叫的。”

宋揽风正要接话，另一名弟子火急火燎地冲进来：“不好了大师兄，言渊师弟又带着芜月师姐去隔壁宗门打架了！”

闻言，小师妹立马拍案而起：“岂有此理，他凭什么带芜月去不带我？！”

宋揽风头更疼了，师尊收的弟子和师尊的女儿，都很不让人省心。

他突然有种逍遥宗的未来一眼就能望到头的感觉。

算了，还是叛出宗门吧。

当然，叛出宗门是不可能的。

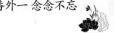

隔壁宗门连夜搬走，偌大的天虞山终于只剩下逍遥宗。

对此，罪魁祸首十分不屑。

言渊："一群手下败将。"

芜月："根本不值一提。"

镜弦："凭什么带她不带我！凭什么凭什么凭什么凭什么凭什么——"

宋揽风看着那堆等待他去赔偿的单子，脸上常年维持的笑容第一次有崩裂的趋势。

或许是风水不太好？

他试图从别的地方找原因，没道理其他峰的弟子都乖巧懂事，唯有他这一脉的弟子个个难以形容。

哎，改天换个山头住试试。

一晃几年过去，师弟师妹们都长大了，师尊还是没有出关。

芜月和镜弦两人仿佛天生不对付，拌嘴是一定会拌的，打架是一定会打的。

言渊十分熟练地躲去了碧柯长老那儿，只剩下宋揽风在中间焦头烂额地拦架。

行吧，两边都拦不住。

他捂着挨了一拳的脸，默默地关上门，惆怅地望天，好像要长白头发了。

算了，明日去问问碧柯长老，有没有能预防白发的丹药。

宗门的弟子开始议论纷纷——芜月、镜弦之所以不和，是因为她们都喜欢上了小师弟。

宋揽风刚处理完谣言，回去便看见小师弟红着脸拦住了小师妹。

他脚步一顿，下意识回避。

言渊与镜弦同一日入门，感情确实比旁人更好。他想，或许那并不是谣言。

只是芜月……宋揽风蹙眉沉思。

"喂，宋揽风。"有人叫他。

他抬眼，看见不知何时站在面前的小师妹。他下意识地朝她身后张望，言渊已不见踪影。

"看什么呢？"她顺着他的视线瞥了两眼，没发现什么异常，好奇地问道，"你蹲这儿干吗？"

宋揽风揉揉发麻的腿，慢慢站起身，偷听不是君子所为，撒谎也不是。

他沉吟片刻，避重就轻地道："我在思考。"

镜弦："思考？"

宋揽风："我在思考，你和芜月下次打架是什么时候。"

镜弦叉腰，两只眉毛都拧了起来："那我问你，下次我和她打架你帮谁？"

宋揽风："你们都是我的师妹，我不能偏心。"

镜弦："所以？"

宋揽风："谁也不帮。"

镜弦并不满意这个回答："明明每次都是她先挑事，你的语气听起来反倒像错的人是我一样。"

两个师妹成了情敌，宋揽风觉得该处理这件事的人不是自己。

他委婉地建议："不如你去问问言渊师弟。"

镜弦不解："问他？问他干吗？"

对方没听懂暗示，宋揽风有点尴尬，一时没接话。

镜弦脑子忽然转过弯儿来："你以为我喜欢言渊？"

宋揽风擦汗："这……"

她突然就生气了，转身就走。

宋揽风知道自己误会她，忙追上去道歉："师妹，我不该胡乱揣测，我……"

话未说完，她倏地转身，用力踢了他一脚。

他吃痛地蹲下，笑得无奈："师妹，师兄真的知道错了。"

她磨牙："你知道个鬼。"

宋揽风劝道："师妹，不要说脏话。"

她似是气急，用力地跺脚："我要下山游历！"

宋揽风点头答应："我同你一起去。"

她冷哼："我自己去，就我一个人。"

宋揽风犹豫："师尊闭关前交代我要照顾好你们，你独自在外，我不放心。"

镜弦更加生气："宋揽风，我不是小孩子了！"

宋揽风一愣，好半晌，点点头，没再坚持："你在山下多注意安全，若有空……可以给我写信。"

少女气鼓鼓地走了。

宋揽风叹气。

孩子长大了，心思也难猜了。

还是小时候好带些。

镜弦独自下了山，一走就是三年。

偶尔她会寄信回来，或是给言渊的，或是给几位长老的，甚至连芜月都收到了一封——

虽然她看完后气得差点拔剑下山。

唯独宋揽风，一封也未曾收到过。他从她给别人的信中得知，她交了许多新的朋友，其中有个青州的傻小子整天追着她跑。

宋揽风有点欣慰，小师妹果真优秀，到哪儿都招人喜欢。

他又有点难过，师妹好像忘了还有他这个师兄。

也不知今年年底，她能不能回来吃年夜饭。

除夕夜，出人意料的，镜弦冒着大雪回来了。

几年不见，少女出落得愈发明艳，已是出了名的美人。她性子不似少时暴躁，沉稳了许多，见到宋揽风，破天荒地对他行礼，唤："师兄。"

看来此次游历大有长进。

宋揽风更欣慰了，亲自下厨做了一桌饭菜。

镜弦胃口不好，挑挑拣拣，没吃几口就停了下来。见状，言渊拿起筷子给她夹菜，旁边的芜月立马端过碗："我也要。"

言渊不耐："自己夹。"

芜月"哐当"搁了碗，重重地哼了一声："人家根本就不稀罕你给她夹菜。"

言渊登时沉了脸："你再说一次？"

芜月梗着脖子："说就说！你别以为我没看见，你几年前还把她拦住，结果人家……"

言渊脸色难看。

宋揽风唯恐又打起来，急忙打断芜月，好声好气地劝道："都少说两句，安生些把年过了罢。"

芜月转头，跳脚："宋揽风你少在这里装好人了，你不也偏心她吗？从小就偏心！"

宋揽风解释："师妹，我没有。"

芜月反问："那为什么每次我们打完架，你都偷偷去执法堂替她受罚？"

镜弦一怔。

宋揽风语塞。

芜月语气讥讽："她出去游历这么久，连信都不给你写一封，你真以为你在她心里有多重要？"

宋揽风目光一黯，今天这顿年夜饭是注定吃不下去了。

芜月、言渊接连负气离开。

外头烟花四起，宋揽风对着一桌菜叹了口气，跟后面发呆的镜弦商量："都冷了，我拿去热热，你好歹再吃两口。"

顿了顿，他声音更轻："好不容易回来一趟……下次见面，不知是什么时候了。"

镜弦回过神，默了半晌，忽然提起桌上的酒壶猛灌一口，一把抓住他衣领。

他不解："怎么了？"

她用力将他拽到面前，侧过头亲了亲他的脸。

"……"

窗外一朵烟花炸开，砰的一声响。

宋揽风大脑空白，结巴起来："怎、怎么了？"

镜弦道："我不喜欢言渊。

"我喜欢你。"

宋揽风耳根红得几乎滴血，愣愣地，有些弄不清楚状况："师妹，你在说什么？"

镜弦拿出一沓厚厚的信纸："这些都是我给你写的信。"

宋揽风："啊？"

镜弦把信纸拍在桌上："我怕你给我回信，我会忍不住回来，又怕你根本不会给我回信，所以一直没把它们寄出去。"

宋揽风扫了一眼最上面的那些字迹。

大概说的是天气如何，风景如何，是很寻常的信件，却因为主人没有寄出的勇气而积压，随岁月泛黄。

他不知该说什么，沉默了一会儿，干巴巴地问："还吃饭吗？"

镜弦拉着他不许他走："你为什么要偷偷替我受罚？"

宋揽风支吾一下："鞭刑太重，你受不住。"

镜弦："那你就受得住了吗？"

他语气自然："我是师兄，况且师尊闭关前交代过，我自然要护着你。"

镜弦："只是因为师尊的交代？"

宋揽风不吱声。

镜弦："我就问一句，你喜不喜欢我？"

宋揽风摇头："师妹，我非你良配。"在逍遥宗一众天之骄子里，他实在太过普通。若不是幼时走运被宗主捡回来，以他的资质，恐怕连逍遥宗的山门也进不去。

是以，他做逍遥宗的大师兄，不服者十之八九。他已习惯那些冷言冷语，唯有镜弦还在执着地同那些人打架。

"大师兄觉得，什么才算良配？"镜弦反问。

宋揽风温声道："需得天资高，家世好，修为强，时刻将你放在心上，如此，可称良配。"

"那是你以为的良配。"镜弦道，"可你又不是我，怎么知道我在乎的是这些呢？"

宋揽风不知怎么回答，只好道："师妹，不要再胡闹了。"

"……我最讨厌你这一点。"镜弦松开他衣领，垂眸，"不管我做什么，你永远都把我当小孩子。"

她起身，头也不回地往外走。

宋揽风追了两步，鬼使神差地问："你还会回来吗？"

镜弦一脚踩在松软的积雪中，在寒冷的冬夜回头，说话时，呼出一团白雾："等我不喜欢你了，我就回来。"

宋揽风轻声道："早些回来，路上注意安全。"

同上次一样，她没说话，大步离开。

又是好几年过去。

日子照常过，她偶尔传信回来，依旧没有他的那封。

听说青州那个傻小子还追着她，非常之执着。

言渊说起这件事时，咬牙切齿地做出如下点评："死缠烂打，简直不要脸。"

宋揽风笑了笑："持之以恒，他还不错。"

言渊瞪他，不满地嚷嚷："大师兄你到底向着谁？别忘了，你可是我这一边的。"

宋揽风摸摸鼻尖，干笑一声，岔开话题："群英会你准备得怎么样了？"

少年挑眉，双手抱臂："魁首，我势在必得。"

宋揽风点点头，问起另一件事："小师妹可有说何时回来？别误了去玉京的时辰。"

言渊道："她不回来了，说是直接去玉京与我们会合。"

宋揽风："……知道了。"

群英会即将开始。

他们赶到玉京时，镜弦果然已经抵达。她更加冷淡，见了宋揽风只颔首示意一下，再无多话。

连芜月都察觉到了不对劲。

"你们吵架了？"她问。

宋揽风摇头。

芜月："亏你以前对她那么好，这才下山几年，就开始与你划清界限了。"

宋揽风加重语气："师妹，慎言。"

芜月翻了个白眼："我又没说错什么，她本来就在和你划清界限，你没看见吗？从刚才到现在，她连正眼都没给你一个。"

宋揽风哑然。

芜月还想再说些什么，瞥见言渊朝镜弦靠近，忙收了声小跑过去。

又一场争执即将爆发，宋揽风却无心再劝。

他端起酒盏，无端地想起几年前的除夕夜，那个泛着清冽酒香的吻。

宋揽风放下酒盏，罕见地收了笑，起身回房。

四周的逍遥宗弟子面面相觑，不明白他为何如此。

唯有镜弦看了一眼他离开的方向，目光微动。

群英会进行得很顺利，言渊果真如他当初所说那般，一举夺魁。

台上少年意气风发，坦然接受八方来贺。

宋揽风余光却始终锁定在另一人身上。不知经历了什么，他的小师妹从出秘境后便一直魂不守舍。

不太对劲，他想。

回逍遥宗的当晚，再三犹豫，宋揽风还是推开了那扇多年未曾踏足的屋门。

镜弦在灯下发呆。听见声音，她猛地转头，见是宋揽风，缓缓地舒了口气。

"大师兄，你怎么来了？"

宋揽风坐到她对面，替她倒了一杯热茶："出了何事？"

镜弦欲言又止，良久，低头喝茶："没什么。"

"连我也不能说？"宋揽风问。

镜弦缄默不言。

宋揽风不再追问："你早些休息。"

说完，他起身欲走，一只手拉住他。

“大师兄。”镜弦眼中闪过几分惶恐，只叫了他一声便闭上了嘴，久久没有下文。

宋揽风拍拍她冰冷的手背，了然：“睡吧，我不走，我守着你。”

她松了口气，果然闭目睡去。

他坐在床边，如同多年之前，她初上山辗转难眠时那般彻夜守着她。

这一刻，两个人都久违的感到安心。

镜弦暂时留在了逍遥宗。只是，她变得很忙，或是整日泡在藏书阁中，或是一早外出，直到深更半夜方才回来。

甚至有几次，宋揽风撞见她在与一名黑袍人交谈，举止亲密无间。

他远远看着，眼皮跳了又跳——那是修罗殿的人，他的小师妹和修仙界臭名昭著的魔教有了牵扯。

这件事可大可小。

宋揽风没有声张，将这一幕压在了心里，等四下无人时，他关了屋门，抓住镜弦的手：“你到底在做什么？”

镜弦仍是不肯说实话，打定主意要替那人遮掩。

宋揽风心骤然凉下去，一缕压抑许久的妒火却不受控制地燃起，他胸口急促地起伏：“你就这么喜欢他？”

镜弦愕然。

他生平第一次冷笑：“不管是言渊还是那位青州城的城主，他们之间任何一个人都可以，但那个修罗殿的，不行。”

镜弦用另一种眼神看着他，似是带着几分希冀：“为什么？”

“他不是你的良配。”宋揽风道。

闻言，镜弦失望地收回视线，同样冷笑：“你凭什么管我？”

宋揽风努力控制语气：“师妹，莫要再赌气。”

镜弦扬起下巴：“我没有赌气，我现在就离开逍遥宗嫁给那个人。”

说着，她开门欲走。

“砰——”门被重重关回去。

宋揽风气得浑身颤抖，脸色铁青：“镜弦，你疯了？！”

镜弦倔强地同他对视：“我没疯，我就是要嫁给那个——”

话未说完，宋揽风猛地低头堵住她的唇。

屋中安静下去，两个人都愣住。

回过神来，宋揽风缓缓地松开她，神色懊恼：“师妹，我……”

镜弦忽然攥住他衣领，用力朝她的方向一拉，他被迫凑近她，几乎贴上她的脸。

她张嘴狠狠咬了他一口，他吃痛，忍不住“嘶”了一声。

她放轻力道，唇瓣蹭了蹭他嘴角泛着血丝的伤处：“宋揽风，我就给你这一次机会。”

宋揽风呼吸急促，勉强定了定神：“什么？”

她一字一顿地道：“这一次你若逃了，我真的会去和那个人在一起，再也不回来。”

话落，她轻轻咬住他的喉结。

事情就这样失了控。

最后一件衣衫落地前，青年捏紧自己的衣襟，嗓音微颤："不要和他在一起。"

她停下手，挑眉反问："那和谁在一起？"

他用力闭了闭眼："我。"

她笑了，拍拍他的脸，语气像是在逗一只小狗："你松开手我就回答你。"

他乖顺地松开手，衣衫轻飘飘地落地，她的指尖抚过青年人瘦削的脊背，引起对方一阵战栗。

"师兄，我会和你在一起。"她低声道，"一直，一直。"

宋揽风蹙紧的眉头终于松开，小幅度地弯了弯眼尾。

"好。"

逍遥宗宗主出关了。

除在外游历的言渊未到外，其余弟子皆去问安。

宋揽风本欲向他禀明自己与镜弦的事，镜弦却先一步站了出来。

她被师尊留下单独谈话，其余人纷纷离开。

不知为何，宋揽风心中莫名不安。他关上门，不敢走远，屏息在庭中等着镜弦出来。

不知屋中人说起何事，杀气骤然漫开，一切发生得太突然，突然到宋揽风来不及多想，飞身闯进屋中。

只见镜弦跪在地上，属于师尊的那把灵剑直刺她心口而去。

电光石火间，一只手猛然握住剑刃，生生止住了长剑去势。

"滴答——"鲜血滴落。

镜弦睁开眼："……师兄？"

宋揽风大口喘着气，满头的冷汗。他恭敬地放下长剑，跪在她身旁："师尊，不管师妹犯了何错，弟子都愿代她受罚，还请师尊网开一面！"

闻言，高座上的老者虚弱地咳嗽几声，嘶声对镜弦道："你若一意孤行，只会害死你和你所爱之人。"

镜弦脸色惨白。

"后果如何，你自己掂量清楚。"老者拂袖而去。

她久久未回过神。

"没事吧？"宋揽风低声问她，"师尊可有伤到你？"

她摇摇头，想起什么，小心捧住他受伤的手，那伤口极深，血肉模糊。

"我没事。"他试图抽回手。

镜弦眼里溢出温热的泪珠，呢喃着："对不起。"

宋揽风："究竟发生了何事？"

镜弦擦擦眼睛，施法为他疗伤："我要离开逍遥宗了。"

宋揽风一怔："因为师尊？"

她摇头，望着他流泪，满眼悲伤："因为我爱上了一个人。"

宋揽风沉默几秒："你先下山等我，我处理完手上的事就来找你。"

他握住她的肩，目光坚定："我和你一起走。"

镜弦明白他的意思，低头擦泪："这一走，你就不再是逍遥宗的大师兄了。"

宋揽风笑了笑："嗯，从此以后，我只是你的道侣。"

镜弦哽咽一声，紧紧抱住他："我在落仙城等你。"

"好。"

可是等不到了。

夕阳下，宋揽风目送她的身影消失在天际——他从未想过，这会是他们此生最后一面。

而后面发生的事情，就像是一场梦。

镜弦失踪了。

命灯灭了。

她死了。

宋揽风疯了一般地寻找凶手，可是找不到，无论如何也找不到。于是，他又觉得，她或许没死，这只是她为了脱身使的障眼法罢了。

他深以为然，就此留在落仙城，坚信某一日她会回来见他。

言渊一日比一日消沉阴郁，就连芜月也收敛起来，不再像从前那般咋咋呼呼。

宋揽风想，一切都变了。

再后来，师尊身故，宗主之位悬而未决，他与自己一手带大的小师弟成了竞争对手。

竞选前一晚，芜月找到了他："你不能离开逍遥宗，我需要你来做这个宗主。"

宋揽风自是拒绝："言师弟一样能做。"

芜月脸色发白："不行。"

宋揽风："为何？"

芜月沉默许久，道："你若答应我，我便告诉你镜弦的下落。"

她果然没死，他满心欢喜，当即点头。

"还有一件事。"芜月轻抚小腹，缓缓地说道，"我的孩子，需要一个父亲。"

宋揽风问："谁的？"

芜月笑了一声，抹了把脸，口吻嘲弄："谁的不重要，总归那个人不会认。"

——用了迷情丹才得来的孩子，注定不会被生父所喜。

小师弟不是这样的人。宋揽风一颗心不知该放下还是提起，揉揉额角，没再追问孩子的生父，只叹了口气："糊涂。"

"大师兄，求你帮帮我。"她声音小了下去，"就当是看在我爹把你捡回来养大的分上……我保证以后再也不会犯傻了。"

屋外风声渐大，窗户吱吱作响。

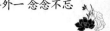

宋揽风扶着桌子坐下，哑声道："成亲吧。"

以防万一，芜月将一身修为尽数渡给了他。

于是，他轻而易举地打败言渊，成了逍遥宗新一任宗主，风光地迎娶已故师尊的女儿。

芜月却始终没兑现承诺，一拖再拖。直到生产那日，她死死抓着他的手，对他说："对不起。"说话时，她满脸是泪，已回天乏术。

宋揽风勉强笑笑，温声宽慰她："你并没有哪里对不起我。"

她神智已经模糊，无意识地呢喃："我对不起你，这孩子的父亲是个恶人，他杀了镜弦。"

天边一声炸雷，榻上女子闭上双眼。

宋揽风怔怔地坐着，许久，呕出一口鲜血。

摇篮中，刚出生的婴儿放声大哭，如同气泡破碎的刹那，尖锐的刺痛席卷全身。

这痛感来得太迟，他早已麻木，随手擦去唇瓣的血迹，趺趺撞撞地走到摇篮前，心中唯有一念。

杀了她。

他怀揣着满腔恨意抱起那个孩子，只要稍稍用力，他便能取走她的性命。

可那只手放在婴儿脖颈间良久，迟迟没有动作。

有人抱着，婴儿不再哭闹，眨着乌黑的眼瞳好奇地打量他。

蓦地，她对他咧嘴一笑。

宋揽风指尖一颤。

那个孩子终究还是活了下来，他将她交给旁人照顾，刻意疏远着她，依旧在暗中追查镜弦之死。

那个孩子却总爱在他面前晃悠，用尽一切办法来引起他的注意。

他只冷眼看着，不予回应——这是杀死他所爱的凶手的孩子。留她一命已是极限，他做不到像一个真正的父亲那样去疼爱她。

时间如水一般流逝，几年后，他亦收了徒，性子与他当年很是相似。

从那时起，那个孩子不缠着他了，改为缠着新收的小徒弟。

偶尔，他看着他们，也会忍不住恍神。

岁月总是如此相似，当年的他们，与现在的他们，这样的像。只可惜，他们终究不是他们。

夕阳微冷，宋揽风低眉看着左手掌心，一道格外狰狞的旧疤几乎横穿整个掌面。原本走势极好的掌纹一分为二，如同一并改写的命运。

他慢慢收拢指节，一并握住了那道疤，恍惚间又想起那一年。

除夕夜，漫天烟火，少女抬头看他，眼眸如星。

"我不喜欢言渊，我喜欢你。"

可是，那已经是很久很久之前的事了。

弦音早已难觅。

（三）

沈明朝出生在大雪夜，比他的双生哥哥晚一刻钟，可只晚了这一刻钟，他们的命运却就此两极分化——只因周国皇室素来视双生为不详，依照过去的惯例，将他放到了檐外雪中。

不出意外的话，他会冻死在寒夜里，如此，谁也不用承担杀死他的罪名，只需怪天色寒凉，命运惨淡。

此刻，温暖的室内，刚生产完的皇后抱着襁褓里的婴儿，没忍住向窗外看了一眼。

但也只是一眼……

“怪他命不好。”她拭泪，“偏偏和他哥哥一起托生在了我肚子里。”她怀中，襁褓里的孩子刚吃完奶，睡得香甜，而屋外，雪中的沈小皇子哭得撕心裂肺。

天快亮的时候，哭声渐渐停下。

宫人准备了一方小小的棺木，前去为他殓尸，只见雪地里的婴儿冻得面容青紫，安安静静的，似是熟睡。

宫人弯腰抱起，正要放至棺中，一只小手突然攥住了他的袖子，颤抖地，紧紧地——婴儿不知何时睁开了眼，一眨不眨地看着她。

宫人大骇，吓得险些将他扔出去，得知此事的众人亦是惊慌失措。

小皇子没死的消息即刻传到了金銮殿，高台上，年轻帝王翻阅着奏章，头也不抬，说道：“一夜不够，那便两夜。”语气并无波澜。

宫人欠身：“是。”

可一连三夜过去，小皇子依旧不肯就死，仍一息尚存，妖孽之说也因此不胫而走。

宫中气氛日益沉重。

终于，慈宁宫传来消息，却不是要他的命。

“妖孽如何入得皇家？这孩子命不该绝罢了。”于是，沈小皇子被太后身边的嬷嬷接走，由太后亲自抚养。

五年过去，那个在雪中不肯咽气的小皇子渐渐长大。他每日都会去中宫向母后请安，风雨无阻。

满头珠翠的女子端坐在上首，看他的目光满是疏离和一丝不易察觉的恐惧。

直到与他面容如出一辙的孩子走进殿中，她嘴角立时弯起，起身抱住那个孩子，嗓音温柔：“想吃桂花糕吗？母亲亲手做的。”

小孩儿嘟嘴撒娇：“桂花糕吃腻了，孩儿今日想吃马蹄糕。”

女子点点他鼻尖：“小馋猫。”如此亲昵，如同世上每一对平凡的母子。

殿中另一边，五岁的沈小皇子低了头，双手揪住衣襟，看不清表情。

皇后余光瞥见他，满脸诧异，脱口道：“你还没走？”

沈小皇子转身就跑。但没跑多远，一名宫女叫住了他，并奉上一碟桂花糕：“二殿下，这是娘娘赐给您的。”

沈小皇子看了那碟糕点许久，伸手接过：“多谢母后赏赐。”

他带着那碟桂花糕去了御花园的锦鲤池，将糕点一块一块地掰碎，残渣雪花一般纷纷扬扬地落在水面，鱼儿竞相游来。

剩最后一块时，他的手顿了顿，没再掰碎，小心地咬了一口。

真甜。

沈小皇子用袖子擦擦眼睛，把剩下的点心用力扔进水中，起身离开。

这天过后，他不再去中宫请安，但无人在意。

两年后，慈宁宫的太后娘娘病重不治。

辞世前，那个老人拉着沈小皇子的手，叹了长长一口气：“记住，别让人欺负你。”

七岁的沈小皇子哭着点头：“好。”

这一日后，沈小皇子跋扈的名声日益响亮，曾经以取笑他为乐的其他皇子们纷纷退避三舍，无可奈何——太后留了遗诏，帝后也拿他没办法，索性睁一只眼闭一只眼，当他不存在。

而在他的衬托下，那位双生哥哥的人品更加贵重起来，朝野上下赞不绝口。

获封太子也是顺理成章的事。

沈小皇子偶尔会被叫去御书房受训，出来时正好与太子撞上。

“琛儿来了？”刚刚对他疾言厉色的周国陛下听见动静，笑着高声唤道，“到父皇这儿来。”

太子明琛，意为美玉，而他叫明朝，是因为当初谁也不知道他能否活到明朝。

沈小皇子抿了抿嘴角，侧身让开路。

两人错身而过，一如截然不同的人生。

这一年，沈明朝十七岁。

国师夜观天象，上书陛下，言明二皇子有仙缘在身，应前往天虞山拜师。

帝后大喜，立即打点行装，连夜送他出宫，仿佛在送瘟神。

马车摇摇晃晃，少年抱紧从宝库偷来的金子，嘴硬地说着反话。

“不要我了就不要我了，什么仙缘，骗鬼呢。”

他没想过自己真能拜入逍遥，也没想过，自己会在那儿遇见桑念，他人生中的第一个朋友。

两人的初见着实算不上友好，甚至可以说相看两厌。可是偏偏在那座悬崖下，他最无助的时候，哼着歌出现的那个人，是她。

命运就是如此爱捉弄人。

他跟着她一路向上爬，岩石粗粝，磨破了她的手，她却不当回事，还有闲心采花，额头鼻尖都是汗，在日光下亮晶晶的，和宫里的所有人都不一样。

他不明白，忍不住问她：“你不害怕吗？”

“怕什么？”

怕什么？

悬崖陡峭，攀顶遥遥无期，路上蛇虫环伺，哪一样不让人害怕？

沈明朝不明白她心里到底在想什么。

她似是看穿他所想：“要是害怕，那一开始就不要做这个决定，既然做了，那就不要再害怕。”

沈明朝撇嘴：“大道理谁不会讲。”

她懒得再搭理他，继续稳稳地向上爬。

沈明朝心中莫名起了胜负欲，咬牙跟上她。

这个臭丫头能做到，他凭什么不行？

然后他们都做到了。

切切实实站在地上时，沈明朝觉得自己在做梦，有种浓重的不真实感。

等他反应过来，桑念已和那个死人脸同伴离开。

地上躺着两朵小小的花，是她方才随手扔下的。

鬼使神差地，他弯腰拾起。

他觉得，他或许可以纡尊降贵和她做朋友试试。

他拜师成功了，拜了逍遥宗的五长老为师，一个执着于让他吃豆角的小老头。

那一刻，沈明朝有种自己被诈骗的错觉。

名门大派？

仙风道骨？

到底是谁传的谣言，他要把那些人抓起来统统诛九族。

哦，忘了，他不是周国的沈小皇子了。

他现在是沈明朝，逍遥宗的小师弟。

仅此而已。

哼，他才不要做小师弟，总有一天，他会成为逍遥宗的大师兄。

等着瞧吧。

沈明朝不想吃豆角，于是去了食堂。

然而四周热热闹闹，只有他是一个人……还不如回去吃豆角。

临走前，他朝隔壁桌瞥了一眼，见桑念和一群人坐在一起，不知在说什么，眉飞色舞。

她怎么这么快就交到了新朋友？沈明朝暗自磨牙，气得踹了食堂门口的狗盆一脚。

原本欢快摇尾巴的大黄叼着盆，满脸茫然。

第二天，桑念和那个死人脸吵架了。

得知她一个人去吃饭，沈明朝觉得机会来了。

既然她没有人陪了，那自己就大发慈悲陪她吃一次饭吧。

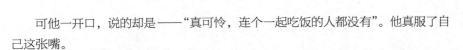

可他一开口，说的却是——“真可怜，连个一起吃饭的人都没有”。他真服了自己这张嘴。

不出意外，桑念又和他吵了一架，扔下他走了。

行吧，下次好好和她说话。

所幸，下次很快就到了。

桑念学会了御剑，载着那个死人脸谢沉舟去吃饭。

不知怎么想的，他反应过来时，已经偷偷跟在了他们后面……不像去吃饭，像做贼。

沈明朝暗暗唾弃了两句自己的行为，无数次希冀着他们之间能有人回头看见他。这样他就能尴尬而不失礼貌地对他们说：“好巧，你们也去吃饭？要不要一起？”

可是没有，他看着那两人吵吵闹闹地飞到了目的地，并肩走进了那栋建筑。

没有一个人回头看他。

难道他又要回去吃豆角了吗？

沈明朝咬了咬牙，拿出破釜沉舟的气势跑进大厅，一不做二不休地抢走了桑念的椅子。

“承让。”说话时，他心跳得飞快，唯恐她会发火赶他走。

然而，她只是吓了一跳，不满地瞪他一眼，转身去隔壁又拖了一把椅子，对众人说：“往里挪挪。”硬生生地挪出了属于他的位置。

沈明朝的心跳得更快了，除了那个抚养他七年的老人和爱吃豆角的五长老以外，没人愿意和他一起吃饭。

她是第一个。

看来修仙也不错，国师不愧是国师，火眼金睛，一眼就看出他有仙缘。

沈明朝突然非常满意现在的一切，决定不辜负他的期待，努力修炼，早日成为修仙界第一剑仙，让那个臭丫头心甘情愿地叫自己一声沈师兄。

桑念的新房子修好了，沈明朝数着时间等她邀请自己去吃席。

但她没请他。

沈明朝很生气，扔了早就准备好的金链子，想了想，又捡起来，气鼓鼓地去孤竹峰。

她肯定是不小心忘了，他原谅她这一次。

谁让他曾经是沈小皇子，大人有大量。

哼。

金子送出去了，臭丫头很喜欢，对他的态度好得不得了。

原来是个财迷，沈明朝放心了——反正他有的是金子。

大家一起喝酒聊天，一起去看峰顶的月亮，各自许下听起来有些幼稚的心愿，最后醉倒在草丛中，沉沉地睡去。

其实也有没睡着的。

那一晚，沈明朝清楚地看见那两只萤火虫。

真漂亮。

他偏着脑袋，透过草叶间的缝隙偷偷瞄着手捧萤火虫的少女。

只可惜，不是给他的。

因为桑念，沈明朝有了一群好朋友。

虽然他们总是把他落在原地，但他还是很满足。

他们一同去吹梦楼吃饭喝酒放烟火，等到深夜，一同醉醺醺地并排走在街上，说着自己也听不懂的胡言乱语，旁人回答得同样风牛马不相及，但到底是回应了。

他们一同参加群英会，打败妖兽救出朋友，得到第一，一同在夕阳没入地平线的最后一刻站在废墟前留影。

大风吹起他们的发带与衣摆，而他们正当年少。

沈明朝以为，往后的日子会和那张合影一样，永远不会变。

他真的是这样以为的。

可命运急转直下。

朋友一个接一个离开，到最后，当初一起出发的六个人，只剩他一个回到了逍遥宗。

他除了这儿还能去哪儿呢？至少这里还有一个爱吃豆角的五长老等着他。

可再后来，五长老也死了。

仙门与魔族开战，他们奔赴战场，没过多久，五长老便死在了他面前——为了救他。

从此以后，没有人会再拉着他去吃那些难吃的豆角了。

沈明朝收殓了他的遗骸送回宗门，在他坟前坐了一天一夜，对着那座坟冢磕了三个头，又回到了战场。

他本以为自己会死在那里，可是，桑念来了。

他为她收拾了营帐，等了很久很久，终于等到她出现。

他没忍住，抱了她一下，很快便松开。

她又被他吓了一跳，但没有再像从前那样和他吵架了。

她瘦了一大圈，脸色也不好看。

沈明朝便知道，这些日子，她过得也很辛苦。

好在，她的病已经好了，只要他用心养一养，她还是会回到从前那样的。

可桑念没给他这个机会，下第一场雪的时候，她死了。

谢沉舟杀的。

偏偏是谢沉舟。

一个朋友杀了另一个朋友，他夹在中间，连恨也彷徨。

可他不能不恨，否则，他还能靠什么活下去？

孤竹峰峰顶多了一座衣冠冢，就在他们曾经看月亮的地方。

最初，沈明朝常常会去那里坐一坐。

后来，沈明朝成了人尽皆知的沈师兄，已不大爱上那儿了。

只是，偶尔路过孤竹峰时，他还是会恍神：今年是她死后的第几年？

十年，百年？

记不清了。

自她走后，他的时间总是模糊。

沈明朝忍不住想，若是她回来见到他如今的样子，还能认出他吗？

他现在可是靠谱又稳重的大师兄了。

她真的回来了，命运终于眷顾了他一次。

这一次，他能保护她了。

沈明朝想，他可以，也有资格保护她了。

他从来不是个勇敢的人，这点从当初在悬崖下只会哭就能看出来。

可是，这一次，他想勇敢一次。他闯过重重危险，在蓬莱一处秘境找到了能治她眼疾的夜幽檀，等待她归来。

然而，她又站在了谢沉舟身边。

胜负已定。

黑夜如潮，沈明朝无声无息地碾碎掌心中的灵植，扬手抛进海中，任凭海浪将它卷走。

花汁染了满手，淡淡的药香弥漫，很快，一个净尘术施下，掌心恢复清爽干净，不留下一丝痕迹。

潮声依旧，仿佛什么也没发生。

琉璃月说得对，他做了一个正确的选择。

在一个人和一群人之间，他选了后者——放弃一个人，得到包括她在内的一群人，这个选择不难做。

沈明朝清楚地知道自己喜欢谁。

从小到大唯一的一次心动，怎么能不清楚。

偏偏对方是桑念，那个早就遇见了谢沉舟的桑念。

所以，有些感情，最好还是放在心里，永远，永远不要说出来。

他努力说服自己。

可另一个声音响起——自己这么好，半点不比谢沉舟差，万一她就喜欢上自己了呢。

哪有什么万一。

那两个人之间，从来不是他能横插进去的。

好在，他还有一群朋友。

只是，很久以后，曾经那个张扬任性的沈明朝成了人人景仰的沈大宗师。

可当年他口中的那些对手——闻不语，萧濯尘，谢沉舟，一个都不在了。

似乎大家兜兜转转，总是会将他落下。

长离剑，人长离，他的一生，总是在分离。

那些留影石的画面已经不见了，脑海中的却还在。

午夜梦回，皆是故友的脸。

苍苍露草咸阳垄，此是千秋第一秋。

神女离开的第二年，修仙界第一剑仙沈明朝渡劫飞升。

“扶桑。”天道如此唤道。

神界有两棵扶桑树，相依相伴，彼此依靠万余载。但魔神之战后，其中一棵扶桑树树倒叶落，不知所踪，没过多久，另一棵树也跟着枯萎死去。

兜兜转转，人间重逢。

暮气沉沉的沈大宗师露出两年来的第一个笑容。他如同十七岁时那般，高傲地抬起下巴：“我是沈皇子，沈明朝，不是什么扶桑。”

神界的大门还是没能打开。

固执的沈皇子拒绝回归，转身重入人间。

这一次，他要带着他的朋友们，去找他最好的朋友。

再不分离。

（四）

难得休假，大家一起回了一趟修仙界。

其他人先回了各自的宗门办事，桑念和谢沉舟暂住魔界魔宫。

世界线更改，如今的魔界没有修罗殿镇守，魔君们忙着内斗，实在抽不出手对修仙界做什么，两界难得和平。

修罗殿没有了，曾经隶属于它的那些殿众，自然也不在此处。

桑念想到一个人，犹豫着要不要开口问谢沉舟。

“洛平安过得很好。”他一眼看出她心中所想，主动开口，“他这一世没被碧柯带进修罗殿，通过重重关卡拜入了玄剑宗，成了宗主亲传弟子。”

顿了顿，他又补充一句：“仍和青鬼是朋友。”

桑念眼睛亮亮的：“太好了！”

谢沉舟亦是微笑：“嗯。”

魔宫唯有魔尊才能进入，里面并没有其他人在。

桑念飞快地亲了他一口：“等过几日办完事，咱们看看他们去。”

谢沉舟将她整个儿圈在怀里，下巴搁在她肩窝上：“都听你的。”

桑念开始规划时间：“今日去深渊采流光髓送我哥，明日前往逍遥宗，后日去青州，大后日去看他们？”

谢沉舟掐掐她腰上的软肉：“在这儿等着，我去采流光髓。”

桑念语气很委婉：“我没准儿还会比你先回来。”话落，她身影消失不见。

谢沉舟微挑眉梢：“跑得倒挺快。”转身也消失了。

魔界深渊。

这是一道数百里长的地裂，似一条黑色巨疤横亘在魔界疆土上。裂口下方深不可测，据说，从来没有人能下到最底层。

桑念采了一块拳头大的流光髓，本想上去，一时来了兴趣，朝最低处飞去。

路不太平坦，她刚落地，脚下踩到什么东西，趔趄一下，险些摔倒。拾起来一看，是一颗磨得光滑圆润的小石头。

桑念不解。

忽地，前面隐约传来锁链声。

她微皱眉头，循声前往，只见岩壁上钉着冰冷的铁锁，有个年轻男人跪在地上，脚腕缠着铁链，头发乱糟糟的，挡住了脸。

桑念谨慎地停在锁链范围之外：“你是谁？”

年轻男人一言不发，似乎没听见。

桑念还要再问，更里处传来一声询问：“谁来了？”

她疾步过去，眼前的岩壁同样钉着锁链，但这一次，困住的是一名老者，他头发花白，膝盖下方空落落的，显然是双腿残缺。

这个人桑念认出来了。

“是修仙界的人吗？”嗅出她身上的仙灵之气，老者抬起浑浊的眼睛，眸中并无焦距，“是万仙盟的人？”

桑念看着许久不见的万仙盟前盟主，没接话。

对方又道：“你可是来救老夫的？”

桑念终于开口：“我为什么要救你？”

对方道：“老夫本是万仙盟前任盟主，两界交战时被谢沉舟那魔头囚禁在此处，约莫千年有余，你若救我，必有重谢。”

原来在那场战争中生死不明的万仙盟盟主，被谢沉舟关在了这里。

桑念环视四周，被如此浓稠的魔气日夜腐蚀，想必这千年，他都过得不大好。

看来世界线虽重置，但不包括深渊中的人。

“怎么不说话？”盟主看不见她的表情，以为她不信他所言，忙道，“老夫保证，只要你救老夫出去，无论你要什么，老夫都给你。”

桑念扯扯嘴角，转身离开。

对方察觉她走，立时激动起来：“我是为了修仙界才落到如此地步的！”

桑念脚步一顿，语带讥诮：“为了修仙界？灭祝余全族也是为了修仙界？”

盟主一怔，反应过来，声嘶力竭：“那又怎样？他们死了对修仙界无半点害处，我根本没罪！”

桑念：“那是五十万条人命。”

“人？”他像是听见什么笑话，仰头大笑，“不过是一味高阶灵药罢了，真以为长得像人就能做人了？”

这人已经无可救药，桑念再无半点犹豫，大步离开。

身后锁链声哗哗作响，他由开始的愤怒转为哀求。

桑念充耳不闻。

那个年轻男人还跪在原地，她随意瞥了一眼，恰好此时，男人缓缓抬头。

“是你啊。”他干裂的嘴角微微上扬。

桑念：“……言渊。”

言渊拨开挡住脸的头发：“只听声音就认出来了？”

桑念语调平静：“曾经最信任的师尊，自然印象深刻。”

言渊默了默，轻轻说道：“对不起。”

“这三个字你不该对我说。”桑念道，“不过那些被你所害的人，大概也不会原谅你。”

言渊眸光黯淡：“我会在这里，用毕生赎罪。”

桑念察觉到谢沉舟正在靠近，不再和他说话，赶去与谢沉舟会合。

没走多久，她果然看见谢沉舟的身影，忙加快速度跑去。

他牵住她的手，扫了她后方一眼：“都看见了？”

桑念点头："嗯。"

谢沉舟牵着她的手慢慢向前走，突然道："言渊是自愿留在这儿的。"

桑念沉默。

地上又出现一颗石子，她一脚踢开。

谢沉舟见了，道："那是言渊的魂珠。"

桑念的脚悬在半空："魂珠？"

"他用禁术向深渊献祭了自己的魂魄，深渊会聆听他的祷告，为他实现心愿。"谢沉舟语气很淡，"十分愚蠢的禁术，最终，他会被深渊之灵完全吞噬，而他那些愿望，只有不到一成的可能性会实现。"

桑念捡起那颗魂珠，留心观察。

果然，珠子背后隐隐能看见字迹，她仔细看去，上面刻的是——镜弦，归来。

桑念把魂珠放到路旁凸起的一块岩石上。

"祝他成功吧。"她轻声道。

然后两人并肩离开了深渊。

更深处，言渊收回视线，继续打磨手中的石头，喃喃着："第一万零五颗，请保佑我的小徒儿桑念……平安喜乐。"

修仙界还是老样子，仙门一代又一代的新人层出不穷，创造出独属于他们的辉煌，而过去的那些人，已成传说。

抵达逍遥宗的第一天，桑念被初瑶强行拽出孤竹峰。

"逍遥宗又要新生择选了。"初瑶兴冲冲地道，"云绮正好想收徒了，我们替她先看好，到时候直接抢。"

时光荏苒，云绮如今已是逍遥宗的长老，修仙界最厉害的剑修。

桑念也挺感兴趣："走走走。"

两人偷偷摸摸下了山。

此时的落仙城热闹更胜当年，街上全是前来参加择选的人。

桑念两人坐在屋顶上，一边嗑瓜子一边打量众人。

过了好一会儿，始终没看见满意的，直到一名身量高挑的紫衣少女闯入视线。

初瑶立时拍手："这个好！双灵根，与天地灵气的亲和力也高，锻体强度也十分不错。"

桑念看着那人，不知为何，心中觉得有些怪异。

与此同时，似是注意到两人的视线，那人敏锐地抬眸，看得桑念一怔。

街头跑来一名黄衣少女，气喘吁吁："阿镜！"

名唤阿镜的少女收回视线，问："你这么急做什么？"

"我都打听好了，"女孩儿道，"报名处在另一条街，好多人排队呢，咱们得快些过去。"

阿镜颔首："那走吧。"

“希望我们两个能一起进入逍遥宗，”女孩儿挽住身边的人，满脸憧憬，“这样我们就能一直在一起了。”

阿镜笑道：“肯定行的。”

她们越走越远，直到身影消失在转角。

愿望实现了呢，桑念想。

两人正要离开，一只小红鸟不知何时落到了屋脊另一端，正埋头梳理翅羽。

听见动静，它抬起脑袋，好奇地看着面前之人，乌溜溜的眼睛一眨不眨。

桑念与那只小鸟对视良久。

初瑶道：“怎么了？”

桑念摸了摸那只小鸟的红色翎羽，转头对她笑：“没什么，走吧，回逍遥宗。”

两人一同离开。

小红鸟歪歪脑袋，扑闪着翅膀飞向街道，落到黄衣少女肩头。

“蛮蛮回来啦。”黄衣少女挠挠肩上小鸟的脑袋，笑眯眯地道，“饿了吗？”

圆滚滚的小鸟蹭蹭她掌心，啾啾直叫。

黄衣少女安抚道：“我办完事就给你喂小米。”

旁边，阿镜的语气很委婉：“它都快成球了，我觉得可以适当饿一下。”

小鸟瞪她：“啾！”

瞪完，它继续蹭黄衣少女：“啾——”

阿镜“啧”了一声，指尖轻点它脑袋，故意板着脸教训道：“你就是仗着薇薇心软。改天我让她把你给我养两天，保管你什么坏毛病都没了。”

小鸟怯怯地缩进薇薇的长发里。

薇薇无奈：“蛮蛮只是一只小鸟，又不欠你什么，你能不能别老对它这么凶？”

阿镜扬眉：“没准儿它是上辈子欠我的呢？”

薇薇扶额：“又在胡说八道了。”

阿镜笑笑，揽住她的肩，视线眺向远处的天虞山，眯了眯眼，小声嘀咕：“唔，气派了不少嘛。”

薇薇没听清：“什么？”

“没什么。”上一个人已登记完，阿镜忙拉着她向前跑了两步，“到我们了，快快快。”

“好嘞。”

与负责招生的逍遥弟子简单沟通后，她们在登记表上各自写下姓名。

镜弦

暮云薇

笔墨落下的瞬间，原本闭关入定的绣衣青年蓦然睁开双眼。

“镜……弦？”

因果轮回，曾经失散的魂魄兜兜转转，重回故地，固执地等在原地的那人，也终将与她重逢。

而她出现那一日，万物晴朗。

一切都明亮得刚刚好。

“原定的计划是明日去青州看我哥，大后日去看洛平安他们的。”孤竹峰一处隐蔽的悬崖边，桑念靠着谢沉舟的肩碎碎念，“不过现在，我们去青州的计划要缓一缓了，起码得等入门大典结束。”

谢沉舟专注地玩着她的头发，没什么异议。

头顶的月亮又大又圆，桑念弯着唇问：“一切都会变好的，对吗？”

谢沉舟抬眼，黝黑的眸中漾开笑意：“当然。”

桑念嘴角扬得更高，语声雀跃：“谢沉舟，我现在好高兴。”

谢沉舟挽了挽她颊边的碎发，低头轻啄她嘴角：“有多高兴？”

桑念夸张地张开手：“这么多。”

谢沉舟一本正经地道：“既然如此，分我一点吧。”

桑念一把抱住他，仰起脸冲他甜甜地笑：“嘿嘿，全都给你。”

谢沉舟忍不住翘了嘴角，揉揉她柔软的发顶，正要继续亲她，后方传来几声十分刻意的咳嗽。

谢沉舟：“……”他面无表情地转头。

一群人蹲在不远处，接触到他略带杀气的目光，纷纷忙了起来，不断地左顾右盼。

唯有初瑶双手叉腰，理直气壮：“瞪什么瞪？！你们又背着我们偷偷跑出来玩儿，我们还没生气呢！”

谢沉舟不解，明明出门前再三确认甩掉这群人了，怎么每次都能找过来。

好烦。

众人没有半点眼色地上前，没有半点眼色地坐到他们身边，没有半点眼色地开始喝酒。

“哇，月亮好大。”苏雪音道。

沈明朝：“哟呵，还有流星呢。”

桑念：“什么流星，那是别人在天上打架掉下来的时候衣裳着火了。”

说到这里，众人对视一眼，忽然大笑。

谢沉舟也弯了弯嘴角，很快又抿成一条直线，继续高贵冷艳。

初瑶“啧”了一声，问桑念：“他怎么还是这么装？”

桑念斟酌着措辞：“因为他不忘初心。”

空气短暂地沉默几秒，一阵比方才还要大的笑声响起。

连萧濯尘也忍不住别过脑袋，肩头颤动。

谢沉舟：“……”

烦死了。

可是——

他眉眼小幅度地弯了弯，偶尔这样烦一下，似乎……也挺不错。

月华若水，一如当年。

番外二 雨濯春尘

那个孩子又来了。

河面平整如镜，被天空映成蔚蓝色，七岁的孩子呆呆坐在岸边，不知在想什么。

鱼婆婆不是第一次见到他了。

大约三年前，也在这条河上，从玉京驶来的飞舟落下，他被他的父母亲手交到白衣仙人手中。

他尚年幼，下意识抓着母亲的衣袖不放，神色懵懂："娘，您要去哪儿？"

母亲道："娘要回家了。"

他问："那我呢？您不带我一起回家吗？"

母亲垂泪不语。

父亲摸摸他的头，拿下了他的手："到了玉京要听师尊的话，好好修炼。"

最后，他道："濯尘，你是我们萧家的骄傲。"

飞舟飞向云端，连同那个孩子刻意压抑的哭声一同散在了缥缈的云雾间，风一吹便散了。

他说："我不想走。"

大家似乎都没听见。

但鱼婆婆听见了。

自那以后，每隔一年，他便会来这岸上坐一坐，却从不说话，只是撑着下巴发呆。

鱼婆婆摆渡回来，偶尔遇见他，会同他说几句话。

她问："你要过河吗？婆婆可以撑船送你。"

他摇头。

她问："为何一直看着对岸？那里有什么？"

他轻声道："过了河便是落凰林，林中有玄剑宗，那里是我的家。"

鱼婆婆道："要回去看看吗？婆婆撑船送你。"

他还是摇头："多谢，可我还不能回去。"

鱼婆婆只得作罢。

他收回视线，袖中飞出一柄仙剑，低声道："听说我有了一个弟弟，不知道……他长得像父亲，还是母亲。"

鱼婆婆正要接话，剑光闪过，他消失无踪。

果真天资卓绝。

鱼婆婆叹了口气，继续坐在船上等生意。

令人意外的是，没过多久，那个孩子又来了。

他受了伤。

他素来干净整洁的白衣染了血，小脸惨白，踉踉跄跄跑到岸边，却又在上船时及时停了下来。

鱼婆婆吓了一跳："这是怎么了？"

他揩去唇边血迹，原本昏沉迷蒙的神色渐渐清醒，回道："无妨，只是在试炼中出了些意外。"

鱼婆婆赶紧道："婆婆送你回家，让你娘好好照顾你。"

他眸子亮了亮，很快又黯淡下去："不用了，娘看见，会担心。"

鱼婆婆急道："那怎么行？！你伤得这样重……"

他施法涤净周身血迹，语气平和："不要紧，我在此处略坐一坐便好了。多谢老人家关心，若有打扰之处，还请您见谅。"

鱼婆婆拗不过他，只好道："那我去给你找些草药。"

说罢，她转身离去。

等鱼婆婆再回来时，他已倒在了岸边那块青色大石头上。

鱼婆婆赶忙背起他："婆婆这就送你回家。"

他勉强睁开眼，态度仍旧坚决："不行……您不能去玄剑宗。"

鱼婆婆只好将他背回自己的小屋，为他熬药。

他烧得厉害，身子蜷缩成小小一团，紧紧拉着鱼婆婆的袖子说胡话。

他说："我快要忘了娘的模样了。"

他还说："他们喜欢弟弟，不喜欢我。"

最后一句声音很小很小，似乎并不希望被人听见。

鱼婆婆果然没听见，只摸摸他的脑袋，道："你娘啊，她是个大美人，婆婆前些日子摆渡时还在对岸见过她哩，她一靠近河，连水里的鱼都忍不住跟着她游。"

他便很开心很开心地笑了："婆婆也是大美人。"

鱼婆婆一勺一勺给他喂药，有些不好意思："还是第一次有人夸婆婆我美哩。"

他正色道："世间美丑善恶不在于皮相，亦不在于是人是妖，而在于心。"

鱼婆婆也很开心地笑了。

第二日，他伤势好了些，与鱼婆婆告别离开。

鱼婆婆继续摆渡撑船。

日子一天天过去，一晃便是六年。当初那个在河边徘徊的孩子长成了小小少年。

他还是每隔一阵便来此坐一坐。他很少再笑，言行愈发沉稳，与当年接他去玉京的那些白衣仙人别无二致。

鱼婆婆叹气的次数却多了起来。

某一天，一个孩子忽然出现。他穿着颜色鲜艳的锦衣，腰间挂了满满当当的法器，灵巧地跳上青石，四处张望。

鱼婆婆问他："你是谁家的孩子？怎么跑这儿来了？"

他叉腰，理直气壮："我来找我哥哥。"

鱼婆婆又问："谁是你哥哥？"

他得意地抬起下巴，活像只神气的小狗："哼哼，我哥哥，萧濯尘，天之骄子，自幼被选入长生殿，拜殿主为师，将来，他会成为修仙界最最最厉害的人！"

鱼婆婆忍俊不禁："那你呢？你又是谁？"

他道："我是萧净。"

鱼婆婆："你怎么知道你哥哥会来这里？"

萧净皱了脸："我想去玉京找他，可我还不会御剑，听说有人曾在这附近看见过他，所以我就来这里等他啦。"

说着，他坐在青石上，双手撑着下巴："我还从来没见过我哥哥呢。师兄们都说我生得有些像他，那他应该一眼就能认出我吧？"

鱼婆婆端详着他的模样，眼前依稀浮现出当年那个七岁孩童的身影。

她笑着点头："是有些像。"

萧净眼睛亮亮的："真的？"

鱼婆婆道："现在不像了。"

萧净不解。

鱼婆婆指了指他的眼睛："那孩子的眼睛，没有你这般亮。"

萧净满脸茫然。

……

萧净偷偷跑出来的第十天，萧濯尘来了。

他在鱼婆婆的小屋里见到萧净，果然一眼便认出了这个孩子的身份。

萧净想要扑到他怀里，他却往后退了一步，不动声色地避开他："母亲同我传信，说你离家出走想来找我，要我劝你回去。"

萧净道："我才不要回去！"

萧濯尘垂了眼眸："那是你的家。"

萧净大声道："我才不稀罕！我要像你一样去玉京，做修仙界最厉害的修士！

"哥哥，我要和你一起去玉京！"

萧濯尘久久没有回答他。

萧净有点委屈："哥哥，这么多年你还是第一次见到我，就没什么别的话想对我说吗？"

萧濯尘依旧沉默。

鱼婆婆也看着他，然后，她看见他半遮的眸底闪过几分悲伤，很淡，转瞬便消失不见，快得像是她的错觉。

萧濯尘会想对他的弟弟说些什么呢？

鱼婆婆不知道，亦如她不知道，他为何衣襟带血。

萧净也注意到了那片猩红，惊道："哥哥，你受伤了？"

萧濯尘道："无碍。"

萧净却紧张兮兮地过来扶他去床上休息，眼泪汪汪地看着他："哥哥，睡觉吧，睡醒了伤口就不疼了。"

萧濯尘避开他的动作顿了顿，抿紧唇角，轻声道："回家吧。"

萧净吸吸鼻子，不敢再犟，央求道："你和我一起回去好不好？"

萧濯尘还未接话，鱼婆婆先高兴起来："好啊，婆婆撑船送你们。"

萧濯尘轻叹："我不能回去。"

萧净："为什么？"

萧濯尘道："我要断尘缘。"

萧净神色懵懂："你不要我和爹娘了吗？"

萧濯尘摸摸他的脑袋："回去吧，哥哥看着你走。"

他转头对鱼婆婆道："烦请老人家送他一程。"

鱼婆婆自是答应，只是，即将上船时，她忽地问他："到底怎么伤的？"

萧濯尘对她微笑："试炼一时分了神，是我之过，不怪同门。"

和上次一样的理由。鱼婆婆点点头，没有追问。

可她在很久以后才知道——

宗门试炼时，他恰好收到了母亲的千里传音。

她的语气很着急："濯尘，你弟弟似乎来找你了，你劝劝他，让他回家吧。"

彼时，他已经很久没有听见母亲的声音，一时分神，后背接下一掌。

他却顾不得还击，匆忙御剑离开。

上天入地寻了这些日子，却原来，萧净躲在了这里。

鱼婆婆载着哭丧着脸的萧净离开，水波晃荡间，她忍不住回头看了一眼。

太阳还没出来，白衣少年负剑站在岸边，背挺得笔直。

忽而风起，几簇冰蔷薇频频晃动，即将凋落枝头的一刹那，少年低眉施法，指尖轻轻拂过那些花儿。

风止，花亦安然。

"……真是个温柔的孩子啊。"鱼婆婆道。

萧净还在哭，没听清她的话，抽空问道："你说什么？"

鱼婆婆给他擦眼泪:“你哥哥可不会像你这样哭个不停。”

萧净:“他一次都没有哭过?”

鱼婆婆道:“一次都没有。”

萧净满脸振奋:“我就知道我哥哥是世界上最厉害的人!我以后也要像他一样!”

鱼婆婆笑了笑,没有接话。

此次过后,萧净便常常跑到鱼婆婆船上等萧濯尘。

有时能等到,有时等不到。

河水汩汩流淌,他躺在船上,翘着一只脚,满脸不谙世事的天真。

他话多,常常拉着鱼婆婆说个不停。

大部分时间都在说他的兄长。

萧净道:“我太笨了,到现在还学不会御剑,听说我哥哥当初学这个只用了三天。”

萧净还道:“我爹又骂我了,他说我哪里都不如我哥哥。”

说着,他小小的脸上有一点难过:“我也知道我不如我哥哥,可是,他不能就这样说出来呀,大家都在笑话我,我当时差点就哭了。”

他话音一转:“不过你说过,我哥哥从来不哭,所以我忍住了。”

鱼婆婆叹息一声,摸摸他的脸。

指尖一片温热的潮湿。

萧净抬起头,眼圈不知道什么时候红了:“婆婆,要是我能像我哥哥这样厉害就好了,爹和娘……一定会很高兴的。”

鱼婆婆放下船桨,将他轻轻搂在怀里:“傻孩子。”

两个都是傻孩子。

冬去春来,少年长成了青年,孩童亦成为少年。

不知从什么时候开始,他们不再来渡口。

鱼婆婆撑船时,偶尔会想起他们。

往往担忧占了更多。

直到许多年过去,某一日,天气晴朗。

她撑船归来,看见一群少年人站在岸边,叽叽喳喳说个不停。

她在那里面认出两张熟悉的脸庞。

他们同样认出了她。

“您还在此处摆渡?”萧濯尘温声道。

萧净满脸讶异,旋即欣喜地跑向她:“婆婆!你还记得我吗?”

当然记得。

鱼婆婆想要像从前那样摸摸他脑袋,一抬手,惊觉他现在已比她还要高。

萧净矮下身,将脑袋凑进她掌心,急急忙忙地问她:“婆婆,你这些年过得还好吗?”

她笑道："好着哩——他们是？"

萧净兴高采烈地回道："他们都是我和兄长的朋友，这是桑念，这是谢沉舟，这是宋初瑶……"

介绍完毕，最后，他道："这次他们要跟着我们去家里玩儿，去看落凰林里是不是真的有凤凰，我说有，他们非不信。"

说着，他身后的其他人纷纷对她点头致意，笑得乖巧。

鱼婆婆看向萧濯尘。

他同样在笑。

很像当年他重伤时那个笑。

大概是真的很开心很开心了。

于是，鱼婆婆也笑了，她拍拍他的肩，拿起船桨："走，婆婆撑船送你们过去。"

这一次，萧濯尘没有再拒绝。

明晃晃的日光下，白衣青年接过船桨，轻轻弯起眼眸，对她道："我来吧。"

……

送别这群少年人，鱼婆婆最后看了一眼他们的背影，摸了摸相伴多年的船桨，眼角细密的皱纹因笑皱在了一处。

倏尔，渡船消失不见，一尾红鲤跃入水中，激起阵阵涟漪。

其他鱼儿纷纷围到它身边，兴高采烈地随它一同游走。

"婆婆婆婆，这次有什么新的故事要讲吗？"

"有的，是两个少年的——不，是一群少年人的故事。"

"太好啦，我们最喜欢听婆婆讲故事了！"

全文完

图书在版编目（CIP）数据

病树枝头又逢春 ： 全 2 册 / 甜甜的瓜著 . -- 南京 ： 江苏凤凰文艺出版社， 2025. 7. -- ISBN 978-7-5594-9379-8

Ⅰ . I247.5

中国国家版本馆 CIP 数据核字第 2025XS1368 号

病树枝头又逢春：全 2 册

甜甜的瓜 著

责任编辑　项雷达

特约编辑　胡湘宁　刘心怡

装帧设计　Briltian

责任印制　杨　丹

出版发行　江苏凤凰文艺出版社

南京市中央路 165 号，邮编：210009

网　　址　http://www.jswenyi.com

印　　刷　天津鑫旭阳印刷有限公司

开　　本　680 毫米 × 970 毫米　1/16

印　　张　39.5

字　　数　894 千字

版　　次　2025 年 7 月第 1 版

印　　次　2025 年 7 月第 1 次印刷

书　　号　ISBN 978-7-5594-9379-8

定　　价　69.80 元（全 2 册）